U0114271

中外比較文學研究

（共五冊）

李達三、劉介民

主編

第一冊

（上）

基 礎 理 論

李達三、劉介民

主 編

余君偉

助 編

臺灣學生書局印行

中外比較文學研究

（共五冊）

— 第一冊 —
基 礎 理 論

— 第二冊 —
作 品 研 究

— 第三冊 —
作 家 研 究

— 第四冊 —
相 關 研 究

— 第五冊 —
常用術語　人物介紹
會議、二十世紀中英文書目論文索引

《中外比較文學研究》總序

　　比較文學作爲一門學科，已日漸受到中國學術界的廣泛重視，研究者接踵增加，學會相繼成立，大學也逐步開設了碩士和博士班的課程。在這種發展趨勢下，選編一部比較全面、系統的介紹比較文學——尤其是中外比較文學——的參考資料工具書，就變得很有必要。

　　初涉比較文學領域的人，所面臨的最大困難，同想認眞研究任何一門知識的人一樣，在於難於挑選有價值的資料或根本就找不到這些資料；而且即使找到，也往往發現資料有很多重複之處，旣費時又花錢。更何況並不是人人都可以享用藏書極其豐富的圖書館。至於以各種外語寫成的著作，因圖書館不予收藏或個人語言能力的限制，亦同樣會造成翻查、閱讀資料的障礙。

　　有見於此，我們乃纂編《中外比較文學研究》這一套書。最大的目的在於爲有志於比較文學研究的人介紹精簡的入門資料，爲有需要的高等院校提供教學參考，使治學者能在較短的時間內，對比較文學——尤其是中外比較文學——的各個範疇有一大概的瞭解，以便作進一步的研究。

　　本書主要收錄對象是二十世紀以來大陸、臺灣、香港三地專業性學術雜誌、高等院校學刊、論叢、集刊、專書、譯著以及主要報紙上公開發表、具有代表性的學術文章。全書依照比較文學之內部規律，力求完整準確地體現比較文學理論的基本問題和現代中外比較文學方面的研究成果，大體顯示出中國比較文學的發展線索和相關領域。爲避免各文重複之處，節省讀者的寶貴時間，本書儘量擷取原著之精華，以"片斷摘錄"的方式發表。

　　編選本書是一份具挑戰性的工作。大部分的論著雖不是我們所寫，但是須經我們審定、摘編；爲對學界負責，我們用了一年多的時間，認眞仔細地研讀、挑選、摘編出有啓發性，又符合編輯目的的文章，方能輯成各位讀者面前這一套二百萬餘字的五册著作。文章作者有二十世紀以來的知名學者，也包括後起之秀，共收錄了三百多名學者，三百六十篇的精英之作，在一定程度上可以客觀地反映出中國比較文學的發展水平。此書無論就內容或規模來看，都是目前其他同類書籍所無法比擬的，它將爲本世紀以來中外比較的成就作一歷史的見證。

　　似乎大部分選集的出版，都是以主編的主觀看法爲準，以一己的好惡爲繩。我們採取的辦法就略有不同：先就文類體例上擬出初步編纂方案，向各方徵求意見；再根據廣泛徵取學者名單及論著、編出樣本，進一步徵求修改意見。在分類體例、學者名單、所選篇目定下來之後，依據分類審閱、取捨、標題。

　　編纂本書最困難的任務就是分類、取捨和標題。在一定意義上說，隨着工作的進展，我們所蒐集的資料越來越多，涉及的範圍越廣，探討的問題越深，分類、取捨、標題的標準也在不斷地修訂。但爲了讀者的方便，我們大體上仍沿用了比較文學傳統慣用的分類和標題。

　　編輯中遇到某一片段之內容十分豐富，可以同時適用於幾個分類標題的時候，我們便把它置於我們認爲最恰當的分類標題之下，而在末尾用參考法標出。同時論及幾個方面的論著，則按其內容輯入各標題下。部分具超類內容但不能分割的文章，只好酌情收入較確切的標題下。至於有些片段一開頭便煞住者，多因原文爲鉅製，囿於篇幅難以盡錄，只好穿針而不暇引線了。

當然，我們深知這種"片斷摘錄"的編輯方法有其局限，查閱這些文摘並不能取代閱讀完整的原作。故此，我們在編選時，除力求所摘的片斷具有相當的長度，以充份說明該文摘在所處的分類標題下應該說明的問題以外，還在篇末詳列文章出處，方便感興趣的讀者查閱原作。

由於本書蒐羅的文章來自五湖四海，體例上自有相當的差異，故而我們在編選過程中，作了少量改動，特提請讀者注意。

一、原作的注釋問題。有些文章的原文注釋較多，且語種不一，體例各異，現經編者校對後認爲無礙閱讀大局者，一概刪去，少量深入探討問題的注釋則予以保留。

二、原作中人名、地名、術語、詞彙的翻譯及外文原文問題。由於各時、各地、各人翻譯處境不同，譯法自然有相當出入，但考慮到本書旨在提供研究入門資料，故不強求統一，一仍其舊。至於外文原文，一般無必要保留者，亦儘量刪去，以免累贅不堪。外文人名則儘量在索引部分提供。

三、在不影響文章內容的前提下，極少量的中文詞語作了修改，以求格式的統一。

《中外比較文學研究》共分五冊：第一冊，基礎理論；第二冊，作品研究；第三冊，作家研究；第四冊，相關研究；第五冊，常用術語、人物介紹、會議及二十世紀中英文書目論文索引。

　　第一册基礎理論，從八個方面編纂：一、比較文學的範疇及歷史；二、中外比較文學概論；三、中外文學理論的比較；四、比較文學之外緣研究；五、影響與翻譯研究；六、平行研究；七、各文類的中外比較。

　　第二册作品研究，按文體分爲四類：一、小說；二、詩歌；三、戲劇；四、其他。各類又按作品的年代順序排列。

　　第三册作家研究，以國別或地區劃分：一、中國作家與歐美；二、歐美作家與中國；三、中國作家與俄蘇；四、俄蘇作家與中國；五、中國作家與日本、印度；六、其他。

　　第四册相關研究，按學科分類：一、比較文學與文學理論；二、比較文學與人文科學；三、比較文學與社會科學；四、比較文學與自然科學。

　　第五册包括：一、常用術語；二、人物介紹；三、會議；四、二十世紀中英文書目論文索引；五、一至五册的著者總索引。讀者可按此尋查那些因篇幅關係未能選入本書的文章，進一步瞭解常用的術語及近代在中外比較文學研究上取得成就和做出過傑出貢獻的著名學人。此外，各册書末都附有各册的著者索引，方便查閱。

　　十幾年來我們一直從事比較文學研究工作，是次編纂此書，得以重新回顧比較文學——尤其是中外比較文學——的發展興盛，感慨之外，更增添了信心：比較文學研究代有才人出，各領風騷，日後的發展，當無可估量。

　　編纂本書是一個龐大的計畫，涉及資料、財力、人力三方面的問題。香港中文大學比較文學研究組於八十年代初期設立比較文學資料研究中心，多年來篳路藍縷，努力蒐集與中外比較文學研究有關的各方面資料，並編輯出版詳盡的書目、論文專集。《中外比較文學研究》的大部分資料，都取材於此。換言之，如果沒有比較文學研究組的開荒，本書的出版就不可能這麼順利，內容也不會如此完備，規模也不會如此龐大。

本書得以順利問世，必須感謝香港中文大學英文系、嶺南基金會和亞洲基督教高等教育研究基金的鼎力支持、贊助和捐贈。

我們還必須感謝學界同仁答允我們採用他們的文章。至於仍未對我們發出的徵求同意書作覆的學者，我們假定他們的沈默表示同意。個別作者因地址不詳無法聯繫，也只好後補聯絡了。本書在編纂出版過程中，袁鶴翔博士、周英雄博士、鍾玲博士提出不少寶貴意見，我們銘感於懷。香港中文大學英文系比較文學研究生鄧沃權、余君偉、李家碧、關玉貞諸君，科班出身，學養俱佳，為本書的出版付出不少辛勤辛勞；研究生兼研究助理危令敦君為本書體例的修改、稿樣的校閱，用去很多寶貴時間；都在此一併致謝。同時更要感謝比較文學組秘書梁麗娟小姐，她為本書的出版做了大量細緻的工作。

最後，我們謹向學生書局致謝，由於學生書局的熱情支持，本書才能以精美的排版與讀者見面。

李達三　劉介民
一九八九年十二月

編選説明

　　初涉比較文學者，不免會有這麼一個疑難：究竟往那裡才可找到一本既易懂又有相當份量的入門書呢？通曉英、法、日語者，固然不難找到幾本有水準的比較文學導論，但一般大專院校裏唸文學的學生和普羅大眾，面對林林總總的專書、文集、散見於各學報的艱深論文，往往會有手足無措，不知從何入手的感覺。本書正是針對上述讀者的需要，因應臺灣比較文學發展的特殊情況而編訂。第一章＜比較文學的範疇及歷史發展＞與第二章＜中外比較文學概論＞，乃是本書最基礎部份，編排上盡可能由淺入深，以期讀者能掌握最基本的概念、發展史要略，及方法論上的重要爭論。當然，初學者未必能在看畢首兩章後馬上了解其中所有內容，但在閱覽其餘各章的過程中，必能朝中外比較文學的堂奧循步漸進。

　　本書由中國大陸版《現代中西比較文學研究》第一及第二册改編修訂而成。爲化繁爲簡，節省篇幅，共删去原書二百餘頁，另增添文摘十餘篇。較諸原書，本書在編排上有頗大的改動。原本八章現改爲七章，文章之次序亦有所更易。原書中西洋人名及術語多不附洋字，現多已補上。各文摘的題目，或爲原編者所擬，或爲所引文章原題。由於本書是由不同的文章摘取片段而輯成，爲方便欲得窺全豹的讀者，每段文摘後均附上原文出處以供參考。有志作更廣泛涉獵的讀者，請參閱書末的＜著者索引＞。

余君偉

中外比較文學研究 第一册（上）
目　　次

四、比較文學之外緣研究……………………………309

中外比較文學研究 第一册(下)
目　　　次

一、比較文學的範疇及歷史發展

甲　比較文學是什麼？

乙　比較文學簡史

甲 比較文學是什麼？

概念的辨析

首先讓我們界定一下幾個名詞。

㈠ 漢學指外國人用外國語文做媒介工具來研究中國學術的結果——這裡特指中國文學。費海璣的《漢學反哺集》是介紹歐洲漢學研究的入門書，德彌維爾（Paul Demieville）1966 年在日本京都大學的講稿對法國的漢學有更詳盡的介紹——從十六世紀到二十世紀的動態。其他地方的漢學也分別有專文介紹，至於中國人用外文來介紹中國文學，或許可以從寬劃入本國文學（National Literature）研究的範圍內，而不放在漢學之列。就漢學的職志來看，它負責把中國文學介紹到外國的學術界去，但我們不能說那便是比較文學。

㈡ 本國文學研究是用本國文字（或其他文字）探討本國作品的企圖，而探討的角度通常是從本國文學傳統中出發，或着重於本國作品所特有的問題。

㈢ 世界文學通常指世界名著的研究，但也有當作世界文壇的狀況的。一般說來世界文學泰半指翻譯文學的研究。

㈣ 一般性文學，提厄庵（Paul van Tieghem）在他的《比較文學》一書中頗詳細地花了兩章來討論 la litterature générale。

目前的用法是任何一國的文學研究，但目標是超越國界的範圍來探求一些文學上整體的共通的現象——比如抒情詩，不管使用那一種文字做探求的工具，都可稱為一般性文學。

　　（戊）　至於比較文學，那是指從事兩種或兩種以上的文學之探討。其中又分法國派（作品的影響研究）和美國派（作品與作品平行的關係，甚至是作品與其他學科的關係之研究）。……

　　中西比較文學基本上是一種態度和原則，不是一種方法，它的方法是文學研究的所有方法。在影響研究之外，最易顯出不同傳統的做法可能就是類比的原則（analogy）。在理論上，不同國境作品的類比不單會增加讀者對分別作品的鑒賞，還可看出文學傳統（文學史）的面貌，進而可以綜合成文學理論更為完整的模型。但是，處理不當的話，就會變成一個很粗淺的比較遊戲。變成樣品特徵的抽離和排比，讀者看到的是關於作品的事實，而非文學的知識，況且兩篇不管怎樣不同的作品，總會有些結構上和內容相近之處，反過來說，兩篇不管怎樣相近的作品，總會有些結構上和內容上差異之處，如果比較的工作就停在這裏，我們該追問一句，那便又怎麼樣？

　　中西比較的出發點固然少不了分析，但從分析出發，這項艱鉅工作更缺乏的就是綜合的嘗試。在這個觀念上面，可以借用語言學的兩個原則來處理作品的型態：diachronic analysis 從歷史上演變的線索來分析：和 synchronic analysis 從同一時期上的型態來分析。但最後還是應以整合的態度來做結論。這樣才能名正言順的把比較文學引導回到學科整合的知識（interdisciplinary）的範疇上去。

　　在上列簡略的定義當中，可以發現漢學雖然負有介紹中國文學的研究到外國去的任務，也是一種文學或一個作家的研究，但它最終的目標（不是本國文學）是文學上較總括性的領域，故此通常都作文學理論——或作品的構造型態方面的研究；不過，因爲它也只是處理一個國家的文學，所以在邏輯上仍然不能稱之爲比較的工作。這幾個名詞的分類，都只含有性質上的差別，不含價質上的差別。

蘇其康

＜中西比較文學上的幾點芻議＞，
（台）《中外文學》6.5.(1977)，90-103。

關於定義和對象的爭論

提到比較文學，我們遇到的重要問題是什麽叫比較文學？比什麼？怎麼比？這些問題也曾引起過國際學者們的長期爭論，出現過多種不同的看法。從"比較文學"一詞最初於十九世紀初在法國出現起到目前爲止，學者們對這門學科的性質、研究範圍與研究方法做過無數次界定。但歸納起來，有影響的約可分爲三類。

第一類可以十九世紀英國的波思納特（H. M. Posnett）等人爲代表。他在《比較文學》中給比較文學所下的定義是：

關於文學進化，亦卽文學經過肇始，繁榮進而衰亡等階段變化的綜合理論。

持同類看法的還有十九世紀德國的莫里兹·豪普特、俄國的亞歷山大·維謝洛夫斯基、英國的約翰·亞丁頓·西蒙兹、法國的弗朗士·費迪南·布隆耐遞哀、加斯東·巴利等人。

第二類以法國的范·提根（Paul van Tieghem）等人爲代表。他在 1931 年出版的《比較文學論》中說："比較文學的對象從根本上說是研究各種文學之間的相互關係。同時，他還把比較文學的研究範圍限制在兩國文學的雙邊關係上。如果研究的範圍超過了兩國文學，那就成了"總體文學"。

第三類觀點以魏勒克（René Wellek）、雷馬克（Henry Remak）等爲代表。雷馬克在他的＜比較文學：定義與功用＞一文中，給比較文學下定義說：

比較文學是超出一國範圍的文學研究，是對文學與藝術、哲學、歷史、社會科學、自然科學和宗教等其他知識和信仰領域學科之間關係的研究。

魏勒克則對此有所不滿，在＜比較文學的名稱與性質＞一文中，他給比較文學作了這樣的界定：“比較文學就是意識到一切文學創作與經驗的統一性，以國際的眼光去研究一切文學。”

綜觀這幾種定義，我們不難看出，第一類明顯帶著庸俗進化論的痕跡。他們把生物進化論的學說機械地運用於文學研究，使比較文學研究局限在已經死去的文學體裁，特別是史詩、神話、民間傳說等古代居民口頭文學的發生、發展、衰亡的所謂進化史上，並雄心勃勃地要用這種眼光去預測文學的未來。這樣的研究最後當然只能走進死胡同，因為庸俗進化論根本無法解釋文學的發展。所以用這種方法去研究比較文學很快就站不住腳，隨著庸俗進化論的失勢而成為歷史的陳跡。

第二類定義的出發點是實證主義，而且還明顯帶著狹隘民族主義、狹隘地域主義的烙印。他們注意的是一國作家與另一國作家之間影響與受影響的“實在的聯繫”，但為什麼要找到這些事實？找到這些事實要說明什麼問題？能說明什麼問題？他們却並不關心。結果是羅列了一大堆事實，却不去作任何本質的探討，不去試圖說明關涉到文學之為文學的根本問題。所以魏勒克曾稱這種研究為“外在”的研究，是研究“文學的外貿”，稱不上是什麼真正的文學研究。哈瑞・萊文則說得更形象，說他們這種研究是在文學殿堂的邊界上徘徊環顧，而不願登堂入室。

這種看法本身也漏洞百出。且不說范・提根將兩國之間文學關係劃入比較文學，把三國以上文學之間的關係劃歸總體文學的機械劃分；且不說他們著重研究本國作家對外國文學影響的狹隘民族主義；就是他們對影響本身的看法也很成問題。文學影響在他們那裡變成了有A必有B這樣一種簡單的因果關係，似乎有了作家或作品A必然會影響出作家或作品B。這種看法顯然也站不住腳。正如魏勒克在＜比較文學的危機＞一文中所批評的："……他們很少問一問這種種相關除了可能說明一個作家對另一個作家的了解與閱讀之外，還應該說明什麼問題？可是，藝術品却不是來源和影響簡單湊攏起來的：它們都是些整體，別處得來的原材料到了這些整體之中已不再是一成不變的東西，而被同化進了一種新的結構之中。"再退一步講，如果真有哪個作家、哪部作品完全是拿了別人東西湊起來的，自己的東西一點也沒有，那麼，這樣的文抄公難道值得研究麼？這樣的作品還能稱得上是文學麼？

其實，這些研究者們在實踐當中也碰到了不少困難。他們把目光盯在二、三流作家，甚至末流作家身上，這正說明了這種研究方法的危機。大作家無不有自己鮮明的個性，沒有哪個真正作家的哪部作品會是別人東西湊攏的。所以剩下可供研究的就只有二、三流甚至末流作家了。

相比之下，第三類觀點要合理、紮實得多。但細究起來，雷馬克的定義似乎也仍不免失於寬泛、缺乏概括、沒能道出本質的東西。他說比較文學是文學與人類其他表現領域各學科的比較，可是這種比較的目的是什麼？文學與其他學科比什麼？國與國之間文學比較的目的是什麼？僅僅指出影響的存在，僅僅找出異同是否就算達到了目的？這些問題，也許作者自己心中十分清楚，可是從他的定義中却找不到答案。

魏勒克等人（包括萊文，他說：比較文學是一種研究文學的國際角度）的看法則提網挈領，要言不煩，抓住了本質的東西，具有更大的包容量。魏勒克說：" 根據這一觀點，比較文學可以說就是獨立於語言、種族和政治之外的文學研究。它不可只限於一種方法——描述、刻劃、闡釋、敍述、解釋、評價像比較一樣都可以用於論辯當中。比較也不可只限於歷史上實際的接觸；對歷史上毫無聯繫的語言或文體等現象進行對比，其價值絲毫不遜於研究閱讀和平行比較當中可以發現的影響。研究中國、朝鮮、緬甸、波斯的敍事方式或抒情體裁與研究諸如伏爾泰的《中國孤兒》所體現的偶然接觸同樣正當。" 這種觀點，至少說從理論上破除了狹隘的地域主義，有利於打破不同文化系統文學之間的界線，爲認識人類文學思維的普遍規律，爲總結、建立貫通所有文學的詩學開闢了前景。它把比較文學拉回到眞正研究文學的軌道上來。唯其如此，魏勒克才特別強調要注意 " 文學性 " 這一 " 藝術與文學的本質亦即美學的核心問題 "。針對過去認識的弊病，他們還提出文學研究要堅持 " 無償 " 原則。

魏勒克的看法曾一度引起誤解，有的以爲他反對文學研究的歷史方法，有人認爲他想取消文學的民族性，甚至於有點反歐洲的味道，有的則說他要 " 形而上學地割裂內容與形式 "，如此等等。針對這些批評，魏勒克先後寫過＜比較文學的名稱與性質＞和＜今天的比較文學＞等文答辯，澄清了問題。他的看法，他對

比較文學問題的論辯卽在今天看來，也還是很站得住脚的；當今
國際比較文學界大部分學者都傾向於他的看法，就是明證。在我
們國內似乎還有一種看法，認爲魏勒克他們只注重平行研究而
反對影響研究，似乎他們這個"學派"與所謂國學派涇渭分明，
這很可能也是一種誤解。其實，他們不僅理論上不反對影響研
究，而且他們的影響研究也有相當大的成就，完全不是過去的學
者所能企及的。卽以魏勒克而言，他的《對峙：十九世紀德、英、
美學術與文學關係研究》一書就是一部不可多得的影響研究專
著。但他的研究與所謂法國學派的研究很不相同。他不僅注重考
證影響的史實，而且還進一步探討影響產生的原因。例如在有關
愛默生與德國哲學思想一章，他不僅對愛默生了解德國哲學的途
徑，時間等問題考證得鑿鑿有據，還對愛默生爲什麼會受到影響
分析得入情入理。他說德國哲學的某些方面與愛默生自己的思想
合了拍，或者說是愛默生借鑒了而不是搬用了德國哲學。作者在
研究影響時，顯然是"意識到一切文學創作與經驗的統一性"的。
他的這種方法、眼光，應該說是我們所不難理解和接受的。我們
不是常講內因與外因的關係嗎？影響再大，也只能是外因，沒有
內因仍然起不了作用。影響既須內因與外因合拍，那麼不管外
來影響對一部作品產生過多大作用，也絕不可能是作品產生的眞
正原因。所謂影響，就是借鑒；借鑒之後，用魏勒克的話說，已
融入了作家個人性格的"新的結構之中"；正如吃牛羊肉一樣，
你根本不可能從吃過牛羊肉的人身上找到哪一塊肉是牛肉或是羊
肉的。

　　尋求共性，繼而尋求共同的規律性的東西，這一原則不僅適

用於影響研究，而且也適用於平行研究（如主題學、文類學、風格學、題材學等等）及跨學科研究。僅僅爲了尋找異同而去研究，這恐怕不會比過時的那種影響研究可取，因爲你隨手拿兩部作品來放到一起總能找到這樣那樣的相同相似之處，誰能說孔乙己和奧德修斯之間沒有一點共同之處？起碼可以說他們都是藝術形象，他們也各有其磨難等等 " 共同點 " 吧？可是這樣比下去，卽使能找出一萬個共同點，又能說明什麼問題？所以，無論進行哪一類比較研究，首先都有一個確立比較的基點，卽萊文所說的 " grounds for comparison " 的問題。沒有基點，也就沒有可比性可言。

　　國外，特別是西方學者，對於比較文學的本質與研究目的、方法，在進行長期探討之後，目前可以說認識已經趨於一致；那就是要把文學眞正作爲文學，以儘可能寬廣的眼界去研究，最終找出人類文學思維的一些共有的規律。但趨於一致並不就意味着定於一尊，更何況人類的認識還會有發展，今後很可能還會有更科學的認識。

張廷琛

<他山之助 —— 國際比較文學瑣論>，
（北京）《文藝研究》2(1985)，104-113。

須要澄清的一些觀念

　　在談中西比較文學主題之前，我們必須澄清一個觀念問題。這一觀念問題與我所要討論的國家文學、比較文學、以及世界文學也都有關……。

　　從文學整體來看，國家文學、比較文學、世界文學只是一個層次觀念，其名雖異，其實則同——都是人類文化發展整體中的一部分。名之相異是因其研究的對象、範圍與決定因素略有差別，終極的發展是應當一致的。從層次觀念來說，國家文學是任何文學研究的起點，其研究的趨向則必會發展到與各種國家文學比較的地步，因為唯有如此，國家文學才能借吸收、刺激而有所進步與發展。以中國文學發展為例，佛學的傳入，的確是刺激了中國文學的發展，也替中國文學帶來了新的成分和新的生命，講唱變文的產生及其對彈詞、說書、甚至戲劇的發展都多少有些影響。二十世紀初期西方文學的傳入，也的確促成了中國近代文學的發生，帶來了不少的新氣象。

　　兩種不同的國家文學相互比較時，多少會產生一些相互的影響。不同文學的比較往往會產生相同、相異的結論。或同或異都是在比較研究以後所產生的結論，是經過一番較為仔細的觀察後所得的結果。以“火”的主題為例，早期希臘愛俄寧哲學家（Ionian　philosophers）把“火”看成物質的構成基因，是純物質性的分子。到亞里士多德時，這一物質因子却被付予一種哲學

價值意味，依其表面觀察所得的物理現象——火焰的上升與下降
及其透明現象——來作一種價值的判斷，認爲火是“輕而透”，
故而也是“純與佳”。這種由物理觀察而轉變成價值衡量的趨勢
逐形成了一個價值秩序的整體，而成爲對人類世界整體的“階級
層次”的價值判斷。十二世紀的修維斯特將火看爲是滋養萬物的
源力。爲天所生。米爾頓在《失樂園》中將地獄之火，形容爲有火
無光，有燒灼之痛而無溫暖之感的可怕的生存境況。早期的英國
史詩《屠龍記》（Beowulf）把口吐火焰的妖龍影射爲自然災害
（旱），而中國的后羿射日的神話故事，也未曾不可作此解。同樣
地是一個“火”意象，却有如此多的不同的含意和解釋。

　　再看另一種不同類的意象的比較：輪、戰車、有翼的精靈都
象徵動態。舊約聖經《以西吉書》把上帝的寶座形容爲由天使負
載而行；費羅（Philo）也將神的寶座的負載者稱爲天使，兩處都
用了 cherubim 一字。cherubim 是僅次於 seraphim 的第二級天
使，通常是以帶翼、天眞、美麗的兒童形象出現，因此上帝或天
神的形象是動態的。《楚辭九歌·東君》將日神也說成是“駕龍
舟，載雲旗”，出來巡視四方，這也是動態的描述。西方的中古
世紀，把人生命運的興衰以“命運輪”的運轉來表達。亞當和夏
娃犯了戒後，他們的命運急轉直下；掃羅王違背了耶和華的指命，
故而失去他的王位；約翰王在法國被愛德華王子所俘等事蹟都表
示一個人由尊榮降至不幸的命運。李格（Lydgate）的《失國記》
（Fall of Princes）中的《命運輪》插圖就是以此爲主題。佛家
論說輪迴的觀念也是引用“有如車輪無始終”一句話來作表達。
這都是以“輪”爲人生百象——生、老、病、死、幸、不幸等等——

的象徵性的解釋，人生的沉浮不定，也是動態的。

但是，不同的文化彼此的接觸往往會帶來意想不到的發展，有時這種發展頗有綜合性的效果。在寧姆魯發現的公元前九世紀的人面獸身雕象，在西西里發現的公元前四世紀的愛神雕像，以及到公元九世紀在尼西亞的占米西斯教堂裏的鑲嵌圖（mosaic）裏的天使都是有翅膀的。可是在公元五世紀羅馬的聖瑪麗教堂裏的一幅鑲嵌圖畫裏的先知約書亞却是面對着一位沒有翅膀的天使。顯然地在這一段時間內，天使從無翅轉變為有翼是一個東西綜合性的發展，寧姆魯地處當今的伊拉克，尼西亞則在土耳其境內，二地文化上都隸屬東方，但亦都受到西方文明（希臘）的影響，東西文化、思想在此的結合，顯而易見。

上面所敍，指出一個真理，即是相異相對的比較（contrastive study）對國家文學的發展來說，是一種有益的刺激。從事比較研究工作者會發現，兩種不同的國家文學，由初步接觸到相互吸收，往往經過三個階段。第一階段是接觸後，產生相異的對比，發現二者間不能融洽的矛盾處，再進而發現其對立的地方。這似乎是每一種國家文學在最初接觸到外來的刺激後，必然會產生的現象，這是一個抗拒階段。但在任何一種國家文學發展增長的過程中，這並不是" 終點 "，相反地，這只是一個開始，這一開始必會發展下去，進入第二個階段，由矛盾、對立的狀況進而醞釀為寬容及接受階段。這表示國家文學在不斷地受到" 外力 "冲激後，已產生了某一程度的適應性；它已從與" 外力 "對立的地步逐漸轉變為" 選擇性 "地容忍某些外力影響，並且本身也作了適當的" 修正 "（adaptation）。由此再進一步，演變為選擇性的吸收階段。從某一角度來說這是一種 " 涵化 " (acculturation) 的發展；從另一角度來看，一個本土文化性較強的文學在發展增長的演變過程中，是一直不斷地在作吸收工作，唯其如此，它才能有突破性的增長。西方文學的發展過程中，由希(臘)羅(馬) 文學融會東方文學 (希伯來、巴比倫、波斯等) 是一個例子；中古世紀到文藝復興時期，再受阿拉伯文學影響又是一個例子。前者可從柏拉泰納司 (Plotinus) 的作品中見到，後者可見於西班牙文學中的 " 形態主義 " (mannerism) 或 " 龔固爾主義 " (gon-gorism)。在塔索 (Tasso) 的《失智記》(Orlando Furioso)一書中亦可見到東西合璧的表達。中國文字、藝術到漢末和魏晉時代，亦可找到外來文化的影響。印度的禪學與瑜伽術傳到中國後與道家的觀念結合，形成 " 持息念坐禪 " 和 " 不靜觀坐禪 "，守 " 制心於一處，思維觀法 " 之義即是 。漢魏晉文學中小至諸如《李八百傳》、《托鉢大臣 》等作品中都可見到外來的影響。到 "變文" 及 "變相" 文學藝術作品出現時，這種外來的影響力和本土文化的結合就更顯而易見了。

袁鶴翔

<從國家文學到世界文學>，

(台)《中外文學》11.2. （1983），4-22。

比較文學與世界文學的差異

　　比較文學和世界文學之間存在着好些不同程度上的差異和基本上的差異。程度上的差異是指空間、時間、質量和密度的因素。從研究的區域範圍來說，比較文學像世界文學一樣，也有空間的因素，不過在多數的時候（不是必然）所牽涉的空間很有限。比較文學多數研究只限於兩個國家之文學關係，或者兩個不同國家的作家、或者一個作家跟一個國家之關係（例如：法德文學關係、愛倫坡和波特萊爾之間的影響，哥德作品中的意大利）。"世界文學"這個堂皇的名詞意味着所研究的作品都是全世界所公認的傑作，不過所謂全世界，普通只限於西方世界而已。

　　"世界文學"也告訴我們它的時間因素。通常一部作品需要很長的時間才能舉世聞名，而"世界文學"普通所念的是經過時間的考驗，被奉爲偉大的作品。當代文學因此很少機會被收納在"世界文學"裏面。至少在理論上是這樣：比較文學比較任何可以比較的東西，不管它是一本多麼舊或剛完成的作品。事實上應該承認，目前的比較文學研究，也許可以說絕大多數的研究對象都是聞名世界的，已經成爲歷史的文學的作品。我們已經做過的和將來會做的研究，多數是比較"世界文學"的工作。

　　世界文學所探討的，絕大多數是有長久歷史、世界聞名、具有不朽品質的作品（如《神曲》、《唐吉訶德》、《失樂園》、《剛狄得》、《少年維特的煩惱》），或者沒有這樣著名，屬於

我們這時代在外國享有聲譽的作家（如福克納、卡繆、湯姆士·
曼），他們之中很多到頭來只成爲聞名一時而不偉大的作家（如
英國小說家高爾斯華綏，美國《飄》的作者瑪格烈·密絲爾，意
大利作家莫拉維亞，德國小說家雷馬克）。比較文學在品質和
（或）密度的標準上所受的限制也不一樣。比較文學研究在過去
很有啓發價值，今後的研究更加注意第二流的作家——他們主要
代表他們那個時代的特徵，並不是作爲一個偉大的作家。這種研
究的對象會包括曾一度被認爲偉大或者已經成功的作家（如Jillo,
Gessner, Kotzebue, 大仲馬，小仲馬，Scribe, Sudermann,
Pinero），或者甚至一些小作家——他們從來沒有流傳到國外，
不過他們的作品可以說明全歐洲的文學趨勢（單單在德國，就有
不少這樣的作家，如Friedrich dela Motte-Fouque, Zacharias
Werne, Friedrich Spielhagen, Max Kretzer）。

　　另外還有很多第一流的作家，雖然還沒有被列進世界文學
裏，都是比較文學研究的最好對象。比較文學對他們的研究將使
得他們被承認，成爲世界文學的名作家。最近以這種方式被西方
世界“發現”或“復活”的以前的作家有英國詩人鄧約翰、布萊
克、德國詩人豪德林、德國戲劇家布采納、法國詩人居拉德，散
文詩名家雷德蒙、以及美國小說家梅爾維爾。其他的作家，同樣
值得世界注意的,都在等待着他們自己國家以外的世界給予適當的
承認，他們是：Espronceda, Larra, Galdos, Azorin, Baroza
（西班牙）；Herdev, Hebbel, Keller, Trakl, Hoffmannsthal,
Hesse（德國、奧地利、荷蘭）；Petofi（匈牙利）；Greanga,
Fminescu, Sadoueanu（俄國）；Jens Peter Jacobsen, Isak

Dinesen（丹麥）；Froding（瑞典）；Obstfelder（挪威）；
Willa Cathez 等等，眞是一時擧之不盡 。波羅的、斯拉夫（俄
國除外）以及西洋傳統以外的文學根本還未發掘，這些文學裏一
定深藏着很多驚人的文學寶藏。

　　世界文學和比較文學之間在空間、時間、品質和強度上有不
同程度上的差異。但是他們之間也有基本不同之處。第一、在美
國派的比較文學觀念裏，研究的範圍包括了文學和其他學科的關
係；世界文學在這方面則沒有。第二、卽使在狹隘的法國派的比
較文學的定義裏（它研究的範圍和世界文學一樣，限於文學區域
內），也有規定一套方法；世界文學在這方面也沒有。在比較文
學裏，每一部作品、每一個作家、每一種文學思潮或主題都需要
跟另一個國家的作品、作家、文學思潮和主題或其他學科相比
較。可是一部，隨便說，有關於屠格涅夫、霍桑、薩克萊和莫泊
桑的論文集就可以稱爲《世界文學家》，論文裏根本沒有任何卽
便是偶然性的比較研究。韋氏大字典是這樣解釋"比較"一詞：
"將各種現象有系統地將予比較研究……這就是比較文學。"

　　現在美國各大學開設了很多課程，專門分析世界各國的文學
名著，他們所念的多數是翻譯本，不是原著。目前有很多專爲這
些課程而設計的選集出版。這些課程和教科書通常而且也應該稱
爲《世界文學》，不是《比較文學》；因爲這些作品主要是當年
個別的名作閱讀，不是（至少多數如此）作有系統的比較研究。
教師或編者都可以將這些課程或書本稱爲比較文學，只要他們是
將這些書用來作比較研究。

　　一本比較文學的論著用不着每一頁，甚至每一章都有比較，

不過它的最終目的，基本強調點和處理方式一定要比較。目的、強調點和處理方式需要主觀和客觀的判斷眼光。除了這些準據，再也沒有其他可以制定的嚴格的規格。

Henry H. Remak 著　　王潤華譯

＜比較文學的定義及其功能＞，

《比較文學理論集》(台北：成文，1979)，14-18。

總體文學的多元性及其方法

　　問題再擴大一步，例如，在理查遜和盧梭的影響下，歐洲的言情小說顯示了怎樣的動向？這樣的主題如何處理？那麼，嚴格地說，已經脫離了比較文學的領域。給處理這樣全面的國際文學問題的研究命名，在比較文學中規定稱為總體文學。總體這一名稱是不明確的，但是，除此以外還沒有發現適當的詞彙。所以，暫且這樣使用。比較文學也和總體文學一樣，在都是國際研究方面上是相同的，但，其目標却不一樣。比較文學是二元的，與此相反，總體文學是多元的。在比較文學中，是比較A國的文學與B國的文學，但在總體文學中，則是A、B、C、D、E，……國的文學相比較。它的差別，不單單是二元或多元的不同。我們假若進行全面的國際性聯繫，我們在無數的細節中，各自國別的表現中，不僅是進行迄今為止的尚未發現的各種各樣的探索，而且將使我們感到研究本身就是對綜合的、統一的一個強有力的基礎的予知。這樣，在解釋結合同時代人們的精神紐帶時，將顯得更加容易。因此，總體文學有雙重的特點，第一、就是將某國的作品和作家，通過站在與其聯繫的國際文學環境的立場來展望，比從比較文學的觀點來看能更好地理解。第二、總體文學本身具有深刻的，很大的歷史性的統一。

　　例如，使用彼得拉克主義、伏爾泰主義、盧梭主義、拜倫主義、易卜生主義、托爾斯泰主義、紀德主義、（有時是一種廣泛的思想、感情或藝術的潮流）這樣一些話，這就不是如同比較文學那樣，只作爲兩個國別文學間的借貸關係的研究，而是必須進行全面國際的考察。例如，和人文主義、古典主義、純理主義、浪漫主義、情感主義、自然主義、象徵主義這樣的思潮相同，就有可能認識具有各自文化的民族。在國別大團體中普遍存在的共同的藝術思想，特別是通過文學就會明瞭所表現的知識方面的、道德生活方面的等主要起端。

我們到前章爲止所見到的，比較文學擔當的工作裏，當然應該包含屬於總體文學研究的領域，而且在預想促進比較文學的國際性質這一點時，已經講述了。現在，已經把總體文學從比較文學中區別開來，這種區別必須搞清楚。卽，以兩個作家、兩個作品爲單位做比較，他們的接觸、模仿、影響、源泉、翻譯等的細節問題，在兩個國別文學間的各自的作用、效果的擴大、散布的狀態等的問題應該讓給比較文學去研究。總體文學研究者主要的是以國別文學史家所發現的事項和以比較文學研究結果爲基礎，把全部思想、感情的分析綜合作爲自己的工作。這樣，自己工作的方法與其它部門的方法有積分的、同時也有精緻的、抽象的傾向；因此，其採取的態度往往接近文明批評家。勃呂納狄爾說過：許多特殊文學史應隸屬於歐洲文學的總體史中。這裏所說的總體文學的動向不是已經預感到了嗎？因爲他期待着文學的精神史，所以，應該說那樣着眼是理所當然的。

關於總體文學存在的缺欠問題，因爲至今對比較文學存在的理由還提出許多疑問，所以，對總體文學提出些不合話的意見，也許是可以理解而不能禁止提出的。這些反對意見可摘要爲三點：一、總體文學是庶出的東西。二、總體文學是不可能存在的。三、總體文學是早產的。

　　以上第一個反對意見，最初是從比較研究者方面提出的。其理由是：文學作品的本質要素是本國語言。然而，忽視語言，想從國際的觀點看各國的作品，就如同從生物身上去掉血和肉一樣。因此，其結果，總體文學就要變成骨骸博物館了。不尊重國語的價值的文學研究方法不是正常的。所以說總體文學是庶出的。但是，必須注意的是總體文學一點也不主張忽視國語的價值。根據這一問題，英國、法國、德國、西班牙、意大利、丹麥、瑞典等很多國的作品也應該去接觸吧。可是這樣，通過一個研究者把各國全部作品的原著收集來對待是不可能的。然而相反，通過使用有能力的助手和利用值得信賴的翻譯，在某種程度上取得正確的成績未必是不可能的；譯本的存在和成功便證明了這一點。現在，對於比較文學，也在採用這種方法。尤其某一種類的文學，特如抒情詩等，無論怎樣注意微妙的細節的翻譯，也會失去原作最本質的東西。所以，總體文學爲了不冒這樣的危險，主要的傾向是以國語來表現那些作品的思想、感情、情況等，這是比較安全地處理問題的傾向。這個意思不是對某一學科的補充，應該說它意味着綜合統一的研究。

　　另一個反對意見是所謂從實際立場出發，如果站在極端的立場上說，比較文學由於是研究兩個國家的文學的關係，所以，如果通曉兩國語言當然就夠用了。但是在總體文學上必須精通多種外國語，據說這是不可能的。這也是在第一個反對意見答辯時所觸及的問題。那麼，精通兩國語言的事情是可能的，精通三國以

上的語言（這其中有一個本國語）是不可能的，這種說法是何道
理？有只征服一種外國語的人這是事實，然而同時能自由地運用
多種外國語的人也決不是罕見的。對比較文學、總體文學感興趣
的人可以說是賦予天分的人們。所以，以理解外國語困難爲理由
說總體文學不可能確立，作爲理論是不能成立的。實際問題是，
困難倒是有的，但也有彌補的方法，即如前所述，使用助手啦、
翻譯啦等等。

最後，第三個反對意見，這也更實際，應該答辯。總體文學
尚早論必須與總體文學價值論區別考慮。即或有存在價值，成長
條件不具備，如果倡導的話，那就是過早論。而按順序應該是總
體文學在比較文學之前建立。在比較文學的學術工作沒有完全確
定的時候，如果倡導總體文學的話，不免有早產的誹議。這時，
總體文學的工作最好把應該暫定的性質考慮進去，研究者常常停
下來，綜合迄今獲得的結果，作爲由此進取探索的開端。也就
是，最好把綜合與分析同時進行。認爲總體文學的工作特殊，必
須要從國別文學史家或者比較文學家的研究結果中剔出，這是根
本的偏見。

因此，在這裏對總體文學的問題與方法進行簡單說明並不是
徒勞的吧！

如果全面、綜合地着眼於歐洲文學的歷史，我們會發現，大
致被整理爲兩個範圍的問題。其一、是應命名爲國際流行的放射
影響。彼得拉克如何完成十四行詩的詩形？其詩形的押韻怎樣立
即在整個歐洲廣泛流行？並放射、擴展到法國、西班牙、意大
利、波蘭等其它各國，這應該怎麼說明呢？是應該用十四行詩體

的使用來說明呢？還是借用"用語"或是"樣式"來說明呢？是
應該用詩人的道德準繩或者思想傾向來說明呢？還是應該根據感
情表現的探索去說明呢？這些研究不能單單從每個詩人或國家所
在的區域進行，而應該根據所做工作的性質和深度、集中活動的
地帶進行研究。同樣盧梭（關於思想與感情的）的放射影響，拜
倫（關於感情與藝術形式的）的影響，大概也就能夠解釋明白
了。其結果，我們達到了感性和理智異常遠離的程度。在這裏也
許有很多文學愛好者迄今沒有意識的，然而已經多次達到這種領
域。在此處，測定這樣茫漠的遠隔的領域，探求在那裡飄動的幾
個流行圈的國際影響的作用，是總體文學研究的一個任務。

　　目前的一個問題，應該說是沒有影響而出現的類似現象。對
於文學的放射影響問題，即使目的不同，也能夠與比較文學家相
互幫助，共同研究。探討此問題，必須分開總體文學與比較文學
握著的手。在比較文學上，因為是以探討某一文學和其它文學的
借貸關係為目的，所以，原則上不選擇沒有這兩種借貸關係的別
種類型的文學。然而，對於總體文學，假如幾個文學形式類似，
即使其中沒有任何直接的聯繫，那麼，根據類似這一現象，也可
以獲得要探討的問題。這時，假定不得不捨掉影響，那麼還應該
考慮潛在於類似性裏的共同原因。例如：從十六世紀末葉直到十
七世紀初葉的英國文學與流行的一種叫 euphaism（華麗之詞藻）
的點綴主義。這是從李里的小說《茹福斯》得來的名稱。凝結在
這本小說裏的樣式技巧獲得了當時無可匹敵的聲望。可是，與其
同時代，在西班牙路易斯德·德·根各拉的華麗地修飾的詩風深
受歡迎，出現了被稱為Gongorism 這一名稱。而在意大利流行

着以潛巴第斯克·馬里尼的《阿道涅》作爲中心的絢爛的詩風，
出現了所謂馬里尼主義這一名稱。這三個流行形式儘管非常相
像，但從歷史方面做一下調查，一點相互影響的痕跡也未發現。
所以，從比較文學的原則來看，這類不成問題的問題是應該拋棄
的，而且正在拋棄。以此不良趣味（這樣說也可以）的流行在文
學同仁之間是否有什麼因果關係？當我們仔細地研究了其後不久
繼續流行在意大利、西班牙文學界的狀態；或者仔細推敲稍晚一
些時候產生的與此類似現象的法國文學的狀態就會發現這種情況。
之後，比較文學研究家們算終於放棄了他們的工作。然而，所謂
沒有直接國際影響不能輕易地拋棄，這乃是總體文學家研究的態
度。他考慮在此三種流行之間是否有共同的原因，需要仔細研
究。這使他在當時社會狀態中成功地發現了這一點，並看成是文
藝復興末期的一種現象。從奇怪的粉飾趣味出發，得出結論。做
爲一個研究法，這確實是總體文學應該要求存在的價值。

其次，關於總體文學的方法。

首先，如果限定了研究的問題，還必須限定時代。由於出發
點依據主題已經限定，所以必須確立對於到達點的預想。這要依
據問題是相當困難的，因爲不管怎麼樣，某些文學在存續的途中
常常變形和其它種類的文學混同起來。那些國際的文學潮流，在
把他們經過的詩的戲曲的或小說之一部分領域灌漑肥沃之後，便
往往消失於淡漠之中或與其他更年輕有力的潮流融合在一起。作
爲研究的資料，應該選取定評的原則，應該採用比較研究家提供
的報告等，這是不言而喻的。甚至應該耐心地看一下低級、最低
級作家們的東西，國別文學史家有時甚至比較文學史家，在輕蔑

不值一顧的作品中，發現關於一般文學研究的重要事項，大概並不稀罕。在總體文學中引起了發現了一些就是最大的作家也不能避免的傾向，有些差不多對他們一點也沒有發生作用。可是，他們却那麼馴順地受着外國的影響，竟連一點創造性都沒有。但，他們的作品却是他們那個時代文學潮流的絕好例證。

　　還有關於以上的細節方法，感到沒有必要觸及了。總而言之，總體文學研究家應該面臨全面周到的科學家們所準備的資料，這是根本的要求。

〔日〕野上豐一郎著　　劉介民譯

　　＜比較文學論要＞，

　　《比較文學譯文選》（長沙：湖南人民出版社，
　　　　1984 ），88-94。

國家文學是基礎

世界文學是文學發展的一個必然趨勢，而其根基也是必然建立在由國家文學發展到比較文學的這一個基石上。在今天這樣一個多元性的世界中，我們已不能再拘守在一個狹隘的文學世界內而自滿，但我們也不能忘本地去追求與本身傳統毫無相關的新發展。我們應當追求的是傳統的蛻變，而不是沒有傳統的突變。歌德對世界文學的看法可以作爲借鏡。在 1827 年他就寫出了他對德國文學的展望，他認爲世界在變，一切都在前進，整個的人類都在向一個新的境界邁進，因之人類彼此間的關係及整個國際的遠景都與前不同，故而他認爲一個普及性的 "世界文學" 時代已經來臨，而德國文學在這樣一個世界文學整體中立當佔有光榮的一席。

歌德認爲在這樣一種空前的發展趨勢之下，國與國之際的接觸，在各方面來說都有一種 "引伸" 的力量，這種力量就好像物理學中所形容的 "物體間的相引力" 一般，使國與國間彼此吸引接觸，而終至成爲人類的大團結。由此更進一步，在文學上也必然會達到 "宇宙性" 的地步。

這一種看起來似乎是順理成章的發展趨勢，也並非一點問題都沒有。其問題之衆與任何一種文學研究一樣，主要的難題可歸爲下列幾大類：態度、工作工具、方法問題。這些問題若不能解決或獲得傾向於解決性的了解，比較文學研究及其發展成爲世界文學的趨向，都會受到阻礙。

　　研究的態度，我認爲是一項先決的條件。比較文學研究首先及首要的（關注）是思想形態，而這一形態又往往與學者的背景——即學習背景——及對研究時對象之取捨、方法理論的運用有很大的關連。最理想的當然是能有方法、理論、內容並重這一兼容並蓄的態度；這說起來容易，做起來却並不簡單。縱觀目前國內中西比較文學的研究，我們大致可以分爲兩類。一類是偏重於以“中”爲主的研究，另一類是以“方法學”爲重的探索。前者往往成爲純“中國文學的研究”，無論在內容方面，在思考模式方面，在方法運用方面都未做到比較的地步。當然我們可以借重陳世驤先生的話來替自己做辯護，但這終究不是解決問題的方法，也不是中西比較文學研究整體的發展的終極目標，這充其量只是一個起步的紮下堅實的根基的工作（指先求對本國文學的了解，後求與它國文學作比較）。以方法學爲重的探索，的確是替中西比較文學研究帶來了一種“新生”的促動力，可是因爲過分（我這一說法也可能不實）着重方法的應用，使得研究偏向於“科技化”而失去了價值衡量的判斷力，再加上其方法學的起源來自西方，有它一套特別的術語，這些術語又往往不是非專門研究這一學科的學者們所能了解，這樣就造成新方法學成爲“艱澀艱懂”的一門學問，使一般人望而却步，又使另一些人大起誤會，造成從者譽之，不知者誹之的結果，使得兩種不同立場的學者不能平心靜氣的對話，學術意見的交流和有益地相互批評就更不可能發生了，這對我們的研究是一大傷害。

　　我們應當將各種研究方法當作不同階段的研究發展，其重點雖有別，其順序雖有先後，但它所獲得成果應受相同相關的研究目的以及受這一目的影響的態度所控制。這也就是說，研究的方式儘管有時不同，可是研究者應有一個共同的態度和目標，祈求在不同根源的方法及理論觀念接觸下，建立起相互間的關係，進一步推展中西比較文學研究的工作。方法與理論應當盡量的多元化，但也應盡量地與涉及到與文化根源的相關性。也就是要做到富克瑪（Douwe Fokkema）所說的"文化相關主義"（cultural relativism）。

另外，我們也應注意所謂"通才"與"專才"的結合。從事比較文學研究的人應當是一個"通才"，也應當是一個"專才"，在對文化認識一方面（亦指文化研究），他應當對"文化現象"與他專門研究範圍之間的關係有一個基本的認識和了解，這往往要涉及到對本身這門學科以外的一些學科的研究，諸如藝術、音樂、建築、史、哲等。以研究西方文藝復興時期的文學為例，科技關係的研究是不可少的。單以卡斯提利昂的《廷臣記》(Il libro del cortegiano)一書來看，它的討論就涉及到詩、書、樂、騎、射等其他範圍，而文藝復興時代的所謂"完人"，也是一個"通才"題目，我們若對英潔的《獨枝曲》(toccata) 有所了解，就能更欣賞勃朗寧(Browning)的詩篇＜加魯比的獨枝曲＞(A Toccata of Caluppi's)，我們會了解為什麼勃氏要以"兩個聲音"的短促對話來作表達。以中國戲劇來說，也是一種具有長遠歷史演變的多種藝術的結合品，從宋參軍戲起到平劇為止，它其中包含有藝術表演、詞曲音樂等各種抽象觀念和實際表現的綜合藝術。從事這方面的研究探討必然涉及文化現象和專門研究的結合。

　　"專才"是指對專門研究題材每一個細節能有徹底了解的研究者；他對研究題材的"了解"是具有深度的，這種深度往往對研究的範圍會有限制，或以主題，或以時代，或以一種現象（表達）爲唯一追究的對象，與對象無關的題材非必要決不涉及。卽使有關的，也要經過一翻過濾性的選擇。這自然會或多或少地排除了"科際學科研究"，可是與本題有關的細節却決不放過，譬如研究佛教文學中"蓮"的主題，單以"蓮花四德"的"一香，二淨，三柔軟，四可愛"來譬"法界眞如的四德"就可花很多深功夫。從蓮爲"生命之樹的"幻想始源與到眞正植物的出現，及將二者——抽象意念和實物——結合，並以之爲水與太陽的象徵，到佛教時代"蓮"集所有一切意義於一身，也是需要下深功夫去研究的。這其中自然也包括比較研究在內。

　　在態度方面，不僅要有"專才"、"通才"並重的看法，同時還應當避免"沙文主義"。一個具有深遠文化傳統的民族往往不能在文學態度方面摒棄自大的執見，這對文學的發展來說是一種阻力，對國家文學在世界文學體系的發展過程中，幾乎是自毀美好的遠景。我們應當對每一種國家文學及其研究相等重視，因爲在今天的世界中，各國人民之間相互依賴，各個國家文學之間也應建立起一種"知性"的傳統和合作，做到"知識的相互依靠"。

　　"沙文主義"的另一面往往是拘守的狹隘"本土主義"(provincialism)，這點也應在摒棄之列。艾丁布（Etiemble）認爲歐洲文學未來的發展必須打破歐洲的地區性，他甚至於建議以中文為一種研究的適用語言。當然這可能是一種誇張的說法，任何一位對中文有認識的人，都知道以中文為通用語言的困難。可是艾氏提出以一種非歐洲語言系統內的文字來作共同研究的工具的企圖，很顯然是要打破區域性的拘束。他很顯然地是以一個從事比較文學工作者的立場來看文學研究的趨勢，採取一種高瞻遠矚的構想，求創新的意境。我們從事中西比較文學研究的人，更應打破狹隘的本土主義，將文學研究帶入一個新的境地。

袁鶴翔

<從國家文學到世界文學>，

（台）《中外文學》 11.2.（1983），4-22。

爭論中的範疇

　　比較文學是超越國家疆域的文學研究，也就是在兩國或兩國以上的文學上從事文學研究，或研究其異同。前者是法國派的重心，後者是美國派的重心。但無論如何，上乘的比較文學論文，都得超乎影響與異同，而能進一步闡發文學的原理及本質。

　　西方的比較文學學者，在西方諸國的文學世界裏作比較文學的研究，是較爲容易。因爲西方諸國的文字，大致而言，有着同一的文學基礎，那就是希臘羅馬的文化，以及基督教文化，而諸國間的文學影響也是歷歷可陳。然而，這種關於西方諸國文學的比較文學研究，在中西文化互爲激盪的今日看來，無寧是狹窄的。新的廣濶的領域，應是中西方的比較文學研究，它由於文化背景的不同，更能顯示諸國文學的本色，而所歸納出來的理論及探索出來的文學本質，才是兼容並蓄，才是世界性的。這種中西方的比較文學研究，尚在起步階段，前途是大有可爲的。

　　在中西文學的比較研究上，除了作影響及異同研究外，中國學者似乎又墾闢了一條新途徑，也就是闡發，我與陳慧樺君合編《比較文學的墾拓在臺灣》一書，序中我們便曾宣言說：

　　　　在晚近中西間的文學比較中，又顯示出一種新的研究途徑。我國文學豐富含蓄，但對於研究文學的方法却缺乏系統性，缺乏能深探本源又能平實可辯的理論，故晚近受西方文學訓練的中國學者，回頭研究中國古典或近代文學時，卽援

用西方的理論與方法，以開發中國文學的寶藏。由於這援
用西方的理論及方法，即涉及西方文學，而其援用亦往往
加以調整，即對原理論與方法作一考驗，作一修正，故此
種文學研究亦可目之為比較文學。我們不妨大膽宣言說：
這援用西方文學理論與方法並加以考驗、調整以用之於中
國文學的研究，是比較文學中的中國派。

我們又說：

我們寄望以後的論文能以中國文學研究作試驗場，對
西方的理論與方法有所修訂，並寄望能以中國的文學觀點：
如神韻、肌理、風骨等，對西方文學作一重估。

古添洪

<比較文學・現代詩>，

(台)《中外文學》5.5.(1976)，156-159。

比較文學的分類

比較文學的分類，當前流行的是兩分法，即分爲"影響研究"和"平行研究"兩大類，或"本科範圍研究"和"非本科範圍研究"兩大類。

按地理標準來分，則可分爲：中外比較文學（中日、中美、中英、中俄、中印、中意……）；中西比較文學（指兩個不同文化系統的文學比較研究）等……

按文學體裁來分，又可分爲：詩歌比較研究、小說比較研究、散文比較研究。再加上地理標準，即使是神話，也還可再分爲中西神話比較、中印神話比較，等等。

按文學史分，則可分爲古代文學比較研究、近代文學比較研究、現代文學比較研究、啓蒙時代文學比較研究……

可見，在區分本學科的種類時，必須先有個標準，以便科學地確定類別，否則就會混淆或含糊不清……

如果用地理、區域來劃分，有可能旣分不完又分不全；同樣，只按文學的體裁、類型來分，也缺乏其自身的特殊性，況且文學體裁的劃分，各國都有不同的標準，也難於統一。

因此，劃分的標準，首先是有無影響這一界限，因爲有影響和無影響是不相容的矛盾關係。

其次，作爲一門文藝學學科，它又具有共性，文藝學的對內容與形式的分類，也應考慮。

最後，比較文學發展至今，已成為一門與各類學科有關的邊
緣學科，對此，在分類時也應加以注意。

按照上述分類的標準，比較文學的種類應如下表：

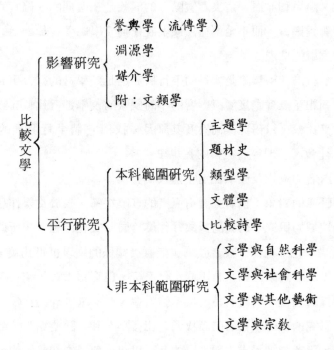

這兩大類的界定是：第一次劃分以有無影響為標準。影響研
究理所當然屬於本科範圍，它以影響的方式為標準來劃分所屬分
支（因此文類學只能作為附錄）。平行研究則以學科特點卽對象
的所屬為標準。在本科範圍平行研究中則以文學理論的分類為標
準，而在非本科範圍，卽超學科綜合研究中，則以知識分類為標
準。這樣，它們各自的定義則是：

影響研究：無論是淵源學，流傳學，還是媒介學，主要研究

兩國或兩國以上文學之間有過實際接觸與影響的相互關係。具體說，是研究不同國家的作家或作品之間存在的相互關係，包括主題、題材、體裁、人物形象、藝術技巧，甚至思想感情的借鑒、交流、應用和發展。這裏"實際"的涵義是指明顯的、確實的直接接觸與影響，而不是那種廣義上說任何文學總受各種因素的影響等玄虛的推理認識。

平行研究：無論是本科的平行研究還是超學科的綜合研究、都是對相互無實際接觸與影響的不同國家的文學進行比較，或綜合交叉比較，以研究其同異及其原因，找出它們平行發展的歷史、社會、心理等特徵與內在規律。

兩者的區別及優缺點有下述幾個方面：

研究的對象：前者強調有直接的實際接觸，限於文學作品和劃分地域的研究（研究的對象往往屬於同一文化淵源），所以容易見效，挖掘也深。後者強調並無直接關係的文學也可比較，擴大了領域，對象可以來自不同文化系統，但範圍太寬，使初學者感到無所適從，有時容易流於牽強附會、"支離破碎的比較"。

研究的目的：前者強調找到"出發點"和"歸結點"，溯源求本，後者強調尋求人類文學的共同規律，前者的知識性強，後者的普遍意義大。

研究的手段：前者崇尚實證，重視考據和資料的發掘，治學方法嚴謹；後者注重美學分析與其他學科理論的運用，理論性強；而綜合研究則有比較、有概括、有歸納、有綜合等多種方法。

同其它學科的關係：前者是排斥，後者是滲透。因此，前者顯得單一；後者則龐雜，愈發展，分支也就愈多。

　研究的歷史：作為一門學科產生後，前者時間久，理論方法體系成熟，但比較保守；後者時間短，理論體系弱，不完整，方法不系統，但少保守多創新。

盧康華　孫景堯

《比較文學導論》（哈爾濱：黑龍江人民出版社，
1984 ），127-130。

歷史性與共時性

　　比較文學的傳統課題是影響研究。影響研究屬於超國界文學史或文學一般史的旁支；或者更確切地說，影響研究是手段，其終極目的是建立文學關係史。文學關係史作爲知識系統，以歷史爲經，以作品、作者、讀者、媒介人物爲緯，相互交織而成，望提岡所謂的 " 文學史的綱 " 。

　　這種說法失諸簡化，原因有二。第一、構成文學史系統的不是支離蕪散的個別人、事，而是這些人、事的錯綜關係所構成的文學運動、思潮、類型等支系統。換言之，比較文學的歷史性或貫時性（diachronic）研究必須輔之以同時性（synchronic)研究。第二、影響研究學者關心的是具體的歷史事實（雖然史實亦需經過詮譯），而非抽象的歷史演化法則，後者是文學理論家的事。因此他的焦距，理想地說，應當是近的，而非遠的。這不僅是爲了實證主義的安全性；更重要的是使學者自己的歷史性與最近的歷史時刻產生切己的、具體的辯證關係，進而了解現在。這兩點適足說明爲何傳統比較文學家，對近代以前（包括中世紀）的文學採取保留態度，而著眼於現代文學的關係研究。

　　上述的論辯實際涉及了（也綜合了）傳統比較文學研究一些看似不相容的課題，同時也界說了本文的範疇，卽本文固然探索個別作家之間的事實連繫（ rapports de fait ），但不特別關注外國作家或作品在臺灣詩壇或讀群中的成就與命運，卽所謂聲譽

學（doxologie）問題。相反地，我們認為文類、文學運動與潮流
等"一般文學"的系統性、同時性研究是合法的；唯有強調這些
支系統研究，才能趨向文學關係史的建立。尤其重要的是，我們判
斷眞正的影響是不存在的，影響至多是心理層次的，不是美學層
次的，是作家的，而非作品的。根據這個前提，我們認為二十、
三十年代的法國超現實主義運動，與五十、六十年代臺灣的超現
實主義風潮，是中法文學史上，有事實連繫的類似（parallels），
而不斷言他們是文學影響。

張漢良

<中國現代詩的"超現實主義風潮">，
（台）《中外文學》10.1.(1981)，104-147。

歷史性研究範疇

比較文學的概念應再度精確化。我們不應無論什麼東西、什麼時代、什麼地方都亂比一通。比較文學不是文學比較。在戈乃伊與拉辛、伏爾泰與盧梭作品中，所發現的傳統修辭類似，不得變位到外國文學上去。我們不喜歡逗留在丁尼生與繆塞、狄更司與都德等作家之間的異同上。比較文學是文學史的一支：它研究國際間的精神關係，研究拜倫與普希金、歌德與卡萊爾、史谷特與維涅之間，以及各國文學的作品之間、靈感來源之間、與作家生平之間的事實連繫。

比較文學主要不考慮作品的獨創價值，而特別關懷每個國家、每位作家對其所借取材料的演變……

此外，我們從事影響研究時，難免過於倉猝，它很難駕馭，往往引人入彀，但不易衡量。比較確鑿的是：作品轟動的歷史、某作家 " 在國外 " 的運道、偉大人物的命運，以及各民族 、 旅遊與偏見的相互看法 ， 如法國人眼中的英國人……等。

末了，比較文學不是美國人研究的一般文學。固然前者會導至後者……但這些龐大的類似者（即同時性者），諸如人文主義、古典主義……難免會流於太系統化，時空過於遼濶，終至流於抽象、武斷，乃至搬弄名詞。……比較文學

不作這些大的整合……〔引自圭玉亞 （Guyard)〕

我們把這段話抽象，可得下列數點。比較文學㈠反類比研究；
㈡主張影響研究，但其幅度應限於有確鑿事實爲依據的影響。這
包括⑴文學史料，如生平傳記、遊記等證據的收集與研究；⑵作
品的研究爲其次，即使有之，也只以追溯淵源與演化爲足，不作
美學探討與價值判斷；⑶研究作家與作品在外國被接受的情形。
㈢比較文學的目標之一，是民族心理學研究。以上數點，皆屬於
歷史性研究範疇。

至於他所謂的一般文學，我們假設有兩種可能，一種是望提
岡的所謂的國際文學運動研究，即在歐洲傳統的大歷史格局裏，
追溯文學的發展，如弗列德瑞希（Werner P. Friederich）撰《比
較文學大綱》，等於是一部古典時代以降到象徵主義的歐洲文學
史。另一種可能便是文學理論研究。我們的看法是後者，因爲卡
瑞用"synchronismes"（同時性）、"systematiques"（系統化）、
與"grandes syntheses"（大整合）數字，再加上脚注的"美國
人研究的對象"，他很可能指的是同時性的系統研究。無論如何，
旣然他排斥一般文學，便有兩種可能：一爲歷史主義，反理論研
究；一爲沙文主義，反國際文學整體研究。

根據這個序文，我們現在來看看圭玉亞是否符合老師的要求？
答案是肯定的。全書八章，除前二章介紹比較文學來源、歷史、
對象與方法外，後六章分別討論：㈠"文學世界主義的代理人"
亦即文學影響的橋樑人物，或望提岡所謂的媒人；㈡文類、主題、
神話；㈢影響與成就，包括⑴法國作家對外國作家，⑵外國作家
對法國作家，⑶外國作家之間，⑷莎翁對歌德，與⑸交互影響。

圭氏並列表說明偉大的法國作家，在德、美、荷、意、西、俄的命運。㈣資料來源；㈤歐洲的思潮；㈥人們眼中的外國人。最後再列表說明法國人心目中對外國的印象，並揭櫫他的終極目標："比較文學之目的，是比較民族心理學。"綜觀此書，圭氏除了尊奉老師的歷史主義與外緣研究兩極端外，更表現了狹隘的沙文主義精神。

我們之所以不厭其煩地摘要卡瑞與圭玉亞的論點，是因爲他們代表了前後兩代：傳統法國學派的理論與實踐，與十九世紀文學研究的遺毒。因此，威立克在下面以比較文學的危機這頂大帽子攻擊他們，固然是針對他們二人（以及巴當史佩爾哲、望提岡、保羅阿查爾等人）而發，另一方面也意味着美國學派對法國學派，二十世紀美學性、理論性、內涵性研究，對十九世紀科學性、歷史性、外緣性研究的革命。

圭玉亞的書出版兩年，威立克在《比較與一般文學年刊》發難。攻擊的主要論點有四。第一，圭氏的研究是外緣研究，而非文學本身研究，淪文學爲社會學、民族心理學、通史，甚至"國際貿易"。第二，狹隘的歷史主義作祟，一方面把文學批評從文學史上開除，另一方面開學術的倒車，囘到十九世紀枯燥的"事實主義"或"實證主義"的"雜碎"上去。第三，一般文學與比較文學的二分法不當。第四，所謂的"偏見"研究，除了論文學爲心理學的附庸外，實在無異於沙文主義表現。威立克的結論，是比較文學的一個簡單定義："超越語言界限的文學研究"。

這四點駁議，便是威氏＜比較文學危機＞的論據基礎。這篇文章在第二屆國際比較文學會議上宣讀，想來有如一枚炸彈，因為教堂山會議，法國學派勢力最大，由會議的主題可見一斑：歐美文學關係與移民文學。威立克所指出的危機，便是比較文學始終未確定主題，未建立方法。迄今為止，主題仍限於“國際貿易”；至於方法，巴當斯佩爾哲以降的法國“仍用廢棄的方法學，十九世紀的事實主義、科學主義、與歷史相對主義。”換言之，主題仍為外緣研究，方法仍為十九世紀的歷史性研究法。主題與方法的狹隘劃分，是危機的朕兆之一；另外兩個便是呆板的淵源影響觀念與文學的民族主義。說穿了，這三種病症都是法國學派實證影響研究的流弊。（這種危機，前人都說與中西比較文學無關，實在是未深入觀察、詳盡思考。我們暫時不論。）

這種流弊的來源，威立克後來在另外一篇重要文獻裏，作了一個歷史性的回顧。首先他指出，歐洲在第一次大戰後的文學研究，大體上是對十九世紀實證主義方法的反動，主要針對它的四項缺點：㈠瑣碎的泥古癖，研究作家生平最瑣碎的細節，搜獵類例，挖掘來源。簡言之，累積一些孤立的事實，反辯稱為學問金字塔的磚塊。這種泥古癖本身無害，有時頗重要；如能導之正途，反倒有益。㈡然而挾這種“事實主義”而來的，往往是一種錯誤的、有害的“歷史主義”：認為研究過去，無需借助於理論，甚至認為當代文學不值一顧。這種排他的“歷史主義”甚至認為，反對文學分析與批評是對的，終於規避一切美學探討，變得極端懷疑，最後造成價值的無政府狀態。㈢十九世紀末葉的美學主義：它強調藝術作品的個人經驗，這固然是健全文學研究的先決條件，但過分偏執，則會淪於完全的主觀。㈣十九世紀的科學主義，企圖用自然科學方法研究文學，解釋文學事實的因果關係。

　　強調事實的歷史主義，與探討因果關係與生態環境的科學主義，兩者的結合影響了，甚至決定了傳統的文學研究。因此十九世紀的文學批評主義，是以聖伯甫（Saint Beuve）與泰納（Hippolyte Taine）領導的歷史傳記批評。至於探討媒介之外的詩人創作動機的浪漫主義表現說，與讀者主觀心理反應的效果說，皆可歸爲歷史傳記批評的附庸（當然二十世紀的心理分析批評與馬克思批評，是其下潛到深層結構的延續）。

　　比較文學作爲文學史的分支，很自然地受到影響，因此實證關係，文類衍生或演變，乃至各種傳記的、社會的與民族心理的外緣關係研究蔚爲大國。正基於這個原因，法國學派如雷馬克所說的，“反對文學被視爲孤立的美學對象，反對形式，反對以‘如何’代替‘何’與‘爲何’，反對基於巧合的類似或相反的比較；反對無顯然理由的類比；反對新批評對比較文學的抽象形式主義影響”。回到本文開始的二元架構，我們發現法國學派一則看重於媒介之外的外緣研究；二則是歷史性的，因此強調文類與意識形態的縱的演化而非橫的描述。

　　針對十九世紀文學研究的直接反動，便是本世紀二十年代的美學形式主義運動，俄國的形構主義或英美的新批評皆然。這兩運動本身的巧合，以及和德索許爾語言革命的關係，我們在此不作討論。我們只抽象的談談美國新批評對比較文學研究的“抽象形式主義的影響”。新批評在國內已是口頭語，我們不必炒冷飯介紹。它與法國學派比較文學的立場相反，是很容易想見的，第一，法國學派注重作品的歷史衍生過程，而新批評的對象是自足成品，因此它是反歷史的。第二，對批評專注的是作品媒介本身的運用，尤其是語意與意象層次，對於媒介之外的問題（如文藝心理學、作品與其時空背景的血緣等）殊少考慮，因此它是絕對內涵的文學研究。這樣分析起來，它等於和法國文學研究，分處二元架構的兩端，背道而馳。

這種形式主義作法，無異是把傳統的比較文學研究用力扭向相反的方向。所幸美國比較文學研究，並不絕對消極地排斥歷史研究，反倒積極地希望把文學批評重新介入文學史，而非分開。根據以上所述，美國比較文學研究，很自然地不太重視機械式的淵源、成就與影響的研究，而偏重於不盡然有血脈衍生關連的類例、母題、文體、文類，乃至運動傳統等的橫切面的比較，其性質是分析性的或系統性的，其價值是美學的或有預示意義的。隨之而來的，便是文學與其他藝術與學科的關係研究，其動機是希望充分了解文學的本質、範疇與功能，其實踐方法仍然是橫切面的，非歷史的、系統的、理論的研究。

我們在文學研究二元性的座標上指陳出法國學派與美國學派的歧異與對立，部分原因是爲了論辯的方便。事實上，新生代（對卡瑞而言）的比較文學家，往往採取折衷的路線，摒棄兩者的畛域，截短補長。因此，法國學派出了一些折衷性的人物，如爲人戲稱“恐怖孩兒”的埃提昂伯。我們翻開比舒瓦（Claude Pichois）與盧梭（André M. Rousseau)的《比較文學》，便會發覺這種折衷的企圖。再看看惹納的《比較文學與一般文學》，發現他終於把法國學院文學教育的分析工具 l' explication de texte 應用到比較文學上，精讀影響者與被影響者的作品（如龍沙與葉慈）。這種研究，固然建立在確實的事實基礎上，其動機與效果却是美學的。這種努力，開拓了影響研究的新局面，豈僅是威斯坦所謂的“對美國學派的開放觀點的口頭贊成”？

張漢良

　＜比較文學研究的方向與範疇＞，
　（台）《中外文學》6.10.(1978)，94-112。

本科範圍與非本科範圍

比較文學研究範圍很多，在此只能做一介紹性的描述。

一　本科範圍研究（Intrinsic Studies）

本科範圍研究包括影響研究、翻譯問題、文學時代與文學運動、文學類型與風格、主題學等，試分別言之。

影響研究是比較文學的重要項目之一。它研究兩國作家或作品之間的關係。研究對象往往來自同一文化淵源、有歷史及地理的證據可尋。"法國學派"甚至認為，有直接關係的文學作品，才能作比較研究。因此，影響研究是實證的、有科學根據的，在比較文學中最能站得住腳。

與影響研究有連帶關係的是翻譯問題，這是從事兩種不同語言的文學研究不能忽視的。紀德曾說"愛國的文學家責任有二：一是將本國文學譯成他國語言，二是將外國文學譯成本國語言"。有時比較文學學者無法精通數種語言，所以必須借重翻譯了解文學，翻譯也成了比較文學的重要媒介。

研究文學之時代及文學運動也是研究比較文學的途徑之一。我們研究五四時代的白話文運動與但丁的方言文學運動時，我們會發現兩者有許多相似之處。在五四白話文運動以前，文言文是文學的正式用語，一切的文學形式皆以這種文學做媒介。白話運動的出現，引導出文學的新紀元。這種情形類似但丁《神曲》的出版，在這之前，拉丁文幾乎是歐洲文學的官用語言，由於《神曲》是一部以意大利方言寫成的作品，在當時產生很大的影響。另外也有學者用歐洲十七世紀"巴鏤克"(Baroque)風格研究李商隱的詩。這些問題乃至文學史的斷代，凡此種種皆屬文學時代及文學運動的範圍。

研究兩國文學的類型可幫助我們了解文學的特色。例如杜甫的律詩及莎士比亞的十四行詩，同為非常嚴格的詩律形式；中國史詩之闕如是學者常討論的問題；中西悲喜劇之探討等。

主題學是比較文學研究最豐富的一環之一。主題學應用於中西文學研討中，會開拓比較文學的新境界。余國藩在＜中西文學關係的問題與展望＞一文中，曾強調循主題學之途徑，研究沒有影響關係的兩國文學，會發現伊底帕斯 (Oedipus)、浮士德 (Faust)及火神普羅米修斯 (Prometheus)的主題，存在於整個人類的文化中。從主題研究中西文學，使文學的內涵更為豐富。

二　非本科範圍 (Extrinsic Studies)

非本科範圍研究是從文學的外圍如：文學與科學、文學與社會學、文學與藝術等着手。

自然科學與文學的關係——最近很流行用各種科學方法研究文學，如用電腦研究語言、詩及語意，或者統計及編排書目、類書、索引。電腦也可用於計算詩中不斷出現的意象，固定字彙等，以求對某作者風格或文體的了解有所助益。

　　社會科學與文學的關係 —— 社會風氣、大眾興趣、出版事業等對文學有直接的影響，考古人類學喚醒了學者對文學所表現出的原始類型及神話研究的興趣，佛洛伊德心理學使人認識到人類潛意識的重要性。

　　神話、民俗學與文學的關係 —— 基本神話類型表現人類文化中的集體意識。

　　哲學、神學及思想史與文學的關係 —— 從神學及哲學的觀點來比較中西文化時，我們發現西方是以希臘、羅馬、希伯來及基督教一脈相承的文化，而中國是以儒、道、佛爲文化背景。研究不同文化背景的文學，思想史是必須的。出版大英百科全書的芝加哥出版社，於 1952 年出版了一套《西方思想精華》。本書包括西方古往今來重要的思想代表作品；從荷馬史詩到佛洛伊德心理分析，有關西方哲學、歷史、社會、文學、科學、經濟等各門學問皆包括在五十六冊書內。我們是否也能模仿這種方式編一套中國思想史；從中國悠久而豐富的歷史中，選出最能代表中國思想之作，供人參考。這是一個浩大的工程，但我們研究兩國文化，思想史是最重要的一部分。

　　文學史提供文學背景的資料，而文學理論與文學批評可澄清我們的文學觀念，認識文學的特色。運用西方文學理論討論中國文學的文章不勝枚舉，相對的我們是否可嘗試用中國的文學理論批評西方文學？有人認爲文學是無法分析的，所謂 “ 只可意會，不可言傳 ”、“ 意在言外 ” 及莊子的 “ 得魚忘筌 ”。但我們也不能否認文學批評有助於文學的了解與欣賞。況且好的文學理論如劉勰的《文心雕龍》本身是一部美好的文學作品。

　　語言學及文體學有助於對文學作品所用的文字、語意、風格的了解。而且語言是用作文學表達的基礎。

　　最後文學與其他藝術的研究被"美國學派"的學者納入比較文學的範圍之內。繪畫、雕塑、建築、電影雖然與文學的媒介及方法不同，但藝術活動皆然相同，彼此可互相發明。

　　上述的介紹可看出比較文學的範疇頗為廣泛。這也使我們警覺到研究比較文學必須要認識這些研究途徑，方能使我們的文學研究具有意義及成果。

李達三著　　周樹華　張宏庸譯

<比較文學的基本觀念>，

(台)《中外文學》　5.2.(1976)，62-79。

比較研究與比較文學

　　事物的認識總是這樣開始的，即我們由感官來感受它們，互相比較它們。在比較過程中來確定一事物與它事物的不同之點或相同之點。我們不僅在直接知覺任何現象時應用比較的方法，我們也常常以別的對象做媒介來比較這些對象和現象。

　　在科學領域裏，比較是科學研究的重要手段和基本方法之一，很多事實都鮮明地顯示着比較研究的重大意義。從宏觀到微觀，從自然到社會，不少科學家以比較來建立和發展自己的理論。古希臘博學多才的學者兼發明家阿基米德，在比較各種機械運動的現象中發現了槓桿原理，又發明了許多機器和武器。愛因斯坦從"在升降機外和升降機內"的比較研究中，得出了"引力質量"與"慣性質量"是相等的"相對論"。"科學思維的想像比較使人的認識能夠通往自然的深處，通往遙遠的過去和遙遠的未來"因此，現代控制論者在比較研究大腦和電子自動機的相似性；各國醫學史家把歐洲古希臘微觀醫學與東方中國宏觀醫學相比較，產生了比較生理學、比較病理學、比較診斷學等。社會科學的比較研究更廣泛更深入。法國的約埃爾·列費弗爾通過文學作品與經濟學著作的比較研究，從"莎士比亞以國王為題材的戲劇如'亨利四世'、'亨利五世'這些英國資本主義蓬勃發展的必要條件"說明經濟學家未能預見到的，文學家已經反映出來了。龔鉞的比較法學研究"蓋闡明固有文化兼採各國之長"，"雖以我國法律爲主，而兼述各國法律，以資比較。”其它，如“比較倫理學”、“比較政治制度”、“比較宗敎史”、“比較憲法”、“比較敎育”等等。都說明比較研究在科學研究中所起到的重大作用。由此可見，在思維活動中，人們運用着比較、分析、綜合、抽象、概括的思維方法，來達到對客觀現實的正確、全面和深刻的認識。比較是人類理解的先決條件。蘇聯謝維遼夫說：“假如沒有其它事物做比較，任何孤立的事物都是不可能說明和確定的。”科學研究的道路正是從確立類似與差別的簡單對比引向歷史地解釋這些類似與差別的。

　　然而，這種比較的方法應用於文學的研究中，如何得到全面和充分地表現呢？人和現實本身和自然界及社會旣有審美關係又有比較關係，人不僅在鑒賞藝術作品時產生審美感受，而且在同自然和社會生活裏的形形色色的事物、現象和事件接觸時也產生比較關係。文藝學的任務也包括研究者對作家與作品的比較關係及其規律。因此，文學的比較研究的先驅者們，在揭示全人類的題材、情節、形象的形成和時間上的進展，以及它們直接或間接地出現在不同民族，不同時代的文學中的情況。由於各國比較文學研究有許多特殊性和差異，由於對“比較文學”這個概念理解上的不同，到現在便出現了許多學派。例如：主張“影響研究”的法國學派；以倡導“平行研究”著稱的美國學派；以“比較類型學”爲其宗旨的某些蘇聯學者的觀點等。那麼，比較文學是怎樣產生的？怎樣理解“比較文學”這個概念呢？

　　“比較文學”這個名稱最先被使用，並被稱爲許多講座的講題是在法國。據法國提格亨著《比較文學論》和日本野上豐一郎著《論比較文學》記載，1827年維勒曼在巴黎大學講席時就用的是這個名稱。1840年起，人們以這個名字著了好幾部書，並逐漸被普及。《比較文學史》的作者法國的洛里哀認爲，1886年波斯奈特教授曾用這個名稱作爲自己著作的書名。稍後，加里福尼亞大學教授蓋雷發起"比較文學研究會"。蘇聯薩馬林認爲比較文學研究始於赫爾德爾，在19世紀頭一個⅓的時期內。由此可見，比較文學這個概念產生於上一世紀初，逐漸被世界各國普遍運用。

那麼，這個最初的"比較文學"的概念是否確切地表達了它的內涵？很多人做過探討。英國波斯奈特指出："比較文學"的宗旨是"社會進化上某種稍有固定的原則，藉以綜合文學上興衰進退的事實。"提格亨認爲："……對於用不同的語言文字寫的兩種或許多種書籍、場面、主題或文章等所有的同點和異點的考察，只是，那使我們可以發現一種影響，一種假借，以及其它等等，並因而使我們可以局部地用一個作品解釋另一個作品。"勃蘭兌斯的一個最主要的想法是，一個民族的天才，如他所說的那樣"爲了不致使他凋謝"，常常需要與其它民族的天才相接觸。這常常給他本身和自己的發展以新的力量，這種意向，要以雙方面的影響和襲用，把不同民族的文學聯繫起來。他說："這種比較，通過探索法國、德國和英國文學的重要動向的流源來研究，具有雙重便利。一是把外國文學擺到我們很近，便於我們吸收；一是把我們自己的文學擺到一定距離，使我們獲得確切和實際的認識。離眼睛太近或太遠的東西我們都看不真切。"被稱爲現代比較文學領袖的提格亨，巴爾登斯匹爾瑞；以及中島，卡萊，古伊雅爾等都曾就"比較文學"的概念做過論述。但首先說明這個概念的意義的，當推法國學派；即關於"影響的研究"。它認為"比較文學"是研究兩國或者幾國文學的相同點或不同點，目的在於找出聯繫，找出影響。它可以從各方面擴大一個國家的文學史所獲得的結果，並與其它國家的文學史所獲得的結果聯合起來。它補充和聯繫了各國文學史。研究這種互相影響的網線，形成了一個獨立的領域。法國比較文學家認為：無論所研究的材料就其內容或主要研究法方面，在這個科學領域，主要的研究對象，不僅對各國文學中個別作品的命運進行比較研究，而且對於作為現實以及社會，對於歷史和民族形式的全部特殊性的反映的文學過程進行比較研究。

　　值得商榷的是,《韋氏新世界詞典》給比較文學下的定義是："各國文學之間的比較研究，着重研究各國文學之間的相互影響，以及各國文學對相類似的體裁，題材的各自處理方法。"我以為這個定義就很不嚴密。"各國文學對相類似的體裁、題材，各自處理方法"應該是有條件的。有比較才能鑒別，有聯繫才能比較。比較研究要有一定的比較基礎，要根據同一屬性，具有重要的本質意義。我認為，定義後半句應該為："……以及各國文學對彼此有某種聯繫的相類似的體裁、題材等的各自處理方法。"這樣就排除了那種任意選擇與任意比較評價的主觀主義傾向。那些從作家的世界觀體系與風格方面斷章取義地摘取一些文學事實加以毫無原則地對比，用一些表面的、偶然的、有些甚至是臆造的類似為基礎，機械地理解不屬於比較文學的範圍。所以，我認為那種《詩經》與《荷馬史詩》；《西遊記》與《巨人傳》之類的比較，不能稱爲比較文學。這種比較充其量不過是比較的類型或平行比較。如果說叫做研究的話，它是達不到比較文學研究的目的的。

文學作品的比較，應該是把各國不同的文學中所取得的彼此有某種聯繫的書籍、典型人物、情節等並列起來，比較它們的差異，說明他們的不同之處和相同之點，從而得到一種美學上的滿足和好奇心的興趣。而比較文學，要更進一步地把盡可能多的來源，不同的事實歸納在一起，以便充分地把每一個事實加以解釋，來擴大我們的認識基礎，找到更多的種種結果和原因。通過對各種文字寫成的作品的同點和異點的研究，從中發現一種影響，一種模仿，一種借鑒……。

那麼，要使比較研究獲得正確的結論，使我們對比較文學得到全面和充分地把握，就必須正確地理解比較研究的規則。當我們站在許多觀點上去研究莎士比亞的影響時，我們可以借用他的主題，有時借用他的人物和情感，有時借用他的一種風格或藝術形式。但不管從那個角度，我們的陳述，論證都要把相似的，有聯繫的東西湊在一起。在相似的對象之間去求" 同 "，或者是在不相似的對象之間去求" 異 "，討論那些有關係的諸因素。當然，在科學研究中，在相異的前提下，確定其不相似更有意義，但若把" 大象 "和" 詩 "；" 精神 "和" 白梨 "相比較，一定不會有什麼意義。

因此，我們要判斷某一比較的正確性，必須決定用什麼來作爲比較的基礎。一個作家對於外國的一個文學集團或一個文學派別的影響和作用，可以根據他的作品的數量以及源流、體裁、題材等來判斷他的價值。但這還是不夠的；可能有這樣的情況，某一作家儘管他的作品很少，其它方面也不如前者，但却有更廣泛的讀者，具有更深刻的影響。這就要求我們眞正明白比較兩個作家或作品的影響是通過以質和量相互補充的。比較基礎的選擇，在任何一種比較中都具有重要意義。

　　對於兩個或幾個對象的比較，應該根據同一種屬性在同樣一種關係上來進行。莎士比亞由於他的戲曲之廣泛、自由，調子的多變，抒情的豐富；高乃依和拉西納由於其悲劇的形式和作風；米爾頓由於他的基督教的史詩；西班牙的流氓小說的作者們；家庭言情小說與書翰小說的最初的大師李欲特生；浪漫時代的歷史小說之父華爾特・司格特；自然主義小說的先驅左拉以及那些在文學活動中開闢了新路的人，是幾代人把這許多現象在同樣一種關係上比較結果中認識的。人們多次欣賞他們的作品，反覆閱讀，是作品中的人物、形象、性格、特點給人以感情的共鳴和思想的啓蒙。在同樣一種關係上人們來比較作品的影響、人們也就得出在判斷上的一個重要結論：那些天才一直照到國外，在國內外留着一條光亮的印跡的第一流作家們的共同特點。

　　任何比較都不能根據首先碰到的屬性來進行，而應當根據對於所比較的對象具有重要的、本質的意義的那些屬性來進行。眞正的影響應該是看到當一個作家的作品和某一外國作家的作品接觸時所引起的變化。有這種情況，從本國文學的影響，作家的氣魄和藝術的自然發展來看，有些顯著的類似，似乎一眼可見，却完全是一種誤解。如1895年，菇勒・勒麥特爾說易卜生的作品並不是他的獨創。易卜生之社會的和道德的思想都見於喬治・

桑德的作品。可是，這位偉大的挪威人的少年時代的密友，喬治•
勃蘭兌斯却囘答說，易卜生從來沒有讀過喬治•桑德的書。這
說明易卜生和喬治•桑德從同一潮流中汲取他們的素材。另外的
一個例子是都德，從《小東西》(Petit Chose)起，人們都當他是
狄更斯的一個模仿者。可是，都德却不斷地否認他曾讀過狄更斯
的作品。顯然，看來很奇怪，其間却沒有影響，只有共同的潮
流。這就是說，比較國別之間作家作品不能根據以上屬性去鑒別
它，這種作品的比較不能說是重要的本質意義的屬性。一首詩，
一齣戲，一部小說，當然有可能受了同類或異國作品的影響，但
我們未必能從作品中找出一段相同的文字。那些作品含有前人作
品的精華，把它融會貫通變成了另一種面目。這種比較和影響可
以用對於情感、作風等分析、探究，找出重要本質的那些屬性。

　　文學的生命力，使被捲入時代潮流的作家們受到索曳、或是
超越或是拋棄。我們看到了那些繼承者，他們是如何對前輩或外
國的作品進行着比較研究。當我們只研究一國或兩國的文學的時
候，我們是想不到人類和人類的情感有那麼許多面目的。通過各
國文學的比較研究，人們在那裏學會認識所不知的世人的角隅，
並也學會文學之種種新的面目，以及影響傳統、民族的多樣性的
配合。使那一向潛伏着的靈魂放出新的光彩，產生令人發生興趣
的交感。也使我們更清楚地認識我們自己，擴大並增實我們人類
的靈魂之觀念。第爾克•高斯特爾說得好：“各國偉大的文學互
相補充，爲要恢復人的形象，它們應該互相借貸着它們所缺少的
東西。”比較文學正是這樣互相補充着本民族的文學，充溢着永
遠新鮮的血液。我們何不爲比較研究與比較文學的發展而貢獻自

己的點滴力量呢？

劉介民

＜比較研究與比較文學＞，

（北京）《文藝報》4(1982)，24-26。

範疇的探討

　　文學比較應該是多方面的，包括時間和空間等因素之系統比較分析。要形成本學科的範疇體系，對比較文學的認識不能只是直觀感受，而要借助範疇去掌握作家、作品在各國別文學、各時代的本質。如果孤立地只認識某一個方面，只是管中窺豹。即使逐一認識了全部範疇而不能把它們組織成一個有機系統，也仍然是零散的片斷，不能反映整體。因此，必須構築比較文學範疇體系，把縱橫兩方面的從屬、交叉、並列、重疊等國別文學關係組織起來。這樣，呈現在我們面前的是一種特殊的人類精神活動的網，更能體現比較文學之性質。如果以圖來表示。比較文學體系可由圖內四種範疇論之：

		空　間	
		固　定	比　較
時間	固定	①對同一國家中同一歷史時期文學現象之比較研究。	②同一時期內兩國或兩國以上文學之間的比較研究。
	比較	③對同一國家中各不同歷史時期文學現象之歷史發展的比較研究。	④綜合性比較法包括時間（縱）、空間（橫）兩者之比較。

　　圖中第一種方法，是屬普遍文學的研究範疇。它既不比較

時間，又不比較空間。但是，因為文學強調各不同歷史時期的文學和社會效果之分析和比較以及各種相關聯之變數間（作家、作品變化）因果關係之比較，我們不能不說它亦有比較方法之特色。一部作品的實質可以通過分析它與其它作品的聯繫或客觀的相互關係加以揭示。這樣既可以確定該作品在文學運動中的地位，又可以考察文學作品在發展過程中不同力量的矛盾和鬥爭。例如：周裕鍇的《蘇軾黃庭堅詩歌理論之比較》（《文學評論》1983‧4），田本相的《＜彷徨＞與五四時期小說之比較研究》（《南開學報》1981‧5），李忠昌的《兩部＜西遊記＞比較談》（《社會科學輯刊》1984‧1），錢理群的《魯迅、周作人文學觀發展道路比較研究》（《中國社會科學》1984‧2）等等。這種比較研究既可以證明一個作家的創作的獨特性，又可以揭示作品之間種種內在關係。但就現有比較文學定義的內涵來看，這類比較是不屬於比較文學研究範疇的。應該指出，這畢竟是文學的比較，不應把它置於比較研究之外。這種不追求比較科學的目的、不涉及於體系而實事求是地進行文學比較的研究，可以看作是文學的比較發展方向上的一個方面。中國的比較文學研究應該有自己的形式和方法，有自己的性質和範疇。我們要容納"影響研究"、"平行研究"以及比較"類型學'的合理因素，對其方法和範疇等要吸取其精華，為我所用。但是在借鑒歐美比較文學理論的時候，不能失去中國文學比較的固有特質和精神。建立文學的比較學，是否可以成為這類文學研究的新方向？值得海內外學者多方商討。

　　第二種方法其重點是研究兩個或兩個以上國家文學的功能和角色之比較。例如：中、日文學裏主題思想之比較；法國 20 世紀初期的象徵派在中國詩人中引起了什麼反響？蘇聯的小說在中國現代文學的發展中起了什麼作用？世界各國體裁類同之比較；中西比較文學研究等皆屬此類研究法。這方面的論文很多，如：黎舟的《尤利·巴基的＜秋天裏的春天＞與巴金的＜春天裏的秋天＞》（《福建師大學報》1982·1）黎宏的《＜女神＞與＜草葉集＞之比較》（《人文雜誌》1983·3）何文林的《＜杜十娘＞與＜舞女＞》（《外國文學研究》1983·4），王敬文的《魯迅的＜長明燈＞與迦爾洵的＜紅花＞》（《武漢師範學院學報》1983·3）。這種比較研究的性質是文學比較學範疇的一個重要方向，屬於比較文學研究。必須指出的是，這種研究既不能局限於梵·第根的" 不同古典文學作品彼此間的關係 "、" 現代各文學作品間的關聯 "；也不能放寬到去進行" 文學與其它學科或信仰之間的關係 "的研究。必須強調這種研究的文學性，因此也必須排斥威斯坦因提出的文學可與哲、史、藝術比較的觀點。

　　第三種方法，其重點是比較同一國家不同時期文學現象的歷史發展過程。例如：有關中國傳統文學題材 —— 愛情題材與當代新型愛情題材之比較；中國小說體裁演變之比較；五四以來中國現代文學的發展過程之研究皆屬於這類性質，即傳統的歷史繼承性的文學比較法。例如：戴光宗的《白居易與趙樹理》（《華東師大學報》1982·1），高起祥、呂晴飛的《魯迅與屈原》（紀念魯迅誕辰一百週年學術討論會論文），洪申我的《比較式批評 —— 中國古代文學批評的一個特色》（《社會科學戰線》1983·2）等等。這種比較研究不被認爲是比較文學範疇，可是它却有存在的價值和理由。它也是文學的比較學的一個重要方向。應該指出，對於一國古今文學現象進行比較分析，往往應用西方的批評觀念和範疇或運用現代的技巧和方法。但是，這絕不是將西方的標準强加於中國文學。它不同於法國梵·第根的"古典文學與近代文學的關係"，也不同於美國新批評派式的歷史主義的比較。這裏面還存在着多種複雜的、間接的、矛盾的、深深地隱藏着並非作家已經意識到的關係。它是比較各種文體的基本特點，揭示文學的內容與形式的辯證關係；比較作品的寫作方法，概括總結豐富多彩的藝術特色；比較各家的藝術風格，啓示人們深入地"知人論世"和更好地借鑒；比較文學的淵源和作家的師承關係，探索繼承與革新的發展規律。它涉及到思想內容、風格特徵、寫作技巧、文學淵源、文體功能、寫作修養、文學批評等文學理論的許多方面。

第四種方法是包括時間和空間一併比較之綜合性研究方法；具有比較文學性質，是文學比較學的重要方面。例如：有關現代世界各國文學發展之比較。現代各國文學之比較，就是空間上的比較；文學發展過程的比較是一種歷史性的比較，因此是時間上的比較。而這種文學時空比較又往往交叉進行。印度的佛教怎麽傳入中國？在文學上發生了些什麽影響？中國哲學在法國 18 世紀的文藝思潮中佔有何種地位？世界或中西比較文學發展趨勢之研究，通常也具有這種綜合性比較之性質。例如，楊鐵原的《李白詩歌崇高美與西方藝術崇高美的比較》(《求索》1983·3) 趙毅衡的《意象派與中國古典詩歌》(《外國文學研究》1979·4)，王德祿的《五四運動與文藝復興》(《晉陽學刊》1983·3) 等；這種研究幾乎包括了美國派的平行研究和類同研究。不同國別文學存在着相當大的差異，尤其是兩種傳統、兩種"文化格式"的平行與對照，更有必要強調比較性的綜合研究；當然不是強求這種研究。它可以包括以問題爲核心的文類、主題、神話、技巧、文學史分期、文學批評等的平行研究；也可以就近現代以前世界各國別文學進行大幅度的比較研究。這種超越時間、空間的平行與對照的研究，在比較文學上有特別的前途。它擴大了世界範圍內比較研究的可能性，爲廣度和深度的交流提供了特殊的方法。當然，這種研究要克服美國派那種主觀主義與印象主義傾向，克服那種"捕風捉影"牽強附會的偏向；要排除文學與其它學科，如藝術（繪畫、雕刻、建築、音樂）、哲學、歷史、社會科學（政治學、經濟學、社會學）、純科學、宗教等的研究，這種研究要注意文學性的內在規律；要注重作品、討論作品在不同國家、不同時代受歡迎的程度；同時也要比較作家的生平和創作經歷以及不同國別的讀者對作家作品的解釋等等。

以上四種研究法體現了文學的比較學的性質，概括了文學的比較學研究範疇。文學的比較學包括比較文學和文學比較。就比較文學之意義上說，第二、四種方法是它的眞正涵義；就文學比較的意義上說，第一、三種方法是它的基本思想。不論是時間上還是空間上的比較，文學的比較學形成的理論必較單純描述性之研究更有伸縮性、更能說明文學之實際結構。可是，當我們冷靜思考"比較學"的內涵，並以此規定它的性質與範疇時，會發現那廣闊領域，難以駕馭。僅就比較文學來說，它的研究綱領準則與研究的對象範圍也是矛盾重重的。因此，這一學科無論是就它的性質和定義，還是它的方法和範疇都是不穩定的。比較學者在研究過程中，常常會爲其它學科的研究成果所左右。或者是無一定目標，或者是成爲其它學科的俘虜。由於缺乏堅實的理論基礎，有些比較學研究者爲實用目的而研究；也有的研究的範圍漫無邊際。因此，文學的比較學若無明確和統一的理論綱領和目的，它的前途是很難預測的。

　　筆者認爲：文學的比較學的大前提是建立一個普遍適用的通則性理論，這也是比較文學研論的目標。比較學方法論必須有通則普遍性才經得起歷史的檢驗。比較學理論家的方法論不僅可適用於一國比較文學研究，也必然可以適用於其他國家的比較文學研究。而現有的比較文學方法論皆以法國比較文學研究爲基礎，很少有眞正建立在各國別文學理論所形成的比較文學方法論。例如：法國學派的“影響研究方法論”頗有民族的本位色彩，理論基礎是建立在法國學派的經驗上。他們自詡法國文學富麗而偉大，是歐洲文學的中心，歐洲各國的文學感受其潤澤與影響。因此，他們廣集各種客觀資料（傳集、書信、檔案）藉細密而精細的考辨，明其類同，定其相似，以指出法國學派施放的直接影響與間接影響。美國學派的學者們把法國學派的理論進行了徹底的揚棄。它不認爲文學的共同性是比較文學研究的基礎，而把比較的目的認爲是擴大文學欣賞的範圍和能力。如奧爾德里奇所說：“注重主要作品的探討、獲致美學分析的機會並窺得創作過程的奧秘。”比較學通則性理論應有利於認識民族文學的特殊性，有利於國際文學交流和了解。“比較本身不可能是比較文學的目的，文學欣賞與文學研究也有區別，只有尋求文學的普遍規律或所謂的文學上的“眞理”可以作爲比較文學的主要目的”。比較學方法論的目的除力求通則普遍性的解釋，更重要的任務是解釋普遍性的差異。文學雖有很多問題是具有普遍性的，但每一個國家對該國文學及其所賦予之功能是頗有差異的。比較學家不可受表面現象欺瞞，要進一步去做更深一層之探討。

總之，比較學就其本質來說是在找到文學共性、並分析其內涵在各國各民族文學之差異性和類似性。它並非是一種特殊的文藝理論，而是一種較爲廣泛、包括時間、空間的一種文學觀點和方法。文學理論的目的在於尋求通則性的解釋原理原則，比較學亦以此爲目的。二者不同僅僅在於比較學的理論基礎是建立在動態的超越時間、空間的文學資料上，是建立在文學的關係上。因此，比較學的方法與文學理論的方法有很多方面是相似的。主題、體裁、思想、感情、語言、文字等在各國文學裏常見的研究法、也廣泛應用於比較學研究中。但是，作爲比較學中一個重要部分，比較文學的性質是有別於國別文學的，是一國文學與另一國或多國文學的比較研究。因此，研究比較文學首先要注意文學的“文化格式”的差異；歷史觀、文化觀，價值觀的不同以及語言結構、思維方式、美感意識、批評標準等的不同。這樣，才可避免曲解或偏頗的表面現象的無謂比較，充實文學的比較學理論。

劉介民

＜比較文學的性質與範疇＞，

《社會科學輯刊》3(1987)，104-109。

作爲先決條件的比較思維

雖然重複之處在所難免，但本章以下的部分可分爲兩部：一
"思維的習慣"——簡單討論我所採用的方法及其隱含的教育哲
學，二"比較性的"——這些原則對比較文學（尤其是中英文學
關係）的實際應用。

一　思維習慣的關連性

雖然本章的中心論點是比較文學，但是我認爲我們應該先考
慮有關任何比較研究（諸如：比較語言學、比較宗教、比較法律、
比較哲學等）的一般先決條件。

在本章一開始，我便指出我的先決條件：教育非僅事實的堆
積，而係固守某些堅定的原則，從事一種習慣性的知識整合。論
者常說：教育乃一切事實被遺忘後所保存下來的東西。這就是心
理學家威廉・詹姆斯在《對教師贈言》一書中所強調的。他說過
爲人師表者第一要務乃培養學生終生受用不盡之習慣。"習慣"
乃教育之核心，不僅在智識與道德層次上如此，在美學層次上亦
然。一個人獲得這種"習慣"之後，習慣性的思考態度便成爲他
行動的圭臬。當然這裏指的"習慣"並非牢不可破的習性，而是
一種注入行爲模式的心態。這種態度是開放而不呆板，對於生命
中有助於吾人人格成長的各種精華仍會毫不保留地接受。

第二個先決條件從第一個引申而出，它與"比較性的"思維概念息息相關，這就是說，人的思維習慣必須是"關連的"。一種對孤立概念的思維習慣是不夠的。"單一"與"多樣"之間長久的難題，可以透過對"關連"的特性之分析而獲得解決，就文學而言，透過文學家附會、統一的心智能力的創作表現，許多字詞乃形成一個"單一"的實體。

"關連的"思維方式，其特點究竟如何？舉其犖犖大者而言，約有以下三端；多樣性、區分法、以及綜合法。首先我們得對這三點的特性逐一探討，進而將之應用到中英文學上去。

二　思維習慣的多樣性

"關連的"思維方式包括多樣性，因爲至少兩種以上的事物彼此之間才有關連。這概念可藉雷文（Harry Levin）對比較文學範疇所採取的肯定方法來說明，他說：

> 我們普遍關懷的是邊境，而非界限，不是限定知識的領域，
> 而係擴展它……人文學者的領域是如此廣濶模糊，如此地
> 座鎮中央，其邊緣又是如此輕淺無痕，因此，他永遠無法
> 樹立界碑，也許，他的邊境是日日更新的。至聖孔子說：
> "日日新。"然而，新在時間中是相對的，正如邊境在空
> 間中是相對的。

簡而言之，我們不應再閉關自守，囿於己見；相反地，應該具有文學無國界的胸懷，開闢知識的新途徑。

　　與多樣性有關的另一點就是我們不應被動地靜坐觀變，讓事物逬現在我們的意識中，而應主動地尋找同異之處。並積極地運用心智能力，使一個人的經驗範疇能容納更繁雜的事物。

三　思維習慣的區分法

　　經由上述的心智過程，我們能獲得純粹的知識多樣性與相互關係，所以我們勢須劃出分隔線，標明它們的不同之處。爲了求得某種有時間先後的層系，這些區分是重要的。把下列區分法應用到手邊資料上去，便能決定一個座標，我們可以據之邁向更廣濶的領域，更能把握我們的素材。

　　有一種基本的區分法，它不僅舉出比較研究的相同之處，也同樣舉出它們的互異之處。這種區分法最爲明顯，在底下討論應用部分時，我們會再詳細解說。

　　另一種劃分日常生活世界與文學世界的重要區分法便是時空連續性。這層次不論是直接看來或間接看來，沿着歷史的橫切面（如：淵源及影響研究）看來，或意識形態的縱剖面（如：思想史）看來，它都是分析現實的一種有用的方法。這種時空區分法的未逮之處便是：某些文學之間既無地理上的鄰近關係，亦無歷史上的脈絡關係。有時，我們值得區分短暫、獨特的歷史事物（如：楊貴妃）與比較永恒的、有普遍性的文化人物（如：" 命運之母夜叉 "（ femme fatale ））。後者似乎往往超越時空，他們從基本人性中冉冉升起，沛然塞乎滄冥之間，因此，我們能跨越任何時空的鴻溝而邂逅他們。這個假設的依據乃是：人同此心心同此理。這種半超越的概念看似羚羊掛角，無迹可尋，但是，事實上，它與第三層次相切合，這就是容格（C. Jung）"集體潛意識"中的原始類型（如：水與火、創造與永生、以及圓圈意象等）。

最後的一種區分法是韋勒克與華倫（Austin Warren）所提出的文學的外在（如：傳記、心理學、社會、思想觀念、及其他藝術）與內在（如：諧音、節奏、韻律、文體、意象語、比喻、象徵、神話、類型等）的研究方式。近來教育強調交互訓練研究、團際教學，及集體翻譯等等，這種趨勢顯示出人們希望基於選擇性的折衷主義原則，讓各種方法獲得協調。假如我們閱讀比較文學中之"文學性"，而非其社會學的涵義，或其它外在的意義，那麼，內在的研究方式顯然便是第一要務。因為它使我們專注於作品的藝術成分。雷文氏在其《批評之內涵》一書的序文闡述此點，他的觀念足以匹配上述的內在與外在研究方式：

> 文字的訓詁與章句的研究，永遠是文學批評的起點與終點。然而，除非我們願意不斷探索文章的含義，直到藝術實踐與人類經驗更廣濶的領域為止，我們無法領悟它的意義，也無法充分了解它。由於內涵的研究方式專注於形式與意義的確切關係，因此它不斷地觀照兩方面，然後回到那瞬間的交會點……歷史的與比較的方法能使我們推究一件作品和其他作品的關係，甚至它和其他文化現象的關係。

也許，雷文先生所提出的這個較大的內涵會加深我們對作家與作品的了解。就心理學的觀點而言，固然從文學作品中可以了解一

個人的內在生命（內在方式），但了解形成他行爲的外在影響
（外在方式）却也頗有助於對他的了解。同樣地，一件藝術作品
之被充分了解，不僅基於其內在動向，也基於其歷史背景與文化
內涵。

四　思維習慣的綜合法

　　"關連的"思維方式，第三個重要的特性就是綜合。做了許
多區分之後，我們應將這些意見集合成爲一體。在藝術方面，我
們只能做區分及分析，以便對重新結合在一起的作品做整體性的
觀照。綜合法最重要的一點便是視文學爲整體的研究態度，這種
態度幫助我們從破碎及繁多的資料中創造出新的統一。哲學家馬
理旦（Jacques Maritain）說：

　　　分散與混淆同爲精神本性之敵。托雷爾（Tauler）曰：
　　"我們最能明察者乃溶入統一中之諸般殊性；同樣地，除非
　　明辨殊性，我們無法了解統一。"職是之故，一切形而上
　　之綜合——尤其是具有精神與知識之繁富性者——必須經
　　明辨而統一。

　　這個方法就是我們上面所見到的內涵方法，因爲它不但強調
一個整體內涵的重要，以便在詩行中觀察出字、詞多方面意義的
不同，同時也指出教育家變成綜合家的價值。

　　專家與一般學者常有摩擦，因爲前者對於愈來愈少的事務了
解得愈來愈多。而後者對於愈來愈多的東西知道得愈來愈少。依
筆者淺見，解決之道在於：學者不應對皮相感到不屑，對於繁複

也不應畏懼，因為真知並不只是靜態事實的堆積，而是對事實與基本原則間動態關係的洞察。這種真知必須經年累月，永不停怠的力學方能獲致。

在比較文學研究的過程中，專家及一般學者都應致力成為綜合家。換句話說，從事文學關係探討的學者應該訓練自己把文學看成關鍵性的整體。由於他明白面對的困難及個人的限制，因此，他對文學的興趣不在於一些急待解決的單獨問題，而是如何使自己對文學的關係及其含義更為敏感。

與文學整體觀方法有關的是，不斷地視藝術作品中的各種成分為整體中有作用的部分；這點正能幫助批評分析家把握作品中藝術上的邏輯性及統一性。韋勒克在＜比較文學危機＞一文中，曾嚴厲地批評專門研究文學淵源及影響的梵第根學派：

> 他們堆來了龐大的文學類似點、相似點、甚至相同點，這些除了表示某作家對另一作家的知識及曾閱讀過某人作品外，他們很少問及這些關連到底在表明什麼。然而，藝術作品不只是淵源及影響的總結，他們是整體的。在整體中，從他處得來的原始資料，不再是無生命的物質，而應歸化為一新的結構。漫不經心的解釋只會造成"永遠的退化"……這種孤立對一個整體及由自由想像而構成的藝術作品而言是不可能的。假如我們把它打破，變成淵源及影響的碎片，則藝術作品的完整及意義皆被抹煞了。

也許以對照科學的分析傾向和文學的綜合運動，來做本節之結束是有用的。科學的"存在理由"是經驗性的分析，它的特性就是靠分割來徵服。反過來說，在另一方面，藝術却致力於綜合、再創造，以及從人生的混亂狀態中創造統一。

李達三著　　周樹華　張宏庸譯

＜比較的思維習慣＞，

（台）《中外文學》1.1.(1972)，86-103。

兩種相似的研究方法

究竟採用哪些方法才能把比較文學批評理論的太陽能吸引到地球上來呢？以便我們將其中一些有用的光再折射到像中國文學那樣，從外觀上看似乎很難駕馭的文學之上。當然，可能存在的折射光是大量的，主要依賴於聚焦的角度。時至今日，在中西比較文學研究中，有兩種特別引起人們關注的光源，它們都發射出一定的光芒。

首先，在傳統的比較文學研究中，非常強調要尋找兩種文學之間的相同點。這種研究不需要十分詳盡的情節，原因是我們對影響研究、翻譯研究、模仿研究、引進研究等等都很熟悉。其次，則集中表現為假定中西兩種文學之間存在着很大的相似之處，並把同一批評理論和方法應用於它們本身。持這種觀點的人，抱有這樣一種期望，即同一批評理論能適用於一種文學，那麼對另一種文學也一定會產生良好效果。所以一個人就嘗試用自己熟悉的工具 —— 本國的文化技巧來揭示他國文化藝術寶藏的秘密。迄今為止，絕大部分的批評理論一直是單方面發展的。那就是：西方的批評理論對於研究中國不同的文學流派曾產生巨大的影響。贊同這種研究方法的人是眾多的。也許，J. D. 弗羅德塞姆（ J. D. Frodsham）就是其中最坦率的一個。他認為" 批評研究不僅僅是表達中國文學傳統的一個術語，同時也是代表當代批評高峯的語言"。他曾參考了《中國文學之展望》一書：" 語言和文體的批評、體裁上的形式、主義、神話批評、哲學批評（主要指存在主義）以及精神分析批評，當然也包括馬克思主義的批評等等，這些理論都給批評領域帶來一場革命。在R.C.科林伍德看來，這場革命的重要性完全可以同發生在一百多年前的哥白尼‘天體革命’相比美。這樣說並不是爲了否定世世代代中國學者的輝煌成就。他們在學術研究領域卓有成就的勞動，爲我們提供了這些討論的專題。如果沒有上述的一切，比較文學研究家們是很難開展工作的。但是，當從原文和歷史的角度進行的學術研究不再深入發展的時候，比較文學批評就必須開始自己的工作。而在今天，全部的用於批評方面的索引不是出自於中國，而是起源和發展於西方。”

　　當然，許多學者會對上述主張提出疑義，特別是弗羅塞姆力求證明“現代的批評方法是如何被應用於闡釋中國文學”。即應用於文學流派的比較，時代的比較和文學運動的比較。儘管西方的一些研究方法是行之有效的，爲了促使研究的平衡發展，依據中國觀點，批評標準的反面應用也是適當的。對此，我們可能取得一致的看法。如上所述，我願提出兩種相似的研究方法。

　　一、把比較的重點放到不同之處的研究上。與其通過批評性的考查來檢驗兩種文學的相同點，還不如檢驗它們的不同點。從長遠的觀點看，這種不落俗套的比較文學方法，將會引起越來越多的爭論，也將產生明顯的效果。威廉特近期曾發表了一篇題爲＜文學理論和比較文學＞的研究文章，提到在中西方的比較文學中，如何使非影響研究比傳統的比較研究更富有成效。因爲前者會迫使我們去探究西方學者關於各種文學流派及文學本身的性質、特徵這一最基本的文學設想。此外，他還進一步斷言，與西方文學批評有關的一系列方法，實際上早已被中國人所發現。最近在由阿代爾・奧斯汀・理科特編輯的美國普林斯頓大學學報上（1978年）刊載了克雷格・弗什克的一篇評論文章＜從孔夫子到梁啓超的中國文學探討＞。文章說"批評史的研究只是接近產生中國文學差異這一特性的一個方面。事實上，這種特性指的就是中國文學的可變性和不同性。也正是這種特性，引起了人們極大的關注"。

在研究日本文學的比較文學家中，存在着一種共同的傾向，早在幾年前，歐文・安・奧爾德里奇就曾提出這樣一個問題"再次改變比較文學的研究方向，以便促進東西方之間的關係，這是否是一個好主意？"最近，他又宣布他的雜誌每隔兩期就將出一期有關東西方問題研究的特輯。去年，《比較文學研究》上曾登載了邁納（Earl Miner）教授的一篇引人注目的文章，題為＜日本組合詩歌的某些理論含義＞。在這篇文章中，他指出"結局先於情節、連續性先於間斷性是一個文學的基本原理"。他還論述到"文學可能既是非模仿的又是可模仿的或是反模仿的"。我們在讀這篇文章的同時，還應該拜讀邁納教授早些時候發表的＜論文學體系的起源和發展＞這篇文章。他提醒我們：東方的幾個重要的文學體系已經"存在了若干年代，但並沒有給批評體系帶來一定的益處，也沒能說明或證實批評體系的正確性"。他還指出"就抒情而言，幾個世紀以來一直被認為是中國文學、日本文學和朝鮮文學創作的標準之一。然而，正是這一事實確定了亞洲詩歌和西方詩歌根本的不同點"。簡言之，邁納教授談到的

"運用大量不同的方式去實現東西方詩歌的過渡"。和我談到的
"比較文學方法"都概括了我所闡述的第一個問題。

　　二、也就是第二種研究方法，顯然是利用中國的批評觀點來
闡明兩種文學比較的結果是否揭示了它們的不同點或相同點。就
我所知，人們對可能被應用的中國傳統的批評方法，給予的關注
是很不夠的，尤其是在以持久的系統的方式去研究、探討中國文
學傳統和英國文學傳統之間的不同點這方面。但至少在最近有一
例外，今年美國印第安納大學發表了一篇長達五百頁的比較詩歌
學術論文，＜情節的意識＞，文中將情節描述爲中英詩歌中的感
情表達。

　　如果我們計劃把對比研究或中國方式的研究應用到比較文學
研究之中，那麼一些傳統的研究方法指的又是什麼呢？我相信，
在影響研究和翻譯研究領域裏，要是我們把注意力更多地放到幻
想或意象的探討方面，無論對中國文學還是對英美文學的研究都
會有很大幫助。這種對虛設形象的研究，還可以幫助我們確認偏
見，擺脫陳規，澄清謬誤。對當今我們的批評時代更爲重要的
是，要組織系統地研究和翻譯。當那些必要的批評方法已經影響
到其他國的文化時，還要努力鑒別它們在什麼程度上被吸收、拋
棄，或者保持不爲人們所知的狀態。

　　我們進入時代和文學運動研究之後，任務則更加艱難。因爲
從事這種研究，不僅需要你成爲一名比較文學的批評家，而且還
需要你成爲一名有修養的歷史學家（最好有一批這樣的學者），
還要求你對文學作品有廣泛的涉獵和深入的理解，至少掌握兩個
國家的文化。幸運的是，在這一領域劉若愚先生已經爲我們做了

開拓性的工作。但是，弗羅德塞姆却相當容易地把西方浪漫主義和中國的道家學派、西方的巴羅克藝術風格以及中國佛教的玄學聯在一起，這樣做似乎把這一研究引得太遠。我們非常需要一個徹底而又全面的詩歌比較研究時代。

　　流派研究和風格研究將整個比較文學研究領域割裂開，並且提出了許多有關詩歌性質的問題。例如：詩歌的定義（什麼是抒情詩？什麼是史詩？）敍事體詩的性質、悲劇問題、以及口頭傳說作用（包括音樂）是構成所有文學流派的基礎。用大衞·霍克的話來說，＂就是以詩歌流派爲例，深入理解兩種文化的相同點與不同點。這是完全可以做到的。若採用中國的表示方式，甚至會引導我們對自己的詩歌觀點，重新做出評價＂。理想的題材不會貫穿各國文化之中，毫無疑問，我們不得不加深對一個適當的流派由什麼來構成的理解，加深對風格和技巧的理解，以避免生活在我們自己創造的一般幻想之中。

　　主題學、思想史、文學和其它藝術學，爲東西方從事詩歌研究的學者開闢了文學交流的廣濶前景。顯而易見，運用中國的比較觀點進行詩歌研究是十分恰當的。特別是在我們嘗試對充滿儒家學說、道家學說以及佛教主義的東方文學作品和充滿希臘、羅馬文化以及基督教文化的西方文學作品進行比較的時候，更是如此。

　　在開始這種比較之前，也許我們不得不清理出那些有意義的論據，是怎樣圍繞着時間和空間、宏觀世界和微觀世界、欲望和痛苦、生存和死亡這些概念？構成有機的一部分，又通過文學表現出來。

李達三著　　張　錦譯

<中英比較文學的研究——詩歌的比較>，
《比較文學研究與資料》1(1983)，22-25。

比較文學與文學批評

　　本文重點不在說明比較文學與文學批評有什麼關係，而在申述比較文學要用那種批評角度來處理研究才較妥善？換句話說，我們肯定文學批評有許多型態和流別，但做研究的人應該檢討何者最適合比較研究的推展？

　　為了簡便起見，下文所指的批評包括用作解釋作品的文學理論和文學批評理論，焦點放在應用層面上，而不把批評獨立起來當做一種自成體系的研究目標（雖然現在已有人這樣做）。在這個前提之下，如果批評成了硬化的理論套用、襲用、把作品像標本那樣放在實驗牀上，層層剖剝，最後但見內臟器官和肢解了的肉體，作品神秘的面紗固然拿掉了，但人體奧秘之謎仍不得其解，這種批評便可以棄而不用了。譬如我們把一首詩仔細分析，最後獲得某種結構、某些語言符號，這首詩便成了一堆記號和一些修辭技巧而已；如果我們堅拒把這些資料整合，幫助讀者了解創作過程和作品之為藝術的話，這種批評便不能增進我們對文學本質的認識，它只讓我們對作品做了一個橫斷的切面而已；用這種手法來處理論說的散文、打油詩、宣傳品以及其他體裁的文字，一樣可以得到類似的結果，到最後批評家便像做習作那樣，鎮日跟著各種流行理論的後面從事套用的嘗試，而對作品絲毫沒有盡到解釋的責任。

　　近年來流行的各種批評理論，泰半都脫胎自社會科學的研究格局，文學批評界只不過把它們借用過來，發掘已往作品分析過程中（特別是印象式批評）的死角。但是這些理論如現象學、詮釋學、接受論美學（在英美批評界一般稱作讀者反應理論）、結構學、記號學、解構學和心理分析學等都有它們各自產生的社會背景，都有一種泛科學精神的指導原則在後面，而利用這些理論來看西洋作品時，幾乎都有它們的特定時空；譬如詮釋學主要是整理經典（古典）之作，到了接受論美學，因爲這理論主要是探求作品中讀者之角色，這是浪漫主義以後才出現的文學經驗，所以這理論應用範圍便特別集中在小說方面，因此這種研究對象也就偏向於近代的作品了。

　　目前批評界最大的危機，特別是在國內的危機，就是借用各家派的理論之後，作品變成肢離破碎的資料，而非透過分析讓讀者更深一層的了解文學的精髓。這種機械式的批評猶如告訴讀者在飯碗裏有一些碳、氧、氫的元素，和這些化合物的成份和百分比。但經過這種冷酷的科學分析之後，讀者的確了解到某一層面的結構組織，卻對那一碗雪花花米飯的整體認識沒有增加，倒是那碗飯的靈性和美感已給剖析得死了；這種情形所以會出現，就是因爲文學作品並不是單純的語言結構，語言只是文學的媒介，這個媒介可以增加也可以掩蔽我們對文學的認識：語言是作品的元素，但却不是作品的本質。文學的語言基本上是屬於情感的語言，所以把語言本身過份定型在某種公式上面，忽略了情感的內涵時，文學的精神便逐漸萎縮消退，在文學史上這種例子俯拾卽是。譬如歐洲的傳奇，中古後期這種文類的作品簡直泛濫成災，而且越寫越公式化，以數量而言，光是在英國的韻文單篇作品（喬叟和

高華爾 John Gower作品中的傳奇不算）就有一百二十篇之多，
有短至三四百行的，也有長至兩萬多行的，喬叟就寫過中古最好
的傳奇之一的《楚洛斯和克妮塞德》（Troilus and Cressida），
但是他也極為厭倦當代作家對這文類的處理，所以在《肯特貝里
故事篇》（The Canterbury Tales)中，他就拿這文類來開玩笑，
寫了一篇胡鬧而未完成的傳奇《托拍士爵士》（Sir Topas）；到文
藝復興時代，史賓塞用宗教寓意結構和阿瑟王武士的題材，寫下
了他的《仙后》（The Faerie Queene），大體上便總結了中古
情調的傳奇作品，在莎士比亞用戲劇形式和著重結局的安排，寫
完了《冬天的故事》和《暴風雨》等劇作之後，傳奇的大統已作
最後的一變，自此告別英國文壇，到十七世紀班特拿（Samuel
Butler, 1612~ 1680）時，更拿這文類作嬉笑怒罵的把柄，寫
成了他的滑稽詩Hudibras，以後零星的作品更每況愈下。二十
世紀所筆耕的傳奇，可惜竟成了流行的言情小說，放在火車站書
報攤、超級市場和書店消遣書架上廉價銷售。而在歐洲大陸，十
六世紀意大利詩人阿里奧斯圖（Lodovico Ariosto 1474~1533）
寫就了《羅蘭之怒》（Orlando Furioso)（羅蘭與查理曼大帝的
騎士力戰西班牙之回教軍）後，傳奇精彩的部份可算是完結了，
等到西班牙的塞萬提推出《唐·吉柯德》（Don Quixote)時，固
然故事裏仍有傳奇色彩和遺風，但是小說這一文類的觀念已在歐
洲開創了。此後歐洲敘事體的作品已經不再是中古式傳奇的局面，
而是現代人所認識的小說了。文類誠然在遞演，可是歷史的腳印
也在說明舊有文類精神的死亡才會導致新文類的取代。再以一些
中國文學的例子來說明：唐代的律詩和絕句，金碧輝煌，燦爛無

比；到了宋代，仍然有承先啓後的場面，至少胡雲翼這樣堅持
（見《唐詩研究》）。但是宋代份量較重的韻文已爲詞這文類所獨
佔，雖然時人不太瞧得起這類作品。到了元代以後，律詩和絕句
的光輝可說已萎縮得不成比例，已爲別的新興文類所取代了。

　　從文學史的軌迹來看，把作品太刻意的公式化，寫出來的東
西極容易僵硬，而套用批評理論，作機械式的反映潮流，適足以
害了作品獨特的藝術精神。但是，這個說法有一個前提，就是碰
上天才作家時要作例外處理。譬如中國的傳奇，唐宋以後已無甚
可觀；明代陸續出現的《剪燈新話》、《剪燈餘話》已沒有新獻
可言。但清代出了一個蒲松齡，在《聊齋誌異》中大放異彩，把
狐仙幽冥的題材推到一個新境界。可是此後的傳奇終至淪爲泛濫
的愛情故事，開創清末民初的鴛鴦蝴蝶派小說。但是這類作品只
得前代傳奇的形，而不傳其神，所以不單在寫作界，甚至在批評
界中也一直不受重視。然而，這種作品却合乎某些分析的模式和
結構法則。從這個角度來看，批評若只重視作品的形貌，極可能
符合某些理論所專注的資料。如果討論作品的精神從缺了，便是
一種不平衡的探索，與其稱之爲文學批評，毋寧稱之爲修辭批評❶。

　　既然批評與文學史有這重關係，比較文學在走了一個世紀的
研究路線之後，又像十九世紀的法國學者那樣，找到了一個豐盛
可循的研究泉源。但今天的研究方式，却不再是百年前甚至半世
紀以前那種從事影響文學創作的旅遊史料考訂，而是把文學批評
落實在文學史脈絡中，亦卽是在文學傳統中展開批評鑑析的一種
比較研究……

　　批評一詞在中文裏通常被視作抑貶或吹毛求疵之意。但在西

方，"批評"指的是兩種靈智的活動：詮釋作品和評隲作品，而以前者最為根本，亦卽是說批評家有責任揭開作品神秘的面紗。沒有批評家這個角色（或一個訓練有素的讀者），作品成了一堆不可解的文字，在某種程度而言，等於不存在，這便是接受論美學（讀者反應論）產生的根由。在閱讀期間，讀者把作品的線索串連起來，把作品特徵和形象具體化，一面追尋新線索，一面修正先前的想法，配合作品裏的背景和前景，再加上個人的素養，重組一種對作品特性的解釋。這種新近的讀者反應論，其實不是讀者被牽引著所作的反應，而是讀者在閱讀中進行某種層次重組的創作理論。歷來在文學批評一詞未正式命名之前，所有的讀者事實上都用這方法去閱讀和研究作品，新理論的命名只不過加強了作品詮釋中讀者及批評家主體的份量，也就是說讀者個人文學信念直接影響到作品神秘面紗會怎樣地揭露開來。對比較文學的研究來說，這理論與其說是一種方法，毋寧說闡明了為什麼比較研究的角度會有如許大的出入。因為不管接受與否，這個德國批評家易塞的理論，所描述的過程的確是每個人在閱讀時必經之路，根本不是什麼許多新方法中的一種方法，而直接影響到評價的結果，反而是每個人不同的信念（文學的、社會的、政治的、宗教的、哲學的及其他的因素）。這信念却又需要保持著相當彈性，受作品線索的影響而變化衍生；故此，這個讀者要有意識型態的信念，但得懷著一個開明的態度，這種讀者，幾乎可以肯定的說就是一個批評家。這個批評家在從事文學的比較研究時，因為具有這種開明的人文主義色彩，在他處理不同文學傳統的作品時，必不強作解人，他得讓作品和資料去說明一切；他可以先有

一個信念，但不因信念而把作品穿鑿附會的解釋，反而讓作品來
修訂甚至轉化他信念的層次；也就是說，用這種心態（這個讀者
反應論基本上是一種心態）來做比較研究，大致上不會陷入武斷
的處方式（ prescriptive） 窠臼，而是較為平實的描繪式（des-
criptive）研究。因為在人文研究中，過程比結果尤具意義，研
究過程和角度所佔的比重，也就顯得特別重要了。抱著這種態度
從事比較的工作，結果極可能會出乎研究者的始料，但也因為他
能夠秉持著開放的態度，擇善固執，才可以把不同作品的傳統從
容地顯露出來。

　　這種強調讀者角色的批評，有些人如剛去世的耶魯學派前衛
批評家保羅・狄曼（ Paul de Man）却很不以為然。他認為作者
與作品本來是一體的，把他們分割是一種錯誤，他也否認讀者會
挿身在閱讀過程中； 基本上閱讀只是分析作品本身的語言要素。
這是狄曼的解構學信念。但是，如果批評家不涉身在閱讀的過程
中，我們又怎樣解釋有些批評文章比較高明，有些比較遜色？其
實，骨子裏，解構學也好，讀者反應論也好，名之為處理作品的
語言結構，事實上都在引用一些非形式的、作品以外的準則來衡
量反省作品的意義；這些理論中所稱的結構是最廣義的，包括思
維的結構，批評家事實上就在透過他的價值判斷來解釋作品……

　　在新批評之後，許多評論家已先後從批評和理論的研究走向
歷史的契合， 並且這種步調有逐漸加快的傾向。 比如說屬於耶
魯學派的前衛批評家哈特曼（Geoffrey Hartman），在他早年
研究華滋華斯時，他不單把後者放在英國浪漫詩人中來評閱，
更把他放在整個歐洲浪漫主義的脈絡中看待， 把空間擴張， 甚

至把後期和同期人物歸納起來，明顯地批評家把歷史的觸角延伸開來以便於處理作品。這種把歷史和空間擴張來評論作品的方法是當時新近移居美國的德籍猶太裔批評家奧阿巴哈（Erich Auerbach, 1892～1957）的典範。哈特曼在書中沒有提到受奧阿巴哈的影響，但後來却把另一本研究華滋華斯的書呈獻給他。事實上，在惱人的歷史推移之中，哈特曼一直希望能夠找出時間，用範式的（Paradigmatic）格局，選擇性地寫一部從文藝復興到現代的文學史。而他的一名同事保羅•狄曼在早幾年前已察覺到，文學史與文學批評需要相輔相承；文學史要落實在文學批評之中，而文學批評也要依附在文學史的脈絡裏。對這些耶魯批評家來說，文學史常常是歐洲文學史的同義詞，固然一方面是他們興趣廣泛，學力深厚，另方面極可能是在他們同仁魏力克的感召下，默默地參與了比較文學的工作。耶魯如此，哈佛也如是。傳統上，哈佛是從事考據和文學史的研究（但哈佛的比較文學課程在十九世紀便開始了），在耶魯的沖激之下，哈佛學者一樣表現得有聲有色，合文學史家與批評家於一身的學風，連典型的中古學者布魯菲特（Morton W. Bloomfield）也談現象學、詮釋學、結構學、記號學等對早期作品舊式研究所可能產生之影響，只是他尚停留在談理論應用的階段，而非實際以之做評論作品之用。在哈佛的比較文學研究中，最易使人想到的例子是西班牙學者歸依仁（Claudio Guillén）。他對文學時期的探討、對西班牙流浪漢小說（Picaresque novel）的探源剖析和對批評體系的立論，都是切切實實的文學史結合批評的重要文章，這種對作品本身及其源流的批評研究，大體上是文類研究的規模，而比較文學目前較缺少的，文類研究是其中之一。差不多在歸依仁結集的同時，另一哥倫比亞大學出身的學者窩納基也用類似的手法處理歐洲巴洛克詩作。歸依仁和窩納基大體上是批評家，但一旦他們把作品的空間延伸出去，進行比較研究時，就像哈特曼那樣，身不由己的做起文學史研究的兼職，但是他們的文學史不是傳記考證、字詞校勘或典故考訂，而是把作品放在它們所屬的時間因素裏頭分析，不只是橫斷面的，也是縱貫面的研究。新批評的方法這些學者熟識得很，但他們却囘過頭來把新批評帶到一個更融洽的批評境界……

在批評與文學史意識結合的高潮落幕之後，我們還有一些餘緒要處理。在過去二十年來各種批評理論爭鳴之際，現代文學研究誠然已加入鑼鼓喧天之局，中古文學研究也頗受壓力；有加入混戰，有我行我素一任傳統興之所至的，也有堅主囘歸古人的歷史考據派的。文學批評在這當口已成了一種文學系統研究，好像不套用一個新近的系統知識，不足以顯示個人對文學的見解，情況確是非常混亂，極端的情形演變成 “批評” 之作有視爲學術（scholarship）之反面。其實西方的批評傳統，源遠流長，早期即使不叫做文學批評，也有類似詮釋作品的做法，特別是專注於創作理論的家派，中古至文藝復興的三學藝（trivium指語法、邏輯及修辭）即爲其一，時人對分析作品的技巧一點也不陌生。實際上古人並不缺少文學理論和批評的工具，如果重新發掘古人當代的理論和工具，或更有助於體認古代作品所隱含的另一世界（the otherness of the world），當然，借用現代的工具來窺探，也可發現古代作品對我們當代所產生的意義。近年來，這

種古代意識（alterity）與現代意義（modernity）的討論，已在
中古文學的研究中熱鬧起來。所謂古代意識，並不是追索到遠古，
而是作品產生的相若年代之批評觀念而已；因此，比對現代和古
代的價值觀念，很自然的便產生了比較理論的研究。固然古代理
論有它的所短，猶如現代理論也有它的所短一樣，但現代與古代
長短互補，未嘗不是一件愉快的批評經驗。不過，一旦跨過現代
與古代的鴻溝，我們已把批評納入歷史意識之中而不自知了。

　　至於在中國文學的研究，傳統上我們只有零星的理論，彼此
間沒有架構關係，也缺乏脈絡的牽連，但歷來却有不少文思、詩
話、詞話、筆叢之作。這些絕大部份不能單獨自成體系的資料却
可用作我們尋求古代意識的工具，再加上現代學者所具備較為完
整的現代批評觀念，對研究中國作品而言，將是一個新紀元。理
論和系統不是一天可以建立起來，但有時含義不清的批評體系却
可以重建和廓清。如果中國文學作品都能普遍地利用已有的當代
文思，或屬於本土的理論基礎做分析和詮釋，將是最好不過的方
式。這種融通中國傳統價值觀和外國價值觀的比較研究，將會是
中外文學比較研究最理想的層次。

　　但在目前中國文學很多基本工具尚付闕如，許多基礎學術功
夫還未展開之際，要從中西批評傳統出發去研究各自的作品，多
少有點奢求。可喜的是由國立編譯館出面主編的《中國文學批評
資料彙編》❷已奠下一塊基石，下一步是從中整理出批評理論的
模型，否則，在嚴肅的作品詮釋方面，我們還要仰賴西方較為完
備的批評工具。不過，即使在只有一種批評工具可用之時，把批
評的考慮層面同時加入作品所反映的歷史意識和歷史透視，似乎

是最能掌握詮釋精髓的方法之一。比較文學研究之所以要借用文學批評的工具，不外是希望更切實的，而不是印象式的了解作品的藝術精神，從而探求文學中具有普遍性的價值觀。既然屬於普遍性，自然就不限空間，也不限時間。因爲不限時間，在使用現代批評理論來分析作品時，我們就需要考慮到文學史上的意義，亦卽是文學發展軌跡中的適用性問題。在這個層面上，把文學批評與文學史結合，應用到比較研究上去，也就不算得是過份的要求了。

附　　註

❶ 文學批評所針對的作品的持久性和永恆的一面，修辭批評則探討作品所產生的影響，以及讀者的反應等方面 。 請參閱 Herbert A. Wichelns,"Some Differences between Literary Criticism and Rhetorical Criticism," in *Historical Studies of Rhetoric and Rhetoricians*, ed. Raymond F. Howes (Ithaca: Cornell University Press, 1961),pp. 217-24.

❷ 共八册（臺北：成文出版社，民國六十七 ——六十八）。此套書第一册爲《兩漢魏晉南北朝文學批評資料彙編》，最後一册爲《清代文學批評資料彙編》，其中元代、明代及清代各分上下册。

蘇其康

　　〈比較文學與文學批評〉，

　　（台）《中外文學》15.7.(1986)，44-58。

比較文學的批評是否可能

　　有沒有純粹的比較文學批評的方法呢？這是我首先要談的，其次是比較學者可以構想的批評內容及架構問題。對這些具體問題的思考能夠確定比較文學批評可望達到至少是可以追求的目標。

　　今天，從事作品研究有許多途徑。拋開傳統的方法不談，我們在轉向新批評時幾乎總是遇到一個同樣的模式：作品與作者的關係。其實新批評和傳統批評都提出要研究作者的文學創作。無論作何種解釋或提出何種方向，參照物總體始終是作者，系統研究力圖將作者的全部作品分成幾個部份，甚至歸結爲某一點。這種研究非常有助於我們擺脫那些束縛及阻礙研究或教學的標籤。

　　比較學者如何才能在教學中運用這些方法？我們一向面臨着一種總體解釋，假如它不排除其他解釋的話，在這個總體解釋中我們很難不把握整個體系而去抓住其中的某個因素。因此比較學者不得不將某些研究並置起來，從一個創作個性到另一個創作個性，從一個解釋某部作品的體系到另一個解釋另一部作品的體系。糟糕的是比較文學會碰到這樣的問題：每一部作品都將由該作者的研究專家或該作品的外國語專家去探討。

　　於是，我們試著轉向了語言學，因爲語言學能宣布作品的特殊價值——對於那些感興趣於未被公認爲傑作的作品的人來說這一點很重要——它不斷提出一個我們無法迴避的問題：是否存在一種文學現象的特殊性？這其實是文學批評的關鍵。另外，我們也無法不借助語言學去研究比較文學的一個中心問題——翻譯；比較學者，無論是教師還是學生。

對比較文學這門學科下一個簡單的定義並不難，難的是具體的實踐。這裏我借用克洛德·皮蘇瓦和安德烈·米歇爾·盧梭在《比較文學》中下的基本定義：

"比較文學是一門將彼此分屬不同語言或不同文化的文學現象與作品（無論它們之間是否有時空距離）進行比較的系統化的藝術，其目的是更好地描述、理解和欣賞這些作品。"

在這段定義裏，有幾個很重要的概念。最關鍵的是比較學者要考察分屬不同文化的作品並對至少兩部以上的作品進行研究。其次，比較文學是比較作品的藝術。智力活動就在於比較學者將兩部以上的作品進行比較，並認爲可以通過這些作品彼此間的關係更好地理解它們。由此引出了第三個要點：比較文學應該使被研究的作品得到更好地表達、理解和欣賞。可見比較文學爲自己確定的目的顯示了相當的抱負。這是兩種性質的目的：數量上的——更多地理解並使人理解作品；質量上的——更好地理解並使人理解這些作品。

除了文學批評和語言學之外，什麼是比較文學自己的途徑呢？這裏研究角度是廣濶的。我認爲有必要借用比較研究中的一個傳統區分：歷時性和共時性。歷時性著眼於一個相當長的時期。例如：當歷時比較把"瘋狂"作爲研究對象的時候，就可以同時研究果戈理的《狂人日記》（十九世紀中葉）和魯迅的同名小說（1918年）。從一個更廣濶的角度，人們還可以研究自古希臘荷馬，中世紀的《羅蘭之歌》，直到十七世紀英國作家彌爾頓的

《失樂園》等一系列史詩作品。共時性着眼於一個非常短的時期，例如一年，它所涉及的往往是那些幾乎同時發表的作品。就拿1913年來說吧，這一年在歐洲出版了羅歇·馬丹·杜加爾的小說《讓·巴魯瓦》，托馬斯·曼的小說《在威尼斯之死》以及卡夫卡的短篇小說《變形記》。在我看來，我們正處在豐富的主題與神話的歷時性研究之中，其豐富性基於該領域理論與方法論研究的進展。這個角度事實上改變了文學批評的着眼點，它削弱了作者的地位，着力於文學素材的發掘和改變，並使我們得以實踐某些獨創的方法。

我認為共時性角度在比較文學中並未得到足夠的體現。應該強調被文學社會學所確定的原則：一部書是一個一旦被完成便在特定的社會裏傳播的客體；一齣劇是一次演出，基本要素是演出時的具體條件。選擇某一短時期內不同語言作家的作品作為研究的對象，意味着在這些被同一讀者閱讀的作品之間設想一種基本的同質性；同時也意味着將會碰到理論與實踐的困難。

第一個困難並不只屬於比較研究：作者的名字是作品整體的一部分。在閱讀一部作品之前，人們已通過其作者以前的作品或廣告活動賦予它一定的意義了。怎樣看待這一因素，怎樣把它與書中所有其他影響閱讀的成分聯繫起來呢？有兩個困難尤其與比較研究有關。僅就歐洲國家來說，文學與社會的發展節奏也是不同的。依照一種嚴格的共時性角度，我們可以抓住一些似乎沒有比較可能的作品；因此，應當沿着影響、被影響以及相互影響的線索靈活掌握共時概念（這是一個文學運動及文學史分期的問題），還是仍舊停留在共時概念的純時間性的定義上呢？另一問題是：

共時性與歷時性的區分在研究那些時間上與我們相近的作品時是否還有意義？

　　爲了嘗試解決這些問題，應當承認共時性角度促使我們採用一些社會學和歷史學的方法，它重新提出了某些以創作行爲的爲什麼和怎麼辦爲中心的文學批評掩蓋了的問題。如從比較研究的角度來看，《異想天開》並不永遠屬於高乃依戲劇。關於這齣劇的共時性問題，我們重視的不是作者後來寫過什麼劇，也不是要把這齣1635年上演的劇放到作者的生活中去或把對他的生平及文學觀、戲劇觀的研究截至在1635年。重要的是通過研究該劇在1635年上演時的情形來閱讀作品，如：觀衆及其期待、高乃依的名字或出演某一角色的著名演員的名字可能對觀衆產生的意義等。如果我們對同年上演的另一齣西班牙劇作家卡爾德隆的劇《人生如夢》也提出同樣的問題，並把注意力放在演出時的具體條件上，如：劇院建築、舞台布置、劇團成員、角色的分配、觀衆的大致成份、演出的過程等，我們便可以通過閱讀和研究的對比闡明某些文化特徵，平行的、相同的或不同的東西。

　　下面我想明確一下比較文學教學的目的。取消作者與作品的關係，實際上是丟掉了一個有益於綜合的參照物。有關創作行爲的潛在綜合是可能的，但對比較學者來說，這種綜合不能含混，它永遠是實際而具體的教學目的。

　　這意味着普通教師與比較文學教師都會接觸到比較文學問題；這個教師不能局限於課程計劃的單元上，而應力求通過作品的相互作用儘快地勾勒出一種綜合的基本線條。應該記住，我們不是爲了加入自己的方法而去使用所有國別文學專家的方法；爲什麼

非要堅持把作品放到作者的生平中去？為什麼非要求助於詳盡的
作品解釋？總之，為什麼非要讓學生先接觸作品的外沿而後進到
分析中去呢？我們用什麼來取代這些基於某種文學觀的方法呢？
我認為可以把重點放在構成每一部作品整體的主題、結構、世界
觀上面。當然，致力於整體，拒絕作過細的分析，會使我們至少
受到兩個譴責：一是，這個方法太表面化了，不能引導學生進行
深入閱讀。我的回答是：這一方法並不表面化，而是不完全，就
如同花上兩個小時去解釋十行句子，特別是我們往往把分析性閱
讀稱為深入閱讀一樣。

　　第二個譴責涉及教學問題：儘快進行這種綜合是否會給人們
帶來模糊不清或維持這種模糊狀況的危險呢？最好的回答是：教
師有責任起監督作用。危險是實際存在的，教師應該避免使他的
聽眾迷失在作品的曲折和細微之中。教師應依據所研究的作品引
導學生發現他們的平行關係以及相關點和不同點。為此，教學應
主要集中在明確的比較實踐上。再也沒有比讓學生了解嚴密地提
出問題的困難以及何以會提出不恰當的問題更有益的了。總之，
重要的是要證實閱讀的價值並使作品保持自身的完整性。

　　這裏，我想談一談文學社會學的問題。研究作品從一個國家
傳入另一個國家，它們的傳播、被翻譯、被評論、被抄襲的方式
以及不為人知的情況，而不僅僅關注作者在某一國的形象，這有
助於確定某個與文學思潮一樣含糊的概念——文學觀，即特定時
期人們對文學的總的看法。這一角度是以研究領域在時間上的限
定性和文學空間的廣濶性為前提的：即所有作品屬同一美學範疇，
或在同一時期內出現。共時性和歷時性概念在某種程度上趨於融合，

文學的歷史分期又成爲問題了。比較文學的歷史是否可能？在這一歷史中，影響研究剛具雛形，作品的命運取代了作者的命運。把作品與作者分開，這意味着我們不再對文學作品的起源提出質疑，拒絕把它置於一個簡單的同一體內，拒絕使用優良的"工具"而去冒險追求比較學者試圖達到然而永無止境的綜合。這一選擇會給建立研究計劃特別是教學帶來什麼結果呢？

研究作品與讀者的關係就是把重點放在共時性至少是同一讀者所讀作品的共時性上。比較文學不過是要向讀者提示某些旨在使他們的文化參照系與其他參照系聯繫起來的確切因素。

什麼因素呢？首先，採用讀者的視角就必須研究被讀過的作品。比較文學對所有尚未被傳統教學接受的東西越來越感興趣並不是偶然的，如兒童文學、大衆消遣性讀物等。從這一角度看，當今豐富的筆頭交流方式使我們的研究領域十分廣濶。

第二個因素是外國作品的翻譯問題。事實上，爲接近眞實而採用讀者的視角導致我們重新審視在比較文學中使用譯作的問題。我們應重視這一事實：能夠使用多種語言，哪怕是兩種語言閱讀的人還是少數；在這個地球上大多數人是靠翻譯閱讀外國作品的。我們可以問心無愧地求助於譯作而絲毫不把這看作權宜之計。比較作品的各種譯本是比較批評最重要的工作之一。

對翻譯的思考使我想到另一個問題：比較文學批評能否使批評家們擺脫各自根深蒂固的語言和文化傳統呢？我認爲我們不能否認自己在某一文化中的根。更具體地說，人們能在法國研究隨便什麼比較文學問題而不參考法文作品嗎？

我們在研究中會遇到所有這些方法論問題，特別是當我們借助其他人文學科的時候，如社會學、人類心理學、經濟學等。重視讀者和使用者的觀點已成爲一種研究趨向。

比較文學的作用不只是讓人認識"外國名作"，無論那些作品有多偉大。我們不能滿足於泛泛而談，不能滿足於"歌德與拉辛同樣偉大"之類的話。我們也不能爲了把作品歸入並不堅實的世界文學的慘淡圖景之中而鼓吹有步驟地取消所有不同的文學因素。外國作品的存在恰恰證實了本國作品的存在，而人們正是在本國作品的養育下成長起來的。

〔法〕**伊夫・謝弗萊爾著　　金絲燕摘譯**

＜比較文學的批評是否可能＞，

（北京）《文藝研究》4(1986)，132-135。

乙 比較文學簡史

比較文學的形成

一般認爲一門獨立學科正式形成，需要有三個條件，卽系統的理論著作的出現，大學裏有關課程的開設，專門刊物的創辦。就比較文學學科來說，這些條件在十九世紀末、二十世紀初已經具備。

一 系統的理論著作的出現

在十九世紀歐洲各國學者發表了不少探討比較文學理論的文章的基礎上，1886 年，英國人波斯奈特（Posnett 1855～1927）發表了世界第一部研究比較文學理論和方法的專著《比較文學》。這部著作包括引論、氏族文學、城市文學、世界文學和國別文學五個部分，共十八章，另外還有前言和結束語。作者根據斯賓塞的社會進化論的學說，闡述文學發展的某些規律。他認爲研究比較文學應該與研究社會進化的階段相適應，卽從氏族到城市、由城市到國家以至到世界大同；在文學上就是從氏族文學、

城市文學、國別文學到世界文學的發展。作者廣泛地比較了中
國、希臘、印度等國家文學的異同和演變發展。在該書"氏族文
學"這一部分中，他分析了中國、印度、希臘、印第安人的早期
合唱，內容上怎樣從歌頌氏族集體逐步發展到歌頌個人？形式上
又怎樣與舞蹈結合在一起等問題。在"世界文學"這部分中，作
者專章介紹、比較了中國和印度的古典文學。作者談到中國的元
代雜劇《琵琶記》、《漢宮秋》、《灰闌記》、《竇娥寃》等作
品時指出："中國戲劇在形式上有唱的特點，在內容上注意道德
教育；而在印度戲劇中，大自然占有突出的地位。"

　　波斯奈特的《比較文學》的出版，被認爲是比較文學這一學
科正式形成的重要標誌。之後，1895 年，法國學者德·科斯特
（1865～1900）發表了重要論著《盧梭和文學的世界主義的起
源》。他對比較文學的方法作了廣泛而系統的研究。他探討歐洲
各國文學之間的聯繫與影響，強調把文學作品與社會生活聯繫起
來分析。1899 年，法國人貝茨（？～1903）出版了滙集比較文
學研究書目的《比較文學書目集》，其中收有書目近三千條。彙
編比較文學研究目錄這件事本身也說明比較文學的理論研究已經
趨於成熟。1900 年，世界各國學者在巴黎開會。這次國際會議
第六組的議題是"各國文學的比較歷史"。法國學派的奠基人之
一的勃呂納狄爾在會上作了題爲《歐洲文學》的報告。他認爲文
學批評的中心必須放在文學作品本身，應該把文學研究與傳記、
心理學、社會學以及其它學科分開；認爲眞正的"影響"和"相
互作用"只有在同一的文化系統中才能發生，如果超越了這一界
限，這種研究就不可能獲得科學的結論。這個報告對比較文學特

別是影響研究理論的形成起了巨大的作用。接着，法國學者巴登斯貝耶（Baldensperger）發表了《歌德在法國》、《文學史研究》，一再強調以實證來證實歐洲各國文學之間的淵源與影響的存在，更爲比較文學的正式形成起了不可磨滅的作用。1931年，早期比較文學和法國學派的最大理論權威梵·第根(Paul van Tieghem)（一譯提格亨）發表了著名的《比較文學論》，全面總結了近百年比較文學發展的歷史和理論，使比較文學成爲有理論、有方法、有體系的一門學科。全書分爲《比較文學的形成與發展》、《比較文學的方法與成績》、《總體文學》三大部分，系統地闡述了影響研究的範圍、內容和方法，提出了劃分民族文學、比較文學和總體文學的著名理論，強調比較文學研究的中心課題是各國文學之間的直接影響和相互關係。該書是法國學派影響研究的奠基之作，也是早期比較文學研究最重要的理論著作。

二　大學有關課程的開設

比較文學這個名稱早在 1629年法國學者維爾曼（Villemain 1790～1867）的一次文學講座中就提了出來，另一學者安倍（Ampère 1800～1864）1830 年在馬賽任教時，也在課堂裏提出比較文學的主張。但直到 1897 年，里昂大學才設立專門的比較文學講座，使比較文學正式成爲高等學府的一門獨立學科。主持這個講座的德·科斯特成爲法國比較文學的第一位教授。他以《外國和法國的比較文學研究》爲題，系統地講授了文藝復興以來日耳曼文學對法國文學的影響。之後，法國的巴黎大學、斯

特拉斯堡大學和里爾大學，都開設了比較文學講座；與此同時，
俄國的彼得堡大學由維謝洛夫斯基（ 1838～ 1906 ）主持開設了
總體文學講座；丹麥哥本哈根大學由勃蘭兌斯主講十九世紀文學
主流；意大利由德・桑克蒂斯（ 1818～ 1883 ）在拿波里大學開
設比較文學課；美國的哥倫比亞大學、哈佛大學還在開設講座的
基礎上進而設立比較文學系。據統計，在二十世紀初已有十五個
國家的大學裏設置了比較文學課程。大學的廣泛設課，標誌着這
門學科已爲人們所接受，它的體系、內容已經成熟。

三 專門刊物的創辦

1877年，世界上第一本比較文學刊物 ——《比較文學雜誌》
（後改名爲《比較文學學報》）在匈牙利創辦；1887年德國也創
辦了《比較文學雜誌》；1903 年，美國創辦《比較文學學報》，
1910年又由肯菲爾創辦《哈佛比較文學雜誌》；1921年，法國
比較文學創始人之一的巴登斯貝耶和哈札合辦季刊《比較文學評
論》。與此同時，歐洲其他國家也紛紛創辦報刊雜誌。

理論專著的出現、大學有關課程的開設、專門刊物的創辦這
三個條件都已具備，標誌着比較文學作爲一門獨立學科已經瓜熟
蒂落，正式誕生。

陳 挺

＜比較文學的形成＞，

《比較文學簡編》（上海：華東師大，1986），30-32。

比較文學始於十九世紀嗎？

　　早在歐洲人進行"古典學問的再生"的文藝復興運動中，有人開始了從東方古代文明裏汲取營養的嘗試。此後，隨着航運業的發展和"世界商業與世界市場"的形成，世界各地，當然也包括東西方向間的文學交流也漸漸增多起來；進入十八世紀，這種譯介包括文學在內的中國著作的努力，變成了前所未有的熱潮，被當時的歐洲人稱爲"中國趣味熱。"

　　1718 年，法國人雷腦多德翻譯了《第九世紀伊斯蘭教二遊歷家印度中國見聞錄》一書，如果這還不算眞正的文學著作的話，那麼 1731 年到 1734 年，法國耶穌士會出版的，並收有中國寓言和小說在內的《中華帝國全誌》，則有相當多的部分已足可列入文學的範圍了。過一年，法國的杜赫德出版了收有中國明代白話小說《今古奇觀》在內的《中國通志》，1734 年，巴黎《水星雜誌》刊登了中國元代雜劇《趙氏孤兒雜劇》的幾段譯文；而到了1741年，英國的哈切特則出版了他的譯著《中國孤兒》，這要算是歐洲翻譯介紹中國戲劇的最早的完整譯本之一。不久，就在 1755 年，巴黎上演了第一個中國元代雜劇《趙氏孤兒》；略爲晚些時，倫敦也上演了這一同名劇的英譯本。這一熱潮，一直到 1762 年，英國的湯姆斯・帕西的《中國詩文雜著》的出版爲止，從未停息。

　　正是在這樣的基礎上，對中國與歐洲的古典戲劇的最早一批對比研究的論文，在十八世紀的德國、法國和英國先後問世了。

　　對近代文化思想影響極大的伏爾泰，就曾在如今收在《伏爾泰全集》第五卷的一篇文章中，拿中國元代雜劇《趙氏孤兒》同歐洲同類戲劇作了有趣的對比研究。他認爲中國文學同歐洲各國文學一樣，雖然因氣候、政治和宗教的不同而存有差異，但總是有許多“合理近情”的原則，也總還有美好的“理性主義”。他在對比時指出，《趙氏孤兒》就故事來談，非常離奇，但又非常有趣，非常複雜，而且非常清楚；若與同一時期的法國等歐洲戲劇相比，那不知要高明多少倍。

　　當然，由於伏爾泰對古典主義的推崇，使他對以莎士比亞爲代表的英國戲劇及西班牙戲劇，都持否定之說。伏爾泰囿於他的這一觀點，使他在進行上述對比的同時，得出了中國戲劇的技巧比歐洲的古典主義悲劇要顯得粗糙和幼稚的“幼稚”之見：“我們只能把‘趙氏孤兒’比作十六世紀英國和西班牙的悲劇，只有海峽那邊和比利牛斯山脈以外的人才能欣賞。”甚至還武斷地說中國的劇作家“沒有一點好的審美趣味，絲毫不懂得規則”，中國的戲劇只是一個“古怪的滑稽戲”，“一大堆不合情理的故事”。

　　與伏爾泰差不多時期，在英國文學批評家理查德·赫爾德，却於 1751 年發表了與伏爾泰觀點相反但方法類似的《論詩的模仿》一文。應該說，這是近代歐洲用比較方法，對中國文學作品進行分析、評論，最系統、最詳盡的一篇比較研究論文。赫爾德將《趙氏孤兒》同古希臘悲劇對比，他指出，索福克勒斯的名劇《厄勒克特拉》，同《趙氏孤兒》在情節、主題、復仇動機、詩句、結構與布局的相似之外，還進一步分析與探求其原因，他採用了實際上是以亞里士多德那兒發展而來的＂詩的模仿說＂這一觀點，認爲中國古代作家同古希臘作家一樣，他們都是自然的學生，他總結說：＂這一個國家，在地理上跟我們隔得很遠，由於各種條件的關係，也由於他們人民的自尊心理和自足習慣，它跟別的國家沒有什麼來往，因此，他們的戲劇寫作的觀念不可能是從外面假借過來的；我們可以肯定地說，在這些地方，他們又是依靠了他們自己的智慧。因此，如果他們的戲劇跟我們的戲劇還有互相一致之處，那就是一個再好也沒有的事實，說明了一般通行的原理原則可以產生寫作方法的相似。＂

應當承認，他在比較研究這兩個不同語言的國家的文學中，對其相似的原則的探討，已經排除了＂假借＂的影響關係，而是提出了＂自尊心理和自足習慣＂、＂一般通行的原理原則＂等心理學、民俗學與美學等的認識。這表明，論文的本身就已具有平行研究的特點了。

在十八世紀的歐洲，除了上述二人外，伏爾泰的朋友阿爾央斯侯爵也曾專門作過與伏爾泰觀點一致、方法一樣的中歐戲劇比較研究的評論。然而歌德＂老人＂在 1827 年 1 月 31 日同愛克曼的談話，則是早於影響研究的一篇中外文藝對比研究的短論。歌德在拿中國傳奇與小說同法國詩人貝朗瑞、英國小說家理查生和他自己的作品作對比分析時，他指出中國文學＂在思想、行爲和情感方面幾乎和我們一樣＂，而且三次提醒愛克曼＂注意＂＂中國詩人那樣徹底地遵守道德＂這一特點，他還預言這一中國文學的長處＂還會長存下去＂、＂是人類共同財產＂，進而提出了＂世

界文學 ”和要求“ 每個人都應該出力促使它早日來臨 ”的口號。

可見，以伏爾泰、赫爾德與歌德為代表的十八世紀與十九世紀初的歐洲的一批學者，在他們對中歐文學所進行的分析評論與研究中，已經使用了平行比較研究的方法。他們以各自的文藝理論為標準，並從兩種文學間毫無直接影響關係的角度着手，對二者的相似與相異努力從美學、心理學、哲學、民俗學等方面去探求其一般規律，還明確地提出了“ 世界文學 ”這一目的與口號。應該說，作為今天平行研究的一些主要方法、對象、目的與手段，在他們的中外文學比較研究和論著中都已具備雛型。所以，今天作為既包括影響研究又包括平行研究在內的比較文學這一學科的萌芽，是應當把它們列入，這是毫無疑義的了。

事物的發展常常不是直線推進的，“ 比較文學 ”的發展也同樣如此。衆所周知，當歐洲學術界進入被稱為“ 歷史的世紀 ”的 1800 年以後，上述的早期平行研究的比較文學論著，不僅未能被發展與上升為平行比較文學研究的理論，相反還一度被影響研究所取代與淹沒，直到本世紀中期才又重新發揚光大起來。

在英倫三島，無論是英國最早使用“ 比較文學 ”這一術語的阿腦特，還是今天被稱作“ 英國眞正的比較文學史研究的先行者 ”的哈侖或是寫出第一部比較文學論著的波斯奈特；德意志的史雷格爾兄弟、愛契洪，和鮑特維爾、溫德尼茲；法蘭西的史達爾夫人、維勒曼、夏爾、昂拜爾、季奈等教授，或是後來奠定與發展了這一學科的著名比較文學家勃呂納狄爾、戴克斯特、貝茨、巴爾登貝爾易、阿沙爾、提格亨，等等。他們全都是致力於對各國文學間的淵源、流傳、媒介、文類等影響關係的考證與研究，並隨之使比較文學成熟與理論化起來，可是他們的理論與認識也還是被囿於影響研究的浪潮之中。像著名的德國學者溫德尼茲對比較文學的定義就曾說過：“比較研究各族文學、追溯它們的相互關係、影響，也叫世界文學。”而法國的比較文學史家洛里哀也說過：比較文學史的“職務，是在尋溯種種知識運動的潮流，說明種種潮流的影響，並譯述種種努力的形勢，備作彼此比較的單位或資料而已。”提格亨，這位在國際上很有權威的比較文學大師也曾一度非常強調地說：“真正的‘比較文學’的特質”乃是“對於用不相同的語言文學寫的兩種或許多種書籍、場面、主題或文章等所有的同點和異點的考察，只是那使我們可以發現一種影響、一種假借……”和尋找這種影響流傳關係的“起點”和“終點”。

　　正因此，就使國際比較文學學術界，在闡述這一學科的淵源與開始時，注重了十九世紀出現的影響研究的論著而忽視了更早的在十八世紀就已出現的平行研究論著的歷史資料，而得出了很值得商榷的傳統成見。此外，“以歐洲為中心”，曾一度使不少學者忽視與輕視過東西方文學的比較研究，這恐怕要算是長久以來固執上述成見的又一個主要原因。這因為，作為影響了比較文學產生的理論與方法的基礎是，達爾文的進化論、孔德的實證主義哲學和泰納的“種族、環境、時代”三要素的學說，它們在催生了辯同異、究淵源、講進化交流、查媒介關係的影響研究的同時，也給這門學科烙上了“歐洲的文明至上”的印痕。洛里哀在《比較文學史》的結論中就宣稱：“近世，則西方知識上、道德上及實業上的勢力業已遍及全球。東部亞細亞，除極少數荒僻的山區外，業已無不開放。即使那極端守舊的地方，也已漸漸容納歐洲的風氣。如是，歐亞兩洲文化已漸趨一致，已屬意中之事。"提格亨對此則更強調，他提出比較文學的研究，即便是涉及到小國的文學或"諾爾第文學"，也要"意大利的、西班牙的、法國的、德國的，相承地依着這個次序作歐洲文學之中心而處理着。"這就使至今還被視作比較文學入門書的提格亨所著的《比較文學論》，以及直到近兩年才出版的英國柯登編寫的《文學術語辭典》和美國霍曼編著的《文學手册》，在他們的論著中，在他們注釋"比較文學"、"文藝批評"等許多條目中，上自古希臘，下迄今天的各國評論家，無一東方學者，也沒有一篇東方文學的比較研究論文。即便是本文前一部分已論述的那些論著，那怕是出自北山泰斗的伏爾泰，譽滿英壇的赫爾德與聲名赫赫的歌德，也同樣被置於冷宮，不予採納。足見其偏見之深。

因此，在近二十年來，隨着以美國的平行研究爲代表的各國比較文學的新發展的趨勢，是應當對比較文學這門學科的歷史、任務、性質、方法等等，作重新研究、重新探索的時候了。

孫景堯

<對比較文學始於十九世紀的質疑>，
《外國文學研究》4(1982)，85-88。

兩大學派的對立發展

　　比較文學至今沒有一個公認的定義，這與比較文學學科的發展道路，有一定的內在聯繫。自十九世紀末比較文學發展爲獨立學科以來，很鮮明地呈現出相對立的兩個歷史階段、兩個研究中心、兩大學術派別。這就是十九世紀末以法國爲中心的影響研究學派，和二十世紀五十年代末以美國爲中心的平行研究學派。美國學派是對法國學派的歷史否定，兩派在比較文學的觀念和方法上似乎找不到共同之處。因此，在這兩大學派對立共存的情況下，就很難有一個公認的比較文學的定義。但是，相對立的法國學派和美國學派，影響研究和平行研究，既然都在比較文學的共同體中，是比較文學學科中相繼產生的歷史現象，那麼它們之間縱然有相互否定的對立，也還應該有在同一學科中的相互依存的統一。如果說對立中表現出這兩大學派的特性，那麼這統一則是比較文學學科特性的標誌。因此，我們要對比較文學的特性有所認識，倒先要對法國學派和美國學派作點歷史的比較研究了，從兩派的對立中求統一，相異中求相同。

　　英國史學家卡爾說：“十九世紀是個尊重事實的偉大時代。”這句話至少對人文學科的研究來說，是個確切的概括。十九世紀哲學實證主義的應運而生，歷史科學的長足進展，就是一個證明。十九世紀的法國，不僅是孔德實證主義的發源地，也是個興旺的“歷史王國”，擁有一大批像歷史學家基佐和文學史家朗松這樣獨樹一幟的權威人物；被稱爲法國比較文學之父的維爾曼，就是一個著名的歷史學家，不少比較文學的代表人物都是文學批評家兼文學史家。因此，首創比較文學的法國學派，可以說是歷史學派，比較文學的研究只是文學史研究的一個分支，法國比較文學的研究植根於歷史的範圍和歷史的方法。所謂影響研究也就是：首先，研究對象應該是曾經發生的歷史事實，是一國文學和其他國家文學的關係，卽它們的交流和影響。其次，研究的方法是歷史的實證方法，他們把影響分別爲“接受影響”和“給予影響”，對國與國之間文學關係的來龍去脈作龐大周密的歷史研究，作搜集材料、整理文獻、辨析眞僞、訓詁注釋、製作目錄索引等一系列工作，直到材料網羅殆盡，史實水落石出爲止。最後，研究的目的是認識和發展本國文學。他們比較研究的出發點是法國文學，是研究法國文學與他國文學的影響關係，因此比較研究的歸宿點也仍然是法國文學，所以他們把比較文學看作是國別文學史補充的學問。

美國學派對法國學派作出了強烈的否定。他們以美學分析的精神來突破法國歷史實證的傳統。美國學派可以說是一個美學分析學派；在研究對象上，他們破除了歷史的限制：認爲比較文學限於研究一國文學和他國文學的影響關係，限於考察文學的國外來源和作家聲譽，充其量是種文學“外貿”。他們提出要全盤調整比較文學研究的方向，要把比較文學從研究歷史關係轉向研究文學作品的美學價值和品質。因此研究對象不只超越國界，而且超越歷史，超越學科。歷史上沒有發生直接關係的兩種或多種文學現象，甚至文學現象和其他精神現象，如藝術、宗敎、哲學、心理學等現象，都可作爲比較研究的對象。這就是所謂的平行研究，或" 純粹比較 "。在研究方法上，也就必然突破法國學派的歷史文獻學的束縛，把研究方法的重心，從對文學外在關係的歷史實證，轉向對文學內在結構的美學分析。他們採用形式主義和結構主義的美學觀點，把文學看作是一個多樣統一的整體，一個有意義和價值的多層結構。主張比較文學應以作品本身作爲問題的焦點，以作品存在的方式、結構、文體、想像、韻律、式樣等，作爲研究的中心。與重史料，尚考證的法國學派相比，美國學派是重分析、尚想像的。由於美國學派的平行研究，是超越國界、超越歷史、超越學科的；因此，他們比較研究的目的，當然就不在研究一國文學或一國文學史，而在領略、認識文學的內在美學性質，從各種文學的異同比較中，尋求文學的美學規律。

兩派在比較文學的對象、方法、目的上的觀點，是如此大相徑庭，爲此，兩派爭論長達十年之久，十年爭論沒有得出統一的認識。美國學派雖在爭論中得到發展，但法國學派也沒有在爭論中後退，兩派取長補短，相互接近，出現了緩和的趨勢。在比較文學的發展中，表現出一個黑格爾式的" 正、反、合 "的發展圖式。這是比較文學學科日趨成熟的一個標誌；同時也表明了，在兩派的對立中存有共同點，即比較文學學科的特性。美國學派在研究對象、方法、目的上，一反法國學派，似乎勢不兩立。其實，它對法國學派的否定，並未越出比較文學學科的本性；它否定的只是法國學派的缺陷和陳舊之處，而未否定法國學派的比較文學性質。我們看到，美國學派，在研究對象上，只是要求突破法國學派傳統的限制，擴大研究範圍；在研究方法、目的上，只是要求把文學的歷史研究和理論、批評融合起來，使比較文學在方法和目的上，趨向靈活和多樣化。

　　兩派的共同點是什麼呢？比較文學的根本特性是什麼呢？答曰：比較性。美國學派和法國學派，儘管在對象範圍和性質上有所不同，但都是以一個以上的文學現象爲對象，在兩個文學現象之間，不管是影響關係還是平行關係，都具有可比性質。儘管兩大學派在方法上有差別，一個是歷史實證法，一個是美學分析法，但兩派最根本的方法，都是比較法，在比較中實證，在比較中分析，離開比較法，實證和分析都難以奏效。實證兩種文學的影響關係、分析兩種文學的美學性質，都只有對兩種文學進行異和同的比較研究，不從兩種文學中比出異同來，怎能實證一種文學對另一種文學的影響呢？怎能把兩種文學的美學分析聯合起來呢？正是這種比較性的對象，比較性的方法，使兩大學派同屬於比較文學，使比較文學成爲一門獨立學科。比較性是比較文學的特性，是它的生命和活力的基因。

狄其驄

<比較文學特性初探>，
《文史哲》2(1985)，57-58。

美國學派

　　法國學派的主張、得失及其潛能已略如上述。現在我們來探討美國派。從美國派學者的文章看來，似乎重在攻擊法國派，指出其流失，以反爲立，而對自身理論的建設與提出，似乎沒有大事擂鼓，旗幟不甚分明。大致說來，美國派對法國派略成對立，主張：㈠比較文學的內在研究，注重其“文學性”，主張文學史與文學批評不可分家。此點是韋勒克〈比較文學的危機〉一文的重點。㈡主張擴大比較文學的範疇，沒有“影響”下的兩國文學中的諸作品，如果有類同性的話，亦可作比較，這就是美國的類同研究。㈢提倡問題式的平行研究，如對兩國以上的文類、主題、神話、表現技巧等作平行與對照的研究。誠然，美國派的主張，使比較文學的領域大爲擴張，然而，在實行上却是陷阱重重的，很容易流於主觀主義與印象主義。比較文學上的美國派，是深受“新批評”的啓發。比較文學美國派的流失，也就是新批評的流失。“新批評”繼承了俄國形式主義把“形式”從社會、時代、作者的意識型態和激盪的作品中分割出來而視作一抽象的實體來分析，是反歷史的。㈡無可諱言，“新批評”易有這種流失，但如謹慎處理，加入歷史的意識，則未嘗不可。誠如雷文所辯護：“一些馬克思文學批評主義者惡意地僅從他們對新批評的過分開化了的印象式的認識出發，而謂新批評是反歷史的。事實上，如果直接審察我們文學批評的產品，他們就會看到我們的批評裏，歷史主義仍然是佔較大的比重。他們就會看到美國的一些學者們對社會學、對意識形態、甚至對馬克思主義加以嚴肅的考慮與注意。我們嘗試把比較置於特定的時空裏。"換言之,新批評是可以與歷史主義合而用之;在歷史的時空裏作文學性的、分析性的研究,是否能運用得宜?那就有賴於批評者對歷史的認識以及對歷史的遵循的程度了。

古添洪

<中西比較文學:範疇、方法、精神的初探>,
(台)《中外文學》 7.11.(1979),74-94。

二、中外比較文學概論

甲　中外比較文學的範疇及方法

乙　比較文學中國化的論爭

丙　幾個主要地區的中外比較文學研究簡介

丁　中外文學交流例釋

甲 中外比較文學的範疇及方法

中西比較文學

中西比較文學，如前言，是一門歷史不算太長的學問。雖然早在十六世紀即有有關中西文化交流的長篇著作，但却不能作為中西比較文學研究的開始，後來雖有英國人探討中國庭園設計對英國庭園藝術影響的文章和爭論的出現，但其涉及範圍非常有限，也不能當作中西比較文學的始源。一般說來，中西文學的比較研究始於明清之際。饒宗頤教授在＜西方研究中國學術的方向＞一文中，把西方接觸"漢學"的開始、發展分成兩個階段。第一階段是"移西就中"，以利瑪竇(M. Ricci)(《天學實義》)與馬若瑟(《經傳議論》)為主，評之曰"他們都用中文撰寫，引經據典，行文浩瀚流暢，由於傳教的必須，對於中文閱讀和寫作的能力，恐怕為現在一般東、西漢學家所難企及。他們的工夫，花在儒學上面，寢饋甚深。手段是比附經書，目的却為傳播教義。這些著作，全用中文體裁，可說是'移西就中'"。第二階段以儒蓮為主，是"移中就西"時期，翻譯作品特多，研究者對漢學的修養"極為淵博"。治學則從"四裔的語言民族"和"宗教道釋""二條大路"入手。作品"全用西文發表"，"中文資料只是作為

引證 ”。後來又有伯希和、戴微等人作更進一步溝通中西文學的
努力。饒氏特別提出戴氏在講變文時，“ 不知覺地找出其中含有
像歐洲長篇史詩的特點 ”，這就已趨向比較文學的類同研究了。

　　到近世，因歐美各大學開始授中文學位，中西比較文學才算
“ 另立門戶 ”，成爲一門比較專門性的學問。但是在實質上仍未
能完全獨立。我們只須大致瀏覽一下近年來有關比較文學中文部
門的論文題目，卽可發現 “ 西式化 ”的作品很多。這是饒宗頤先
生所說的 “ 移中就西 ”。從某一方面說這是好現象，替中國文學
另創新貌；從另一個角度看來，以西方 “ 形上學 ”詩格或 “ 巴魯
格 ”(Baroque)格調用到中國詩的評論方面，究竟有點勉強。中
國詩中是否可以找出像鄧約翰 (John Donne)、赫伯特 (G.
Herbert)、馬爾維 (A. Marvell)等詩人的作品，表現出對傳統
宇宙人生觀的懷疑、徬徨和矛盾，是很有問題的。以 “ 形上詩 ”
爲例。Herbert Grierson 認爲 “ 形上詩 ”是由兩個因素促成：
一是宇宙觀的哲學化，一是在 “ 生存偉劇 ”中人類精神所佔有的
地位。由此進展爲淵源的追溯，究其與古典詩、中古詩以及文藝
復興時期文學觀的關係，從這一比照中作 “ 質疑 ”的解釋，這才
是何以他認爲鄧約翰的詩是最好的代表。

　　如此說法的出發點，是希望從事中西文學比較工作的人能作
深度的研究，而避免 “ 淺度的 ”、“ 形似 ”或 “ 貌同 ”的工作。
“ 巴魯格 ”形態不是綺麗的詞藻，而是與文藝復興時期藝術 “ 表情 ”
相對的格調。 文藝復興的格調是對稱的 、規律化的 、和諧的 ，
“ 巴魯格 ”的格調恰恰相反，求不對稱、不和諧、不規律化。所以
鄧約翰的詩中，可以找出下面這樣一段極不融洽相稱的句子來：

離我、棄我，解開或粉粹這一死結，

使我就你，再鎖我心；

你若不如此做，我將永遠不得自由；

你若不踩躪我，我將永遠不會貞潔。

中文詩篇中找不出這樣的詩句來。

因此在討論中西比較文學時，我們應建立起一個新觀念，重新探討兩種文學的"可比性"，腳踏實地的痛下一翻工夫。

前面說過，本文的目的是討論和解釋，不是下定義。從這一原則來立論，短短的幾句公式化的解釋是不夠的。我們得從中西文學的本質論起，按步就班地去求索"合理"的解釋，再進一步替中西比較文學做一番規範的努力，以求說明什麼是中西比較文學。故討論的目的除了闡明和解釋外，還有追求、探討和了解中西比較文學研究的步驟。前者是綜合性與抽象性的結合，以某種假設的態度，力求公允地來說明什麼是（中西）比較文學。後者卻較爲實際，着重實用與分析，從一個已定的前提爲出發點，依循某些步驟，達到最終目的，建立一些法則和規律。

目的之一既是說明什麼是（中西）比較文學，我們就必須先下一個文學的定義，作爲研究討論的起點。一般中文文學批評的文章，在提到"文學"一詞時，總是追溯其定義至周秦諸子的學說，雖然那時並未有文學批評這一門專門學問，不過大致說來，仍可從一些經典中，找出文學的定義來。像《論語先進篇》卽把文學一詞的範圍放得很寬，把一切書籍，一切學問，都包括在內。所以後來揚雄和刑昺論到子游、子夏時，都以"文章博學"稱之。近人羊達之在編《中國文學史提要》一書時，也說："凡代表語言、發抒理想、宣達情感之一切眞善美的著迹，謂之文學。"這都是非常含糊籠統的定義。在兩漢以後，雖有許多批評性的文章，不過都是以"文質"與"文體"爲研究討論的對象，而對文學一詞本身倒反不去管它了。西方學者，雖然也有"凡一切著迹都是文學"之說，可是他們並不停止在這一點上，往往更進一步，將文學範圍作一限制，或謂凡是"巨著"，無論題目如何，只要表達形式屬於上乘，卽是文學。其衡量標準顯以美學價值或作品的"美學理性綜合特徵"而定。卽是進一步將文學限於"想像範疇"，其考慮對象也將"非文字文學"包括在內。故於下定義前，我們應先討論文學本質與功用，在二者得到充分解釋後，才可進一步下合理的定義。

………

大體說來，西方文學的性質和功用，是由"功用性"進展到"反映性"。這並非說在"反映性"時期，沒有"功用性的文學作品，或是反之，不過大致的趨勢却是如是。而中國文學則是由其功用來決定文學的性質，這正好和西方文學是本質決定功用相反。

文學的性質和功用旣已說明，進一步所要討論的是應當採取何種步驟去做中西比較文學的研究工作？這一點我認爲中西文學的關係是密不可分的。要做比較工作，就要深思熟慮，先建立起一個假定關係。我們可以假設：人類的思想型態有其共同性。社會結構、組織雖有"進步"和"落後"之分，但其演變的基本程序却是"有規可循"。在精神思想方面，我們也可依"原型觀念"來對不同的文化或文學加以研究。劉大杰在《中國文學發達

史》一書中討論早期詩歌時，便多少採取了這種態度。鄭振鐸在
《插圖本中國文學史》緒論中也提到：

> "時代"的與"種族的特性"的色彩，雖然深深的印染在
> 文學的作品上，然而超出於這一因素之外，人類的情思卻
> 是很可驚奇的相同；易言之，即不管時代與民族歧異，人
> 類的最崇高的情思，却竟能互相了解的。在文學作品上是
> 沒有"人種"與"時代"的隔膜的。

他還說文學的"內在精神"是"不朽的，一貫的"，無古今中外
之分。唯一的不同處，可能是受了外在的環境因素的影響，而在
表達方面、價值衡量方面所產生的歧異，但這是在所不免。

　　由此我們可以大膽地說，無論東西有它的共同性，這一共同
性即是中西比較文學工作者的出發點。可是這一出發點也不是絕
對的，它也不過是一個開始，引我們進入一個更廣的研究範圍。
前面說過文學雖有共同性，但人類的思維習慣及價值判斷却因時
地或其它的因素而異。拘泥於某一說法就很容易引起研究態度的
偏差，故而我們做中西比較文學工作，不是只求"類同"的研究，
也要做因環境、時代、民族習俗、種族文化等等因素引起的不同
的文學思想表達的研究。

　　關係既已決定，進一步我們可以討論步驟和項目。我建議研
究的步驟可分下列五步：一、語言的了解和應用，二、作品的研
究和了解，三、各種背景的研討，四、中西治學方法的認識，五、
題目以及研究範圍的訂定。

　　語文的認識是作比較研究不可缺的因素，林琴南雖能"譯"
出小仲馬的《茶花女》，而且還得到許多人的稱讚，但他的〃茶

花女》究竟佔有多少原著的成分，是令人懷疑的。在英國文學方面，我們也常提到愛德華・費滋古羅所翻的《奧瑪卡揚歌》。波斯學者們曾將原著和譯本比較，發現譯本有許多刪減。這裏牽涉的問題是由一種語言轉變到另一種語言時因了解不夠或表達不夠所產生的偏差。Achilles Fang 在《翻譯困難思考》一文中提到三點：一對原文的了解；二對譯成語言的了解；三由一到二之間所發生的微妙轉變。由此看來重要的還是對" 本語 "和" 非本語 "的認識程度，對語言有了深刻的了解後，我們才能談到個人天份，及如何巧妙地去將原文翻譯成流暢、達意和忠實的譯本。從事中西比較文學研究工作的人，在語言方面的確應當好好下點功夫。

對語言有了深刻的認識後，進一步的工作是仔細地去研讀文學作品，要求認識作品主題、結構、和表達方式。除此之外，還得採取各種觀點去對作品加以批判。比方說，我們要研究中西山水田園詩，這是一個範圍頗大的題目，在選擇材料時，就不能太過拘謹。我們可以上溯無名氏的《三秦民謠》，下達當代詩人對大陸河山的懷念詩篇，加上西方古今的作品。在這些作品中，我們可以看到風格的演變以及表達方式的不同。歸納起來，如此的研究包括理論和結構兩方面，前者牽涉到背景、文學觀念、主題等等，後者以形式、種類等為主。二者的決定影響治學的方法，在中西比較文學研究來說必須並重，才能達到預期的效果。

文學背景研究的最大困難是資料的取捨。文學作品往往脫離不了時代精神和客觀環境種種因素的影響。詩人、作家們往往喜歡把時代、人物的真實性，以假托的方式在作品中表達出來，荷

馬史詩、希臘悲劇和很多中西詩篇之所以如此重用神話就是一個
佳例。 即使二十世紀的今天又何嘗不是如此？喬埃斯（ James
Joyce ）的《 尤理西斯 》（ Ulysses） 又是一例。我們的問題不是
應否作背景的研究，而是在何種條件下，應當採納那些背景資料
而不致於把文學研究的範圍過份擴大？也就是應當怎樣地去研究
文學的哲學背景或社會背景，而不會使研究的努力變爲社會學或
哲學研究？這便牽涉到方法問題。

　　西方人治學注重時代因素、資料收集和整理（ 包括作者生
平、寫作時代、作品的眞實性等等 ），治學的步驟力求科學化。
我們在治學方面似乎欠缺系統，而比較主觀。當然文學研究不能
完全科學化，因爲科學方法以歸納爲主，文學方法則以演繹爲
重。但我們可以把二者結合，依前者來做資料收集、整理、分類、
歸類、比較、結論、依後者來作觀念的發揮、批評、美學價值判
斷等等，進一步還可以發展爲文學創作。

　　最後，我們在做比較研究時，應當選定範圍。前面已經提
過，在作中西文學比較時，我們不必只求“ 類同 ”比較，“ 相對”
比較也可做。這樣一來我們可以照Wellek 和Warren 二氏的建議
將題研項目範圍分爲三大類：㈠定義區別 —— 以文學性質、功用、
定義（ 如一般文學、比較文學、國家文學是 ）爲研究對象。㈡文
學與外因的關連 —— 以文學作品與作者生平（ 傳記 ）、文學與心
理、文學與社會、文學與哲學、文學與其它藝術爲對象。㈢文學
本身的研究 —— 以文學形態、格式、構成成分、演變、種類、文
學歷史爲對象。

　　我們也可以照魏因斯坦的主張，把比較文學研究分爲: 一、

定義，二、模仿和影響，三、延變，四、接受和延續，五、種類，六、主題，七、各種藝術作品相互的陪照七大範圍。

我個人則認爲中西比較文學研究可分爲：一、文學理論和文學批評，二、文學發展史，三、文學作品的主題、種類、結構三大部。在第一部中理論方面又可包括定義、文學問題原則，批評則包括東西文學批評標準。二者都和背景有關。我不把背景當作獨立研究對象的主要原因是避免“喧賓奪主”的惡果。背景的研究只有在形成文學批評原則、創作觀念、表達方式過程中佔有有限的份量。㈢第二部分則依時代順序來研究文學作品，以作品爲歷史程序演變中的一部分，但却不是歷史研究，重心仍是放在文學上。它之與第一部在觀念上的分別是理論和批評研究往往採取“同序文學觀”。第三部就比較複雜；單以主題來說，就可分好多細節部門。比較容易決定的是“意象的運用”、“模形的應用”、“文學氣質”、“文學效果”等等；比較難以決定的是牽連到“文學問題”的題目。比方說“詩的觀念”這一題目，詩可以稱是實現某一理想的表達，也可稱是“特殊藝術見解”，要對二者加以區別或討論就必須牽涉到詩的本質問題：詩是眞理還是知識？詩的價值是“感受性”還是本身就具有內在的“美學特質”，不須由讀者的評論好壞而定？這就超出純主題的範圍而牽連到文學理論和批評了。總類和結構則是比較技術性的部分，也是比較安全的研究工作。

由此看來，中西比較文學是一門專門學問，以中西文學爲研究對象，從文學的性質、觀念、有限度的背景、發展演變的歷史、批評理論、文學主題、種類等方面來作愼重的比較或討論；

其目的不在"求同"也不在"求異",而是把中西文學作品當作
整個人類思想演進史中不可少的一部分來看,借此以求增進中西兩
個世界相互的深切了解和認識,這種研究卽是中西比較文學。

袁鶴翔

＜中西比較文學定義的探討＞,

（台）《中外文學》4.3.(1975),24-51。

比較文學方法論

　　當比較文學的新方法引起中國學界的關注之後，一些中國學者曾在上述兩種方法之外提出了"闡發研究"的設想。古添洪在一九七八年所寫的一篇文章中說：

> 利用西方有系統的文學批評來闡發中國文學及中國文學理論，我們可命之為"闡發法"。這"闡發法"一直為中國比較學者所採用。

另一位中國學者余國藩先生在一九七三年十一月二日向美國現代語言學會年會比較文學小組提交的一篇論文中也曾為這種方法作過辯護：

> 過去二十餘年來，旨在用西方文學批評的觀念和範疇闡釋傳統的中國文學的運動取得了越來越大的勢頭，這樣一種趨勢預示在比較文學中將會出現某些令人振奮的發展⋯⋯應該指出，運用某些西方的批評觀念和範疇來研究中國文學原則上是適宜的。這正如古典文學學者採用現在文學技巧與方法來研究古代文學的材料一樣⋯⋯。

　　一九七五年在臺灣召開了第二屆東西方文學關係的國際比較文學會議，會上，朱立民先生提出"運用西方的批評方法來研究中國古典和現代文學"的構想，但他的意見在討論中遭到絕大多數與會者的反駁。此後，"闡發研究"的方法就很少再為人所論及，更遑論對其作深入研究了。但我以為它既然作為一種方

法被提出過，就應該在比較文學方法論的歷史中佔有一席地位，
關鍵是對它的定義、範圍、可行性和適用程度之類問題作深入的
探索。

　　綜上所述，比較文學的基本方法到目前爲止有三種：卽 " 影
響研究 " 與 " 平行研究 " 的對立和 " 闡發研究 " 的補充。至於力
圖折衷前兩者之間的中間立場，由於它的目的只是對 " 影響研究 "
與 " 平行研究 " 的具體範圍（或內容）作適度的調整，因而不能
算作一種新的方法。換句話說：它與前兩者只表現了某些量的，
而非質的差異。雖然有人也曾將這種折衷調整稱之爲 " 綜合研
究 "。但它在實質上並沒有提出新的方法，只不過是 " 影響研究 "
與 " 平行研究 " 的綜合而已。因此，本文隨後的討論只圍繞着上
述三種方法進行。

　　影響研究在比較文學的三種研究方法中是最受人重視，也最
容易被比較學者接受的方法。且不說一直遵奉這種傳統的歐洲諸
國始終以影響研究爲核心，卽使在倡導平行研究最早最力的美國，
影響研究的理論和實踐仍然佔據着較大的優勢。從研究的實踐來看，
目前美國的兩份主要比較文學雜誌（俄勒崗大學主編的《 比較文
學 》季刊和伊利諾大學出版的《 比較文學研究 》季刊）仍然都是
以傳統的比較文學爲主，重材料的搜求和事實的考據❶；拿我們
中國的情形來說，大體也是如此，從遠浩一先生近來所作的兩次
統計看出，影響研究所佔比重遠大於平行研究❷。在理論上，法
國學派的觀點在美國學派崛起之前一直是比較文學中的正宗理論，
卽便在遭到美國人強有力的反駁之後，今天仍有相當的勢力，在
美國就不乏持法國觀點的學者。韋斯坦因的《 比較文學導論 》被

韋勒克譽爲"同類書中最好的一本"，它的確"材料翔實，結構分明，論述清晰，觀點寬容"，但它無疑也流露出較多的實證主義和歐洲中心主義的傾向，對於影響研究的偏重也是很明顯的。我國一些從二三十年代開始就已接觸比較文學的老一輩學者，也多是法國學派理論的實踐者和追求者，他們翻譯介紹法國人的著述，寫出了一些頗有質量的影響研究論文。著名歷史學家陳寅恪還提出了與法國學派頗爲一致的見解，他說："即以今日中國文學系之中外文學比較一類之課程言，亦祇能就白樂天之在中國及日本文學上，或佛教故事在印度及中國文學之影響及演變等問題，互相比較研究，方符合比較研究之眞諦。蓋此種比較研究方法，必須具有歷史演變及系統異同之觀念"。 陳先生的這一觀點大約頗能代表多數中國前輩學人的意見，因爲他們那一代人中的不少人不僅接受了當時盛行於歐洲的法國派的理論薰陶，還深深浸淫在中國文人對歷史的敏銳意識之中，所以能較爲容易地接受影響研究的理論。

影響研究在遭到美國學派的猛烈抨擊之後仍有能不失其在比較文學中的穩固地位；根本原因是它的理論在某種程度上仍然適用、有效，倘若它的理論一無是處，也就失去了存在的基礎，它的理論的合理性正在於它對歷史的意識。文學是社會歷史的產物，任何一件文學藝術品既處在它當時的時代、文化背景中，又處在社會歷史的發展沿革中；既處在與它同時的許多別的作品之中，又處於整個文學發展演變的歷史長河中；因此，它與社會、歷史、時代的關係是很緊密的，與別的作品的關係也是不可忽視的。泰納提出的從環境、種族、時代研究文學的著名論斷，正是這樣一種觀點的反映。在此基礎上朗松提出了文學史的方法，爲影響研究從社會歷史的角度探討不同文學的關係提供了理論上的前提。德國藝術史家沃爾夫林曾經說過每幅畫更多地受惠於它以前的作品，弗萊契和別的一些學者引申了沃爾夫林的觀點，認爲文學作品也復如此。這種見解的偏頗是顯而易見的，但它也不是毫無道理，它的合理因素是指出了文學藝術品之間的相互關係，爲影響研究探索作品之間的淵源、借代、師承、模仿等提供了依據。歐洲各民族文學本來屬於古希臘、羅馬文學以來的一個共同傳統，其間存在着千絲萬縷的聯繫，歷史上交流異常頻繁。這樣一個客觀環境，加上完整的理論指導，必然造成影響研究的繁榮。

但遺憾的是，在十九世紀實證主義思潮和唯科學主義的影響下，影響研究逐漸走上了極端。他們過分重視材料的搜求、事實的考據、因果的解釋，忘記了這門學科是“比較文學”而不僅是“影響文學”，也忘記了比較文學的最終目的是對文學理論做出貢獻。因此，影響研究的論文中充斥着“X與Y”、“X作家在Y國”、“X作家作品中的Y國”之類的公式標題。當然不是說這樣的題目一無可取，但這類文章多數變成了事實的堆砌，文學的“外貿”，完全排斥對文學藝術品本身的美學探討，更談不上理論上的歸納和概括。不僅如此，影響研究還受到法國中心主義、歐洲中心主義的影響，在文學的“外貿”中想方設法爲增加輸出而拼湊材料。列文曾舉過一個典型的例子，一位教授指定他的學生寫“紀德和美國”的論文，探討這位法國大作家和美國的關係。紀德既未去過美國，又沒有對美國文學的深刻了解，而美國方面對他的反應也很淡漠，像這樣的影響研究怎麼能做好呢？它無疑

是以每一位法國大作家都必然對外國有影響、必然在國外獲得了
聲譽的假定爲前提的。更有意思的是基亞在他那本小册子的第五
章中除指明了＂法國大作家在國外＂已經有過的研究之外，還
規定了一些有待研究的論題。如說＂（孟德斯鳩）的思想在德國
的傳播情況則還需要等待一次總的調查＂，＂馬丁的《費奈隆在
荷蘭》之後，尚未見出現一本研究《費奈隆在英國》的著作＂等，
這兩個例子充分說明了法國影響研究中強烈的沙文主義情緒。正是
這些過極的作法引起了美國人的反感和抨擊。

　　影響研究要克服自身的不足，應該把注意力放在對創作理論
的探索上。任何影響的研究都應該包含對藝術創作活動本質的認
識以及創作過程的理解。但丁影響了貝克特，但僅僅說明貝克特
在都柏林三一學院讀過但丁的書，那只能說是指出了一點未必十
分重要的文學事實，但倘若詳細說明貝克特怎樣將但丁的形象消
化、吸收變成自己獨特的象徵主義，就可能對文學批評或創作過
程的理論研究有所助益。魯迅和俄羅斯文學的關係是人們熟知的，
他的小說受果戈理、契訶夫、安特萊夫、柯羅連科、阿爾志跋綏
夫和陀斯妥也夫斯基等人的影響是較大的，但僅僅滿足於對魯迅
和上述作家之間事實關係（魯迅對他們作品的接觸、譯介、評論，
以及魯迅自己對這些影響的說明等）的描述及對其外部的、形式
的各種因素的借代、模仿等的追尋是不夠的。重要的是探索他借
用吸收了哪些外來因素？他怎樣消化這些外來因素，並把它溶入
自己的民族個性和創作個性之中而形成完全獨特的藝術品？正如
王富仁在他那本《魯迅前期小說與俄羅斯文學》的小書中所宣稱
的，影響研究應該討論魯迅如何＂在自己的創作中有機融化了俄

國作家的創作經驗 " ； 可見 ， 最要緊的是研究 " 影響 " 產生
並傳遞的過程 ， 這樣才能加深對魯迅創作過程的理解 ， 甚至有
助於對藝術本質的認識。這樣的影響研究就會避免膚淺和無目的
性。

影響研究要克服自身的不足，還應該把平行研究同影響研究
緊密結合起來，這也許就是一些學者所謂的綜合研究。深入的影
響研究必然要在探索 " 事實聯繫 " 的同時，對作品本身作細緻的
比較，也必然要作審美的觀照和價值判斷，只有這樣，才能回答
外來因素哪些被吸收，哪些被拋棄，外來影響是怎樣被作者融入
藝術的有機體中的等類問題；不結合平行比較的方法，搞純的影
響研究是不可能深刻的，更不可能對創作心理、創作過程、創作
原則等理論問題作出闡發。范存忠先生的〈《趙氏孤兒》雜劇在啓
蒙時期的英國〉一文算得上是探討中英文學關係的一篇力作。熟
悉此文的人都知道，范先生詳細描述了這部中國戲劇傳入法、德、
意、英等歐洲諸國的過程，以及它在上述國度引起的反應，但他
並沒有僅僅局限在描述來龍去脈的事實上，相反，却在文中多處
把哈切特的改編本、伏爾泰改編本、謀飛的改編本與《趙氏孤兒》
原本作了平行比較。正因爲他把影響研究與平行研究二者揉在了
一起，才能取得較好的效果，才能對一些 " 事例的意義 " 作出歸
結。

影響研究自身的不足中有一些因素是不可克服的。其中最主
要的就是那些沒有直接聯繫，沒有實際接觸的作家作品是不被接
納的。這樣，它就大大縮小了自己的範圍，阻塞了自己的發展。
因爲有事實聯繫的作家作品畢竟是有限的。在西方的文化系統中，

各民族文學間的關係和來往比較密切，但畢竟不是不可窮盡；而
在東方文化系統中，各民族文學間的交流似乎就沒有西方傳統中
那樣高的頻率和密度。中印、中日之間的文學交流固然源遠流長，
但也不是無限。至於中國文學和西方文學的關係，也只是在近代
“西學東漸”以來才獲得了發展。概而言之，清理中外文學關係
最主要的領域大約在兩方面：一是在佛敎文學的傳播、流變中考
察中印、中日等國文學之間的關係；二是“五四”開始的新文化
運動，中西方和俄國文學對中國文學的影響的研討。卽便在這些
“事實聯繫”較多的領域，恐怕也還有個選擇問題，卽選擇那些確
能加深人們對文學現象和本質的理解，有助於抽象文學創作和批
評的美學原則的題目？否則，就不會有較大的意義。

　　平行研究的好處首先是大大開拓了比較文學的疆域，克服了
影響研究劃地爲牢的缺陷。因爲它不僅提出沒有事實關係、沒有
直接接觸的作家作品可以比較，而且還提出文學可以和藝術、哲
學、宗敎、歷史、心理學、自然科學等別的學科比較，這樣，在
理論上就使“比較文學的領域大到幾乎無限“（布呂奈蒂耶語）。

　　在地域上，只有平行研究才可能使比較文學掙脫“歐洲中心
主義”，“西方中心主義”的鐐銬，眞正“走向世界”，實現韋
勒克“從國際的角度，從總體上研究文學”的抱負。在這一點上，
法國比較學家艾金昂伯爾的功績將會永遠銘刻在比較文學的史册
上。是他首先大聲疾呼，比較文學應轉向東方，主張從事東、西
方之間的比較研究。並推崇中國文學，要求西方比較學者學習東
方語言，甚至提出應將中文作爲比較文學的一種國際語言。他
的眼光無疑是遠大的、睿智的。雖然不少學者對他的這一觀點深

表懷疑，但却不能不在原則上表示贊同❸。一些當時持反對意見
的學者，今天也在不同程度上改變了立場❹。艾金昂伯爾所以能
提出這樣卓越的見解，不僅因爲他獨具慧眼，還因爲他對比較文
學的目的有明確的認識。他認爲比較研究不可避免地導向比較詩
學，倘若文學中存在着某些基本模式和規律的話，比較文學的任
務正是要把這些深埋在文學中的規律和模式挖掘出來。

　　平行研究使比較文學從影響研究的狹小天地裏走了出來，視
野廣濶了，觀察的角度就可以高一些。人們既可以對作家、作品
和一些較小的文學現象作微觀的研究，又可以對主題、文類、時
代、潮流、運動、詩學等作宏觀的研究。宏觀的研究可以高屋建
瓴，作較大規模、較大面積的綜合，而大規模、大面積的綜合，
正是從現象中抽象出規律法則的必由之路。民間文學研究中顯著
的 AT 分類法就是對歐洲、西亞等國家大量的民間故事作了比較
研究之後進行大規模綜合的產物。它不僅是民間故事類型的歸納，
也爲民間文學的研究提供了可資借鑒和遵循的模式和規律❺。儘
管它對亞、非、拉等地區大量的材料還缺乏研究，因此還需要不
斷地修訂和完善❻，但它對民間文學乃至文學的研究的巨大指導
意義却是確定無疑的；國際最著名的民俗學家斯蒂思·湯普森指
出，口傳民間故事流傳中有一定的程式和大量的一字不差的複述，
這成爲一切民間口傳故事的本質特徵，他之所以能得出這一結論，
是因爲對從荷馬史詩、芬蘭、南斯拉夫等地的史詩以及遍及全歐、
西亞的民間故事進行了大量的比較分析、綜合歸納後得出的。
這樣得到的結論，它的科學性、普遍性是無庸置疑的。

　　當然，這種大規模的綜合，跨越時空的純比較，可能並且容

易導致膚淺謬誤。許多前輩比較學者對此提出的警告應該爲比較
學者牢牢記取。但我們不應將這種警告看作是對平行研究的反對。
巴爾登斯柏格那段有名的警告曾爲許多學者所引用❼，但他自己
却寫出了＜歌德在法國＞、＜法國移民中思想的傳播＞這樣採用
大量綜合方法的論文。錢鍾書也曾告誡我們，要避免生拉硬扯的
簡單比附，把比較文學與文學比較加以區別，但他不僅在理論上
提出搞比較詩學的建議，而且身體力行寫出了許多將中西文論平
行比較，相互闡發的好文章。陳寅恪先生似乎不贊同＂古今中
外⋯⋯荷馬可比屈原，孔子可比歌德＂之類的＂平行研究＂❽。
但正如我們已經說過的，陳先生這樣講有一定的時代局限，因此
不可能簡單地把它當作反對平行研究的依據。正如盧康華、孫景
堯二位先生十分正確地做出推斷，＂時至今日，倘若陳先生健在，
以其學識之博大精深、所涉學術領域之宏廣，當不至於會堅持舊
日觀點。＂比較文學發展到今天已經經歷了許多變化，新的形
勢當會促使人們作出新的思考，所以列文才說＂比較文學的危機，
實在不是法美兩個民族的衝突，而是兩代人在方法上的爭論，也
就是一個成長發展的標誌＂。假若我沒有理解錯的話，列文這
段話，包含着幾層意思，一是說法美兩派之爭是一個方法論的爭
論，二是說，這種爭論是老一代學者與新一代學者間的爭論，它
是比較文學成長壯大的標誌，三是說，這種危機是成長過程中的
危機，它不僅是正常的，也是可以克服的，這個克服危機的過程
也就是發展壯大的過程，這種發展觀看來還確有一些辯證的味道。
不少老學者在發展的過程中，修正自己的舊觀念正是這種發展觀
的生動體現。由此觀之，如果陳先生能夠看到今天我國比較文學

界這一派沛然生機，難道還能堅守舊日的陣地不放嗎？

平行研究者認眞記取老一代學者的警告，避免穿鑿附會，生拉硬扯的關鍵，是注意比較文學的"可比性"與"文學性"。"可比性"寓於"文學性"之中，這不僅是個同和異的問題，而且還關涉到"文學藝術的本質這個美學的中心問題"，這也就是韋勒克所謂的"文學性"，但美國人所謂的"文學性"是完全排除對文學作品作社會歷史的研討的。那種無視歷史和時代的因素，把文學作品看作同時存在的所謂"共時性"的研究是偏激的，片面的，也是我們不贊成的。一九五八年的敎堂山會議上，就在韋勒克發表那篇批駁法國人的著名演說之後的第二天，立卽就有人針對他一味捍衞作品本身研究的態度，否定從社會歷史的角度研究作品的觀點提出質問："韋勒克敎授爭辯說要排除思想史的研究，但是要研究巴斯克爾和蒙田，怎麼能夠不研究他們的思想呢？"牛津大學的羅伯特、謝克爾頓敎授提出的問題顯然是比較學者不得不回答的問題。所以我們說，不重視文學藝術品與社會、歷史、時代、民族諸方面的關係的探索也是片面的，只有將美學的、批評的方法和歷史的、社會的方法結合起來，既從共時性的角度，也從歷時性的角度去搞比較文學，才是全面的，這就是我們對"文學性"的認識，換句話說，平行研究只有結合影響研究的精神，才能避免偏頗和淺薄。

跨學科研究時更必須注意"文學性"的問題，因爲不注意這一點，就很可能將文學的研究化爲非文學的研究，這樣就失去了比較的基礎，雷馬克和韋勒克曾就這一問題進行過頗有意義的討論。雷馬克提出："文學和文學以外的一個領域的比較，只有是

系統性的時候，只有在把文學以外的領域作爲確實獨立連貫的學
科來加以研究的時候才能算是比較文學 。 ” 我們贊同雷馬克的
這一觀點，同時還想作一點補充，那就是這種研究必須以文學作
爲中心，目的是對文學本身有所闡明，也就是要以文學爲起點，
以文學爲歸宿。例如錢仲聯先生的《佛教與中國古代文學的聯繫》
就佛教對中國古典文學的影響作了細緻入微的闡述；樂黛雲先生
的《尼采與中國現代文學 》則就尼采的哲學思想對中國現代文學
產生影響的前後脈絡作了系統的論證；錢鍾書先生的《中國詩與
中國畫》，則對兩種藝術進行了精細的辯析，作了極有意義的相
互闡發。按照我們上面所提出的標準，這些文章都算得上是超學
科研究的佳作。

　　在精神實質和方法上我們主張影響研究和平行研究二者的取
長補短、有機結合；但在具體研究上，我們却希望在不捨棄影響
研究的同時，更推重平行研究一些。至少要兩種方法並重。那種
認爲目前中國仍應以“ 影響研究 ”爲主的觀點是大可商榷的。
遠浩一先生在寄筆者的一份稿件中，對影響研究和平行研究兩種
方法作了不少有益的闡發，但却認爲平行研究只“ 可能在特定的
情況下 ”“ 佔據主要位置 ”，“ 若無影響研究，平行研究很可能
會失去它存在的一個重要條件 ”，“ 因此至少到目前爲止 ”，中
國學者尚無足夠的理由“ 偏愛 ”平行研究。對於遠先生的這一觀
點筆者是不敢苟同的。如前所述，比較文學從“ 影響研究 ”的時
代，經過“ 平行研究 ”的時代發展到今天，西方不少學者都紛紛
調整過去的觀念轉向東方，期望通過東、西方兩種不同背景中的
文學的比較，從總體上尋求闡明人文科學這一重要領域的基本途

徑。同時，我們中國比較文學作為東方比較文學中的一支勁旅正
在崛起，期望通過東西方兩種模式的比較和對比讓世界人民更深刻
地認識我們民族的優秀文學傳統和古老文明，並對總體文學的研
究作出貢獻。難道這樣的時刻不算是"特定的"的時刻嗎？平行比
較的最大特點是範圍上的無限廣濶性、宏觀的比較角度和較易對
理論問題作出綜合和概括的能力。列文教授在談及平行比較的重
要時，曾打過一個恰當的比方，他說"不去比較的比較學者就好
比是一個拉小提琴的人捨棄了弓子的使用，而僅僅用撥弦的方法去
演奏，"難道在十餘年後的今天，我們還要呼籲我們的"比較
文學演奏家"們僅靠撥弦去吸引觀衆嗎？漫說我們中國學者已經
在東、西比較方面顯示了實力和潛力，即便沒有我們這支生力軍，
比較文學的總的發展趨勢也必將在結合影響和闡發等研究方法的
同時，把平行研究推到首位。這實在不是"偏愛"與否的問題，
而是大勢所趨，不得不然。

　"闡發研究"提出之後，所以遭來了不少批評，癥結不在方
法本身，而在它的解釋者提出的界說是錯誤的，至少不是完全的。
一九七五年在臺灣召開的第二屆國際比較文學大會上，據說朱立
民教授扶病與會，提出了一個"不完整、不系統的報告"，要求
"運用西方的批評方法來研究中國古典和現代文學"。筆者未能
找到朱先生發言的原文，不敢斷言朱教授的原話就是如此，但從奧
爾德里奇在大會上所做的總結發言中可以看出，至少與會者都把
這種提法（the western method of criticism be applied
to the study of both classical and modern literature）認定
是朱教授的原意。這種提法本身的謬誤是明顯的，難怪它引起了

大會異口同聲的反對。任何一國文學都不能沒有自己的民族傳統，不要說像我們中華民族這樣一個具有古老悠久文明的國家，就是一個弱小國家也有彌足自珍的寶貴傳統，以及在這種傳統中發展起來的與別的民族文學相區別的文學體系（創作、批評、理論等）。完全以自己的民族文學的模式去衡量別的民族的文學不僅是不明智的，也是粗暴的。正如馬隆教授與列文教授所指出的，這反映了一種帝國主義的態度；反過來，完全要按別的民族文學的模式來衡量自己的文學也同樣是幼稚的，卑怯的，這反映了一種民族虛無主義的態度和奴化心理。比較文學反對孤立的民族主義是一大功績，但不等於說它贊成帝國主義的態度；反過來，比較文學提出“世界文學”的理想，但並不等於說它要取消民族文學。這一提法之所以不妥，還在於它有些絕對化。任何一個“模式”（pattern, model）都是獨特的，恐怕很難完全套在另一樣東西上。因此，借用一種模式的理論，絲毫不做調整、改造，就來亂套亂用是不可思議的，在歷史上，中國人曾不斷向外國和西洋學習先進的東西，從近現代以來，學者們吸收、借鑒西洋文學的情況也是有的。但那決不是盲目的、機械的亂搬亂套，至少好的借鑒要有選擇，要結合民族的模式加以改造。況且，許多借鑒、吸收是相互的，而非單方面的。不同民族間的文學相互學習借鑒，取長補短，不獨對中國是如此，對任何一個國家都是適用的。所以我們認爲的“闡發研究”是不同民族文學的相互闡發、相互發明（Mutual Illumination），它所採用的方法是分析的、解釋的。特別是在理論（或曰詩學）的領域內，將不同民族的文學理論互相闡發，對於文學理論的建設有特殊的意義。例如，錢鍾書先生的

＜通感＞、＜讀拉奧孔＞、＜詩可以怨＞都是運用這種方法的典
範之作。這些文章通過相互發明，相互輝映，對諸如"感覺挪移"、
"詩可以怨"之類的文學現象作了極爲精彩的闡發。從而使這一
理論獲得了更大的普遍性和科學性。當然，這種相互闡發必得有
雙方的同和異作爲前提，因此，"闡發研究"又不能不與"平行
研究"相結合。

綜上所述，作爲比較文學的三種基本方法：影響研究、平行
研究和闡發研究相互依存，相互包容，相互結合，缺一不可。但
從比較文學的發展趨勢看，平行研究似乎更應受到重視。這就是
本文的結論。

附　註

● 我作了一個大略的統計，1984年的四期《比較文學研究》的20篇主要
文章中屬於影響研究的12篇，而在1984年冬季號的《比較文學》的三
篇主要文章中屬於影響研究的至少有2篇。

● 遠浩－對1977～1982,12，以及1983,1～1984,6國內發表比較文學論
文所作的抽樣調查結果是第一次影響研究佔60.4％，平行研究佔10.2％，
第二次影響研究佔44.8％，平行研究佔26％〔見本章丙節中的遠文〕。

● 在這一點上列文教授持開放但審慎的態度，他說：艾金昂伯爾要比較學
者學漢語，"就像歌德提出"世界文學"的口號遠遠超出了他的時代一
樣，超越了我們時代"（《比較的基礎》p.72）。這句話語含微諷，但他却
"不得不贊成艾金昂伯爾的意見。"他還說："處於完全不同背景中的
文學可以和我們的文學在形式、主題等方面作比較，倘若我們了解"能
樂"和希臘悲劇的共同點，我們可以對創作的有機過程加以概括"（同
上 pp. 33～84）。日本學者龜井俊介："（艾金昂伯爾）所說的話是很明
智的，然而我恐怕這對目前日本學者不切實際。"（《龜井與奧爾德里

奇談話錄 》，轉引自李達三《比較文學研究之新方向》，p. 134) 李達三:
" (艾金昂伯爾的計劃) 不免部分是純理想的 " ，" 他所要求的東、西
比較詩學的研究在原則上誠然是正確的。"(《新方向》， p.93，p.157)
韋勒克也持有類似的見解，認爲艾金昂伯爾的提議代表著一種理想，但
他却毫不猶豫地主張，比較研究必須要包括所有的文學，甚至最遠的東
方文學。他和列文都爲自己再不可能學習一門東方語言而深表遺憾；此
外，佛克馬、奧爾德里奇、紀延、勃洛克等學者都贊同艾金昂伯爾的主
張。

❹ 韋斯坦因:" 我不否認，艾金昂伯爾提倡比較研究音韵學、偶像、肖像
和插圖等的學問以及文體學諸方面是恰當的，但却對把平行研究擴大到
兩個不同的文明之間的比較遲疑不決。……企圖在西方和中東或遠東的
詩歌之間發現相似的模式較難言之成理 "(《比較文學導論》pp.7 ～ 8)。
十五年後，韋氏對自己過去的觀點表示遺憾:" 這種觀點(卽上引觀點)
長期以來在比較文學界流行，過去也堅持這種觀點，現在從事後來看，
不能不感到遺憾。"(《比較文學的永久性危機 》 ，p. 157)

❺ AT 分類法是以芬蘭著名民俗學家 A，阿爾奈和美國民俗學會前主席，
印第安那大學榮譽教授，著名民俗學家 S · 湯普森的名字命名的民間故
事類型編排法。湯普森對阿爾奈的類型作了大量的修訂補充，使之成爲
民間文學研究最權威的工具書。湯普森:《民間故事類型索引》(哥本
哈根與布魯明頓，1955 ～ 1958)。

❻ 著名民俗學家，美籍華人丁乃通所著《中國民間故事類型索引》卽是對
AT 法的——和完善和補充。丁先生採用 AT 標準，經過比較分析，把
中國民間故事納入了國際類型，是當代研究中國民間故事最新最全的工
具書。這本書已由遼寧省春風文藝出版社於 1983 年翻譯出版。

❼ 巴爾登斯柏格:" 僅僅對兩個不同對象同時看上一眼就作比較，僅僅靠
記憶和印象的拼湊，靠主觀臆想把一些很可能游移不定的東西扯在一起
來找類似點，這樣的比較決不可能產生論證的明晰性。" 見北大版《比
較文學譯文集》，p·4。

❽ 陳寅恪強調比較研究必須具備 " 歷史演變、系統異同之觀念，否則，人

天龍鬼，無一不可取與比較。荷馬可比屈原、孔子可比歌德，穿鑿附會，怪誕百出，莫可追詰，更無所謂研究之可言矣。見《金明館叢稿二篇》（上海：上海古籍，1982），p. 228。

劉象愚

＜比較文學方法論探討＞，

《北京師範大學學報》（社科版）4(1986)，1-10。

論中西比較文學學科的建立

　　因此，我們必須以事實證明中西文學之間的可比性。

　　首先，有大量資料證明中西文學之間有長期交流影響的歷史。當中國有三大發明以阿拉伯人爲中介傳向歐洲，中國文學也傳向西去。在《管錐編》注說《太平廣記》等書的部分，錢鍾書先生告訴我們《天方夜譚》和西方許多民間故事類同到不可能各自獨立創作出來的地步。明末（十六世紀）耶穌會教士來中國，他們的著作對中國文化進行了理想化的描繪介紹，使十八世紀歐洲啓蒙主義者大爲興奮，以中國文化作爲他們所提倡的理性主義典範。一直到十九世紀上半期，西方文學藝術中所謂“漢風”（chino iseries）盛行不衰。到二十世紀初，英、美意象派詩人在中國古典詩歌中找到與現代詩歌相通的技巧特徵，使中國古典詩歌一度“淹沒”了英、美文壇。對這最後一個問題，美國加州大學葉維廉教授進行了卓有成效的研究。

　　由於封建主義滯緩了近代中國社會和文化的發展，中國新文學向西方求師是很自然的。魯迅之于契訶夫（Chekhov）、果戈理（Gogol），郭沫若之於惠特曼（Whitman）、歌德，曹禺之於易卜生和奧尼爾，馮至於歌德、里爾克（R. M. Rilke），卞之琳之於里爾克和瓦雷里（Valery），戴望舒之於波德萊爾（Baudelaire）和洛爾加（Lorca），艾青之於韓波和凡爾哈侖……我國學者對這些作了相當廣泛的研究，例如馮雪峰《魯迅與果戈理》（1953）、薛誠之《聞一多與外國詩歌》（1979）等。

　　這種影響，當然既可以是" 積極 "的也可以是" 消極 "的。戈寶權《陀思妥耶夫斯基作品在中國》（1956），樂黛雲《尼采與中國現代文學》（1980）比較集中地談了後一方面的問題。

　　細分一下，外來文學影響還可以有幾個類型。負影響（ negative influence），指的是外國文學被用作反對本國固有傳統以開創新局面的武器。五四前後被介紹進來的西方文學大都起了這樣的作用，魯迅的《摩羅詩力說》以拜倫等" 惡魔派 "詩人來抨擊中國封建文學之" 持人性情 "，就是顯例。

　　反影響，指的是藉此批判外國文學，從反面支持本國文學的某種趨勢。不負責的亂批，" 貶低別人，抬高自己 "，在我國已見得太多，這對外國文學是寃枉不公正，對我國文學也起破壞作用。但正確的批判永遠是必要的。例如柳鳴九在《西方現當代資產階級文學評價的幾個問題》（1979）中批判日丹諾夫對待西方文學的狹隘觀點，就必要而及時。

　　回返影響，指本國作家先在國外獲得巨大影響然後反過來影響本國。本世紀初英、美意象派詩人尊崇李白、王維，而意象派的主張又影響了當時在美國留學的胡適，他的《文學改良芻議》中的幾條建議幾乎全來自意象派一九一五年宣言。美籍朝鮮人學者方志彤（Achilles Fang）所著《近世中國詩從意象主義到惠特曼主義的發展》對此有詳細研究。

　　超越影響，即一個作家在國外的影響遠遠超出在本國的地位。例如伏尼契的《牛虻》在英國知道的很少，在我國影響深遠；傑克·倫敦在我國地位崇高，在美國文學史著作中常被認為是二流作家。寒山詩在唐詩的燦爛星河中很不顯眼，却被美國垮掉的一代詩人奉爲詩聖。

虛假影響，即所謂 " 幻景 "（mirage）。 幻景有不自覺的，往往是缺乏知識所致。例如美國詩人龐德由於聽信 " 漢學家 " 弗諾洛薩之言，錯誤地以爲中國方塊字至今是一幅幅組合的圖畫，因而認中國詩爲 " 全意象 " 詩，是現代詩的範例。自覺的幻景是爲了給作品增加情趣而有意歪曲作品的異國內容，中國經常成爲這類作品的犧牲品。例如英國作家希爾頓所著風靡一時的《消失的地平線》，把 " 香格里拉 " 即中國西藏描寫成世外桃源；五六十年代風行英、美的荷蘭漢學家高羅佩所作多卷偵探小說《狄公案》，主角唐朝名相狄仁傑被譽爲中國福爾摩斯，但小說缺乏唐朝背景的歷史準確性，實際上其資料來自明清公案小說；再例如西方不少以馬可·波羅爲主角的小說，裏面竟有李白賦詩、張天師作法、而忽必烈女兒愛上馬可·波羅等情節。有意的騙局也可算一種 " 幻景 "。美國曼尼克斯所 " 譯 "《李鴻章回憶錄》甚至有前國務卿爲之作序，一直被信以爲眞，直到發現某些史料錯誤，騙局才戳穿。

文學影響還有一種有趣的情況是借用。抄襲固是惡德，但國際間的抄襲經常是極有研究價值的。伏爾泰的《中國孤兒》、布萊希特《高加索灰闌記》，題目就直認了是借用；滬劇盛演不衰的 " 西裝旗袍 " 劇目《少奶奶的扇子》、《蝴蝶夫人》等是從英、美劇作改編的，但現在已不注明改編而成爲創作。

出色的借用必然有 " 創造性背叛 "（creative treason）的精神。美國女詩人阿米·洛威爾的組詩《漢風集》，在現代自由詩形式中追求中國古典詩歌的情趣；布萊希特努力把中國戲曲技巧揉合進西方風格之中都是適例。與創造性背叛相反的是諷刺性仿作（parody），在一些以歪曲誣蔑中國人形象而逗樂的西方低級小說中，我們可看到這類例子。

以上所列舉的種種中西文學交流影響的形式，都是有實證可尋的。但是中西文學的可比性遠不限於實際存在的接觸。鄭振鐸先生早在《插圖本中國文學史》緒論中就指出：“‘時代’的與‘種族的特性’的色彩雖然深深地印染在文學的作品上，然而超出於這一因素之外，人類的情思却是很可驚奇地相同。”他點出了文學之間除實際接觸之外的可比性。

例如五四以來的中國新詩發展過程有一個有趣的現象：新詩從郭沫若激情澎湃的浪漫主義，從康白情和湖畔派深情輕婉的浪漫主義，轉向徐志摩圓熟的後期浪漫主義和前期聞一多的唯美主義，再進入卞之琳、戴望舒的象徵主義傾向，早期艾青的世紀初後象徵主義風格的自由詩。雖然這樣的總結過於簡單化，但我們仍可看出短短十二三年中，詩風推演的次序與整個十九世紀歐、美詩歌一百年中的推演次序幾乎完全一樣；對此，影響研究是無法解釋的。我們只能認爲文學思潮的演進，常常是像地層一樣有次序的，而一國文學接受外來影響的能力，也常是受這演進次序制約的。從個別作家接受某種影響看是偶然的事，從整個民族文學看，總是“應運而生”的。比較文學中這種理論稱爲“層次說”（stadialism）。我想這至少部分說明了爲什麼二十年代初李金發走私販賣式的“象徵主義”實際上沒產生多大影響，成爲一個沒能改變這次序的例外現象。

　　社會發展的規律性，也決定了與社會生活有關的文學現象也有規律地出現。例如在歐洲，在中國，小說都產生於資本主義的萌芽期，現代派文學風格都產生於現代大城市生活方式形成之時，而初民的共同社會生活形態產生了中西神話的共同原型；我們也有盤古開天闢地女媧搏土爲人的創世神話，有士達彈五弦瑟引來“陽氣”這樣的繁殖神話(與希臘埃及一樣，繁殖神話顯然源出於祈雨的巫術儀式)；天帝與刑天、黃帝與蚩尤之間的大戰，跟宙斯與泰坦族、耶和華與撒旦之間的戰爭有相似之處；后羿射日、女媧補天、大禹治水這樣的災難及拯救神話，跟挪亞方舟故事一樣，都是先民與險惡的自然災害艱難奮鬥的印跡。

　　而且文學還有不局限於一定社會形態的普遍題材。羅密歐與朱麗葉、梁山伯與祝英台、賈寶玉與林黛玉，這些愛情悲劇雖有深刻的社會因素，但也有人類共通的感情和道德內容。被稱爲是比較文學中最使人感興趣的主題研究(thématologie)，就是力圖打破時空界限，橫貫各種民族的文化，尋找同一題材的種種變型，並究詰其原因的。錢鍾書先生《管錐編》中有許多主題研究，例如《毛詩正義》四二佞幸誤國題材以詩經、李賀詩與馬洛 (Marlowe)、杜巴萊作品相比；《焦氏易林》一六以薛偉化魚故事與卡夫卡《變形記》相比等。

　　而文學技巧本身也有其特殊規定性，在各國文學中會導致類似的問題，例如詩歌的節奏構成元素不外乎音重、音長、音高、音節數量和停頓等，語音特徵相類似的語言，其詩歌節奏就會有相似的形式。早在二十年代，聞一多就從中、英對比出發寫出研究中國新詩節奏結構的最早一篇論文＜詩與格律＞。雖然因爲漢語實驗語音學在當時還基礎太差，以致聞一多認爲中國新詩可借用英詩的 "音步"，但他的比較研究爲後人打開了道路。

從我們上面列舉的種種情況來看，中西文學的可比性已是相當明顯，應當是無可懷疑了吧！但是，我們還可以從我國學者已取得的實際成績來進一步證明這種可比性，因爲我國雖然尚無比較文學學科，這方面的研究工作却已遍及到這個學科的每一個專項。

媒介學（mésologie）：卽研究文學影響的具體途徑。媒介可以是翻譯、演出、評論介紹、人員交流、國際會議等等，甚至比較文學研究本身也是一種媒介。三十年來我國比較文學論著還是以具體分析整理這個門類的具體資料爲最多。隨便舉幾個例：阿英《易卜生的作品在中國》（1956），程代熙《巴爾扎克在中國》（1979）等。翻譯研究也是媒介學中的一項，錢鍾書《林紓的翻譯》（1958）一文是從翻譯角度進行文學比較的範例，這方面的新成果有馬祖毅的《中國翻譯史話》（1978）。

淵源學（crénologie）：分析文學作品的主題、人物、風格、情節等的來源。楊憲益《零墨新箋》（1947）和《譯餘偶記》（1979）兩組文章包括了一些這方面的考證。《管錐編》中也有不少這方面的研究。

文類學（génologie）：研究一種文體是如何從一國流傳到他國，以及流傳過程中的種種變異，茅盾《外國戲劇在中國》（1980）和趙景深《也談外國戲劇在中國》（1980），對話劇運動這種形式如何從西方傳入進行了仔細探討。

以上這些項目，實際上是有重疊的，它們的區分主要在着重點不同,所以我們經常不加細分,統稱之爲"影響研究"(influence study)。

　　本世紀初比較文學界還把工作局限在歐、美文化系統內部的影響研究,當時比較文學的中心在法國,故稱 " 法國學派 " 。四五十年代,比較文學的中心移向美國,也許是因爲遠離了歐洲中心,所以比較文學的概念也發生了很大變化,產生了 " 美國學派 " 。美國學派認爲在任何有可比性的問題上都可展開研究,所以強調無影響接觸實證的 " 平行研究 "(parallel study),並認爲比較文學亦可涉及超文學學科如人類學、語言學、民族學等等。這樣,比較文學的工作範圍就大大擴展了,而且超文化系統的比較文學 (如中西比較文學) 也有理論支持。

　　平行研究的範圍幾乎無限制。從徐朔方的《 湯顯祖與莎士比亞 》(1978),方平的《 我國古典文學與莎士比亞 》(1980)可以看出這種對比可以從各種角度出發 : 主題、題材、情節、人物等等。這樣的比較能同時加深我們對兩國文學的理解。《 管錐編 》中以西方文學注解中國文學經典,解決了不少前人聚訟紛紜未得一解的問題。

　　平行研究在證實某種文學理論的正確性上特別有用。 如果能在幾種不同傳統的文學中爲一種理解找到根據,那麼這種理論的說服力就強得多。英國當代著名文學理論家燕卜遜在他轟動一時的著作《 複義七型 》(1930) 的第一章就引用陶潛<時運>一詩來證明他的詞的複雜意義是詩歌強有力表現手段這論點;錢鍾書<通感>(1963)一文,可以說是這方面的典型論著,此文分析了大量中外詩歌的例子,最後指出通感是詩歌自古以來的常用手段，並非波德萊爾與象徵主義者的專利品，這樣的論證不僅爲一種我國傳統的表現手法恢復了名譽，而且使我們對象徵主義也減少了疑懼。筆者至今還記得當年自己還是個少年，初讀此文時，這種對比研究方法的雄辯力量所引起的激動心情。

美國華盛頓州大學王靖獻（C. H. Wang）教授1974年用英語發表《鐘鼓集》一書，將西方研究民間口頭創作的專家勞德和巴理的"套語理論"研究詩經，證明了口頭詩歌創作的套語化是世界性現象，不僅適用於歐洲的敍事詩傳統，也適用於中國的抒情傳統。最近美國加州大學的鄭樹森（William S. Tay）教授用英國莎學家分析莎士比亞作品所用的意象統計法分析唐詩的意象，用結構主義的信碼論分析，作出了很有價值的探索。

當然中西文學理論本身也能相比，然而這是中西比較文學中最困難的課題。中國文學理論有自己獨立的體系，有一套專用的、無法翻譯的術語，但是如果中西文文學實踐能相通，從實踐總結出來的理論就沒有理由不能相通。去年出版的王元化所著《文心雕龍創作論》把黑格爾、歌德、威克納格、別林斯基（Belinsky）等人的美學和文學理論與中國文論進行比較研究，取得了可喜的成功。

平行研究不僅在於尋找共同點，也在於研究相異之處——比其同，究其異；尋其合，追其分。這種方法有時被稱作"對比文學"（contrastive literature）。這種研究中最令人神往的課題是"缺類研究"。爲什麼中國古代沒有大規模的敍事詩傳統？爲什麼中國戲劇產生較晚？爲什麼悲劇在中國沒有希臘悲劇那種至高無上的地位等等。楊絳《李漁論戲劇結構》一文堪作對比文學的範例，她從李漁的戲劇理論跟亞里斯多德理論的類似點出點，深入剖析中西戲劇理論和實踐中存在的巨大分歧，指出中國傳統戲劇實際上是一種 " 小說式戲劇 " 。這樣楊絳先生不僅避免了因表面相似而作淺近比附，而且闡明了對理解中西戲劇都至關重要的實質性分歧。

因此，中西比較文學已經取得的巨大成績，足以證明中西文學之間的可比性，應當說，在這個問題上已不存在懷疑餘地。

有人會問，此類研究文字固然有趣，但完全可以歸入中西交通史、文學史、文論史等學科，有什麼要單獨成爲一個學科呢？

很有必要。

首先，國際交往的需要、中華民族文化團結的需要，顯然已急不可待地要求開闢這一學科，有計劃地進行這一工作。近年來一些國外比較文學專家來訪，我國竟沒有任何對等學術研究機構或教育機構可予接待。最近筆者聽一個日本東西比較文學專家演說，他以爲既然中國至今尚無比較文學學科，就把時間全化在講解最基本的概念和術語上，事後他發現在座洗耳恭聽者不少人對比較文學頗有造詣，不禁對自己的講法感到十分懊惱。

目前我國中國文學研究與外國文學研究幾乎是兩個行業，而且隔行如隔山。治中國文學者能兼通外國文學者極少，治外國文學者則抱 " 不干涉內政 " 態度，這種情況，看來是不正常的。設立比較文學學科，就是在兩者之間搭起橋樑。

更重要的是，中西比較文學有指導文學創作實踐的價值。目前青年作家和詩人很願意學一些新技法，但看外國文學作品時，滿眼異國生活，異國主題，異國方法 —— 只見其異不見其同，要學也無從下手。一旦下決心學，往往照搬照套，忘記了中國文學的傳統；這裏就需要比較文學工作者來分析評價工作。

趙毅衡

＜是該設立比較文學學科的時候了＞，
《中國比較文學年鑒》（北京：北京大學出版社，
　　1987 ），54-61。

比較東西方文學的可能性

　　討論東西方文學比較時，應當關注三個問題：(1)比較什麼？
(2)如何比較？(3)期望得到什麼結果？第一個問題要求提出一個定
義；第二個問題要求制定適當的方法；第三個問題預測某些可論
證的成果。這三者之關係極爲密切，其答案則又相輔相成。

　　在給東西方比較文學下定義及檢驗該定義是否適用於此一研
究之前，必須謹防某些偏見。首先，必須防止兩種互相對立的傾
向。一種是把東西方比較文學研究在很大程度上當作一項親緣關
係研究——不是把已經確立的西方的模式強加於東方文學，就是
在東方文學中尋找表面上類似於西方文學的表現類型。另一種則
是片面地排除東西方文學進行比較的任何可能性。前者起因於對
文化多元論的無知。文化的多元性造成文學的千變萬化，迫使研
究和學習比較文學者在他們的學術研究中考慮到文化的相對性。
後者則起因於文化沙文主義，這種主義執意擯棄跨越民族和文化
的界限以便對各種不同的文學及其起源加深了解。對比較文學這
門學科的損害莫過於固執地堅持上述兩種做法中的任何一種。

　　粗淺的比較不僅會歪曲一種文學的民族和文化精神，破壞其
完整性及固有的長處，而且會引起對其美學價值的誤解，齊納在
《宗教的和世俗的神秘主義》一書中對赫胥黎的靈性感受概念的
質疑，是一個很好的例子，提醒我們注意這種比較的危險性。把
陶淵明道家的自然狀態等同於華滋華斯（Wordsworth）的浪漫

主義的自然，亦是一種誤解。陶淵明是描述怎樣通過意志力達到忘却俗塵的境界，毋需分離思想與肉體以及個人與環境。而華滋華斯則以實際脫離現實世界爲先決條件，然後才能達到生存之極樂境界。這一差異說明了爲什麼陶淵明能在其吟酒詩中解決理想與現實之間的矛盾，而華滋華斯在其＜汀頓寺上行賦＞中却只能哀嘆二者之間的互不溝通。

　　盲目反對任何企圖通過用比較方法來研究兩種不同文化背景的文學從而建立這兩種文化之間的聯繫的努力，也是毫無根據的。一個民族文學的純潔性絕對不會因與另一民族文學作比較研究而受到沾汚。

　　比較文學的研究與不同的民族文學關係甚密，但比較文學並不依附於任何民族文學。由於民族文學的定義可以在語言、政治歷史和文化的領域內予以確定，所以對比較文學下定義時，似乎更應當強調語言和文化的要素。儘管語言上的差異使得東西方比較文學研究難於同語族的各種文學研究，但却並不一定會導致差錯，只要將有關的語言與其哲學含義分離開來，並對之有正確的理解。但是，這一點非常難做到，因爲語言學與哲學之間的聯繫是至關重要的，而且語言學理論經常包含着對哲學問題的＂解答＂。在研究古代的或者早期的中國歷史和文學時，人們必須鑽研中國語言的進化發展。因此，在對不同的民族文學進行比較研究時，不應忽視文化關聯性和民族傳統。文化或哲學與文學之間的這種密切關係在中國的文學觀點中顯而易見，正如梅貽寶所述。

　　中國文學像交響樂曲一樣，顯示出模式、意義和精神的統

> 一。從根本上講，中國哲學的精神……也就是中國文學的
> 根本精神……中國哲學有時直接影響中國文學，有時通過
> 整個文化環境間接地影響它。

這種密切關係的實例也見之於約翰·鄧恩的詩歌、密爾頓的作品
以及西方在中世紀和文藝復興時期內大部分的文學作品。

　　顯然，不同的民族或文化傳統經常使得比較文學研究成爲難
事。對於不同的文學傳統，我們往往難以理解。但是，如果我們
不依價值判斷和偏好來接受差異，那麼，文化上的多樣性及區別
就可成爲可供探索的有趣的題材，而不會構成可肆意利用的偏
見。一位比較文學家應該看到，區別不等於割離；還應該看到，
"爲了對任何眞理有足夠的了解"，他必須"在理智上區分其互
不相同之處"，而又不切斷它們相互間的關聯性。

　　對任何一門學科下定義的主要目的是，限定研究的範圍和內
容。因此，必須考慮到兩個因素：第一，研究者用於選擇題材時
的某些基本標準；第二，選定題材後，選用合適的方法，以確保
研究之成功。雷內·韋勒克（René Wellek）在描述比較文學研
究的目前狀況時指出，我們的學科"尚未能確立明確的題材和特
定的方法"。他對目前已有的比較文學的某些定義持有異議，認
爲這些定義把比較文學說成"僅僅是一門分科"。我們瀏覽一下
不同的學派提出的不同的定義，就會發現，比較文學的定義一般
包括下列因素：歷史、關係（包括相互關係、影響或模仿、接受
影響）、語言學（語言、修辭、文體）、政治地理因素、題材學、
文學以及其他藝術。我們初步的探討應以此爲主。

　　法國學派稱比較文學是文學史的一個分支，研究歐洲各民族

之間的實際上的精神關係，或者研究拜倫和普希金、歌德和卡萊爾、司各脫和維尼之間的實際聯繫（卡雷（Carré）語）；或者研究古希臘和古羅馬文學（例如荷馬和弗吉爾）之間的關係，古代文學對現代文學的影響（例如荷馬對濟慈的影響、但丁對埃利奧特的影響），以及各種現代文學之間的聯繫（范梯肯〔Tieghem〕語）；或者研究兩種或幾種文學之間在主題、觀念、書籍、甚至情感方面的交流，這種研究必然和語言以及文獻學的知識有關（蓋耶德語）。這種看法，只能極有限地適用於東西方比較文學研究。比較文學研究不是單純地積累資料，僅求累積資料則必然忽視被比較的文學作品在美學方面的價值。對不同的民族文學之間的精神關係的研究，只適用於東西方比較文學研究中對影響和接受影響這兩者之間的關係的研究。

在比較文學定義方面，與法國學派持對立立場的是美國學派，他們的觀點使東西方比較文學研究更為困難。他們所擬定的廣濶的範圍和牽涉到的多種學科（例如藝術、音樂、建築學、政治學、經濟學、社會學、哲學和宗教等等）使得力求文學純正的中西學者對題材的千變萬化感到不知所措。更不幸者是，美國學派的這種觀點加深了傳統的中國學者對比較文學的疑惑。他們認為，在一個朝代裏就有許多作家和作品，一個中國學者怎麼可能再花時間去研究其他的文學呢？這一觀點值得重視。在這種情況下，比較文學學者們應當相互交換研究成果，損棄成見，略去一些次要作家及其作品，把功夫花在研究其他民族的重要的文學上。

要求一位比較文學家了解及熟悉所有的知識領域，這實際上是不可能的。但是，要熟悉某些有關的領域則還是可能的。例如，對於一名中國學者來講，文學研究往往涉及到哲學和藝術（繪畫、書法、篆刻）研究，儘管後兩者往往不被當作獨立的學科，而是作爲一門統一的人文學科中不可分割的部分。

皮奇瓦（巴塞爾大學）和魯索（埃克斯大學）提出，比較文學就是分析性的描述以及有條理的和有區別的比較。這種說法以文化的關聯性爲立脚點，限定了比較文學研究的方法。但是，這種以比較文學爲各種語言之間或各種文化之間的文學現象的綜合闡述觀點，給東西方比較文學提出了一個問題；因爲根據皮奇瓦和魯索的看法，綜合闡述要求有一個文化或認言親緣關係（例如在西方文化和西於語言之間的那種關係）爲基礎，而在東西方之間這樣的親緣關係很少存在。

韋斯坦（Weisstein）強調給民族文學、比較文學和世界文學中“一系列現象的各個環節”下定義的必要性。他指出，“需要用一種對比較文學有約束力的方法”給民族文學“下定義”，“因爲就其本質而言，民族文學是指構成”比較文學的“基礎的各個單元”。如果接受這種觀點，我們就會同意奧爾德里奇（Aldridge）教授的說法，卽比較文學不是單純地把不同的民族文學放在一起來進行比較，而是提供一種在研究個別文學作品時開濶人們視野的方法，它在觀察問題時越過各種民族文化的狹隘的民族界限，試圖看到文學和人類活動的其他領域之間的關係。

不論我們接受何種定義，我們這門學科在本質上的一個內在的矛盾却仍未解決。企圖給比較文學的題材下定義之目的是，限定研究的範圍，以便明確研究的目的。但是，在目前這個階段，東西方比較文學之目的是無法限定的，因爲它們不僅僅是把一個"語區"（sprachraum）的作家同另一個語言區域的作家相比較；這種比較，就像克萊門茨所說，是用來"研究更爲兼收並蓄的西方傳統範圍的個別作家和文學的"。儘管克萊門茨還指出，這樣的目的也適用於東西方比較文學研究，而且最終將適用於"全球範圍"，但眞要達到這一目的，只有等到通過深思熟慮，花了相當多的精力，使有關東西方文學的各種不同觀點取得一致以後才能成功。要消除產生不同觀點的文化上和哲學上的分歧，東西方比較文學必須具有最靈活的闡述和最廣泛的範圍。這兩種互相矛盾的傾向使給東西方比較文學下定義（卽使有此可能）變得極爲困難。在目前階段，我們或許不應嘗試給東西方比較文學下定義，而只應描述我們正在進行的工作。我們應該用一個描述性的問題("什麼是比較文學？")來代替斷言性的陳述（"比較文學是什麼？")。要想囘答這個問題，某些方法可能是有用的。

袁鶴翔著　　董翔曉譯
＜比較東西方文學的可能性之探索＞，
（上海）《外國語》3(1982)，55-60。

漢學與比較文學

　　比較文學於晚近諸年演變的歷史，和漢學研究在世界各地發展的過程，有些地方極爲類似。法國學派的比較文學學者，對“比較文學”一詞的定義較爲嚴格，限定只能對互有直接影響的事物做比較——如果我們再利用黑格爾氏正反合三段論法，來分割比較文學發展的歷史，無疑的，法國學派就是“正”的極致表現。而認爲“比較文學”一詞應有較寬廣的定義的美國學派，在比較文學發展中，則可以說代表了“反”的第二階段。好果讀者對美法兩項比較文學學派的各別歷史感到興趣的話，可參閱拙作＜東西比較文學史的檢討＞。本文則側重討論英美兩國學者究竟對中國和英語國家之間文學的交流，作過什麼樣的貢獻？

　　兩個不同國別的文學，當它們做首次接觸之時，必定是從翻譯、兩國文學簡史的介紹，以及兩國文學異同點之比較研究等等工作，一一做起，然後逐漸展開。萊格的翻譯中國古典經書，翟理斯（Herbert Giles）之撰寫中國文學簡史等等，這些都是拓荒性的開路工作。 1920 年艾斯考芙曾經寫過一篇文章 ，題目是＜中國詩及其內涵＞，由於艾斯考芙的知名度不如上述二位，所以她的研究成績，至今亦鮮爲人知。至於美國學者討論中國文學的總成績，一直要到 1966 年，楊富森先生發表了＜中國文學研究在美國＞之後，才算有了一個結論。楊先生的研究，就時間上論，上始自美國人研究中國文學的最初階段，下則迄達於 1960 年代，在接近文章之末尾時，楊先生曾這樣地說：如果把這些人聚集一堂，各獻所長，那麼他們對整個中國文學的貢獻是了不起的。

　　繼楊富森先生的研究之後，劉若愚先生 1975 年又發表了＜西方的中國文學研究：最近的發展、新思潮，及未來的發展＞一文；劉先生的調查報告補足了自 1666 年起到 1975 年間的一段空白。劉文雖題爲＜西方的中國文學研究＞，但從其收集的論文所用的文字來看，以英文發表的文章仍居多數。這篇文章對中西雙方於中國文學研究有所成就的學者，均有詳盡的報導。

　　筆者爲方便起見，特將該文之重點，摘要說要。細節部分，請參閱劉若愚先生的原文。

　　首先劉先生指出，研究中國文學的西方學者，就人數、出版書籍、及討論中國文學之會議等之數量而言，皆有顯著增加。筆者特就書目一項，列表說明：

書目名稱	亞洲研究書目年鑒		東方研究書目年鑒	
年	1962	1971	1962	1971
書　　量	15	50	23	39
雜誌文章	46	35	12	22
學術論文		17		

中國文學的討論，在 1963 年以前的亞洲會議中，僅屬於歷史之一部分。但在 1967 年以後的會議，中國文學批評，文學類型則成爲專題討論的項目。

　　中國文學研究量的增加，使它成爲一門獨立的學術研究。這種新趨勢使文學研究不再屬於漢學的一部分。漢學家研究的對象如歷史及語言學，可視爲研究中國文學的先備條件。而文學批評家所關懷的是文學本質及內涵。語言學家及歷史家可用文學作品解釋語言及歷史之現象，但不能構成文學本身的研究。同樣的，文學批評家亦可運用語言及歷史資料，詮釋文學，但其目的並非對語言或歷史提供任何新穎的看法。

另一種趨勢是西方學者對中國文學類型及時代問題之興趣。從詩、賦、古文、駢文的狹窄文類研究，進而擴大研究早期爲人所忽視的詞、散曲、元雜劇等。1960 年以後，文學批評受到重視；《滄浪詩話》及《人間詞話》分別被譯成德文及英文。名批評家如劉勰、王世貞、王國維等人皆成爲西方學者研究之對象。

西方世界所喜愛討論的文學時期是晚唐、宋朝及二十世紀。晚唐詩人李賀、韓愈、孟郊、李商隱是熱門的博士論文題材。宋朝詩人詞人的研究包括蘇東坡、梅堯臣等人。二十世紀的現代詩有各種英譯本（詳細資料請讀者參照劉文的注）。

傳統的中國文學研究包括翻譯、注釋、及歷史——傳記式的方法。最近有很多新的西方批評方法運用到中國文學上。就翻譯而言，譯文通常包括原文、逐字翻譯、及注解。譯詩則有二派主張：一是使譯文儘量接近英詩形式，其二是改變英文字句結構，使其儘量接近中文句法。傳統的歷史——傳記與主題學研究方法之配合是爲另一種新興起的方法，只是目前尚不普及。"分析法"多用來討論文字、意象、句法、詩之格律，是研究文體，及形式之新風。這些新的文學研究方法多半是受了西方文學批評、語言學、心理學的影響。運用西方理論觀念探討中國文學則又涉及到比較文學的範疇。所謂的比較方法亦給中國文學帶來新氣象；首先它賦予中國文學新意義並擴大其視境；另外比較方法容易使非專家了解中國文學之特質。西方學者對中國文學之了解與興趣，則要仰賴於研究比較文學學生們的努力。

劉若愚先生在文末提出一些發人深省的問題：西方文學批評是否適合用來探討中國文學？文學的批評是否有共同標準？我們是否由於中國批評觀念的模糊及落伍而棄之不用？針對這些問題，他對未來的中國文學研究提出一些建議。首先我們應大量的翻譯中國文學，包括明清戲劇完整的小說譯本，及一本博大精深而又現代的中國文學史。吾人應綜合中西文學理論及方法作為研究中國文學的基礎；此外創辦一份以英文撰寫中國文學的雜誌，編纂術語字典、索引等工作，皆是當務急。劉先生認為中國文學之研究依此方向發展，其未來必定有輝煌成就。

在過去的一兩年裏，中國比較文學研究發展得極為迅速，好些極具參考價值的文章繼劉若愚先生的研究報告後，又接二連三地出現。譬如余國藩先生的＜中國文學關係的現況及展望＞、第六屆"東西文學及文化關係學術討論會"的會議論文集——各篇論文均以"中國詩的翻譯研究"作為討論的主題；以及現為淡江文理學院客座教授費維廉先生的博士論文 Formal Themes in Medieval Chinese and Modern Western Literary Theory：Mimesis, Intertextuality, Figurativeness, and Foregrounding；這些都是近一二年來中西比較文學發展過程中，極為重要的學術貢獻。另有四種和比較文學有關的雜誌，在此也值得一提，因為它們都是研究比較文學者不可或缺的良伴：《中文教師協會會刊》、《中文語言學雜誌》、《國家文學評論》以及 Newsletter。

　　在＜漢學之式微與中國文學研究之興起＞一文中，高友文先生另外說過：" 筆者引劉先生這篇文章，乃是因爲劉先生說了一句發人深省的話：中國文學的研究 —— 最少在美國如此，漸漸的已成一種獨立專門的學問，而非漢學的一部分。……漢學家之凋零與最後消失是大勢所趨，慨嘆也沒有用。不但西方如此，中國也如此，漢學家算得是一種通人，在這個崇拜專家的時代中，漢學家自然感到寂寞。最後筆者站在一個學文的人立場說一句放肆話：中國文學的研究，今後宜告脫離漢學而獨立，亦未嘗不是一件好事。"

　　但是筆者以爲高先生可能對劉若愚先生的文章，有一點誤解，因爲劉先生雖然強調中國文學，應重 " 中國文學本身所具有特質 " 的研究，但是他仍以爲 " 訓詁考證方面的知識，以及文學作品的歷史背景了解，對中國文學研究而言，也是不可或缺的 "。劉文的意旨主要的是在指陳一個事實：在漢學研究的領域裏，中國文學的研究其所佔的地位，已經變得愈來愈重要；但中國文學研究重要性的增加，並不卽意味着它就應當脫離漢學研究這一個大的範疇。

　　上面所說在高、劉兩文中發現到的一點點小分歧，更加強了筆者的一個信念：卽漢學與中國文學研究兩者應當互濟，而不應分開；分開後必然會相互削弱各自的力量。在我們這個重視 " 專業 "，強調 " 分工 " 的時代裏，傳統通人式的漢學研究法，固然早已有式微之兆；但是如果我們在漢學這個領域中，提倡 " 比較方法 " 的運用，是不是可以滋養學術研究因分工過細，而產生的貧血現象呢？

　　寫到這裏，筆者心中不自禁地起了這樣一個想法：在美法兩個比較文學學派之中，是否還有出現第三個"中國學派"的可能？傳統的漢學研究方法自有其不可貶抑之優點，因為它從初始即注重"綜合性"心態的培養；我們如果繼續保存傳統漢學研究法的優點，再加上學習運用西方的方法學，一種新的比較文學研究法，就將誕生；或許我這個想法目前還嫌不夠成熟，有待考驗；但是筆者深信，綜合性的比較研究，對一個學養積深，能力很強的學者來說，並非難事。當中西雙方的學人彼此均能有講究方法的自覺，配以一種開放的心靈，然後共同來從事學術合作時，"綜合性"的比較研究方法，恐怕不待我們提倡，便已然出現在學者們討論研究之中了。

李達三著　　徐言之譯

〈中國研究與比較方法〉，

（台）《中外文學》5.11.(1977)，140-168。

中西比較文學的內省

　　比較文學首要推動的工作，如寇勒所言，其實和文學理論的方向一樣，也就是說，比較文學的遠景是文學理論的建立。至於理論的應用，就要落實在文學批評的身上了。文學理論的領域，艾理斯認爲一定要透過邏輯分析去建立，捨此即別無他途。問題是用邏輯分析做研究，在我們整個人文學界裏是屬於最弱的一環，也是不少人文學者最不習慣的思考方式。這一點，一些對中國文化有湛深認識的外國學者早已分別指出了：如治科技史的李約瑟（Joseph Needham）和治思想史的牟復禮（Frederick Mote）等。從學理上看，不做邏輯分析，批評的工作便不夠具體也沒有說服力，沒有結實的學科批評做後盾，便不可能產生完善的理論，穩健的中西比較研究便無由誕生了。

　　在西洋文學的研究中，紮實的實用批評和理論之作，比比皆是。但在中國文學研究中，廣泛地應用邏輯分析做理論的奠基工作仍然是一項重要課題。分析或名之爲批評，不外是對作品的解釋和評價，做到了這點之後，下一步該推展些什麼名實相符的項目呢？

　　這兒我們先要了解一件事：分析是比較的必須條件，而不是充分條件，故此不需要先完成分析才開始做比較，分析和比較是可以同時進行的。

　　在此同時，我們也該明瞭，每一種方法都有它自身的極限，也可以有多種變化，故此在選擇分析工具時要有彈性，人文學的分析工具，基本上是趨向多元而不是單一的。因此，中西的比較不妨掌握一些新近的理論和傳統的方法，透過分析做有深度的傳統整合，分從幾方面着手：㈠結構方面：包括廣義的法國和英美學派、專事寫作理論和法則的語符結構學（grammatologie）、處理故事深層和表層關係的敘述結構學（narratology）和文類研究。㈡社會層面與美學（socio-aesthetics）方面：包括主題學、文學的心理分析、讀者反應和美學。㈢歷史方面：包括文學的運動、主義的遞演、時期的劃分和㈣文化關係方面：包括外來文化對作品的影響、相類文化特徵在不同文學傳統的作品上之表現方式和文化項目對作品的沖激和反應。

就前面幾個項目而言，中西比較文學的工作都屬拓荒的，同時也是系統的分析和綜理，所以，如果不能在相關的文學傳統中先行廓清作品形態的面貌、特徵、體裁和它在藝術上以及文化上的涵義的話，任何的分析都是徒然的，都成了孤懸的分析。換句話說，把作品看成獨立的存在體，與它的時空和藝術源流割絕的話，這種分析縱使具備邏輯的有效性，在研究命題的基礎上，它的真實性却值得懷疑。因為從語言學家索奧榀（F. Saussure）以來，大家漸漸地同意：文學是語言表達的符號，作品獨特的地方就是語文符號的特色；作品的意義則受整個語文系統中的慣例所支配。因為語文是文化層面的一環，在這個前提之下，文學必得成為文化當中的一個項目。無論就眼前的形勢，或從歷史遞演的考慮，索奧榀的推斷都是合理可信的。而這種從語文慣例和藝術源流來分析作品的研究，基本上就是文類批評的方法。其次，

融合文化層面和語意軌範來尋求不同作品中一貫之模式，便成了
範式詮釋。比較文學，特別是中西比較文學最有發展潛力的，就
是推展融通中西文化的範式批評，換句話說，就是經營一些中西
文化均適用的範式來分析兩種體系的作品。反過來說，也可以透
過分析的程序，推斷出一些範式作為處理日後作品的根據。

在新批評和新亞里斯多德派雄據歐美文學研究界幾十年之
後，批評家開始對單純研究作品文字、構造與布局的語態分析採
取適度的心理距離。就在這時法國以李維史特婁斯(Lévi- Strauss)
為首的結構主義滙合了索奧樞的論調，便順理成章的補上了孤懸
的邏輯分析與文化層面間的隔閡，這是基於批評界的反省，發現
長久以來，作品經過詳盡孤懸的分析之後，所呈現的景觀是見樹
不見林，已失去了作品的整體美感，致使古典希臘藝文的準則：
＂整體大過所有部分之總和＂又重新為批評界所注意。

蘇其康

＜中西比較文學的內省＞，
（台）《中外文學》14.1.(1985)，4-27。

不同的研究角度

　　本文主要是檢討文學研究的工作，不考慮作品的欣賞問題，所以世界文學一詞可放下不管。根據上面的界定，本國文學、漢學、一般性文學和比較文學各有不同的職責，但最終的目標都是研究文學，只是大家站在不同的角度，本着不同的出發點和層次而已，彼此之間沒有高低和從屬之分，惟需要有密切的交流關係。譬如沒有本國文學研究的基礎，比較文學就無以爲繼，而比較文學反過來也可擴大本國文學的視域；漢學可以刺激本國文學的研究方法、着眼點和資料的運用，後者也可反過來修正漢學的偏差；一般性文學可把本國文學提昇到更高的層次，使之不受地域和語文的限制，但同時它自身也受本國文學和比較文學在材料的使用和原則的創設上的考驗；因此，如果有人從事文學研究，一定要假比較文學之名以壯大聲勢的話，那是一種過尤和缺乏自信的做法。

蘇其康

<中西比較文學上的幾點芻議>，

（台）《中外文學》6.5.(1977)，92。

乙　比較文學中國化的論爭

比較文學的中國學派

　　我們僅此提出一種新的觀點，以期與比較文學中早已定於一尊的西方思想模式分庭抗禮。由於這些觀念是源於對中國文學及比較文學有興趣的學者，我們就將含有這些觀念的學者統稱爲比較文學的＂中國＂學派。所以＂中國＂學派、如果改稱爲＂中庸＂學派，也許更爲恰當。不過，法國學派與美國學派已經奠定了以國名爲命名的形式，爲了配合起見，本文乃採用＂中國＂學派這一名稱。事實上，＂中國＂學派迄今仍在建立的過程中，沒有一定的規模。本文與其說是一份由經驗凝成，經歷史經驗的完整宣言，毋寧說是一種揭櫫目標與方針，屬於意識形態的臨時聲明。因此，我們懇請世界各地的比較學者多多批評指教，使本文中不成方圓的言論可以得到指正與擴充，同時使各方的努力有一焦點，不致於零零碎碎，始終無法產生預期的效果。

　　受到中國古代哲學的啓示，＂中國學派＂採取的是不偏不倚的態度。它是針對目前盛行的兩種比較文學學派——法國學派和美國學派——而起的一種變通之道。＂中國學派＂對於比較文學在西方發展的歷史具有充分的了解，因此它不獨承認上述兩種學派所擁有的優點，並且加以吸收與利用。但在另一方面，它設法避免兩派既有的偏失。以東方特有的折衷精神，"中國學派"循着中庸之道向前邁進。沿途盡力從兩側擷取所需，同時不受任何的左右與阻撓，朝著既定的目標勇往直前。"中國學派"首先從"民族性"的自我認同出發，逐漸進入更為廣濶的文化自覺，然後與受人忽視或方興未艾的文學聯合，形成文學的"第三世界"，進而包含世界各種文學成為一個大體，最後——儘管這種理想是多麼難以企及——將世界所有的文學在彼此複雜的關係上，作全面性的整合。"中國學派"並非試圖擅居領導地位，或另起爐灶，成立東方文學的集團，以汲收對美國學派及法國學派產生幻滅的學者加入陣容。此外"中國學派"的建立也並非意示着各國應各樹旗幟，形成更多的比較文學學派。相反地，"中國學派"只是在提供其自身的經驗與見解，以作為有助於形成個人比較文學觀的一種可能的範例。由此觀之，"中國學派"擬達成的目標可暫定如次：

一、第一個目標——在自己本國的文學中，無論是理論方面或實踐方面，找出特具"民族性"的東西，加以發揚光大，以充實世界文學。就中國而言，我們除了應避免形成偏狹的"中國本位主義"外，同時必須認清中國文學中，有幾點值得文學界的注意：

甲、在語文方面——中國文字"表象表意"的結構對於現代詩學及電影具有意想不到的貢獻。中國字概括了現代詩人龐德在其詩學及電影具有意想不到的貢獻。中國字概括了現代詩人龐德其詩作中所欲追求的幾個目標，即：臨即感、蒙太奇、及視覺的明晰性。再則，俄國電影大師愛森斯坦也從中國字取得靈感；他的“意象疊合”理論對於電影藝術中蒙太奇手法的運用提出了新的詮釋。

乙、在文類方面——舉史詩爲例，除非我們將定義局限於西方的模式，而以爲這模式是柏拉圖理想國中永恒不變的理想形式之一，我們才可斷言中國沒有史詩。但是，事實上，根據一位學者（王靖獻）的解釋，中國“史詩”表現的不是西洋史詩中固有的尙武英雄，而是一種所謂崇文的英雄主義。這種崇文的精神是《周文史詩》中維繫的力量。周文王是位有德的君王，他以民爲貴的政治正是這種精神的具體表現。“文”一字在中文中也是“文化”、“文明”、“文學”等名詞所具有的字根。基本上，《周文史詩》對現實世界的觀照是反戰的，敍事的。其特徵之一是略去戰爭眞正交鋒的場面，卽所謂“戰情省略”。《周文史詩》中所崇尙的完人是聰明睿智、文質彬彬的聖哲，而不是驍勇善戰、極端表現個人主義的英雄。

丙、在文化方面——例如道家天人合一的觀念是中國所特有的。這種觀念可做爲一種觸媒，促使西方人士進一步了解人在自然中種種的奧妙。自古以來，許多中國人認爲經由靜坐冥思而與自然合一，可以達到一種永恒的境界。諸如此類對大自然體悟的方式，可以用來修正並充實西方所謂放諸四海而皆準的“原理”。試想如果“原型循環說”的理論竟然忽略了中國宇宙哲學的陰陽觀，那又怎能說是完美無缺呢？在另一方面，每一位學者都應該承認自己本國文字中有所欠缺之處。這樣，卽使各文學間相異處多於相似處，我們依然可以從事“對比文學”的研究，而我們所

投注的努力也曾有所收獲。總而言之，我們應該培養一種開潤的
胸襟，虛心接受、吸收、及消化外國的文學，以強化本國的文學
傳統。

　　二、第二個目標——推展非西方國家“地區性”的文學運動
（如：中——日——韓），同時認為西方文學僅是衆多文學表達
方式其中之一而已。“中國學派”竭誠歡迎西方文學史或文學理
論中，真正偉大且具有普遍性的東西；但是對於西方在評估世界
文學史時所做的全面壟斷，“中國學派”將不會受其威嚇而趑趄
不前。我們深信：亞洲地區各國文學間的實際比較研究，將有助
於一系列更具獨立性的文學標準之建立。例如。我們必須了解西
方是以“模擬”的理論創作或研究文學，而東方則採用“神思”。
這兩者必須區分清楚，同時可以互作對比。所謂“神思”是指能
產生移情、超越時空，而却不與具體細節相離的文學。西方人認
為人生最高的境界，是一個生命能圓滿地完成人類歷史（包括個
人和種族）的偉大成長過程；而東方人則認為一個生命如能圓滿
地存在於每一時刻、每一現象當中，這就是人生最高的境界。東
方的藝術家往往有意地使自己所表現的現實光譜帶顯得狹窄；而
他所整理和闡釋的人生經驗圓周弧也可以說是非常侷促。但是經
由這種探討的方式，東方的藝術家却能獨特地直覺到“現在”的
真實存在，並且加以捕捉，以藝術的手法表達出來。同樣的理論
可用來解釋中國五千年的文學傳統中，抒情作品所以始終歷久不
衰的原因。

　　三、第三個目標——做一個非西方國家的發言人的目的在宣
揚並擁護“第三世界”對文學所做的貢獻。（如果法國學派和美

國學派分別代表文學的"第一世界"和"第二世界"，我們可以
以此類推說"中國學派"所代表的是"第三世界"。)"中國學
派"在觀念上是屬於整個世界的，而非僅指一國一族；正如有些
法國學者在觀念上是屬於美國學派，而有些美國學者的觀念則屬
於法國學派。"中國學派"要以自己的術語，按自己的條件，道
出爲人忽視的非西方諸文學之寶藏。在從事深入的比較對比之
前，各國的學者必須完全浸淫在自己本國文化——文學——語言
的母體中，以充分了解自己本國文學特殊獨到之處；簡略言之，
"第三世界"要向西方國家建議的是：西方國家必須再度朝向東
方，如此一來，非西方國家方可以西方國家平等合作的身分，在
比較文學的研究上佔據合法的地位。

　　四、第四個目標——一旦非西方諸文學的學者，借比較方法
研究文學，而能夠知己知彼時，他們就會逐漸構想一些新的文學
觀念，透過發表，公諸於世，以與西方傳統的文學觀念相抗衡。
無可否認的，西方的文學經驗非常重要，不容忽略；但是我們却
不該過度地誇張其重要性。唯有如此，我們方可期待一種眞正世
界化的比較文學之誕生。

　　五、最後一個目標——消除許多人的無知及傲慢心理。不少
人，包括東方人和西方人，對於文學的定義抱持着過分狹隘的態
度；不幸的是，直至目前，文學界中依然有一股妄自尊大的傲氣
流連不去。我們應該讓這些人了解他們對文學態度的偏差。爲了
使我們對比較文學觀念能夠眞正地國際化，我們必須採取一種複
合性的研究方法；我們毋須爲那一種研究方法的優劣爭辯不休，
因爲任何一種方法自有其優點，同時需要其他方法的相輔相成，

才能盡善盡美。未來的比較學者希望能突破任何學派對於文學本質所作的籍制，他們會向這類學派對比較文學的定義、範圍、理論、方法等所具有的偏見挑戰。因此，東西各國都應以謙虛的態度，客觀地檢視自己的文學遺產，彼此互相吸收或融合；如此一來，一種以國家爲基礎，眞正具有世界性的比較文學方可期待而生。

李達三著　　譚景輝　張隆溪譯

＜比較文學中國學派＞，
《比較文學研究之新方向》（台北：聯經，1982），
　　265-308。

中國學派與中西文化模式

　　接着上文的"中國派"三字，我們不妨在這裏策劃一下這催
生中的派別。依照上章的分析，"中國派"在方法學、在範疇上，
顯然是兼容並蓄。我們容納了"影響研究"、"類同研究"與
"平行研究"，並提出了"闡發研究"。對於前三者，我們都加
以適當調整，以適合於"中西比較文學"。對於後者，我們也從
理論上維護了其合法性。我們認爲上述四種研究裏，"影響研究"
是最爲合法，沒有什麼問題，成績也無可置疑。對於後三者，危
險是愈來愈多，挑戰也愈來愈大，然而，皆不失其合法性。講實
話，沒有影響的比較文學研究是相當難的，需要有很高的學養與
洞察力，方有成功的希望。誠然，在"類同"、"平行"、"闡
發"三類上的研究論文很多，也成績斐然。但我們願意說，如果
很仔細、很苛刻，直探文化根源地來加以考察，恐怕仍然是問題
重重的。（難怪袁鶴翔先生在第二屆比較文學會議中私下說要寫
一篇＜東西比較文學的謬論＞！）當然，中西比較文學尚在墾拓
階段，不宜責備求全，但批評家實在應謹慎，把它作爲一個大的
挑戰來處理，不可自滿以爲成功了。筆者在此擬提出一個最初步
的"試金石"：在西洋批評理論解釋下的中國文學作品或批評是
否仍然是中國式的？是否沒失去其固有的特質、固有的精神？

　　範疇與方法已略如上述。中國派之成爲中國派，我以爲除了
對法國派美國派加以調整運用並創出闡發研究外，主要是在調整

背後的精神，那就是＂文化模式＂的注重。在歐洲比較文學裏，
無論是法國派或美國派，都沒有特別注重文學背後的文化模式。
誠如我們前述的粗略看法，歐洲有着同一的文化模式，那就是希
臘、羅馬、基督教文化。但當比較文學家接觸到東方時，除了一
些歐洲氣太重自封自固者外，立卽會感到文化背後的文化差異。
舉例來說，佛克馬（D. W. Fokkema）專攻東西比較文學方法論，
對文化的差異就充分注意，寫就了《文化的相對主義及比較文學》，
請看他們的觀察：

> 潘妮迪女士在其所著《文化的諸模式》一書中主張文化的
> 相對主義。給這見解所啓發，我們就有着把比較文學從歐
> 洲中心主義中解放出來的希望。對非西方文學的價值系統
> 作深入的探討，也許能間接地帶來對我們西方的文學價值
> 系統有進一步的了解。如此的研究也許也能幫助我們發展
> 一些方法，得以成功地用之於歐洲文學的較早期。當前最
> 重要的是要找出一些方法來，以指述不同文化區的當代文
> 學作品，不但以顯現其相同處而且要顯現這殊異的價值系
> 統的相異處。在這場合裏，我們不妨牽進于零涵在其莎士
> 比亞研究所說的話：＂我們研究文學的目的，尤其是對作
> 品歷史的回到當代的解釋時，不是如一般人所以為的要增
> 加對我們自己的認識，而是要幫助我們去看如何以其他的
> 角度去思考、去感覺。＂……在比較文學領域裏，經由上述
> 的慎思明辨，經由文化相對主義，我們便認識到要有一研
> 究方法。此法得以解釋某一文化區某一時期的＂文學——
> 歷史＂的現象；並同時以該文化區該時期的背景及類屬來

評價之；再進一步與其他文化區其他時情的價值系統作比較。把這些繽紛殊異的價值系統並排抗衡起來，得以幫助我們看到他們的相對性，這是免除歐洲中心主義或亞洲中心主義的先決條件……我仿照百模和格涵及其他學者的樣，我以為這繽紛殊異的文學評價早與世界上繽紛殊異的諸種生命假設及指歸相呼應。這諸種生命假設及指歸是諸文學評價標準的支柱，是永遠無法說明是否真實或對。

可喜的是他已不再停留於美國派所津津樂道的“綜合”。文化的差異、文化的相對性、強調其“異”的價值，實是中西比較文學的主要精神，也就是我們前面所一直分析，一直要把法國派美國派的諸種研究法調整到這個角度來。葉維廉先生的＜中西比較文學中模子的應用＞一文，也就是強調中西文學研究必須進入中西文化模式的階段，才是有深度的，才是有根的，才可以真正了解中西文學的異同。葉先生在文中指出文學模子中的差異源於文化模子的差異，指出誤用模子所產生的不公平的流弊。葉先生說：

“模子”問題的尖銳化，是近百年間，由於兩個、三個不同文化的正面衝擊而引起的；如寓言所顯示的，必須有待青蛙跳出了水面，西方人跳出了自己的“模子”接觸一個相當程度相異的“模子”以後，才變成一個嚴重的問題，他們才會懷疑一個既定的“模子”的可靠性，才不敢亂說放諸四海而皆準。

又說：

我們必須要從兩個“模子”同時進行，而且必須尋根探固，

必須從本身的文化立場去看，然後加以比較加以對比，始
可得到兩者的面貌。

當然，中國派並不排斥西方比較文學原有的精神，那就是法國所
提倡比較文學史（諸國文學影響史）的精神，美國派所提倡的比
較文學史與文學批評冶於一爐以尋求文學進一步了解的精神。我
們毋寧說，這兩種精神要憑藉文化的相對性及多樣模式並用的精
神下，才能有穩固的世界性的基礎。文化永遠是文學的基石。

以上是中西比較文學的範疇、方法及精神基本輪廓確實能與
法國派及美國派顯然不同。那麼，也許我們眞的可以宣言比較文
學中國派的可能性。在這基本範疇、方法、精神之上，我們還可
以作很多的重點努力。李達三博士在＜比較文學中國學派＞提出
了五個目標：（見前錄李文，此略——編者）這些都是很遠大的
目標，雄心勃勃，也很有戰鬥性。筆者願意就我們前述的中西比
較文學的基本範疇、方法、及精神之上，提出兩個與這五大目標
互爲涵蓋的兩個重點，希望從事中西比較文學的研究學者們加以
關心。一是中國文學現代化的問題，一是中西文學輸出入的問
題。

“現代化”是鴉片戰爭以來中國知識分子一直關切的問題，
而“現代化”尚一直在進行中。在運動而言，先後有“自強運動”、
“立憲運動”及諸種行動和革命；在理論而言先後有“中體西用
說”、“全盤西化說”等。當人們冷靜下來的時候，就開始用較
爲得體的“現代化”一詞了。“現代化”不等於西方，因爲西方
不是所有國家走向現代化的模型，現代化有很多的含義，可指科
學化、工業化、制度化等等，而衡量現代化的標準也很多，如民

主自由、個人收入、個體對社會的參與量等等。概言之,現代化是就國別的情形而論,就國別對將來的預期而論,就國別對人生的假設及旨歸而論,是一種兼容並蓄,便能在現代生存下去、適應得更好、生活得更好的各種努力。中國文學如何現代化呢?這個問題到目前似乎尚沒有深入的全面探討。不過,可以肯定的是:發揚中國文學的好精神,吸收西洋文學的好精神。也許有人以為這未免太理想。對於文學現代化的理論不多,我們不妨假助於中國文化現代化的理論:

> 中國的現代化的問題在基本上是一個從古老過渡到現代化文化的問題。這個問題是牽涉廣泛而且曲折又多的困難問題。

> 中國的現代化的演變程序並不簡單。在這一方向,中國文化必須在掙扎痛苦地拋棄若干障礙現代化文化要件;在另一方面,中國文化必須調整其機能來吸收若干新的要件。

"中體西用說"及"全盤西化說"已證明不切實際,我們需要的是選擇性的取捨:

> 人造的學說(筆者按:指文化)固然不一定是機械也不一定是有機體。依此,我無從同意對人造的學說"要接受就得整個接受,要反對就得整個反對"這種原始而又天真的態度。我們現在所需的是分析的批評和依適合存在的標準所作的取捨。社會文化的發展是有其連續性的,於是抽刀斷水水更流,我們想不出任何實際的方法能將既有的傳統一掃而空,讓我們真的從文化沙漠上建起新的綠洲;我們固然沒有盲目維護傳統的必要,可是,如果傳統裏有許多規

範和文化要件端繼發揮他們的積極功能，那麼我們殊無理由因著要反對傳統而把他們反對掉。一個無規範的社會是無法活下去的。

也許，我們只要把"文學"代入這兩節引文中的"文化"，在大前提之下，我們就可以把這兩節引文提示的理論用於中國文學的現代化了。筆者在此只能提出這個大輪廓，希望苦思一段時光，有機緣寫一篇細節的初探來討論這個意義重大的問題。中國文學的現代化與中西比較文學是有密切關係的；中西比較文學工作者，在理論言，是既懂中國文學又通西洋文學，當然處於較為清楚的地位，來對中國文學的現代化作最中肯的提供。也由於此，中西比較文學的工作者應特別謹慎，因這影響中國文學的未來。

與這中國文學現代化相涵蓋的問題，也就是中西文學的輸出問題。輸入好的東西，會使我們未來的文學有新血輪，但輸入壞的東西，積久會成了新的癌。既然談到輸出入，就有點像生意，口吻也不妨變化些，這篇初探的文字實在太乏味了。當然，這既然是無本生意，筆者就比較關心輸入。雖然是不用資本，不會變成資本主義，但也得不能亂輸入，譬如說，輸入大麻烟，弄得大家神神幻幻，那有什麼好？輸入化妝品，害得大家整天對鏡梳妝，崇尚浮華，那有什麼好？所以嘛，是輸入些我們這裏沒有的，但却要適用的，有價值的。我想中西文學批評專家是沒有資格的實辦了。然而，綜觀幾十年，實辦們輸入的貨色是否眞的又實用又有價值呢？這與我前面的"現代化"有關，我想還是點到為止，留待以後的初探一起討論。不過，這篇初探既然是論文，應該有個嚴肅的結尾。那麼讓我們提供海耶克的忠告，作為中西比較文學工作者對“現代化”及“輸出入”的小小備忘錄吧：

世界上大部分的人民借用西方文明、並且採用西方的觀念。當他們這樣做的時候，正直西方人對自己失去把握而且對構成西方文明的傳統大部失去信心的時候。

古添洪

＜中西比較文學：範疇、方法、精神的初探＞，（台）《中外文學》7.11.(1979)，74-94。

中西比較文學的歷史回顧

　　我準備針對題綱的第一項發言。首先我要澄清一下座談會的主題。剛才許多先生表示，對於"比較文學中國化"有疑。當初李總編輯提出這個題目時，我也覺得很刺耳。但仔細想想，這恐怕是一種錯覺。如果我們說"古典文學現代化"，也許便能夠接受它。這原因何在？因為"古典"與"現代"這兩個名詞，一般人都認為是對立的，有兩極化的傾向。同樣的，如果有人主張"東方文學西方化"似乎也沒有語意認知的困惑。這種二元對立的常識性識知，使我們無法接受表面上並非對立的"比較文學"與"中國"。其實這種感覺，是非理性的，是似是而非的。"中國化"代表一種詮釋立場與取向，詮釋的對象可以是任何事物，不必需要在表面語意上構成對立，"比較文學"固然可以"中國化"，"化學"、"烟灰缸"又何嘗不能"中國化"？既然"中國化"代表一種詮釋者的價值取向，那麼它所詮釋的事物自然不是中性的了，正如王德威先生所謂，不是"透明"的。比較文學作為一種後設的知識系統此方法，本身便隱含了價值的選擇，它絕對不是中性的。我特別要強調比較文學作為後設知識系統，因為它不是一種對象語言，而是一種涉及價值的後設語言，舉例來說，我們可能接受"英國文學中國化"，是因為"英國文學"被視為一種對象語言，"中國化"則包含研究態度與方法的後設語言，因此我們可以說：

你給我（中國讀者）一本英國小說讀，而無法說："你給我一本
比較小說讀"。顯然天底下沒有比較小說這麼一本書。這正說明
了"比較文學"不是一個自明的對象，而是一種後設方法。再進
一步說，這種後設方法也不是自明的，也需要接受其他詮釋策略
（如中國化）的挑戰。 我希望上述的分析釐清"比較文學"與
"中國化"的問題。

比較文學的起源非常複雜，追本溯源本來就是一種神話，因
爲你考察的起源無法排除其他的可能性。有一種普遍的論調是，
歐洲學者如望提岡（Van Tieghem），以他歐洲大一統思想，企
圖建構一部歐洲文學通史，或所謂的《歐洲文學一般史》，簡稱
便是一般文學。這個詞彙有兩個重點：㈠歐洲本位思想，㈡歷史
取向。因此，傳統的法國比較文學學者很自然地不願探討與這兩
個重點無關的課題，他們"不知有漢，無論魏晉"，並不是對中
國或其他文學有成見，而是根本覺得不相干。

後來美國學者（其實多數是歐陸移民美國的）起而反對泛歐
思想與歷史主義傾向，一方面反映出存在的危機意識，另一方面
也包含了學術政治立場問題，這可以算是比較文學的一個新方
向。今天我們把這門學問落實到中國，當然又是另一個新取向。
這種種新取向倒並不一定要加上"派"這個字眼。談到這裏，我
要順便澄清另一種謬見，那就是美國學者從來不承認他們是"美
國派"，所謂"法國派"也只是雷馬克等人叫出來的。我們用不
着標榜"中國派"，我認爲"中國化"爲這引起疑惑的名詞，反
而比較適當。

剛才王德威先生對編年（30～40年代）存疑，我認爲需要

說明一下。我們討論 " 比較文學 ' 中國化' 的過程與檢討 "，並非泛指一種 " 比較的思維 " 和零星的考察，而係指一種學院訓練的傳播現象，或所謂譽興學 (doxologie) 問題。法國學者望提岡的《比較文學》於 1931 年出版，這是第一本有體系的論著，也可以說是 " 法國派 " 成熟時期的經典。這本書在四十年代被翻譯爲日文和中文，標示了 " 比較文學 (作爲學術訓練) 的日本化與中國化 "。底下便作一個簡單的比較。

日本的比較文學學會於 1948 年成立，發起者爲東京大學的法國文學教授中丙建藏和英美文學教授島田謹二。早在 1941 年和 1943 年，小林正與太田三郎便翻譯了望提岡的兩本著作，包括《比較文學》，前者並曾受業於法國學派健將卡瑞。這些學者接受了比較文學，很成功地使它制度化、學院化，使法國學派的理論與實踐落地生根，開花結果。反觀中國，情況則不是這麼順利。我們引進比較文學也是在 30 至 40 年代，戴望舒翻譯了望提岡的書 (提格亨，《比較文學論》)，傅東華透過英、日文翻譯了羅力耶的《比較文學史》。然而，這些媒介人物不是文學教授，不是比較文學學者，而是翻譯家，他們的翻譯未能進入學院，形成制度化的學術。再加上政治的變動，法國學派的比較文學終於未能在中土生根成長。有趣的是，反而到了 70 年代，比較文學才被留美研究英美文學的學者，介紹到臺灣來。他們引介的理論與方法自然是接受新批評美學概念的美國學者的著作。這些美國比較文學家的態度固然可取，但爭論有餘，方案不足。然而，他們的爭論偏偏有一些適合我們的口味 (如反泛歐思想，反歷史主義)。於是經過了三十年的題材與眞空，臺灣的比較文學研究走上了與日本迥異的另一條路。立足在 1985 年的今天，第九屆全國比較文學會議的前夕，囘顧這段歷史是頗有感觸的。

張漢良發言

＜“比較文學中國化”座談會記錄＞，
（台）《文訊》17(1985)，72-74。

比較文學中國化的正確途徑

　　基本上我贊同朱先生比較文學中國化的提議，在學術上用中文討論或發表論文是很好的。既然中文是我們的母話，那麼用中文來討論，對很多人來說是比較方便的，這不僅使得中文系的學者能方便地發言，並且對外文學者來說，是一種很好的刺激，但是如果這個中國化的“化”和西化的“化”是同等的地位，也就是說排除別人，那麼應該再考慮一下。在五十年代的文化論戰，也就是國粹派和西化派的論戰。如果我們說臺灣的比較文學和其他的比較文學不同的話，那麼我們又怎麼去說服別人說臺灣的比較文學是比較文學的一部份？我們認爲比較文學是一個學科，不是一種方法或技巧，既是一種學科，它便是中性的；而價值却可以有偏向，不是中性的。如果可以說“比較文學中國化”的話，那麼比我們早些發展比較文學的國家，比如日本，爲什麼他們沒有提出“比較文學日本化”的口號呢？而美國的比較文學學者，只稱自己爲美國派不稱美國化，法國則稱自己法國派不稱法國化。假使有一個學者他研究的是法國和德國文學的比較，那麼我們稱不稱他的研究爲比較文學中國化呢？他算不算是比較文學的一部份？“中國化”的名詞定義在此就是一個疑問，希望我們能把它弄得更清楚一點。另外的一個問題是外文系的研究方向問題。今天我們的西洋文學研究仍以英美文學爲主，而研究比較文學最好當然是能看原文作研究，當然很多學校都有德文、法文、西班

牙文、日文的選擇課，但是這些課仍不能提供足夠的訓練去處理
那些文學。因此，是否我們能把語言的訓練調整爲閱讀的訓練？
因爲，往往經過兩三年的訓練便能讀法文詩了，却不一定能說法
語。如果我們能做到這個，那麼不僅能做到中國與其他國家的文
學比較，也能做到其他國家之間的文學比較。這樣不僅不會把我
們自己局限在某一個範圍之內，也能使得這個學科充分發展而不只
是在搞着派別問題。

蘇其康發言

〈“比較文學中國化”座談會記錄〉，
（台）《文訊》17(1985)，63-64。

丙 幾個主要地區的中外比較文學研究簡介

臺灣的比較文學

可能沒有任何一個國家能像臺灣那樣不遺餘力的發展比較文學。一些曾在日本、美國、歐洲或臺灣本地大學攻研外國語言文學的卓越的學者們，很審慎的開了比較文學風氣以來，比較文學在臺灣激起了顯見而急速高漲的研究興趣，同時，也成立了一些有系統的組織。這些情形都足以使人確信，比較文學在臺灣能繼續發展。

從 1967 年開始，有一些比較文學教授在很多大學中開了一些比較文學的課程，少數大膽的研究生，甚至以比較文學作為碩士論文。像淡江文理學院、耕莘文教院這些私人機構，偶爾會舉辦一些討論會，熱烈的討論中西文學之間的關係。這些討論是從中國及非中國兩個觀點進行，每一次集會總有五六位以上的教授與學生參加。

不過，直到 1968 年，中國臺灣最負聲望的國立臺灣大學設立了比較文學博士班，比較文學思想才算正式引入，達到這項成就最主要的功臣有二，一位是朱立民教授，目前為臺灣大學文學院長，他精通美國文學；另一位是目前臺灣大學外文系系主任顏元叔教授，他精通文學批評及英國文學。他們二位磋商有關如何組成教授團，建立一個適當的研究方法以及其他各種實際上的問題。他們也看出中國文學系與西洋文學系二者之間極需互相合作。

正如朱教授在一篇《比較文學研究在臺灣》短文中所說，許多熱心而有能力的人士共同促成這個博士班的成立。1970 年 7月，教育部通過允許設立這個博士班，不過，第一次參加甄試的二位學生並沒有錄取，到 1971 年才正式收了學生，顏教授受託負責所有關於博士班課程及計劃。

顏、朱兩位教授除了與其他人士，將西方重要文學批評理論與文學作品譯爲中文，介紹到中國來外，他們還創辦了兩種雜誌，這兩種雜誌都着重在文學的比較研究上。其一是《淡江文學評論》季刊，這份雜誌是以英文出版，主要討論中國文學與西方文學之間的比較研究。第二種是具有更大野心與冒險的中文雜誌：《中外文學》。這份雜誌創刊於 1972 年 6月，第一任編輯是比較文學客座教授胡耀恒先生，他想作一個十分艱難的嘗試，企圖使這份雜誌既能是學術性的，又能大衆化。臺大文學院院長朱教授於此是鼎力支持的。除此二雜誌而外，不少其他的中、英文雜誌也偶爾發表一些比較文學的論文。

在臺灣，東西文學之間關係的研究已經十分普遍，就研究理論與方法而言，臺灣所強調的，很明顯的是授受所謂的美國學派，而不是特別注重文學直接影響或來源的狹隘的法國學派。這種對文學四海一家式的興趣，從 1971 年 7月 18日到 24日之間，淡江文理學院院長張建邦在該校爲討論東西文學之間關係而召開的國際性會議中，可以找到有力的證明。那次會議的日程表，就充分表示出台灣所接觸東西文學論題廣濶的範圍；正如朱立民教授

所說 " 我們要很明白的表明，我們對比較文學所抱的是種何等兼
容並蓄的態度 "。第二次國際比較文學會議將於今年八月再度舉
行，相信這次會議將和第一次一樣成功而令人興奮。

　　1973 年，臺灣成立了比較文學學會，該學會所發起的各項
計劃，都與比較文學有關，而且，每個月都有一次針對東西文學
比較的演講的。同年稍後，臺灣加入國際比較文學學會。在加拿
大舉行的第七次國際比較文學會議中，顏元叔教授與我都提出了
報告。那次會議，我們二人的印象都十分失望，認爲值得批評；
因爲，那次會議仍然有以歐洲爲中心的情緒，使得會議缺乏對比
的國際精神。所謂國際精神，應是不僅包含了西方的比較文學研
究，同時也必須包含東方在這方面的探討。在此，我願詳盡的引
述我的報告，因爲，我想這些話確實可以概括目前我們所作的工
作情況：

　　我去參加會議，是希望能由個人與一些西方專家們直接接
　　觸中獲得裨益。以便能有助於我們臺灣自己比較文學的研
　　究。雖然，由正反二面我都學到很多，但是，我回來之後
　　更堅信：在遠東能建立起我們自己的比較文學基礎，可以
　　使我學到更多。我們不必將自己與西方優秀的學術隔離，
　　但我們必須謹慎的分別文學的本質是什麼？亞洲各個國家
　　中東方文學的特色是什麼？只有這樣，我們才能在世界文
　　學之中，提出我們的看法，要求我們應有的權利，才能從
　　事東西文學比較這一有價值的研究工作。不過，在與西方
　　文學作深度交流之前，東方比較文學學家必須要協力建立
　　一個穩固的學術基礎；這就是說，對比較文學的理論與方

法，必須賦予有系統的注意，其實際的說法，即是要編輯廣泛的比較文學目錄、有關統的購買有關的書籍雜誌、確定文學術語、準備標準規格，以便論文發表，提供文學作品的比較研究。即令對大學學生，我們必須藉着各種集會，校際圖書館相互借書、交換教授與學生等等方法，建立我們自己的比較文學計劃。如果我們能超越過去政治上的分歧，及個人的偏見，那麼一個事實上尚未接觸的學術園地，正等待着我們去開墾。

就中國的情況而言，為了避免以中國為中心的文學觀，我們必須要就中國、西藏、蒙古等等之間的文學關係，作更大的努力。所謂亞洲文學研究，很明顯的包括了中國文學與日本、韓國、印度等國之間文學的關係，這樣的探討，可以引導我們深度了解我們遠東自己的文學、遠東各國本身的範圍、有力的論點，也有助於使我們認出各國彼此間的不同，更要緊的，是辨清遠東文學與西方文學的分別。

雖然上述概述只限於臺灣一地，但全世界各地，只要有中國知識分子，中西關係便產生了。不僅在美國、歐洲，甚至在新加坡、越南各地的中國海外學者，都將藉着比較文學研究，促進彼此間相互的了解與交流。

李達三著　　許文宏　馮明惠譯

<東西比較文學史的檢討>，

（台）《中外文學》4.4.(1975)，169-172。

中國的平行與影響研究

　　對平行研立，我國學術界經歷了一個認識過程。當七十年代末至八十年代初，比較文學學科剛在我國啓蒙時，由於對理論與方法欠了解，很自然地出現過一些望文生義、簡單比附的現象。一些前輩學者，如錢鍾書先生及時告誡說，這並不是比較文學，但是在另一方面，也有同志以過去法國學派的理論爲依據，不但否定了比附，也否定了平行研究，認爲比較文學只該處理不同民族文學間的歷史聯繫。然而平行研究的發展畢竟是大勢所趨，門禁一開，人們面對中外文學間的種種異同現象，不得不進行比較。歷史的轉折決定了這種實踐先於理論的局面，即使尚未存在比較文學，中國人也要作中、外文學的對比、互證，儘管可能是比附。正因爲如此，我們也許還得爲當年那些短暫而幼稚的比附在歷史上保留一個小小的位置，所謂頭功不可沒也。幸運的是，就全局而言我們很快度過了那個階段，對比較文學作爲科學學科的認識在迅速提高。我們對 1977～1982・12 及 1983・1～1984・6 國內發表的比較文學論文作過抽樣調查（見表一和表二），平行研究的論文所佔比例各爲 10.2% 和 26%。研究內容也從傾向於對情節、形象、表現方法一般較爲表面化的對比、類比及對作家世界觀、作品社會意義的外部研究，開始過渡到對體裁、主題、文學運動、詩學的內部規律的探討。目前人們似乎已不再懷疑平行研究的價值了，相反倒頗有人認爲它在中國比較文學學科中比

表1：對1977～1982.12中國大陸103種學術
刊物發表比較論文情況抽樣調查統計表

分　　　類	理論與概況	影響研究	平行研究	翻譯研究	國內各民族文學比較研究	總體研究	總計
數目（篇）	28	171	29	34	1	20	283
百　分　比	9.9	60.4	10.2	12	0.4	7.1	100

表2：對1983.1～1984.6中國大陸76種學術
刊物發表比較論文情況調查統計表

分　　　類	理論與概況	影響研究	平行研究	翻譯研究	國內各民族文學比較研究	總體研究	總計
數目（篇）	17	69	40	14	11	3	154
百　分　比	11.1	44.8	26	9.1	7.1	1.9	100

影響研究更富於現實意義，理由是作爲當前我們主要研究對象的中、西文學，歷史上本來較少實際聯繫。其實我們還可以設想，隨着人們眼界的開濶，會發現越來越多無影響關係的中、外文學現象，我們的平行研究確是大有前途的。

　　那麼，平行研究可否因此而成爲中國比較文學的主要方法呢？

　　當然有可能在特定情況下它在兩種方法中會佔據主要位置，但是至少到目前爲止，我們還未看到足夠的理由，表明中國學者應特別偏愛平行研究。相反，我們有時倒是感到，若無影響研究，平行研究很可能會失去它存在的一個重要條件。我們在調查中，不止一次考慮過這樣的問題，卽研究者們所比較的中、外文學的許多相似，其間有無影響關係？它們爲什麼相類似？我們不是常看到人們感嘆" 驚人的相似 "嗎？假如不用歷史方法，卽影響研究去考究，人們就無法在偶合與存在影響關係之間作出判斷，其認識也就可能停留在對相似感到驚訝的水平上。然而，這些年來" 驚人的相似 "是太多了，以至開始不那麼驚人了，終有一天人們對此會習以爲常，統統以" 人同此心，心同此理 "來解釋。歷史的塵埃不拂去，可能存在的影響關係就永遠被掩蓋着。不妨隨便擧二例，中國遠古神話與美洲印第安神話的某些相似、《大雅·生民》中姜嫄"履帝武敏"而生后稷的故事與聖母生基督傳說的某些相似，其間是否根本無影響關係？這個問題似乎提得荒謬，但是證明其荒謬的最好辦法是拿出事實根據，爲此便不可沒有歷史的考據，而且最好是引入系統觀念的綜合歷史、人種學、倫理學、語言學、考古學、宗教、神話、文學等科際的考察。(當然：這是指學科的整體而言，並非要求每一個研究者都這樣作。)利用影響研究，在排除了影響關係時（影響研究的結論不必總是肯定的，也可以是否定的，惟以忠於歷史爲要），平行研究所綜合出的結論對各民族文學才更具概括力；而在發現了影響關係時，平行研究的結論也就恰如其分，避免了主觀性。

影響研究在我國似乎沒有像平行研究那樣，引起特別的關注和討論，它悄無聲息地取得了一些不容忽視的成就。從數量看，它在前述兩次調查中所佔比例分別爲 60.4% 和 44.8%；遠高於平行研究，從質量看，已有若干帶突破性質的成果問世，如關於尼采對中國新文學的影響、孫悟空形象的中外合成、《灰闌記》

的五種文化交流、外國兒童文學對中國現代兒童文學的影響等問題的探討，都分別達到了新水平或開拓了新領域。

如此看來，影響研究似更易成功了。其實這些成績的取得，原如錢鍾書先生所言，"從歷史上來看，各國發展比較文學最先完成的工作之一，都是清理本國文學與外國文學的相互關係，研究本國作家與外國作家的相互影響"。

於是也會有一個問題：影響研究既是以歷史方法處理不同民族文學間業已存在過的實際聯繫，那麼當它們被發現到一定程度時，這種研究方法就不那麼必要了吧？不過目前尚無這種跡象。本來就存在着密切關係的中國文學與其他東方民族文學，其間的相互影響我們還很少研究；就是歷史上較少聯繫的中國與西方文學，彼此間你來我往的脈絡也遠未理清，該做的事太多了。

這裏我們想強調的是，在進行影響研究時不可排斥平行研究，而應注意到後者對於前者必要的補充作用。例如傣族史詩《蘭嘎西賀》，原是從印度史詩《羅摩衍那》"脫胎"而來的，但兩者相比主題有了很大的差異。若不在探索影響關係的同時，注意到它們在兩個民族中不同的生存條件，這個現象是難以解釋的。又如一部《趙氏孤兒》，在十八世紀上半葉傳到歐洲，在梅塔斯塔齊奧與伏爾泰筆下，內容和形式已是"面目全非"了。流傳中的"失眞"是次要的，迎合當時意大利與法國觀衆的心理才是更重要的原因。處理這種問題就不能僅靠影響研究方法。大量事實證明，文學影響在不同民族間的轉移並非原封不動的貨物轉運，而是"生命體"的移植。要想明白輸出者何以輸出？接受者又何以"有抉擇地損益取捨"、"汲取發揚"？那就得在影響研究中合理地結合進平行研究的成分。

綜合以上所論，可將平行研究與影響研究的關係及其對文學的意義用下圖來表示：

隨着社會的進步，平行研究與影響研究的範圍逐漸擴大，水平漸次提高。它們以相同發達程度的社會群體的文學為基本對象，從共時與歷時兩個方向相輔相成地綜合出這些文學的共性──更高一級的文學，而它則又成為下一輪比較研究的基本對象。現在這兩種研究方法已昇華為比較文學學科的兩根支柱，它們處理的基本對象是民族文學，所綜合的是人類文學的共性，因此其成果也就在為總體文學創造着條件。

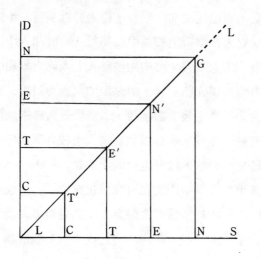

D＝歷時方向
S＝共時方向
C＝氏族
T＝部落
E＝部族
N＝民族
L＝文學
T'＝氏族文學
E'＝部族文學
N'＝民族文學
G＝總體文學

遠浩一

＜比較文學的兩大支柱＞，

（北京）《中國社會科學》4(1985)，189-207。

香港的比較文學

　　香港的比較文學，不管是從縱的觀點，或是從橫的觀點，都缺乏國內的規模。就人才而言，說香港比較文學爲此地的支流其實不算過分，因爲目前在香港的比較文學學者，若非來自台北，便是與台北有不解之緣，這是無可否認的。不過過去一年以來，香港的比較文學也頗富蓬勃的朝氣。茲將這一年來的活動簡述如下：

　　1978 年 6 月底，香港比較文學學會，經過將近整整一年的籌備，終於成立。成立大會假香港藝術中心舉行。除發起人十二人之外，與會者約有 150 人之譜。會中由發起人七人成立專題小組，將比較文學各方面加以介紹討論。而聽衆的反應可以說是熱烈的。成立之後學會先後辦了幾次討論會，以供同好與外來的學者交換意見，互通有無。此外，學會並與香港大學校外進修部合作，開辦了一門比較文學導論，以利社會人士進修。

　　同年八月，香港中文大學中國文化研究所也成立了“比較文學與翻譯中心”。中心除繼續推展《譯叢》、《譯叢叢書》及其他計劃之外，另進行了三個計劃，編譯：㈠比較文學名詞解釋；㈡比較文學資料彙編；㈢《西洋現代文學理論》之中譯。

　　上面僅就事實而介紹，底下擬就個人所見所思，略論中國比較文學的得失。早期的比較文學，說它是“玩票性質”也好，說它是“孤峰突起”也好，總而言之，都僅限於點，未涉及面，我們在此不贅。但70年代早期的研究可約略分兩方面介紹：一派致力於中國文學特質的追緒，目的不外乎求增進“自我認識”，俾挽救六十年代西洋文風壟斷文壇與學界的頹風。這些先驅立場鮮明，而建樹也頗可觀；另一派着眼於中國文學的整理，目標是要向海內外人士作個交代，證明中國文學並未脫離生活或世界文化的主流。兩派相形之下，前者的成就比較引人注目，但一如其他前衞運動，難免有言過其實的現象；後者立場較爲平實，但研究的對象比較是局部性的，有志于中國文學的友邦人士，或許因此不免有見“樹”而未及見“林”之嘆。上述的二分法疏漏之處在所難免。但二分的用意，一方面爲的是要便利綜覽比較文學早期草創之大勢；另一方面甚至可延用此一架構，提示個人對目前與將來比較文學的看法與期待。此外尚待補充的一點是，早期的比較文學研究，貢獻不容抹煞，而我們今日飲水思源，自當有所感激。

　　上述二分的方式，我個人僅提出兩點建議，以就于海內外賢達，並與同好共勉。首先我們必須側重理論的比較。中國人向來側重實際，而看輕空談，這是無可否認的事實。1971年“國際比較文學會議”結束之前，美國的奧維基應邀檢討全會論文卽指出，會中獨到之論文絕不乏見，但論文章內容的幅度，顯然是窄了些。當然，奧維基心目中的幅度，與理論不一定有必然的關係。但無可諱言，理論的探討必然是日後比較文學研究的一條坦途。理由相當簡單，文學是語言，語言是約定俗成的產品，與社會文化關係密切，因此比較文學如不加抽象的加工而卽貿然處理，結果難免淪爲皮毛、餖飣的排比，無助於對雙方社會文化的了解。因此比較文學勢必要超越到一個理論的層次，超實證的層次。

　　"比較文學"嚴格說來並不成立，因爲有"中國文學"，也有"英美文學"的作品，可是談不上有專門執筆寫比較文學以供兩國或數國讀者閱讀的作家。因此輕鬆而言之，比較文學的研究只是一種方法、態度、甚至思維，只要基本立場拿穩，對象倒是其次。也就是說，我們大可放手去整理我們固有的文學遺產，而不必斤斤計較自己的工作到底算比，還是不算比？有了這種態度之後，我們便可循着比較的方法與思維，進一步整理我們固有的文學。其中大致路線可再分爲二：一、國內文學作品的比較，這點沈謙在會上所發表的論文，已詳加論列，茲不贅。但是比的對象必須是有相當距離的（文字、文體、文學傳統、社會文化的距離）的作品，而比的層次也必須有相當理論成分，讓讀者有"他山之石可以攻錯"的心得方算是成功。因爲簡單一句話，二十世紀七十年代的文學訓練已經不是純知識的累積，而是閱讀方法的訓練，而比較文學本身旣無作品可言，更是不應輕易步上累積之路。二、固有文學理論的整理，所謂"整理"也就是要理出系統，並改寫成人人望之可及的批評術語，如此有朝一日方能把中國的理論放諸於西洋文學之上，以衡量東西文化實際上的異同。而中國比較文學也庶幾能自成一家，不必依賴外來的方法與哲學。

周英雄

<比較文學的現狀與未來>，
（台）《幼獅月刊》48.6.(1978)，29-30。

日本比較文學介紹

由於日本古典作家的研究均以中國範本作依據，日本民族文學的研究差不多都是採取比較的方法，但無系統或學術法則可言，而且日本學者最初不辨“比較”與平行之別。

日本比較文學一旦開始進展非常迅速。這個不但可歸因於戰後國際主義，而且也是得力於外國文學的影響，這在明治時代及其後尤甚強烈。明治時代結束日本的“孤立政策”，重新與外界來往。事實上，要研究現代日本文學，就不能不同時考慮到外國文學。京都大學林健一郎指出，大部分日本學者都習於“談論日本與西方世界之交往，而少論及日本與遠東鄰國的相互影響”。

日本文學者對“比較文學”反感確有充分理由。某些比較文學專家過分強調西方影響，索性說現代日本文學只不過是西方文學的翻版。這種看法曾引起了學者的激烈爭論，影響日本比較文學的聲譽。

在一篇早期論文中，大田追溯日本比較文學從“法國學派”研究方法改變到“美國學派”研究方法的過程，與他自己在改變中的角色：

法國實證主義方法有其困難。第一，完全應用這個方法的地方不多，有太多研究範圍不能用這個方法處理。第二，我們的研究不得不局限於明治時期，即1868年到1912年，因外國文學讀者局限於狹窄的文學圈子，加上某些外國作者或書籍的引介尚能相當仔細地追溯。但今天外國文學之引介與影響遠較廣泛。因此我們開始形成兩個派別：第一派嚴密遵奉"法國學派"的方法，另一派則致力尋找可運用到目前情況的一個新方法，不願意盲目遵循"巴黎大學的路線"。結果，1954 年春天所召開的學會會議，專門討論比較文學的特徵與方法。在中島健藏擔任主席之下，五位會員發表了意見，其中一位是"法國學派"的忠實信徒，嚴守實證主義。其他發表意見的會員，堅持我們應設計種種不同方法，以應用於不同時代的文學。本人參照威立克的意見，介紹美國式的比較文學研究方法。

日本經驗中特別有益的一個因素是日本文學學者所扮演的實證角色。他們爲尋找研究日本文學的新門徑，結果發現自己的文學概念太狹窄，無法應付那些透過外國文學培養思想與文體的小說家。先前，從事比較文學研究的是外國文學學者，但現在日本文學專家變成了比較文學學者。

1953 年由岩氏（ Joseph　K.　Yamagiwa ）所寫的一篇論文，強調作比較研究之前，必須知道文學背後的知性歷史。

日本學者似乎有點不願討論中國與佛敎對日本文學的影響。中島告訴我們這些影響很難處理，因爲他們首先出現於物質文化，而非在文學上。在東京兩所學校敎授日本文學的講師吉田精一，認爲對這種影響研究有其價值，這或許因爲他精通受到中國與佛敎明顯影響的早期本土文學。《東方民族的思維方式》，於1948—1949年出版，書分二卷，是東大中村敎授名著。這部富有雄心的大作追溯佛敎從印度本土傳播到中國、日本及西藏等地期間所發生的演變。
依中村的想法，這些改變可追溯到這幾個民族文化思維
方式的歧異。

東西方之間的比較可能流於“沒有意義”或“空虛”，比
較所得的“平行”與“相異”很可能純屬於“外在”與
“形式”上的，以致失去或忽略而致永未發現思維與表達方
式上的基本不同。但是這些比較仍然會幫助我們獲得更好
的世界透視，並且提醒我們與東方民族相處的方式。東方
文學的研究會令我們越出習知的西方世界，進入較少為人
知的東方世界。西方的思維與表達方式主要源自希伯來基
督教與希羅等傳統，而東方則深受源自印度教佛教或儒道
之思想方式的薰陶。所以東西方的比較研究必能產生豐碩
的收穫。

新近，較非正統的美國文學觀點，也逐漸在日本流行，希望將來
埃眞布爾所提示的透視法也將在這“日出之國”受到注目。

事實上，龜井俊介在與奧屈奇交談中指出，日本學者常在
“僅僅指出某項文學作品的單一或多處來源後即行停止，而不更進
一步研究。我認爲僅發覺來源對於文學研究是不夠的，來源在作
品中所發生的效用才更重要”。在評述西方文學人物（像哈姆雷
特、唐璜、浮士德等）一再出現於日本文學（像《源氏物語》）
的時候，龜井俊介補充說：“但是因爲這些人物僅僅出現在日本
文學，比較文學學者對他們的研究似乎沒有多大興趣。日本比較
文學學者較關心外國人物、外國思想、外國文學類型，這些在日本
文學中也會產生類似的例子。”奧屈奇曾謂東西文學關係的研究，

對西方比較文學學者而言是種新邊界的超越。龜井俊介於論及此
點時說：

> 但本國是日本比較文學學者的舊疆域誠如所奉告，日本深
> 受西方影響，而日本學者一向主要從事於東、西之比較研
> 究。問題癥結在於難以建立他們自己的觀點。埃真布爾在
> 他的《比較無理則》中所說的話是很明智的，然而我恐怕
> 這對目前日本比較文學學者不切實際。埃真布爾似乎是強
> 調對文學應採取國際性的或者世界性的透視，我也認為這
> 點是比較文學之精義。但是同時在我們這樣一個新興現代
> 化國家，凡是批評眼光的比較文學學者，不禁強烈意識到
> 我們的民族性或民族傳統。埃真布爾的眼光是向外的，但
> 是假如我們日本比較文學學者一舉躍入他歡迎我們進入之
> 領域，我們即可能進入無人之境。我們也需要眼光朝內，
> 日本的現代化本身，其實主要即是“西化”或“國際化”
> 的一個過程，實在需要明智地再加以檢討。我認為日本比
> 較文學學者必須切合實際地發展一種雙重的文學觀，亦即
> 既有民族性又具國際性的一種文學觀。

奧屈奇強調“比較文學不只是學習另一種語言以及另一種文學，
然後在自己國內，對人談論該種文學。所謂比較文學應該是把兩
種或更多種文學放在一起，並藉一種文學闡明另一種文學。”

李達三著　　許文宏　馮明惠譯

<東西比較文學史的檢討>，
（台）《中外文學》4.4.(1975)，163-169。

龜井俊介談日本比較文學

在日本，最早使用"比較文學"一詞是 1889～1890 年前後坪內逍遙在東京專科學校(早稻田大學的前身)以"對照文學"爲題講授英人波茲內特所著《比較文學》一節的時候。坪內把這本書作爲自己文學理論的一部分，同時也與實際進行對比研究。他的講課內容發表在幾個雜誌上，仙台第二高等中學學生高山林次郎（筆名樗牛）、畔柳芥舟等都曾讀過。這兩位對他的研究方法非常關心，尤其後者，是比較文學的熱心鼓吹者，他認爲有必要就歐洲詩歌和日本詩歌、歐洲文學史和日本文學史，進行一下比較。

除這些人以外，如將森鷗外和夏目漱石等另作別論，很早就提倡文學要超出一個國家的範圍，並培養了廣濶視野的則是上田敏。他在東京大學最初跟伍德，後來又和哈恩學習英國文學。伍德曾寫過一篇題爲《亨利菲爾丁在十八世紀德國的影響》的學位論文，看來上田似乎受歐洲近代學術研究中的正統學風和伍德的影響，也非常關心歐美文學的交流。從哈恩那裏則學到仔細欣賞英國、法國及其它歐洲近代文學的方法，他這種在淵博學識和纖細的感受性的基礎上玩味原著的學風，後來由矢野峰人、島田謹二等繼承了下來。

到了大正年間，佛利德里克·洛里哀的《比較文學史》（1904年）由戶川秋骨翻譯介紹到日本（ 1915 年）。這部著作只不過是世界文學的鳥瞰，它根據各國各個時代的不同情況，論述了文學的起源、象徵主義和東西方的作品，大體上是用對比的方法撰寫的。在這種影響下，高安月郊撰寫了《東西文學比較評論》（1916年），考察了東西文學的類似現象。

另一方面，莫爾頓等人把世界文學看作是一個統一體的觀點和將文學的歷史按種類劃分的研究方法也傳入了日本。土居光知的《文學序論》（1922年）可能是把近似生物進化論的種類分化論改成更進一步的心理種類發展論，用這一觀點考察日本文學的發展，試圖從這種觀點出發，通過對日本文學進行考證，使日本文學和世界文學聯繫起來。作者以"日本最幸福"的大正時代爲背景，以"人性論"爲依據，尋求"文學發展的普遍規律"，他大膽立論，贏得了熱心的讀者。

進入昭和時代，在1930年前後，比較文學進入新的階段。阿部次郎在《比較文學序論》中，運用歌德和莫爾頓的世界文學概念，認爲比較文學的研究範圍，應以文學的普遍性認識爲目標。另外，野上豐一郎在"比較文學論"中，介紹了梵·第根的《比較文學》。因此，法國的比較文學觀點得以傳入日本。

在同一時期，慶應義塾大學教授后藤末雄還發表了他的學位論文《中國思想之傳入法國》（1933年）。當時法國阿沙爾等正在進行關於"思想移動"的研究，這篇論文對於耶穌教徒對中國思想的理解以及法國啓蒙思想家們接受中國思想的問題很有啓發；通過許多新的資料，說明東西方思想接觸的動態，是日本比較文學研究初期值得紀念的精心之作。此後，后藤末雄在日本、中國、法國的文學與思想的交流和對比研究上，也留下了許多先驅者的業績。

還有，當時由早稻田大學教授吉江橋檢監修出版的《世界文學大辭典》（1935～1937年），在意圖上也是側重比較文學方面，特別是島田謹二在撰寫《比較文學》時，成功地論述了法國比較文學的發展和現狀，以及這門學科引進日本的意義等。在此前後，島田謹二的《上田敏的《海潮音》——文學史之研究》和《艾倫·坡與基爾斯·波特萊爾——比較文學史研究》等名著相繼問世，與前面提到的后藤末雄的著作等量齊觀，這些都是日本自發地研究比較文學最突出的實例。

在矢野峰人和島田謹二以其對歐美文學的淵博知識著手研究日本近代文學的時期，早稻田大學英文系出身的學者們對明治文學的研究，不管他們是否曾經使用過比較文學這一用語，也都已獲得了成果。柳田泉的《明治初期翻譯文學之研究》（1935年）、《政治小學研究》（1935～1939年）、 本間久雄的《明治文學史》（1935～1964年）等都是該成果的一部分。在這些人中間，兼有新聞記者感受性的木村毅，總是對社會和文化現象投以好奇的目光。他的《日美文學交流史研究》（1960年），由於引證了大量資料並進行了坦蕩的敘述，充分顯示了研究文學在國際交流方面的魅力。

德國式的觀念性理論，究竟在日本的實際研究中取得了什麼樣的成果，我是抱有疑問的。但日本的近代文學與歐美文學有着密切聯繫；實證地探討這一關係的工作一直在進行，這是理所當然的。法國的比較文學理論是日本近代文學的支柱，這一點可能是事實。太田唉太郎翻譯的梵·第根的《比較文學》於1943年出版。可是，這一時期比較文學一詞沒有搶先在社會上流行，一部分認眞的學者從自己研究的內在需要出發，對這一學科進行探討研究的作法似乎被人們認爲是正確的。

　　第二次世界大戰後，比較文學在日本迅速傳播。1948 年日本比較文學會成立。日本比較文學會比法國（1954 年）早六年，比美國（1960 年）早十二年。當然，這些國家早已有了學會性質的組織。可是，考慮到日本的情況，眞正的學者寥寥無幾，這可以說是一種特殊的現象。總之，進行了規範較大的啓蒙活動，由於對戰時的國粹文學研究做了反省，並受到戰後國際主義的影響，引起了社會的廣泛關注。但一般地說，比較文學這一概念雖傳播開來，在實際研究的各個方面還相差很遠。在此期間，產生了許多只簡單地追求國際間的關係的論文，我認爲至今仍有這種傾向。

　　但是，脚踏實地地致力於比較文學研究的，還是大有人在。作爲大學的研究敎育機關，1953 年在東京大學開設了比較文學、比較文化課程，島田謹二擔任講座主任，熱情地承擔了培養下一代的工作。第二年，東京大學成立了比較文學會，創刊了機關刊物≪比較文學研究≫。也是在這一年，東京女子大學創立了比較文學研究所，開始出版雜誌≪比較文化≫和≪紀要≫。1958年，日本比較文學會的機關雜誌≪比較文學≫創刊。不久，於 1962年早稻田大學的佐藤輝夫撰寫了比較文學研究的傑作≪羅蘭之歌與平家物語≫（1973 年），並成立了以他爲首的比較文學研究室，1965 年創刊≪比較文學年誌≫。此外，很多大學都開設了比較文學講座，作爲啓蒙活動經常在各地舉辦公開的講座和講演會。

比較文學的研究成果，確實不勝枚舉。另外還有許多可以提到的知名學者和遺漏的著作。可是，若只允許我提一個人，我所要談到的仍然是島田謹二的工作成績。這位兼有詩魂和學識的天才學者，在《近代比較文學》（1956 年）中，用犀利的和精讀原文的手法，仔細推敲了歐美文學在近代日本紮根的踪跡，並放開視野，開始研究明治時期的民族主義，在《廣瀨武夫的俄國》（1962 年）和《秋山眞之在美國》（1969 年）中，就日本海軍軍人在日俄戰爭前夜緊張的國際形勢下，肩負國家重任，在國外進行活動的情況，作了詳細的描寫。這些即使作爲傳記文學也是出色的。可以說日本的比較文學，通過這些優秀作品，已打破了過去文壇文學的框框，甚至已達到比較文化史和國際文化關係史的水平。在世界比較文學中，也進入了一個獨特的新領域。

這些傑出的先驅者播下的比較文學種子，在最近數年間，總算在年輕的眞誠的學者的工作中發了芽。他們大膽且熱情地進行研究，有些並開始與社會見面。我自己編輯的《現代比較文學的展望》（1972 年），旨在對乘風而起的外形酷似而實際萎縮了的比較文學，展示一下由新一代探討的可能性。其實最能說明問題的，可以說是目前正在發行的《講座比較文學》全八卷（1973 ～ 1976 年）裏面收集了大家所熟知的文章，同時也表達了年輕學者要探索未來的熱情。其研究對象不僅限於近代，也追溯到過去，並已擴展到迄今未知的地區和領域。

日本的比較文學雖也孕育著許多缺欠，但由於學者精力旺盛，人們認爲他們正與法國、美國和蘇俄並駕齊驅，進入一個新的階

段。但是，要想取得更豐富的成果，對文學研究做出貢獻，還有
許多問題需要解決。

〔日〕龜井俊介著　　劉介民譯

＜比較文學在日本＞，

（遼寧）《國外社會科學情報》12(1982)，47-49。

丁　中外文學交流例釋

文學發展中的予與受

　　人類在進化的途程中蹣跚了多少萬年，忽然這對近世文明影響最大最深的四個古老民族——中國、印度、以色列、希臘——都在差不多時猛抬頭邁開了大步。約當紀元前一千年左右，在這四個國度裏，人們都歌唱起來，並將他們的歌記錄在文字裏，給流傳到後代；在中國，三百篇裏最古部份——〈周頌〉和〈大雅〉，印度的《黎俱吠陀》，《舊約》裏最早的希伯來詩篇，希臘的《伊利亞特》和《奧德賽》——都約略同時產生。再過幾百年，在四處思想都覺醒了，跟着是比較可靠的歷史記載的出現。從此，四個文化，在悠久的年代裏，起先是沿着各自的路線，分途發展，不相聞問，然後，慢慢的隨着文化勢力的擴張，一個個的胳臂碰上了胳臂，於是吃驚、點頭、招手、交談；日子久了，也就交換了觀念思想與習慣。最後，四個文化慢慢的都起着變化，互相吸收、融合，以至總有那麼一天，四個的個別性漸漸消失，於是文化只有一個世界的文化。這是人類歷史發展的必然路線，誰都不能改變，也不必改變。

　　上文說過，四個文化猛進的開端都表現在文學上，四個國度裏同時迸出歌聲。但那歌聲的性質並非一致的。印度、希臘，是在歌中講着故事，他們那歌是比較近乎小說戲劇性質的，而且篇幅都很長，而中國、以色列則都唱着以人生與宗教爲主題的較短的抒情詩。中國與以色列或許是偶同，印度與希臘都是雅利安種人，說着同一系統的語言，他們唱着性質比較類似的歌，倒也不足怪。

中國，和其餘那三個民族一樣，在他開宗的第一聲歌裏，便預告了他以後數千年間文學發展的路線。三百篇的時代，確乎是一個偉大的時代，我們的文化大體上是從這一剛開端的時期就定型了。文化定型了，文學也定型了，從此以後二千年間，詩——抒情詩，始終是我國文學的正統的類型；甚至除散文外，它是唯一的類型。賦、詞、曲是詩的支流，一部分散文，如贈序、碑志等，是詩的副產品，而小說和戲劇又往往以各自不同的方式夾雜些詩。詩，不但支配了整個文學領域，還影響了造型藝術，它同化了繪畫，又裝飾了建築（如楹聯、春貼等）和許多工藝美術品。

詩似乎也沒有在第二個國度裏，像它在這裏發揮過的那樣大的社會功能。在我們這裏，一出世，它就是宗教，是政治，是教育，是社交，它是全面的生活。維繫封建精神的是禮樂，闡發禮樂意義的是詩，所以詩支持了那整個封建時代的文化。此後，在不變的主流中，文化隨着時代的進行，在細節上曾多少發生過一些不同的花樣。詩，它一面對主流盡著傳統的呵護的職責，一方面仍給那些新花樣忠心的服務。最顯著的例是唐朝。那是一個詩最發達的時期，也是詩與生活拉攏得最緊的一個時期。

　　從西周到春秋中葉，從建安到盛唐，這中國文學史上兩個最
光榮的時期，都是詩的時期。兩個時期各各拖着一條姿勢稍異，
但同樣燦爛的尾巴，前者的是楚辭漢賦，後者的是五代宋詞。而
這辭賦與詞還是詩的支流。然則從西周到宋，我們這大半部文學
史，實質上只是一部詩史，但是詩的發展到北宋實際也就完了。
南宋的詞已經是強弩之末，就詩本身說，連尤楊、范陸和稍後的
元遺山似乎都是多餘的、重複的，以後的更不必提了。我們只覺
得明清兩代關於詩的那許多運動和爭論，都是無味的掙扎。每一
度掙扎的失敗，無非重新證實一遍那掙扎的徒勞無益而已。本來
從西周唱到北宋，足足二千年的功夫也夠長的了，可能的調子都
已唱完了。到此，中國文學史可能不必再寫，假如不是兩種外來
的形式——小說與戲劇，早在旁邊靜候著，準備屆時上前來“接
力”。是的，中國文學史的路線南宋起便轉向了，從此以後是小
說戲劇的時代。

　　故事與雛形的歌舞劇，以前在中國本土不是沒有，但從未發
展成爲文學的部門。對於講故事、聽故事，我們似乎一向就不大
熱心。不是教誨的寓言，就是紀實的歷史，我們從未養成單純的
爲故事而講故事、聽故事的興趣。我們至少可說，是那充滿故事
興味的佛典之翻譯與宣講，喚醒了本土的故事興趣的萌芽，使它
與那較進步的外來形式相結合，而產生了我們的小說與戲劇。故
事本是民間的產物，不用諱言，它的本質是低級的。(即便在小說
戲劇裏，過多的故事成分不也當懸爲戒條嗎？)正如從故事發展
出來的小說戲劇，其本質是平民的，詩的本質是貴族的。要曉得
它們之間距離很大，而距離是會孕育恨的。所以我們的文學傳統

旣是詩，就不但是非小說戲劇的，而且推到極端，可能還是反小說戲劇的。若非宗教勢力帶進來那點新鮮刺激，而且自己的歌實在也唱到無可再唱的了；我們可能還繼續產生韓非說儲，或燕丹子一類的故事，和九歌一類的雛形歌舞劇，但是，元劇和章回小說絕不會有。然而本土形式的花開到極盛，必歸於衰謝，那是一切生命的規律，而兩個文化波輪由擴大而接觸的交織，以致新的異國形式必然要闖進來，也是早經歷史命運注定了的。異國形式也許早就來到了，早到起碼是漢朝佛教初輸入的時候。你可以在幾百年中不注意它，等到注意了之後，還可以延宕、躊躇個又一度幾百年，直到最後，萬不得已的，這才死心塌地，接受了吧！但那只是遲早問題，反正自己的花無法再開，那命數你得承認。新的種子從外面來到，給你一個再生的機會，那是你的福分。你有勇氣接受它，是你的聰明，肯細心培植它，是有出息，結果居然開出很不寒傖的花朵，更足以使你自豪！

　　第一度外來影響剛剛紮根，現在又來了第二度的。第一度佛教帶來的印度影響是小說戲劇，第二度基督教帶來的歐洲影響又是小說戲劇（小說戲劇是歐洲文學的主幹，至少是特色），你說這是碰巧嗎？

　　不然。歐洲文化正如它的鼻祖希臘文化一樣，和印度文化，往大處看，還不是一家？這樣說來，在這兩度異鄉文化東漸的陣容中，印度不過是歐洲的頭，歐洲是印度的尾而已。就文化接觸的全盤局勢來看，頭已進來，尾的遲早必須來到，應該也是早已料到的事。第一度外來影響，已經由紮根而開花了，但還不算開到還茂盛的地步；而本土的舊形式，自從枯萎後，還不見再榮的

跡象，也實在沒有再榮的理由。現在第二度外來影響，又與第一
度同一種類，毫無問題，未來的中國文學還要繼續那些偉大的元
明清人的方向，在小說戲劇的園地上發展。待寫的一頁文學史，
必然又是一段小說戲劇史，而且較向前的一段，更為熱鬧，更為
充實。

　　但在這新時代的文學動向中，目前值得揣摩的，是新詩的前
途。你說，舊詩的生命誠然早已結束，但新詩——這幾乎是完全
重新再做起的新詩，也沒有生命嗎？對了，除非它眞能放棄傳統
意識，完全洗心革面，重新做起。但那差不多等於說，要把詩做
得不像詩了。也對。說得更確點，不像詩，而像小說戲劇，至少
讓它多像點小說戲劇，少像點詩。太多"詩"的詩，和所謂"純
詩"者，將來恐怕只能以一種類似解嘲與抱歉的姿態，為極少數
人存在着。在一個小說戲劇的時代，詩得儘量採取小說戲劇的態
度，利用小說戲劇的技巧，才能獲得廣大的讀衆。這樣做法並不
是不可能的。在歷史上多少人已經做過，只是不大徹底罷了。新
詩所用的語言更是向小說戲劇跨近了一大步，這是新詩之所以為
"新"的第一個也是最主要的理由。其它在態度上，在技巧上的
種種進一步的試驗，也正在進行着。請放心，歷史上常常有人把
詩寫得不像詩，如阮籍、陳子昂、孟郊，如華茨渥斯、惠特曼，
而轉瞬間便是最眞實的詩了。詩這東西的長處，就在它有無限度
的彈性，變得出無窮的花樣，裝得進無限的內容。只有固執與狹
隘才是詩的致命傷，縱沒有時代的威脅，它也難立足。

　　每一時代有一時代的主潮，小的波瀾總得跟着主潮的方向推
進，跟不上的只好留在港汊裏乾死完事。戰國秦漢時代的主潮是

散文。一部分詩服從了時代的意志，散文化了，便成就了楚辭和初期的漢賦，成就了鐃歌，這些都是那時代的光榮。另一部分詩，如郊祀歌、韋孟諷諫詩之類，跟不上潮流，便成了港汉中的泥淖。

明代的主潮是小說。≪先妣事略≫、≪寒花葬志≫，和≪項脊軒記≫的作者歸有光，採取了小說的以尋常人物的日常生活爲描寫對象的態度，如刻劃景物的技巧，總算是粘上了點時代潮流的邊兒（他自己以爲是讀史記讀來了的，那是自欺欺人的話），所以是散文家中歐公以來唯一頂天立地的人物。其他同時代的散文家，依照各人小說化的程度的比例，也多多少少有些成就，至於那般詩人們只忙於復古，沒有理會時代，無疑那將被未來的時代忘掉。以上兩個歷史的教訓，是值得我們的新詩人書紳的。

四個文化同時出發，三個文化都轉了手，有的轉給近親，有的轉給外人，主人自己却都沒落了。那也許是因爲他們都只勇於"予"而怯於"受"。中國是勇於"予"而不太怯於"受"的，所以還是自己的文化的主人，然而也只僅免於沒落的刼運而已。爲文化的主人自己打算，"取"不比"予"還重要嗎？所以僅僅不怯於"受"是不夠的，要眞正勇於"受"。讓我們的文學更徹底的向小說戲劇發展，等於說要我們死心塌地走人家的路。這是一個"受"的勇氣的測驗，也是我們能否繼續自己文化的主人的測驗。

過去記錄裏有未來的風色。歷史已給我們指示了方向——"受"的方向，如今要的只是勇氣，更多的勇氣啊！

聞一多

　　＜文學的歷史運動＞，
　　《聞一多全集》（上海：上海古籍出版社，1956），
　　　　第一卷，201-206。

十八世紀中國對英國文學的影響

　　研究十八世紀中國對英國文學的影響，我們不能不涉及法國。當時的法國文學界是中英文化影響的一座橋樑。法國作家達雄（Margnis D'Argens）1739年出版的《中國通信集》對英國文學界產生了相當的影響，並爲二十年後哥爾斯密(Oliver Goldsmith）創作《世界公民》提供了藝術上的先例。另外一位法國作家基勒脫（Thomsa Simon Guellette）的《中國故事》於1725年譯成英文，也頗受英國讀者的歡迎。基勒脫模仿《天方夜譚》的格式，把一個個零星的故事嵌入一個總的“框架”。這種格局也爲英國作家創作以中國爲題材的作品時所襲用。

　　這幾本書的出現，說明中國文化對英國文學界已產生了很大的影響；然後，1740年左右，又譯出了一部《中國通志》（General History of China）。原書是法國耶穌會會員杜哈德（Du Halde）所著,書內中國風土人情乃至歷史文藝無所不包。此書譯出以後，成爲英國人的主要參考書。十八世紀中葉的英國學術界談到中國，莫不歸宗於此。約翰遜博士（Samuel Johnson）也多次撰文稱讚此書。

　　杜哈德的《中國通志》首先影響了英國戲劇界。1741年，哈切特（William Hatchett）出版了一本劇作《中國孤兒》，它是“一本歷史悲劇，根據杜哈德的《中國通志》中的一部原劇改編，配以中國式的歌曲”。這是詩劇，不能在台上排演。全劇

用五節無韻詩體寫成，旨在傳達一種浪漫的東方色彩。中國元曲
《趙氏孤兒》是詩曲韻文，不適於西方舞台排演。哈切特爲了模
仿原作便不能跳出詩劇的格局。《中國孤兒》這次雖然未能 公
演，但十八年以後，中國的孤兒終於走上了英國舞台。論述英國
舞台上的孤兒之前，我們先要追溯一下法國舞台上的另一個《中
國孤兒》。前者是從後者脫胎而來的。

　　十八世紀西歐思想鉅子、法國文豪伏爾泰對於東方有十分濃
厚的興趣。他的不少著作，用東方的材料、東方人的觀點諷刺西
方社會。他 1749 年寫了一篇很有趣的東方小說《查第格》，背
景是巴比倫和埃及。其中有一部分與本文有關，下面將會論及。
六年以後，他寫了《中國孤兒》一劇，在巴黎的劇院上演。伏爾
泰在該劇的獻詞中說：“我讀過中國的《趙氏孤兒》，耶穌會會
員白立梅已把它譯成法文，杜哈德的書裏也有抄錄。……韃靼民
族在十三世紀初葉征服中國，已是第二次侵入了，卻同第一次是
一樣的結果，征服者反同化於被征服者，合爲一個民族，同受世
界上最古老的法律的支配；這是最值得注意的一種現象。本劇的
主旨，就在於闡明此點。”

　　讀完這一段文字，我們才知道，原來伏爾泰在他的劇中借用
《趙氏孤兒》的故事作背景而創造新的意境，闡發新的主題。爲
了清理脈絡，有必要將元曲《趙氏孤兒》與伏氏《中國孤兒》作
一番比較研究。

　　《趙氏孤兒大報仇》是元代紀君祥所撰。劇情爲晉靈公時的
文巨趙盾和武將屠岸賈不睦。屠屢欲殺趙，後來用計在靈公面前
誣告趙盾不忠，將他全家誅絕。趙盾子趙朔是靈公駙馬，也遭屠

害。公主懷孕被囚。不久，有人報屠，公主"添了個小廝兒，喚作趙氏孤兒"。屠於是吩咐將軍韓厥把住府門，不待滿月，要將孩子處死。有個經常出入於趙家的醫生程嬰來看公主，公主要他把孤兒秘密帶出宮門，程嬰推諉，公主當場自縊身死，於是程嬰只得把孤兒藏在藥箱裏帶出去。把門的韓厥與趙盾有舊，放程嬰出府，後自決。屠岸賈得悉孤兒出走，詐傳朝令要殺絕全國半歲之下一個月之上的小孩。程嬰來到退職老人公孫杵臼莊上與他商議，情願犧牲自己的兒子救孤兒。公孫杵臼已六十五歲，大程嬰二十歲，願代程嬰死。於是程嬰首告，其子及公孫杵臼殉難。二十年後，程嬰也做了朝臣，假子程勃過繼給屠岸賈。又名屠成。程嬰最後對孤兒說破往事，孤兒報仇，屠岸賈就誅。

伏爾泰的《中國孤兒》未寫孤兒成人以後的事，時代也由春秋戰國變爲宋末元初。劇情是：成吉思汗入主中國，中國遺臣忍莫堤獻出自己的兒子赴死以代遺孤。他的妻子愛達姆愛子心切，說破眞情；成吉思汗發跡以前曾對愛達姆有過愛慕之情。這回，他表示如果她願意改嫁，可以免她兒子一死。不料，她愛兒子，也愛丈夫，堅決不從。這一對夫婦的富於獻身精神的仁愛之心，感動了原先只崇拜蠻力的成吉思汗，最後，成吉思汗赦免了他們，也赦免了遺孤。

從上文簡略的劇情梗概可以看出，伏爾泰的改編與原劇出入很大，不僅時代變遷，人物關係和矛盾衝突的設置也很不相同。原劇的矛盾焦點是兩家的世代冤仇，伏氏改爲兩個朝代的更替；原劇的主題是"忠"，伏爾泰改編本的主題是"愛"；原劇是不可調和的善惡之鬥，伏爾泰的改編本則是宣揚兩個民族的精神融滙與和解，讚揚了中華民族偉大的向心力。

中國的戲曲變爲英國的戲劇，在英國舞台上演出未能持久。但在出版界就完全不同了，出版了可置身於世界文學名著之列的作品——哥爾斯密的《世界公民》。

該書的全名是《世界公民——中國哲學家從倫敦寫給他的東方朋友的信札》。此作曾受到當時其他文學作品的啓發和影響。艾迪生和斯梯爾就提倡過類似的文體，上文已經述及。法國作家達雄的《中國通信》在哥氏《世界公民》問世以前二十年已譯成了英文。它敍述一個中國旅行家從巴黎寫信給他的東方朋友。哥氏從書裏借用了不少文句和構思，甚至一部分的主題。此外，直接影響哥氏的還有華爾浦爾（Horace Walpole）的《叔和通信》（A Letter from Xo Ho）。這部《通信》敍述住在倫敦的一個中國學者叔和寫給他北京的友人李安濟的信。信裏借中國人的名義批評英國的社會、政治。華爾浦爾寫這部書的目的不在宣揚中國的色彩與情調，全是爲了抨擊英國的現狀。該書典型的中國色彩只在叔和先生批評得高興時喊了一聲："啊，我的孔夫子！"華爾浦爾的《通信》之所以重要，不在於它的內容而在於作者所倡導的方法——藉中國的名義批評英國。哥爾斯密的《世界公民》受華爾浦爾的影響，也選取了中國人作爲觀察者。就內容而言則哥氏主要取材於杜哈德的《中國通志》。

哥爾斯密採用中國素材，不過是"爲我所用"，至於認眞研究中國文化的學者，當時應推著名的《英國古詩存》的編者珀西。他在兩年之中出版了三種關於中國的著作。

首先出版的是 1761 年《好逑傳》的譯文，連附錄在內共四册。珀西把《好逑傳》譯成《怡情史》(The Pleasing History)。珀西是從東印度公司在廣州經商的一位商人威爾金森那裏得到這本原著的。威氏爲了學習中文，把該書的四分之三試譯成英文，又請另外的人把剩下的四分之一譯成葡萄牙文，珀西便親自將葡萄牙文部分轉譯成爲英文。他編譯此書的理由是：一中國的長篇小說迄未譯成英文；二從小說裏可以了解一國人民的習慣風尚，比遊記史論更爲詳盡。小說是人生的表演。三讀這部小說，可以看到中國作家的技巧。這部小說的缺點是曲折太少，引喻不能確切生動；論敍太乾枯冗長，缺少情感的激奮和想像的馳騁。這恐怕主要是由於中國人溫良恭儉讓，好靜不受新奇所致。正因爲如此，他們的文學就有幾大優點，如不怪誕、合情理、布局平穩整齊、段落銜接緊湊。珀西對原文册改較多。 1892 年戴維斯(Davies)重譯該書，曾指出，珀譯從題目到文字都有很多錯誤，擅自增減的地方不少。但在當時，珀西卻是做了一件有價值的工作。

　　1762 年，珀西出版了第二種著作《中國詩文雜著》(Miscellaneous Pieces Relating to the Chinese)兩卷。他的第三種著作就是翻譯《莊子劈棺》的故事。

　　珀西的研究工作偏重於文學，瓊斯(Sir William Jones)卻是一個比較全面的 “東方學者”。他的全集1807年在倫敦出版，共計十三厚册，其中有關於 “中國學” 的探討。大凡一種文化受到另一國的歡迎或者抨擊，高潮過後，就會有人以學者的冷靜態度去作比較客觀的探討。十八世紀的 “中國熱”，到 1780 年左右高潮就過了。

　　總括全文：英國十八世紀的文學採用中國材料，1740 年以前可以視爲準備階段。這個時期，英國國內有斯梯爾、艾迪生等首創，國外有法國的基勒脫、雄達等開此先河。1740 年至 1770年爲全盛時期，主要作家有墨菲、哥爾斯密、珀西等，再加上法國的伏爾泰，關於中國的材料廣泛採用戲劇、小說和散文三大領域，而哥氏的《世界公民》爲重要的作品。 1770 年以後進入衰落時期。至於十八世紀英法人對中國的態度，總的是尊崇愛慕的。我們若將 1750 年英國人的態度與 1850 年相比，很容易察覺其間的區別。

方　重

<十八世紀的英國文學與中國>，

（滬）《中國比較文學》 1(1984)，51-64。

“五四”以來的文學交流

　　首先，“五四”以來，中國現代文學的發展受到外國文學的很大影響，這是現代文學區別於古典文學的一個重要標誌。五四新文學一方面是中國社會發展的產物，一方面是外國思潮、外國文藝大量湧入的結果。我們所界定的現代文學只有三十年歷史。三十年是短暫的，在文學發展史上，有很多三十年因未出現足以名垂千古的偉大作家而不留痕跡於史册。但中國現代文學的三十年是不可泯滅的，因爲它是一個新的開始，而這個新的開始又是以外來思潮大量湧入爲特點的。如果我們弄不清楚外來的文化和思潮如何對中國文學起作用？如何發生影響？發生過哪些影響？我們就不可能眞正總結好這一段文學歷史。如果說魏晉時代外國佛教的傳入是引起盛唐文化輝煌發展的一個重要因素，那麼，廣泛吸收外來文化的五四新文學會不會也是一個更加燦爛的文化高潮的序幕呢？事實上，二十世紀二十年代初葉在中國發生的東西文化的交流，其規模之大，影響之深，在世界文化史上也是少見的；這種現象吸引了許多學者，使過去只着重研究中國古代文化的國外“漢學”研究界，轉而重視研究現代中國，特別是五四時期的中國知識份子和中國文學，近年來出版了不少這方面的專論和專著。

　　當然，應該說明，我們這裏所講的影響絕不是一方施加影響，一方接受影響的消極過程。事實上，一切外來思潮或文藝進入中國社會，都曾按照中國社會的需要受到篩選和改造。例如易卜生是對中國影響極大的作家之一，但五四以來的進步作家從不滿足於照搬他的作品，而是在他提出的問題的基礎上結合中國社會情況進行思考。當易卜生的劇作《玩偶之家》在中國極爲盛行時，1923年魯迅就曾提出“娜拉走後怎樣”的問題，指出在未改造的社會，娜拉的出路只有兩條：一是回來，一是墮落，因此首先的問題是要有經濟權，但經濟自主了，錢少的仍然要制於錢多的，成爲他們的“玩偶”，除非社會制度根本改革。1925年，魯迅在小說《傷逝》中再次強調青年們如果只追求“我是我自己的，他們誰也沒有干涉我的權利”，這樣是不能眞正得到幸福，走上新路的，結果仍是回到舊的生活。以後，許多中國現代作家都曾提出了自己對易卜生所提出的問題的新的理解。例如茅盾著名長篇《虹》的女主人公梅行素就曾談到娜拉這樣的人還不夠解放，還不懂得怎樣對付壓迫自己的社會。而她的女友林敦夫人才是值得學習的。這位夫人善於發揮自己的“優勢”，知道怎樣對付社會，掌握主動，達到自己的目的。她第一次結婚是爲了養活母親和弟弟，第二次結婚是爲了拯救娜拉，她是更崇高的。梅女士自己正是以她爲榜樣，爲替父親還債而結婚，然後靠自己的力量衝出丈夫的牢籠，按自己的意志行動。茅盾的短篇小說《創造》寫的也是一個脫離家庭出走的年輕女性，她的丈夫不僅把她作爲玩物，而且企圖按照自己的興趣愛好來塑造她的精神，她有自己的見識和理想，終於遠走高飛。她的出走和娜拉相比是更有思想基礎，更自覺，也更有前途的。顯然，易卜生的《玩偶之家》在中國的這些發展必然會影響到國外對易卜生的進一步研究，有些外國學者已經指出了這一點。還有一個有趣的例子，就是美國意象派詩歌大師依薩·龐德和胡適的關係。龐德非常喜歡中國詩，特別是李白的詩。他認爲中國詩歌對於美國詩壇的"激發"，"將如希臘文學之於歐洲文藝復興一樣"。胡適提出"八不"主義,顯然受到龐德在《詩雜誌》上發表的＜幾個不＞的影響,這一點可從胡適1916年的日記看出。龐德以中國舊詩興美國新詩，胡適受龐德的影響，創白話詩，却從形式上反對中國舊詩，這不是很有意思很值得研究的現象嗎？總之，不弄清楚外國思潮如何對五四新文學發生影響，我們就很難總結好這一段歷史。

其次，我們必須通過和其他民族的比較才能站在更高的立足點來了解自己文學的特色。所謂"不識廬山眞面目，只緣身在此山中"，也就是英國詩人朋斯所說的："啊！我多麽希望有什麽神明，能賜我們一種才能，可使我們以別人的眼光來審查自我"！有比較才能有鑒別，旅居美國的夏志清教授所寫的《中國現代小說史》固然有許多我們不能同意的觀點，但我認爲他有一個長處，就是經常從比較的角度來突出中國現代小說的特色。例如他認爲二十世紀以來西方文學多半描寫個人精神上的空虛，不是失望，便是厭倦；而中國現代小說雖也暴露黑暗和腐敗，但他們對祖國仍存一線希望，相信某種制度可以挽救垂危的中國。這樣從與同時期世界文學的比較中來看中國現代小說的特點，當然要比孤立地"就事論事"來得深刻。我想，中國現代文學史中的許多問題通過比較都可以得到更好的闡明。例如西方的文藝復興造就了今天西方的現代人，把西方社會從宗教神學的中世紀蒙昧中解放出來。五四運動是中國現代化的開端，它所面臨的不是宗教神學，却是千百年封建倫理道德觀念所造成的蒙昧。五四前後魯迅最著名，最有影響的論文是＜我們現在怎樣做父親＞和＜我的節烈觀＞，這絕不是偶然的。比較研究歐洲文藝復興和中國五四運動的異同，將有助於我們更好地了解自己文化的特色。另外，也只有通過比較，才能更有效地向國外介紹我們自己的成就。我們要國外讀者欣賞我們的藝術，首先就要了解他們的興趣愛好和欣賞習慣。例如英國的十四行詩和中國的律詩都要求嚴整的格律，而又各有不同，如果通過與十四行詩的比較來介紹律詩，顯然更容易被外國讀者所接受。

第三，既然“各民族的精神產品成了公共的財產，民族的片面性和局限性日益成為不可能”，我們始終生活在與其他民族精神生活的關聯和影響之中，這就有一個如何正確接受和對待國外影響的問題。魯迅早就指出我們對於外來的東西不是接受多了，而是“知道得太少，吸收得太少”，必須“一面儘量的輸入，一面儘量的消化、吸收，可用的傳下去了，渣滓，就聽它剩落在過去裏”，因為“沒有拿來的，人不能自成為新人；沒有拿來的，文藝不能自成為新文藝。我們應很好總結主動地、正確地積極“消化、吸收”的經驗。在這方面三十年現代文學的發展為我們提供了豐富的研究內容。例如從五四時期開始，我們就可以看到對外來影響的三種不同態度。第一種是從社會實際需要出發積極消化吸收改造。舉例來說，德國思想家尼采自1904年被王國維以具有“極強烈之意志，極偉大的智力”的“曠世之文才”的評價介紹到中國，以後，魯迅所取於他的是“深思遐慮，見近世文明之偽與倡”是“縱忤時人不懼”；陳獨秀所取於他的，是以他重新

估價一切 ” 的精神作爲反擊忠孝節義舊道德的利器；郭沫若所取於他的是 “ 欺神滅像 ”，反對偶像崇拜，抗拒一切藩籬個性的束縛，追求內心世界的自由獨創。尼采的超人學說本意在論證極少數傑出人物統治絕大多數群衆的合理性，茅盾却把它改造爲激勵弱者不甘滅亡、努力向上、反對苟活的精神力量。這樣，形成於資本主義壟斷時期的尼采思想就被改造成爲中國二十世紀反帝反封建的武器之一。第二種態度是不考慮需要，全盤照搬，而且認爲愈新愈好，例如學衡派胡先驌寫的＜歐美新文學最近之趨勢＞、吳宓寫的 ＜寫實小說之流弊＞ 就是如此。第三種態度也提倡改造，但却是以中國固有的封建思想對外來思潮進行改造。例如梁啓超周遊列國後，寫了一本書，叫做《歐遊心影錄》，這本書指出 “ 西方一百年物質文明進步比三千年所得還多幾倍，但人類不得幸福，反得災難 ”，“ 兼併之烈，勞資之爭 ”，使人們精神十分痛苦，因此提倡以孔孟之道，即 “ 東方的精神文明來醫治西方的物質疲憊 ”，這種逆歷史潮流而進的做法，當然不會取得好的效果。

　　以後，三十年代，四十年代，在如何 “ 拿來 ” 這個問題上也都有不同的內容、不同的方法、不同的經體教訓。用比較文學研究方法總結各時期外來影響如何發生作用，對於今天我們如何貫徹 “ 拿來主義 ”，從其它民族文學中吸取營養發展自己的文學事業也有着重大意義。

樂黛雲

　　＜漫談比較文學與中國現代文學研究＞，

　　（北京）《大學生叢刊》2(1981)，38-40。

國際文學思潮對中國現代文學的影響

講到現代派對中國新詩的影響，最早可以從胡適之《嘗試集》中美國意象派的影響說起，也可以從聞一多和意象派談起。但他們還說不上是什麼派，《嘗試集》不很成功，聞一多的成績大多了，但他受意象派的影響有限，主要受浪漫派和象徵主義的影響。嚴格講，西方現代派對中國新詩的影響，要從二十年代的李金發和戴望舒算起。

李金發的作品，學來一些波特萊爾沉鬱的氣氛、愁苦的精神和那種帶有病態的情緒，如＜棄婦＞、＜夜之歌＞。在這樣的詩中，有些較好的意象和比喻，表現了象徵派在意象構造上的特點。但總的說，李金發的作品，失敗比成功多，這不僅表現在文言與白話摻雜，更主要的是沒學到早期象徵派很主要的一點：嚴密的結構藝術，此外對象徵派很講究的用音樂、顏色等來暗示，造成氣氛，也沒學到家。

戴望舒則不然。象徵派所強調的顏色、音樂、肌理豐澤，甚至那種深沉抑鬱的情緒以及手法上的象徵、暗示等等，在戴詩中都得到了較完美的體現。他的＜雨巷＞是借鑒象徵派的成功之作，當然，其中也包含着中國古典文學的修養和功底。他的十四行詩也學到了一些早期象徵派構造意象，運用象徵和聯想的手段。＜尋夢者＞可稱戴望舒的代表作，學象徵派學得很好。抗戰後，戴的詩風有了很大變化，增加了現實主義成份，放棄了法國象徵派那種哀怨的情調，但他並沒有放棄象徵派手法。著名的＜我用殘損的手掌＞，通篇都是用象徵派手法寫的，詩的內容是積極向上的，……它已經走出了象徵派的＂象牙之塔＂，表達了人民的感情，這在新詩向現代派詩學習的道路上，應該說是一個突破。

　　三十年代在向西方現代詩學習、借鑒中，卞之琳是用力最勤、最自覺，做了大量工作的一位詩人。他翻譯過許多英、法詩，主要學法國象徵派。卞之琳的詩比戴望舒的更富於彈性，可以向各方面推開，暗示性也很強，他對微妙的意象、嚴密的結構的追求，一部分也得力於象徵派。《慰勞信集》中的詩，卞詩博採衆長，把浪漫派、象徵派、現代派，中國古詩詞融於一爐，基本上還是象徵派佔主要地位。卞之琳也寫過一些晦澀的作品，但並不多。

　　在新詩向西方現代派學習過程中，艾靑也是做出了成績的詩人。當然，他主要是革命現實主義的。艾靑受象徵派詩的影響，表現在從魏爾哈倫和惠特曼那裏學到了大幅畫面的鋪陳方法。他的詩氣魄比卞之琳他們大，他喜歡處理大題材，在結構上靠鋪陳。此外，艾靑還常用一些典型的細節，如＜大堰河＞、＜手推車＞等，這種寫法富有象徵派色彩，同時又是現實主義的。

　　1941年馮至出版《十四行集》，這是新詩向現代派借鑒的又一成功的嘗試。馮至主要是受德國後期象徵派詩人里爾克的影響。十四行二十七首哲理詩，表現出的特點是在掌握世界的方法上智性與感性的密切結合。通過許多意象表達他對人生的感想，裏面不全是成功之作，但有許多是成功的。

在新詩向西方現代派學習的過程中，四十年代是個有較大開展的階段。西南聯大的青年詩人中，穆旦、杜運燮、鄭敏和我都學現代派寫詩。穆旦受里爾克、愛略特影響多一些，特點是比較沉鬱、深厚。穆旦的詩有得有失，失在有些詩在意象上、思想上跨度太大了，語言也有時歐化得太過。杜運燮得力於奧登，想像活潑，寫得機智。如〈追物價的人〉，寫得既符合現實，也符合人們的心理，既風趣、又沉痛。穆旦和鄭敏的詩都已明確超過象徵派階段，是明顯的現代派。

與此同時，上海也有一批青年詩人從象徵派、現代派那裏得到借鑒，如王辛笛、曹辛之、陳敬容。

袁可嘉

〈加強對中國現代文學思潮流派問題的研究〉，

（北京）《國外文學動態》4(1983)，8-9。

中西文論中"滋味說"與"美感說"比較

　　文學藝術的世界充滿着神奇的魅力，它令人神往、令人消魂！令人心醉神迷、令人一唱三嘆！它能讓人哭，讓人笑，讓人如癡如醉，讓人欲癲欲狂！在那動人心魄、催人淚下的悲劇面前，不知有多少人哭紅了雙眼；在那妙趣橫生，詼諧幽默的喜劇面前，不知有多少人笑痛了肚皮。那清新雋永的＜春江花月夜＞，撩動了多少青春的思緒？那熱情浪漫的＜西風頌＞、＜雲雀頌＞激起了多少志士的熱忱！這使人失魂落魄的偉大的力量，正是文學藝術的巨大魅力！中國與西方的力量，正是文學藝術的巨大魅力！中國與西方的文論家們，都對此進行了長期而深入的探索，提出了各具特色的文藝鑒賞論。其中最突出的是西方的"美感論"（主要指文藝美感論）與中國的"滋味說"。

　　只要我們仔細辨析一下，就會驚奇地發現，深深打上民族性格印記的"滋味說"，與"美感論"竟有着許多共通的地方，當然，也有着許多本質上的差異。本文試圖通過這二說的比較分析，探討中西文藝鑒賞論中共同的規律與不同的民族特色，以期有益於世。

　　什麼是文藝鑒賞中的美感呢？西方美學家一般認爲，它是人們在欣賞文學藝術之時所獲得的怡情悅性的審美感受。當人們獲得美感時，往往會發生情緒上的強烈反映，或者愉快興奮，手舞足蹈；或者悲慨激昂，涕淚滿襟；或者徘徊嘆息，浮想聯翩，……

這就是文藝鑒賞中的美感。"美感的主要特徵是一種賞心悅目的快感"。（車爾尼雪夫斯基《美學論文選》97 頁）"見到這種美所產生的情緒是心醉神迷，是驚喜，是渴念，是愛慕和喜懼交集"。（普羅丁《九章集》第一部分卷六）

那麼，甚麼是文藝鑒賞中的"滋味"呢？中國古代美學家也普遍認為，"滋味"是文藝鑒賞中賞心悅目的審美感受，當人們品嘗出作品中之"滋味"時，亦往往會發生情緒上的強烈反映，或手舞足蹈，或涕淚滿襟，或仰天長嘯，或憑欄獨倚，……試看《紅樓夢》二十三回中的一段描寫：林黛玉在偶然中聽到了梨香院內那十二個女孩子演習《牡丹亭》戲文，"不覺心動神搖。又聽道"你在幽閨自憐……"等句，越發如醉如痴，站立不住，便一蹲身坐在一塊山石子上，細嚼"如花美眷，似水流年"八個字的滋味，……不覺心痛神馳，眼中落淚"。這裡，林黛玉的確品出了作品中的"滋味'，被深深感動了。這就是文藝鑒賞中的"滋味"，恰如嚴滄浪所說："讀騷久之，方識眞味，須歌之抑揚，涕淚滿襟，然後為識《離騷》，否則為戛釜撞甕耳。"（《滄浪詩話·詩評》）顯然，這種"滋味"與西方美學家所說的"美感"，在本質上基本是一致的，對文藝鑒賞中那種賞心悅目的強烈感受之探求，正是"美感論"與"滋味說"的最根本的相似之處。

除了本質上的相似外，西方的"美感論"與中國的"滋味說"還有着許多具體的相似之處：首先，它們都認為，在文藝審美與品味之中，直感往往是第一步，"美感"與"滋味"，往往是在一刹那間捕捉到的，"眼睛一看到形狀，耳朵一聽到聲音，就立刻認識到美、秀雅與和諧。"（夏夫茲博里《道德家們》，見

≪西方美學家論美和美感≫ 95 頁)力倡"滋味"說的司空圖與嚴滄浪，正是以直觀感受來品詩的"滋味"的。

其次，"滋味"與"美感"都伴隨着強烈的情感。狄德羅指出，當人們獲得美感之時，就會情靈搖蕩，"靈魂深處頓時就會不由自主地紛紛產生一種心怡神悅的感受，它會使我們心花怒放，或者五內摧傷；會使我們兩眼流出愉快的、欽佩的或者悲傷的眼淚"。所以狄德羅乾脆說："凡有情感的地方就有美"。(≪繪畫論≫第七章)文學藝術中的"滋味"，亦離不開動人的情感。鍾嶸之所以極力推崇五言詩，是因為他認為五言詩最有"滋味"，最宜於抒發情感。"五言居文詞之要，是眾作之有滋味者也，故云會於流俗。豈不以指事造形，窮情寫物，最為詳切者邪？"可見，惟有情深意長，才能使"味之者無極，聞之者動心"。(詩品序≫)

第三，"滋味說"與"美感論"都共同認識到，文藝鑒賞必須有想像的參與。十七世紀末的英國散文家艾迪生指出，為甚麼有人讀了一段描寫深受感動，獲得美感，另有人却草草讀過，漠然無動於衷？這種不同的感受，是因為有人的想像比別人的更完美。因為"一個人對一篇描寫如要真能欣賞，並且給以恰當的評價，他必須有天賦的好想像。……想像必須是熱(Warm)的，才能夠使它從外界的東西所收到的形象留下模印。"為甚麼審美鑒賞必須具備"好想像"呢？艾迪生進一步指出："一篇描寫往往能引起我們許多生動的觀念，甚至比所描寫的東西本身引起的還多。憑文字的渲染描繪，讀者在想像裡看到的一幅景象，比這個景象實際上在他眼前呈現時更加鮮明生動。"因為想像能夠"將事物幻想爲比眼見的更偉大、更奇、更美。"(《旁觀者》見《西方文論選》上卷 570～ 577 頁）的確,讀者唯有展開想像的翅膀,才能在藝術形象中,把握住那永恒的美,品味出那意味雋永的情趣,從而獲得審美的快感、藝術的享受。所以萊辛指出：藝術家要善於抓住最富於孕育性的那一頃刻,因爲這種時刻,最能夠引起鑒賞者的想像力,讓人從十分有限的藝術形象中,品味出許許多多的東西來,從而獲得最大的藝術效果,得到最大的藝術享受。他說："藝術家只能選用某一頃刻,特別是畫家還只能從某一角度來運用這頃刻；既然藝術家的作品之所以被創造出來,並不是讓人一看了事,還要讓人玩索,而長期地反覆玩索；那麼,我們就可以有把握地說,選擇上述某一頃刻以及觀察它的某一個角度,就要看它能否產生最大效果了。最能產生效果的只能是可以讓想像自由活動的那一頃刻了。我們愈看下去,就一定在它裡面愈能想出更多的東西來。"所以,萊辛反對作品達到頂點,因爲一旦到了頂點,人們就再也不能發揮想像力；在一覽無餘的形象上,再也沒有蘊藉與包孕,作品就必然顯得平凡而乏味。"最不能顯出這種好處的莫過於它的頂點。到了頂點就到了止境,眼睛就不能朝更遠的地方去看,想像就被捆住了翅膀,因爲想像跳不出感官印象,就只能在這個印象下面設想一些較軟弱的形象,對於這些形象,表情已達到了看得見的極限,這就給想像劃了界限,使它不能向上超越一步。"(《拉奧孔》人民文學 79 年版18～19頁）

與西方的美感論相比,中國的滋味說更加強調文藝鑒賞中的想像。中國古代文學藝術,並不專注於形象的摹仿,從不苟求唯妙唯肖的形象刻畫,而是主張以形求神,以虛求實,着意追求那形象之外的神韻性靈，言語之外的情思趣味，追求所謂 " 象外之象 "、" 韻外之致 "。那麼，甚麼樣的作品才有 " 滋味 " 呢？就是那種最富於包孕，能夠勾起讀者無窮聯想，具有 " 象外之象 "、" 韻外之致 " 的作品。故司空圖說： " 愚以爲辨於味而後可以言詩也。……噫！近而不浮，遠而不盡，然後可以言韻外之致耳。 "（〈與李生論詩書〉） " 戴容州云： " 詩家之景，如藍田日暖，良玉生烟，可望而不可置於眉睫之前也。 " 象外之象，景外之景，豈容易可談哉？ "（〈與極浦書〉）這裡所謂 " 象外之象 "，第一個 " 象 " 指作品中的藝術形象，第二個 " 象 " 則指第一個 " 象 " 中所蘊含包孕的無形的象，它需要鑒賞者的想像去捕捉，去補充，去品味，去體驗。第一個 " 象 " 是 " 近而不浮 "，眞切而鮮明的藝術形象，第二個 " 象 " 是 " 遠而不盡 "，富於啓示性的外之象，第二個 " 象 " 是 " 遠而不盡 "，富於啓示性的外之象，它能引人聯想，給人啓示，從而產生韵味無窮的審美感受。可見 " 滋味 " 也是需要想像的，若鑒賞中沒有想像，則無法品嘗出那意味深長的 " 滋味 " 來；歐陽修將這種 " 品味 " 比喻爲食橄欖，需反覆吟詠，反覆咀嚼，從有限的藝術形象中，去捕捉那言外之意，去發現那象外之象，從而獲得審美的快感。 " 又如食橄欖，眞味久愈在。 " 這個 " 眞味 " 怎樣去品嘗呢？ " 必能狀難寫之景，如在目前，含不盡之意，見於言外。 " " 作者得於心，覽者會以意 "。例如 " 鷄聲茅店月，人迹板橋霜 " 這二句詩，並未明言旅途之艱難辛苦，但是讀者却可以由這二句詩引起無窮的聯想，從而眞切地品嘗出其中的言外之意，韻外之味， " 則道路辛苦，羈愁旅思，豈不見於言外乎？ "（見《六一詩話》）

藝術審美鑒賞除了直覺、情感、想像等因素外，還有理解。感覺到了的東西，我們不能立刻理解它，只有理解了的東西才能更深刻地感覺到它。理解，是"美感"產生和深化的基礎，也是"滋味"產生和深化的基礎。在這一點上，"滋味說"與"美感論"也是相通的。正如別林斯基所說："在美文學方面，只有當理智和感情完全融洽一致的時候，判斷才可能是正確的。"(《別林斯基選集》上海譯文79年版223頁) 雪萊說："詩總是和快感作伴的。詩所接觸的一切心靈都敞開自己來接受那個與詩中愉快相混合的智慧。"(見《西方文論選》下卷53頁) 不過鑒賞中的理解，絕不是那種教條式的枯燥概念，絕不是抽象的邏輯推理，而是融滙着審美直覺、情感與想像的領悟。如果鑒賞只有理智而無情感與想像，那就不可能眞正獲得審美感受。

與"美感論"一樣，中國的"滋味說"也強調審美鑒賞——品味中的理解。朱熹說，"詩須是沉潛諷誦，玩味義理，咀嚼滋味，方有所益。"(見《詩人玉屑》上海古籍59年版267頁) 甚麼是"玩味義理"呢？那就是去理解詩中蘊含着的深意、哲理。朱熹有一首頗具"理趣"的詩："半畝方塘一鑒開，天光雲影共徘徊。問渠那得清如許？爲有源頭活水來。"這首詩表面上是在寫一池清鑒人影的清水，實質上是在寫他讀書的深刻感受。但其中的哲理恐怕還不僅僅是讀書，還有着它更深遠的意義。當我們理解了這一點以後，的確會覺得此詩意味深長，耐人咀嚼，從而獲得了審美享受。這就是所謂"玩味義理，咀嚼滋味。"可見，"味"離不開理，"滋味"必須有理解參與其中。故林紓說："味者，事理精確處耐人咀嚼之謂。""使言盡意盡，掩卷之後，毫無餘思，奚名爲味？”（林紓《春覺齋論文》）當然，審美鑒賞中的理性因素並不是抽象的說敎，而是融合、滲透、積澱在知覺、情感、想像等因素中的。正如鹽溶於水，人們只能嘗出鹽味却見不到鹽一樣；理性溶於具體的形象之中，在不可名言之中又給人以理性的啓示，給人以審美的喜悅與快感。那種以理爲尚，空談玄論的作品，違背了文學藝術的規律，因而，必然空有其“理”，絕無滋味。所以鍾嶸《詩品序》指出：“永嘉時，貴黃、老，稍尚虛談，於時篇什，理過其辭，淡乎寡味。”可見如果作品只有“理”，沒有情感想像諸因素，是決不可能有甚麼“滋味”的。

　　總而言之，無論是西方的美感論還是中國的滋味說，它們都包含了藝術審美鑒賞中的各種複雜因素，它們都共同認識到了藝術鑒賞中的直感、情感、想像、理解諸因素，它們都要求藝術審美鑒賞中的理性與感性、情感與想像的高度融合，要求“詞理意興，無迹可求”的渾然一體，從而使人獲得賞心悅目的“美感”，獲得令人一唱三嘆，拍案叫絕的“滋味”。由此可見，西方的“美感論”與中國的“滋味說”雖然術語不同，但在實質上是相通的。這充分說明了中國與西方的文藝審美鑒賞存在着共同的藝術規律，說明了“必然有一種在一切民族中都共有的心理語言。”（維科《新科學》卷一）“口之於味也，有同耆焉；耳之於聲也，有同聽焉；目之於色也，有同美焉。至於心，獨無所同然乎？”（《孟子·告子上》）

　　儘管西方的“美感論”與中國的“滋味說”，有着上述共同之處，但它們畢竟是生長在中西不同的泥土之中的，因此，它們必然具有着截然不同的民族特色。我們只有進一步把握住它們的

不同特色，才能夠全面、正確地認識 " 美感論 " 與 " 滋味說 " 的
內涵。

　　只要我們稍加辨析，就會發現這樣一個有趣的現象：西方的
" 美感論 " 只承認視覺與聽覺能獲得美感，而極力否認味覺能引
起美感。而中國恰恰相反， " 滋味說 " 正是將味覺與美感密切地
聯繫在一起的，幾乎凡美必言味，言味必喻美。這種現象，的確
是耐人尋味，很有意思的。

曹順慶

　　<滋味說與美感論──《中西文論比較研究札記》>，
　　（滬）《文藝理論研究》1(1987)，66-75。

三、中外文學理論的比較

中西文論的幾點比較

一　中西文論最早的分界線：模仿說與"詩言志"

　　美國當代著名文藝批評家亞伯拉姆斯（M.H.Abrams） 在他的名著《鏡與燈》裏認爲藝術創作涉及四個要素：作品、作者、宇宙（傳統習慣稱爲自然，指外部世界，包括人、人的行爲、思想感情，以及各類超感覺的事物等）和讀者（包括聽衆、觀衆等各類欣賞文藝作品的人）。他考察了自從古希臘迄今爲止的歐洲文藝批評理論的歷史發展，指出全部文藝理論就在於分析這四種要素的相互關係，由於側重方面不同而有四種不同的理論。他以作品爲中心作一個三角形圖來說明這種關係：

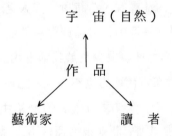

第一種是模仿理論，側重於分析作品與自然的關係，認爲文藝就是自然的模仿。 第二種是表現理論， 研究作品與作者的關係，認爲作品是作者用來表達思想感情的，是作者思想感情的外化，或作者內心世界的外現。第三種是實用理論，分析作品對讀者的影響，也就是文藝的社會效用。第四種是客體理論，不考慮作品和外部的關聯，而孤立地把它看作是自足的獨立存在的客體，按照它本身存在的模式，以它的內在價值作爲評價的準繩。

　　模仿理論，把藝術本質解釋爲自然的模仿，是西方美學理論的發端。關於這一理論的文字記載最初見於柏拉圖的《理想國》，他的弟子亞里斯多德總結當時文藝的成就，對這一個傳統觀點加他論證，形成爲一個比較完整的理論體系，世代相傳下去，成爲西方文藝理論的主流，一直到十八世紀末葉浪漫派運動興起以前，西方各種美學概念和文藝觀點都是從自然模仿理論演化出來的。而我國最早出現的文學觀點是 " 詩言志 "，如朱自清說，這是我國文學批評的開山綱領。

　　" 詩言志 " 這句話據《尙書・堯典》說是出於堯舜時代，《左傳》、《荀子》、《莊子》等書都載有類似的話，可見起源很古老，而且流傳很廣。這種觀點認爲詩並不是自然的模仿。如鄭玄對 " 詩言志 " 所作的注釋說， " 詩所以言人之志意也。 " 詩是詩人用以抒發內心思想感情的。這種觀點屬於亞伯拉姆斯的表現理論範疇。正如自然模仿理論很少見於我國古代批評文獻，這種 " 詩言志 " 的表現理論在古代西方也不多見，郎加納斯（Long inus）在＜論崇高＞一文中雖曾說過崇高的風格來源於莊嚴偉大的思想和激情， 但他這種思想並沒有流傳下去， 一直到十八世紀末、十九世紀初浪漫派興起以後才受到重視，華滋華斯（Words-worth ） 在《抒情歌謠集》序言中說 " 一切好詩都是強烈情感的自然流露， " 這篇序言具有浪漫派宣言性質，打破了自從亞里斯多德以來自然模仿理論在西方文藝思想發展史上雄覇兩千多年的局面。

模仿理論認為詩來自外部世界，植根於現實，是客觀的，敍事性的。"詩言志"屬於表現理論，認為詩發自詩人的內心，所謂"在心為志，發言為詩"，是主觀的，抒情性的。王國維在《人間詞話》裏把詩人分作為主觀的詩人和客觀的詩人，他說："有造境，有寫境，此理想與寫實二派之所由分。"王國維在這裏所作的區分也就是亞伯拉姆斯所說的模仿理論與表現理論的區別。

亞伯拉姆斯在他的書的序言裏曾解釋他為什麼把他的書叫做《鏡與燈》，他說這是兩個相反的比喻，一個是把心靈比作外部事物的反映器，像鏡子一樣，另一個則是把心靈比作發光的投射器，把光照射到它所感到的事物上面，像燈一樣。第一個比喻可以說明自從亞里斯多德以迄十八世紀末的西方文藝思潮的特點，而第二個比喻則代表浪漫派詩歌理論。在兩千多年的西方文藝批評史中，模仿理論長期佔有主導地位，表現理論較為晚出，而我國則以表現理論為主，這是中西文藝理論的分界線，文藝理論既是創作經驗的總結，它又影響創作，指導創作。從中西文藝理論這一根本差別，我們可以看出中西文藝發展的不同趨向和各自的特徵。

二　西方的模仿理論與敍事文學（史詩、戲劇、小説）

上面說過，詩是自然的模仿的觀點最早見於柏拉圖的《理想國》。柏拉圖認為文藝是模仿自然（客觀現實世界）的，而客觀現實又是"理式"的摹本。他曾以床作比喻來說明文藝、現實和理式這三者的關係，他說床有三種，一種是床的理式，其次是木匠依照床的理式製造出來的床，第三是畫家模仿這個床所畫的床。在這三種床中，只有床的理式才是眞實的，木匠所製造的床是理式的模仿，和眞實隔了一層，而畫家所畫的床是模仿的模仿，和眞實更隔一層了，＂所以我們可以說，從荷馬起，一切詩人都只是模仿者，無論模仿德行，或者模仿他所寫的一切題材，都只得到影像，並不曾抓住眞理＂。柏拉圖雖是模仿理論的最早的揭示者，却以他的著名的床的比喻來論證文藝模仿的虛假性。

柏拉圖的弟子亞里斯多德同樣繼承流行的模仿理論，他在《詩學》裏開宗明義就指出：＂史詩和悲劇，喜劇和酒神頌實際都是模仿，只是所用的媒介，所取的對象、所採用的方式各不相同而已。＂亞里斯多德拋棄了柏拉圖的唯心主義理式論，充分肯定文藝模仿的眞實性。他說：＂詩人的職責不在於描述已發生的事，而在於描述可能發生的事，旣按照可然律或必然律可能發生的事……因此寫詩這種活動比寫歷史更富於哲學意味，更被嚴肅的對待；因爲詩所描述的事有普遍性，歷史則敍述個別的事。＂亞里斯多德在這裏提出了現實主義的模仿理論基本核心，對後世西方文學發生了極爲深遠的影響。

到了文藝復興時代，人們對古希臘的模仿理論所闡明的文藝對現實的關係有更深一層的體會，常把文藝看作爲反映現實的鏡子。實際上最先用這個比喻的也是柏拉圖。如前文所說的，他曾作床或桌子的比喻，他說藝術家還有另一種更容易的方法來製作這些東西。

用什麽方法呢？

> 那不是難事，而是一種常用的而且容易辦到的製造方法。
> 你馬上可以試一試，拿一面鏡子四面八方地旋轉，你就會
> 馬上造出太陽、星辰、大地、你自己、其他動物、器具、
> 草木、以及剛才所提到的一切東西。

這個鏡子的比喻，柏拉圖也是用來說明文藝創作的虛假性的，鏡
子所反映出來的東西只是一個幻影，一個虛假的外形，而不是實
體。和柏拉圖恰恰相反，文藝復興時代的藝術家們是用這個比喻
來形象地說明文藝反映的真實性、準確性和客觀性。

莎士比亞認為：" 該知道演戲的目的，都是彷彿要給自然照
一面鏡子，給德行看看自己的面貌，給荒唐看看自己的姿態，給
時代和社會看看自己的形象和印記 "，當莎士比亞後來受到新古
典主義者攻訐的時候，約翰生出而為他作辯護說：" 莎士比亞超
越所有作家之上，至少超越所有近代作家之上，是獨一無二的自
然詩人；他是一位向他的讀者舉起風俗習慣和生活的真實鏡子的
詩人 "。

十八、十九世紀的現實主義小說家如英國的菲爾丁（ H.
Fielding ），法國的司湯達（ Stendhal ）、雨果（ V. Hugo ）、
巴爾扎克（ Balzac ） 等人常自稱是自然的模仿者或把自己的小
說比作為鏡子……

這一源遠流長的模仿理論對西方敘事文學如史詩、敘事詩、
戲劇和長篇小說這幾方面的影響特別明顯，起了積極的促進作用。
西方文學在這三方面的成就遠遠超過我國。

（１）我國以漢民族文學而論以抒情詩見長，缺少西方那種
規模宏大的長篇史詩，如《荷馬史詩》，以及英國的《貝奧武

甫》、法國的《羅蘭之歌》、德國的《尼伯龍根之歌》這一類晚
期英雄史詩,而英、法、德等國的民族文學也就是以這一類英雄史
詩開端的;也沒有像喬叟(Chaucer)的《坎特伯雷故事集》、
斯賓塞 (Spencer) 的《仙后》和更晚的彌爾頓(Milton)
的《失樂園》那一類長篇敍事詩。這一類詩在古代和近世西方可
以說多不勝舉,而我國祇有一篇《孔雀東南飛》,這首詩只有三
百五十多句,一千七百多字,沈德潛稱之爲"古今第一首長詩",
在我國文學史上確是如此。王國維在《文藝小言》裏,盛稱我國
抒情文學,"至叙事的文學,謂叙事詩、史詩、戲曲等,非謂散
文也,則我國尚在幼稚時代"。王國維這一說法是實事求是的,
但散文體長篇小說也應包括在內。

　　(2)公元前五世紀希臘戲劇已很發達,而我國到了宋元才
有戲劇,比西方落後一千多年。元朝雖是我國戲劇的鼎盛時期,
關漢卿的《竇娥冤》、馬致遠的《漢宮秋》、白樸的《梧桐雨》、
紀君祥的 《趙氏孤兒》 素稱元人四大名劇 。 但是元劇的成就和
古希臘的伯利古里斯時期、英國的伊麗莎白時期、法國的路易十
四時期的戲劇還不能相比,特別在悲劇方面。實際上我國戲曲是
由有說有唱、曲白相間,由音樂伴奏的諸宮調逐漸發展起來的,
主要以歌詞文采和音樂曲調取得戲劇效果,它的基調主要是抒情
的,和西方所說的戲劇屬於兩種不同的文學樣式。

　　爲什麼我國戲劇遠遠落後於西方?除去文藝理論的影響以外
還有其他因素。公元前五世紀中期伯利克里斯統治時期是雅典的
極盛時期,在兩次希波戰爭中取得勝利以後,消除了外患,內部
安定繁榮,爲戲劇的發展提供了有利的條件。希臘三大悲劇家埃

斯庫羅斯（Aeschylus）、索福克勒斯（Sophocles）、歐里庇得斯（Euripedes）都在此時期相繼出現，他們的作品深爲人民所喜愛，並受到統治者的獎勵。亞里斯多德分析總結他們的藝術成就，寫成《詩學》，建立起一整套規範性理論，對西方戲劇文學發生了極深遠的影響。而我國封建士大夫對戲曲一貫採取輕蔑的態度，例如把戲曲演員一向稱爲優伶、優人或伶人或所謂"倡優"，這些人都是供人玩弄，爲人所不齒的，這種流行的看法對戲劇的發展自然是很不利的。

悲劇的本質在於肯定人的尊嚴和力量，西方悲劇衝突的中心主要是人的自由意志的擴張或某種慾望的追求和外力發生的矛盾，而我國人民受儒家思想的影響，傾向於節制、折衷、調和，因而我國的悲劇常以喜劇收場。

（3）西方和我國長篇小說是在大致相同的社會背景下出現的，都是由於市民階級的興起、城市工商業的發達、教育的普及、印刷術的推廣運用等原因。西方長篇小說萌芽於文藝復興初期，形成於十七、十八世紀，極盛於十九世紀。中國長篇小說形成於明清時期，較西方略早一些，但西方長篇小說有一個更古老的歷史根源，那就是史詩。荷馬史詩是一個最傑出的典範。它在題材的處理、事件的描寫、人物的刻劃，尤其是《奧德賽》（Odyssey）所採用的回溯的布局等方面都很像是一部近代長篇小說，誠如黑格爾說，古代史詩和近代長篇小說的結構上是相類似的，僅爲兩種不同的歷史形式而已。因此別林斯基就把近代長篇小說稱爲"資產階級史詩"，如菲爾丁即以"史詩"自稱其小說《湯姆・瓊斯》。西方長篇小說雖然出現稍晚一些，但它根深葉茂，後來居上，迅猛發展起來。在我國，曹雪芹確是一個偉大作家，他的《紅樓夢》和全歐洲任何一部第一流小說相比，無論在哪方面說，都有過之而無不及，它可以說是我國的一大國寶。然而當西方小說家大批湧現出來的時候，而明清幾百年間我國小說家只有寥寥幾人，可以列入世界第一流作家的恐怕只有曹雪芹一人而已。

我國叙事文學不發達，與我國文字也許有關。我國文字書寫繁難，印刻不便，因此寫作就避免繁瑣，力求簡要，因而形成一種尚簡的文風。朱熹有一段關於歐陽修怎樣刪改＜醉翁亭記＞這篇文章的談話：

> 歐公文亦多是修改到妙處。頃有人買得＜醉翁亭記＞稿，初說滁州四面有山，凡數十字，其後改定，只曰"環滁皆山也"五字而已。

由幾十字而最後刪剩一句，只存五字而仍不失原意，因而傳爲文壇佳話。

在西方，自從亞里斯多德以來，"藝術模仿自然"這一現實主義文藝理論深入人心，它強調文藝源於自然，廣泛吸取自然素材，不厭其詳，先從細節的眞實達到整體眞實。爲了忠實於自然，取材方面就不應有任何限制，沒有什麼東西是不可以寫的，契訶夫曾把一個作家比作爲一個化學家，"對一個化學家來說，世上沒有一樣東西是不乾淨的。一個作家必須像一位化學家那樣客觀，他必須放棄主觀傾向：他必須知道大糞堆在一幅風景畫中起着一種極可敬的作用，邪惡的欲望同高尚的欲望一樣都是生活中所固有的。"這一類理論促進了西方叙事文學的繁榮。

三 "詩言志"說與表現理論

中國叙事詩和西方比較起來，雖然不免相形見絀。然而抒情詩却是祖國文學的驕傲，在世界文學園地中它是無與倫比的。

西方最早、最古的詩篇《伊里亞特》和《奧德賽》是史詩，也就是以歷史爲題材的叙事詩；《詩經》是我國最早的一部詩集，其中精華是抒情詩。

西方的詩是以史詩或叙事詩見長的傳統，中國是抒情詩的傳統。在文藝批評方面，西方以模仿理論爲主流，而中國則以表現理論爲主骨。

"詩言志"說可以說貫穿中國詩論的始終：

> 詩者，志之所之也。在心爲志，發言爲詩。情動於中而形於言。（《詩大序》）

> 《書》曰："詩言志，歌詠言"，故哀樂之心感，而歌詠之聲發。誦其言謂之詩，詠其聲謂之歌。（班固:《漢書·藝文志》）

> 詩緣情而綺靡。（陸機：《文賦》）

> 人稟七情，應物斯感；感物吟志，莫非自然。(《文心雕龍·明詩》）

> 《三百篇》半是勞人思婦率意言情之事。（袁枚:《隨園詩話》）

從上面所引的片斷中可以看出，"志"與"情"所指的是一回事，即人的內心感情，詩就是這種感情的流露。這種理論從遠古以來在我國詩歌中形成了一種抒情傳統。

　　在西方，到了十八世紀末葉才有表現理論，它對古典主義派的模仿論是一個反動。

　　英國瓊斯在1772年發表論文＜論所謂模仿的藝術＞，直率地反對亞里斯多德所說一切詩都是模仿的論斷。他認爲就起源來說，詩是人類感情的一種強烈激動的表現；抒情詩不僅是最早的詩歌形式，而且是一切詩的原型。

　　德國狂飆突進時期的赫爾德（ Herder ），和他的追隨者少年歌德以及稍晚的許萊格爾（ Schlegel ） 都反對亞里斯多德的模仿理論，強調詩的抒情性質。

　　華滋華斯在《抒情歌謠集》1800年版序言中說：" 一切好詩都是強烈感情的自然流露 "，集中概括十八世紀末浪漫派各家詩論與實踐，代替了模仿理論，樹立了一個新的批評標準。人們對詩的檢驗不再是" 是否忠實於自然？ "而是" 是否眞摯？是否出於眞情？ "

　　密勒繼華滋華斯之後在《 兩種詩 》中重新解釋新古典主義者對詩的等級區分，認爲抒情詩作爲感情的最純粹的表現比其它任何種詩更富有詩意。模仿外物的文藝作品絕不是詩，詩不在物中，而在詩人觀照外物的心中 。 照密勒的說法 ， " 詩是一種感情在孤獨的時候對它自身自訴的 "。因此詩人的聽衆只有一個人，就是詩人自己。" 一切詩都是獨白的性質 "這猶如雪萊所說， " 詩人是一隻在黑暗中棲息，爲了以美妙的歌聲安慰自己寂寞而歌唱的夜鶯 "。

　　西方詩歌中這種表現理論標誌着一個詩歌新時代的開端，即浪漫派詩的開端，它和我國言志緣情的詩歌理論在許多方面有相通之處，然而後於我國"詩言志"說兩千多年。

四　實用理論

　　在西方，實用理論和模仿理論同樣古老，柏拉圖是它的首倡者。他站在貴族奴隸主階級立場上首先提出政治標準是文藝批評的唯一標準，主張文藝應該爲政治服務，他直言不諱地說文藝的任務在於歌功頌德，對不符合這個政策的文藝創作應該進行行政的干預。

　　亞里斯多德的《詩學》中有些問題都是針對他的老師柏拉圖提出來的，但是對這一問題似乎未予理會，也許他是以爲不值一駁吧！故以沉默來代替批判；不過他在《詩學》第六章中論及悲劇的作用時曾指出悲劇在於引起人們的憐憫與恐懼並使這感情得以淨化（Katharsis，這一個詞有人譯爲陶冶或宣洩），這或者也可以說是對他的老師的狹隘的文藝觀點的一種修正。後來賀拉斯（Horace）提出"寓教於樂"的比較合理的實用觀點，文藝復興時代英國詩人兼批評家錫德尼（Sydney）爲了反駁當時一位名叫戈遜的清教徒作家對詩的攻擊，寫了《爲詩一辯》。那位清教徒作家把詩說成是傷風敗俗的媒孽；而錫德尼在這篇文章裏發揚賀拉斯的傳統，特別指出詩的教化作用，他認爲在這一方面詩更高於哲學和歷史，因爲哲學以抽象概念教人，歷史只限於已有的事實，而詩却能通過生動具體的事例起一種潛移默化的作用，使人在愉快中受到教育；詩人並不只是模仿或者再現或者表現或者討論已經存在的事物，爲了感動人、教育人，它可以創造新的事物，創造一個比真實世界更美好的世界。新古典主義者也特別重視文學的教化作用，如約翰生就認爲莎士比亞最大的缺點就在於他只知娛人而忽視教人。這一種觀點到了浪漫派興起以後就漸漸淡薄下去。

在西方文藝批評中把文藝作爲載道工具這一實用理論一直沒有能夠佔上風，而柏拉圖所提倡的那種把文藝作爲一種統治手段，只能說好，不許說壞，只能歌功頌德，粉飾太平，不准揭露的極端狹隘的實用主義觀點更沒有受到重視。總的說來，西方文藝在這方面所受干擾較少，這也許是它之所以能夠比較自由發展的一個原因。

在我國文藝思想中，“文以載道”的實用理論和“詩言志”的表現理論同時並存。《詩大序》闡述了詩歌的抒情性質以後，接着就指出詩的實用價值：“故正得失，動天地，感鬼神，莫近於詩。先王以是經夫婦，成孝敬，厚人倫，美教化，移風俗”。這種以維護、傳播儒家思想爲核心的實用理論逐漸成了一個傳統的文藝批評準則，逾越這個準則的就要被看作是離經叛道，受到排斥。例如司馬遷，他是一位進步思想家，其立論常常突破儒家思想框框，因而班固責難他“其是非頗繆於聖人，論大道則先黃、老而後六經，序遊俠則退處士而進奸雄，述貨殖則崇勢利而羞賤貧，此其所蔽也”。這樣一種載道派的實用理論對我國文學發展是一大束縛。我國小說、戲劇之所以不發達，在一定程度上，也是因爲受了這種實用理論的影響。

《詩大序》是先秦儒家詩論的一篇總結，它並不完全代表孔子本人的文學觀點。孔子曾說：“詩可以興、可以觀、可以群、可以怨”。孔子在這裏所指出的文學的社會作用倒是比較全面，

比較深刻的，對後世文學的發展所起的影響主要是積極的。他說
"可以怨"，也就是文學的批評作用，就這一點來說，比柏拉圖
實在高明得多。司馬遷說："西伯拘而演《周易》，仲尼厄而作
《春秋》；屈原放逐，乃賦《離騷》；左丘失明，厥有《國語》；
孫子臏腳，《兵法》修列；不韋遷蜀，世傳《呂覽》；韓非囚
秦，《說難》《孤憤》；《詩》三百篇，大抵賢聖發憤之所爲作
也。"司馬遷自己所作的《史記》，也正是因爲"意有所鬱結，
不得通其道，故述往事，思來者。"正是這些憂國傷時、對社會
人生有積極批評意義的作品才能流傳後世，構成文學的主流；我
國文學如此，世界文學亦莫不如此，文學的真正的實用價值也莫
大於此。

五　客體理論

表現理論語爲詩是發自詩人的內心，從而割斷了模仿理論所
強調的文學與自然的關聯；而客體理論不僅割斷文學與自然的關
係，也割斷表現理論所說的文藝與作者的關聯，並且割斷它與讀
者的關聯。這一種理論把文藝作品從各種關聯中架空，認爲它是
一個存在於客觀世界之外的獨立自主的整體。它的目的既不是娛
樂，也不是教誨，而就是存在，如麥克萊許在《詩藝》中所說：

　　　詩不該含有意義，

　　　只是存在。

艾略特（T.S. Eliot）說："當我們考慮詩的時候，必須
首先把它當作詩來考慮而不是任何別的一種東西。"艾略特雖然
在自己的批評實踐中常常背離這個原則，但他這句話當時却頗受人

們的讚賞。

這一派理論始於二三十年代，以艾略特爲先驅，韋納克（Wellek）和沃倫（Warren）合著的《文學理論》奠定了這一派理論的基石。到了五十年代，形成爲所謂"新批評派"，以白羅克斯、文薩特等人爲代表。韋納克認爲凡是從傳記、社會歷史、環境、背景或思想等出來分析考察文學作品的，統稱爲文學研究的"外在方法"，他認爲這一類外圍知識的探討對我們了解一部作品有時雖不無幫助，但我們不應捨本逐末，所要着重研究的是作品本身，它所用的音韻、格律、文體風格、意象、比喻、象徵等這些藝術手法和特徵，這是內在的研究，由此出發，才能對一部作品的藝術價值作出正確的評價。因此這派理論重視"文本"，強調精讀。

人們常常認爲了解一部作品必先研究作者的生平，正像兩千多年前我們的孟夫子說的那樣，"頌其詩，讀其書，不知其人，可乎？"但在新批評派看起來，頌其詩，讀其書，不必知其人，傳記研究的方法是靠不住的。我們不應把作品裏所寫的看得太死，因而和作者生平聯繫起來。韋納克和沃倫在《文學理論》中舉了一些例子，如研究《呼嘯山莊》的人有的竟認爲布朗蒂（Bronte）一定經歷過希斯克力夫那樣一種狂暴的感情；有的認爲一個女人絕不可能寫出像《呼嘯山莊》那樣的小說，其眞正的作者一定是她的兄弟帕特立克。研究莎士比亞的人有的認爲莎士比亞一定到過意大利，一定當過律師、士兵、教師和農民，有一位很高明的研究者痛斥這些想入非非的謬論說，照此說來，莎士比亞該是個女人吧！王國維也這樣說過："如謂書中種種境界、種種人物，非局中人不能道，則是《水滸傳》之作者必爲大盜，《三國演義》之作者必爲兵家，此又大不然之事也 ”。這段話和韋納克的話頗可互相發明。

文薩特（Wimsatt）和比爾茲雷（Beardsley）合寫了＜意圖迷誤＞（Intentional Fallacy） 一文，指出批評家不從作品本身研究入手而試圖去推尋作者寫這部作品的意圖，以及作者是否成功地實現他的寫作意圖，假如以此作爲評價的標準，這是錯誤的；因爲許多作品並不能體現作者的意圖，作品效果與作者意圖有時不一致，而且作者意圖往往也是很含混的。他們又寫了＜感受迷誤＞（Affective Fallacy）一文。他們說，“意圖迷誤 ”是把詩和它的起源相混淆，想從詩的心理起因方面找出批評的標準，最後成了傳記，陷入相對主義，而“ 感受迷誤 ”是詩和它的心理結果之間的一種混淆，試圖從詩的心理結果方面求得批評標準，而最後陷入印象主義和相對主義。這兩種迷誤，無論是意圖方面的或者感受方面的，所導致的結果就是詩的本身，作爲一個特殊的批評判斷對象，漸趨消失。這猶如魯迅關於《紅樓夢》所說評那樣： “ 單是命意，就因讀者的眼光而有種種：經學家看見《易》，道學家看見淫，才子看見纏綿，革命家看見排滿，流言家看見宮闈秘事…… ”，《紅樓夢》本來面目却不見了。

關於所謂“意圖迷誤 ”和“感受迷誤 ”，在我國古詩中有一個很好的例子可以用來加以說明，那就是李義山的＜錦瑟＞一詩，有的研究者說李義山寫這首詩在於悼亡，有的說是他在政治上失意後寫詩明志並以自傷，有的說這是一首情詩，究竟是出於什麼意圖？說法不一，讀者感受不同，因而也就解釋互異。

　　新批評派用 " 意圖迷誤 " 來說割斷文學作品與作者的關聯，又用 " 感受迷誤 " 說割斷文學作品與讀者的關聯，這樣就把文藝創作完全孤立起來，這是極為荒謬的；但是這種理論強調對文藝作品的內在研究，這一點有它積極的一面，值得我們注意。我們以前的文藝評論受了庸俗社會學的影響，在分析詮釋一部作品時只注意政治、經濟、社會歷史環境的影響，換句話說，只從歷史出發，而對文藝本身所固有的特徵和規律，沒有給予足夠的重視，而這種歷史派研究方法確實也是最簡便 、 最省力的方法 。 針對這種情況，新批評派重視作品本身的研究，這一點對我們來說確有足資借鑒的價值，可以起一種他山之石可以攻錯的作用。

張月超

　　＜中西文論方面的幾個問題的初步比較研究＞，
　　《比較文學論文集》（天津：南開大學出版社，1984），
　　　　11-24。

中國的文學批評與對中國文學的批評

　　任何一位認眞從事文學研究的人以及認爲自己是文學批評家的人，一定會遇到一些問題：在理論上，有關於文學及文學批評之性質與功用的問題，而在方法論上，有關於解釋與評價的問題，因爲追問自己所研究的是什麼？是爲了什麼？以及該怎麼研究它？以及研究它希望達到什麼目的：這是極其自然而且值得的。在試圖回答這些問題時，批評家必須（除非他從來不讀別人的著作）從千頭萬緒的各種文學理論和批評方法中做一抉擇，或者將其中一些試加綜合（除非他能發明一套完全獨創的體系）。當批評家所關心的文學，旣不使用本國語言也不產生於他本身的文化背景，或者當批評家試圖將他本國語言的文學以外國語言解釋給外國讀者時，這些問題更爲尖刻而且更加複雜。更糟的情形也許是：有人（像我自己）試圖向西洋讀者解釋傳統的中國文學，因爲以英文寫作的法國或德國批評家，能夠假定與他的讀者共有的一種共同的文化遺產，而不必感到與他本國的文化斷絕；然而以英文寫作的中國批評家卻無法在他試想解釋的作者、做爲批評家（兼爲讀者與作者）的自己、以及他的讀者之間，假定有不僅關於文學，甚至關於人生、社會和現實的共同知識、信仰和態度；而且由於過去數十年來在中國發生的社會、政治和文化劇變，他也不能自認爲是當代中國文化現象中的一部分。然而，這樣的批評家仍然能夠享有當然的入場權，進觀中國過去的文化，而且，由於融會了一些西方的文化，其立場反而可以闡明前者而對後者有所貢獻。

作爲一個西洋讀者介紹中國傳統文學的解釋者，我一向認爲中國的文學批評與對中國文學的批評之間的關係是一個最關重要的難題，而且一直致力於中國和西洋的批評概念、方法和標準的綜合。我過去在這一方向的一些努力，在此不妨稍加回顧，以便表明我目前的方向和意圖，儘管這樣做可能給人一種印象以爲是受了寫自傳慾的驅使。

在《中國詩學》中，我略述了做爲境界與語言之雙重探索的詩的理論。這個理論一部分來自我那時稱爲“妙悟派”的一些批評家——嚴羽、王夫之、王士禎，以及王國維——而一部分來自象徵主義以及象徵主義後的西洋詩人批評家，像馬拉美和艾略特。同時，在方法論上，我對中國詩的討論受了一些“新批評家”，主要的是李查茲（I.A. Richards）和燕普孫（Empson)的影響。後來我在〈中國的詩論試探〉這篇論文中，對這個理論稍加澄清和發展，其中我論及（不一定同意）不同的批評家，像柯靈伍德、李查茲、魏烈克、奈特，以及溫薩特。在這以前，我對現象學的批評或美學毫無所知，直到兩三年前在閱讀一些現象學理論家，尤其是法國美學家杜夫潤（M. Dufrenne）以及波蘭哲學家英格登時，我才發現到他們的一些觀念和我自己的之間的類似點，雖然他們的觀念的發展，其精微和複雜遠非我所及。例如，當我寫道：“每一首詩表現他獨自的境界”，而這境界“同時是詩人的外界環境的反映與其整個意識的表現”，或者當我寫道：“當時人尋求表現一個境界於詩中，他在探索語言的種種可能性，而讀者，依照詩的字句結構的發展，重複這過程而再創造了境界＂時，我並不知道英格登和杜夫潤在描述文藝作品的境界時表現了多少類似的見解。進而，我寫道：＂在我看來，一首詩一旦寫成，在有人讀它，且根據讀者再創造那首詩的能力而多少加以實現之前，只具有可能的存在＂，而不知道杜夫潤已經一再認為：只有當被讀者所認知，且被讀者的認知所神聖化時，一首詩才眞正地存在；而且英格登，雖然强調反對心理主義，卻承認：＂任何〔文藝作品的〕具體化都屬於相應的主觀經驗，且當，而且只當，這些經驗存在時才存在）＂。又，當我建議一首詩的結構稱為＂複調的＂（polyphonic）較之＂層疊的＂（stratified）更為妥當時，我對英格登的文藝作品層疊結構的理論並無直接的認識，除了魏烈克關於它的簡短說明（魏氏的說明，後來我才知道，英格登曾斥為誤解），我也不知道英格登本人曾用過＂poly-phonic＂這個詞，雖然指的是他所謂的＂有審美價値的性質＂而不是一篇作品的結構。

這些類似點，我覺得，並非純粹是偶然的巧合，而是（儘管我可能間接地受到這些理論家，或者影響到他們的一些更早的西方理論家的影響）可能……部分來自這些西洋理論家與某些中國批評家之間的相似性；而我們自己的一些見解自覺或不自覺地來自這些中國批評家（尤其是我從前稱為＂妙悟派＂那些，而現在我寧稱為持有形上學觀點的批評家）。這些相似性也可能來自現象學與道家之間根本哲學的相似性，而後者對上述中國批評家具有深遠影響。這種相似性是什麼，我在最近出版的一本書，《中國文學理論》中已指出一些，在此只能給與很簡短的概要。

第一，認為文學是宇宙之＂道＂的表現，這種中國人的形上學概念與杜夫潤認爲藝術是"存在"之表現這種概念是可以並比的，而道家的"道"本身的概念，與海德格所闡明的現象學、存在主義的"存在"概念是可以並比的。第二，持有形上學文學理論的一些中國批評家（卽使他們可能並非只持有這種理論而排斥其他），主張物我合一和情景不分，正像有些現象學家主張"主體"與"客體"合一，"知覺"（noesis）與"知覺"對象（noema）不分一樣。第三，受道家影響的中國批評家與現象學家都提倡一種二度直覺，那是在對現實中止判斷之後達到的。最後，兩者都承認語言的矛盾性——作爲一種不充分而又必須的方式用以表現難以表現者，以及再發現主觀性與客觀性的區分並不存在的、概念之前與語言之前的意識狀態。

劉若愚著　　杜國清譯

《中國文學理論》（台北：聯經，1985），299-325。

中國形上理論與西方模仿理論、
表現理論

　　我們現在可以來研究中國形上理論與西方模仿理論以及表現理論相似或不同的地方。

　　形上理論與模仿理論相似的地方，在於這兩種理論主要的都導向"宇宙"，可是彼此不同的地方，在於"宇宙"之所指，以及"宇宙"與作家和文學作品之間的相互關係。在模仿理論裏，"宇宙"可以指物質世界，或人類社會，或超自然之概念（柏拉圖的理念或上帝）。例如，柏拉圖認為藝術家和詩人是模仿自然的事物；根據他的理論，自然事物本身是完美而永恒的理念之不完美的模擬，因此他將藝術和詩置於他的事物體系中較低的位置。新古典主義者也認為藝術是自然的模仿，雖然他們並不和柏拉圖一樣對藝術持有低度的看法。亞里斯多德認為詩的主要模擬對象是人的行為，因此我們可以說，在亞里斯多德派的詩論中，"宇宙"意指人類社會。同樣地，約翰遜稱讚莎士比亞的戲劇為"人生的鏡子"這句名言，也暗示人類社會亦即藝術的"宇宙"。最後，贊同模擬的"超自然理想"（借用亞伯拉姆斯的句子）這樣觀念的人，例如新柏拉圖主義者以及某些浪漫主義者像雪萊等，相信藝術直接模擬理念，而布萊克也主張藝術的憧憬或想像，是永遠存在之現實的表現。

　　在認明"宇宙"的這三種方式中，當然是最後一種最接近形上理論，不過，在這裏我們仍能辨認出一些微妙的差別。在追隨

"超自然理想"的模仿理論中，"理念"被認爲存在於某種超出世界以及藝術家的心靈中，可是在形上理論中，"道"遍在於自然萬物中。正如莊子故作詼諧驚人之語，而基本上嚴肅的一句話所表示的，"道"甚至存在"屎溺"。"道"也不是存在於個人心靈中的一種清晰概念或意象；毋寧說，它吸收了個人的心靈。因此，新柏拉圖派美學導向對藝術的一種內省的態度，而形上理論家並未勸告詩人將眼睛向內觀照自己的心靈，而是觀照自然。

　　"道"也不是具有人形性的神，這點該是很明顯的。在哲學假定上的這種基本差異，可從分別表現形上觀點和模仿觀點的章節中看出，這些章節否則極爲相似。我們記得劉勰曾寫道：

　　　（人）爲五行之秀，實天地之心，心生而言立，言立而文
　　　明；自然之道也。

我們可以將席德尼爵士在《詩的辯護》中所說的，與此做一比較：

　　　假如言語次於理性是人類最大的天賦，那麼，極力精練此
　　　種恩賜（亦即言語）者不能不獲得讚美。

雖然由上下文看，席德尼是在爲修辭和詩律，不是爲文學本身辯護，可是他的論旨卻與劉勰相似：兩者都認爲文學或者語言的藝術，應該受到尊重，因爲語言是人類獨特的才能，用以表現一樣獨特的人類的心靈。超過這點，立即顯出儒家對人的概念，與基督教人文主義者之間的差異：對劉勰而言，語言是人類心靈的自然顯示，這本身也是宇宙之道的自然顯示；對席德尼而言，語言和理性都是上帝賜予人類的天賦。進而，席德尼的見解背後，具

有悠久長遠的修辭傳統，可以追溯到希臘時代的詭辯家；相反地，中國的修辭術，雖然與希臘的修辭興盛同時，但在西元前三世紀，中國第一次統一和建立中央集權的帝國之後，就已沒落。

至于宇宙、作家、和文學作品間的互相關係，在西方的模仿理論中，詩人或被認爲有意識地模仿自然或人類社會，如亞里斯多德派和新古典派的理論，或被認爲是神靈附體，而不自覺地吐出神諭，一如柏拉圖在《艾昂》（ Ion ）中所描述的；可是，在中國的形上理論中，詩人被認爲旣非有意識地模仿自然，亦非以純粹無意識的方式反映“道”——好像他是被他們不知而又無力控制的某種超自然的力量所驅使的一個被動的、巫師般的工具——而是在他所達到的，主客的區別已不存在的“化境”中，自然地顯示出“道”。在形上觀點看來，作家與宇宙的關係是一種動力的關係，含有的一個轉變的過程是：從有意識地致力於觀照自然，轉到與“道”的直覺合一。

由于上述形上理論與模仿理論間的差異，進而由於“mimetic”（模仿）這個字的字面意義（儘管我知道希臘文 mimesis 或英文的同義詞“ imitation”並不一定意指“copying”的字面意思），我決定不採用“mimetic”這個字指本章所討論的文學理論，而代之稱爲“metaphysical”（形上）。然而，我並不是在暗示模仿的概念在中國文學批評中完全不存在，而只是說它並沒有構成任何重要文學理論的基礎。就文學分論的層次而言，次要意義的模仿觀念，亦卽模仿古代作家，在中國的擬古主義中，正像在歐洲的新古典主義中一樣地顯著，不過，前面已經指出，擬古主義並不屬於文學本論，而是屬於如何寫作的文學

分論；相信模仿古代作家的批評家未曾主張這種理論構成文學的
整個性質和作用。

　　談到表現理論，我們發現它與形上理論的主要差異，在於表
現理論在基本上導向作家，雖然就作家與宇宙之關係而言，這兩
種理論彼此相似，兩者都對主觀與客觀的合一具有興趣。可是，
論及達到這種合一的過程時，表現理論批評家，像柯律治和羅斯
金，顯示出與形上理論不同的概念。在表現理論中，這個過程，
不管稱之為想像或“感情的錯覺”（ Pathetic Fallacy ）或感情
移入（ empathy ），被認為是一種投射或交感：詩人將他本身的
感情投射到外界事物，或與之相互作用；在形上理論中，這個過
程被認為是容受過程 ：詩人“虛”“靜”其心靈 ，以便容受
“道”。在此，馬上令人想起濟慈著名的“消極能力”（ Negative
Capability ）的概念類似形上概念，但仍有細微的差別：在濟慈
的理論裏，一如亞伯拉姆斯所指出，詩人與個別事物合一，而在
形上理論裏，詩人通常被勸與“道”合一，這“道”是一切存在
的整體，而不是個別的事物。（有一些例外，如前面所引蘇軾關
於畫竹的詩。）進而，表現理論家通常強調高度的感官感受，可
是，一如前述，形上理論家主張感官感受的中止。

　　模仿、表現、和形上，這三種理論之間的異同，在鏡子這個
隱喻的各種不同用法中反映出來（假如允許我使用我卽將討論的
這個相同的隱喻）。在西方的模仿理論中，鏡子可以代表藝術作
品，（藝術作品被認為是外在現實或上帝的反映），也可以代表
藝術家的心靈（它也同樣被認為反映外在現實或上帝）：然而，
在表現理論中，鏡子通常代表藝術作品，而藝術作品被認為是藝

術家的心靈或靈魂的反映，而不是外在世界的反映。在中國的形
上理論中，鏡子的隱喻不像在西方理論中那樣經常出現，因此在
中國批評思想中，似乎並不演着同樣重要的角色。

劉若愚著　　杜國清譯

《中國文學理論》（台北：聯經，1985），89-115。

中西表現理論的比較

　　本章所討論的理論與西方表現理論之間的類似點，對於熟悉後者的人是很明顯的，不需要指出。反之，有些差異，可以提出來。第一，在西方的表現理論中，想像力的創造性具有重心的重要性，可是中國的表現理論家，除了陸機和劉勰等少數例外，很少強調創造性。例如，柯勒律治描述“第二想像”（藝術想像）爲“溶化、擴解、消散，以便再創造”的能力，而華滋華斯也主張“想像力也賦形和創造”，可是類似的陳述難得在中國的表現理論中發現。這點差異，一如我在前面提示過的，可能是由於中國傳統哲學中，沒有世界的創造者這種人性神祇的概念，而與猶太教、基督教的造物主上帝這種概念形成對比；這種概念爲藝術家即創造者這一概念，提供了一種模式。柯勒律治將“第一想像”（此爲“所有人類知覺作用的主要作動者”，在類別上近似第二或藝術想像）描述爲“在有限的心中，無限的‘神’的永恒的創造作用的反復”，很明顯地說明了這點。

　　其次，中國的表現理論家，除了一兩個過激派像李贄和金聖嘆以外，並不像西方表現理論家那樣，傾向於重視激情，認爲它是藝術創作的先要條件。大多數中國表現理論批評家，會欣然接受華滋華斯認爲詩是“強烈感情的自流流露”這種理論，但須以“眞誠”或“眞摯”代替“強烈”。

　　最後，除了李贄和金聖嘆，中國表現理論批評家，雖然同意中國形上理論批評家與西方表現理論批評家，認爲自然與直覺比技巧重要，可是他們不會進而像克羅齊那樣，認爲直覺卽表現，而寧可贊同凱理，認爲從直覺到表現這段過程，是需要努力以赴的艱難過程。大多數中國表現理論家，雖然將主要重點放在自然表現上，可是並不完全排除自覺的藝術技巧。

劉若愚著　　杜國清譯

≪中國文學理論≫（台北：聯經，1985），177-178。

中西載道言志觀的比較

　　西方文學批評，正統的說法，認爲始於亞里斯多德的《詩論》。這篇一般視爲演說大綱而又殘缺不全的文獻，則明顯地是答覆他的老師柏拉圖在《艾昂》、《費特拉斯》、《法學》、《理想國》等書中對文學的本質、來源與功能諸問題的指摘，希望加以辯解的。在柏拉圖之前，荷馬在他的兩大史詩《伊里奧特》和《奧德賽》裏，赫西奧（Hesiod）在《萬神論》裏，都已標出文學的來源，與柏拉圖的見解類似。歸納起來，柏氏對文學來源的看法，與他的實在論部分有關。他心目中有兩個世界，卽眞實的與表象的存在。前者超然物外，具絕對存在性，不受時地人欲等的影響而生變化。亦非感官所能及，只有人的智慧，可以在"輪迴"托生的時候，予以模糊記憶。這種情形頗類於中國的良知或求其放心中的"心"一詞的觀念，只是明確肯定爲形而上者。柏拉圖的智慧，實爲不朽靈魂的延伸——靈魂不朽，肉體或物質則要朽。人始生的時候，去眞實或觀念世界不遠，尚能對以概念構成的眞實世界，有所記憶，及至長大成人，物欲錮蔽，逐漸失去本來面目，形成多元，但現世或表象世界的一切，都是概念的表現。這便是"一與多"的道理，與宋儒"理一分殊"（《朱子語類》卷一"仁義禮智等名義"）的說法相似。至少馮友蘭（《中國哲學史》866頁）和張君勱（ Carsun Chang : Development of Neo-Confucianism, New York,1967)

都有這種見解。表象世界的一切都只是觀念世界的重現，因而是虛幻的、主觀的世界。這種看法，與康德哲學裏的客觀、主觀世界，恰恰完全顛倒，但却衍生出模仿論來。這裏的模仿，與中國的法天則天，自然界的現象中，直接悟出天道的方法，大為不同。因為中國的天道，是由具形到形而上學的，柏氏的看法則是自形而上墮落到形而下的，這裏面便有了價值上的差異。在柏氏看來，桌子本來是觀念，木工可造萬千形式的桌子，而觀念只有一個。這種一與多的分野，注定了木工之為模仿者。畫家與詩人，描繪桌子，以木工的成就為藍本，當然是模仿製品，品格又低了一級。從模仿論看起來，文學的出身是頗為低微的，不惟遠不如哲學之以概念為對象，甚至不如政治家能夠直接模仿政府觀念。

　　柏拉圖對文學本質或來源的第二種看法是靈感論。詩人如荷馬在開宗明義時必祈求繆斯的支援。他講述政治戰略、百工藝事，但顯然既不能安邦定國，也不曾衝鋒陷陣，甚至連製造桌椅的能力都沒有，却要說得頭頭是道，引人入勝。此無它，因為他是"有神助"的。這種說法表面類似我們所謂的"下筆如有神"。自卜加楚到布雷克乃至更晚的雪萊，都以此為言，認為這是一種天惠，足可證明詩人與凡庸的世人頗有不同。這種想法在荷馬等的史詩裏，是求神賜能，但在柏氏來說，詩人之受神助，實與一般魔鬼附體無異，是故患者業已失却自家神智，非其本來。這種並非清醒的自己的情形，與瘋子、因情成癡的人等，並無分別，其實是一種顛狂。然則清醒白醒的人，如何可以聽瘋人的囈語讕言？

　　詩的來源既為模仿、為囈語，其本質業可懷疑，其表現則更

足令人懷疑其價值。首先，聰明正直之謂神，但是詩人筆下的神，
如荷馬史詩中所描繪的，則貪婪卑怯淫蕩惡毒，無一不具，其污
蔑神道，足堪髮指。再者，人類一切活動，應以全人類的福祉爲
依歸，故必當導人向上，必當敎人如何抑制其感情獸性，俾能化
善起僞，成爲恂恂君子。但詩人的實際作爲，完全背道而行：他
們鼓蕩性情，因風助火，使血氣未定的靑年，步入歧途，乃大有
害於世道人心。因此，柏氏爲了正本淸源，弭禍未發，遂一面承
認自己深愛荷馬，一面却要抱斷腕之心，忍痛宣佈，理想國裏，
沒有詩人駐足的餘地。

　　亞里斯多德的詩論，便是針對柏氏這些指摘立言的。大體而
言，他同意文學是模仿之說，但認爲模仿是觀念世界和表象世界，
亦卽精神或觀念、模式與物質結合的唯一途徑，由而輕輕地把
柏拉圖的絕對存在修正爲物質朝著精神的上達逐變。他同時提出
人類的兩大直覺，卽對模仿與和諧的需求，作爲文學的原動力，
進而指出文學的形式有其功能，是和諧美好的結構所具的敎育功
能。在亞里斯多德的解說下，文學並不蕩檢逾閑，動搖情性，而
是在內容或模仿的對象上，和形式或模仿的手段上，都可以有道
德意義，道德作用。柏拉圖強調哲學的重要與高超地位，亞里斯
多德則指出哲學僅論觀念，過於抽象，歷史僅論史實，全屬具體，
只有文學以具體表抽象，做到了知其兩端，允執厥中的中庸之道，
非其他二者之各有所偏者所能企及。這樣說來，文學的來源是人
類天性中求模仿，求和諧的衝動直覺，其功能是敎育性、道德的。
整個說來，亞里斯多德的文學觀是載道的。至少在詩論裏面，他
根本不曾涉及言志的觀念。

　　但是，提出這種載道觀念的動機，却十分值得玩味。亞里斯
多德顯然是酷好文學的，因而他的態度是防禦的，辯難的。他處
處要爲文學佔地步，爭位置，以使文學能見容於理想國，化不道
德的指摘爲道德的讚美。亞氏的防衞或辯解態度，恰是西洋文學
批評的全部精神。此後近三千年期間，西方有關文學思想的論著，
幾乎毫無例外地都是要抬高文學的身價，佔定文學的地步。換句
話說，整個態度都是爲文學辯護，由而顯示西方對文學的價值經
常在懷疑，因而經常需要有人挺身出來保衞它。這種情形，到了
十六世紀末的席德尼、十九世紀初的雪萊，都被迫直接以“詩的
辯護”爲其論文題目。後世情形雖然有了相當不同，却自十九世
紀末的安諾德到去世未久的歐立德，都要以“詩的功能”名其篇。
這三千年期間，未始沒有攻擊性的文章，爲文學本身的價值張目，
甚至否定文學當以其道德價值爲存在的理由。這類看法，是爲藝
術而藝術的浪漫主義的理想。但倡論者如愛倫坡、王爾德輩之所
以要這樣，仍只是辯護態度的反動，乃以攻勢爲最佳的防禦方式
而已。骨子裏還是要爲文學佔地步，抬身價。這一點是西方文學
思想的基本傳統，大體說來是其氣大揚的，與中國傳統的情形大相
逕庭。以最簡單的例證來說，我們誠然都知道揚雄的“雕蟲篆刻，
壯夫不爲”，但行動人物如漢高、漢武、宋藝、明太諸帝，都有
詩篇流傳，然而亞歷山大、拿破侖呢？

侯　健
〈中西載道言志觀的比較〉，
《文學評論》（台北：書評書目出版社，1975），
　　第二集，305-330。

“主義” 變幻與文學演進

　　批評而著眼於讀者其實並不是西方獨有的。中國詩話詞話的
批評傳統，近人時詆爲“印象主義”，指其用語籠統，又好作比
喻。但其實由於中國古典傳統的同一性，及大多數讀者均有若干
創作經驗的緣故，一位批評家（通常也是詩人）爲自己的同行下
筆時，術語上的概括，有時是可憑集體的共同認識來補足。我們
甚至可以臆測：對一二評論家而言，某些獨特用語的提出（或摘句
爲評），心目中或許自有其閱讀對象存在。不幸的是，這些用語
一旦時過境遷，可能就失去原有的共通了解。例如“羚羊掛角、
無跡可尋”，到清詩話尚有出現，但其意義與《滄浪詩話》的原
有脈絡頗有出入。但中國詩話詞話傳統是批評家預期讀者反應，
與晚近西方學者鑽研讀者實際反應自有不同。不過，最早倡議
“讀者反應美學”的德國文論家游思（ Jauss ）教授，曾提出
“期待層面”（ horizon of expectations ）的觀念，認爲
在作品出現的歷史時空裏，其原始讀者對作品自有一堆文化、倫
理、文類、主題、呈現方式等的企盼和舊有意識，而這些認識就
是作品的創作、承受及評鑒的基礎。由於今人的認識或期待自與
原有歷史情況不同，因此“讀者反應批評”不但要猜測文學作品
當前的傳承，也要儘可能綜合外在及內在材料，重擬某一特定時
空的讀者“期待層面”。游思認爲這種做法旣可“追尋原來針對
的問題”，又可“追溯今古了解在詮釋上的歧異”。游思的方法

"旣可追踪作家歷來的聲譽、形象和影響，又可考察形成作家了解的歷史情況和變遷"。這些問題無疑也都屬於文學比較的承受範圍。最近歐美比較文學界也有少數學者嘗試將這門批評與"聲譽學"聯繫在一起。就中文批評界而言，西方"讀者反應批評"的（主要觀點）似尙無介紹和實踐，但從傳統歷史角度來探討創作策略和讀者反應的關係，則有孫述宇教授的近著《水滸傳的來歷、心態與藝術》。孫氏認爲《水滸傳》並不是單純的"強盜"書，而是"強人講給強人聽的故事"，因此書中某些情節與觀念，可能是創作者心中早有對象而特意安排的；因此讀者（或聽衆）的反應是創作企圖裏早就顧及的。孫氏認爲這種作者、內容、讀者互爲聯繫的狀況，是《水滸》的一大特色，與不少文學作品的經驗和作者及讀者並無直接共通性，剛好大異其趣。

但對社會文化派的批評家而言，讀者不但可以左右內容及其表達方式，有時當龐大讀者群的品味及意識形態改變時，嶄新的文學形式往往應運而生。例如伊安・華特（ Ian Watt ）《小說之興起》一書，就將長篇小說這個文類在十八世紀之成長，與中產階級的崛起，視爲歷史的因果關係。晚近美國學者伊戈・衞伯更深入發揮華特的看法，認爲英國工業革命後，社會結構及價值觀的變化，直接影響了英國十八世紀末至十九世紀中葉長篇小說的實際呈現，使到社會意識（例如對婚姻、犯罪、勞工大衆等問題的看法及態度）與小說形式之間產生種種平行的關連。他並舉《傲慢與偏見》、《簡愛》、及《艱難時世》等小說爲例，認爲這些作品對主要人物成長過程的刻劃，與經濟價值的變遷，冥然契合。不過，衞伯的分析雖然細緻地落實在內文層次上，卻並不見得是新消息。耶魯大學的詹明信（ F. Jameson ）教授早曾指出，文類是作者與社會經濟現實之間的緩衝地帶；在實際分析中，文類批評可以將 "個別作品的內在形式解剖，與社會生活發展及文類形式諧承的雙重歷史性"，作有機的調整組合。在中西比較方面，德國漢學家馬漢茂曾經採用類近華特的觀點來解釋中國白話小說的興起。然而，普林斯頓大學的浦安迪則意圖在上層建築與經濟基礎之間作一折衷。他認爲，"明末白話小說所以能夠迅速發展"，有賴坊間印刷術的普及和讀者群的擴增；而另一方面，讀者之能夠有餘暇和資金來好好欣賞文學，也實在與經濟貿易不斷發展有關；但如要找出長篇小說的基本文類特性與形成因素，亦不能單看經濟變遷而忽略意識形態，而應同時注意思想界的基本變化。不過，中西長篇小說的興起，在經濟背景上，雖有不少共同處，但這種著眼於社會歷史變化的比較研究，卻爲一些以形式主義爲本的歐美學者反對。

　　倡議在比較研究裏引進社會歷史演變的，最早大概是蘇聯比較文學家謝曼斯基（ V.M. Zhirmunsky ）。東歐的杜立新則是晚近的代表人物。這一派認爲兩個毫無關連的社會進入同一發展期的時候，可能產生同一形態的作品，也就造成某些文學現象的類同性。謝曼斯基就曾以社會階層結構的相似，來解釋俄法民歌中英雄觀念的類同。折衷這種意見的則有出身俄國形式主義的巴克定（ M. M. Bakhtin ）。在斯大林判斷俄國形式主義的發展之前，巴克定及一些朋友開始反省形式的理論，企圖將形式主義與社會文化派共冶一爐。大體上俄國形式主義認爲文類的創新是原有文類的重整。藝術家只是將舊有元素重新組合。如以小說爲

例，近乎先天存在的是“故事內容”（ fabula ）（ 也就是作家
從經驗中抽取或想像出來的情節），作家的藝術組織和特定呈現
方式——卽“敍事結構”（ sujet ）——才是文類的決定性因
素。這是俄國形式主義大師希柯拉夫斯基（ V. Shklovsky ）
的基本見解 。 巴克定襲取對謝曼斯基極有影響的華西洛夫斯基
（ 常被視爲俄國比較文學之父 ）的意見，認爲文類的變異是對周
遭環境的歷史反應，因此藝術性的內在重組是不能割裂自實際社
會境況。這話原則上當然沒錯，但如何把文類發展的內在元素與
非文學性的社會變遷互爲聯繫，倒不是輕而易舉的。可惜巴克定
在進一步探討這個結合之前，就不得不沉默下來，終止研究工作。

在俄國形式主義轉衍成捷克結構主義之後，希柯拉夫斯基對
文類的看法仍極具影響力。例如莫柯洛夫斯基就認爲文類本身是
創作規則及手段穩定下來後構成的系統；好比下棋的規則自成一
個系統，但進行棋戰時可以變化多端。因此，莫柯洛夫斯基認爲
文類的劃分不宜自內容及主題著手。出身布拉格語言學會的韋禮
克在《文學概論》一書也傾向這個看法。他說：“在理論上，文
學作品的集中歸類應該同時顧及外在形式（特定的結構或律度）
與內在形式（態度、語調、目的——更爲粗糙地，也可包括題材
及對象）”。法國結構主義崛起後，托鐸洛夫是對文學特感興趣
的一位。他認爲“文類研究不能再倚靠類型上的命名，而要建基
于結構特色”。他指出，如果文類批評集中於作品的共同表現手
段，那就是研究文學規律（ poetics ），與一般文學理論探討並
無二致。另一方面，在每個時代裏，多種文類又形成更大的系統；
它們彼此之間的關係又自有界定性作用。這樣一來，文類批評又

進入文學史的範疇。

　　托鋒洛夫之後，美國結構主義學者柯勒（ J. Culler ）則曾提出 "文學的認知能力"（ literary competence ）之觀念。"認知能力" 這個看法源出美國語言學家杭士基(N. Chomsky)；又與法國語言學家索緒爾（F. Saussure）語言系統（langue）與個別言語活動（ parole ）之二分，極爲接近。 好比語言系統，每個文類都有其內在規則和手段。不熟悉語言系統自然無法得心應手地運用語言表達自己。同理，沒有一件作品是完全獨一無二的，而必然與另一堆作品有血緣關係。語言系統和文類都有基本法則，但個別語言活動及作品則會有很多變異， 擺蕩在 "墨守成規" 與 "無法無天" 之間,故二者之間的關係是動態的、充滿張力的。所以文類研究必須兼顧橫斷面式、同時性內在結構特色，與垂直的、順時性歷史發展。此外， "認知能力" 這個觀念又可與作者意圖及讀者反應作某種連繫。因爲即使是一個新文類的誕生，往往也是對舊文類的反動；而讀者對文類的認識，不管是清晰的或含糊的，自然會產生某些期望，直接制肘着對作品的美學反應。例如一件作品被譯介後，由於文化體系不同，作者原有文類認識可能完全無法與讀者的期望吻合，自然造成承受上的歧異與誤解，譬如奧·亨利的短篇小說在美國自有相當成熟的短篇傳統來維繫某種共同認識，但對早期俄國讀者而言，由於短篇小說並不是流行的形式，奧·亨利的作品竟然變成特異的形式。在文類規劃方面，托鐸洛夫的實踐也很強調讀者反應。例如他在界定 "奇幻" 文類（ the fantastic ）時，就認爲這種作品的先決條件，是讀者在面對故事裏的離奇現實時，無法切然作出自

然或超自然的解釋，因而猶豫不決。這種猜疑態度亦為故事裏某
一角色分享，因此讀者便認同這個角色。由此看來，結構主義加
上讀者反應批評，或可有助於比較文類學的探討，並延伸至承受
研究。

在歐美比較文學裏，"時代"與"運動"是經常出現的術語，
也是非常熱鬧的研究範圍。這與歐洲人文傳統的同一性極有關係。
浪漫主義、文藝復興等都是跨越國界的。但對甚少歷史關連的中
西比較文學而言，這些"時代"或"運動"的術語則不易排上用
場，因此這個範圍也是中西比較裏最少學者鑽研的。由於過去一
些比附，都流於膚淺和近乎"張冠李戴"，袁鶴翔在＜中西比較
文學定義的探討＞，就曾提出以下的警告："從另一個角度看來，
以西方形上學詩格或巴洛克格調用到中國詩的評論方面，究竟有
點勉強。中國詩中是否可以找出象鄧約翰、赫伯特、馬爾維等詩
人的作品，表現出對傳統宇宙人生觀的懷疑，徬徨和矛盾，是很
有問題的⋯⋯希望從事中西文學比較工作的人能作深度的研究，
而避免淺度的形似或貌同的工作。巴洛克形態不是綺麗的詞藻，
而是與文藝復興時期藝術‘表情’相對的格調。"袁氏所說的巴洛
克指歐洲文學史上的一個時代和時代風格。如果用巴洛克來評論
某位晚唐詩人，或者說屈原是浪漫詩人，那就涉及對一個時代的
整體風格及其內在特質的鑒定，而不單純是一般術語的套用。

結構主義雖然側重非歷史的同時性研究，但正因其強調內在
關係的重組，對於完全沒有實際連繫的中西比較，某些觀念反倒
可能有些啓發。譬如俄國形式主義"降低熟悉度"（defami-
liarization)的說法，就可以輔助"時代風格"的討論。例如新

古典主義之於古典主義，並不是前者對後者之反動，而可以是原來過度熟悉而被摒棄的風格，因爲時間及其他因素，重新變得陌生，又可以改頭換面出現。同理，今日的英美讀者欣賞不少古典英詩，由於今古語言、經驗、閱讀態度的不同，會不時生"耳目一新"之感。本屬"陳腔濫調"的代語和詞藻對今日的讀者而言，有時不見得會產生昔日同輩論者之反面評語。

　　此外，文學史學談"分期"或"時代風格"，往往都過份肯定"傳統"的內在同一性，突出某些特色而忽略這些特色與同代的其他因素的辯證關係。這當然有其教學及一般性討論上的方便，但有時也導致種種不作深究的問題。晚近法國史學家傅柯則認爲所謂"傳統"其實並不是那麼永恒如一的；而且每一個觀念或每一本名著，也都不是孤立的，而必然生存在相當複雜的指涉關係裏（包括不同的學科或表面迥異的社會實踐）。在《知識的考掘》一書，傅柯（M. Foucault ）曾經提出"知識型"（epis-teme）的觀念。他認爲每一時代自有不同知識領域，這些領域的基本範疇互爲聯繫，產生一種認識論上的整體結構或關係模式。因此，"知識型"左右着具體思維背後的知識架構。但要注意的是，"知識型"本身並不是一種知識。探測"知識型"的方法，則是將某一時代的文獻經過挑選後排比分析。挑選的過程不一定着眼於文獻在當代的地位，而可以是後來視爲重要的作品。換言之，某些思想及著作本來可能因與當時主流互爲枘鑿，被推移至次要的邊緣地位而逐漸被遺忘。但這些反面的、被忽略的材料，又往往能折射出主流思潮所具體面對而刻意忽略的，所以在理論上，如果能夠將這部份合而觀之，則更能管窺當年的整體實況。

在分析過程中，文獻作者的生平經歷並不需要特別操心，重點應是文獻的實際外在生存狀況，亦卽文獻在歷史時空的先天性優勢及局限。至於排比文獻的主要目標，是過濾和確定知識在表述上的模式及其實踐，而這個模式則大體上是可以在各個文獻內部間接印證的。換句話說，傅柯認爲通過愼密的排比，是可以找到每一時代左右着各種不同表述模式的深層規則。這些橫斷面，同時性的規則及關係不見得是順時式的，也就是說，所謂歷史的延續並不能自動成爲形而上的必然。

傅柯的見解及實踐之優點，在於他並不是以先入爲主的理論架構去硬套材料，而是從實際文獻出發。由於傅柯還是免不了理論性歸納，因此雖然他去年來美演講時，《時代周刊》曾以兩版篇幅報導，但直至 1977 年，保守成風的英美史學界沒有一份刊物曾經評介過他的著作。但傅柯是注定不受歡迎的，因爲他的看法（注意：不見得是“方法”），往往要求對舊有定論重作大規模探討（這一點亦與當代史學界分工極細的作風迥異）。對文學史家而言，如果要參考傅柯的看法，那就等於要重新囿限於文學作品的研究方法，而在考慮“分期”或“時代風格”時，顧及其他範疇的著作。這種做法，對專攻國家文學史的學者而言，已是百上加斤；如尚要移至中西比較，大概會有“不切實際”之譏。在這麼全面的範圍，所謂“學貫中西”恐怕只能是一種理想。這樣看來，“時代風格”及“分期”的中西比較，過去雖有劉若愚和黃德偉兩位曾下過功夫，但今後恐仍不會“從者甚衆”，而且分析手法也可能不得不以形式主義爲重點。

鄭樹森

＜文學理論與比較文學＞，
（台）《中外文學》11.1.(1982)，112-136。

類型化典型與個性化典型

古典主義和浪漫主義、現實主義是兩種不同歷史形態的藝術，前者指廣義的古代藝術，後者則主要指近代藝術。古典主義藝術塑造形象傾向於類型性，追求和諧統一美；浪漫主義、現實主義則傾向於個性化典型。表現為崇高不和諧美。

所謂類型性是指某一類人的代表，是一種經驗普遍性的提煉和概括。它表現在兩方面：就典型所具有的客觀真實性來說，它不是對事物多種質的集中和提煉所形成的普遍性和特殊相統一的"這一個"，而是對人物某種"氣質"、"品行"或者某種道德觀念的凝聚化，人物的共性就是人物的個性。東西仿古典美學家就是從這兩個方面規定類型性的。

在西方，荷馬史詩中已接觸到典型問題，荷馬在《奧德賽》中說："俄底修斯我們注意聽，但不認為你是無賴和騙子。在黑色大地上，這種人很多，比比皆是。"這就是說奧德賽不是個別人的性格，而是從"比比皆是"的同類型人物概括出來的，是某一類人量的普遍性表現。亞里斯多德在《詩序》中明確提出類型性概念，並把對典型的量的規定和質的規定結合起來。他說詩所寫的多半帶有普遍性。"所謂普遍性是指某一類的人，按照可然律或必然律，在某種場合會說些什麼話，做些什麼事。"又說："詩人摹仿易怒或不易怒的或具有諸如此類氣質的人。"古羅馬賀拉斯進一步把亞氏的理論凝固化定型化，人物完全成了某種品

行或氣質的堆積和强化。他要求神說的話不同於英雄人物，青年
人的性情不同於老年人。在舞台上再現阿喀琉斯，就要把他寫得
急躁、暴戾、無情、拒不接受法律的約束，處處訴諸武力；寫美
狄亞要寫他凶恨、剽悍；寫伊克翁要寫他不守信義。總之寫什麼
要像什麼類型，不能越雷池一步。處於宗教桎梏中的中世紀美學
基本上沿襲亞氏的傳統。

　　文藝復興是一個新舊交替的時代，剛剛從中世紀蒙昧中甦醒
過來的人文主義者，在展望新時代朦朧曙光時，竭力想從古希臘
羅馬藝術中發現人的新覺醒。因而借用古典主義藝術的形式來表
現對人文主義的渴望，顯示了浪漫主義最初的激情。莎士比亞是
傑出的代表，他一方面突破了類型性典型的某些規範，給典型人
物注入新時代的精神，另一方面又襲用古典主義的某些模式，給
人物規定了一個性格框架，所以，他塑造的奧賽羅基本上是個嫉
妒多疑的典型，憂鬱猶豫也仍然是哈姆雷特的主要氣質。現實主
義大師塞萬提斯（ Cervantes ）也同樣表現出這種兩重性。他
在《唐·吉訶德》（ Don Quixote ）中借用一個主教談騎士文
學時說：“他可以寫信力栖茲的詭計，寫伊尼河斯的虔誠，寫阿
溪里斯的勇敢……總之，凡是一個完美英雄所由組成的種種品行，
他無一不可形諸筆下，再加上一個自由愉快的風格，就可以製成
一幅織錦般絢爛的作品。”唐。吉訶德這個主觀幻想的典型就是
這樣創造出來的。他身上還有留着類型性痕跡。

　　歷史的發展是曲折的。十七世紀法國古典主義因適應當時君
主專制制度的需要，類型性典型便被推向了極端，布瓦洛（ N.
Boileau ）標榜理性，强調眞就是美。要求藝術形象在理性規範

的控制下，絕對體現抽象的原則和一般。十八世紀的啓蒙主義者是堅決反對古典主義的，但由於受古典主義影響，其典型觀仍然搖擺於類型和個性之間。例如，狄德羅一方面強調人物性格要根據他所處的環境來決定，一方面又強調創造類型性人物，僞君子就像僞君子。菲爾丁更說：“我描寫的不是某甲、某乙，我描寫的是性格；不是某個個人，而是類型。”總之，啓蒙運動的典型理論既是文藝復興理論的繼續，又是近代浪漫主義和現實主義個性化典型的開啓，它們仍屬於過渡的形態。

在中國，從先秦至清代類型說始終佔主導地位，直至《紅樓夢》出現才開拓出一個嶄新的天地。早在《周易·繫辭下》中便提出“某稱名也小，其取類也大。”墨子則進一步提出要頌揚一個人，便要“聚斂天下美名而加之。”否定一個人，要“聚斂天下惡名而加之。”這種思想影響十分深遠，雖幾經衝擊，但到清代的李漁，也沒有完全突破類型性的規範。他說表彰一個孝子，就是把天下“孝親所應有者，悉取而加之”，而“一居下流”，“則天下之惡皆歸”。儘管金聖嘆說，《水滸》一百八人，“人有其性情，人有其氣質，人有其形狀，人有其聲口”，但就其《水滸》中人物的實質而言，吳用之於諸葛亮、宋江之於劉備、李逵之於張飛，在性格上仍有明顯的因襲之嫌；因此魯迅說，《紅樓夢》“和從前小說敍好人完全是好，壞人完全是壞，大不相同，所以其中所敍的人物，都是眞的人物”。這是對古代藝術類型性向個性轉變的很好說明。

浪漫主義和現實主義作爲近代藝術，是資本主義正盛轉衰時期的產物，由於藝術家的審美理想和審美感受不再受封建倫理道

德的嚴格規範，它要求打破古典主義的嚴整秩序，以情感爲中心
對審美感受作肯定和否定的主觀改造，因而在典型的創造上便特
別強調個性和特徵。以完整的理論形態提出這種個性化典型的首
先是康德，康德強烈反對範本式的類型性典型，強調創造具有本
質必然性的個性特徵的浪漫主義典型，他認爲類型性典型是一種
規範化的觀念，是同一類的多數形象的契合獲得的一個平均率標
準，因此缺乏生氣貫注，是僵化的不變的。他要求藝術家創造
"符合觀念的個體的表象"，這樣的典型一方面和我們的理性與
道德的善結合着，超出了經驗典型的普遍性，上升到本質必然的
規律性，另一方面它又與個性的特殊結合着，不再是一種類型化
的代表者，而是活生生的形象。稍後的歌德，則更明確提出個性
化典型是對類型性典型的否定，它高於古典主義典型，他說：
"顯出特徵的藝術才是唯一眞實的藝術"，"類型概念使我們漠然
無動於衷，理想把我們提高到超越我們自己，但我們還不滿足於
此，我們要回到個別的東西進行完滿的欣賞，同時還拋棄有意蘊
的或崇高的東西。"典型問題是黑格爾美學理想的核心，黑格爾
崇尙古希臘藝術，但他畢竟是一個呼喚新時代到來的哲學家，他
提出的整體性典型理論，實質上論述的是個性性典型。他要求典
型有特徵性和定性，有一種一貫忠於自己的情緻所顯現的力量和
堅定性，以便把人物的普遍性與特殊性融合在一起。別林斯基的
典型觀有類型說之嫌，但他本質上也是一位現實主義的理論家，
提倡的是個性化典型。例如他不否認每一藝術作品裏的每個人物
都是無數同一類人的代表，但他要求藝術家必須塑造出有血有肉
的人物形象。他曾對莫里哀（Molière）和果戈理、普希金筆下

的人物作了生動的對比,指出果戈理的波留希金固然卑鄙、貪婪,
是個令人可厭、可笑的人物,普希金的吝嗇騎士是一個可怕的悲
劇人物,但兩個人都不再是莫里哀吝嗇性詞藻的擬人化,"他們
兩人都爲同一種卑劣的期欲所吞噬,但他們仍舊沒有一點彼此相
似的地方,因爲無論那一個都不是他們所代表的那個概念的隱喻
和擬人化,而是活生生的人,他們身上的普遍的惡習是個別地、
隨個性而表現出來的。"

　　浪漫主義和現實主義都創造個性化典型,但前者要求創造主
觀性的個性化典型;後者則創造客觀性的個性化典型。別林斯基
說:"浪漫主義就是人的靈魂的內心世界,他們心靈的隱秘生活,
在人的胸中,內心裏潛伏著浪漫主義的秘密形象。感情和愛情就
是浪漫主義的表現和行動。"浪漫主義注重表現主觀、理想、情
感和自我,其個性化典型不是對現實關係的典型概括,而是一種
對富有詩意的哲理觀念的形象描繪,形象之中便隱藏着作家自己,
歌德說過,歌曲和詩中有着他。郭沫若也說屈原就是他自己。但
這種表現主體自身並不是與現實生活毫無關係。像雨果所說,主
觀心靈是"從那被生活的震撼所造成的內心裂縫裏"流出來的,
生活不同,"震撼"的程度和造成的"裂縫"不同,主體自身的
社會價值也就不同,所以浪漫主義有積極的和消極的分野。浪漫
主義個性化典型要以小我見大我,個體要提高到具有普遍社會意
義的高度。雨果說:"不論一個詩人,對藝術的整個思想怎樣,
他的目的應該首先像高乃依那樣追求偉大,像莫里哀那樣追求眞
實;或者,還會超過他們,天才所能攀登的最高峰就是同時達到
偉大和眞實,像莎士比亞一樣,眞實之中有偉大,偉大之中有眞

實。"車爾尼雪夫斯基說浮士德、拜倫的男女主角、連斯基、奧涅金、皮巧林，大都是作者自己的"眞實畫像"，他們不就是偉大和眞實的結合嗎？

　　現實主義個性化典型則更強調冷靜的理智，注重按照生活原有的樣子刻劃人物。它們以揭露和鞭打醜惡的現實眞爲美。現實主義藝術家創造典型時，通常總是浮現出一個眞實的人物形象，有意無意在他的典型人物身上再現"這個人"。當然現實生活中的原型即模特兒總是個別、偶然的，他還不是事物深層本質的表現。只有"深入個別"又"跳出個別"，強化和深化個性特徵，使之與他所處的時代、社會發生某種精神上的交流，造成個性發展的歷史，並賦予一定的"思想深度和意識到的歷史內容"，才能反映出生活的本質。正如盧那察爾斯基所說："只要藝術家的才能允許他想像和體現出眞正的個性，即是像任何活生生的個性一樣的獨特的個性，並且使最普遍的典型特點不僅不會因此遭受損害，反而能在純個人的特點中得到自然的補充和充分的完成。"總之，使人物的言行都深蘊著廣濶的歷史內容，能"表現出人類精神的全世界性歷史發展的階段。"這就是現實主義個性化典型應有的歷史使命。

欒貽信　賈炳棣

　　＜古典主義藝術和浪漫主義現實主義藝術典型比較＞，
《齊魯學刊》3(1984)，94-99。

中西文學批評中的偉大莊嚴

　　王國維在《人間詞話》中把境界之有我與無我對立爲"宏壯"
和"優美"；其中"宏壯"一詞，相信是最先被中國文評家用
來翻譯西方的一個美學觀念" the sublime "的了。其後朱光
潛在《文藝心理學》中進一步地直接對這觀念加以研究和說明，
然後譯作"雄偉"，其理由是"偉"字可以括盡康德的"數量的
sublime "的意義。而"雄"字又可以括盡"精力的 sublime"
的意義，朱譯後來得到一些學者服膺和接納。李怡在他的＜美學
初步＞便把S譯作"雄偉"。而張靜二在＜孟子的浩氣與辭章＞
亦是從隆嘉納斯中的"雄偉"討論孟子的"雄偉"。李怡與張靜
二在這裏只是很自然地用上了朱譯而沒有加以解說。但陳慧樺在
他的＜中西文學裏的雄偉觀念＞裏却明白地通過分析朱譯才加以
採用的。當然，S是西方傳統美學的一個特有觀念，經過悠長歷
史的演變而慢慢形成一個完整的哲學性系統。其獨特的性質自然
不是一切翻譯所能盡括。朱光潛和陳慧樺都很清楚明白這點，前
者說："它在中文中沒有恰當的譯名，"雄渾"、"勁健"、"偉
大"、"崇高"、"莊嚴"諸詞都能得其片面的意義，本文姑且
稱之爲"雄偉"。後者亦同樣小心地說明中譯的困難：

　　　在中國文學批評裏，我們無法找到跟雄偉完全切合的術語。
　　通常我們都把它迻譯成"雄渾"、"勁健"、"偉大"
　　或者"莊嚴"等。實際上，這些術語，甚至所有這些術語

合起來都無法恰切地把雄偉的觀念全部翻譯出來。現代美學家朱光潛認為應把 the sublime 譯成"雄偉"，理由是：第一、這術語跟"秀美"的意義正相反；第二、"雄"約等於康德的"動力雄偉"，而"偉"則約等於"數理雄偉"。即使我們接受朱氏的說法，我們仍然懷疑它能把有關的全部涵義表達出來，譬如把它分成涇渭分明的修辭雄偉和自然雄偉，丹氏和沙氏的源自上帝說、康德的客體的體積跟主觀性源流的關係和叔本華的超越意志說等，就絕非區區之"雄偉"二字所涵蓋得了的。

既然"雄偉"不能涵蓋 S 的全部意義，那什麼才是最好最愜當的譯名便難免成為一番辯論的目標了。梁宗岱率先在＜論崇高＞一文中對朱譯質疑，指出朱氏"拋開字源而完全採納一家（指康德）底詮譯。"梁氏提出幾個西方藝術作品（繪畫、建築、音樂）的例子，明白地顯示出 S 的特質，從而闡明"雄偉"不妥當之處。他的結論是"應該譯字源。因為這樣做，至少可以包括這詞源的涵義，雖然因為不習慣，初用時，不免稍覺生澀。何況上面所舉的"崇高"譯名根據拉丁文 sublimis，從動詞 sublim-are 變出來，有高舉的意思——在中國文壇久已沿用了呢"！服膺於梁譯的大有人在，姚一葦在《藝術的奧秘》和《美的範疇論》，周浩中翻譯柯林伍德的《藝術哲學大綱》，及杜若洲譯桑塔耶那的《美感》，統統都用上了"崇高"，但沒有直接地說明採用的理由。而林以亮在"詳批朱著文藝心理學"之餘，毫不留情地駁斥朱氏"在概念上造成混亂"，將 S"妄斷"地"譯錯了"：

全書最成問題的是第十五章"剛性美與柔性美"，因為作者在基本概念上把sublime一詞認識錯誤，因此無論在解釋上、翻譯上和舉例上全軍盡沒。

這樣的辯論是不容易有什麼結果的。其實既然我們不能從中國文學或藝術中找到與Ｓ完全相等的概念，就代表了Ｓ不可能有臻美的中譯。 問題甚至不在於那個譯法比較好或比較貼切 ， 而只是各從不同的觀點和角度來接觸及了解這個西方美學傳統的本身。又再而分別將了解的結果引證於一些中西實例，以致分歧愈離愈遠。故此本文要討論的，不是我們應該怎樣翻譯Ｓ這一名詞，而是希望：（一）深究支持這兩個譯法的理由及探討其對Ｓ的了解角度和程度；然後（二），澄清問題的核心所在，找出Ｓ這概念最基層的特質；最後才能（三），把這些特質加諸中國文學、藝術作品及理論，看看究竟能否論定，在中國文藝領域裏有類似Ｓ觀念的存在。在這最後的層次上，本文研究的目標就成爲中西比較文學的課題。怎樣翻譯一個西方名詞已經變成次要的了。

王建元

＜雄偉乎？崇高乎？雄渾乎？＞，
《文學史學哲學》（ 台北：時報文化出版事業有限公
　　司， 1982 ）， 167-200。

劉勰的情志説與黑格爾的情致説

　　中國古代美學理論，向來重視對於文藝創作中思想與感情相互關係的研究，並形成了具有特定意義的概念和範疇。大致説來，我國古代詩文理論中所説的"理"、"義"、"志"、"思"等，指的是文藝創作中的思想認識和理性因素；而"情"、"情性"、"情趣"、"情韻"等，則指的是文藝創作中的感情和感性因素。在劉勰的《文心雕龍》問世以前，對文學創作影響較大的有"詩言志"和"詩緣情"的主張。前者主要是根據《詩》的創作經驗提出的，後者則主要是根據《騷》的創作經驗提出的。但《詩》、《騷》本身就是在某種程度上把"志"和"情"結合在一起的。《詩大序》説："詩者，志之所之也，在心爲志，發言爲詩，情動於中而形於言。"這不僅講了詩歌言志的性質，而且也談到它的抒情的特點。所以，"言志"、"緣情"兩種主張儘管在主志主情方面各有側重，但實際上並沒有把文藝中的"情"和"志"看成互相絕緣或完全對立的東西。劉勰的《文心雕龍》在總結《詩》、《騷》創作經驗的基礎上，廣泛吸收了前人理論成果，更自覺地意識到文藝創作中"志"和"情"不可分離的關係，並在理論上使二者形成爲一個有機統一的整體，明確提出了"情志"這個具有特殊內涵的美學概念，使"情志説"成爲我國古代美學中闡明文藝的思想與感情、情與理統一規律的重要理論。

　　《文心雕龍》十分重視情感在文藝創作中的作用，全書提到

"情"和與之相關的概念的地方不勝枚舉。但值得注意的是，劉勰並不是孤立地、片面地强調"情"，而總是反覆强調"情"和"理"、"情"和"志"的互相聯繫、互相滲透。"情"和"理"、"志"不是同時並舉，就是互文同義的。這種情況觸目皆是。如"情動而言形，理發而文見"（＜體性＞）；"志足而言文，情信而辭巧"（＜徵聖＞），都是將"情"與"理"、"志"並舉。又如"情者文之經，辭者理之緯"（＜情采＞）；"率志以方竭情"（＜養氣＞），便是"情""理"、"情""志"互文。其更值得注意的是，≪文心雕龍≫還把"情""理"、"情""志"作爲一個詞彙來用，如"情理設位，文采行乎其中"（＜鎔裁＞），"必以情志爲神明"（＜附會＞）等。這說明劉勰已經認識到文藝中的思想和感情是互相交織在一起的有機整體，所以，文藝的內容既不同於單純的理性認識，也不等於單純的情感，而是二者化合爲一的某種特殊的東西。我認爲，這是中國古代美學對文藝特性的認識的一個重要發展，特別值得重視。

關於藝術創作中思想和感情、情和理互相結合的特點，在西方美學理論中，也是早有論述的。如黑格爾認爲藝術美在於描寫理想的人物性格。性格是普遍力量在個別人物身上的具體體現，也就是理念的感性顯現。所以，藝術美只有在描寫人物性格上，才能得到最完滿的體現。但是，性格並不是抽象的東西，它具體表現在動作和情節上。人物的動作和情節是由內因和外因相互矛盾相衝突而形成的。形成人物動作的外因，黑格爾稱爲"情境"；形成人物動作的內因，黑格爾稱爲"情致"。所謂"情致"，黑格爾解釋說，它是那種"活躍在人心中，使人的心情在最深處受到感動的普遍力量"，是"存在於人的自我中而充塞滲透到全部心情的那種基本的理性的內容（意蘊）"。就是說，"情致"是作爲理念的"普遍力量"在個別人物身上所形成的主觀情緒力量，是一時滲透着"理性的內容"的情感。這種情感不同於低劣的情慾，而"是一件本身合理的情緒方面的力量，是理性和自由意志的基本內容"，也就是情與理的統一。黑格爾認爲，藝術要能感動人，引起人們在感情上共鳴，就要在人物身上表現出一種具有普遍理性的感情力量，使理性內容和感情力量融爲一體，這才符合藝術美的理想。

由此可見，在强調文藝中的"理"與"情"互相結合上，劉勰的"情志說"和黑格爾的"情致說"，可說有異曲同工之妙。從精神實質上看，二者都反對把藝術中的"理"看成抽象的理，而主張"理"應取感性形式並溶化在"情"之中，使"理"具有强烈的感情色彩；同時，它們也都不贊成使藝術中的"情"脫離"理"、排斥"理"，而是要求"情"應受"理"的支配，使"情"滲透到深刻的理性內容之中。實踐證明，在文藝創作中堅持理與情辯證統一的審美規律，才能創造出思想性和藝術性相統一的眞正的藝術作品。如果忽視文藝的感情因素，片面强調理性認識因素，否認藝術認識和科學認識的區別，那就會使藝術變成赤裸裸的理論說教和道德訓誡，這種作品必然是喪失生活的具體眞實性和藝術感染力的公式化概念化的東西，不可能具有美的魅力。另一方面，如果忽視文藝的認識內容和理性作用，片面强調感情因素，像某些西方美學理論那樣，把藝術的本質歸結爲主觀感情的表現，那就會使藝術離開正確思想的支配和指導，脫離客觀的現實生活基礎，使作品失去深刻的思想和歷史內容，不能發揮應有的社會作用。從防止和糾正文藝創作中這兩種片面傾向來看，"情志說"和"情致說"中所包含的辯證思想，都是值得重視的。

彭立勛

<劉勰情志說和黑格爾情致說漫議>，

《中西美學文學論文集》（成都：四川文藝出版社，
　　1985），77-85。

劉勰的譬喻説與歌德的意蘊説

　　在藝術形象問題上，歌德的“意蘊説”也包含著內外兩個方面。外在方面是藝術作品直接呈現出來的形狀，內在方面是貫注生氣於外在形狀的意蘊。他認爲，內在意蘊顯現於外在形狀，外在形狀指引到內在意蘊。歌德在＜自然的單純模仿、作風、風格＞一文中，曾經把“藝術所能企及的最高境界”説成是“奠基在最深刻的知識原則上面，奠基在事物的本性上面，而這種事物的本性應該是我們可以在看得見觸得到的形式中去認識的。”歌德把藝術形象分爲外在形狀和內在意蘊，似乎和劉勰的“擬容取心”説有著某種類似之處，不過，它們又不盡相同，其間最大區別就在於對個別與一般關係的不同理解上。

　　＜比興篇＞：“稱名也小，取類也大”，這一説法本之《周易》。＜繫辭下＞：“其稱名也小，其取類也大，其旨遠，其辭文，其言曲而中。”韓康伯《注》云：“托象以明義，因小以喻大。”孔穎達《正義》云：“其旨遠者，近道此事，遠明彼事。其辭文者，不眞言所論之事，乃以義理明之，是其辭文飾也。其言曲而中者，變化無恒，不可爲體例，其言隨物委曲，而各中其理也。”從這裏可以看出，前人大抵把＜繫辭下＞這句話理解爲一種“譬喻”的意義，這種看法和劉勰把比興當作“明喻”、“隱喻”看待是有相通之處的。（首先把＜繫辭下＞這句話適用於文學領域的是司馬遷，他評述《離騷》説：“其稱文小而其旨大，舉類邇而見義遠。”這一說法也給予劉勰以一定影響。）

　　劉勰的形象論可以說是一種“比喩說”。＜比興篇＞：“稱名也小，取類也大。”＜物色篇＞：“以少總多，情貌無遺。”是兩個互爲補充的命題。“名”和“類”或“少”和“多”都蘊涵了個別與一般的關係。劉勰提出的擬容切象和取心示義，都是針對客觀審美對象而言，要求作家旣摹擬現實的表象，也揭示現實的意義，從而通過個別去表現一般。然而，這裏應該看到，劉勰對個別與一般關係的理解，不能不受到他的客觀唯心主義思想體系的制約，以致使他的形象論本來可以向着正確方向發展的內容受到了窒息。由於他認爲天地之心和聖人之心是同一的，因此，按照他的思想體系推斷，自然萬物的自身意義無不合於聖人的“恒久之至道”。這樣，作家在取心示義的時候，只要恪守傳統的儒家思想就可以完全揭示自然萬物的內在意義了。自然，劉勰的創作論並不是完全依據這種觀點來立論的。當他背離了這種觀點時，他提出了一些正確的看法。可是他的擬容取心說却並沒有完全擺脫這種觀點的拘囿，其中就夾雜著一些這類糟粕。例如，＜比興篇＞開頭標明“詩文弘奧，包涵六義”。接着又特別舉出：“關雎有別，故后妃方德，尸鳩貞一，故夫人象義”作爲取心示義的典範。（《金針詩格》也同樣本之儒家詩教，把“內意”說成是“美刺箴誨”之類的“義理”。）從這裏我們可以看出，儘管劉勰在理論上以自然界作爲取心示義的對象，但是他的儒家偏見必然會在實踐意義方面導致相反的結果。因爲在儒家思想束縛下，作家往往會把自己的主觀信條當作現實事物的本質，而不可能眞正做到揭示客觀眞理。因此，很容易導致這種情況：作家不是通過現實的個別事物去表現從它們自身揭示出來的一般意義，而是依據先入為主的成見用現實的個別事物去附會儒家的一般義理，把現實事物當作美刺箴誨的譬喻。因而，這裏所反映出來的個別與一般的關係，也就變成一種譬喻的關係了。（例如：《詩小序》說：“關睢，后妃之德也。鵲巢，夫人之德也。”就是這方面的一個典型例證。）

歌德的“意蘊說”並不像劉勰的“比喻說”那樣夾雜着主觀色彩。他曾經這樣說：“在一個探索個別以求一般的詩人和一個在個別中看出一般的詩人之間，是有很大差別的。一個產生出譬喻文學，在這裏個別只是作為一般的一個例證或例子，另一個才是詩歌的真正本性，即是說，只表達個別而毫不想到或者提到一般。一個人只要生動地掌握了個別，他也就掌握了一般，只不過他當時沒有意識到這一點罷了，或者他可能在很久之後才會發現。”（《歌德文學語錄》第十二節）歌德這些話很可以用來作為對於“譬喻說”的批判。歌德反對把“個別只是作為一般的一個例證或例子”的譬喻文學，強調作家首先要掌握個別，而不要用個別去附會一般，表明了對現實生活的尊重態度。這一看法是深刻的，對於文學創作來說也是有重要意義的。事實上，一般只能從個別中間抽象出來。作家只有首先認識了許多個別事物的特殊本質，才能進而認識這些個別事物的共同本質。就這個意義來說，歌德要求作家從個別出發，是可以避免“譬喻說”以作家主觀去附會現實這種錯誤的。

不過，我們同時也應該看到，歌德的“意蘊說”是存在着過去現實主義理論多半具有的共同缺陷的。他對於個別與一般關係的理解帶有一定的片面性。在作家的認識活動中，他只注意到由個別到一般這一方面，而根本不提還有由一般到個別這一過程。《矛盾論》指出，人類的認識活動，由特殊到一般，又由一般到特殊，是互相聯結的兩個過程：“人類的認識總是這樣循環往復地進行的，而每一次的循環（只要是嚴格地按照科學的方法）都可能使人類的認識提高一步，使人類的認識不斷地深化。”歌德恰恰是把這兩個互相聯結的過程分割開來。他在上面的引文中讚許“只表達個別而毫不想到或者提到一般”的詩人，以爲這樣的詩人在掌握個別的時候，沒有意識到一般，或者可能在很久以後才會發現一般。這一看法和他自己所提出的作家必須具有理性知識的主張是矛盾的。

王元化

<劉勰的譬喻説與歌德的意蘊説＞，
《中西美學文學論文集》（成都：四川文藝出版社，
1985），59-85。

神思説與想像論

　　一千四百多年前，中國封建社會最重要的美學家劉彥和，在
《文心雕龍》中提出"神思"說，把它看作"馭文之首術，謀篇
之大端"，進行了深入的探討，有趣的是，十九世紀初，德國古
典美學集大成者黑格爾在《美學》中，也把藝術想像當作"最傑
出的藝術本領"，進行了系統的研究。這兩位大美學家在很不一
樣的歷史背景和文化背景中，對同一個問題發表了不少相同或相
似的看法；同歷史上許多重要美學家相比，他們關於藝術想像的
獨到見解，似乎更能引起人們的興趣。

　　《文心雕龍》共五十篇，其中〈神思篇〉主要研究藝術想像，
它被劉勰視爲創作論中的核心。

　　何謂神思？"形在江海之上，心存魏闕之下，神思之謂也"，
〈神思篇〉開門見山，劈頭就給"神思"下了個言簡意賅的定義。

　　"文之思也，其神遠矣"。作家的想像是沒有止境的。它可
以突破時空的限制，萬仞八極，悠悠千載，無往而不至。宇宙間
一切具有美學意義的事物，無不能被它囊括其內。對此，劉勰有
段精彩的描述："故寂然凝慮，思接千載；悄焉動容，視通萬里；
吟詠之間，吐納珠玉之聲；眉睫之前，卷舒風雲之色"。

　　爲了說明神思這個創造性的思維過程，劉勰着眼於藝術想像
和現實生活的關係，打了個生動的比方，說："拙辭或孕於巧
義，庸事或萌於新意；視布於麻，雖云未貴；杼軸獻功，煥然

乃珍。"

　　值得注意的是，劉勰提出的神思，不僅指作家的藝術想像活動，而且包括把神思凝固物化的實踐技能；他不是把神思作爲一種孤立的精神現象加以研究，而是把它和創作實踐聯繫起來進行考察。儘管他的論述還缺乏嚴密性，但他的見解仍然標誌着對這個問題的認識達到了一個前所未有的高度。

　　從藝術想像與創作實踐的聯繫出發，劉勰提出了一個很重要的看法："思理爲妙，神與物遊"，以及"物沿耳目，而辭令管其樞機"。這不只是對文學創作中想像特點的概括，也是對藝術思維特徵的高度概括。在創作過程中，藝術家的想像（神），是和客觀事物的形象（物），緊密結合在一起的。藝術家以語言爲塑造藝術形象的材料。藝術家的想像離不開語言，就像哲學家判斷推理離不開概念一樣。完全脫離了語言的藝術想像是不存在的。不難設想，一位詩人離開文學語言，一位音樂家離開音樂語言，一位舞蹈家離開舞蹈語言，將會產生什麼後果。但藝術家使用的語言總是和形象緊密相聯的（想像、語言、形象是三位一體的）。例如："大漠孤烟直，長河落日圓"，這既是詩人王維奉使出塞沿途所見到的景物，也是後來詩人想像的內容。藝術創造離不開想像，想像離不開記憶中的情景，因爲"一切可以想像的東西本質上都是記憶裏的東西"；而畫面之所以產生，是由詩人運用語言，把想像中的情景描繪成形象的結果。劉勰對藝術想像論述深刻之處，就在於他不僅看到了"神與物遊"，而且指出了"辭令管其樞機"，對神、物、辭三者的關係作了有益的指引。

　　西方有很長一段時期對藝術想像是不重視的。從可見的材料看，亞里士多德談到想像時，很不以爲然地稱之爲“萎退了的感覺”，認爲“一切感覺都是眞實的，而許多想像是虛假的”，把想像看得低於感覺。幾乎全部古希臘哲學家和心理學家都對想像表示歧視甚至敵視，亞里士多德在他那部著名的美學著作《詩學》中竟然對想像不置一詞！直到文藝復興時期，由於但丁在《神曲》中說了“崇高的想像”，意大利個別哲學家如馬佐尼才試圖抬高想像的地位，從而啓發了後來的浪漫主義的文學主張。以後陸續有一些美學家、哲學家開始注意想像問題，發表了不少好的見解。到了黑格爾，西方對想像的研究向前大大地深入了一步。

在關於想像本質的看法上，黑格爾和劉勰所見略同。黑格爾說：“藝術作品旣然是由心靈產生出來的，它就需要一種主體的創造活動，它就是這種創造活動的產品；作爲這種產品，它是爲旁人的，爲聽衆的觀照和感受的。這種創造活動就是藝術家的想像。”這裏，所謂“主體的創造活動”是就想像的活動過程　而論；藝術作品則是就想像的結果而言。他還特意提醒人們注意，不要將想像和被動的幻想混爲一回事，而區別二者的主要標誌，卽“想像是創造性的。”這個思想和古希臘哲學家中唯一對想像作出很高評價的阿波羅尼阿斯的看法是一脈相承的。阿波羅尼阿斯在回答是什麼便希臘大雕塑家菲狄亞斯和伯拉克西特列斯創造出精湛的藝術品的問題時說：“是想像。它造作了那些藝術品，它的巧妙和智慧遠超過摹擬。摹仿只會仿製它所見到的事物，而想像連它所沒有見過的事物也能創造，因爲它能從現實裏推演出理想。”黑格爾不過比他論述得更詳盡透徹些。

和劉勰一樣，黑格爾也把藝術想像看作認識性和實踐性的統一。他認爲這二者在眞正的藝術家身上總是結合在一起，不可分離的。因此，"這兩方面——心理的構思與作品的完成（或傳達）是携手並進的。"

亦　武

<《劉勰的神思說和黑格爾的想像論比較研究》>，
（重慶）《美學文摘》2(1983)，138-147。

肌理說與結構說

　　翁方綱字正三，號覃溪，又自號蘇齋，生於清雍正十一年
（1733年），卒於嘉慶二十三年（1818年），是清代一大學
者。他對經學、金石之學及詩文皆有很深的造詣。他的文學批評
著作，有《石洲詩話》、《杜詩附記》、《小石帆亭著錄》等，
然其批評觀點亦散見《復初齋文集》、《復初齋外文》、《蘇齋
筆記》、《古詩選注》、《蘇詩補注》等著作中。他自身是詩人，
同時也是詩評家，他以肌理之說來論詩，以救漁洋神韻說之虛。
雖然他的弟子張維平及翁方綱本人皆明言以肌理爲其評論中心，
但翁氏在其著作中，雖暗中肌理之說，但肌理一詞則運用甚少。
因此，諸文學批評史，如郭紹虞、靑木正兒等的著作中，徵引資
料不外三五則，未能窺其全貌。1974年，政大中研所研究生李
豐楙先生撰寫碩士論文《翁方綱及其詩論》，始逐一披閱翁氏諸
著作，把資料一一錄出，吾人對翁氏肌理說才有一較翔實的認識。
李豐懋先生最近更寫成＜翁方綱肌理說的理論及其應用＞一文，
對肌理說作進一步的闡述發揮。

　　蘭森（J.C. Ransom）生於1888元年，是美國新批評
中最具影響的人物，他本身是詩人，也是批評家，歷任《康軼》
（Kenyon Review）的主編，他的批評著作，主要有《世界
之軀體》、《新批評》、《蘭森詩文集》及散見於《康軼評論》
與其他刊物中的論文。他的詩學理論，最特出也最受常人所稱道的
則是他的字質結構說。這論點以最明確的姿態見於其＜文學批

評的沉思＞一文中，其他的著作中皆與此論點相通，蘭森雖未指明此字質結構說爲其理論基礎，吾人鑒於其說可與把其他批評論點相輔相成，吾人以此爲其理論中心，實亦不爲過。此觀念影響頗大，布魯克斯（ C. Brooks ）的著名論文＜意述的謬誤＞及與華侖（ R.P. Warren ）的著名論文＜純詩與非純詩＞皆受此影響。

　　現在我們要把翁方綱的肌理說和蘭森的字質結構說加以比較，我們首先接觸到的課題是：如何尋求一個共同基礎來把他們加以比較呢？或者說，放在那一個透視上來比較他們呢？原來，從哲學上的本體論來考察，宇宙或任何一個體皆可有具體及抽象二面。具體的世界就是我們五官所能感到的世界，抽象的世界是把這具體世界抽象化爲觀念或法則等。舉例來說，西哲柏拉圖把抽象世界稱爲理念界，把具體世界稱爲現象界，而現象界僅是理念界的虛幻的投影。而中國則稱前者爲形而上，後者爲形而下。用宋儒的詞彙：則前者爲理，後者爲氣，而理氣卻不可分。（這不同的哲學觀念，分別支配了翁方綱及蘭森，而形成了他們不同的詩論。此後詳）用這種本體論來考察詩的本體，我們發覺詩亦可含有具體的及抽象的兩種。具體的，蘭森稱之爲字質（ texture ）；抽象的，蘭森稱之爲結構（ structure ）。這詩中具體與抽象的分野在蘭森≪文學批評的沉思≫一文中說得很清楚。翁方綱雖沒明言詩中具體與抽象的問題；但他討論到理時，則亦接觸到形上與形下（抽象與具體）的問題。他說"理之一字徹上下而言之：就其著於物者，則條理、肌理、文理、皆卽此理也"。因此，理是抽象的，但它必"著於物"，因此抽象與具體不可分。由於他

認為形上形下，抽象與具體實不可分，因此在詩中他也不把詩的
本體分為抽象與具體兩部分，而合二者為一而稱之為肌理，而不
分析之為肌為理。我們有了這個認識以後，我們即找到一個共同
的討論基礎：那就是把他們置於詩的本體論，詩的抽象當具體二
者的關係上來考察。在這本體論的考察裏，我們對他們二理論可
獲得一深探本源的了解，同時，透過他們的異同，對詩可獲得一
較周延的了解。

　　本文分為三部分。在第一部分裏，我嘗試把翁方綱對詩學的
片斷討論整理為一頭尾畢具的系統。這部分頗受益於李先生的文
章，尤其是資料部分。接著，在第二部分裏，我把蘭森的理論作
一簡單的鳥瞰，主要依據＜文學批評的沉思＞一文，而以其他的
著作為考證。從事這兩部分的工作時，我是把二者的理論同時置
於腦海裏，相互作為參考，作為開發。在第三部分，我把肌理說
和字質結構位置於本體的考察裏，給予他們討論與及比較。此外，
最後我分析辛棄疾＜摸魚兒＞的前半闋以印證二理論，並同時試
驗他們。

古添洪

　　＜翁方綱肌理說與蘭森字質結構說之比較＞，
　　（台）≪中外文學≫ 5.2.(1976)，42-60。

"直覺"與"表現"

　　"直覺"和"表現"是意大利美學家克羅齊底美學的骨幹。他把藝術、直覺、表現三者視爲同一。直覺是藝術的本質,直覺必須到達表現的階段才是直覺。直覺在印象、感受、聯想等低級心靈活動之後,而在邏輯的、經濟的、倫理的諸思辨之前,爲純粹的心靈活動。對克羅齊而言,藝術完成於內心,而一般藝術成品只是爲了保存直覺使直覺重現的非藝術活動,名之內外射。這直覺學說,實有其困難, 引起了許多責難 。 本文引述了布爽傑(Bosanquet)喬斯‧愷黎和錢鍾書三人在批評中提出來的有貢獻的觀點, 以作克羅齊學說的修正。在中國的文學批評中,雖沒有與"直覺"涵義相等之辭與平行的理論,但某些片斷的理論,論及創作心態及活動時,實際接觸了同一的課題。本文徵引了莊子中"心齋"等境界、輪扁等工藝創作的寓言、劉勰的"神思"、蘇軾的"成竹在胸"和嚴羽的"禪悟",以詮釋直覺與表現的問題。本文所用的比較方法,是把中西資料置於平等的基礎上,而以問題作爲考察的重心。由於克羅齊學說較有系統,故文中以此爲討論的起點。當我們把中國資料歸到這課題上來考察,我們發覺他們在某些地方提出了更深入的看法。莊子的心齋,可擴充直覺的領域。莊子的寓言,啓發了"心手合一"的觀點。劉勰神思說與克羅齊直覺說相比,我們發現前者適用於文學藝術,而後者適用於繪畫藝術。而嚴羽的禪悟,對直覺在藝術上的價值,有進一步的肯定。簡言之，在中西諸理論的相互發明與補充下，對這一課題我們希冀有較深入而較周延的認識。

古添洪

＜直覺與表現的比較研究＞，

《比較文學‧現代詩》（台北：國家出版社，1976），

29-74。

"通感"理論

　　另一方面，新引進的"鄰壁之光"還可以對某些中國傳統的文學現象給予科學的分析和總結。例如，錢先生曾經指出："中國詩文有一種描寫手法，古代批評家和修辭學家似乎都沒有拈出。"接着，他以＜通感＞爲題，專文論述。這篇文章發表後十七年又在《管錐編》中，考論《列子·黃帝》、馬融＜長笛賦＞、王廣＜子貢畫贊＞等篇時，多次論及通感。

　　通感這種描寫手法，中國古代的批評家還是注意到了的。如明楊愼云：

　　　　雨，未嘗有香也，而李賀詩"衣微香雨青氛氳"，元微之詩"雨香雲淡覺微和"；雲，未嘗有香，而盧象詩云"雲氣香流水"。

不過是點到而已，並沒有作出任何解釋。清吳景旭云：

　　　　竹初無香，杜甫有"雨洗涓涓靜，風吹細細香"之句；雪初無香，李白有"瑤台雪花數千點，片片吹落春風香"之句；⋯⋯雲初無香，盧象有"雲氣香流水"之句。妙在不香說香，使本色之外，筆補造化。

稍作解釋，謂是"筆補造化"，等於說"無中生有"，仍然不得要領。

　　爲了說明通感，不妨再看一些例子。比楊、吳二人所舉李賀、元稹、盧象、杜甫、李白等人詩句更爲著名的有宋祁＜玉樓春＞

詞句："紅杏枝頭春意鬧"。按照錢先生的分析，"'鬧'字是
把事的無聲的姿態說成好像有聲音的波動，彷彿在視覺裏獲得了
聽覺的感受。"錢先生還提到了白居易＜琵琶行＞："大弦嘈嘈
如急雨，小弦切切如私語。嘈嘈切切錯雜彈，大珠小珠落玉盤。
間關鶯語花底滑，幽咽泉流水下灘。"他認為此節雖最為後世
傳誦，但畢竟少一層曲折，"只是從聽覺聯繫到聽覺，並非把聽
覺溝通於視覺。"而韓愈＜聽穎師彈琴＞："浮雲柳絮無根蒂，
天地闊遠隨飛揚………躋攀分寸不可上，失勢一落千丈強"一節，
"那才是'心想形狀如此'，'聽聲類形'………把聽覺轉化
為視覺了。"這首詩確實值得稱讚，因為它運用通感的技巧實在
太純熟了。除了前引一節外，"喧啾百鳥群，忽見孤鳳凰"一句
則是說從聲音中看到了畫面。其實，白居易＜琵琶行＞也運用了
通感技巧，如："水泉冷澀弦凝絕，凝絕不通聲暫歇，別有幽愁
暗恨生，此時無聲勝有聲。"周振甫先生評曰：

> 聲音從高到低，從低到像泉水因冷而凝結那樣越來越低沉，
> 低沉到好像要停止那樣，這就是如枯木之止而不動，但並
> 不真的停止，在低沉中發出一種幽愁暗恨，所謂"無聲勝
> 有聲"。這就從聽覺引起視覺如橋木，引起觸覺，如泉的
> 冷澀。

根據錢先生的提示，我們已經認定上面這些詩中都運用了通
感的技巧。那麼，究竟什麼是通感呢？錢先生在大量徵引例證之
後指出：

> 花紅得發"熱"，山綠得發"冷"；光度和音量忽然有了
> 體積——"瘦"，顏色和香氣忽然都有了聲息——"鬧"；

鳥聲竟熏了"香"，風聲竟染了"綠"；白雲"學"流
水聲，綠陰"生"寂靜感；日色與風共"香"，月光有籟
可"聽"，燕語和"剪"一樣"明利"，鳥語如"丸"可
以拋落；五官的感覺簡直是有無相通，彼此相生。

通感在中國古詩人中是被大量運用了的。但是，遺憾的是文
學理論却沒有相應的建樹。雖然朱光潛先生也曾將西方的通感介
紹到國內來，如他說過：

一部分象徵詩人有"着色的聽覺"，一種心理變態，聽到聲
音就見到顏色。他們根據這種現象發揮為"感通說"（參
看波德萊爾用這個字為題的十四行詩）以為自然界現象如
聲色嗅味觸覺等所接觸的在表面上雖似各不相謀，其實是
遙相呼應，可相感通的，是互相象徵的。所以許多意象都
可以藉聲音喚起來。

但是真正對通感理論進行專題研究並用來研究中國古典詩文，則
以錢先生為第一人。錢先生在＜通感＞一文及《管錐編》中介紹
了亞里斯多德、培根等人的理論，也介紹了古希臘荷馬、英國莎
士比亞、約翰‧唐、美國龐德、意大利巴斯古立、鄧南遮等人的詩
作，以及中西神秘宗著作及其他古籍中的通感理論和實例，最後
概括說：

五蘊異趣而可同調，分床而亦通夢，此官所接，若與他官
共，故"聲"能具"形"；

尋常官感，時復"互用"，心理學命曰"通感"……

這些介紹和論斷，使我們對於通感有了比較深刻的理解。

我們還可以看看另外一些西方理論家關於通感的論述。德國

美學家費歇爾說：" 各個感官本不是孤立的，它們是一個感官的分枝，多少能夠互相代替，一個感官響了，另一個感官作爲回憶、作爲和聲、作爲看不見的象徵，也就起了共鳴，這樣，即使是次要的感官，也並沒有被排除在外。" 歌德說過：" 藝術應該訴諸掌握藝術的器官，否則就達不到自己的目的，得不到它所特有的效果。" 所謂" 掌握藝術的器官 " 就是馬克思所說的" 懂音樂的耳朵 " 和" 能感受形式美的眼睛 "。正如黑格爾所說：" 藝術的感性事物只涉及視聽兩個認識性的感覺，至於嗅覺、味覺和觸覺則完全與欣賞無關。" 這就是說，唯有視覺和聽覺是精神性的器官、審美的器官，所以，唯有視覺和聽覺能夠引起通感。其實，如果我們把諸種感覺的通感現象比喻成" 鄰壁之光，堪借照焉 "，也是可以成立的。這就等於說，嗅覺、味覺和觸覺，本來在藝術欣賞中毫無用武之地，但是通過" 鄰壁之光 "——視覺和聽覺，我們就能夠" 看到 " 或" 聽到 "香、甜、軟等等。由此我們知道，通感不是什麼神秘莫測的東西，因爲它有着心理學、生理學的科學基礎，所以是符合辯證唯物主義的科學理論。把它作爲" 鄰壁之光 " 借來，總結和解釋我國古詩文中的一些難解現象，是很有益處的，不但能夠加深對於作品的理解程度，而且有助於豐富和提高鑒賞能力。

陸文虎

<論《管錐編》的比較藝術>，
《<管錐編>研究論文集》（福州：福建人民出版
　　社，1984），290-294。

四、比較文學之外緣研究

西方文學的特色

　　文學，甚至是一切藝術，昭示出一個民族的情感生活。情感是全人類所有的，所以它超越時間與地域的界限，含有一貫的普遍性。不論是古代文學，或西洋文學，同樣地對於今日的東方讀者能激起羨慕、同情、歡樂、悲哀、恐懼，以及其他的情緒。但是文學也表現每個民族的特殊性格；而民族性由於血統、習慣、環境、時勢的關係，各各不同，呈着光怪陸離的色彩，從而影響文學的創造。在西洋文學中，既有英、法、德、意、俄等國別，同時西洋文學與東方文學，又交互着輝映對照，滙為兩個浩瀚的文學主流。因此，當我們以東方的頭腦去學習西洋文學時，我們必須克服一些幾乎不可超越的困難，換句話說，我們應當虛心地去探討一切造成西洋文學的民族與社會背景，搜索它的歷代遺產，追溯它的泉源，然後再以同情的心腸暫時忘懷了我們的東方傳統，置身在西洋人的社會中，似他們一樣的思索着、想像着、生活着，這樣我們才不致於用有色的眼鏡去觀望西洋的景色，或用固執的頭腦去解釋西洋的事物。養成了這種客觀的習慣後，我們始可遊刃有餘地去應付着西洋文學作品中的每個道德宗教與社會問題。

　　我們最初的工作，就在辨別出那幾種是形成西洋文學的主要品質，有一些什麼因素會貫注入西洋民族的血液中，影響着他們的文藝寫作，而在我們的頭腦中却是淡薄的或疏遠的？西洋文學有三個時期：古代、中古時代與近代，使它進展的也有三種原動

力：希臘藝術、耶穌教聖經，與促進工業文化的科學。古代的西
洋文學就是希臘文學，以及它的附庸拉丁文學；中古世紀是教堂
的全盛時代，耶教的勢力籠罩全歐，文學與別的學問一樣，不得
不仰承着它的鼻息；文藝復興帶來了近代的曙光，自十六世紀以
至十九世紀的三百年中，交熾着古典文學與浪漫文學的盛衰，而
浪漫運動的泉源即是神秘的中古世紀，它的古昔式建築與傳奇故
事。這種衝突繼續着，直到十九世紀的中葉，爲一個新興的力量
完全掩蓋了，這力量就是科學。二十世紀可以說是科學的，以及
科學所產生出的工業世界。最富敏銳感的反映着時代的文學，也
隨着與科學結上了不解之緣，於是有現代的西洋文學，其中也混
雜着希臘文化與基督教的成分。

　　明白了這個背境，我們且順着時代的程序略述這三種發酵素
給予文學的影響。希臘藝術的基本觀念，是審美的觀念，在圖畫
與雕刻，像在詩歌戲劇中，古代希臘人表現一種唯美的嗜好。前
者有着靜止的美，如一朵花，一個女人，有勻稱的和諧的形體，
引起高尚銳敏的感覺。這種對於美的意念同樣地應用在文學的創
造中，在這方面希臘人最高的理想是形式的完善，不但各部分配
合着平衡發展，而且在各部分之間也要互相調和，產生一致性的
美麗。爲要達到這種理想的形式，希臘作家謹慎地從事寫作，刻
意求工，嚴密精微，所以希臘文學亦是經典文學，他可以爲後代
文人作楷模，形式的完整與辭句的雕琢，也是中國文學的特色，
對於我們並不是新鮮的。不同的地方是：希臘人把形式的與身體
的美視爲至上的理想，藝術的主要條件；而在東方則一切都以道
德的標準爲歸依。這兩個民族對於美觀的本質在看法上根本不同。

在西洋，承襲了希臘人的觀念，一個女子如同一個男人一樣，他們的美麗在於健全、活潑、有生氣；而在古代東方，書生以文弱見稱，美女亦纖脚嬌步，大有弱不禁風的危險。把一個林黛玉放在維納司石像的旁邊，這兩位東西的美人將形成一個多麼強烈的對照！在美麗的描摹方面，中西藝術家的技巧亦不同。希臘的雕塑家把人像的面貌形體刻劃得輪廓明晰，栩栩如生；中國的畫家却用象徵的筆法輕描淡寫着他的人物，只啓示着一種想像的意境，沒有具體的表現。希臘人崇拜人體，擺在眼前的活躍的人體美，所以他們的信仰是堅實的。在東方，美的本質是輕飄的、不踏實實地的，因此形體美得不到真實的欣賞，爲道德的熱忱所代替了。這並不是說希臘人沒有道德，或他們的文學中缺乏道德的成分，我們僅說着，希臘的藝術以美爲出發點，亦以美爲歸宿，比較起來美麗的觀念重於道德的觀念。

關於基督敎與歐洲社會的密切關係，不在本文的範圍內，不擬加以敍述。我們所要注意的，是基督敎如何感應着西洋人民對於人生的態度，而這種態度又如何表現在文學內？差不多整個的西洋的道德、宗敎信條，大部份西洋的人生觀——除了少數接受希臘傳統者外——都是從基督敎蛻變出來的。這裏且提一點以爲例證，可是這一點却饒興趣的，特別是對於東方人。當基督敎在中世紀盛行的時候，人們崇拜着上帝與耶穌，又從耶穌的崇拜推及聖母瑪利亞，因爲她受孕於聖靈，所以她也是童貞女瑪利亞。對於這位童貞女的崇拜，在當時幾乎是一種普遍的狂熱，一種宗敎，至今尙遺留在許多關於她的文學作品、畫像、與雕塑中，這種對於聖母的宗敎熱忱，漸漸推廣爲對於一般婦女的尊敬。女性

是人類的母親，人類的孕育者，早在古代北歐的文學內已有敍述，
而這意念復與聖母的崇拜諧和着。在武士制度下，新的情緒開放
了花朵。除了酷愛着眞理、名譽、與自由外，一個典型的武士也
崇拜着戀愛，這是一種對於女性的浪漫的憧憬，一種要爲愛者忍
受一切犧牲的理想，一種不辭赴湯蹈火的服務精神，一種超過一
切情感的主要情感，一種寤寐不忘、輾轉反側以求之的熱望。尤
其是對於年輕的武士，如喬叟詩中的那個青年武士，這種精神的
戀愛是整個生命中的主流，是武士禮儀的最高表現。於是武士式
的戀愛也成爲中古文學中最流行的題旨，在太多韻文傳奇中連篇
累牘地描述着。這是浪漫戀愛故事的起始；從神聖的愛至塵世的
愛，相隔不過一個階段，是很容易演進的。在英文中，《高文與
綠衣武士》是一部很好的傳奇，裏面有幾段精彩的愛情韻文。降
至十六世紀，在史賓塞的《仙后》中，武士的愛復活着，而仙后
自己就是代表女性中一切理想的美德，幾乎如童貞女瑪利亞那樣
的值得接受着人們的崇拜。

　　從此以後，戀愛變成文學的主題。那個最熱烈的情緒，從它
人們得到最大的歡樂與最大的痛苦，是詩歌小說戲劇的泉源，西
洋文學的光芒。這在我們東方人看來，好似不可理解的，因爲在
中國文學中，除了一些小說戲曲外，戀愛這情緒簡直是自古以來
爲中國作家所不齒的，至少他們沒有把它坦白與現實地表現在作
品中；但是明白了這段歷史，我們也可恍然於爲什麼戀愛在西洋
文學中佔着這樣的重要地位。在另一方面，中古世紀對於女仕的
崇敬，已深入西洋人的血液，仍然映現在現代的西洋社會與西洋
家庭中。這種男女間相處的態度，也是研究西洋文學者所不可不

了解的，所以小泉八雲在他的演講稿《文學的解釋》開宗明義地
說着：

> 我渴望能給你們這個觀念，在西洋，存在着一種對於婦女
> 的情緒，雖然由於階級與文化而有程度上的差別，但却虔
> 敬得像一種宗教的情緒。這是千眞萬確的；不懂得這一點，
> 等於不懂得西洋文學。

在古代，正當這種希伯萊文化與海倫涅（即希臘）文化的影
響尙在繼續着互爲消長的時候，西洋人的理智又爲一種新的動力
所刺激着。最近一百年來的歐美，可說是一個科學的世界。科學
的精神與方法，早在英國伊利莎白時期，開端在培根的著作中。
培根與莎士比亞同時，是當代最顯赫的一個人物，在詹姆士一世
的時候歷任政府與法院要職；但終因貪汚的嫌疑，被革除職務，
逐出首都。現在我們記憶着他，因爲他是英文小品文的鼻祖，但
也因爲他曾寫作《新工具》一書，創始歸納法的邏輯，一種以觀
察與試驗爲理論根據的科學方法。近代的科學蛻生於此精神。在
培根死後的兩個世紀，西洋的科學逐有進步，但是改變整個人生
觀的科學發現，對於文學最有影響的科學作品，却是1589年出版
的達爾文的《物種原始論》，這部書騷動了歐洲的思想界，使人
們對於根本的生存問題起了疑慮，同時搖撼了宗教的信仰。在英
國，丁尼生試在詩中解釋與調協着耶穌敎與進化論的衝突，但他
的努力不足以遏止懷疑宗敎的狂瀾；生存競爭不只是動植物界的
現象，它也可以應用到人類的生活上。人生遇到新的估價，被發
現出這是一大串不變的艱苦掙扎，依照自然的規律而生存滅亡。
自然也變了顏色，不再有那種浪漫的光華與色彩，如昔日的詩人

那樣歌唱着。我們也不再想像月裏嫦娥在桂樹下搗着仙藥，因爲
月不過是地球的一個衞星，它的光亮是借得的。在這團冰冷的地
殼上根本沒有生命的存在；我們看不見銀河上會面的牛郎織女，
只知道這些密集的星星僅如太陽那樣是無數發光的球體，熾熱的
火焰可以溶化鋼鐵及一切物質；河內的水，在化學的分析中是氫
氣氧氣；人潛伏在海底，而沒有探到龍王的水晶宮；一切有詩意
的自然景物，多麼美麗，都可以解體爲一些無機的物質，肉眼都
看不見的核子與原子。宇宙的秘奧失去了，浪漫的氣氛消除了，
自然的美麗褪色了，科學的現實的世界正視着今日的人類。

　　代替了這些的，是一個嚴酷的社會環境。我們不但感覺到生
活的艱難，而且也知道這是人類必然的經歷；薔薇色的好夢已不
能長久做着了。古代希臘人尚可以把一切不幸的遭遇推諉於神秘
的命運；可是在近人眼光中，命運即是我們的環境，一個鐵面無
私的人生的監督者。人們不能逃脫他的掌握，正如古希臘英雄不
能規避命運的蹂躪那樣。哈代寫一個有志的窮困青年，不甘被束
縛於他的潦倒的環境中，他堅毅地向前邁進，但是他的每一步使
他陷入更深的泥潭，終於覆沒不能自拔，爲環境的鐵掌所揑死。
二十世紀對於宗教失去了熱忱的信仰，對於人生失去了童孩似的
依賴，懷疑、悲觀、徬徨，找不到一個靈魂的歸宿處。而機械之
神又那麼的殘忍、單調，不能給予人們精神上的安慰；相反的，
人們一不小心就會被壓死在他的輪環中，如歐尼爾所作《發電機》
劇中人物所遭遇到的；我們尚不知科學將如何從它自己所摧毀的
建築中，蓋造起新的輝煌的寶座來。

　　科學對於文學的寫作方法也有決定性的影響。這點可從兩方

面論述。第一、科學給予文學寫實的方法。科學注重試驗與事實，巨細兼察，精密正確。這種研討自然界事物與現象的方法，也被文學家採用以描述人生與社會。科學的態度是客觀的，所以文學家也置身於事物之外，用客觀的敍述以處理各種問題。一位現代的新作家這樣寫作：

> 我是一個照相機，鏡頭的開關打開着十分被動的。只是攝取，並不思索。攝取一個在對面窗子前修臉的男人，一個穿着睡衣在洗髮的女子。有一天，這幾張底片將被洗出，仔細地印成，貼好。

照相機與繪畫的不同，有如近代文學與古代文學的不同；而照相機正如近代文學，都是科學的產物。這種照相機的寫作方法，被動攝取全部景物，不加思索與剪裁，沒有主觀的成分，在二十世紀的文學中，無疑地是個主要的寫作方法，見諸小說與戲劇中。第二、科學間接地自心理學影響到人物的描寫。心理學可說是近代科學的一個寵兒，它誕生的日子尚短，但它却已爲文藝批評家開闢一條新的途徑，改換了作者對於寫作小說與戲劇的重點，因而也革新了我們對於文學的觀念。我們的興趣自故事被移到人物，特別是人物的心理分析。這樣的作法在十九世紀的英法小說中並不是沒有，但以前是偶而爲之，現在却受到了佛洛伊德的影響，變爲一種固定的趨勢了。佛洛伊德是維也納的一個醫生，心理分析的發明者，兩性關係的闡述者。他的對於人類腦筋的分析，被應用在人物的描寫中，於是不但一個人的動作、行爲、言語、思想，被敍述出來，連他的內心的欲願、半意識的思維，也都被赤裸地暴露出來。整個人的靈魂被解剖着，如一個科學家在實驗室內解剖着一隻青蛙與兔子。法國的普魯斯脫、英國的喬哀斯與維琪尼亞·吳爾芙、美國的歐尼爾，都是在文學上佛洛伊德的信徒，走向心理分析的途上，爲二十世紀的文學放射一綫異彩。

　　凡此一切，希臘的審美觀，耶教的教義，科學的人生觀，鼎足而爲支持西洋文學的三根柱石，在這上面西洋的作家建造起他們的神廟、堡壘、教堂、家庭、與工廠。我們東方的遊客隔着一條河眺望這些建築，當然不免模糊地看不大清楚。如何能造成一塊橋，以達到彼岸，清除了鴻溝的分界，俾得登堂入室，一遊這些房屋，欣賞其中的景物，這是每個文學工程師──西洋文學介紹者──的職責。

柳無忌

《西洋文學的研究》（台北：洪範，1978），9-21。

西方哲學與文學

我們先看文學與哲學到底有何關係？然後由此觀點來了解西洋哲學與西洋文學的發展。哲學與文學之間的關聯有兩層意義：其一，哲學是文學的思想背景。哲學乃理性的思考，它所建立的完整的思考體系可滿足人類知識上的好奇心，同時哲學可使人與人之間、人與宇宙之間，亦即人的大環境、小環境有所配合。因為人能知道何者為真？何者為善？何者為美？人就能安排自己的生活，也就能適應人的生活環境以及人的內在自我。在這樣的情況下，文學家在致力於反應人生，描摹人生，提出人生的理想，把自己的情感思想表達出來的時候，顯然都會受到哲學影響。事實上，文學家就是一個哲學家，而其表現方式則是多面的而更具體的，與生活及現實更為接近。由此看來，哲學當然可稱為文學的背景，尤其是在已有文化規模及文化潮流的特殊時代或社會。由於這些文化的規模及潮流都有其哲學的基礎，文學家處在這樣的環境，顯然會承受哲學的影響。所以，要了解文學作品，除了要了解現實生活外，更要了解文學家的思想背景及其作品所要表現的思想。其二、哲學可作為文學批評的工具。哲學可說是一種思考的訓練，而文學作品則訴諸語言的表達，凡是用語言表達的事物都有線索及理路可供探尋，有它內在的邏輯，而不是隨便的東西。因此，哲學可用外在的觀點，來分析文學作品的涵義、價值。由以上兩點來看，文學與哲學的相關性是相當明顯的。

　　基於這種認識，我們來看西洋哲學，從希臘、羅馬以至於中世紀的發展，如何影響了文學。在將哲學作為文學的思想背景而加以了解後，如何來說明、解釋西洋文學的表現方式及內涵所受到的哲學的影響，這是我們所要從事的探討。

　　希臘哲學是一個追求理性與秩序的哲學。它的目的，是要在宇宙中，在人的生活中，找到理性與秩序。任何一個文化的發展，必與其原始經驗息息相關。人類在形成集團後，就會共同享有經驗，這種經驗在希臘民族的發展史上，是一個 chaos，是集團 confusion，在這種情況下，遂有神話的產生，製造一個 order，以求在宇宙中找出縱的與橫的秩序。所以 Olympus 可說是希臘人初步對他們所經驗到的世界的一種想像。於是神話就有了解釋生活、安排生活的功能。但神話還不是一個完整的秩序，其中仍有許多矛盾衝突。諸神其實是人的 image，是人類的慾望、希望、情感的向外擴大，因任他們的缺點也就是人的缺點；透過神話，人類可看得更清楚自身的缺失。比如說宙斯神多慾，另一方面他也講求正義，所以說有多面的矛盾，那麼事情的發展究竟是怎麼回事？希臘人相信有所謂的命運，冥冥中有一個最後的 dark force 在支持着所有事情的發生，這是一個永遠產生力量的來源，是最後解釋的根據，當人有了更多知識，有了解決事物的能力之後，會開始對神話有所懷疑及批評，如此一來就產生了西方最早期的希臘哲學。希臘哲學是希臘人對於生命經驗所作的一種理性與秩序上的追求，是繼神話之後再重新尋求的更高一層的理性與秩序；正因為神話的不合理及對 chaos 的恐懼，所以希臘人更傾向於對秩序與理性的追求。他們甚至給秩序與理性一個稱呼，叫做

logus，此字即為後來 logics的起源。 logus 的發生是由於人與人間的交通而產生的一種對事物的認知。因為希臘人所追求的最後的秩序還是以人共同的經驗作為基礎，以達到理想的社會及政治秩序。此種追求可以柏拉圖的理想國作為代表，柏拉圖的理想國所顯示出來的是一種大宇宙、中宇宙及小宇宙的配合。大宇宙是指整個的本體世界、理念世界，是world of forms，此為完全透過理性來認知的完美世界。中宇宙是指社會的秩序、政治的秩序、法律的秩序，換言之，也就是人的 humanity，人的世界。小宇宙則是人內在的世界，人存在的自我秩序。希臘人認為這個自我不可離開形體而存在，稱之為 soul。此三宇宙各有其自身的秩序互相配合成一整體秩序。這是柏拉圖最高的理想。⋯⋯

中世紀的哲學為理、氣、信三者的結合，亦即希臘的理性加上羅馬帝國的經驗再加上基督教的信仰。表現在文學上乃有中世紀以上帝為中心的寓言與傳奇文學，最後疲乏漸生，終於有文藝復興的要求返回自然與人本主義。於是希臘哲學又告抬頭，尤其是柏拉圖的哲學，以其追求之熱誠而為新生哲學所重視。新的生活經驗有賴哲學家來重新組織而建立更高一層的秩序結構。

以上講的是理性開展的過程及演至中世紀信仰的流變，理性與信仰的結合，表達出一種aspiration，一種對人生的祈望。

從理、氣、信的觀點再來看哲學與文學之間的相互影響，我們可得下列的關係式：

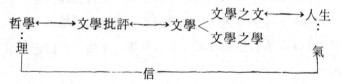

理規範人生（氣），人生影響哲學（理），二者互爲影響、交互作用；信則爲其間的過程。

……

中世紀以後，基督教對上帝之“信”開始動搖。由內在發展而言，“理”用以分析的內在邏輯已達極限；由外在環境與現實而言，如十字軍的東征、新大陸的發現、歷史進化的觀點以及天主教內部的腐化、馬丁路德的宗教革命等等皆足以造成信的動搖。人開始對“人”自身有了新的發現；人對人與自然的欣賞也進入了新的境界；同時人們也把眼光拉回現世，開始注意起人間的美好。這就是人文主義的產生。人文主義用人爲中心的眼光來重估人所處的世界，更重新肯定人的地位與人間的價值。不過西方的人文主義與中國人講的人文主義是有所差異的；中國強調人與自然的和諧，講求的是天人合一的境界；西方的人文主義則將自然視爲一客觀物，致力於對自然的探索及利用。 在文藝復興前，“自然”的物質被認爲是墮落的，發展至浪漫主義則主張到自然中尋找自我，並肯定生的價值。如布魯諾（ Bruno ）的泛神論，即將神與自然視爲一體，並謂自然就是生命。

西方的人文主義自文藝復興後，可分爲兩大支，一是浪漫主義，如布魯諾，主張將上帝拉回到自然界中，上帝就是自然，自然具有神性；史賓諾沙亦持有相同看法，並將人與自然的關係拉近。另一支爲笛卡爾所代表的理性主義，將自然理性化，透過理性、 logus 來了解眞實，這種精神可說是現代哲學的起源。在兩支學派中，前者接近柏拉圖，更爲理想化；後者則接近亞里士多德。

中世紀的哲學家以"理"來理性化信仰，笛卡爾則用"理"來了解真實。他說"我思故我在"，此命題之大前提為上帝，由此推出上帝理性的存在；上帝之為一實體（substance），乃是世界之真實的保障，而非僅為宗教的信仰。笛卡爾同時提出方法論，指出思想的明白清晰即是真實。他的另一理論為：任何思想都可化為最簡單而無法再分析的思想原子，由此他提供了一個分析的方法：明白清晰即是真理。可以說，他重建了一個新的思想系統，新的人生觀、世界觀。他的宇宙是一個數理化的宇宙，這一直影響到十八世紀的啟蒙時代。此外法國興起一個百科全書學派，主張將所有知識搜集起來。此外，還有自然神論（Deism），可說已達理性主義的極至，在理性的籠罩下，整個宇宙可用一套方法分析出來。在這些觀念的影響之下，導致了科學方法的產生及機械主義的發展。

培根則除了強調方法、理性，更揭櫫知識化的"經驗"。此"經驗"乃指人的感官與自然接觸的感受，可說是一種狹義的感官經驗，他並指出經驗加上認知能力等於知識，科學精神由是而生。Principle of sufficient reason 的理論說明進步是絕對的，理性可解決一切問題。可是，我們知道，氣的人生不斷在變動，人生的種種問題，理性未必能完全籠罩。所以，一種知識上的壓迫感、窒息感由此而生。 人開始懷疑， 理性是否真能完全解決"氣的人生"？生活環境對知識產生挑戰，導致人對知識的懷疑、反動，於是需要感情、想像來做更高知性上的突破：在哲學有唯心派的抬頭，在文學上則有浪漫派的抬頭。

十九世紀初康德將理性與經驗做最大的綜合以說明(真理性、

知識）、善（道德）、美三者如何結合，他提出超越的理性，一種不受經驗束縛的理性，整個氣勢、沉思超越理性，其中產生了一種理想主義（ idealism ），講求 insight ，以眞知灼見爲其目標。例如黑格爾之以 “絕對精神” 說明一切。十九世紀之浪漫主義，打破了理性限制，用想像力來尋求新的空間，接受理想主義的精神，主張心靈可突破並創造一切，如柯勒律治（ Coleridge) 即受新康德主義影響。浪漫文學以布魯諾及斯賓諾沙之學說爲其背景，其精神可回溯至柏拉圖，較重視理想，笛卡爾則爲亞里士多德式的。

　　古典主義乃是一種文藝復興時代對古希臘理想與生活結合的嚮往，它所講求的是有機結合及平衡、和諧、規律的美。新古典主義則是一種對理性、技法加以研究的精神（一如中國之《文心雕龍》），對道德規範亦加以強調。如英詩的形上學派，則致力於隱喻的雕琢及意象的經營。浪漫主義乃是對古典主義的反駁，想要打破理性的規範，強調想像、情感的探索。它可說是一種唯心主義，追求一個無限創造發展的自我，乃是a new study of individual feelings。

　　十九世紀以後，科學以及科技實際影響了人生，再加上都市化、資本主義、國家主義、達爾文的進化論等等紛紛興起或出現，造成了極大的環境變遷，可稱之爲 The Great Transformation，此種 transformation 透過社會結構、生活環境的改變帶來了新的人生經驗，以致使 “氣” 受到壓迫，於是文學上需要尋求新的表達方式，哲學上則需要新的理論體系，尼采、祈克果、康德、史賓賽等相繼提出新的哲學思想。尼采強調意志的重要，追求一種超越的超人理想。不但宣佈上帝之死，也宣佈理性的死亡；他重視氣的存在。祈克果則重新肯定信，人必須要從痛苦中重證"信"，在絕望中再肯定上帝；而在這種過程中，每個個人都是孤獨的。他超越"理"而找到一個 new dimension of faith，可稱為 dynamics of faith。孔德則主張以科學方法冷靜地來觀測人生，人生仍有可能被了解。不但自然有其自然律，社會也有其發展趨向（此觀念影響了後來的馬克斯）。他並認為我們可透過科學方法來認知社會環境，進而解決"人"的問題。他的哲學可說是一種理性的再肯定。

在以上所述等之 great transformation 之下，文學上也有了多元的表現。寫實主義繼浪漫主義抬頭，肯定現實、暴露現實，對社會的關心大於自然，如狄更司、左拉等。而新浪漫主義也開闢出新的表現方式。

Great transformation 的結果帶來了兩次世界大戰，更造成了 dehumanization 的現象，人由"人"的地位變而為物，甚至物都不如。人本來可以對自我持有信心的，然而在科學的發展下，人似乎喪失了對自己的信心。 Great transformation 之下，declassicalization 與 deromanticization 雙重影響的結果給人帶來了價值的失落，空虛感由是而生。此種空虛感與落寞感在兩次大戰中更形普遍化與複雜化。存在主義仍應時而生，此乃為體驗過 great transformation 之後所產生的意識形態，認為痛苦乃人類存在的範疇，其觀念與佛家的生老病死類似。在巨大的環境變遷之下，生命之"氣"所遭遇到的特殊環境，非理性所能籠罩，在此情況下之上帝亦無能為力，此說可以沙特為代表。

　　此外並有現象學的發展，對世界的現象做無主觀意見的純粹客觀了解及描寫。由於其方法無選擇與假設，所以可說是比科學更客觀，是一個意識不沾染任何先驗價值的方法，是純粹現象的純粹觀照。

　　此外也有法人 Derrida 的文法學，強調語言表現是空洞而無意義的，文字符號只對個人才產生意義，整個的存在意義就在於存在的過程。

　　二十世紀是一個自我反省的時代，在這樣的時代中，如何突破各種思想滙聚的困境，如何從自我懷疑達到 self - information 如何一面用船，一面造船？這是二十世紀的重要課題，而 para - dox 可說是描述二十世紀理、氣結合最恰當的字眼。

成中英

〈西洋哲學的發展——兼談其影響下的文學〉，
（台）《中外文學》9. 4. (1980)，4-15。

文學研究與思想史

A little learning is a dangerous thing;
Drink deep, or taste not the Pierian spring.

多是半成品，涵泳貴深嘗

我們都知道，這兩行詩是頗普（ A. Pope ）作的。當時他還
不足廿一歲，也便是今天大學三、四年級同學的正常年齡。我在
還沒有好好讀＜論批評＞全詩以前，已經記得了它，因為它們是
梁實秋先生為我題紀念冊的話…

我們要了解頗普為什麼那麼寫，梁先生為什麼那樣引？以及
寫與引結合產生的新義，所走的道路必然要在文學作品的本身以
外。換句話說，就是孟子的 "以意逆志" 和 "知人論世" 的途徑。
"以意逆志" 是頗普到歌德都曾講過的， "知人論世" 則顯然特
別接近泰涅的機械的宿命論，雖然它也曾由茅盾修改為 "民族、
時代、環境、與作者的個性" 介紹到中國來。這種方法，與新批
評的泯滅時代界綫的 synchronic（ 同時性 ）看法大為不同，而偏
於相對的 diachronic（ 異時性，即視作品為特定時代環境的產物 ）
原則。至於 "以意逆志"，尤其顯得與 "作者原意謬論"（Intentional
Fallacy ）的規定大異。但是，我們要知道，或者如胡適先生所
說，一切規則都不是金科玉律 ， 而是大有商榷餘地的。 魏謨塞
（Wimsatt）的說法早已有了赫詩（ E. D. Hirsch ）的 "闡釋的正
確性" 表示異議。新批評是要闡釋的，宋苔閣（ Susan Sontag ）

則乾脆反對一切闡釋。但她的《反闡釋論》一文本身便是闡釋，她認爲堪爲楷模的＜從托吉家看去＞一文，更是闡釋。文學批評的方法很多，但人類旣非十全十美，他所能研擬出來的方法，也必然不能包羅無遺，可以"一言而爲天下法"。我們所需要的，因而是包容，而不是排斥，是開明的態度,隨時從善如流的涵養。顏元叔先生在《中外文學》上一期跟葉嘉瑩先生抬槓的文章，據我讀來，主旨便在這一點。因此，他說，"從現代看古代，其中有兩個關鍵，一是肯定現代意識，二是了解古代眞相。"

要肯定現代意識，了解古代眞相，其實便是"知人論世"。至多只是孟子所說，所要知的人與世，大抵是指古人前世而已。但孟子論交友，也並非只講前代，也要說當世，甚至還希望兼及後人的。這種看法或者應該是從事批評時應有的知識的正則。在若干方面說，葉先生與顏先生的批評方法與態度的分別，與其說是種類的差別，毋寧說是程度的差別。至少，他們兩位沒有一位是否定傳統的。要了解傳統，自然必須從歷史裏去找，或者至少要把文學作品，也部份視爲歷史文獻，再從它的裏面去找。其實，不僅相沿下來的傳統是如此，現代的意識又何嘗不如此？什麼是現代？從什麼時候開始？現代意識始於文藝復興裏的人文主義；現代科學很多人視爲始於培根；現代小說始於十八世紀；現代詩——是始於波特萊、霍普金斯還是始於歐立特？現代批評是始於安諾德、森茲拜里（G. Saintsbury）、克羅齊（B. Croce）、休謨（T. E. Hulme）、或白璧德（I. Babbit）、歐立特與龐德或李查茲、或那批美國南方農業改革派？不論我們從哪裏算起，這些創始人物泰半都已謝世，至少也很少70歲以下的。他們的生平與思想，都已成歷史的一部分，傳統的一部分——歷史與傳統，本來就是一道有源頭却無終點的持續長流。這樣看來，不論我們是要肯定現代意識，還是要了解古代眞相，都非從歷史入手不可。

　　同樣地，我們說文學是人生的反映。我們要了解這句話的眞義，便要知道這是從亞里斯多德或柏拉圖的模仿論出來。我們還要知道，這句話裏面還暗示，它只是反映，並非就是人生的本體。因此，文學與人生有極密切的關係，但是各立門戶的。這樣的看法發展之初，是載道論，而到了發展之末，便要成爲言志論了。載道與言志，是我們的傳統觀念，却與西洋的傳統，所謂鏡（模仿或反照）與燈（表現、創造或自照）的，不謀而合。但是我們要了解，載道與言志，都只是相關或相對的說法。只要人一天是社會加上個人的二元的產物，載道既難免言志，言志也少不了載道，其分別只在名詞的闡釋而已。這可見闡釋是一天也少不了的。我們當然也知道，這兩者互爲重輕的遞嬗，形成整部的批評史。作者何以或重於此，或輕於彼？是歷史，或者說是思想史的發展略加個人選擇的結果。思想史的本身，當然與政治、經濟、社會等歷史息息相關，或者說是它們的綜合產物。正因爲它是一切人類文化活動的綜合，它成爲有志致力於文學的人，非正視不可的東西。

　　所謂思想史，根據我的了解，是關於各時代相沿流傳，由大衆或有意或無意地相信或持有，對於天道與人事的看法的歷史。這其中可以包括業成體系的哲學，更多的是一般視爲當然，並不需加以證實的道理。這類思想，縱或是成爲體系的哲學，我們所關切的也並非思想體系的本身，而是它業經通俗化，深入民心而居之不疑的部分。換句話說，它可以包括佛洛伊德或榮格在心理分析上的理論，但不是專家所了解的，而是外行由讀者乃至道聽途說以後對它的了解。再換句話說，它是外行對這類思想的浸潤與反應或初步而無意識的闡釋。

　　這種認識，便是我在開始時引述頗普的詩的原因了。二十世紀是一個專門研究的時代，也是所謂知識爆發的時代。從前說"學富五車"，便好像滿腹經綸，如果我們想到從前的簡編、抄本乃至木刻大字的書的內容，便知道五車其實並沒有太大份量。今天要想以五車爲目標，就要顯得懸鵠過低了。書既如此之多，學問如此之浩如瀚海，我們治文學的人，偏又非樣樣都懂得一點不可，然則儘管我們願意承認A little learning is a dangerous thing，我們既無 drink deep 的可能，便只有先從 A little learning 下手，雖然其結果是"樣樣通、樣樣鬆"，也是無可奈何的事。

　　我們承認，接受了這種能力上的限度，便可以發現，只要我們能夠虛心與誠意地尋找問題，我們在研讀文學作品的時候，就能達到或增加前所未有的深度。舉例來說，西方的文化背景，是希臘與希伯來兩大民族的傳統，或者說是古典主義與基督教義。這兩種思想背景，交互爲用，表現在各個作者的作品中；而因爲作者的環境與個性的差異，產生出五花八門的反應與表達。人類自古看到，天上的日月星辰，地下的山川動植，各自有大有小，有強有弱；在人事上看到群居生活裡，必然有長有幼，有主有從，很自然地便想到天道與人事，有相類相通之處。經過思想家的公式化，在希臘便是柏拉圖的理想國中的階級劃分，在中國便是天子庶民與尊卑長幼的序列，在基督教義裏便是上帝、天使、人類及一切有生無生者的區別。這種思想，在思想史裏便是中古以後西洋人一致視爲當然的 "存在之鏈"（Chain of Being）。我們儘管不必知道，這條鏈子包括了對上帝創世的另一種看法（放射論 creation by emanation 上帝是光，燭照所及，皆爲上帝所造，而其尊卑則視各物與光源的距離），包括了柏拉圖思想到新柏拉圖主義間的轉變，却是非知道有這條鏈子不可。否則，我們讀到莎士比亞使攸利西斯講 "品階"（degree）的時候，便要不知所云；而對彌爾頓（Milton）的史詩，也必然要缺乏了解，從而對十八世紀的新古典主義，與十九世紀初的浪漫運動，少了一層體認。沒有對品階的接受，便沒有對品階的反叛。自波希米亞主義到馬克斯主義，其實都是反叛的一部分，而自狄更斯到《黑奴籲天錄》，則無疑是對品階作基本上的接受。

這只是一個例子。這個例子可以推展到更廣泛的領域裏去，例如文學形式的高下之類。顏元叔先生提到文學與人性的問題。至少暗示了人性是不變的。這是一個很重要而又頗受異議的論點。人性的是否有變，或它的本質是什麼？也是這方面的思想的推演。我們不能了解思想史，則縱使自稱用的是新批評的方法，僅就文學作品的本身進行分析，其結果只是瞎摸而已。

侯　健

<文學研究與思想史>，

（台）《中外文學》2.8.(1974)，4-8。

思想史和文學發展史的與合研究

　　東西方比較文學中另一個可能結出碩果的研究領域是思想史
和文學發展史的綜合研究，其中文學和抽象思想的其他有系統的
模式之間的關係必定揭示出不同的文化之間的某些親緣關係。因
爲無論是在東方還是在西方，人的基本願望是極爲相似的。因此，
在不同民族的文學之間存在着某種關聯性。譬如講，在研究十八
世紀俄國文學時，如果我們熟悉當時英國和法國的文化運動，就
事半功倍。這樣的理解揭示兩種文學之間的因果關係，證實兩種
文學各自的價值，最終形成世界性的文學觀念。但是，必須記住，
應用這種研究方法時，我們不需要文學軼事，也不需要博斯韋爾
式或卡萊爾式的傳記作家，因爲個人並不構成我們研究的主要對
象。

　　根據上述觀點，我們肯定可以說，東西方比較文學是文學研
究的一門分科，它超越民族的界限而對東方和西方的文學作品進
行比較，通過思想的交流和比較來尋求相互間的了解，它並不抹
殺各民族傳統的獨特性，只是賦予它一種新的表現形式，使得比
較文學成爲交流的普遍媒介。

　　我認爲，採用西方批評理論來分析中國文學作品時的主要問
題是，這些理論究竟是否適用？錯誤的判斷是引學者入歧途的一
個因素。當一位批評家忽視特定的文化環境，並把西方的模式強
加於中國作品上時，誤解和誤述就接踵而來。譬如講，根據西方

語言的構成而把一行詩句的整個字句結構分解開來的那種對中國詩歌的文體分析法，往往誤解作品的美學價值，因爲字句分析傾向於強調屬於技術性的語言構成上的優缺點；而中國詩學則強調直覺性的美學鑒賞。在評價李白或杜甫的詩歌的偉大之處時，從主賓關係或主謂關係那樣的字句結構着眼來討論詩篇是遠遠不夠的。

　　中國古典的文學評論既有直覺性的又是激勵性的——在鑒賞方面是直覺性的，在作用方面是激勵性的。直覺性的評論很難下定義，因爲它強調"意會而不言傳"。直覺性的評論闡明內在和外表、主觀和客觀以及形式和內容的兩方法，視所有這一切爲一種統一的整體。它像佛家所說，即存在於萬物之中的佛性，意指包藏於文學作品之中的"神韻"。它又像道家說法，把"藝術美之不可言傳性"比作老子所說的"道可道非常道"。

　　但是，在某種意義上說，直覺性評論作爲一種批評方式有其內在的矛盾。一方面，它企圖引起一種技術性功能的作用，這種功能能夠而且應該回答科學（此處指分析法和精確法）所提出的問題。另一方面，它又希望能夠灌輸一種符合美學要求的鑒賞感。它常常在兩方面都不成功。確實，美無法用精確度來測量，也無法用科學化的標準來分析。能欣賞"山迴巒轉疑無路，柳暗花明又一村"這兩句詩的美的人，也必會對下列詩句有眞實而深厚的感受：

　　　明天，明天，再一個明天；
　　　一天接着一天地蹣步前進，
　　　直到最後一秒鐘的時間；

> 我們所有的昨天，不過替傻子們照亮了
>
> 到死亡的土壤中去的路。

直覺性的評論的這種內在矛盾，可以通過被美學理論泛稱爲美的概念的個人感受來解決。

我們對直覺性評論採取寬容態度，因爲"眞理必定意味比事實知識更進一步"。分析性的事實儘管得到科學的檢驗，並不表示永恆的眞理；如果沒有"新見識的氣息"，它們最終就成爲僵化的事實，蒙蔽我們的眼睛，使我們無法"正確掌握這門學科"。

文學評論的激勵性概念在儒家的道德哲學中比在實際的評論文章中表露得更顯然。我們可從孔子對其弟子的評語中見到儒家如何強調個人道德信念爲基礎的行爲和這種信念與文學創作之間的關係。這再一次地表明想使思想和表達方式、內容和形式以及內在和外表合爲一體的願望。在中國的激勵性概念和亞里士多德的磁性論（ the Neo-Platonic idea of emanation ）之間可以找到聯繫。西方作家們隨後提出的文學概念就是實例。現代西方文學評論概念中對這種古典評論傳統的背離，爲對東西方比較文學評論研究有興趣的比較文學家提供了稱心合意的啓示。中國文學評論的領域將由於包括了社會學的、心理學的、原型的和其他的方法而得到擴展。同樣地，西方文學評論也將由於直覺性鑒賞的感染而得到充實。

我們在探索可能性時，面臨着極其艱鉅的挑戰。我們須排除個人偏見、文化與哲學的誤解，以及敎條式的方法，才能打開比較文學的大門。

袁鶴翔著　　董翔曉譯

〈比較東西方文學的可能性之探索〉，

（上海）《外國語》3（1982），55-60。

文學與宗教

　　自古以來，文學便與宗教有著密不可分的關係。所謂宗教，指的是有所"宗"奉（神）以為"敎"導（人）的依歸。《後漢書・祭祀志》謂："祭祀之道，自生民以來則有之矣"；既有祭祀，便自然產生宗教。許多學者已經指出，文學源於宗教。觀諸中外典籍所載，此殆確論。我們且先拿中國的情況來說。《詩經》是我國最早的文學總集；其中的＜周頌＞正是成康時代的宗教詩。頌乃宗廟之樂，用以享祀侑祭、祝告神明。＜周頌＞中的"思文"、"清廟"等篇多與祭祀有關，其為宗教詩，固無可爭議。楚辭＜九歌＞也咸認為是透過祈雨和增殖儀式以求土地豐饒的歌詠，故亦屬宗教詩無疑。戲劇的起源雖可上溯到原始時代的歌舞，但畢竟仍與國家祭祀有關，何況原始時代的歌舞本來就帶有相當濃厚的儀式性和宗教色彩。而據王國維的考證，中國戲劇"當自巫優二者出"：巫主以歌舞樂神，優則主以調謔悅人；自漢以降，俳優間演故事；及北齊，始合歌舞以演一事。再說，上面提過的＜周頌＞和＜九歌＞也都含有舞樂的成分，是詩歌，也可視為戲劇的雛形。可見中國戲劇的起源不能與宗教脫卻干係。

　　自兩漢以還，佛道開始與儒家鼎立為三，佔據了中國人的思想，也大大影響了文學論著和創作活動。在文學論著方面，像梁劉勰《文心雕龍》、唐司空圖《詩品》等，雖皆標榜儒家思想，卻也出入老釋。北宋契嵩《鐔津文集》陽儒陰釋、德洪《石門文

字禪》饒富禪機，是爲典型的釋家文論。唐宋之際，禪學大盛，
禪宗北南二統之爭，終爲江西詩等宗派催生，深深影響詩學的發
展。而嚴羽《滄浪詩話》主張妙悟神解、貴在自得，尤爲集大成
之作。他如清王士禎、吳喬、朱庭珍、袁枚等文家亦多詩禪之論。
在詩作方面，深受佛道影響的魏晉詩人，諸如謝靈運、嵇康、阮
籍、郭璞、孫綽、許詢、陶潛等，多以招隱遊仙、佛理玄思爲題
材，遂使其詩作“淡乎寡味”，“平典似道德論”。唐宋詩家在
禪宗的影響之下，以詩寓禪、以禪入詩者比比皆是：像陳子昂、
杜甫、王維、白居易、皎然、寒山等唐詩名家；蘇軾、黃庭堅、
陸游、楊萬里、姜夔、劉克莊、呂居仁等宋代詩人，都不能免。
其他像虞集、楊載、袁桷、趙孟頫等元代知名之士，則與道敎茅
山宗相通聲氣，多有吟詠酬贈之作。

　　佛道思想對於小說、戲劇和散文方面的影響，也同樣旣深且
遠。它們提供了寫作素材，並引進表達形式。佛家所宣揚的輪迴
果報觀念和道敎所建立的神仙世界，在在助長了俗文學的發展。
在小說方面，六朝志怪表現了善惡報應的觀念。唐代傳奇在文體
上、結構上和內容上都很受佛敎的刺激和影響。唐代變文對於後
世小說的影響尤深：像《季布歌》等宋代白話小說，顯然就是受
變文影響而產生的俗文學。另外，像《西遊記》、《封神演義》、
《水滸傳》、《金瓶梅》、《聊齋誌異》、《紅樓夢》等長篇小
說則或多或少染上佛道思想，前二者簡直就是宗敎小說。戲劇方
面的作品也同樣饒富宗敎意味。明初寧獻王朱權《太和正音譜》
曾依內容將元雜劇分爲十二科，以“神仙道化”居首，而以“神
頭鬼面”（即神佛雜劇）殿末；當時流行的八種分類中，亦有

“神佛雜劇”一類。而羅錦堂將現存一百六十一本雜劇，依其內容分為八類；其中，“道釋劇”佔廿二本，“神怪劇”佔四本，可見其比例甚高。其他像明朱有燉的雜劇中亦有“道釋劇”一類；而將《陳光蕊江流和尚》、《呂洞賓三醉岳陽樓》等明清傳奇稱為宗教劇，也並不為過。最後，在散文方面，像嵇康的＜養生論＞、阮籍的＜大人先生傳＞，涉及神仙長生之說，與道教有關；白話文源於宋明理學家的語錄，宋明理學家的語錄仿自唐代禪師語錄，而唐代禪師的語錄則又取法於變文，亦可見佛教影響之一斑。

　　西方的宗教信仰和人們的日常生活間所形成的關連較諸中國的更為緊密，其宗教與文學間的關連亦因而更難分割。古代希臘和羅馬都信奉多神教，相信宇宙間的萬事萬物都有神祗專司。這些神祗除了具有超人的力量外，還具有人性；神祗之間和人神之間的種種關係，編成美麗的神話，成為日後歐美文學取用不竭的寶庫。而儘管荷馬曾經挪揄過愛神和戰神之間的姦情，但奧林帕斯山（Mt. Olympus）上的眾神依舊是希臘人民崇敬的對象。他筆下的《伊利亞德》（The Iliad）和《奧德賽》（The Odyssey）則是宗教意味十分濃厚的史詩。古羅馬對於外來宗教或禮儀，向來極其容忍；因此在征服各地後，亦將其神祗帶回羅馬設廟置祭；到西元前一世紀，已經多達三萬。其萬神殿也織成了羅馬人民的信仰。而維吉爾（Virgil）筆下的《伊尼亞德》（The Aeneid）則鮮活了眾神的形象，深植於羅馬人民的心田。在戲劇方面，亞里士多德（Aristotle）雖然在《詩學》（Poetics）中主張文學源於遊戲和模倣，但無可否認的是：古希臘的戲劇乃因崇拜酒神戴奧尼索士（Dionysus）以求豐饒而起。彼時的祭典歌舞和奉獻儀式當然是宗教性的。而戲劇固然是爲宗教服務，卻也同時爲西洋戲劇史創造了第一個戲劇的黃金時代。

迨至基督教於西元三九二年正式成爲羅馬帝國的國教後，聖經亦漸深植人心。到西元四世紀，基督教已統御整個歐洲的思想，並成爲黑暗時期的中流砥柱。中世紀文學的兩條路線，一是由俗民寫成的宗教文學，可以但丁（Dante）的《神曲》（The Divine Comedy）爲代表；另一則是騎士文學，可以法蘭西最早的敍事詩《羅蘭之歌》（Chanson de Roland）爲代表。前者記敍人由陷於罪惡的深淵，經地獄、淨界而天堂，終獲救贖的歷程；後者雖多涉軍國大事和沙場捐軀之舉，卻也同時表露了強烈的宗教意識。流行於中世紀的神秘劇（mystery plays）、道德劇（morality plays）和奇蹟劇（miracle plays）都是宗教劇。神秘劇取材於舊約和新約，搬演的是創世、洪水、復活、末日審判等故事；現存的《第二牧人劇》（The Second Shepherd's Play）便是一例。道德劇要在指出，人在短暫的塵世生活中，應追求美德，以期來世獲得永生；目前可見的道德劇中，以《凡人》（Everyman）最爲知名。奇蹟劇搬演聖徒的事蹟，演出的時間通常也就訂在慶祝各該聖徒的節目。這些宗教劇都是教會針對一般民衆宣揚教義、灌輸宗教知識而發，當然都具有濃厚的宗教意味。從十三世紀以後，這些宗教劇開始離開教會到市集演出，對於歐洲文藝復興以後的戲劇具有深遠的影響。

自文藝復興時代以還，基督教勢力連遭衝擊與挫敗。隨著文藝復興而來的是人本主義的抬頭，取代了中世紀以神爲主的觀念。十六世紀引發了宗教改革；十七、八世紀的啓蒙時代產生了理性主義；從十九世紀起，自然科學急遽發展；到了廿世紀的今天，科學大有取代宗教的趨勢。儘管如此，基督教在西方社會依舊佔有極其重要的地位，對於文學的影響也相當深遠。聖經典故見諸文學作品的，俯拾可得。而宗教性高的文學作品也是難以盡數。在詩作方面，密爾頓（John Milton）的《失樂園》（Paradise Lost）和《樂園重獲》（Paradise Regained）、格雷（Thomas Gray）的《教堂墓園之哀歌》（"Elegy Written in a Country Churchyard"）、歐立德（T. S. Eliot）的《四重奏》（"Four Quartets"）等都是佼佼之作。在小說方面，班揚（John Bunyan）的《天路歷程》（The Pilgrim's Progress）、葛士密（Oliver Goldsmith）的《威克菲爾德牧師》（The Vicar of Wakefield）喬伊思（James Joyce）的《都柏林人》（Dubliners）、《一位年輕藝術家的畫像》（A Portrait of the Artist as a Young Man）等都是我們耳熟能詳的傑作。在戲劇方面，馬羅（Christopher Marlowe）的《浮士德悲劇史》（The Tragical History of Dr. Faustus）、莎士比亞的《威尼斯商人》（The Merchant of Venice）、密爾頓的《霸王妖姬》（Samson Agonistes）、墨里耶（Jean-Baptiste Poquelin Milière）的《塔迪弗》（Tartuffe）、歐立德的《大教堂謀殺記》（Murder in the Cathedral）等都是不朽名作。在散文方面，像聖·奧古斯丁（St. Augustine）的《懺悔錄》（Confessions）、佩脫拉克（Francis Petrarch）的《給戴奧尼修的信》（"Letter to Dionisio da Borgo San Sepolcro"）、但恩（John Donne）的講道辭等，也都聞名遐邇。我們只要翻開《聖經典故辭典》（A Dictionary of

Biblical Allusions）一類的參考書籍，就更能知道，西洋文學作品的字裏行間多蘊含著宗教意味。

以上僅就中國和西洋略論文學與宗教之間的關係，所舉的實例也只是吉光片羽而已。世界其他地區的文學也同樣頗受宗教的影響。在東亞的韓、日如此，在中東一帶的回教世界亦然。隨著中華文物的東被，日本產生了《物語草紙紀行》之類以佛家思想爲骨幹的作品；他如和歌、連歌、俳偕等詩作也不例外。而基督教的輸入，又在日本文壇上造成了另一次激盪，像當代作家遠藤周作便有"基督教小說家"之稱。回教世界向來盛行敍事詩、抒情詩、民謠和小調。十二世紀波斯詩人奧瑪‧凱揚（Omar Kha-yyám）的四行詩《盧拜集》（Rubáiyát）經英國詩人費滋傑羅（Edward Fitzgerald）迻譯，至今仍爲世人津津樂道；而十四世紀小說《天方夜譚》(The Arabian Nights,or One Thousand and One Nights)尤爲馳譽於世的不朽名著。

張靜二

＜文學與宗敎＞，

（台）《中外文學》15.6.(1986)，4-8。

文學與藝術的關係

　　儘管 " 藝術 " 一詞的定義古今中外不盡相同 ❶ ，但藝術所涵蓋的範圍則是相當確定。目前所謂的藝術主要包括文學、音樂、舞蹈和視覺藝術 (卽繪畫、雕刻與建築等) ，另外還應加上崛起於十九世紀末期的電影藝術。而在中國藝術史上，書法佔有不可忽視的地位。其他像陶瓷、刺綉等工藝美術，在中西藝術史上都僅居次要地位。我們且不說這些心靈的產物要到何種程度或水準才夠上藝術之名，但它們既然都有藝術之稱，彼此之間究竟有些什麼關連呢？更確切地說，文學 (尤其是詩) 跟其他藝術到底有什麼關係呢？下文將針對這個問題分成三部分進行討論。第一部分擬略舉中西藝術史上文藝交流或相映的事實；第二部分將略述比較文學研究對這個問題的態度；最後一部分則試圖指出可行的研究方向，以爲參考。由於篇幅所限，下文的討論僅止於文學與書、畫、音樂、建築、雕刻以及電影的關係，至於表演藝術、肢體語言等姑且從略，以免龐雜。

　　我們只要對照中西文藝史，便不難發現二者之間有許多類同的現象。以下擬就創作才具、文藝交互影響等方面，略舉中西雙方的實例來指出這種現象。由於本文只探討文學與其他藝術之間的關係 (如文學與音樂等) ，對於其他藝術之間的瓜葛 (如繪畫與雕刻等) 將存而不論。

　　先就藝術家的創作才具來說。在西方，兼擅兩種或兩種以上創作能力的藝術家似乎並不多見。據西洋藝術史或藝術辭典上所載，我們的確可以看出：西洋藝術從古希臘起，不管是在中世紀、近代世界，或是二十世紀，都產生了不少重要而不朽的藝術家。只是據評家指稱，他們泰半只擅長一種藝術；兼擅多種才具的却是少之又少。像義大利文藝復興時代藝術大師米開蘭基羅(Michelangelo)不但是建築和繪畫的長才，也寫了不少十四行詩，他所雕刻的《聖母哀悼像》(Pietá)尤被推崇爲曠世傑作；德國作家霍夫曼(E. T. A. Hoffman)雖以創作小說爲主業，却也同時兼擅作曲與插畫；布雷克(William Blake)由創造詩畫並觀的混合藝術而爲自己在英國文學史掙得了一席之位；十九世紀的英國小說家薩克瑞(W. M. Thackeray)以《浮華世界》(Vanity Fair)一書名世，也曾將小說中的人物繪出具體形象；法國詩人笛拉克盧(Ferdinand Victor Delacroix)經常從但丁(Dante)、莎士比亞(Shakespeare)、塞凡提斯(Cervantes)等名家作品中取材繪畫。他如拉斐爾(Raffaello Santi Raphael)、普希金(Alexander S. Pushkin)、高葛爾(Nikolai Vasilievich Gogol)、笛嘉斯(Hilaire Germain Edgar Degas)、華雷利(Paul Valery)、洛卡(Federico Garcia Lorca)、柯克鐸(Jean Cocteau)等也都以兼通文學與其他藝術聞名。姑不論他們在文學和其他藝術上的造詣是否相當，僅就整部西洋藝術史上有名有姓的藝術家來說❷，類似的實例在比例上似乎偏低。

反觀中國藝術史，兼具多種創作才具的藝術家却是比比皆是。考其原因，顯然是因從事詩書畫等藝術創作的工具概爲毛筆之故。毛性柔軟而富於彈性，能配合字體大小、肥瘦和乾潤的要求，而書法又由古文大篆而小篆、隸、楷、行、草，不斷發展，變化旣多，潛力無窮，以是兩千多年間，書家輩出，成爲中國藝術的一大特色。正因此故，中國文學史上的文家鮮有不善書者。鎭日與筆墨爲伍的文士如此，卽使是岳飛、韓世忠等武將，亦以書法名世。名列中國書史的大家，也就直如汗牛充棟了。書畫是否同源？固然引起不少爭議；但書家雖不必善畫，畫家却尠不工書 ❸，却也是個不爭的事實。尤其是唐宋以後文人畫興起，書法筆法又被用在畫上，益使畫的境界更上一層。儘管中國畫史上所載的名家較諸書家爲少，但目前可考者亦多達萬人 ❹。另外，詩是中國文學的主流；我們若將唯務儷偶爭奇之作一併計入，則能詩之士的確難以計數。許多在書畫史上赫赫有名的藝術家，像是王羲之、米芾、趙孟頫、唐寅等，也都有詩作傳世。可見兼擅詩書畫三者的藝術家爲數不少。而號稱詩書畫三絕者，像王維除了工草、隸外，山水畫又爲南宗之祖；蘇軾有"詞壇怪傑"之雅譽，對於文人畫的倡導，尤有深遠的貢獻；徐渭善草書，也工花草竹石，嘗自稱"吾畫第一，詩次之，文次之，畫又次之"；鄭燮爲揚州八怪之一，以詩歌寫傲，以書畫陶情，復精於篆刻；而李後主和宋徽宗則更以帝王之尊爲藝壇盟主。他如蔡邕、嵇康、鄭虔、楊補之、李清照、趙孟頫、倪瓚、李士行、吳歷、葛壽祺、方薰、高層雲等等的成就，也都爲人所樂道。

　　其次就文學與其他藝術之間的關係來說。希臘神話中，主理文學（史詩、抒情詩、喜劇和悲劇）和其他藝術（音樂和舞蹈）的繆司女神都是阿波羅屬下的姊妹；顯見在西洋，文學與其他藝術之間早就有著十分密切的關係。自從《伊里亞德》(The Iliad)

第十八卷狀寫亞奇里士之盾（Shield of Achilles）以來，建立這種關係的努力與成果，在西洋藝術史上便屢見不鮮。文學創作往往由其他藝術（真實的或是虛構的）取得靈感。像濟慈（John Keats）依羅瑞（Claud Lorrain)的畫寫出＜希臘古甕頌＞（Ode on a Grecian Urn ）一詩的細節；馬拉美（Stephane Mallarmé）《牧神的午後》（ L'Après-midi d'un faune ）的畫中取得靈感；艾略特（T. S. Eliot)刻意模倣音樂形式寫成了＜四則四重奏＞（Four Quartets ）一詩等，都是文學史上大書特書的實例。

　　同時，文學作品也往往為其他藝術提供了題材。紀元前六世紀的畫家便已開始將荷馬史詩中的情節畫在牆上。紀元前一世紀的羅馬詩人維吉爾（Virgil）在《伊尼亞德》（ The Aeneid)首卷提到迦太基天后宮上繪有特洛伊戰爭(The Trojan War)的故事；紀元後一世紀的羅馬諷刺作家皮綽尼斯（Petronius)也在《斯提里鏘》（Styricon)上載述了荷馬史詩畫在屋牆上的景況。而一五〇六年在羅馬出土的雕像《拉奧孔》（Laocoön），顯然便是摘取《伊尼亞德》第三卷的描述而成。到了十八世紀，德國藝評界更因這尊雕像不曾像史詩裏的描述那樣張口吼號而引發了熱烈的討論。當時的評家雷辛（Gotthold Ephraim Lessing）便針對這點從藝術媒體和表達方式指出空間藝術（ 如雕刻）與時間藝術（ 如詩歌）之間的差異，認為：後者可在連續的敍述中呈現人物的特質，而前者則必須將構圖壓縮成最為蓄勢待發(pregnant ）的瞬間，始克奏效 。由這些實例來看，亦可知文學和其他藝術確是交相影響與輝映的。

　　在中國，文學與其他藝術相互影響或輝映的實例，亦不少見。

文學受其他藝術影響或由其他藝術提供靈感者也所在多有。像白居易的＜素屛謠＞描寫的是當時屛風裝飾的華美；杜甫的＜又於韋處乞大邑瓷盌＞描寫的是四川白瓷的堅美；清乾隆爲"白玉嵌金紅寶石碗"寫詩於碗心；虞集在＜跋子昂所畫陶淵明像＞中深深流露敬慕感嘆的情思。在建築方面，像杜牧的＜阿房宮賦＞乃藉阿房宮壯麗奢靡以論國家治亂；范仲淹的＜岳陽樓記＞是因岳陽樓景色以自抒"先天下之憂而憂，後天下之樂而樂"的胸襟；而楊衒之《洛陽伽藍記》則在寫物寫景的同時抒發懷舊之慨。自南北朝劉宋鮑照起，因黃鶴樓而引發的詩文書畫，也是難以枚舉。至於舞蹈方面，像唐劉言史＜王中丞宅夜觀舞胡騰＞、李端＜胡騰兒＞等是針對當時的胡騰舞而發；而白居易＜霓裳羽衣舞歌和微之＞則在狀寫唐代舞曲霓裳羽衣舞的舞姿。最值得在此一提的是所謂的題畫詩。西洋繪畫常因過於倚賴標題而遭人垢病；但題畫詩的情況並非如此。題畫詩乃因觀畫而興起詩意，跟所謂的"發聲詩"(ekphrastic verse)頗有類似之處；只是題畫詩寫在畫上，藉著詩情呈現動態與聲音，並因畫景而凸顯意象，達到"詩畫相發、情景交融"的境地。題畫詩在宋元以後風氣大盛。但在此之前早已見諸韓愈（如《桃源圖》）、杜甫（如《戲爲韋偃雙松圖歌》）等的詩文集中。而我們由《歷代題畫詩類選》之類的載錄看來，亦可見題畫詩的重要了。

　　另一方面，文學也經常成爲其他藝術的靈感之源。近年蘇北徐州地區泗洪曹莊所出的畫像石《曾母投杼》，故事見於《戰國策》秦策＜秦武王欲闚周室＞條；惟其旨跟＜阿房宮賦＞等作品同樣不重藝術形象。山林文學與山水畫之間的關係便非如此了。

中國的山林文學受老莊思想的啓迪，在魏晉干戈擾攘的時代勃然興起，產生了陶潛的田園詩、謝靈運的山水詩；嗣後再經顧愷之、宗炳等大家的經營，以及王維、孟浩然、李白、柳宗元諸人山林歌詩的推波助瀾，至宋終於蔚爲大國。 許多詩辭詞文都成了畫題：像陶潛＜東籬採菊＞、＜歸去來辭＞、＜桃花源記＞曾由趙孟頫、石濤等名家繪成圖畫；他如范寬將柳宗元＜江雪＞畫成《寒江釣雪圖》、馬麟將蘇軾＜海棠詩＞畫成《秉燭夜遊圖》、王詵將張昇＜離亭燕＞畫成《江秋晚圖》；董其昌將李白＜菩薩蠻＞中"平林漠漠煙如織，寒山一帶傷心碧"等句畫成《寒林圖》等等，難以勝舉。其實，有意作畫的人只要翻開《唐詩畫譜》或《詩餘畫譜》等書，就可發現許多詩詞多已成畫，而這些已經成畫的詩詞中或許還可提供不少畫題。小說方面也給其他藝術提供了創意。比方說，《紅樓夢》書中的亭台樓閣由於描寫細膩，因而引人無限遐思；其中，大觀園的園林設計格外引人注目。自從胡適發表＜紅樓夢考證＞以來，評家一直爲大觀園是隨園、恭王府、江寧織造署，或是曹雪芹憑著想像創造出來的紙上園林、太虛幻境，而爭論不休，但它同時不但引起文士和畫家的詩興畫意，也成爲建築界矚目的對象。

再就將其他藝術的技巧用諸文學創作這點來說。文學家往往會有意無意之間運用其他藝術的手法來進行創作。法蘭克（Joseph Frank）繼雷辛之後，曾以空間形式的理論來探討當代文學，發現艾略特、龐德（Ezra Pound）、普魯斯特（Marcel Proust）以及喬伊思（James Joyce）等作家經常運用意識流的手法，以共

時（simultaneity）、省略（ellipsis）、並置（juxtaposition）和
詞組廻映參照（reflective reference of word-groups）等技
巧來打破依時間進行的閱讀習慣，從而創造一個空間邏輯的敍述
結構。 布朗（Calvin S. Brown）在《音樂與文學》（Music
and Literature）一書中除指出詩樂相互影響的現象外，還討論
笛昆西（Thomas De Quincy）、布朗寧（Robert Browning）、
惠特曼（Walt Whitman）、艾肯（Conrad Aiken）等詩家運用音
樂形式與技巧於創作的情形。又據哈格斯壯（Jean Hagstrong）
的研究，英國浪漫主義時期的主要詩人像是拜侖（George Noel
Gordon Byron）、雪萊（Percy Bysshe Shelley）、柯立茲
（Samuel Coleridge）、華滋渥斯（William Wordsworth）以及濟
慈等，都表現了繪畫詩（pictorialist poetry）的特色。也就是
說，他們在平時接近繪畫或畫家；在寫作時以繪畫爲楷模，藉著
意象來創造瞬間的停滯狀態（stasis）， 並寫出所謂的 “ 發聲
詩 ”。時至廿世紀的今天，像莎士比亞等名家的傑作都已搬上了銀
幕；而像富恩提斯（Carlos Fuentes）等當代作家則刻意採用電
影技巧來敍述情節，遂使科技的產物跟文學產生了密切的關連。

　　藝術的本質雖異，但評家已指出，中國藝術家擅於以詩（詞）
入畫或以畫入詩（詞）；藉著意象的並置或併發來達到繪畫性、
雕塑性以及電影蒙太奇的效果 ； 而繪畫（如文人畫）則透過線
條、色彩的運用來呈現詩（詞）意或文學氣味。詩（詞）畫交相
借用的結果遂產生了所謂的 “ 出位之思 ” 或 “ 藝術換位 ”
（ “transposition d'art”）的現象。中國電影從一九〇〇年代開
始自行攝製以來，跟西方的電影藝術同樣與文學結了不解之緣；

電影的格調與價值也往往由其文學氣味的濃淡來判斷。同時，不但是舊詩，連現代詩也經常不依知性分析或邏輯結構，而以攝影鏡頭的運轉（固定、推拉、仰俯等）、暗房技術（淡入、淡出、溶接、疊攝等）以及各種轉位法（音響轉位、形聲轉位等）來凸顯錯覺、扭曲、誇大、愕然、恐怖、傷痛等現象，從而造成特殊效果。至於詩（詞）樂方面的關係，更是古已有之。像上文提過的王維、蘇軾、李後主等，都是史稱妙解音律之輩；他們借用音樂的技巧來創作，自然不在話下。

最後還應在此一提的是關於文藝相互譬喻的現象。或許正是由於文學與其他藝術之間存有密切關連之故，以致中外古今的評家多喜歡以某種藝術來喻譬別種藝術。早在紀元前五世紀，希臘詩人塞耐狄斯（Simonides）就已將畫界定為"無聲詩"（mute poetry），並將詩界定為"有聲畫"（speaking picture）；文藝復興時期的意大利畫論家羅瑪卓（Giovan Paolo Lomazzo）則因達文奇（Leonardo da Vinci）畫荷馬的史詩等種種藝術交融的現象而認為詩畫是"姊妹藝術"。不過，最常為人稱引的還是紀元前一世紀羅馬詩人何瑞斯（Horace）在其《詩藝》（De arte poetica）上所說的"詩如畫"（"ut pictura poesis"）。誠如上文提過的，"詩如畫"的傳統終在英國浪漫主義時期滙成詩壇上的洪流。在中國，藝術間的相互譬喻更是司空慣見。比方說，曹丕《典論》＜論文＞提出"文以氣為主"的說法時，便將凡人稟氣清濁、非可變易的事實，"譬諸音樂"。北宋藝學大師郭熙《林泉高致》稱引前人的話說："詩是無形畫，畫是有形詩"。蘇軾在＜畫跋鄢陵王八簿所畫折枝二首＞上說："詩畫本一律"；

又在＜書摩詰藍田煙雨圖＞上說："味摩詰之詩，詩中有畫；觀
摩詰之畫，畫中有詩"。黃山谷更進而在＜題畫詩＞上以"無聲
詩"稱畫；而演上人則以"有聲畫"指詩（慧洪＜題宋迪作瀟湘
八景圖詩序＞）。葉燮則更進而在其《原詩》上發揮蘇軾的話說：
"畫者，天地無聲之詩；詩者，天地無聲之畫"。種種的比譬顯
見中西藝評家都有類似的看法。

　　比較文學研究從十九世紀中葉開始抬頭以來，就一直為界域
的問題爭論不休。傳統法國派所認可的影響研究已不無與國家文
學重疊之嫌；文學與其他藝術的關係研究則"分享"了美學的領
域。只是美學容納的是藝術間的整合研究，而比較文學以文學為
出發點，亦以文學為歸宿點。換句話說，只有以文學為主的藝
術整合研究才符合比較文學的要求，其他像繪畫與雕刻（或建築）
之類的關係研究仍在美學的範疇之內。比較文學所以跟美學"分
享"這一課題，顯然是為了藉媒體相異的其他藝術來照明文學，
以助吾人更了解文學。

　　許多比較文學的課題，像是主題學、文類學、文學運動、影
響研究等，在歐美是跨越國界和語言的文學研究，在中國却仍在
國家文學的範疇之內。依照美國派的定義，文學與其他藝術的關
係研究也不例外。面對當前的情勢，果真將此一課題正式納入比
較文學的領域，則研究中國文學的學者自屬責無旁貸。當然，研
究中國文學與藝術整合的論著雖已不少，但刻意由比較文學觀點
出發的，却不多見。學者若能在從事研究的過程中，時時以文學
為中心，則其成果將更為豐碩。筆者願在此拭目以待。

　　最後還應一提的是，文藝現象複雜而多貌。反對文藝整合研

究的可以從中找到許多例證來支持己見；筆者站在贊成的立場更略舉了中西文藝類同的現象。不過，文學與其他藝術雖可交融却絕不能變質。文學終歸是文學，其他藝術也終歸是其他藝術。文學可以借用其他藝術的技巧，其他藝術也可加上文學氣味。只是"詩如畫"或"詩畫一律"並不指詩和畫的中間可以劃上等號。我們不必將文學擺在其他藝術當中競技，也無需將其他藝術找來文學的領域內逞能。否則雙方都會徒顯其"拙"。簡單的說，從事文學與其他藝術的關係研究只是爲了彼此照明，也只是爲了呈顯文學的本質。

附　　註

❶　譬如，《古今圖書集成》（民國五十三年臺北文星書店據上海中華書店本景印）藝術典居於博物彙編四典之首，謂"所紀多民用所資"（凡例第〇〇一冊之一〇葉上）又謂："藝成而下，執之可以成名，技進而神通之，可以悟道，故博求利用、廣錄恢奇、記肘後之方書，載垣中之秘訣，老圃之閒談備悉，齊民之要術並存，以至許君奇中早識，陳平、管子聰明預知，何晏小術略同，于格五末流不棄"（表文，第〇〇一冊之〇四葉左下）；典中所載包括農、漁、圃、牧、御、弋、獵、醫、卜筮、星命、相術、堪輿、選擇、術數、射覆、掛影、拆字、畫、投壺、奕棋、彈棋、蹴鞠、弄丸、藏鉤、鞦韆、風筝、技戲、幻術、博戲、商賈、巫覡、拳搏、刺客、傭工、刀鎩、庖宰、牙儈、乞丐、優伶、傀儡、娼妓等四十部。又據《牛津辭典》（Oxford English Dictionary）指稱，英語世界目前所謂的"藝術"是在西元一八八〇年後始用，與中世紀的七種學藝（即合 trivium 和 quadrium 的七種學科）有別。

❷　筆者所見的藝術辭典中，像莫瑞夫婦（Peter and Linda Murray）合編的《藝術與藝術家辭典》（*A Dictionary of Art and Artists*, 1976）

　　只包括一三〇〇年以來西歐和北美的繪畫家和雕刻家，便已有七百位之
譜。他如麥爾斯（Bernard S. Myers）編的《萬國藝術辭典》（*McG-raw Hill Dictionary of Art*, 1969），共五大冊，一萬五千條；湯普生
（Oscar Thompson）等合編的《國際音樂與音樂家百科全書》（*The International Cyclopedia of Music and Musicians*, 1975）厚達
二五一一頁，約兩萬條。將這些辭書及一般文學史上所提到的文學家合
併計算，去其重複，其數當在萬人以上。

❸　唐張彥遠《歷代名畫記》謂："工畫者多善書"；宋郭熙《林泉高致集》
謂："善書者往往善畫"；而宋趙希鵠《洞天清祿》更謂："善書必能
善畫，善畫必能善書"。其實，證諸書史（如民國六十六年臺北河洛圖
書出版社翻印本《書學簡史》和繪畫史（如民國四十八年臺灣中華書局
印行鄭昶《中國畫學全史》），"工畫者多善書"之說頗合史實 ；而
"善書者必能善畫"則有待商榷。

❹　據《中國畫家人名大辭典》（臺北：臺灣東方書店，民國六十二年）上
所載，凡有畫蹤流傳、載籍可考者，如唐杜牧、宋王安石等盡皆計入，
歷代中國畫家約得七千五百人；又鄭昶《中國畫學全史》上所載者亦數
達七、八千人之譜。

張靜二

　　　〈試論文學與其他藝術的關係〉，

　　　（台）《中外文學》16.12.(1988)，87-105。

文學與藝術的領域和方向

　　文學與其他藝術之間的密切關係已如上述，但比較文學家對這種由來已久的事實又是採取何種態度呢？傳統的法國派學者向來認爲比較文學是文學史的分支，只期望比較文學研究能對文學史有所貢獻卽可，因而將它與其他藝術之間的關係研究置諸美學的範疇之內。因此像包頓斯波格（Fernand Baldensperger）、范提耿（Paul Van Tieghem）、顧亞（Marius-François Guyard）等比較文學家的著述中對這種關係若非隻字不提，就是草草交代。跟法國派沆瀣一氣的學者當然也堅守防線，不但不許比較文學研究誇越文字界線，更進而找出種種藉口加以抨擊。威立克(René Wellek) 與華侖（Austin Warren)早在一九四二年初版的《文學理論》（Theory of Literature）裏面就曾以第十一章《文學與其他藝術》（ Literature and Other Arts ） 來指出二者不可同日而語。他如格林（Thomas Greene）、柯提士（Ernst Robert Curtius）和笛格（Cornelis de Deugd）等也同聲表示異議。像奧椎基 （ Aldridge ） 編的《比較文學的題材與方法》（ Comparative Literature : Matter and Method, 1969 ）、尤斯特（François Jost）的《比較文學概論》（Introduction to Comparative Literature, 1974)，也都對此一課題闕而不論。

　　不過，從事文學與其他藝術關係研究的風氣並未曾因傳統比較文學家的反對而稍有收斂或偃息。其實，從十五世紀末期起，

探討文藝關係的文字便時有可見。自十九世紀比較文學研究抬頭
以來，這方面的論著更是屢見不鮮；像康巴留（ J. Combarieu）
《從表達方式的觀點看音樂與詩歌的連繫》（Les rapports de la
musique et de la poésie, considerées au point de vue de
l'expression, 1893)、葛洛伊（ A. Coeuroy ）《音樂與文學》
（Musique et littérature,1923)、貝蒂森（ B. Pattison）《英
國文藝復興時代的詩樂研究》(Music and Poetry of the En-
glish Renaissance, 1948)、 哈格斯壯 （ Jean H. Hagstrum)
《姊妹藝術》(The Sister Arts: The Tradition of Literary
Pictorialism and English Poetry from Dryden to Gray,
1958)、藍士頓（ George Bluestone ）《由小說編成電影 》
（Novels into Film, 1961)等等都是實例。它們雖不獲傳統比
較文學家的認可，却已開風氣之先，爲文學與其他藝術的整合預
舖坦途。同時 ， 令人覺得意外的是 ， 包頓斯柏格和費德烈席
（Werner P. Friederich）於一九六〇年編印的《比較文學書目》
（Bibliography of Comparative Literature)上居然列有＜文
學與藝術＞（ Literature and Arts ）一章，廣集相關資料❶。

　　這種趨勢隨著一九六〇年代美國派的興起而愈形明顯。一九
六一年間， 美國比較文學家雷馬克（Henry H. H. Remak)在
《比較文學的定義與功能》（ Comparative Literature : Its
Definition and Function)一文中將文學與其他藝術的整合研
究涵括在比較文學的定義裏面， 呼應了《音樂與文學》(Music
and Literature : A Comparison of the Arts, 1948）一書
的作者布朗（Calvin S. Brown）於一九五九年發表的談話：

"藝術媒體與技巧儘管相異，但其活動則同；文學與藝術間的關係研究，卽使只涉及一個國家，也是比較文學的範疇"。史托克奈西特（ Newton P. Stallknecht ）和福蘭茲（ Horst Frenz ）合編的《比較文學的方法與看法》（ Comparative Literature : Method and Perspective, 1961 ）一書不但以雷馬克的論文居首，也將蓋色爾（ Mary Gaither ）的《文學與藝術》（ Literature and the Arts ）一文包括在內，顯見其刻意安排的用心。此後，儘管反對或抨擊的聲浪依舊不時傳來，但情況已漸有改易。《比較文學的新趨勢》（ Nouvelles tendences en littérature comparée, 1970 ）一書的撰者布拉克（ Haskell H. Block ）對於這種擴大研究領域的作法，亟表贊同。而由另外兩位法國比較文學家畢舒亞（ Claude Pichois ）與魯梭（ André M. Rousseau ）合寫的《比較文學》（ La Littérature Comparée, 1967 ）一書以四頁的篇幅，指出文學與藝術的關係研究是"有用的研究"。現代語言學會"文學與其他藝術組"更以文學爲出發點去探討藝術關係，每年都有書目出刊；一九六八年間並編成《文學與其他藝術的關係書目》（ A Bibliography on the Relations of Literature and the Other Arts, 1952-1967 ）。而像萬斯坦（ Ulrich Weisstein ）的《比較文學與文學理論》（ Comparative Literature and Literary Theory, 1968 ）、柯雷蒙（ Robert J. Clements ）《比較文學與學術訓練》（ Comparative Literature as Academic Discipline, 1978 ）等專著，亦都闢有專章討論。種種跡象顯示，文學與其他藝術的整合研究，已獲得相當重視，並被認爲是比較文學的一個課題。

　　綜合來說，反對文學與其他藝術整合研究的理由約有三點。
首先是認爲這種研究對文學史沒有貢獻。法國派一向堅持比較文
學是文學史的分支。他們著重的是要由媒體、假借和移轉中來看
作品的源流、在國外的際遇以及所造成的影響，以使其研究由美
學的、敎條式的和哲學理論的，進入歷史的、實證的和科學的義
涵。而文學與其他藝術之間的關係顯然只有美學的或趣味性的意
味，對文學史的了解並無貢獻，當然不能歸爲比較文學的範疇之
內。其次，他們認爲跨越國界和語言的文學研究，其領域已夠遼
濶，若再肆意擴張，勢必模糊了學科的界線，有礙學科的嚴謹性。
人文學科已迷漫著“ 模糊的公式、難辨的比較、無用的巧思以及
搖擺不定的史實；科際整合也不倖免 ”；因此，比較文學研究當
講求“ 理論純熟、方法嚴謹 ”，並特別注意“ 複雜的史實 ”，以
免浮濫。最後 ，反對者以爲：各種藝術在本質、媒體和表達方
式上截然不同，所造成的效果也因而相異。也就是說，文學和其
他藝術之間並無公性以爲共同認知的基礎，貿然漫加比較或從事
平行研究，難免造成牽強而荒謬的結果。若以社會文化背景或時
代精神來解說藝術之間的關係，也是危險而錯誤的。再者，各種
藝術各有其演化過程、發展特色及基本結構，藝術史家的當急之
務因而應是替各種藝術設計一套專用的詞彙，而不宜僅從其他藝
術中借用術語，以免徒增困擾與混淆。

　　推動文學與其他藝術整合研究的學者也有幾點說詞。首先是
時勢使然。他們認爲：當前的社會朝向開放，學術風氣也日趨自
由，講求科際整合的時代已經來臨；比較文學的研究也不例外。
因此，文學與其他藝術之間的整合（ 以類比或對比進行 ）實爲勢

所難免。從一九六〇年代起，理論與實踐結合形構主義，已使這
方面的研究兼顧外緣與內緣的探討，只要將重點放在文學上，當
更有助於吾人對文學本質的了解。其次，他們指出，人類的文
化現象是個整體。組成整體的各個單元不是孤立的，而是聲氣相
通的。它們固然都有特定的規範體系，但彼此都是構成整個文化
現象的單元。將藝術分開處理，根本就是人力強為、不合實際的
作法。總之，從文化整體的立場來看，就不該將文學與其他藝術
強劃分際。其次，二者之間有密切關係也是個不可否認的事實。
主張"純粹論"（ purism ）者認為藝術不能溝通，未免有抹煞
事實之嫌。學者在這方面的努力與成就只是在切合事實的狀況下
進行，應予肯定與鼓勵。最後關於術語的問題，只要在運用時注
意對象，便可解決，當不致發生混淆。比如，文藝作品中的節奏
（ rhythm ）乃由形式的反覆構成；音樂的節奏是聲音長短強弱在
時間中的反覆運動；造形藝術的節奏指固定於空間的對象因視者
目光移動而產生；而文學上所謂的節奏則由字音的抑揚頓挫、輕
重緩急在反覆中造成的。各種藝術的媒體不同，自然形成不同
的節奏，無庸贅述。

　　平心而論，正反雙方都有相當充分的理由來支持己見。法國
派及反對藝術整合研究的學者惟恐學科界線模糊、學科領域大而
無當的疑慮，是可以理解的。美國派及主張將藝術整合納入比較
文學範疇的學者，目的在增進吾人對文學本質的認識與了解，也
不無一番道理。後者可說是文學中心（或本位）論的另一次表達。
而對開放而多元的社會，學術解嚴的主張，已漸獲認可。而每種
學科都應有其尊嚴與立場，也是最起碼的要求。比較文學要自成

一門學科，勢必設法建立自己的尊嚴，並維護自己的立場，而不應只爲文學史服務，或假科學主義顯世，或標榜歷史意識以取寵。再說，誠如上文指出的，中西文藝現象多有類同之處，顯示文藝交融是普遍現象；可惜的是，反對藝術整合的學者只以西洋文藝現象爲據，根本不曾兼及蘊藏豐富的東方——尤其是中國——文藝，致使其見解不免偏頗之嫌。

關於文學與其他藝術整合的研究方向目前已有多位學者指出。儘管他們指出的方向多半歸納自前人研究的成果，以致不免多所重複，但不管是從形構主義或是從藝術的交融現象出發，都提供了切實可行的方向。筆者也擬不避重複之嫌，在此試擧縱橫兩個研究方向，以供有志從事文藝整合研究的學者參考。所謂縱向研究，指貫時性（diachronic）研究，亦卽藝術史研究，偏向外緣因素的探討，所牽涉到的較多非藝術因素（如經濟、政治、社會等）。縱向研究要在探查某種藝術現象的發生、演化等過程。這不但牽涉到主題學、影響研究、文學運動等比較文學的課題，也關係到經濟學、社會學、心理學、歷史學、人類學、民俗學等方面的知識。譬如，荷馬描繪亞奇里士之盾，廿世紀英國詩人奧登（W. H. Auden）再寫〈亞奇里士之盾〉（"The Shield of Achilles"）一詩。這當中就包含主題學和影響研究；若再探查奧登寫作的動機、背景，恐怕就屬歷史方面的研究了。他如探討《伊卡魯士墜海記》（The Fall of Icarus）、《拉奧孔》等也會涉及類似的研究方向。在中國方面，我們可以考察王羲之《蘭亭集序》的寫作背景、文學價值以及筆法特色，然後探討《蘭亭序》的版本（如唐摹墨蹟等），比較不同風格的蘭亭畫（如唐閣立本畫《蕭翼賺蘭亭閣》等），探索蘭亭碑刻（如明拓興福寺斷碑）廟記（如絳洲重修夫子廟記）以及《蘭亭集序》的相關文獻載述（如王壯爲《蘭亭特展》）等，以觀文學與其他藝術（書法、繪畫及雕刻）相互輝映的情況。山林文學與山水畫（如松石、寒林、古木竹林等畫系）的關係，也屬此類。而上文提過的陶潛詩文以及畫題詩所引發的詩文書畫，其他像由銅鏡藝術的演變來看詩書畫的發展，當然也都在縱向研究的範疇之內了。

橫向研究卽斷代研究，亦卽所謂的並時性（synchronic）研究。縱向研究在探察變數（variables），而橫向研究則擬在查索某一時期的特色中，歸納出藝術成規（conventions），以找出常數（constants）。縱向研究較側重廣度，橫向研究則較偏向深度。橫向研究可能會以社會文化背景或時代精神來解釋藝術現象。這或許是危險而錯誤的。要避免類似的謬誤，學者應避免單向詮釋的陷阱。也就是說，除了借重社會文化背景與時代精神外，尤應從形構方面入手來探查作品的內緣因素（如結構、意象等），將同一時期的藝術現象加以對照，自會發現像莎士比亞之輩的天才藝術家不必全然受制於時代背景；但若將同一時代所表現的相同子題（motif）或主題並列齊觀，也應能凸顯彼此影響和照明的事實，對於文學與其他藝術的了解自能更有助益。關於這點，克里蒙爲文學與藝術所擬定的《西方遺產科際整合課程進度表》（“Syllabus of Western Heritage Interdisciplinary Course”）由史前時期到二十世紀的各個階段，都可成爲橫向研究的對象。由於中國治亂相間，朝代更迭成爲政治分期的依據，而政治分期又往往成爲文藝史分期的依據。目前所見的文藝史，包括書史、文學史、繪畫史、建築史、工藝美術史等，便是依此原則寫成，來指出各政治時期下產生的藝術特色。政治因素會改變或影響藝術發展的走向，或許是個不爭的事實。比如魏晉時代由於干戈擾攘、孔教墜廢，遂在人心疾時厭世的情況下帶動了山林文學的勃興，並因而促成道釋畫與山林畫的產生。不過，社會政治或時代精神並非決定藝術發展的唯一力量。許多藝術發展，像中國的古文運動或西方的寫實主義等，綿延數十年或甚至數百年，根本就是跨越政治時期。學者似可在研究過程中指出以政治分期依據的藝術史，確有其不妥或不當之處。

由於中西文化各成體系，縱橫兩個研究方向不便用在中西文學與其他藝術的比較上，因為從事沒事實證關連的中西文學類比研究（如比較關漢卿與莎士比亞）已蒙受武斷、離譜或荒謬之譏，貿然比較中西文藝（如比較題畫詩與發聲詩，或探討中國山水詩與西洋山水畫），只恐"成果"更為堪慮。不過，許多實例顯示：中西文藝之間還是有其實證關連的。比如義大利歌劇家浦琪尼（Giocomo Puccini）的《杜蘭沱》（Turandot）據說是取材自中國傳說，而可確知的是劇中採用了中國民歌《水仙花》，並應用宮商角徵羽五音階工尺譜調門譜成主題曲。又，當代美國作曲家麥唐納（Harl McDonald）依魏晉詩人傅玄的雜詩寫成第三交響曲，享譽國際樂壇。這些都值得我們留意。另外，中國文學中，像詩經國風、漢樂府、宋詞等都是可歌可唱的；歌唱時當然將歌詞配合五音；而今，像孟郊〈遊子吟〉、李白〈清平調〉等都已譜成西樂，不再講求聲調；這種作法是否合宜？委實值得深思。

附　　註

❶ 見 Fernand Baldensperger and Werner P. Friederich, eds., *Bibliography of Comparative Literature* (1950；rpt. New York: Russell & Russell, 1960), pp. 24 - 28。又萬斯坦 (Ulrich Weisstein) 認爲這全是費氏的主意；說見所著 *Comparative Literature and Literary Theory,* p. 153 。但筆者以爲：該書旣然以包氏之名居首，這種作法至少也獲得他的默許才對。

張靜二

〈試論文學與其他藝術的關係〉，
（台）《中外文學》16.12.(1988)，87-105。

中西詩與音樂

　　人類除了衣、食、住、行的基本需求外，還常常在追求精神上的滋潤——藝術。孔子教弟子以六藝，就顯示我國很早已重視藝術的培養及流傳。西方皇族子弟，從小便接受藝術的薰陶。而藝術中，很易使人想起的，要算是文學和音樂。但透過詩章去看音樂，究竟又是怎樣的呢？

　　在中國寫音樂的詩中，有很多都帶着很濃厚的傷感。藉著詩詞來抒發自己的情感，是中國詩人的一貫作風。在寫音樂之餘，不免要傾吐一下心中的抑鬱。其中思鄉之情也不少。李頎的＜聽董大彈胡笳兼寄語弄房給事＞有這樣幾句：

　　　　蔡女昔造胡笳聲，一彈一十有八拍。

　　　　胡人落淚沾邊草，漢使斷腸對歸客。

在＜聽安萬善吹觱栗歌＞中，那些在外作客的人，聽到觱栗聲，竟然流下淚來：

　　　　傍鄰聞者多嘆息，遠客思鄉皆淚垂。

同樣地，杜甫聽到吹笛聲，便想起故園。＜吹笛＞：

　　　　胡騎中宵堪北走，武陵一曲想南征。

　　　　故園楊柳今搖落，何處愁中卻盡生。

李白的＜春夜洛城聞笛＞也有思念故園之意：

　　　　此夜曲中聞折柳，何人不起故園情。

王昌齡的＜胡笛曲＞中又有落淚思鄉的征人：

　　　　三奏高樓曉，征人掩淚歸。

因音樂所引起的旅思眞是長得不得了。李涉在＜晚泊潤州聞角＞
中就是這樣說：

　　　　孤城吹角水茫茫，曲引邊聲旅思長。

音樂還會使人想到歸隱。李頎的＜琴歌＞說：

　　　　一聲已動物皆靜，四座無言星欲稀。

　　　　清淮奉使千餘里，敢告雲山從此始。

李賀＜聽穎師彈琴歌＞最末二句，可說是他自己感懷身世，憤世
之辭：

　　　　請歌直請卿相歌，奉禮官卑復何益。

好的音樂，有時由於過於艱深，未能爲一般人所接受，難怪詩人
有曲高和寡之慨。唐朝王貞白的＜歌＞中謂：

　　　　卻應筵上客，未必是知音。

中國詩人因聽音樂而引起種種感慨，但西方詩人却沒有那麼多的惆
悵及懷想。他們寫詩時，對於題材的處理，較爲客觀。不會常常
觸景生情，想到自己的所謂 “ 可憐的遭遇，悲慘的人生 ” 等。但
尼生（Tennyson）的 “ Lotos-Eaters ” 是很特別的一首。詩中那
些海員見島上一切平靜，沒有戰爭紛亂，便決定留在那個像天堂
的海島，遠離人間的困擾：

In the hollow Lotos-Land to live and lie reclined,
On the hills like Gods together, careless of
　　mankind.

這種脫離現實的思想，就像中國人要 “ 歸隱 ” 的思想。那個種了

忘憂樹的海島就像中國的"桃花源"。其實這些都是詩人幻想中的理想國而已。在外國，有這種消極想法的人實在很少。Tennyson　也不常持此意。在他後期的詩中，他表示要尋找更完滿，更充實的生命：

　　　　O, Life, not death, for which we pant;

　　　　　More Life, and fuller, that I want, ...

雖然他不能放棄那種消極想法，但他也不如中國詩人那麼容易感觸，那麼容易"流淚"和"斷腸"。

　　從許多中國詩中看到，詩人所寫的都是悲哀的音樂，使人感到難過：

再看剛才幾首詩，已有幾個"落淚"和"斷腸"：

　　　㈠胡人落淚沾邊草，漢使斷腸對歸客。

　　　㈡……遠客思鄉皆淚垂。

　　　㈢三奏高樓曉，征人掩淚歸。

其實因音樂而引起的情緒波動，不單是悲哀、感慨。調子低沈，緩慢的音樂會使人悲傷，但調子輕快，明朗的音樂却使人開朗。不同的調子使人有不同的反應，這是中外詩人都承認的。韓愈聽穎師彈琴後，使他又喜又懼，兩種感情戰於胸中，難怪他說："無以冰炭置我腸"。而李賀的＜聽穎師彈琴歌＞中的病人聽了琴聲，竟豁然而癒的坐起來：

　　　涼館聞絃驚病客，藥囊暫別龍鬚席。

Dryden 在 " Alexander's Feast "中說明音樂的力量。人的情緒跟隨着音樂的轉變而發生變化。每段最末幾句可顯示那些人的情緒變化：

> The listening crowd admire the lofty sound;
>
> "A present deity, " they shout around; ……
>
> Soothed with the sound, the king grew vain;
>
> Fought all his battles o'er again, ……
>
> And now and then, a sigh he stole,
>
> And tears began to flow.

既然音樂有這樣大的力量，人們也不會忘記利用它來作紅娘，作爲追求異性不可缺少的東西。李端＜聽箏＞中的女子想出一個惹人注意的辦法：

> 欲得周郎顧，時時誤拂絃。

白居易的＜夜箏＞是寫一個多情的女子：

> 絃凝指咽聲停處，別有深情一萬種。

莎士比亞 (Shakespeare) 的 Twelfth Night 中那個多情的公爵，覺得音樂就像他的愛情食糧，聽音樂也可使感到安慰：

> If music be the food of love, play on. (Act 1, Sc. 1)

英文字的字音可模倣大自然的聲音。例如 "Cuckoo" 就是模倣布谷鳥的聲音而創造出來的。Shakespeare 的 "It Was a Lover and His Lass" 使人讀後，有輕快感。

> It was a Lover and his Lass,
>
> With a hey, and a ho, and a hey nonino, ……
>
> When birds do sing, hey ding a ding, ding;
>
> Sweet Lovers Love the spring.

這首詩多單音字，節奏快而有跳躍感，朗誦時就像唱一首愉快的歌。中國文字以象形文字爲多，在這方面的成就沒有西方那麼成功。

　　西方寫音樂的詩中，有很多都和宗教離不開，有濃厚的宗教意識。米爾頓（ Milton ）確信有天堂的存在，而且還肯定人間的音樂必須與天上的音樂聯合才能有永久的福樂。他的 " At a So-lemn Music" 有這樣幾句：

> That we on earth, with undiscording voice,
> May rightly answer that melodious noise, ……
> And keep in tune with Heaven, till God ere Long,
> To His celestial consort us unite,
> To Live with Him, and sing in endless morn of
> 　　light!

Dryden 在 "A Song For St. Cecilia's Day" 中也肯定這種天上音樂的存在，萬物的創造與結束都與祂有關：

> From harmony, from heavenly harmony,
> This universal frame began; ……
> The dead shall live, the living die,
> And Music shall untune the sky.

中國人却重視人間的音樂。對於人們彈奏出的悅耳動聽的音樂，都有詳細的描述，並大加讚賞。有時還覺得這些美妙的音樂，天上也沒有呢！白居易的＜與牛家妓樂雨夜合宴＞就是這樣說：

> 玉管清絃聲旖旎，翠釵紅袖坐參差。……
> 人間歡樂無過此，上界西方即不知。

那麼，對於 "此曲只應天上有，人間那得幾回聞" 又怎樣解釋呢？其實，中國許多詩人都知道造物主、天堂等事，但他們不確信，只抱着懷疑的態度，因此也不肯定天上的音樂比人間完美，便出現以上兩種意見不同的句子。基督教對西方國家影響很深，詩中有宗教成份當然不足爲怪了。

所謂＂悲傷的人眼裏一切都是灰色的＂，一個人的情緒當然會影響他所看到週遭的景物。聽到柔揚的音樂，週遭的景物也會顯得平和悅目。這種現象，在詩中也很明顯。李頎的＜琴歌＞有一片淒清的感覺：

> 月照城頭烏半飛，霜淒萬木風入衣；

這樣的景致襯以一首使人想到歸隱的音樂是很適當的：

> 一聲已動物皆靜……敢告雲山從此始。

Tennyson 在＂The Lotos-Eaters＂中說到一種柔揚悅耳的音樂：

> Music that brings sweet sleep down from the
> blissful skies.

他便襯以平和的景致：

> Here are cool mosses deep,
> And through the moss the ivies creep,
> And in the stream the long-leaved flowers
> weep,……

除了這些眞實可見的景物，音樂使人在腦海中浮現出種種不同的景象。李頎＜聽安萬善吹觱篥＞歌中說：

> 變調如聞＂楊柳春＂，上也繁花照眼新。

Coleridge 在＂Kubla Khan＂中也說一個人可憑音樂在空中建造出美麗的景象：

> That with music Loud and Long,

I would build that dome in air,

That sunny dome！ those caves of ice!

中國詩中的音樂不但感人，而且還感鬼神。連動物、植物，甚至大自然一切景物也有受感動的可能。李賀的＜李憑箜篌引＞中所寫的音樂就有這樣的力量：

　　崑山玉碎鳳凰叫，芙蓉泣露香蘭笑，

　　十二門前融冷光，二十三絲動紫皇，

　　女媧煉石補天處，石破天驚逗秋雨，

　　夢入神山教神嫗，老魚跳波瘦蛟舞，

　　吳質不眠倚桂樹，露脚斜飛濕寒兔。

英國詩只着重音樂感人之處，很少提到它能感動萬物。Dryden
的 “A Song For St. Cecilia’s Day ”說 Orpheus 的音樂很動
人，使樹木移動：

Orpheus could lead the savage race,

And trees unrooted left their place,

Sequacious of the lyre;……

但這樣的例子不多。“Alexander’s Feast” 中使天使降下來的音
樂是屬於天上的音樂，是聖則濟利亞彈奏出來的，不是在人間的
樂手彈出來的。那個神奇樂手（ Timotheus ） 也只能以音樂感
“人”罷了。

音樂的力量，我們已談過了。音樂本身究竟是怎樣的呢？說
音樂悠揚，究竟是怎樣悠揚？說雄壯，又是怎樣雄壯呢？中國詩
人都嘗試把這些抽象的感受以比喻的方法，形之文字。因此在許
多詩中，我們都能閱讀到音樂的描寫。白居易的＜琵琶行＞就是

以有形可見的事物來描寫那美妙而抽象的感受：

> 大絃嘈嘈如急雨，小絃切切如私語。
>
> 嘈嘈切切錯雜彈，大珠小珠落玉盤。……
>
> 曲終收撥當心畫，四絃一聲如裂帛。

中國詩中有很多音樂的描寫，都是感性的，把聲音具象化。對於詩人心目中的音樂，讀者也能捉摸到一點點。西方詩不着重音樂本身的描寫，而強調它的力量。像"The Lotos-eaters"中的描寫是不多見的：

> There is sweet music here that softer falls,
>
> Than petals from blown roses on the grass,
>
> Or night-dews on still waters between walls,
>
> Of shadowy granite, in a gleaming pass ;......

中國詩人寫音樂，每一首大致可分三部份，最初是現實，中段是幻想，終結又重回現實的境界。就以白居易的＜琵琶行＞為例吧，他起初敍述怎樣遇見彈琵琶的女子，然後描寫琵琶聲怎樣動人，這裏當然加插許多自己的聯想，最後回到現實，寫各人的反應。當然有些詩不在此例。韓愈，李賀的＜聽穎師彈琴＞，兩首都是以想像開始，以描寫琴聲開始：

> 妮妮兒女語，恩怨相爾汝。（韓愈）
>
> 別浦雲歸桂花渚，蜀國絃中雙鳳語。（李賀）

兩首詩完結時都重歸現實。這樣說來，每首只有兩部份罷了。

英文詩較中文詩理性化，沒有那些感性的音樂描寫，但却有些議理成分在內。是較傾向於"智"，而不傾於"情"方面的。"A Song For St. Cecilia's Day"中有一個問題：What pa-

ssion cannot Music raise and quell？作者提出問題後，便逐
一列舉出各種樂器所能引起的情感，以證明音樂的力量，也間接
爲自己的問題提出答案。這不就是理論嗎？同樣："Alexander's
Feast"也將音樂所能引起人的不同的情感，逐段加以說明。這
兩首詩對音樂的力量都說得很清楚。前者更是一目了然，樂器的
名稱以正楷印出，例如TRUMPETS，FLUTES等 ，一看便明
白那一段是說哪一種樂器。

　　中國詩寫音樂的轉變，千變萬化，也只消數句便寫得淋漓盡
致。韓愈的＜聽穎師彈琴＞有這樣的描寫：

　　　浮雲柳絮無根蒂，天地闊遠隨飛揚。

　　　喧啾百鳥群，忽見孤鳳凰。

　　　躋攀分寸不可上，失勢一落千丈強。

"Alexander's Feast"要分段才能把音樂的轉變說明清楚，這樣
看來，中國的表現方法較爲高明。但是，剛才提到的兩首詩都是
寫來供人譜樂的，因此也有值得原諒的地方。

　　要有美妙的音樂，必須有好的演奏者、好的技術，中西詩中
都有談及這一點。韋莊在＜聽趙秀才彈琴＞中盛讚琴手的技術：

　　　巫山夜雨絃中起，湘水晴波指下生。

這裏每句前半部是大自然的景物，後半部是彈琴的動態，將兩者
合爲一句，就是將藝術與大自然結合，達到最高境界。雖然英文
詩"Kubla Khan"也有這個意思，作者想藉音樂把大自然的美景
建立起來，但並沒有把兩者合爲一句，藝術與大自然始終保持一
段距離，有先後之分。中文詩中兩者似乎並生而不能分。

　　中國詩寫音樂，總是清楚交代是什麼樂器（例如＜夜箏＞、

＜吹笛＞、＜琵琶行＞），甚麼人彈奏（例如＜聽穎師彈琴＞、
＜聽趙秀才彈琴＞等），甚麼樂曲（先《彈淥水》後《楚妃》
——《琴歌》，初為《霓裳》後《六么》——＜琵琶行＞），有
時甚至樂器的構造也談及：

二十三絲動紫皇 ——（李賀的＜李憑箜篌引＞）

錦瑟無端五十絃 ——（李商隱的＜錦瑟＞）

但以音樂這個抽象東西為題材的詩却很少了。在英國詩中，
泛論音樂的詩却有不少。例如：

William Strode 的 “The Commendation of Music”,

Milton 的 “At A Solemn Music”

等。

英國寫音樂的詩的表現方式是多樣化的，有故事形式的（勃
朗寧 Browning 的 “The Pied Piper of Hamelin ”），有歌曲形
式的(Alexander's Feast)。內容也有多種：有基督教的信仰、有
希臘神話、有讚美詩人的（Dryden's Ode On Anne Killigrew），
有談藝術創造力（Kubla Khan）等。“Alexander's Feast ”中
加插合唱部分，這是中國詩中沒有的，在相比之下，中國詩在形
式和題材方面都較單調。通常在寫音樂之後，加上自己的感想，
許多詩都是這樣，沒有什麼特別的變化。

中國詩說明音樂的場合，把時空介紹出來，白居易的＜琵琶
行＞是這樣說的：

東船西舫悄無言，惟見江心秋月白。

英文詩，有不少都沒有時空的介紹。如 “At A Solemn Music”
就是其中之一。

　　有些中國詩人喜歡“無端而來”的作法，一開始便描寫音樂，剛才也說過了。假如讀者不看題目，可能會以為是描寫真實的景物呢。韓愈的＜聽穎師彈琴＞開始是這樣的：

　　　　呢呢兒女語，恩怨相爾汝。

　　　　劃然變軒昂，勇士赴敵場。

很少西方詩，開始便立刻描寫音樂。假如是寫音樂，也會清楚說明，不會使人有撲朔迷離之感。但詩詞是藝術之一，也不需像科學那麼明明白白，清清楚楚的。

　　概言之，中國詩人寫音樂，多有自己的感慨，所寫的音樂也多是悲哀的，但對於樂曲的描寫却很詳盡，很形象化，使讀者透過詩章進入音樂的境界，而且這種音樂不但感“人”還可感“物”。英國寫音樂的詩，很少有作者的感慨，但大部分有宗教意識，而且說得很肯定。詩人都強調音樂的力量，但很少像中國詩那麼感性的描寫；也不像中國詩那樣，有一定的時空間架。在處理方面是較理性的，而在題材和內容方面都較多變化。但有一點，無論中外詩人都不否認，音樂對人是有很大的影響力。

林子貞

＜透過中西詩章去看音樂＞，

（香港）《詩風》50 期，28-34。

文學與耗散結構論

耗散結構論對我們的文學研究至少有以下幾個方面的啓發作用。

一、耗散結構論可以開濶我們的歷史眼光，使我們用運動的觀點看待文學系統，對文學系統作動態的考察。

一部文學的歷史，正是一部不斷地發展、變化、更新的歷史。深入研究作家作品是文學史研究的基礎，但這種研究應有一種恢宏的歷史眼光。但目前那些專門闡述文學發展史過程的、以"……文學史"爲名的敎材、專著，卻大多是一種"斷代史槪述＋作家作品介紹"的格式。誠然，這些著作論及了社會歷史的發展對文學系統的影響，介紹了不少作家作品，但是我們必須明確：歷史＋文學≠文學史，社會歷史的發展恰恰難以說明文學的自身發展規律，難以說明具有不同風格的作家作品何以並存共榮。例如：同在盛唐，何以"子美不能爲太白之飄逸，太白不能爲子美之沉鬱"？同在晚唐，又何以"有杜牧之之豪縱，溫飛卿之綺靡，李義山之隱僻，許用晦之偶對"？又如，同處北宋中期，爲什麼詞有"大江東去"和"曉風殘月"之別？文學史上這樣的例子不少，用歷史的原因恐怕難以把這些問題解釋清楚，必須深入研究文學系統內部的發展、變化。

研究文學系統內部的發展、變化，從那裏入手呢？我認爲，從文體研究入手是一條重要的途徑。我們現在也有一些文體方面

的著作，如文體概論、詩歌史、戲劇文學史等等。但這些著作，
有的僅介紹形式上的發展，有的則沿用"斷代史概述＋作家作品
介紹"的模式。文體研究應該是文學本體研究的主幹，文體研究
應重點探索文體演變的美學依據，這方面至少包括：創造主體審
美觀點的發展、客體（作品）審美功能的發展以及鑑賞主體審美
趣味的變化這三大方面，如果我們從這三方面着眼，深入研究各
主要文體的運動、發展、變化、更新，並進而探索整個系統的發
展規律，那我們的文學史研究會眞正地"動"起來。比如：在詩
歌上，二言變四言、四言變五言、五言後又出現七言，這就不能
僅以"社會在發展"之類的話來解釋，更要探求詩歌形式的表達
功能和人們審美要求的發展變化，探求作家們是如何突破舊的有
序，達到新的有序的。

綜上所述，作爲文學史研究的百家之一，是否可以這樣構想
整個文學史研究，把文學發展史當作一個系統，把各主要文體當
作各子系統，探討這些子系統的內部機制和運動發展，探討子系
統之間的相互作用和影響，從而摸清文學系統的內部機制，進而
再把文學系統放到更大系統中去，探討文學系統在文化系統以及整
個社會系統中的地位、作用。這樣，我們不僅更新了研究方法，
拓展了研究領域，更主要的是我們可以得出一些比較系統而不是
雜蕪的認識,可以發現一些科學的而不是經驗性的文學發展規律。

二耗散結構論可以使我們把文學當成一個開放的系統，重視
考察文學與外界所進行的種種交換，對文學與外界的關係做出更
加系統、更加科學的說明。按照耗散結構論的觀點，一個開放的
系統，之所以能夠生生不息、不斷地突破舊的有序、走向新的有

序,關鍵在於它能夠不斷地與外界進行物質和能量的交換。當然,我們在把這一原理運用到人類精神領域的時候,要注意到精神活動的特殊性:在我們考察交換的時候,不能照搬物理學意義上的"物質"和"能量"概念,而必須賦予它們新的含義,對它們作出新的解釋。

1.關於物質的交換。我認為,對於精神活動、精神生產的領域,物質的交換應理解為信息的交換。文學系統是如何與外界進行信息交換的呢?

先看信息的輸入,文學系統信息的輸入主要是指作為創作主體的作家從外界攝取信息。社會生活在文學中的反映,不太注意研究其他學科特別是與文學關係密切的心理學、社會學、經濟學、倫理學、文化學、法學等學科在文學中的反映,光強調作家要深入生活,不大強調作家應具備廣博的學識,這是很不正常的。巴爾扎克擔任"社會的秘書"、托爾斯泰寫《復活》、茅盾寫《子夜》,都不僅僅是由於他們熟悉生活,而且是因為他們掌握了豐富的經濟學、歷史學、社會學的知識。文學大師們的創作告訴我們:文學不僅需要來自社會生活的信息,也需要來自自然科學、社會科學領域的信息(儘管這種信息最終也源於社會生活),當然對這種信息要作藝術處理。對於一些特殊的文學類別,這種信息還具有更加重要的意義,拿歷史小說來說,從史料中獲得信息遠比從當代社會中獲得信息更為重要。姚雪垠寫《李自成》,到工廠或軍隊深入十年生活也不會有什麼大的收穫,遠不如好好鑽研一年史料。再拿科幻小說來說,作家就必須具備廣博的自然科學知識,就應該從當代飛速發展的自然科學之中及時獲取各種最新信息。

再看信息的輸出。文學系統信息的輸出主要是指作家運用文學特有的符號——文學語言向讀者、向社會表達信息。從符號學的角度看，我們可以把文學系統輸出的信息綜合地看成一個大符號（作品），又可以把這些信息分解地看作一個個小的符號（單元、段落、意群、句、詞）；我們可以把某些信息看作是包含著社會內容，具有社會意義的符號，又可以把另一些信息看作是一種抽象的、“作用於知覺的人類經驗”符號和單純的情感符號；進而，我們就可以研究這種文學信息的載體——文學語言（符號）的各種表達功能，分析這種符號系統的內部結構，以此幫助作家們更好地運用這種符號來表達信息，也幫助一般讀者熟悉這種符號，更有效地接收文學系統發出的信息。再比如，文學系統信息的輸出是以讀者接受爲目的的，那麼我們就應當從接受美學的角度，研究作家——作品——讀者這一三角關係，研究作家與讀者如何通過作品而“對話”（包括共時性對話和歷時性對話）。我國文藝理論界和美學界近年來在這一方面有所加強，但有影響的論着還不是很多，與國外的差距很大。當然，我們在借鑒接受美學的方法和理論時，也要吸取國外的經驗教訓，要儘量避免片面性。姚斯（H. R. Jauss）說：“在作家、作品和讀者的三角關係中，後者並不是被動的因素”，這是正確的。但他和伊塞爾等人宣稱“文學史就是接受史”，伊塞爾還認爲意義不是什麼“藏於文內的值”，它將在閱讀過程中產生出來，讀者的意識決定本文（text），這就失之偏頗了。我們的研究應避免這種“顧此失彼”的現象，爲此，還應注意參照蘇聯的藝術接受理論。

我們不僅要注意信息的輸入輸出，還要注意信息的反饋。反饋是"一種用過去的演績來調節未來行為的性能"。文學系統輸出的信息不是一經輸出就完事大吉了，當這種信息被接受者（讀者）接受後，接受者還會通過各種渠道把自己的感受反射回文學系統，作家們正是根據這種反射回來的信息，判斷自己的作品是否達到了預想的目的，是否滿足了讀者的審美需要？並制定出以後的創作計畫，在創作上作出相應的調整。這就是文學系統的反饋。需要指出的是，這種反饋既有個人的，迅速的、一次的，也有群體的、反復的、長期的。我相信，對反饋的深入研究，一定能揭示文學創作中的某些重要規律。

2.關於能量的交換。能量和物質本是不能分開的，就精神生產的領域來說，能量也不能離開信息、知識。但既是兩個概念，它們總有不同之處；我們把二者分開，僅僅是為了討論的方便。

先看能量的輸入。對於文學系統來說，輸入的能量主要是指創作動力。創作的動力是什麼呢？溯其根本，我們不得不面臨衆說紛紜的藝術起源問題。近年來，………在一些持之有據的觀點的衝擊下，"勞動起源論"在我國文藝界的統治地位開始動搖，該論逐步暴露出大而無當的弊端。其實，參考梅森、畢歇爾、莫斯文等人的意見，"勞動起源論"確實應再分為勞動中思想情緒的表達、對勞動成果的喜悅情緒表達、乞求勞動成果受到保佑的崇拜心情的表達等等；在這些因素中，又都可以看到主觀精神這一"幽靈"，那麼，主觀起源的觀點是否完全成立了呢？我覺得，如果我們不過分地强調人的某些原始的動物性本能，我們就會看到，人的全部意識（包括種種情緒）正是社會實踐的產物；即使是那些由於能被滿足與否而引起的種種情緒，對於社會的人來說不也是被生活所決定的嗎？西方現代心理學家、藝術理論家榮格就說：“心理模式所要處理的素材來自人類意識領域──例如：生活中的敎訓、情感上震驚、激情的經驗以及人類普遍命運中各種危機，詩人的工作是對意識的內容，對永恒循環往復的人類悲哀與歡樂生活的必然經驗進行解說和闡述”。桑塔雅納也說：“不是性格，而是它的表現、它產生的原因，才是眞正的審美力的課題”。 也許 ， 論述意識──情緒來源於社會生活、社會實踐並不困難，但這是一個基礎、前提，我們應該在這個前提下探討意識──情緒又如何轉化爲藝術活動。無疑這是一個更爲複雜的問題。我們在這個問題上必須避免機械的“反映論”，必須廣泛吸收現代科學研究的成果。

　　以上我們或許說明了：能量畢竟來源於燃料，來源於物質運動，而不可能憑空產生；但燃料、運動又不等於能量，它們必須通過一定的燃燒形式或運動模式才能轉化爲能量。在精神活動領域，精神生產的能量終究是來源於物質生活；而物質生活又必須經過精神系統的處理，“燃燒”才能轉化爲能量。這就是我們用耗散結構論的能量觀點看待藝術來源問題所得到的啓發。

　　再看能量的輸出。文學系統能量的輸出，主要是指文學作品的功效問題。這個問題從古到今議論很多，1949 年以來，特別是“文革”以後，我國理論界對文學的功用取得了較爲一致的意見。卽認爲文學首通過對人們的思想感情和精神面貌起潛移默化的作用，從而去鼓舞人們去改造自己和自己的周圍環境，影響社會生活的發展。對此雖然很少有異議。但我認爲，我們目前做的都是一些經驗性的描述，事例的歸納整理，而有影響的、科學而又系統的文學功能理論還極少。我認爲，我們首先應該擴大視野。如果我們老是以中外古典文論爲參照系，至多再加上馬列、高爾基和魯迅的觀點，那我們無法擺脫現狀；如果我們在此基礎上，再引入西方現代文藝理論、美學理論以及科學方法論爲參照系，那我們的研究水平將會大大提高。林興宅＜論文學藝術的魅力＞一文，就運用系統理論來分析文藝的魅力。作者"企圖突破對藝術魅力的經驗性描述，而深入到它的微觀層次，首先揭示藝術魅力的內在結構的模式，從而得出藝術魅力本質的結論。"這就給人耳目一新之感。此外，朱立元在＜略論藝術鑒賞的社會性＞一文中，向我們介紹了西方接受美學如何用"期待視界"（一譯"期望水準"）的觀點，"找到了能比較科學地說明藝術的社會效益如何通過鑒賞而實現的理論途徑。"儘管這只是一家之言，但它對我們是很有啓發意義的。

　　總之，用耗散結構論的物質和能量交換的觀點，能使我們對一系列文學基本理論問題做出進一步的思考。當然，在深入的研究中，我們還要綜合運用傳統方法和其他各種科學方法。在此基礎上，我們再用物質和能量交換的觀點從宏觀上加以把握，那我們就會更加明確地認識到文學系統不斷發展、更新的動因，並進而探索出文學系統發展的某些規律。

　　三、耗散結構論還可以使我們重視文學系統自身的自組織、自調控能力。

對於文學系統來說，所謂自組織、自調控能力是什麼呢？我認為，這種能力是指作為系統創作主體——作家的交往能力、觀察能力、思維能力等等。一個作家應具備多種能力，而以上這三種能力卻往往受到忽視或片面認識。限於篇幅，筆者在此只能強調一下它們的重要意義。

1. 交往能力。近年來，在"雙服務"的前提下，創作自由開始得到保障，文學創作出現了姹紫嫣紅、百花齊放的大好形勢。幾乎社會生活的各個領域中都有一批作家在"耕耘"。但是，這種狀況不應該意味着題材的"分片包干"。真正有出息、有志氣的作家應該不斷擴展自己的生活圈。不斷擴展自己的寫作題材。這就要求作家要增強自己的交往能力，要去熟悉自己原來不熟悉的各行各業的人物。有些作家已經這樣做了，但也有一些作家藉口"拙於言辭"、"不善交往"，而囿於舊生活圈。其實，交往主要是交朋友，並沒有什麼複雜的技巧，主要看你能不能克服文人的清高心理，能不能以平等態度待人？動輒擺出一付"靈魂工程師"的架子，總給人一種"屈尊"之感，是絕不能進行成功的交往的。這樣的作家儘管有他選擇題材的自由，但絕不可能寫出什麼"史詩般"的巨著。

2. 觀察能力。當世界進入電子時代後，達·芬奇畫蛋、福樓拜讓莫泊桑畫馬夫之類的觀察能力的訓練是否還有必要？我認為要的。我們的作家的觀察能力並不都是很強的。這就造成了追隨性、模仿性作品老是遠遠多於開拓性作品，許多作品立意、人物、情節結構上的雷同反映了作者觀察能力的一般化。我們希望作家們不斷增強自己的觀察能力，寫出更多見解獨到、構思獨特的作品。

此外，除去列寧所說的"要觀察，就應該在下面觀察"之外，我認為觀察能力也應當包括閱讀能力。古人尚且懂得"讀萬卷書"與"行萬里路"同樣重要。在我們這個"知識激增"的時代，通過閱讀來彌補直接觀察的不足就更為重要了。閱讀不僅是指用現代漢語來閱讀，還應包括外文和古文的閱讀。

3.思維能力。我認為目前強調這一點是有意義的。當前人們都期望出現"大作家"、"大手筆"。其實，沒有大"思想家"，也不可能有什麼"大手筆"、"大作家"。我們的不少作品缺乏藝術的概括力，缺乏歷史的縱深感；鄭義所說"賣風俗，賣生活、賣小聰明，跟在西方人屁股後爬行"固然尖刻，但這種情況是存在的。我希望，有志成為大作家的人們，應當不斷地鍛鍊自己的思維能力，提高自己的思想水平。

此外，作家的其它一些能力，如表達能力、組織能力等等也應不斷增強。但上述三種能力的提高應作為當務之急，因為它們直接制約着當前文學創作水平的提高，制約著文學系統與外界的能量和物質交換。文學研究工作者也應重視這一問題，幫助作家們找出增強各種能力的途徑、辦法，督促作家們增強能力，以創作出無愧於我們時代的作品！

丁　和

<耗散結構論對文學研究的啟迪>，
（上海）《社會科學》12(1986)，32-35。

文學批評的整合傾向

　　二十世紀科學的發展呈現出大分化與大綜合兩種相反相成的趨勢，文學批評理論的發展也不例外，當代西方文學批評流派紛呈，然而，在衆多各異的分化和綜合現象之中，包含著一種追求整合的傾向。所謂整合，就是一體化。借用弗克馬和貢內——易卜希的話來講，就是當代文學理論家一直在努力尋找或創造一種"超語言"（metalanguage），憑藉這種"超語言"式的總體理論，可以系統地探討所有文學問題。當代西方文學批評的主要流派，如心理分析批評、神話批評和結構主義批評等，都在不同程度上體現出了這種追求。對這一問題作一次全面的探討，絕不是一篇論文所能承擔的任務。這裏，筆者只能就其所能，掛一漏萬地進行論述。讀者如果能從中了解到當代西方文學批評整合傾向的總體輪廓，本文也就起到了它的作用……。

　　完成了對批評以及創作的粗略考察，我們可以得出一個初步的結論。當代西方文學批評的一個基本傾向是走向整合和一體化，希求建立一套批評的"超語言"，來解釋所有的文學現象。而這種傾向又是和另外兩種轉變連結在一起的。本世紀文學研究從目的論向本體論的轉變，打破了浪漫主義建立起來的對詩人卽創作主體的盲目崇拜觀念，否定了傳記式的文學研究方法，爲研究文學作品本身的特性開闢了道路。這一轉變的完成以新批評派爲代表。另一方面，文學研究的重點，從歷時態轉向共時態，拋掉了以往歷史式的研究方法偏重於資料的積累分析歸納的原則，而着眼於研究文學作品和現象內部諸因素的關係和作用，爲從整體上把握它們的結構提供了可能。在這一點上結構主義文學批評最具典型性。當代西方文學批評走向整合的傾向就是在這兩個轉變的同時產生的，也可以說，前兩個轉變正是促使它出現的不可缺少的條件。在這過程中，文學批評不斷地從心理學、語言學、哲學和人類學等學科中移植了新的觀念和方法，吸取了許多有益的養料，終於出現了神話批評這種較爲成熟和合理的理論。當代西方文學批評呈現出的整合傾向和當代科學從過度分化重新走向新的更高層次上的綜合這一歷史潮流是相一致的，只有站在這一高度，才能正確地把握文學批評走向整合這種現象的本質。

在考察這種歷史走向的同時，我們也看到人們所預期的“超語言”的完備形態，還不能說已完全形成。筆者認爲，要達到這一最終目的，需要進一步解決以下幾個方面的問題。

一　各學科的相互滲透、相互綜合和相互獨立

現代科學相互綜合的趨勢主要表現在研究對象的共同佔有和研究方法的互相溝通這兩個方面，也卽對一個事物可以從各個角度和側面，用不同的方法和手段來進行綜合的立體研究，這樣得出的對該事物的認識往往比單一的平面的研究更加全面，更加深刻。文學作爲人類一種普遍的精神文化現象，完全可以從哲學、社會學、心理學、人類學、語言學的角度，採用各門學科以至系統論、信息論、控制論的多種方法來進行研究。但是，必須注意的是研究角度和方法的互相溝通不等於研究對象性質的互相轉換。

一門學科相對於其他學科的特定內涵絕不應在這種綜合中消除，相反，應該經由這種研究顯得自身特性更清楚，界定更明確。所以，從心理學，人類學等別門學科的角度研究文學，應時刻意識到以文學爲中心，否則，文學就將變成只不過是心理學、人類學的佐證材料而已，如弗洛伊德用心理分析理論來解釋文學創作那樣。以弗萊爲代表的神話批評，在這一點上邁出了成功的一步。

二　非個人化與創作主體位置的確立

很明顯，如果從個別創作主體出發來尋找文學中的普同結構和"超語言"研究者的注意力往往可能被各不相同的創作主體的個人情感和經驗的繁複現象所吸引，着力於對它們加以探討而很難找到一條途徑去完成更高的任務。所以，非個人化觀念的興起是當代西方文學創作和批評走向整合過程之中的必然產物。然而，不論我們用什麼方法從整體上去把握文學的內容和形式，我們都必須記住這一點，即文學藝術畢竟是人的心靈的產物，人類心靈結構不光具有普同性，而且還具有無限豐富多樣性，後者也許對藝術創造更爲重要。所以，像榮格或者結構主義者那樣，完全否定創作主體的作用，是無法揭開文學的全部奧秘的。我們在研究中應當留給創作主體一席應有的地位。批評在集中於探討一體化的"超語言"時，只有同時考慮到創作主體在這一結構中所起的作用，才能使找到的"超語言"內涵更豐富，組織更富於情感和血肉。

三　共時研究和歷時研究

以往的文學研究强調歷時態的探討，對文學的發展變化，對創作的前因後果，進行客觀描述，注意力大多集中在考察某一具體的作家作品、文學流派的嬗變傳遞上。當代西方文學批評一反陳規，把文學現象和作品視爲一個具有固定結構的整體，力圖在研究整體中各個部分的相互關係和作用的過程中把握其內在實質，因而，文學批評就更側重於强調對研究對象作共時的結構分析，而不多考慮其歷時的形態變化。這種研究方法可以從整體上向人們揭示所研究對象的一般結構。比如，對民間口頭文學的研究，我們只需一個具有代表性的結構類型，就可以在其他故事中發現和揭示出完全相同的類型。而採用歷時態的批評方法則需要成百上千的文本，研究者還不一定能一下子從這些繁雜的現象之中找到規律。但是，我們也應該看到，如果一味地强調共時的研究，由於共時的系統是封閉的、靜止的、不發展的，所以這種研究也常常可能局限於平面的、形式的窠臼之中。如何把共時研究和歷時研究互相結合起來，是擺在當代西方文學批評面前的一個有待解決的問題。

上面我們粗線條地勾勒出了當代西方文學批評的整合傾向。聯繫當前我國文學研究的實際，筆者認爲，至少可以從中得到三方面的啓示。

首先，亟需加强對我國文學的宏觀研究。宏觀研究一直是我國文學研究領域中的一個不足，以往我們研究力量的重點主要放在對個別作家作品的研究上，甚至陷入煩瑣的考證之中。這種研究方法確有弊端的最好證明，就是我國迄今爲止還沒有寫出一部有系統地闡述中國文學發展道路和規律的多卷本文學史。在當今

科學發展呈現出又一次大綜合的趨勢中，我們必須具有一種高屋
建瓴的氣魄和決心，把自己研究的最終目標放在力圖從宏觀上闡
釋我國文學基本規律這一基準上，做到對中華民族文學的特性有
一個清晰的整體把握。

　　其次，還必須加強比較文學，尤其是宏觀比較文學的研究。
本民族的文學還必須進一步放入世界文學這一更大的系統中去考
察，才能找到文學所具有的超越時間和地理因素的特徵和規律，
反過來還能更加深刻地顯示出本民族文學的特質。當代西方歷史
學家阿諾德·湯恩比提出在歷史研究中應突破國別史、斷代史的
限制，以不同的"文明"作爲基本的研究單位，從各個文明興衰
更迭的比較研究中，從宏觀上認識人類歷史的發展。我們的比較
文學研究完全可以從中得到一些啓發。比較文學研究的目的絕不
能僅僅局限於指出不同國家之間的兩個作家幾部作品之間的差異
或類同，而應以揭示世界文學的相通性和民族或區域文學的特異
性爲己任。即使是具體作家作品的比較，也必須著眼於這一點，
否則，這種比較也就失去了它的意義。

　　最後，根據我國的實際，還必須加強對神話的研究。神話作
爲一種文化現象和文學體裁，具有廣泛的普遍性。　泰納謝說：
"原始人的神話包括了他們全部的文化。　"人類要徹底了解自
己，批評家要徹底認識文學，就必須研究作爲人類最初心靈創造
物的神話。我國由於長期以來重人際關係的儒家思想佔統治地
位，造成了許多神話傳說歷史化，甚至湮沒無聞。現在是我們重新
認眞地對神話進行研究的時作了。神話作爲文學的母源，它對文
學的深刻影響，它所具有的特殊地位，它所賦予文學作品的內在

價值，以至它在當代文學中重新復甦的可能性，這些都可以成爲我們的研究課題，並應努力在研究過程中，建立起我們自己的有關神話和文學批評的理論。總之，我們所得到的三個方面的啓示，歸結到一點，就是必須從宏觀的、一體化的角度來開展文學批評和研究，趕上並加入到當代科學和文藝發展走向整合的潮流中去。

周永明

<論當代西方文學批評的整合傾向>，
（北京）《文藝研究》6(1986)，114-122。

虛幻的眞實

　　"現代"一詞，一如任何其他時代性指稱名詞，所指的時間難免令人迷惑——法國批評家巴赫德（Roland Barthes ）認爲 1850 年左右，古典寫作崩潰，文學變成了語言的疑難，康納利（Cyril Connolly ）則劃出1910～1925 年爲現代運動的高潮期。《現代傳統》一書的編者愛爾曼(Richard Ellmann)專注在二十世紀開始的二十五年中，吳爾夫夫人斷言 1910 年12 月左右人性開始改變，而且一切也隨之改變；勞倫斯說 1915 年舊世界終止了。時間性的定義不容易說淸楚現代的特性。本文欲從眞實這個問題着手，來探討現代。在二十世紀最初的四分之一裏，文學藝術家看待眞實的態度起了史無前例的革命性巨變 。誠如戴契斯（David Daiches ）1939 年所言： "二十世紀西方文明最突出的特性——特別是在大戰之後——見於傳統價値根源的枯渴，導致統一信念的凋謝。"作者與讀者均認可的共同參考架構，到了二十世紀初已經喪失殆盡。吳爾夫更精確地說明了今古歧異的根本所在： "……我自問，眞實是什麼？又有誰能判定眞實呢？班奈特先生認爲眞實的小物，對我來說一點都不眞實……。"因此，若從作品中的眞實面貌着手，而不完全以機械式的寫作年代來斷定眞實的定義，或許更有助益了解現代作品。

　　文學藝術中"眞實"的面貌，從古典到十八世紀新古典主義時代，根本上是以亞里斯多德的模仿論爲基礎。這個基礎有兩大

特點，長久以來主宰了西方的文藝創作。第一，亞氏認為文藝模
仿自然，以自然爲藍本，雖然他所謂的模仿並不一定需要造成作
品與自然完全類似——"我們得把人呈現得比較眞實生命中更好，
或更壞，或一模一樣"——但是不管作品偏離自然多遠，自然作
爲模仿的對象這一點，毫無疑問。自然作爲模仿的對象意味自然
是"客體"，而模仿者，或曰作者，就是"主體"。主客分明的
情況就像科學家研究外在事物的情況一樣。文學藝術中所呈現的
人生或自然，外存在那兒，供我觀察、研究、認識、呈現。也就
是說，文藝中的眞實來自外存在那兒的眞實。第二，人生這個客
體的內容實質也由亞氏界定清楚，亞氏強調人生裏的行動，把行
動比成悲劇的靈魂。因此悲劇乃模仿人生裏的行動。行動必須完
全、完整而又巨大。因此故事情節成爲創作上主要的選擇安排素
材。比如他強調情節必須有秩序，從起頭發展到中段而終於結尾。
文學之中的結構，按此原則，具有邏輯性，從一件事發展到另一
件事，必有道理可循，或有動機可見。文學之中的時間也因此具
有先後次序的連貫性，一如日曆時間，江河直下，一線相連。眞
實當成客體來觀察，而且眞實內的成份組合得井然有序這兩大特
點，一直到十八世紀都是文學藝術的根本原則。

　　然而在十九世紀浪漫運動的冲激之下，巨大的**轉機**出現了。
浪漫詩的意圖不再是呈現外在的眞實，而是內在的情感世界。渥
次華茲（Wordsworth）提出的名言："一切好詩都是強烈感
情的自然湧現"，就在強調詩人的感情才是詩的本質。浪漫詩裏
的山水描寫只是激發感情的情境，詩的目的是感情，山水只是手
段。現代作品裏內向化的趨勢在此奠基。另外，在他的"Lines

Composed a Few Miles Above Tintern Abbey "那首詩
裏，我們見到詩人的感情有多種的型態，在不同的年紀，他對自
然的態度亦不同。他意識到內在世界的多元性。而多元化的眞實
也從此濫觴。再者，他在那句話之後，立刻說明湧現的感情實質
上已經由思想修正，引導，是經過醞釀的感情，而思想就是過去
感情的結果，如此，感情化成思想，思想又滋生感情，周流不息。
這種說法一如考婁茵基（Coleridge）的有機論，提供出眞實
的流變性與並時性……。

　　繪畫上，眞實的看法也在三十世紀初左右起了革命。早從塞
尚（Cézanne）開始，繪畫的"寫眞"手筆日趨式微，"栩栩
如生"的特性愈來愈少。因爲在塞尚的畫裏，我們見到三個特徵，
個個都是推翻傳統模仿論的要素。第一，物體有變形的趨勢。蘋
果不再渾圓，水壺的腰肚不再對稱，好像畫糟了似的。第二、形
象簡化了。自然之中千變萬化的形象在他筆下有變成方、圓、圓
錐等幾何圖形的傾向。第三、也是最重要的一點，透視法漸漸拋
棄了。桌上的水壺之口幾乎要全然向着觀衆，桌面也好像扳了過
來，對着我們。背景與主體間幾乎沒有了距離，好像要貼在一塊
兒了。雖然粗略的明暗法仍然存在，但物體已經大量平面化了。
有時候主體的色彩與背景的色彩也有類似得幾乎要交溶的現象出
現。他有意忽視傳統的錐狀深入般的透視法。變形扭曲的形象否
定了人類共通的感官所認知的事物眞象，眞實不再是唯一絕對的，
畫家可以改變上帝創造的視覺邏輯，創造新的眞實。幾何圖形簡
化的手法是具象到抽象的起點。而透視法的揚棄，是把三度空間
的假象拉回到畫布最眞實的二度空間裏，把虛構的空中樓閣轉變

成視覺能夠接觸到的眞實畫面，把眞實的虛構變成虛僞的眞實。

　　立體主義（ Cubism) 的繪畫把塞尙的特性推展到極致。立體主義，尤其是片面立體主義的畫，如畢加索（ Picasso ），布拉格（ Braque ）等人的，由無數交互相溶入或相疊的小片結構而成。塞尙的"變形扭曲"推展至極，勢必把東西扯碎、解體。我們看到立體主義畫裏的主體（如果還能稱得上是主體的話），如一把提琴，已經碎成千百個小片，幾乎看不出是一把提琴，而每個碎片多半都是方、長方、三角等幾何圖形。至於背景與前景，根本談不上，都因片塊的相互侵入、形式溶入周遭的空間、片與片之間的色調漸漸隱入，而消失了區別。我們見到了一個自然之外的新東西，具體的提琴不見了，變成一堆抽象的片狀組合，把眞實的提琴用顏料畫布虛構起來的情況消失了，如今的眞實就是顏料畫布所造成的虛構本身。而這個虛構裏，就因爲片塊存在於繁複而曖昧的關係上，造成一種多元而流變的眞實面貌，好像是許多固定觀點所見印象的綜合體。

　　西佛先生曾說：立體主義"打破固定觀點所架構的三度空間，物與物相存於多元的關係層面，其外貌也因我們改變注視觀點而改變——我們如今也了解到，看東西的觀點多得無以計數。"一個人觀看任何物體，在不同的時間以相同的角度，在不同的時間以不同的角度，或在相同的時間以不同的角度（最後一法只在理論上可能），均造成不同的印象；唯有在固定的時間固定的角度觀看時，才造成單一的印象（這是照相機的方法，也是傳統繪畫的方法）。立體主義猶好比在綜合前三種方法造成的印象，綜合之下，不再保留任何單一印象，而是諸般印象相互關係的結構。

這種結構體跟既成的世界是敵對的，那個有上下左右，近者在前，遠者在後，形象固定，秩序井然的眞實世界被打破了，我們看到的只是這個眞實世界的鬼影，多元而流變不定。

福特的《好士兵》的結構上跟立體主義的畫如出一轍。多偉以無數片面的回憶印象重建過去的眞實，每一個片面都是整個"四人關係"上切割下來的小塊，經由他的"過濾"而形成的"說法"。像他說他們的關係小步舞曲或像監牢那種危言聳聽的說法（這種通俗劇般誇張渲染的風格在整個故事敍述裏是前後一致的），本身就難免把事實扭曲變形了。更何況那麼複雜的關係要用簡單的比喻說明，也難免簡化到令人懷疑的地步。事實縮小到了語言可以規範的簡單圖形裏去了。然而不可否認，固然許多簡化的片面不能一一套叩住眞實，但許多片面並存相關之下，繁殖出複雜的意義。再者，當他在講述某一件事的時候，是那麼專注執著地要講清楚，簡直就忘了與其相鄰關的前後事件。例如他說到那天初遇的情況時，實則上是專爲描述利奧諾拉會演戲會掩飾這點，即使接下來馬上提到去Ｍ市那天就是梅西去世的那天，也只是順着這個描述，勾想起利奧諾拉那天在古堡上驚慌失措之後，馬上恢復平靜的那份掩飾功夫。根本没有細究那一天是那月那日。而在明確提到初遇是在1904年8月4日時，是在强調他對利奧諾拉講的某一番話正巧是初遇後的九年，而完全没有顧慮到事情發生的細節。我們可以說他在某一處的敍述提到某一點Ｘ時，是以ＡＸＢ的文脈貫連，而在另一處提到Ｘ時，又以完全不同的上下文脈安排，如ＭＸＮ，而ＡＢ與ＭＮ簡直就是風馬牛不相干的遙遠片面。兩處的Ｘ根本上是採取不同的觀看點處理的，相互間可以產生補足、修正、呼應或甚至抵融的效果，就像立體主義的片面之間的關係，把眞實蒙上千般的外貌。如此的結構體有無數的線索要把事實拉出來，但都一成不變地被其他的線索迷亂了卽將拉出的眞實。如此，使他重建眞實的工作流於徒然。讀者如果熱心追索他的眞實，亦將徒然。西佛先生點明說，這種眞實世界的破壞"實質上就是用思維重組世界"。我們只能獲得眞實殘留在他胸中的多元流變的印象結構。

除了從一元化走到多元化之外，眞實在現代還有一個轉變，那就是從外存事物的眞實轉成內在心思的眞實。這在前面已經提到，如今再進一步探討其源起動力與內在結構。現代小說家如今追求的是奧爾巴赫（Auerbach）所謂的"更眞的眞實"。或如弗來查與布拉德布雷的描述："現代小說變成了精細意識的小說，脫離提供事實、敍述故事的傳統，把世界抽除了實質……超越了寫實主義俚俗的限制與簡化，以便服膺一種更高的寫實主義"。奧爾巴赫在Mimesis一書中，對於吳爾夫的《朝向燈塔》作了極精細的結構分析，也點明了這種現代特性——內向化的眞實。他指出，在短短的外在事件描述之中，插入了長篇的內心歷程描述。他說：

> 身為客觀事實之敍述者的作者幾乎已經完全失踪了；幾乎一切敍述出來的事情都是藉角色人物內心的意識反映出來的。

可見傳統的故事情節已經由內在的意識所取代。

內向化的塑造有三種根本力量。十九世紀浪漫運動反新古典主義的模仿外象，轉而求諸內在感情的發放，種下了內向化的根。而另一個揭發內在世界的更重要動力來自於佛洛依德的心理分析。佛氏心理分析旨在探測潛存於意識之下的遼濶領域，那個深奧的領域不但大於意識的領域，而且更爲重要。在結構上，"人"增加了另一個向度。在這個向度裏，有一份自成體系的邏輯，不能取用意識領域的邏輯。佛洛依德說："夢運作的過程是非常新奇的事情，以前從未有人知之。這種過程讓我們首度窺探到無意識的心理體系中那些運轉過程之奧秘，並顯示出心理過程與我們有意識的思想大不相同，以後者視之，前者勢必顯得錯誤而荒謬。"1900年初版的《夢的解析》就是在說明這份獨特的邏輯運作之道。佛洛依德揭開內在世界的奧秘替現代文藝舖了一條路，真實的結構開始以內在世界爲基礎，而非外在世界。塑造內向化心智氣候的原動力還有一個，那就是柏格森（Bergson）的哲學。柏格森認爲在我們的意識與真實之間有一道隔閡，我們的感官只能帶出簡化的真實，因爲感官接收的印象只是真實瞬間的狀態，真正的真實存在於不斷流變的狀態之中。"沒有一種感覺、觀念、意志不是在瞬間經歷變遷的。"因此，傳統故事的敍述把事件串聯起來，把真實當作是許多部分連接而成的整體，從柏格森的觀點來看，就好比是記錄一個行動的一堆照片，把真實簡化了、僵化了。所以唯有不斷流變的意識本身才是真實。庫瑪（Kumar）發現唯有柏格森的理論才能把意識流小說闡釋得最貼切。他說明現代小說家鑽進角色的內在意識中，爲的是要抹除作者的任何觀點——這也就是說作者不再以主體的身份來觀察真實這個客體，而是直接與角色人物同化，納入角色人物的意識中，並起並落，真實才能直接出現。

意識流小說對待真實，除了多元化與內向化之外，還在時間的處理上，與傳統手法不同。首先，時序性時間（日曆、手錶的時間）打破了。過去，現在、未來的先後次序錯亂了。故事敍述可以在時光隧道裏穿梭自如，了無限制。蕾姆莎過去的記憶流入現在量襪子的意識中；班克斯過去對蕾姆莎所意識到的印象與蕾姆莎的意識並置，好像是同時發生的一般。時序的迷亂已經是眾所周知的意識流小說特性。再者時間的迷亂還見於時間長度上的違反邏輯。《朝向燈塔》裏，外在事情發生的同時所激發的內在意識，竟然好像遠長過外在事情的時間（外在事情的敍述只幾句話，內在事情的敍述千言萬語）。換句話說，客觀時間已經由心理時間取代了。迷亂時間的手法到底有何意義？其實跟多元化與內向化具有異曲同工之效：重新架構真實。

現代異於傳統之處，莫過於對真實的看法。如上面三個作品的分析所示，真實已從絕對的一元變成相對的多元，從外在描摹變成內在的創新，從順時的結構變成並時的結構，這種看待真實的態度把舊有的世界推翻了，把穩固的真實抹殺掉了。剩下來的再也不是什麼名正言順的"真實"，而是名正言順的"虛構"。現代作品再不能讓讀者沉溺於一個"好像是真的"世界裏，反而讓讀者清清楚楚意識到面對的是創造出來的東西。就像布拉格把他畫的畫用一麻繩圈起來，讓我們猛然覺察到"畫"就像麻繩一樣是留存在畫布上的東西，不是可以讓我們走進去的世界。這種意識的覺醒使得語言所造就的多元真實凌駕了客觀具體的真實。普魯斯特的《往事回憶錄》裏最重要的，不是具體的往事，而是回憶本身的紋路與質地。現代的真實，我們可以概括地說，脫胎於語言。但是任何一種語言都有其社群，任何一種語言都是該社群裏約定俗成的示意規範，因此現代的眞實也不是所有現代的讀者所一致認可的，甚至也不是所有的現代作者所一致認可的。

陳雄儀

<《虛幻的真實──現代運動走向》講評>，
（台）《中外文學》14.1.(1985)，150-163。

語言學與結構主義文學理論

近年來，西方各國比較文學學者十分重視文學與語言的關係研究，特別重視對由結構主義語言學而發展成結構主義文學理論的研究。西方不少高等學府的比較文學博士班和碩士班部花不少時間去學習和研究如結構主義、民間文學的結構、神話結構研究、語義學等課目。

這種結構主義思想，首先在本世紀初運用在語言學的研究上。瑞士語言學家索緒爾的遺著《語言學大綱》是一部對結構主義理論產生巨大影響的作品。他認爲文學是用聲音和形象表達事物的符號，一個語種就是一個"符號系統"。產生意義的不是符號本身，而是符號的組合關係。語言學就是研究符號組合規律的學問。索緒爾使用的詞雖然是"系統"而不是"結構"，但意思是相同的，因此被稱爲結構主義語言學的開端。他的理論，使文學評論家認識到他們也可以把文學看作一個系統來進行結構上的探討。1958年法國學者列維—斯特勞斯發表了著名論文《神話的結構研究》。這篇論文在文學界引起巨大的反響和震動。他認爲神話是處理與人的對立關係並設法加以調解的一種密碼。他把神話的基本因素稱爲神話素，然後將他們組合排列起來，概括出這個神話的意義。從此，結構主義文學理論研究開始形成一個高潮。1974年美國批評家史柯爾斯在《文學結構主義》中提出了一個更爲細緻的小說模式理論。

　　西方結構主義者可分三類：史柯爾斯是一類以模式演變進行論述的結構主義者；另一類是從語言學出發，以分析文學作品中的語法結構爲主要任務的，如托多羅夫在《十日談語法》一書中以卜伽丘的一百個故事爲例，把敍述結構分爲四個層次：故事、序列、命題（卽句子）和詞類（以名詞代表人物、動詞表示動作、形容詞表示屬性）。然後用密碼方式把不同的序列編成一個系統。這一類的批評家不涉及文學的思想與藝術，注重某種體裁作品的結構形態分析。再一類結構主義者是從人類學、精神分析學的假設爲依據，努力發掘神話、童話中的無意識結構，例如米謝·布多對法國童話的分析。他們涉及這類作品的思想內容和藝術技巧，而且是把神話或童話作爲一個系統來研究的。現在許多英國學者認爲，結構主義基本的看法是說社會和人類頭腦由許多特定的結構組成，有神話、信仰、語言和“符號”等等，而這些結構都是有意義的。一部文學作品不僅是一種物體，而且是總的思想意識體系中的一些“符號”。而結構主義則是試圖去分析這些符號，解剖這些符號，看看它們相互間是如何起作用的。通過這個方法來剖析作爲社會一部分的人類頭腦和社會本身，並找出它們基本的結構。再進一步說，結構主義認爲人類頭腦的本身又是由存在的社會符號所組成的。但結構主義也有其嚴重缺點，它往往脫離作品本身的思想和藝術，忽視本系統與外部的關係。

　　比較文學學者運用結構主義理論來比較一國文學作品與另一國文學作品之間的結構及其規律。

盧惟庸

＜西方比較文學研究之現狀＞，

（北京）《國外社會科學》 1(1982)，36-37。

存在主義的衝擊

　　國際間興起的某種主義、潮流或運動，往往會給一國文學帶來衝擊，從而產生一些在本國文學中前所未有的現象。就台灣近三十年來小說來看，衝擊最大的當推存在主義了。茲事體大，牽連甚廣，有待後來文學史家來評定。這裏僅提一位身兼媒介者與創作者的小說家：張系國。夏祖麗在系國訪問記中提到，張系國在十九歲時出版了第一本書《沙特的哲學思想》，此書摘譯自蒂桑論存在主義大師沙特的論著，並且提到大學時代的張系國是個沙特迷，很欣賞沙特的作品《牆》、《理性的十月》、《蠅》和《無路可走》。在談到他的第一本小說《皮牧師正傳》是否受到存在主義的影響時，張系國說："寫這本書時我十九歲，那時我剛剛接觸存在主義，對宗教產生懷疑。說到影響，我想，沙特的作品也許對我寫作的意識形態上有些影響，但在寫作技巧上，沒有什麼影響了。"因此，在研究這本小說的意識形態，尤其是其中的宗教因素時，沙特的存在主義可列爲考慮的對象。

　　此外，存在主義旣然成爲一種國際間的運動，因此，除了發掘本地作家個人對存在主義的接觸及產生的作品特色之外，也可就整個文壇作個總觀，看一看當時風行的存在主義的作品及作家，本地作家的一些共同的現象，然後再放在一個國際的架構上，來看畢竟那些是與其他國家相同，那些是本地特有的現象，或者某些本地作家在那些方面與某些外國作家相同或相異。

　　另一點恐怕難以讓傳統的影響研究學者所接受的，就是其他
姐妹藝術對文學作品可能產生的主題、結構或技巧上的啓發。傑
斯特說：“近二十年來，比較學獲得了其他的領域：‘外來的’
一詞，對比較文學者而言，不意味一個國家之外；它表示文學領
域之外。”就文學領域之外而言，電影可能是最普遍的一種 藝
術，而許多小說家與電影有很深的淵源，如黃春明、王禎和、張
系國、林懷民、吳念眞、小野……而他們對於電影的熟稔，在有
意無意之間也會表現在小說上。

單德興

〈論影響研究的一些作法和困難〉，
（台）《中外文學》11.4.(1982)，78-103。

佛洛伊德與現代文學

　　在後來的幾年裏，佛洛伊德（Sigmund Freud）研究非文學的論文被用來解釋諸如這些問題：智慧與它對潛意識之關係，慾望滿足之觀念，神經過敏之問題和象徵之聯想性質——所有這些問題，都可以運用到文學研究上面。對文學批評與傳記來說，最重要的是佛洛伊德論藝術本質與藝術家的研究文章（1924 年收集成單行本，題名≪從心理分析論詩與藝術著作≫），其中包括以心理分析來研究Wilhelm Jensen的一部小說Gradiva，一篇研究達文西的論文（對達文西童年的一段回憶有所推論），以及對杜斯妥耶夫斯基與弒父母之心理研究。佛洛伊德相信藝術代表藝術家滿足某種慾望之行爲，所以藝術創作等於是一種對世界之“戀愛”，追求同意與被接受，不過藝術家到最後，也滿足了讀者許多世俗的慾望。佛洛伊德因此把亞里斯多德的“解脫說”之意義推廣了許多。佛洛伊德把藝術看作“拒絕慾望之現實與滿足慾望的幻想世界之間的緩衝地帶”。不過他常常肯定的說，心理分析不能夠解釋創作的神秘性。

　　佛洛伊德對創作的見解，現在被視爲極其有限，而且往往帶有猜想成分。以自我爲中心的心理學發展，幫忙解釋藝術家怎樣運用他們的藝術去對抗和解決他們內心不平衡的心理狀態。Ernst Kris 的重要理論“回顧是爲自我服務”，認爲藝術常常可以充作一種創作的衝力，引起潛意識的“自我治療”，卽使

像夢，也被證明在解救內心的衝突和焦慮中擔任重要角色。藝術
因此不一定是神經不正常時的產品（佛洛伊德就如此主張），甚
至可能是藝術家意志與慾望之表現，且有助於健康。佛洛伊德論
文學的文章都是一個慈悲醫生的高明想法；但是它們的缺點卻把
界限放在治療法之內。這種治療的方法忽略了文學與心理學的基
本關係。

　　大體上來說，大家都知道心理分析對研究人類行為和心理狀
態變化所帶來的新解釋，但是心理分析與文學研究之學科關係至
今還是模糊不清，問題還很多。文學家和學者之間還有反對把一
切“心理化”的習慣，他們認為在一些大作家的作品中，人類對
心靈的知覺已很深奧，實在不需要進一步的幫助，特別是科學化
的心理探討。此外心理分析的派別與理論衆多，而且互相矛盾，
因此不能隨便亂用，要不然當某一定理使用到文學裏去，往往會
造成混亂和武斷的結論。

　　佛洛伊德學派以嚴格固定的手法來使用象徵的理論已經受到
很大的批評，很多學生知道象徵有世界性的一面，它也有個人的
特別涵義。Otto Rank 主張與生俱來的憂慮症定理對文學沒有
什麼幫助，Alfred Adler 派的“自卑感”定理對醫療病人有極
大功用，對文學學者倒沒有太大的作用，唯一的價值是幫忙我們
了解人類為權力而鬥爭的問題。上面已經講過，容格派的心理學
家倒是給文學研究提供很多資料，因為他的研究跟宗教和神秘主
義很有關係。有些人認為意義最重大者，是美國派的 Harry Stack
Sullivan，他把個人看成“個人之間的關係”之產品，因此他
認為小孩早年跟人來往的生活形式（主要並不是性的問題），是

形成每個人個性最重要的因素。由於小說大量描寫個人之間的關係，所以對研究文學的人很有貢獻。Karen Horney 和 Erich Fromm 吸收了社會學和考古學的一些思想而發展出來的心理學理論也極有價值。他們特別注意那些個人生活中（不像佛洛伊德強調生理上的本性）最相關的以及文化上的問題。

　　毫無懷疑的，一直到目前爲止，心理分析在文學研究上的使用，還留在生硬、簡單的階段，把極其複雜的東西簡單化，把創作的個性人云亦云地分析。往往一味模仿心理分析那樣使用文學材料，而不是選取心理分析的獨特見解與方法以供文學使用。這兩個學科交配使用會帶來非常豐富的益處，如果那個作家在兩方面的訓練都很有基礎，尤其是在批評和傳記上。今天還沒有事實證明，一個富有幻想力的作家，憑藉著他自己的觀察力和感情，能夠很令人滿意地把心理分析的理論化爲己有。卽使有人做到這地步，結果卻很機械化，除非搞創作的人使用它們的時候，不當作心理分析的程序，只看作某些獨特見解——艾略特在他的詩和劇本中便這樣使用。文學批評家和傳記家中，只有極少數的人是精通心理分析這門學問，因此在很多著作中，只有幾本有永久存在的價值。只是從書本中拾取一些心理分析知識來打扮自己的文學研究者，一定滿口理論，而且很“理性”的抓住心理分析工具，不過正如佛洛伊德所警告，他們不見得徹底明白潛意識所扮演的角色，特別是潛意識和感情的關係。這種區別可以拿紀德的小說和樸魯斯特的著作之區別作比喻：前者強調知性和理性，後者專使用聯想和感情。

　　擁有心理分析經驗的批評家和傳記家具有一種明顯優點，那就是他們不會把自己心靈的思想和幻想注入自己寫着的作品和別人的傳記中。這樣做的話，就表示他們像心理分析家一樣，具有自我觀察的態度——對他們病人，客觀地分析。

心理學已經證明，在文學作品中，可以找到很多極有意義的虛構的例子，充分說明心理學的學說與潛意識的活動情況。而文學這邊，還是不斷吸收和學習使用研究心理的工具，尤其是心理分析的理論。文學所遇到的難題，其中有專有名詞的使用問題。爲了需要，心理分析的技術名詞隨便亂用在文學批評上。在文學研究領域裏最成功使用心理分析的人要算那些傳記作家和批評家——他們想出高明的方法把專有名詞"翻譯"成他們本行裏通行的字彙。

在未來我想我們一定會弄清楚心理學與文學的任務，同時更滿意的確定心理分析運用到文學裏的功用。就如"分析"兩字所暗示的，它最大的好處是在於有批評性的分析上面。以後很可能最大的用處是在於繼續研究創作的過程上面，以及在撰寫傳記上：也就是說，這種文學研究，通常把著作和作者相關連地一起研究，同時把作品看作成寫書人頭腦之一部分。

在解釋文學與心理學之關係時，最要考察的是下列這些基本因素：

㈠文學心理學關心人類的神話創作與創造象徵的幻想，同時永恒不斷的尋找語言與形式去表現這些神話。

㈡文學心理學是研究一部分文學作品的結構與內容，產生形式與風格的想像力，所表現的夢想，它所描寫的人類行爲的狀態——所有這些研究都是根據我們所知道的潛意識跟個性的綜合功能來解釋。

　　㈢作爲某個人的創作的文學作品有其完整性，我們一定要承認它和某個人的傳記有所區別，雖然兩者都需要研究以求明白"創作的過程"。

　　㈣精神病的治療方法和心理分析的治療方法跟文學心理大致上是毫不相關的。

Leon Edel 著　　王潤華譯

　　＜現代文學與心理分析＞，

　　《比較文學論集》（台北：成文，1979），111-135。

現代理論與科際整合

　　關於文學理論或文學批評觀念，自六十年代迄今，短短的二十年間，出現了結構主義、現象學派、法蘭克福學派、記號學、詮釋學、讀者反應理論、後期結構主義等不同角度與方法，使人目不暇接。在從前一門理論一經建立，其影響力旣深且遠，往往成爲一個時代的主要思潮，從無像今日這樣雜說分陳，各家爭鳴的局面。有許多的學說可以在一夜之間成爲顯學，也可以在數年之間由燦爛而歸於平淡，甚至消逝，是以作爲一個讀書人，稍不注意，便要落伍。思之駴然！

　　上面所述各種學派事實上都不是文學理論家或文學批評家所揭櫫的，而是來自不同知識或學問的領域。例如結構主義的主將李維史陀（ Claude Lévi-Strauss ），其本身是一位人類學家，與文學風馬牛不相干，但是他提出來的二元對立系統爲人類心靈的基本運動模式、神話的和聲結構、以及他的親屬關係的理論等，都對文學的研究發生了巨大影響。他的書不是好讀的，或許自人類學的觀點言，有人目之爲異端邪說，但是他的自闢蹊徑，發前人之所未發；他的想入非非之處，卻是我特感興趣之所在。

　　現象學派雖興起於十九世紀末，但對文學理論發生影響則是近年之事，特別與日內瓦學派（ Geneva School)的興起有關。凡稱自己的批評爲“發生學批評”（ genetic critics ）、“論旨批評”（ thematic critics ）與“意識批評”(critics of consciousness) 者，均屬現象學批評。現象學所著重的乃意識的指向性活動 (consciousness as intentional)，即意識向客觀投射時，主體與客體間的交互關係爲研究重點。凡文學作品均係一種個人經驗的表出，係主體意識對客體的投射，或者說意識對現象所作的各種活動。是故自現象學的基礎以探究文學，自有其意義。但是現象學有關著作，如胡賽爾、海德格等人的書都非常難讀，就我個人的經驗曾經掩卷嘆息者再。

德國法蘭克福學派爲自歷史與社會學的觀點以論文學，三十年代曾盛極一時。但是發展的結果，變得機械而僵化，變成庸俗的教條；尤其在俄國，自十月革命成功之後，形成 "階級壟斷論" 與 "機械決定論" ，文學批評論爲整肅異己的工具。然而自歷史時代的背景與社會文化的層面來診斷作品，自有其意義在。蓋任何一個作家均無法自外於他所依存的時代、環境及當時的社會條件，因此要了解一個作家的意識形態，往往要從其社會背景入手。是故近年來自社會學的基礎或社會文化方法以論文學，又時興起來，"法蘭克福學派" 爲其中巨擘。當然他們不是沿襲三十年代的舊路，而是開放的、批判的與重估價的。要了解這一派的學說亦非容易，不是喊一兩句口號或讀過一兩本小册子，便可奏效，必要對他們所使用方法有徹底的認識。

記號學 (semiotics) 已成爲當代的顯學，因爲他們將一切人類的文化活動都視同記號 (sign)，從而應用到所有有關藝術、文學、廣告和人類各種活動的範圍。按 "記號學" 起源於索緒爾的語言學，普拉格學派將它應用到藝術的各部門，再經巴爾特 (Barthes)、艾柯 (Eco) 等人的研究，今日已建立森

嚴的體系，成爲專門的學問。在他們看來，凡是記號必具備符徵
（ signifier ）與符旨（ signified ）兩變生項目。例如一朵
玫瑰花生在野地裏，那不是記號，而是自然物；但當人採下來送
給其女友時，那就成爲記號。這朵玫瑰花是符徵；其所裝載的情
感與用意則是符旨，而符旨則受着一個時代、環境、文化規章
（ codes ）的約制。像這一類的探討意義的方式，應用到文學上
來，開拓出一片新的領域。

　　詮釋學（ Hermeneutics ）源於基督教神學，卽闡明聖經
眞義的一門學問。到了十九世紀末狄爾泰（ Dilthey ）才將它自
神學的領域移植到哲學上來，作爲對人的研究的一種方法，卽不
只是將人的粗糙的感性判斷加以整理，更應去了解其基本意義之
本體。而將這一觀點具體運用到文學上，則是晚近之事。他們的
基本觀念，認爲任何意義的追尋、分析與詮釋的活動，無法脫離
作者所處的環境背景，亦卽那一文化時空。但是我們究竟不能倒
回到過去，我們是自己文化時空的產物，最後必又回到自己文化
的出發點，而形成“詮釋的循環”（ hermeneutic circle ）；
所謂作者的本意，　實際上是詮釋者自己所塑造的。　是故許思
（ Hirsch ）乾脆將作品的本意與詮釋家所找出來的意義分開，
本意雖是不變的，而意義是可變的，只要你的詮釋爲圓通合理者。
此種對文學作品詮釋的方法與態度，當然屬文學批評範圍。

　　讀者反應理論，嚴格地說尚未形成一種門派，亦未建立森嚴
的理論體系，只能說是一種批評的方法與態度。他們所强調的爲
讀者對作品的反應。例如吾人要討論一首詩，不能離開它對讀者
所產生的效應而把握，此種心理的效應對其意義的正確描述殊爲

重要。蓋意義的有效性僅具現於讀者的心靈中。此項理論的出現
雖然可以上溯到李察茲（ I. A. Richards) 和後來的 “新批
評”，然蔚爲風氣則是最近之事。其中包含結構主義者、現象學家、
心理分析家等多方面學者，或就讀者加以分類，有所謂 “假讀者”
與 “眞讀者” 之別，或研究閱讀的程序，或强調讀者會將其所習
知的 “記號系統複合體”（ complex of sign system ）注
入作品之中；或認爲讀者對待作品的態度與對待人生的經驗相同。
其出發點殊不一致，結論尤各不同，而重視讀者的反應則一。

　　 “後期結構主義” 爲繼結構主義之後的產物，一方面它承襲
了結構主義的餘緒；另一方面爲對它的修正或反動。但是要用簡
短的文字來加以說明是不可能的一件事，此間只提出對文學批評
發生重大影響的 “解結構”（ deconstruction ）的問題。所
謂 “解結構” 乃檢驗作品製作的過程，不是指作者的個人經驗，
而是製作的樣式，卽作品的素材與安排。其目的乃是找出作品中
的矛盾處，此矛盾處違反了它的構成的限制，打破了其自身形式
的約束。由此矛盾的組合，作品便不再限於一種單純的、和諧的
和獨斷性的讀法；相反的它變成複數的，有不同的讀法。……巴爾
特在《Ｓ／Ｚ》一書中，將巴爾扎克的一篇小說 Sarrasine 打碎
成許多的片斷來分析、並加以各種的說明與探索，來證明這篇小
說雖合於古典寫實主義作品的模式，但實際上很多地方違反了寫
實主義自身。這便是以 “解結構” 的批評方法診斷作品的一個典
型例證。

　　上述各種學說與門派，雖然名目繁多，而實際上則同中有異，
異中有同；自今日言之，已滙爲一體。一個大學者，必能融會貯

通，兼容幷蓄。如果照皮亞傑（ Jean Piaget ）的說法，所謂
結構："簡而言之，結構的概念包含三關鍵觀念：完整觀念、變
形觀念與自我規範觀念。"是以在其所著≪結構主義≫一書中，
將數學與邏輯結構、生理與生物結構、心理結構、語言結構主義、
社會科學結構分析、結構主義與哲學，冶於一爐。可以說已將所有
人文學科都包含在內了。皮氏本人爲傑出的心理學家、社會學家
和哲學家，有多方面的成就者，吾人實無法將他劃歸何門何派。
事實上自結構主義至後期結構主義，出現了許許多多的學者，且
彼此相互影響，而又各出機杼，所以上面所提及各種學說與門派，
只爲一般行文的方便，絕不能機械地强爲劃分。

　　是故今日以言文學理論與文學批評，已眞正進入知識與學問
的時代了。我常常想，文學爲表現人生、體驗人生，則凡與人生
有關的知識與學問，自必與文學有關，目今日的潮流看來，可以
說獲得充分印證，而且也就在文學理論與文學批評的領域裏，科
際整合的觀念獲得了眞實而具體的實現。

姚一葦

<《文學理論與比較文學》序>，
鄭樹森，《文學理論與比較文學》（台北：時報文化
　　出版事業有限公司，1982 ），3-9。

中外比較文學研究
（共五冊）
李達三、劉介民
主編
第一冊
（下）

基　礎　理　論

李達三、劉介民
主　編

余君偉
助編

臺灣學生書局印行

中外比較文學研究 第一冊(下)
目　　　　次

五、影響與翻譯研究

甲　影響研究

乙　翻譯研究

甲　影響研究

影響研究的合法範圍及判斷

　　衆所周知的，法國學派及美國學派是比較文學的兩大陣營，法國學派小心翼翼，著重以實證主義的手法探究不同國家的文學現象，以期建立起實在關係；美國學派則雄心勃勃，認爲舉凡文學、藝術、歷史、哲學、宗教……莫不屬於比較文學的範疇。儘管雙方爭執時起，但影響研究在比較文學中的重要性，正如魏士坦因在其《比較文學與文學理論》一書第二章＜影響與模仿＞開宗明義所指出的：“影響的觀念稱得上是比較文學研究中的關鍵觀念，因爲它認定了兩個相異因而可以比較的實體的存在：產生影響的作品和影響所及的作品。”

　　約瑟夫・肖（J.T. Shaw）在討論"文學的假借"時，將"影響"定義爲："當外來的事物在作家和（或）他的藝術作品中產生的效果是他本國文學傳統和個人發展無法解釋的，這位作家便可以被認爲是受到了影響。"

　　張漢良在＜比較文學影響研究＞一文的第一部分，對法國學派的觀念作了一番歷史的回顧，並將這種"以影響研究爲手段的文學史研究，或以文學史爲目標的影響研究"的範疇，歸納爲源流學、譽輿學、媒介學與對外國的詮釋四大類。以今日的眼光來看，一般說來法國學派偏向於"接受研究"。接受研究是影響研究的先驅——前者範圍較廣，偏向於文學社會學或文學心理學，後者則只限於文學作品，但是二者也有部分，甚至全部相同之處。

魏士坦因在後來的一篇文章中，特地將影響研究的合法範圍列出一個層次表：

一借用，二翻譯，三改編、四模仿，（甲、嚴肅的，包括文體化；乙、詼諧的，包括模仿諷文、歪曲模仿、以及戲謔。）五、影響（實在關係）。

其次談到影響程度的判斷。法國學派的實證作風依賴資料的堆砌，是以量化的觀點來判斷影響程度的深淺。赫梅倫的論點雖然外表上看來非常科學化，但基本上還是量化的觀念。此觀念的缺失就是認為只要時間、因果兩條件吻合，則兩件作品相似之處便是影響所致，並且影響的程度與證據之數量成正比。這種一廂情願的機械式的看法，忽視了作家個人的才具及想像力的運作。事實證明，有些人與外來資料接觸得愈多，了解得愈透徹，愈能斟酌取捨，表現在外的影響情形愈小；反之，與外來資料接觸的少、一知半解的人，不知取捨，容易全盤接收，或以自己的想法去加以臆度、詮釋，作品中表現的影響的現象更為彰顯。更進一步來說，作家之所以接納外來的東西，往往是因為"心有戚戚焉"，也就是說，這些外來的事物能符合、激發或引導出他內心原來就有的想法——也許原先只是一些模糊的觀感——此內在因素與外來因素的分野與比例難以取決。批評家是否有權把作品中凡是與外來因素相近的事物一股腦兒劃入影響的範圍呢？

再則，影響的程度與藝術的成就未必成一定的比例。一部處處可見外來成份的作品的藝術成就難道就必定高於一部只稍受影響或根本不受影響的作品？食而不化與食而化之，哪一個受的影響大？在歷經文字、文化的隔閡及作者的處理之後，若是作者不明白道出他所寫的是反哈姆雷特、反浮士德、反唐·吉訶德，批評家又如何有把握斷定？這一些不是單純用外在證據的多寡就能決定的。

質化的觀念特點在於美學的判斷，但還不是就作品本身加以評論者個人主觀（雖然他本人已力求客觀）的分析，然後以外在的證據來支持自己的論點？從好的一方面來說，可謂左右逢源，兼取法、美二學派之長，但從壞的一方面來說，難免有進退失據之虞——在實證上比不過法國學派，在美學分析甚或共同詩學的建立上比不上美國學派。魏士坦因所謂的"質的躍越"值得三思，因為躍越過後是樂土還是深淵，實在難定。

單德興

<論影響研究的一些作法和困難＞，

（台）《中外文學》11.4.(1982)，78-103。

法國學派的影響研究

影響研究作爲傳統比較文學研究的主要課題，如筆者在＜比較文學研究的方向與範疇＞一文所述，有其客觀因素存在。法國學派前行代的大師，鑒於歐洲各國文學同出於古典異教與基督教源頭，後來的發展亦彼此交流，因此他們研究比較文學的態度與方法，是超越歐洲各國語文畛域與政治疆界的大一統思想與整合性作法，其目的在建立歐洲“文學一般史”。這正是望提綱（Van Tieghem）所提出的“一般文學”一詞的原名。

這種態度，我們可以由法國學派的創始人戴克斯特早在 1898 年所撰的“文學比較史”的話中看出。他認爲，比較文學史家綜合研究各國文學，企圖建立一個國際文學理想時，會發現兩個現象：“一這個文學理想，是一個吸收與同化作用過程；二近三百年來，歐洲各國文學彼此相互影響。”這段話可以作爲影響研究的論據基礎，因爲研究歐洲文學，實無異於研究彼此的影響。

根據這種歐洲各國文學史的整合觀念，比較文學研究的方面不外兩個：①與歷史發展或演化有關的問題（包括文類與主題）；②實證的影響研究。因此“比較文學之父”巴當斯佩爾哲（Baldensperger）在 1921 年《比較文學評論》發刊辭裡，指出比較文學研究的兩個主要方向：①搜集各文學共有之主題與成分；②確定各國文學間可見的事實：即“發現借取現象；決定外在影響的範疇；……並指明各國文學共有的‘偉大潮流，’”。

　　同樣的觀念見諸望提綱，他認為比較文學家之作為，乃文學史之綜合，其過程之一為"建立不同文學中，類似系列的接觸點"。研究的方向有三：①探索某思想或作品中的外國淵源；②追溯兩個以上文學中，主題、情景、類型或傳說的歷史；③研究某作品或作家在外國的際遇。望提綱是第一位有體系的比較文學家，他的話特別值得我們注意。"接觸點"一詞，正如巴當斯佩爾哲的"可見的事實"，顯示出法國學派的實證主義態度與方法。基於這實證觀點，望提綱主張在上述三種研究方向中，避免第二項中的主題學，少作文類學研究，應儘量從事一、三兩項，即源流學——資料來源的研究，以建立一"影響的父母族系"，以及譽與學——成就與影響的研究。假如我們歸納一下這種課題，比較文學研究的對象，實際上只剩下一種了，即"研究某國文學、某學派、某作品或作家，在外國史上或某時代裡，某群作家、某位作家、某件作品中的散布、聲譽與影響等。有時它只限於淵源的研究"。其終極目標，便是建立我們前述的"文學一般史"，或如望提綱十年後在《比較文學》一書中所謂："在各國文學史之間或之上，紡織一個更普遍的文學史的綱，"補充、聯合，而非取代各國文學史。

　　戴克斯特等三人代表比較文學法國學派前行代（1931 年以前）。讀者可以看出他們的實證主義文學史觀點；換言之，他們傾向影響研究。他們的理論與實踐遲至 1951 年，仍為法國學派的主流。卡瑞（Carré）的短序，開宗明義便是："比較文學是文學史的一支。"它研究事實關係。而其弟子圭玉亞（Guyard）所揭示的比較文學七大目標，全部以歐洲文學史的發展為定向：①

世界主義的代理；②文類的際遇；③主題的際遇；④作家的際遇；
⑤淵源；⑥思想潮流；⑦對某外國的詮釋。這七項目標皆可歸類
爲廣義的影響研究，包括第一項的媒介研究。即使看似無關的“外
國詮釋”，由於涉及讀者接受外國文學時的“形象”（ image ）
與“錯覺”（ mirage ），故而可歸爲接受研究或廣義的影響研究。
故圭玉亞宣稱：“ 影響與成就（爲）法國的文類。”

　　我們回顧了法國學派幾位代表人物的觀點，可以得到下列的
簡單結論：①比較文學研究的動機和目的，是建立一部歐洲文學
通史；②研究的方法是實證主義的影響研究；③研究的焦點是各
國文學的外緣或實質關係。④研究的課題則包括兩大類：(A)文類
學與主題學的歷史研究；(B)以具體事實爲基礎的影響研究。其實
兩者彼此相關，因爲他們的文類學與主題學亦是探討際遇與影響
的問題，圭玉亞說的，“ 文類命運的誕生、成長與死亡 ”只不過
把視界放遠了看；如果把視界縮短，頻聚在時間的近距離或靜止
點來看，也無非是探討文類或主題的“ 接觸點 ”與因果關係，如
圭玉亞所謂“ 證明借取的證據 ”我們可套用一位美國學者布拉克
的話：“ 文學作品與文學史本身，作爲客觀資料，可解釋爲一連
串因果關係；換言之，可透過淵源與影響來研究。”在這種情形
之下，如果我們說法國學派的比較文學，是文學史研究或影響研
究（尚未界說的）均無不可；或者更準確地說；是以影響研究爲
手段的文學史研究，或以文學史爲目標的影響研究。

　　這種文學史影響研究的範疇，不論其素材對象是文類、主題、
思想、作品或作家，可劃分爲以下數項。第一項是源流學，包括
①鑑定資料來源。圭玉亞把資料來源分爲三種：A、 旅遊印象，

如歌德遊意大利；B、口述來源，如與友人一夕談；C、書寫來源。除了這三種來源外，他還提出"思潮氛圍"（ambience）一詞，類似泰納的背景（milieu），指當時流行的思潮風尚，如復辟時代的紈袴風尚。這點不一定如資料來源那麼確鑿，但可能是作家素材的來源。②鑑定借取成分。

第二項是譽輿學（或際遇學，此處從戴望舒的譯名），即際遇的探論與判斷，包括文類、主題、作家與作品的際遇。其中牽涉為一些需要區分的詞彙，如散佈、模仿、成就、聲譽、接受，以及狹義的影響。影響的種類圭玉亞分為A、人的。如盧梭生前死後所造成的崇拜；B、技巧的。如莎劇技巧對法國浪漫主義者的影響；C、知識思潮的，如伏爾泰精神的傳播；D、主題或模式的，如中古傳奇詩人歐希安的山水模式對浪漫主義詩人的影響。圭氏的分類相當膚淺，我們在本文第三部分會繼續討論影響的分類。

第三項是媒介學，固然這是望提綱提出來的名詞，他並未十分強調這門學問。但圭玉亞卻認為這是比較文學的第一目標，我們不妨以他的話作基礎。研究的對象是"有助於國與國之間或文學與文學間了解的人士或典籍"。這些橋樑人、物即他所謂的"文學世界主義的代理"，包括A、語言知識或語言學家；B、翻譯作品或譯者；C、評論文獻與報章雜誌；D、旅遊與觀光客；以及E、一種因為地理與文化特殊情況所造成的國際公民，如望提綱所謂的用兩種語言的國民，或像伊拉士謨斯般的人物。另外望氏還指出一種重要的媒介，即朋友的集團、文學社會、"沙龍"、"宮廷"等社會環境，也扮演着文學傳遞的角色。媒介學可算是源流學與譽輿學之間必然副產物，或接受研究的副產物。但十分意外的是，在源流、際遇研究已經沒落的今天，附屬於媒介學的翻譯問題，竟然獨樹一幟，自立門戶了，這定然是望提綱所始料未及的吧。

第四項是圭玉亞所謂的對外國的詮釋，它可置於譽輿學範疇內，往往也是媒介學的副產物。大致可分兩種相反的情況：①形象，②錯覺，包括Ａ、單一作家對外國的詮釋，如賽珍珠筆下的中國人：Ｂ、一國文學對某外國的形象或錯覺認識，如美國文學中的中國形象。圭玉亞把這種影響研究的旁支單獨列出來，其原因如筆者在＜方向與範疇＞一文所述，並非文學通史，而係比較民族心理學，這也許是二、三十年後的圭玉亞與前輩學者的分野之處。

以上我們簡述了法國學派比較文學研究的主要課題，它們在不同的程度上，皆屬廣泛的影響研究範圍。除了小部分題目（如形象與錯覺研究）已經過時外，大多數在今天仍然為人研究，雖然方向與層次不同，這點我們暫時不論。以泛歐文學史的建立為目標，本來無可厚非。事實上，任何文學研究最後莫不以文學史為依歸，即使最初懷着美學的興趣，從事個別作品有機結構內的美學探索。但如欲進一步考察該作品的文類或歷史的意義，我們便必須把它與其他作品並列（大多數是橫向同時性的），最後再置於縱向的文學史格式內。這點尤其適用於影響研究，甚至整個比較文學研究，因為這門學問本非作品內的，而是作品間的。但問題是：法國學派的研究，往往不是作品間的，而是作品外的。無論淵源、際遇或媒介的研究，學者所着重的，套用威立克的話，多半是外緣的，而非內含的，結果"論文學為社會學、民族心理學、通史、甚至'國際貿易'"。

張漢良

<比較文學影響研究>，

（台）《中外文學》7.1.(1978)，204-262。

"接受研究"與"影響研究"

接受美學作爲一種理論，同樣也是人類理論思維歷史經驗積澱的結果。在這方面，歐洲研究接受美學的學者，也進行過許多總結。人們注意到，關於基督教典籍的早期研究，只關心版本學，理論思維的重點放在編纂者身上，而並不注意接受者。即使亞里士多德《詩學》傳統的繼承者們，如維達、隆薩、斯卡利格爾、彭塔努斯、海因修斯、布瓦洛、歐皮茨、高特舍特和萊辛等人的理論思維，也多集中在作者和作品身上，很少有人系統地從讀者戰略的角度思考問題。

爲從理論淵源的角度認識接受美學的特點，下文結合伽達默的闡釋學和英伽頓的現象學，對接受美學的兩個重要學派——"接受學派"和"影響學派"做些概括的評述。

接受美學雖然強調讀者和閱讀，但它畢竟是一種說明和理解文學過程的方法，因此，它作爲一種說明和理解文學的工具，同德國傳統的闡釋學，特別是同當代德國哲學家伽達默在《眞理與方法》一書中的理論有着某種聯繫和繼承關係，是理所當然的。堯斯在他的《審美經驗與文學闡釋學》一書中明確承認，沒有伽達默的《眞理與方法》，也就沒有他的接受美學。所謂"闡釋學"在德國是一門古老的學科。闡釋學（Hermeneutik）這個詞來源於古希臘文，用拉丁字母拼寫出來，即Hermeneuein。它顯然是從古希臘神話中的神使赫爾梅斯（Hermes）一詞引伸來的。

古希臘神話中的神使在古羅馬神話中叫墨丘利（Mercurius），
是專司道路、交通、商業和偷盜的神，是人與神之間的媒介。今
日歐美國家的"信使報"（Merkur）就是以它命名的。闡釋學
其實是本文與讀者之間的媒介。闡釋學又稱分析、說明、理解的
藝術，最初應用於對《聖經》內容和法律條文的注釋、分析和說
明，在相當長時間內，闡釋學主要應用於神學和法律領域。現代
闡釋學的奠基人是十九世紀德國浪漫派神學家施萊耶馬赫。十九
世紀末期，德國哲學家狄爾泰把它引入文學研究領域。本世紀德
國哲學家海德格爾從存在的時間性角度，對它進行了本體論的考
察和論述。而把它作爲一種專門的文學研究方法進行了系統描述
的，則是不久前去世的聯邦德國文藝學家彼得·斯宗狄。

　　現代德國哲學家伽達默在他的《眞理與方法》一書中，把理
解的歷史性（Geschichtlichkeit）規定爲一個闡釋原則。他認
爲理解有首要與次要之分，佔第一位的是理解事物自身，佔第二
位的是理解別人對同一事物的理解。由此他進一步解釋說，爲了
儘可能客觀地把握對象，闡釋者不應忘記自身的存在，不應忘記
自身的歷史性及因這種歷史性而形成的對事物的種種判斷和成
見，而是要把這種判斷和成見視爲理解過程中積極的因素。他從對
"成見"（Vorurteil）這個概念進行歷史分析入手，指出成見這
個概念自啓蒙運動以來才獲得我們今天所習慣的消極意義。按其
原意來說，成見即對事物的整體進行最終檢驗之前所做的判斷，
以訴訟爲例，所謂"成見"，即在做出最終裁決之前所做出的法
律上的預決。從這個詞的構成來說，也可直譯爲"前判斷"。因
此，成見絕不等於錯誤判斷，人們對這個概念既可做出積極的，

也可做出消極的評價，伽達默把這個思想運用於對本文的分析，從而得出結論說：所謂理解本文，總是準備從本文中得到一些什麼。因此一個受過闡釋學訓練的意識，自然會對本文裡陌生的東西有接受能力。這種接受能力，旣不會以接受者的"中立性"爲前提，更不會以"忘我"爲前提，而是包括個人的判斷和成見。從這一段表述可以看出，伽達默强調人類對事物理解的個性特點，他不一般地强調所謂"理解的客觀性"，而是突出個人在理解過程中的地位和重要意義。他主張理解者不應從自己的見解中抽象出來，而是應該有意識地把自己的見解納入理解過程中去，形成一種理解者同被理解對象之間的對話關係。

堯斯像伽達默一樣，對於歷史學派和實證學派追求的所謂"客觀理解"，是持批判態度的。他主張對文學作品的任何客觀理解，都不能忽視接受者個人的因素。傳統的文學史和文學理論，都是以靜止的眼光看待文學，只是把作家、作品視爲認識對象，雖然世界各國，古今中外都有類似"見仁見智"的說法，却又都把文學作品的道德價值和藝術價值以及作家、作品的歷史地位，視爲超時間、超空間的客觀存在。而研究、評論和閱讀活動的目的和任務，似乎就是去認識、理解和闡釋作品的"永恒價值"。堯斯從伽達默關於理解的歷史性和應用性原則的闡述中所透露出來的重視個性、時代性的思想引伸開來，提出了"文學作品的歷史生命沒有接受者的參與是不可想像的"命題，從而突出了讀者和讀者的閱讀活動對於作家和作品的重要意義。文學作品並不是對於每一個時代的每一個讀者都以同樣面目出現的自在客體。它不是獨自表現其超時代性的文物。它更像一部樂譜，着眼於使閱讀活動一再取得新的反響，這種閱讀活動使本文擺脫語言材料，成為現實的存在 。沒有讀者和讀者的閱讀活動，一部文學作品只不過是堆印着鉛字，經過裝訂的紙張；就像一部樂譜不經過演奏家演奏，只不過是一些死的符號一樣，不成其爲音樂。

所謂"接受者的主動參與"，不僅是指讀者賦予作品以生命，還在於他的接受活動必然地要帶有個人的理解和判斷，讀者對作品既不可能持中立態度，更不可能完全沒有自己的態度。這正是所謂"仁者見仁、智者見智"的原因之一。讀者的接受活動，是一種積極地對作品的佔有，所謂設身處地地去理解作家體現在作品中創作意圖，實際上是相對的，也是因人、因時代而異的。文學史上所以有文學作品價值升沉現象，是同讀者的這種主動參與精神分不開的。接受美學稱這種主動參與精神爲接受意識，它在很大程度上決定着文學作品在歷史和現實中的地位和作用。堯斯的這些觀點，都是針對"客觀主義"理論提出來的。不容否認的是，它們本身也潛伏着相對主義的危險。

在堯斯的接受美學體系中，有一個核心概念，叫"期望視野"（Erwartungshorigont）。這個概念是從德國社會學家卡爾・曼海姆那裡接受過來的，它的含意大體上類似伽達默著作中所闡述的"視野"的含意。這個概念包括兩個系統，一個與作者有關，即他儲存在作品中能夠被發現的期望視野，發現的程度決定審美的程度。另一個與讀者有關，即讀者加之於作品的世俗的或來自生活實踐的期望視野。前者是個定數，屬於作者系統；後者是個變數，屬於讀者的闡釋系統。按照堯斯的看法，兩種視野的"互相作用"，構成審美經驗的完全意義的接受。這種接受本身就是一種創造性行動。從讀者這方面來說，"期望視野"就是接受之前的知識準備，包括書本知識和生活知識，也包括讀者作爲生物的和社會的存在的各種條件。讀者的"期望視野"是因人、因時代變遷的，這種變遷必然也會引起文學觀念、審美原則和標準的變遷、更新。這就是文學史上之所以有同一部作品爲這一些人所欣賞，而不爲另一些人所欣賞，爲此一時代的人所欣賞，而不爲彼一時代的人所欣賞的原因之一。只有從"期望視野"變遷的角度去觀察文學現象，文學史家才能在運動中客觀地去描述文學的影響史和人類審美的發展史，而不至於在變化了的境遇面前束手無措。

　　堯斯這些綱領性主張，很快受到歐美文學理論界的重視，引起熱烈討論，堯斯也在不斷參與討論過程中，逐步深入闡述了自己的主張，終於在 1977 年出版的《審美經驗與文學闡釋學》第一卷中，形成了一個較爲完備的體系。可以說，這部著作是堯斯十年來不斷參與討論，不斷進行研究和思考，並對原來的設想進行修正和補充的結果。

　　在這部著作中，堯斯把"審美經驗"作爲研究課題。他認爲審美經驗這個問題，長期以來一直處於美學和文學闡釋學討論的邊緣上，從未引起人們足夠注意，但它對當前文藝理論的發展，却很有討論價值。堯斯在對這個問題的研究中，把審美實踐放在中心地位，他從對"審美欣賞"這個概念的研究入手，把審美經驗區分爲三種互相聯繫的活動，即創作活動、接受活動和交流活動。他又稱這種活種爲審美欣賞行動的三個基本範疇，並從傳統美學中引用了三個相應的概念：創作（Poiesis）審美（Aes-

thesis）、淨化（Katharsis）。所謂創作即指對於自己所創作
的作品的欣賞，作爲一種審美欣賞的基本經驗，大體上相當於黑
格爾給藝術下的定義，即人可以通過他的藝術創作滿足自己認識
自己的普遍需要。所謂審美即認識的觀察和觀察的再認識的審美
欣審，也就是亞里士多德所說的，人在模仿對象身上得到快感的
兩個原因，即一面看，一面求知。所謂淨化即對於由演說詩歌
（文學藝術）所引起的自己感情的欣賞，這種欣賞能引起聽衆或觀
衆信念的改變和情緒的釋放，這是一種交流性的審美基本經驗。

這三種互相關聯的活動，構成了堯斯接受美學體系的基本框
架；他所提出的"審美欣賞"這個概念作爲一種行動，就是在上
述三種活動中實現的。對於創作意識來說，審美欣賞行動是在根
據世界來創作自己作品的活動中實現的；對於接受意識來說，審
美欣賞行動是在更新對外在和內在現實的感受中實現的；對於交
流意識來說，審美欣賞行動是在贊同作品的判斷或者是在與已經
給定而尚待鑑別的行爲標準的同一性中實現的。

堯斯認爲，自黑格爾以來，美學就停留在研究藝術描寫功能
方面，藝術史被理解爲作品及其作者的歷史，而關於藝術的世俗
功能，即它在人類生活中能發揮什麼作用，却很少研究，除創作
功能之外，很少注意接受功能，根本不注意交流功能。他說，關
於藝術的科學研究，從實證主義以來，不斷地向我們講授作品及
其解釋的傳統，作品產生的主觀和客觀條件等等。因此，我們很
容易再現作品產生的時代、原作的淵源及其思想意義等，却不善
於從創作、接受、交流的角度去說明藝術是一種歷史和社會的實
踐。其實，文學藝術正是歷史和社會實踐對象化的結果。他認爲，

馬克思主義文藝理論，是主張接受主體對客觀現實的再認識的，儘管普列漢諾夫和盧卡契把它局限於反映論和資產階級現實主義的模仿說。自認布萊希特以來，文學的影響問題或效果問題，才提到日程上來，但他側重於教給接受主體養成思維和批判態度，而忽視了審美主體欣賞共鳴和審美同一性傾向。堯斯的這個判斷，應該說是客觀的。

堯斯在歷史地描述審美經驗的三種活動後，得出結論說：“在欣賞別人中欣賞自己” 是文學活動中的基本審美經驗，它 的 前提是 “理解的欣賞和欣賞的理解” 的統一。他稱這種統一爲 “純感官的欣賞與純反思之間的漂浮狀態”。他認爲歌德的一句話：最確切地表達了這種漂浮狀態：“有三種讀者：一種是無判斷地欣賞，第三種是無欣賞的判斷，中間一種是欣賞着判斷，判斷着欣賞，這種讀者其實是在重新複製一部藝術作品。”

前面提到，中國話裡的 “見仁見智” 這樣的思想，世界各國古今中外都是存在的，儘管說法不同。歐美現代文藝理論中廣泛流行的評價作品基本質量的用語：“多義性”（Polysemie）或 “多價性”（Multivaleng），其實就是歐美人們對於這個思想的表達方式。“見仁見智” 也好，“多義性”、“多價性”也好，照理都不是對文學作品進行隨意性解釋（雖然這些概念中含有這種可能性和危險性），而是在即存的或者給定的 “廻旋餘地” 之內進行解釋。文學作品的這種 “廻旋餘地”，恰恰是在解釋過程中產生 “見仁見智” 或者 “多義性”、“多價性”的基礎或前提。

研究接受美學的人，都是從 “見仁見智” 這個問題出發的。按照傳統的理解，任何本文都有內容，內容是意義的載體，而意義通常又被理解爲似乎是潛藏在本文裡的一種永恒的、固定不變的東西。可是人類的接受史表明，在本文的文字、語句不變的情況下，曾經被人發現的意義常常會發生變化。伊瑟對這個問題的解釋是：文學作品的意義，只有在閱讀過程中才能表現出來，它是本文與讀者互相作用的產物，並非一個潛藏在本文自身等待解釋者去發現的值。同一部本文之所以會被不同時代的不同讀者做出不同的理解，是因爲本文自身有一個"迴旋餘地"（Spiel-raum），這個迴旋餘地能爲讀者或解釋者提供多種理解和解釋的可能性。這就是說，這個"迴旋餘地"是在對文學作品的闡釋中，產生"見仁見智"、"多義性"、"多價性"的源。文學本文有一個迴旋餘地，它能影響讀者對本文意義的理解和解釋，這顯然是伊瑟從英伽頓那裡接受下來的觀點。他的獨立建樹在於：從這一點出發，把揭示本文與讀者之間的關係，作爲他建立自己的接受美學體系的任務。

伊瑟關於接受美學的綱領性主張，最初是於1969年在康斯坦茨大學發表的就職演說＜本文的提示結構——不確定性作爲文學散文的影響條件＞中表述出來的，並在1976年出版的《閱讀行動——審美影響理論》一書中做了系統闡述。他的理論又被稱爲"影響理論"或"影響美學"。

英伽頓以現象學爲依據，從研究本文的結構入手，把文學本文視爲一個多層次的構成物。伊瑟則從區分本文的類別入手（論說性本文、虛構性本文或文學本文），首先確定文學的特殊性，並提出了文學本文並非生活世界的精確的對象對應物，而是從生活世界裡存在的要素中提取它的對象的觀點。這同傳統美學所說

的 " 文學是虛構 " 是一致的。 伊瑟認爲，文學本身是以偏離我
們習慣的形式， 描寫一個我們似乎熟悉的世界，所以我們一方面
常常能在文學中辨認出許多在我們的經驗中同樣起作用的要素，
另一方面我們又會發現文學本文所描寫的現實， 並不完全等同於
我們經驗中的現實。 因此， 讀者旣不能根據本文所給定的對象的
確定性，也不能根據本文所限定的事物面貌去斷定本文對於對象
的描寫是否正確。 這種檢驗在論說性本文中是完全可行的， 而對
於文學本文却完全不適用。 根據這種情況， 伊瑟提出了一切文
學本文中都存在着"不確定點"的觀點。 他說文學本文旣不能用
生活世界中的現實對象，也不能完全用讀者的經驗來衡量，這種本文
與現實的不一致， 使文學本文產生了某種 " 不確定性 "。 這種
"不確定性"將由讀者在閱讀行動中得到校準。

　　伊瑟爲了說明文學的對象在作品中展開的情況，又借用了英
伽頓分析文學作品結構的 " 模式化圖景 " （ Schematisierte
Ansichten ） 這個概念。 他說每一部本文都有各式各樣的圖景，
它一步一步地把對象展示出來， 給讀者的感官呈現出一個具體的
東西。 而每個圖景照例只能展示對象的一個角度，爲了盡可能清
晰地展示一個文學對象， 則需要採用許多這類圖景。 伊瑟着力要
解決的問題， 正在這個地方。 那些展示文學對象的模式化圖景，
常常會突然發生"壅車"現象，作家遇到這種情況時， 不得不採
用我們中國人所說的"花開兩朶，各表一枝"的手法，西方術語
稱"剪接術"， 即把同時出現的許多情節綫，分先後進行敍述。
在這種互相重疊的圖景之間所存在的關係， 通常是無法被本文全
部表現出來的， 這就是說， 在那些模式化圖景之間留有一些"空

白點"這些"空白點"提供了一個對於作品進行分析的"迴旋餘地"，讀者可以在這個"迴旋餘地"之內，把在各個圖景上展示出來的對象的各種角度聯綴起來。伊瑟認為，一部作品的掃描越細膩，也就是說，本文展示對像的"模式化圖景"越多，"空白點"也會越多。而一部作品的"空白點"，絕不像英伽頓所認為的那樣，是一個"缺陷"，而是作品產生效果的基本出發點。讀者將在閱讀中不斷地去充塡和消滅這些"空白點"，並利用作品的"迴旋餘地"，把各個圖景之間未表達出來的關係建立起來。

伊瑟認為，一部文學作品之所以有永恒的魅力，並不是因為它描寫了超時代的"永恒價值"，而是因為它的結構總能使人進入虛構的事件中去。在這個過程中，作品的"空白點"起了關鍵作用。作家可以借助這種"空白點"省却許多本文要素，讓讀者自己去把它們聯結起來。伊瑟認為，正是這樣一些"空白點"，能使讀者在閱讀本文時，把別人的經驗變成自己的經驗。從這個意義來說，伊瑟稱本文的"不確定性"為本文與讀者之間的轉換器，說它能強化和調動讀者的想像力，與作者共同完成本文的意圖。伊瑟又稱這種"不確定性"為本文的結構基礎，或稱"本文的提示結構"（Appslstruktur），它是促使讀者動員自己的想像力去發現本文的含意，主動參與本文創造的結構。

以上是伊瑟在＜本文的提示結構＞一文中所闡述的綱領性主張。這篇論文是1970年作為"康斯坦茨大學講演叢書"第28.號出版的。1976年，他在《閱讀行動》一書中，又充分展開了這些主張。這部著作的重點，是分析讀者閱讀的過程，藉此揭示一部文學本文產生美學效果的各種條件。伊瑟首先指出，一部文學

本文要發生影響，得有人閱讀它。傳統方法只講作家的意圖、本
文的現實意義、歷史意義與精神分析意義、或者講結構原則，但
人們很少想到，作品只有在被人閱讀的時候，所有這一切才有意
義。人們總覺得，作品被人閱讀是理所當然的，可是人們對這個理
所當然、司空見慣的現象意味着什麼？却所知甚微，甚至未意識
到，對作品的閱讀，正是各式各樣解釋方法的絕對必要的前提。
由此，伊瑟特別強調指出，考察一部文學作品，不能只考察本文
形象的情況，還要以同樣的注意力來考察如何把握文學本文的行
動，即閱讀。閱讀過程是讀者按照自己的需要對本文進行加工的
過程，因此講本文的影響，旣不能離開本文，也不能離開讀者的
處境。本文含有影響潛能，而這種潛能只有在閱讀過程中才能實
現。

　　爲了具體分析閱讀過程和文學作品產生影響的條件，伊瑟從
英伽頓關於作品的層次結構及其具體化方法的論述中得到啓廸，
提出了文學作品存在兩極的觀點，即藝術的一極和審美的一極，
前者是作者創作的本文，亦稱“本文極”，後者是讀者對本文進
行的具體化，亦稱“讀者極”。根據這種“兩極”的觀點，一部
文學作品旣不等同於本文，也不等同於本文的具體化，因爲本文
只有在具體化中才獲得生命，而具體化的本文也必然帶有讀者的
個人氣質。也就是說，當讀者和本文相碰撞，即閱讀時，本文才
成爲文學作品。文學作品是本文在讀者意識中的構成物。由此可
見，閱讀是一種由本文引發出來並受它控制的行動，又是對本文
進行加工的行動。這兩種行動之間的關係，被伊瑟稱爲“互相作
用。“本文極”、“讀者極”和這種“互相作用”合在一起，

構成伊瑟對文學本文發揮影響的可能性，進行理論上闡述的基本構想。

張　黎

<文學的＂接受研究＂和＂影響研究＂——關於＂接受美學＂的筆記之二>，

（滬）《文藝理論研究》2(1987)，31-38。

影響與模仿諸問題

　　影響的概念是比較文學研究中的重要概念。因為，它提出並論證了當前兩種可供比較的明顯事實：影響來自哪部作品，又將被導向何方？關於這一點，我無需再加強調。正如韋勒克（Wellek）教授所指出，發生在一個國家文學內的影響研究的區別以及超越語言學界限的諸種影響研究並非是性質方面的影響，而是方法論的影響。這兩種研究方法之所以如此突出，主要是因為，用兩種不同語言寫成的書要求人們必須用很大精力才能讀懂，由此而產生解決語言障礙這一迫切性問題。

　　根據哈山（Hassan）的觀點，在文學研究中，不幸的是，影響這一概念應包括完全沒有任何實際聯繫的“偶然”和現實因果關係之間的種種關連。近年來，這個對每一個比較文學家來說，都是非常重要的問題，時常被人們所提及，漸漸成為各國學者關注的焦點。尤其是在美國，除了哈山之外，像安娜·貝拉金、韋勒克、歸岸、以及約瑟夫·T·肖等學者都參加了這場熱烈而冗長的討論。該問題的爭論在美國第一屆比較文學專題討論會上達到前所未有的高潮。在本文的後半部分，上述幾位學者的觀點，將被重新探討，以進一步澄清影響這一概念。

　　為了避免不適當的涉及方法論的混亂，我將略去這樣的事實，即一種文學影響的“發送”和“接受”，二者並非直接聯繫在一起，而是由“媒介物”或“傳遞者”將他們相互溝通，例如，翻

譯家、評論家、批評家、學者、遊人以及文藝沙龍、書籍、雜誌
等等。有關媒介的作用，我將在下面的章節裡詳細論述。而影響
問題，則不是一個簡單的因果關係問題。這裡有兩個實例，足以
引起大家重視。

　　米克海爾·萊蒙托夫，這位俄羅斯的偉大詩人，就曾借用了
普希金所採用的拜倫詩體的模式。當時，他還重溫了拜倫的原作，
以便充分利用被《歐根·奧涅金》的作者所忽視或拒絕接受的，
這位不朽的英國詩人的某些特點。可見，拜倫對萊蒙托夫的影響
是雙重的。由此又引出 J.T.肖的評論："在文學影響研究中，最
複雜的問題即是直接影響還是間接影響？一位作家也許會把外國
作家的影響引進本國的文學傳統中，譬如，俄國文學中的拜倫主
義，這種現象主要出自於本民族作家的影響。但是，隨着傳統的
續續擴散，其他民族作家將對第一個作家未吸收的、外國文學中
的題材、格調、意象、效果等問題重新進行探討，這樣必然豐富
了自己的文學傳統。

　　奧爾德里奇則從另一角度引用了本杰明·富蘭克林的例子，
他所編寫的新道德說教《窮理查歷書》表明了這樣一種觀點：
"一位作家很容易受到另外一位作家所撰作品的影響，但他却難以
意識到他的前輩也是一位藝術家，或者與己相仿"。該書所包括
的大部分的格言警句，一般都源自拉勞士福古的著作。但是，如
果想逐條求證福蘭克林是直接得益於法國人還是從英語彙編中獲
取到這些知識？看來並非一件易事。

　　現在，我再來談一下系統研究這一問題，同時提醒諸位注意，
從原則上講，比較文學家不應在影響的主動（發送）和被動（接

受）之間的各種因素中劃出質的區別。因為，在他們中，沒有也
不應該有接受即等於不光彩，發送則等於高尚這一問題。總之，
在大多數情況下，從無一種直接的提供或借用，文學模擬的實例
與或多或少發生創造性變化相比，總是少得多。

大致估計一下，學派和運動對於這一問題則是一個例外。因
為，在這種構成中，發送和接受實際所表現的就是一種老師和學
生，領導與被領導者之間的關係。它們之間的相互聯繫是緊密而又
協調的。然而，其內核是模仿，而不是影響。

值得提及的是，在當前的理論問題討論中，對發送體無需給
予特殊的關注，它的作用我將在以後的章節中加以重視。然而在
接受研究中，純美學標準所起的作用，相對來說要小一些。因為
按照年月順序，對於某種同化作用，即我們所熟知的影響而言，
接受的最好表現只是一個初級階段。

我暫且越過這一問題。在某種程度上，文學影響是否是一種
有意或無意的挪用形式。從它們相互依賴，彼此共存的關係看，
我們不妨辯證地給影響下一定義：即一種無意識模仿，而且將其
視為一種直接影響。正如肯恰當地評論："與模仿相反，影響主
要表現為受到影響的作家如何創作出帶有他本人個性的作品。影
響並不限於個別細節、意象、借用甚至材料來源——雖然這些都
可能包括在內——某種深入於結構中，彌漫於作品組織內，經由
藝術表現出來的東西。奧爾德里奇給影響下的定義是："存在於
某位作家作品中，如果該作家未曾讀到前人的作品，他的作品也
就不會存在"。在此基礎上，肯則進一步論證："影響不僅僅是
以單一、具體的形式所表現的一種現象，而且可以從各種不同的

表現方式中加以探索。"換言之，影響不能用量的尺度來衡量。

　　如果有誰願意向從事影響研究的學者，全面論述這種研究的可能範圍，可以設想出一系列的步驟，首先起步於文學翻譯，繼而按照一個不斷發展的順序，從改編（adaptation），模仿（imitation）影響（influence）入手，直到藝術的原著。創造力必然導致在形式上、內容上、重新解釋上的獨創性革新，以及對借用形形色色模式的綜合性結合。在這點，我完全同意韋勒克和華倫的觀點。他們認為："在我們這個時代，創造力常常被誤解為，僅僅是對傳統的背叛，或者表現為對錯誤目標的盲目探索，而且只局限在藝術作品的題材內，或是站在自己搭成的腳手架——傳統布局、習慣框架上，……。"

　　創造和模仿的辯證關係，長期以來瀰漫於整個文化史中。所以，模仿（其一仍同於折衷主義）在古典主義時期，一般都受到讚揚，同時也受到那些反古典主義運動，譬如，狂飆運動、浪漫主義、和超現實主義的抨擊和指責。正如剽竊即擅用或模仿其他作者的觀點和文體，偷偷地引用而不指明其來源，這是一般人所不齒的。然而，剽竊和創造性的模仿的具體區別究竟是什麼？至今仍令人難以分辨。例如，布萊希特就曾在其作品中，不加掩飾地挪用哈莫的有關譯述。

　　肯曾經評論："從實質上講，模仿意味着作家放棄了自己的創作個性和他能達到的深度，無原則地屈從另一位作者，一部有特色的作品，無需像翻譯工作那樣亦步亦趨地忠實原文。"涉及外國作品的改編，主要依據文學翻譯，形式也是林林總總。有從個人性格出發的改造模仿，也有貪圖實利的改造，以迎合本國讀者的口味。莫里斯·瓦倫西用英文改寫的杜倫馬特的戲劇《一位女士的來訪》就是一例。改編的結果等於創作性的叛逆。近年來，一些重要的美國詩人，包括羅伯特、洛威爾均採用一種可喜的詩戲形式，他們自己稱其爲模仿。如同歌德在他的《西東合集》中，龐德、布萊希特對中國詩的改造一樣，這些美國詩人根據可得到的譯本，寫出創造性的抒情意譯。

　　模仿的另一種形式。並非基於某種特殊模式，而是以一個作家、一個運動甚至整個時代的風格，作爲自己的目標。用學者們的話說，這種技巧被稱爲"文體化"（stylization）。文體化與模仿密切相連，但是，愼重一點，最好還是將它們分列。一位作者出自藝術的目的，通過文體和題材的組合，很容易聯想起另一位作者和另一部作品，乃至整個時代的文學風格。肯曾經引用了普希金悼念拜倫的詩文，以及《歐根·奧涅金》中所體現的古老的俄羅斯文體。此時，人們也許會聯想到，本世紀交替之時，流行於中學的一種寫作練習，即要求學生完全遵照古典或當代作品中某種固定文體寫詩。

　　由於文體的多樣性和詼諧性，我們不能不提到戲謔，即一種嘲弄文體，以達到諷刺的歪曲模仿效果。另一方面，這種模仿作品實際並不詼諧，形式方面的特點幾乎沒有。該特徵主要同題材有關，而且來自不同的作品，其結構鬆散，却不摻雜任何荒謬可笑的成份。如果模仿敢於取笑特殊的文學模式，嚴格地講，就是一種模仿諷文。在文學諷刺和漫畫中，是以人生爲最佳模仿對象。而模仿諷文却是以藝術本身做爲自己的諷刺對象。在這一點上，模仿諷文和諷刺經常是比肩而行，相輔相成。此外，有時有意識地歪曲某種形式的模仿，反而產生有新意的作品。儘管無意識的模仿諷文也試圖聯想到戲謔文體和文學上的陳詞濫調，但是其本身就是一種自相矛盾的混合體。

就創作類型而論，模仿諷文和歪曲模仿（travesty）是形成所謂反影響（negative influence）的橋樑。著名學者安娜‧貝拉金曾指出，反影響指的是，在一國文學中新出現的趨勢及信仰，常常受外來模式的激發，以對抗本國盛行的理論和實踐。在這方面，文學史為我們提供了相當豐富的實例。維克多‧雨果在他的名劇《克倫威爾》裡就對科耐爾和雷西尼的新古典主義進行了猛烈抨擊。這種對影響的否定，只有在兒子們起來反對他們的文學先父時，才在一國文學範圍內有所反映。這是一種極有趣的現象，同一民族和同一語言的作家們彼此間的影響常常是互相排斥的。這正是反作用力的結果。因為"代"與"代"之間，彼此常有競爭傾向，而且大多數以個人主義為名拒絕接受前輩作品裡個人認為是屬於過去傳統的東西。

貝拉金還進一步評論道，比較文學將對文學史上這種著名的、富於特色的現象漠不關心。至於談到所謂的文學輸入，再也不存在一種敵對情緒。尤其是今天，人們對外國文學的欣賞已逐漸走入成熟階段，因此更清楚地意識到，吸收模式，了解文學發展趨勢對我們是何等重要。反影響的另一有趣的變形，被習稱為"反設計"（counter-design），這一術語或不是布萊希特創造的，至少也是從他那流行起來的。這樣一來，通過口頭攻擊和爭辯的反向，文學樣式已變為自身的對立面。正如，布萊希特企圖用他的觀點解釋貝克特的名劇《等待戈多》。

　　爲了避免術語學方面的錯誤和語義學的交叉重叠，我們有必要將模仿和影響的界限劃得遠一些。這一要求的迫切性，由於下列事實顯得越發突出。持異議的法國比較文學理論家，遲遲不劃清影響和效果之間的區別。因此，梵第根寫道：" 另外，要研究一位作家對另一位外國作家及其國度的影響，首先要研究人們對他的評價或他的運氣。這兩者密切相連，缺一不可。"基亞在一次相當折衷的調查中，竟把影響視爲在 " 走運的作者 "標題下進行研究的多種現象中的一種現象。儘管他明確指出，必須區別擴散、模仿、運氣和影響之間的異同，他却不加選擇地列舉出" 盧梭的崇拜 "，" 莎士比亞戲劇對法蘭西浪漫主義的推動 "，沃倫特爾有關幾種影響的觀點在歐洲的傳播等實例。基亞在他的＜影響與成功＞一文中，以同樣含糊的語氣寫道 ： " 作家的運氣不僅僅局限在本國。例如，法國比較文學學派在國外就有相當一批追隨者，它比其他比較文學流派更爲熱門。 "

　　談到比較，卡萊曾提出更確切的觀點，他在爲基亞的著作撰寫的序言中，談到影響研究，並將其視爲 " 艱難的嘗試 "而且 " 經常騙人 "，從中可以看出，他對接受研究有着明顯的偏愛。安娜・貝拉金在《 比較與一般文學的年鑑 》一書中，也表露出對影響研究和接受研究相互間混淆的惋惜， 同時指出用於說明二者的材料是如何的不同。 接受研究能夠使發送體的藝術性放射出成功之光， 但是， 在大多數情況下， 它只作用於社會學、心理學、民族學甚至統計學，一般說來，這些學科的結合取決於發送體的結合，而發送體的名聲、地位則十分重要。 從另方面看，影響研究的主要注意力是放在對創造力源泉的探索上， 數量標準漸由質量標準取而代之。顯然，充滿辯證性的創造力和模仿均起着作用。
人們有時會被引到這樣的問題上，是否任何影響研究都能得到確
切的證實，除非它成功地闡釋了借用者獨特的性質，並且毫無顧
忌地和影響一起揭示出無比重要的內涵，即作家終於擺脫了束縛
自己的影響，尋求到自我創造性的轉折點。

基亞曾引用蘭森的一種觀點，明確地劃定質量和數量的標準
綫。根據自然主義者的宿命論："最偉大的作品，則是那些絲毫
不受泰恩教條主義薰染的作品"。

直接引用和間接暗示的應用爲影響提供了一種特殊的實例。
文學上互通信件的交往（除非它們是巧合）構成了影響的表面形
式，當然，它們仍然屬於接受研究的範疇。這種質的飛躍主要體
現在哈曼・梅爾身上。在他的作品中，直接引用是以主題的方式
出現，起着結構支柱的作用。又如，有無數個浮士德反覆出現在
現代德國文學中，却很難視爲一種眞正的影響，理由很簡單，因
爲它們的出現完全是偶然的、無規律的，充其量只能證明寫作者
受過正規的教育。

在這一點上，不能不涉及到反影響研究的另一類型，埃斯卡
比特稱其爲"創造性的叛逆"。這位法國文學——社會學的提倡
者曾間接地提到衆所周知的事實，即文學作品常常被後代甚至被
當代的讀者所誤解。他還談到"重穫"和"復活"能促使作品超
越社會、空間和時間上的障礙，除了人們早已熟知的東西外，又
向讀者提供一種新的成功的信息。

我們知道，外國讀者一般是不能直接進入作品的，他們所讀
到和理解的東西，有時並非是作者所要表達的東西。在讀者意圖

和作者目的之間似乎不存在巧合或會聚，但却有可能存在一種和諧的共存性。也就是說，作者本人並不希望在作品中表達與作品本質毫不相干的事物，甚至是夢想不到的事物。

類似這種重點轉換的典型實例，應歸於社會、歷史和文化的不同。埃斯卡比特還談到斯威夫特的《格列弗遊記》和笛福的《魯賓遜飄流記》這兩本書的命運，它們至今仍活在孩子們心中，而劉易斯·卡洛爾的《愛麗絲仙境漫遊記》却吸引了許多成年讀者和批評家。

在翻譯中，所謂"創造性的叛逆"凡乎是難以避免的。意大利有一句名諺，雖然不一定正確，說翻譯家都是叛逆者。若從接受文學的角度看，文學翻譯，特別是抒情詩，叛逆問題的出現是不可避免的，在任何情況下，多數是站不住脚的。把一首詩從一種語言轉化成另一種語言，只有在其符合新讀者的口味時，才能稱之爲確切，同時也只有向更廣泛的讀者提供文學交往的機會，原作才具有新的實際價值，每一部作品不僅僅有一個生命力的問題，而且面臨着"二次存在"的考驗。

叛逆顯然都富於創造性，儘管翻譯有時曾起到主要作用，但是形式的重新組合絕不僅僅限於翻譯。安娜·貝拉金成功地把我們的注意力調動到、深深植根於十九世紀文學傳統中的一連串創造性叛逆上，它們從法國的象徵主義一直持續到德國的浪漫派（主將是諾瓦里斯）經過施勒格爾、柯勒律治、坡、到波德萊爾和馬拉美，以後由後象徵主義又延續到超現實主義。

這裡，我們暫不觸動本文的核心。首先應當強調，關於所謂的類比（analogy）或平行研究、若從正確的觀點看，似乎不

存在影響問題，只有"親和性"（affinity）或"僞"影響
（false influences），梵第根曾舉例說：有一些很明顯的親和性，
開始似乎可以將其歸於一種影響，通過深入的研究才發現這種可
能並不存在。朱爾斯·萊曼特早在 1895 年就認爲，曾經名震一
時的易卜生，其成就並非自己獨創的，他全部的社會觀點、道德
觀點都能從喬治·桑那裡找到出處。而喬治·勒蘭兌斯則反駁道：
"易卜生從未讀過喬治·桑的作品。" 實際上，他們雖然活躍
在同一個社會潮流中，但互不往來，因而不存在影響問題。另一
個例子，根據《次要的選擇》一書，推斷出都德是狄更斯的模仿
者。但是，都德堅決否認這一點，並聲稱從未讀過狄更斯的作品。
如此看來，似乎有些奇怪，只有共同的發展趨勢，而無互相影響。
從這些例證中，梵第根進一步推論，人們常常從一般的角度而不
是從比較文學的角度來對待易卜生與喬治·桑、都德與狄更斯之
間的關係。我本人即是其中的一個。原則上，我同意哈山的觀點，
即我們必須明確地劃分親和性和影響之間的不同。當我們說，A
影響 B，意指在文學欣賞和藝術分析之後，我們所能識別的表現
在作品 A 和作品 B 中的一系列相似點……，至此，我們並沒有確
立影響，只是用事實證明了所謂的親緣關係（即親和性）。因爲
影響還能推測出誘發性的某些手法。這兩種現象一般很難區分，
親和性時常和影響盤繞在一起。著名學者歸岸（Claudio Guill-
én ）也指出，從羅傑斯的作品中，可以看到西班牙原文作品的
回波，然而這種影響比起在彼特拉克無字句平行的作品中表現出
來的斯多克傳統效果要差得多。

所以，潛心研究影響問題的學派，不得不在許多情況下，利

用淵源（source）這一概念，特別是在十九世紀文學編年史中，則更爲突出。而從語義學（semantics）的角度看，影響和來源之間又存在着某種聯繫，這兩個術語都同一條流動的河有關，來源卽是這條河的源頭，影響，則是這條河所要流向的目標，卽流動停止的點。在文學研究中，如果一位學者能夠正確區別這兩種概念，恰當地使用來源，並把其看成主題的模式，看成一種非文學的提供素材的主題，那麼他的研究將是十分出色的。肯曾經公允地評價"來源"是提供原材料尤其是情節必不可少的一部分。何林塞的《編年史》，普魯塔克的《希臘羅馬名人傳》以及許多促進文學作品的新聞報道，它們當中都含有眞正的來源。

在堅持這種區別的同時，我們還應避免把來源當作預先形成的文學模式使用時引起的任何衝突。因爲，來源本身卽是文學，這就存在着混淆的問題。許多以神話或傳說爲主題的作品，都存在這種情況，卽使是在它的最原始階段，也能夠從其詩歌的僞裝下識破。直率地說，埃斯庫羅斯和索福克勒斯都成爲後世的全部的《普羅米修斯》、《俄狄浦斯》和《安提戈涅》劇目的模式和主要來源。有一位比較文學家拒絕接受文學影響的傳統概念，而且斷言，這一術語是不合適的，因爲它事先就規定了創造力和富於詩意的想像力的死亡。旣然影響起着被動作用，所以，歸岸曾建議擯棄這一術語，同時希望僅僅在心理學範圍內保留它，作爲來源和藝術原作間一種脆弱的聯繫。基於這一點，來源和影響的重新結合，使其成爲只起着基礎作用的因素。在影響研究中，其作者和他們的作品一樣，都需承擔一定的責任，雖然在一般情況下，研究的重點主要傾向於作品本身。哈山曾以他特有的聰明提醒我們，假如沒有人的力量做媒介，文學作品是不可能產生相互影響的。所以，在確定影響時，即使我們從心理願意繞開心理學，事實上，却須臾也離不開它。顯然，那種堅持影響僅僅出現在作品中或作家中的觀點都是錯誤的。

歸岸在＜比較文學影響研究的藝術性＞這篇文章的開頭，就提出這樣的問題："當我們談論對某個作家的影響時，是從心理學入手還是從文學入手？"總之，我們傾向於作家Ｂ受到作家Ａ的影響，從Ｅ作品中可以尋覓到Ａ作品的踪跡。這樣一來，歸岸評論說，我們寧願保留模稜兩可的Ｙ＇影響Ｘ＇的說法，將心理學與文學混爲一體。

在系統的描述中，歸岸試圖解決這種明顯的自我矛盾，文學編年史中長期使用的慣用語問題。他堅決反對因果關係構成全部影響的基礎這種假設，同時堅持，我們正在研究中的，兩種不同系列依附於兩種不同親緣關係的觀點。這樣，創作過程中的心理學必然在作者Ａ及其作品的空間起介入作用，同時，接受過程的心理學將作品Ａ與作者Ｂ分離開來。這種創作過程的心理學由於接受而變得更加豐富。當然，Ａ和Ｂ也應理想地超越心理學定義相互發生作用。我們手邊還有兩個需要解決的問題，在文學批評中多次被提出和討論。其一，過分簡單的方法，該方法曾在十九世紀深受歡迎。它試圖用服從於因果關係的一系列原因和結果，在藝術和心理學之間建立起屏障——好像從Ａ到Ａ＇，從Ｂ到Ｂ＇。這一用數量表示的創作過程的技巧，依據一個基本的假設：既世界上沒有什麼新事物，甚至連想像也只不過是綜合物。正如所料到的，泰納是歸岸對這一創作技巧提出的訴訟案中的主要被告。而泰納對創作行動的解釋遠不如他對藝術性質、作品與人、作品與環境之間的關係那樣清晰明確。實際上，指明作品的起點和結局，原因與結果與表現這兩者間的距離是如何消失完全是兩回事，也不同於對創作過程提出疑問。我們知道，在泰納的評論體系中，每一部文藝作品都是由一個原因確定的，而且能夠用該原因加以解釋，這再次證明，A 控制 B 並不能表現出藝術家如何從 A 過渡到 B。

像大多數學者一樣，歸岸拒絕接受這位實證主義者的解釋。他過分贊同克羅齊的理論，該理論是建立在這樣的信仰上，即一部藝術作品永遠是自成一體的，其實質，就是單子。"此刻一部新的作品誕生了，那些殘存的詩人腦海的原有的事物，不論是完美的還是有缺陷的、偉大而普通的還是粗劣的，都不可避免地變為素材。"

繼克羅齊之後，在十九世紀三十年代末，四十年代初的一群新批評家中，特別是通用德語的國家裡，相繼產生了相同的觀點。這種觀點也表現在艾米爾·斯泰格著作裡。他的作品《藝術的解釋》轉達了實證主義者的見解，他們很想了解什麼是繼承，什麼是對因果關係定律的濫用。他們完全忘記了創作行動──帶有強烈的創造性──因而是非衍生的。歸岸原則上贊同這一觀點，但是做為一名比較文學家，他又不願意傷害影響的概念。（順便談一下，T.S.艾略特與龐德的實踐，恰與克羅齊主張的力求語言或風格嚴正的理論相反，這兩位詩人受到新批評派的歡迎。長詩《荒原》裡所運用的蒙太奇手法和其他形式的技巧給人們留下深刻的印象）。歸岸懷着一種矛盾心情，努力在這兩種偏激的觀點中尋求妥協，他既允許運用心理學的技巧又不放棄質的飛躍這一堅定信念。將影響簡單地轉移到心理學的軌道上。

我們給影響下的定義是，將其公認做文學作品起源中富有意義的一部分，作家的生活及其作品共存於兩種截然不同的現實水準中。既然影響是按照前人標準發展而來，實際上，它等於一種特殊性質的個人經驗：因為它代表着干擾或限制作家存在的一種變化，對後世的創作起着必不可少的作用。所以，歸岸僅僅是從創作過程中而不是從作品中辨認影響，他錯誤地把影響視為原始創作中的一個辨認部分。他所引用的例子，明顯地表明，某種文學批評成功地進入天才作家的書房是極為罕見的。事實上，如果一個詩人的傳記就能向我們提供某種類型的影響，那純屬偶然。

歸岸提出的問題與其說是詩學倒不如說是邏輯問題，這一事實是他自己承認的。在布洛克異議的注解裡，歸岸承認，"一部文藝作品不受其作者支配的確切時間是難以確定的，而且要其顯示出美的活力同樣很難。"歸岸在為文學影響研究創立新的根據時，犯了一個錯誤即預期理由（一種邏輯錯誤）。這一過失動搖了剛剛建立起來的工作架。因為，他忽視了他所稱之為的影響。他談論的是一種創作煽動，即靈感。阿馬多・阿朗索有着同感，他堅持"文學和來源必須與創作舉動與靈感聯繫在一起"。

至於靈感，應歸於心理學範疇。作為一種對詩人產生影響的力量，靈感以個人經驗為先決條件，而這種經驗只有在極特殊情況下，才能有明顯的痕跡。儘管有人將它比為上帝賜予的禮物，但靈感永遠屬於藝術的組成部分。從其定義看，靈感既不轉讓又不能傳播，它完全脫離了主題和技巧，以閃電般的速度，突然將一個觀點塞進作者的腦海裡。另外，靈感常常超越文學範圍，從繪畫、音樂、歷史以及生活本身吸取營養。

　　歸岸提到了他父親作的一首詩。這首詩就是受到拉維爾韻律詩的啓示和激勵，他的韻律僵硬呆板，激烈緊張，令人着迷，然而正是這一韻律點燃了作者創作的激情之火，促使歸岸的父親立即寫出了他對混亂生活的回答。關於瓦雷里的作品《水手的墳墓》，詩人自己也承認，詩的韻律完全由自己取捨而定，去掉了他所厭煩的具體的音樂模式，以及一步步地將他引到詩體學和希臘頌神歌的形式，最後找到了獨一無二的韻律形式。

　　靈感是一種我們不得而知的心境，只有詩人本人將其暴露出來的時候，我們才有幸窺探詩人的靈感，得知一、二。從定義來看，這種心境並不能得到科學證明。因此，在這種情況下，歸岸所提出的方法，則有些不切實際。

　　不論是確定文學影響還是逾越文學特有的界綫，這是一個和其他藝術有着千絲萬縷聯繫的問題。雖然，達爾文、馬克思和弗洛伊德的科學發現及理論對文學產生強有力的影響（例如自然主義、超現實主義、社會主義現實主義）。但對這種影響的力量也不要估計過高，在一般情況下，影響往往是對作品內容而言，而不是直接對文學的風格和體裁發生作用，往往是對人生觀而言而不是直接對文學形式發生作用。從方法論的角度看，把影響同純粹的美學觀分開更爲恰當。

　　最後，我想通過分析歸岸的觀點，即:將影響視爲藝術作品中的可辨認部分來結束本文。歸岸把一切文學作品間,有文件證明,可確認的影響關係都歸納到傳統和慣例範圍內。他用這兩個術語

表示共同的形式、典型、題目、技巧等（例如，慣用語，輓歌，
五幕劇的外在結構，神話及傳說中的人物），這些都不再屬於某
位作家，而歸公衆所有，成爲某一文明表達思想感情的工具。

　　奧爾德里奇則把傳統和慣例看成是：一大群因共同的歷史、
時序或形式而能結合的作品間的相同點。而歸岸却認爲，傳統是
溯源的，需經過一段時期才能形成，慣例僅表現歷史的一個橫斷
面。今天，我們傾向於從橫斷面的角度考慮慣例，從溯源的角度
考慮傳統。一組慣例形成一代的文學語言，是每一作家與同代作
家賴以比較長短的寶庫。傳統却包含着某些已持續了好幾代的慣
例，所涉及的是作家與前幾代作家的競爭。應與傳統及慣例分得
清楚的是：計劃或宣言等概念，後者的先決條件是，一個人或一
群人有意地強調一個輪廓清楚的目標，至於傳統及慣例的特徵却
是其形式的特殊意圖。

　　歸岸無意地提出一個反問：即"文藝復興時期的詩人必須閱
讀彼得拉克，以便寫出彼得拉克式的十四行詩嗎？"旣然對這一
問題的答案是"否"他臆測到，文學慣例不僅僅是技巧上的首要事
物，而且是基本的集體分擔的影響。對這一臆測是很難提出什麼
批評的，然而，它却不能使我們放棄審愼的調查研究，不能阻止
我們，從每一個角度，來研究是否集體影響足以解釋作品形式上
和主題上的一致？

　　我對歸岸觀點的評論已經表明，儘管借助於靈感的辯證關係
和傳統——慣例的幫助，解決文學影響這方面的嘗試。與歸岸一
樣，只是沒有涉臘心理學的範疇，哈山毅然見難而上，最終將在
術語學和語義學這兩個領域內遭受失敗。在他的＜文學史上的影

響問題＞和＜定義的探討＞等文章中，哈山試圖證明"傳統和發展的觀點，在大部分的情況下，爲包羅萬象的文學的影響概念提供了完善的改進。"這裡，哈山用發展代替了慣例。

　　哈山成功地解開了影響概念之下的無數個死結。他堅持不要單純地把影響理解爲"因果關係"，或是同時起作用的相似物即"實在關係"或"平行研究"，應該理解爲，作用於歷史結局上的多重關係和多種相似的網狀組織，而且被限定在一個個人活動的、假設的框架結構中。這一定義，對歸岸的徒勞的嘗試，即用魔鬼逐出惡魔的努力作出了回答。只有把外在關係和內在關係融合在一起，才能徹底考慮具體影響和一般慣例或傳統之間的相互關係，只有此時才能成功地重新組織鎖連A－A′－B－B′。

Ulrich Weisstein 著　　孫　麗譯

＜影響與模仿＞，

（遼寧）《比較文學研究與資料》2（1985），36-41。

技巧的影響與獨創

　　就技巧而言，本國固有的技巧屬於國家文學的範圍。但是，有些技巧是本國已有的，却因外來的理論而益形彰顯。自從亨利•詹姆斯以來，　敍事觀點就成爲小說中很重要的觀念。　白先勇與胡菊人談小說藝術時，提到了敍事觀點的重要性：“觀點的應用非常重要，因爲觀點決定了文學的風格，決定了人物的個性，有時甚至決定了主題的意義……”白、胡二人極爲推崇曹雪芹觀點的應用：

　　　胡：真奇怪，他（曹雪芹）在這麼早的時代就能夠運用這個西方現代小說非常重要的進步技巧——shifting of view-point（轉移觀點）……

　　　白：而且他觀點的改變，不露痕跡，這個了不起……轉換觀點很難的，很危險的，曹雪芹却應用自如……每一次轉動都有它的意義在，從觀點的應用看、這部書很了不得。

在談到白先勇本人的小說時，胡菊人認爲白氏的觀點運用得很好。白氏則主張以題材來決定觀點的運用。

　　曹雪芹以其天才靈活運用觀點，就我們而言，這屬於國家文學的範圍。而他巧妙的手法却因爲西方小說的理論而得以更佳的印證。因而在討論白先勇小說中的觀點運用時，本國的傳統及西洋的理論，都得考慮到。如姚一葦在評《遊園驚夢》時便提到紅樓夢的影響，但這與蕭所定義的影響已有出入。

其次，有些技巧是中外都有的，在決定某作品是繼承本國文學的傳統或是遭到外來文學的影響，則須更深入的考慮。在＜《龍天樓》中的象徵技巧＞一文中，李文彬指出：

> 《龍天樓》裡採用的是所謂的"輪形"小說結構……像這種有某件事為軸，串連幾個故事的小說形式，在中國古典小說中並不多見。在外國，著名的例子倒有幾個。例如《一千零一夜》、《十日談》、《坎城故事》以及較為近代的《都柏林人》、《俄亥俄州酒鎮》等等。

的確，在中國古典文學中這種小說結構並不多見，但並不是沒有。《豆棚閑話》就是使用這種技巧。當然我們可以分辨：提倡精讀並多次宣稱無暇閱讀中國小說的王文興，很可能並未讀過這本藝術價值不高的罕本中國通俗小說。但這僅止於假設，有待更進一步的求證。更明顯的例子，如"遊記"這一文類，固然外國有《烏托邦》、《憨第德》、《格利佛遊記》，但中國也有《鏡花緣》。因此在討論一部可能有本國及外國來源的作品時，就得小心求證，以確定是屬於國家文學或比較文學的範圍。若是比較文學的話，是類比研究還是影響研究？

在技巧方面，影響研究最合法的範圍便是純粹外來的手法了。在研究某一種外來技巧時作家所產生的作用時，我們不但要研究作家所處的時代背景，他對於這種技巧的了解，應用後的藝術效果，也得留意這種技巧在作家成長轉變的過程中所扮演的角色。以意識流為例，《現代文學》第二期登出陳若曦的《巴里的旅程》，第五期登出葉維廉的《攸里賽斯在臺北》，第八期登出叢甦的《攸里賽斯在新大陸》。其他較為大家所熟知的例子，如水晶的《沒有臉的人》《悲憫的笑紋》，黃春明的《兒子的大玩偶》、白先勇的《香港——一九六〇》、《遊園驚夢》、王文興的《大風》以及中國小說史上空前最長的直接內在獨白《背海的人》……

在談到意識流時，白先勇說：

> 意識流，很多人攻擊這是賣弄技巧。但意識流之所以發生，一定有它的條件，第一次大戰以後意識流小說興起，是有原因的……大戰以後，傳統的價值破滅，每人對社會價值、人生意義非常疑惑，便求之于內。往內心鑽，愈鑽愈深，進到潛意識，佛洛伊德學說一出，便打開一戶窗互相影響……外邊世界沒有可靠的架構只有向內心求意義。所以意識流興起與社會環境很有關係。不過我看：不是非要用意識流不可，要看小說題材來決定。

這段文字提供讀者一些關於意識流的知識，但是更重大的意義是白先勇本人對意識流的看法及自己的作法。由此上的自白，我們知道白先勇之所以在《香港——一九六〇》及《遊園驚夢》中運用意識流的手法，是因為題材的關係。然則，二者相形之下便可以看出作者藝術方面的進展。劉紹銘認為白先勇在寫《香港——一九六〇》時，"對形式要比內容來得關心，對表現他的西方技巧知識也似乎比對表達他的中國主題來得急切"。但是後來寫作《遊園驚夢》時，却能產生"內容與形式揉成調和一體的效果"。至於王文興則由早期的《大風》，經過《家變》，而產生了結合前者意識流手法及後者文字的《背海的人》。另外一個例子則是水晶。在《青色的蚱蜢》及《拋磚記》兩本小說集中，他勇於試驗運用西洋技巧，但是在他六十二年出版的短篇小說集《鐘》中，雖然"三篇故事都是在國外寫的，早期那種迷醉於嶄新技巧的熱狂却完全不見了，如果我們說他愈寫愈靠近中國的傳統，也許不太離譜吧"。

因此，外來技巧的研究，固然應留意其來源，但更該注意它是如何爲本地作家所吸收、應用、修正或揚棄，它對作者創作生涯的意義，以及所反映的時代背景。

單德興

＜論影響研究的一些作法和困難＞，

（台）《中外文學》11.4.(1982)，78-103。

關於影響研究的探索

　　維斯坦因（Weisstein）在《比較文學與文學理論》一書，曾將比較文學的研究範圍劃分為六個部分：影響與模仿、承受與傳播、時代與運動、文類、主題學、藝術的互為開發。誠如維斯坦因所指出，影響研究一直是比較文學的重心。這種研究的興起與十九世紀下半哲學及科學兩方面的實證主義，有深遠的關係。這種研究着重具體資料的搜集和歸類，對文學的傳遞和接觸，往往採取直綫式、因果關係的態度來處理。時下不少學者將這種研究泛稱為“法國學派”，以望提岡、M.-F. Guyard、Jean-Marie Carré、Simon Jeune等為代表。但所謂法國學派，當然不單指法國學者或法國文學對其他文學的影響，也包括所有謹守歷史考據實證路綫的研究者。例如德國比較文學界的重鎮 Max Koch、兼事東方文學研究的俄國比較文學家 N. I. Konrad。與望提岡大略同時的東歐學者 T. Grabowski（1933 年曾出版《文學作為新科學的綜合試探》）、Ivo Hergesic（1932 年著有《比較文學論》）、Anton Ocvirk（1936 年刊行《比較文學之理論》），也可列入以影響為主的“法國學派”。然而，這個學派往往忽略的，是文學的內在創造性，也就是作品的自生性。一位作家容或閱讀和鍾愛某些外來作品，甚至有模仿的可能性，但承受過程在想像家方面不可能是亦步亦趨的，其再創造和意識形態的再生產，往往是脫胎換骨的過程。因此，在所謂“影響”和承受的活動裡，

決定性因素在於作家本人（包括才華、判斷力和意識形態等），
而所謂“被影響”的作品也往往是複雜的文學現象。企圖用事實
連繫來作說明，最多只能停留在作品外緣，而對承受過程和創作活
動的心理因素，則有所漠視。這個偏頗在本世紀初就遭受克羅齊
批判。克羅齊並舉德國的 Max Koch 爲例，認爲這類影響研究不
但“乾枯”，而且將資料排比誤爲藝術創作。

　　至於這類研究的忽略內在分析及美學成分，在所謂“美國學
派”與“法國學派”的論戰中，早經出身布拉格語言學會（——
有學者視之爲結構主義思潮的第二階段，上承俄國形式主義，下
啓法國結構主義）的韋禮克，兩度在國際比較文學大會的致詞批
駁。在＜比較文學的源起及性質＞一文，韋禮克又說：“從晚近
的語言學發展裡，文學研究者就應學習到，比較沒有歷史聯繫的
語言學或文類現象，在價值上絕不下於有事實連繫的影響研究。
中、韓、緬、波斯四國敍述方法或抒情形式的比較，就與東西方
偶然接觸（例如伏爾泰筆下的《中國孤兒》）的研究，是同樣站
得住脚的”。不同於維斯坦因，韋禮克認爲平行研究是應該包括
東方文學，並且支持艾登保的見解。在這方面，印第安娜大學的
雷馬克（Remak ）與韋禮克是聲氣相通的。在＜比較文學的定
義及功用＞一文，雷馬克指出：“過度專注於影響研究會使大家
忽略詮釋和評價。而且，從事沒有互相影響的作家、作品、文體、
趨勢及文學的比較研究，對於闡明文學作品的本質，恐怕要勝於
影響研究。”

　　至於心理因素與影響研究之間的關係，最早提出來討論的大
概是高德浩・歸岸。在＜影響研究的美學＞一文，他指出影響論

其實是創作心理的問題： “每一影響研究開始時都是藝術品之誕生的研究，因此應該建基在這個誕生成份的分析和了解”。 不同於韋禮克及雷馬克重視形式主義的內在剖析，歸岸是從較為 “本體” 的層次排拒 “法國學派”。 其實在不少作家的自白裡，歸岸的看法是相當明顯的。 例如早年詩作師承法國詩人拉福格的艾略特就曾說過： 年輕作家 “私淑其他作家，往往是因為後者能夠逗引其內心所想說的話”。 波特萊爾亦嘗自言其獨鍾艾德格‧愛倫坡，是因為他在後者的作品裡， “看到自己作品模糊、未成形的構想，完美地塑造出來”。 由此觀之，影響問題似乎也涉及耶魯大學教授布龍姆（H. Bloom)筆下的 “影響焦慮”。 布龍姆認為每位大詩人的創新，無不是先透過對某些前行者的認識而來； 但在詩人發出自己聲音時，必然有一番 “伊迪帕斯” 的掙扎，甚或 “堅執一端”，進行近乎反叛性的 “誤讀” 或 “誤解”。 在文學的 “國際交通” 中，可以列入 “影響焦慮” 的例子也有不少。 而在交通頻密的二十世紀，藉用迥異的外在模式來抗衡原有傳統，以另闢途徑，可說是不可避免的現象。 二十世紀一些重要文學運動都是以對外國作品的創造性誤解來闡揚其新觀點。 這種情況可說是原來限於本國的 “影響焦慮” 所刺激出來的。 例如意象主義大將龐德對中國詩及中國文學結構的誤解； 超現實主義大師布魯東將自動寫作與佛洛依德潛意識理論硬攀親戚（被後者譏為 “強作解人”）。

這樣看來，如果影響研究要顧及作品的內在成份，或是俄國形式主義者所說的 “文學性”，那就一定要兼容並蓄，走出純粹實證考據，推展至作品內在分析及比較。 這種做法自然近乎沒有事實聯繫的"類同比較"，而與歐洲中古文學研究有相通之處。在＜中古文學與比較文學＞一文，弗立柏爾就曾指出，由於中古時期的史料不足，要實際證明兩國文學或兩位作者之間的直接影響，往往是不可能的事。儘管如此，學者仍然可以從類同觀點比較中古文學。這樣一來，比較的作品就是作品本身，而不是作品以外的材料。然而，假如影響研究的重點不全是外緣資料，而可以是作品分析（或是二者的結合），那麼分析方法在這類研究中也就比重大增；不同的理論方法可以視乎研究範圍的需要，作靈活的引進和結合。或許有人曾反詰：只要能夠敏銳地"就文學論文學"，實施細緻的內文分析，也就很足夠了，又何必什麼方法呢？但這種見解其實就是以"新批評"為主的英美形式主義的餘風流韻。而在當前不少平行類比裡，即使聲稱絕不使用任何新方法的學者（例如艾德治及其日美小說比較），其實只不過是迴避"新批評"之後的方法，何嘗能真正"自絕"於所有方法？所以，問題不在方法本身，而是運用的適切性。

　　影響和承受不但在創作心理因素有關，有時，也涉及意識形態問題。作家的受影響，當然免不了偶然性（例如某些作品因緣巧合被譯出，某些作品碰巧被購閱或推介），但某件作品對某位作家是否發生影響，有時不能單從內在、孤立、形式主義的角度去解釋，而必須考慮到意識形態因素。例如龐德早年極為傾慕中國詩，借用來推動一場詩界革命，但龐德的革命也針對讀者的閱讀習慣，亦自有其特殊社會意義。這個革命的失敗，可說是龐德走上法西斯道路的前奏。另一方面，由於龐德後來認為西方思想缺乏活力，宗教力量日益衰退，所以轉而擁抱儒家思想，崇尚孔孟，相信譯介儒家可以濟西方之不足，終其一生，龐德重譯《論語》、《大學》、《中庸》、《詩經》，撰文介紹孔孟思想，並在史詩《詩章》裡大量引用儒家經典。換言之，西方現代社會的危機是促使龐德向中國思想尋求出路的原因。

鄭樹森

<文學理論與比較文學>，

（台）《中外文學》11.1.(1982)，112-136。

影響與各取所需

在中西比較文學的範圍之內，如欲從事 "影響研究" 的話，那現代文學中這方面的材料是要比古典文學豐富得多。尤其是從胡適掀起文學革命之後，從事新文學創作的作家或批評家，或多或少，都曾受到一些西方的影響：其中，有一部份的影響是直接來自歐美各國，另一部份，則是經由日本轉傳而來；這些影響，爲中國文學打開了許多面新的窗子，擴大了作家的視野，豐富了創作的題材，引進了不同的觀念，更新了表現的技巧。當然，隨着正面影響而來，是一些負面的影響，於是爭議迭出，百家齊鳴，爲中國文學激發出蓬勃的生機。

在上述爭議中，最受注意的文學類型，便是詩。其他有關小說、戲劇、散文等的討論，都不如詩來得熱烈。究其原因，當是胡適所提倡的 "白話詩" 運動，在詩的語言及形式上改變最大，非常難被熟悉古典詩的學者及讀者所接受。一時之間，替古典詩護法的人士，紛紛起而對白話詩大肆抨擊。其中，最有力的指責便是說白話詩乃模仿西方之 "意象派"（Imagism）及 "自由詩"（Vers Libre），而此皆爲歐美晚近之 "墜落派"，不足爲法。梅光廸便曾嚴厲的指責 "倡之者數典忘祖，自矜創造，亦太欺國人矣。"

自從梅氏以後，凡研究白話詩緣起的文章，總要提到 "意象派"，並多方搜羅證據，肯定胡適的 "八不主義"，是受了意象派諸詩人如龐德（E.Pound）、羅威爾（A.Lowell ）的影響。
然而胡適本人， 却從來沒有正式承認這一點。 相反的， 他還在
《嘗試集》序文中，鄭重否認過，說 "我主張的文學革命；只是
就中國今日文學的現狀立論， 和歐美的文學新潮流並沒有關係。"
同時， 他在口頭上，對提倡意象主義的領導人物， 也不同情， 無
論於公於私，都沒有向國人正式介紹或推薦過他們的作品。

　　當然， 胡適的否認， 只是一面之辭， 並不能算數。 他究竟有
沒有受過意象派的影響， 還要從具體的資料中去求證。 不過， 把
胡適與意象派之間關係的史料勾勒出來，只是影響研究的第一步。
接下來的第二步， 當是運用這些資料來探求兩者之間關係的文學
特質。 在比較文學影響研究中， 我們常常會發現，甲雖然受乙影
響， 但影響的方向，却是朝着另外一目標邁進， 大有 " 橘踰淮
而北爲枳 " 的味道。 究其原因，不外乎下列三點， 其一， 可能
是受影響者對原著的精神， 並不能十分把握，望文生義，匆忙引
進， 在自圓其說一番之後， 便開始大張旗鼓的實行了起來；其二，
可能是因爲受影響者， 別有懷抱， 專取原著中符合自己意願的部
份， 大爲宣揚。 有時候可能還會犯了斷章取義的毛病，與原作者
的意思背道而馳；其三，是受影響者，根本誤解了原著，借題發
揮， 憑空杜撰。 然後， 進一步鼓動風潮， 呼風喚雨， 聚集來一群
喜新好奇的人， 隨聲附和。

　　胡適與意象派之間的關係，到底屬於那一種？那要經過兩者
理論詳細的研討， 方能下得了結論。 一般學者， 在討論這個問題
時，都只偏重於史料及證據的挖掘， 而且焦點也多半集中在胡適
身上。 至於在結論中， 則又不約而同的強調胡適確實是受過意象

派很深的影響及啓發。這種態度，似乎是太一面倒了。事實上，在討論這個問題時，意象派的發展過程與理論淵源，亦應該佔同等份量，值得仔細研究。

我們知道，自從十九世紀海運大開以來，東西雙方便不斷的相互影響，大家你來我往，各取所需，原沒有什麼一面倒的現象，只不過是西方各國挾其科技兵器之優越，在聲勢上顯得浩大而已。在文化上，中國與東方各國之對西方，並非只有取而沒有予的。例如中國的儒道哲學及純文學，便曾透過翻譯，吸引了許多歐洲的哲學家、作家及思想家；同時，中國的毛筆畫法及日本的浮世繪，對後期浪漫派畫家，亦有革命性的影響。凡此種種，都說明了東西雙方非一直是兩個絕緣的個體，文化的接觸，一旦開始，其方式必然是交流的。如果我們細心探討上述對胡適產生巨大影響的意象派，便可發現其淵源本來自中國。意象派創始者龐德，在二十世紀初期，受了中國文化及文學的啓發，在歐洲倡導意象主義運動。不料，這個運動反過來影響了一個在美國的中國留學生，刺激了中國新文學運動的發展。

　　……

當中國留學生還在勤奮汲取西洋文化時，西方的青年詩人，也正好奇的在探索中國文化。兩者之間雖無直接接觸的證據，但相互被彼此的文化吸引，却是事實。他們的研究，雖然不只限於文學，但却都以文學爲起點，發起文學運動，希望藉文學的力量，達成文化革新的目的。因此，胡適與龐德都不約而同的把翻譯視爲完成目標的重要手段之一，十分倚重。而其重點，多放在爲本國文學服務上：胡適譯詩譯文的目的，除了在傳播新思想外，還有爲中國文學尋找新形式的野心。他公然把譯詩當成自己的作品，編入自己的詩集，其態度與龐德翻譯中國古典詩的態度是十分相似的。龐德翻譯的《詩經》，以"不信"著名，而艾略特却稱讚他創造了中國詩。這證明了翻譯對他們而言，只是刺激本國文學革命的手段而已，他們最終的目的是期待一次本土文化的"文藝復興"。

從時間上看，龐德所提倡的"意象主義"是要比胡適的"文學革命"早上兩三年的。1980年，龐德在倫敦認識了哲學家休姆，深受其藝術主張之影響。休姆是一個反浪漫主義者，他預言二十世紀的文學應該是一種新的"古典主義"。他的藝術理論源於下列三位哲學家一柏格森二巴斯喀三偓靈納。偓氏認爲藝術可分爲兩種：一是"活力型"（vital），一是"幾何型"（geome-trical）。他認爲產生活力型藝術的民族，多半崇尚人與自然的和諧，因此他們所創造的藝術，旣非"寫實主義"，亦非"自然主義"。這種藝術，以希臘及文藝復興時期的歐洲爲代表。接着他又指出，埃及、拜占庭及其他一些東方民族所產生的藝術是屬於"幾何型"的，他們認爲人與外在世界是一分爲二的，恐懼、神秘充塞其間，毫無和諧可言。根據以上的理論，休姆認爲文藝復興以來的藝術，已走向末路，在現代工業社會當中，一種全新的感性興起，"抽象的傾向"復活，於是幾何型的藝術必會盛行。他在他的名作《論現代藝術》一文中指出。二十世紀的藝術與立藝復興以後藝術是完全不同的，其中充滿了悲觀與"非人"（in-human）的因素，機械的造型及題材成了藝術家表達感性的手段。休姆在另一篇名作《浪漫主義與古典主義》中，進一步強調，

"乾而硬"（dry and hard）的古典詩篇比"呻而吟"（moa-
ning or whining）的浪漫作品，更能夠有效的挖掘"變動下
居的生命"（flux of life）。為了要達到冷硬的效果，他主
張多用想像力，而放棄韻腳。想像力可使詩的主題突出，放棄舊
有的韻腳，則可使作品避免落入浪漫的老調。把上述的主張綜合
起來，便成了休姆所積極宣揚的現代藝術觀。

在寫這首詩的那段時間，龐德除與休姆友善外，還與習日本
文學的麥納過從甚密，同時還大量閱讀中國文學的英譯。此外，
他對美國畫家惠色勒的畫與畫論，亦十分傾心，從中得到了"詩
當如畫"的啟示。1913年，龐德得了范諾羅撒的手稿，大為興
奮。從范氏論中國文字的文章裡，他得到了具體的證明，證明好
詩應該以意象為主，修辭、音韻、文法、皆屬次要。

從創作的觀點來看，學者在學術上的誤解，經常會對作者在
創作上產生直接的影響。范氏的論文在學術上，可能犯了許多錯
誤，產生了負面效果，但在創作上，却助了詩人一臂之力，產生
了正面效果。由此可見，文化交流，往往是一種各取所需的過程。
像上述這樣歪打正着的例子，雖不是俯拾即是，但至少也屢見不
鮮的。在得到范氏手稿的同一年，龐德在《詩刊》上發表了＜意
象主義者的幾項禁忌＞，其重點如下：

一、"意象"是理智與感情剎那間結合，超越時空，自由無礙。
一個人一生能夠表現一個"意象"的話，那比寫幾十本書還強。

二在語言方面：不要贅字、形容詞：不要用套語如dim
lands of peace，自然界的物件永遠是最恰當的象徵。不要做
抽象化的描寫；不要懶得去找最精確的字來表達；無論好壞，藻

飾都是不需要的。

三在節奏及押韻方面：詩不一定要靠音樂才能存在，如果詩要有音韻，那其音韵必須要能悅專家之耳；不要空想；不要拼命描寫；畫家用筆畫畫，比詩人用字描寫要來得省事精確得多；要表現畫家所無法表現的；要以科學的態度來寫詩，不是賣廣告；不要為傳統的音律所縛，但要學音樂家，行所該行，止所該止；儘量使自己的作品與音樂平行；押韻必須要能給人小小的驚喜，如用，一定要用得好才成；意象主義者的好詩，在翻譯後雖失了音韻，但仍能感動外國讀者;不要把內容切成一行一行的去湊韻。在同一期《詩刊》上，福林特也發表了一篇短文，指出意象派詩人的三條守則是：①或主觀或客觀，要直接處理事物；②不能表演的字，不用；③在節奏方面，要編一組有音樂性的句子，而不是做一組節拍。

胡適掀起“文學革命”提倡白話文的目的，首重實用，藝術次之。因為當時，在實用方面，晚清以來，文言文已不能適應時代的需要；在藝術方面，文言詩也漸漸走入了偏窄僵化的死巷。民國成立以後，百廢待舉，新思想、新觀念，都有傳播，大家對新的語文工具及新的文學形式，有了迫切的需要。於是有人登高一呼，大家井然相從。胡適之所以選擇詩做為文學革命的主要對象，是因為詩在當時的文壇上，是所有文學類型裡最頑固保守的。其他文類諸如小說、戲劇等，都早已開始用白話文來創作了。只有詩，外形的改變最少，支持的人最多，而且又有悠久輝煌的傳統，深遠廣大的影響。胡適如欲向大眾證明白話文是文學創作的新利器，便非得先證明用白話也可以寫出好詩來不可。如果白話文可以用來寫詩，而且能寫出好詩，那就一定可以用在其他文學類型上，而無往不利了。在這樣的信念上，胡適於提倡文學革命時，當然要以傳播新思想爲重點；"言之有物"自然而然就成了寫詩的第一要項，因爲要想有效的傳播新思想，明白易懂而又合乎文法的語言，當然是最佳工具。文法旣然列爲創作的要件之一，那創作在藝術上的自由，相對的也就減少了。這與意象派的信條，是背道而馳的。我們明白了這一點，也就了解到胡適後來提出"國語的文學、文學的國語"這個口號的基本原因。所謂"國語的文學"當然是以實用爲主，先有"國語的文學"，方才有"文學的國語"的可能，成了胡適提倡文學革命的中心思想。這與處處把藝術問題放在第一位的"意象派"是大不相同的。

　　初期的白話文還在萌芽階段，距離成熟尙遠。爲了要加速白話文成熟的速度，胡適主張用翻譯來灌漑新文學的園地。他譯了美國女詩人的詩，收入詩集，作爲己有，其目的便是從西方文學語文中抽取新血，來營養正在學步的白話文。我們知道印歐語系的語言，多是屬於"文法變化"的語言，充滿了分析性及轉移性（ transitivity ）。在中國知識份子的眼中，這種邏輯推理式的語言，正是西方科技文明進步的象徵，值得仿效引進，於是仿照西方文法的編輯，有關中國文法的書籍出現了。在龐德等人儘量想法消除英文法及詩法的束縛時，胡適反而不斷的強調文法在文學藝術上的重要性。這一點，也是胡適與意象派相異的地方。

　　胡適在《文學改良芻議》中指出："今之作文作詩者，每不講求文法之結構。其例至繁，不便舉之；尤以作騈文律詩者爲尤甚。夫不講文法，是謂‘不通’。此理至明，無待詳論。"然而講求藝術效果的意象派詩人，却千方百計的要學習這種不講文法的精神，大膽向英詩傳統挑戰。上面所擧的龐德的幾首詩便可證明。此外如康明思與取消大寫及標點符號，並且利用英文字母本身的形狀或排的次序來模仿外在的形象等等，都是受了意象派的影響而產生的。范諾羅撒曾說過："我的主題是詩，不是語言，但詩的根本，却仍在語言。"龐德認識到語言在詩中的地位，深深明白要想在詩方面有所改革的話，非從語言入手不可。於是他利用各種方法來實驗英文，將之删改、變化、務必使之能於精簡濃縮之中，傳達無限意象與詩感。意象派運動興起後，一時之間，短詩大爲盛行，"平行並置法"被廣泛的採用，翻譯的中國詩亦大行其道，凡此種種，都對一次世界大戰後在歐洲出現的"現代主義"及詩人有深遠的影響。

文言文精悍有力，與古典詩結合後，仍保有短小濃縮的特色，十分適於抒情，如用來敍事，則往往力不從心。這一點，胡適在民國五年時與任叔永通信時，就對中國有無長詩這個問題展開了討論。白話文在本質上十分生活化，成爲寫小說的主要工具，當然十分適宜敍事。新詩人把白話文與歐化的翻譯文字，融合在一起，產生一種富於分析性的語言，比起文言文來，在敍事方面，是強上許多的。胡適爲了提倡敍事詩，還翻譯了一首浪漫派的敍事民謠＜老洛伯＞，收入《嘗試集》中，前有譯序，對此詩推崇備至，並大力向讀者介紹曰："此詩向推爲世界情詩之最哀者。全篇作村婦口氣，語語率眞，此當日之白話詩也。"事實上，這首詩浪漫濫情，並無可觀之處。胡適所要推薦的，不過是白話文與敍事詩而已。

胡適在美求學時，對浪漫派詩人最爲傾心，後來也翻譯了許多他們的作品。此外，他對十九世紀的布朗寧與丁尼生，亦崇拜非常，熟記於胸。他回國後，在詩歌方面的表現，大體上說來，仍是屬於浪漫派的，有時，其中還加上了一點布朗寧的"樂觀主義"。胡適所喜歡的種種，正是龐德等人所堅決反對的。而龐德主張之基本精神，胡適亦根本無法心領神會。龐德在本質上是詩人，不是運動家，故他的意象派運動，不久就滅折了。然他的詩，却日益精進，爲英美現代詩開闢出全新的天地出來。而胡適在本質上是學者與運動家，故新文學運動轟轟烈烈的成功了，而他的詩，却沒能夠爲中國詩壇帶來更大的藝術成就。由此可見，胡適雖間接的受到了部分意象派主張的影響，但他究竟對英美詩藝、詩史不甚了了，無法眞正了解意象派的基本精神及其努力的方向。他只是間接的從意象派那裡吸收了一些他所需要的理論，配合國情，加以發揮而已。這一點，我們只要看他的詩創作，便可明白。胡適詩大體上還停留在浪漫派與布朗寧之間，根本不知"現代主義"爲何物。這與龐德的詩作中所透露出來的精神，可以說是南轅北轍的。

雖然龐德有重新掀起歐洲"文藝復興"運動的野心，但基本上，他的成就，還是在純文學方面。意象派運動之後，龐德爲英美詩歌打開了一面新的窗子，開濶了詩人們的視野，介紹了許多新的可能，產生了許多新的創作及理論。我們看英美的重要詩人如艾略特、葉慈、康明思、威廉斯……等等，都直接受過此一運動的影響，便可知道龐德在這方面的貢獻是多麼的深遠了。

胡適的"文學革命"，在出發點上，雖與龐德不同，但在手段上，却頗有相似之處，其中最相吻合的，便是藉重“翻譯”為改革之道。於是在一片翻譯聲中，西方的史詩、敍事詩、抒情詩紛紛被介紹到中國來。用白話文作長詩的例子，慢慢增多了，分析性的句法，亦出現在白話詩中。徐志摩的＜愛的靈感＞，臧克家的＜自己的寫照＞、孫毓棠的＜寶馬＞、馮至的＜蠶馬＞、＜北遊＞、艾青的＜火把＞、杭約赫的＜火牘的城＞……等長詩，紛紛發表，幾十年間，出現了中國詩史上敍事詩的空前盛況。

因此，胡適到底有沒有受到意象派的直受影響？已不是問題的中心了。問題的中心當在中國的新文學究竟受到了多少胡適的影響，而這個影響的文學本質為何？方向為何？結果為何？才是我們所要想知道的。由以上的討論，我們可以清楚的了解到，所謂的影響，多半是一件“各盡所能，各取所需”的事。在這交通、傳播日益發達的今天，世界上各國之間的文化交流，正是不可避免的事。上述種種“誤打誤撞”的例子，今後可能還會繼續發生。只要藝術家對本國的文化有深刻的了解與認識，那對外國文學的某些“美麗的誤解”，並不會造成太大的傷害的。當我們在做影響研究時，除了要把兩者之間的史料搜羅集中外，還要能以文學的觀點運用這些史料，探索其中是否有所謂的“美麗的誤解”，甚至於“故意的曲解”？然後，再討論其影響的“文學結果”為何？畢竟，史料的工作只是影響研究的第一步，而文學本身，才是影響研究的最終目的。

羅 青
＜各取所需論影響＞，
（台）《中外文學》8.7.(1979)，48-69。

中國現代詩的"超現實主義風潮"

與聲譽學相關的另一問題，是媒介學（ mésologie ），包括翻譯者與發表的刊物等媒介的研究。上述法國詩人分別透過原文（胡品清）、英譯（李英豪、秀陶、柏谷）、日譯（紀弦、葉泥、葉笛）介紹到我國詩壇來。比較傳眞的是胡品清。由於覃子豪的魚雁私誼，當年旅居巴黎的女詩人，在覃子豪主編的《藍星季刊》上，譯介了一系列的法國詩人，包括布魯東推崇爲超現實主義先驅的藍波，與正牌超現實主義詩人德斯諾斯。胡品清同時（後來）也爲《現代詩》、《創世紀》等刊物撰稿，她對台灣超現實主義風潮應有部份推動的作用。除了胡品清的翻譯外，輸入的超現實主義大半透過英、日傳達過來，其中包括最重要的文獻：布魯東的超現實主義宣言。

前面曾指出，這些所謂文學世界主義媒人，也許無意推動超現實主義運動。以覃子豪爲例，除了翻譯外，他至少在兩篇論文中提及超現實主義，但他批評紀弦的"揚棄"與"發揚"論調時指出："達達派的原始觀念和超現實派的藝語，何嘗不是流弊？標榜達達派與超現實派，無形的就否定了所謂健康的、向上部份的發揚。"（《論現代詩》, 154 頁）刊載布魯東宣言的《笠》竟然在譯文前加案語："本刊並不做此種主張"云云（ 二卷一期，頁 13 ）。

這種"廣義""狹義"的爭論與比較文學研究特別有關，因爲它反映出論者對文學運動與潮流，所採取的不同認知觀點與價值取向，別如令人棘手的浪漫主義與巴鑠刻，到底應如何界說？可否應用到中國文學研究上來等。布魯東與納多的例子便可看出兩種不同的認知。發起運動的布魯東，他的認知是心理的、抽象的、形而上的、因此在提倡某種思想或理論時，很自然地把他認為歷史上具有這些思想的作家召喚出來，收到他的麾下。雖然他在一時空定點上（譬如說 1924 年），向歷史投射他的心理模式，但他的價值取向是非實證歷史的，是同時性的，否則沒有一個過去詩人能被稱為超現實主義者，即使藍波與羅特阿孟也不例外。但作為歷史家，而非心理學家的納多，他的取向是貫時性的，是實證主義的，他關心的是作為史實的文學運動，而非某種抽象的情操，正如本文作者在追溯 1956 ～ 1965 年之間的史實一樣。

有意發動的文學運動是會結束的，正如紀弦的現代派會解散，布魯東會去世一樣，但某種形而上的思想是開放的，無所謂開始與結束（這個論點有問題，此處姑妄言之），因此蘇格拉底是超現實主義者，一百年以後的某位詩人也會是超現實主義者。假如這種形上思想是開放的（？），它便會持續下去，以後再具象為新的運動。

根據這個論辯，台灣詩壇的超現實主義風潮，或更確切地說，歷史事件，在 1965 年底洛夫離台赴越南時，應該算是結束了，正如法國超現實主義運動，于 1941 年布魯東赴美時結束一樣。（這只是為了討論方便，嚴格說來，歷史事件 event 不會結束，它會投射到未來，永遠對詮釋歷史者 eventful。）至於 1967 年11月洛夫自越返台，兩年後發表的〈超現實主義與中國現代詩〉，已不屬於“超越實主義風潮”之內的事件了。

　　我們再回到實證主義上者。洛夫推廣超現實主義最力的時候，是1964～65年，納多的書（一本最實證、最具權威的超現實主義運動史）差不多同時出版，洛夫不大可能看到（當然他也可能看到）。洛夫所接觸到的資料，除了范里外，“可能”包括里德與巴拉克安1930～1940年代的書。這兩本書皆非對超現實主義運動本身（？）的實證主義研究，由於資料的限制，以及個人的傾向（即上述布魯東式的投射），再加上詩壇論戰的壓力，使得他不甚關心歷史上的超現實主義運動（譬如他說曾受許拜維艾爾影響，但許拜維艾爾不是超現實主義運動者），也使他經常修正自己（洛夫自己可能不知道，他1970年以後的作品，有相當自動語言的運作。）然而，反諷的是，洛夫努力宣揚的形而上取向的超現實主義精神，却在1960年代末期的台灣詩壇，造成類似運動的運動。

　　這種類似運動的運動，對詩壇有實際的影響，文學論戰爲其一，批評觀念與詞彙（無論正確與否）爲其二。前者我們不談，後者則如鳳飛飛的帽子。以洛夫個人的實際詩評而言，周夢蝶、碧果、管管都是“廣義的”超現實主義詩人。（其實，如果超現實主義確是一種認知的模式，那沒有一個詩人不是超現實主義者，因爲詩人“是”什麼，不過是模式詮釋的結果。）張默、瘂弦、洛夫主編《六十年代詩選》（1961年）中，被冠上超現實主義詩人的有商禽、碧果、馬朗，以及瘂弦、洛夫自己。商禽“是我們之中最具有超現實精神的一人，……在《天河的斜度》一詩中，我們得見較之Ｐ・愛呂亞……更高的更美的建造；……一種瑪克

思：夏考白式的奇異和幽默。"（120頁）"瘂弦的詩風急轉"，
原因之一是"其對愛呂亞、D．葛思康……的發現，並產生一種
熱狂的擁抱所致。"（176頁）碧果是"形而上的，達達（Dada）
的，非常之前衞而又非常之現代。"（191頁）……

以上所引頗具異國情調的案語，未必言之有物，有時觀念混
亂。大體上說來，它們除了權充詩話之外，也是贈送給詩人的超
現實主義標籤，當然也造成許多意想不到的文學史趣談（譬如管
管女兒管綠冬之名取自卜綠冬）。

趣談自然無妨，比較嚴重的是"超現實"變成"晦澀"的同
義字。難解的詩固然被歸咎於超現實主義，不同派別的詩人也被視
爲超現實主義者，《創世紀》的少數成員頗有此嘆。因此，在這
歷史事件結束之後，詩人紛紛要求正名。張默說"我們必須摘掉
所謂‘越現實主義’的帽子，"辛鬱公開否認自己是超現實主義
的信徒，甚至洛夫本人也辯白："某些人未加深思，僅憑印象，
硬派我一個‘超現實主義者’的頭銜……凡稱我爲超現實主義者
的，足證他們既不了解超現實主義，更不了解我。"

這種詮釋的混亂現象與要求澄清的心態，是值得寬容的，它
反映了五四以來持續了半個世紀的影響焦慮，與詩人認同的危機。
認同的困難，部份原因是輸入媒介的不理想，以及接受者對外來
模式缺乏深入地、反省式的考察。洛夫曾指出："顯然，我國現
代詩人的超現實風格的作品，並非在懂得法國超現實主義之後才
那麼寫的，更不是在讀過布魯東的《超現實主義宣言》，或其他
有關史跡、傳記、以及法則之後才仿效而行的；事實上他們只是
在早期受到法國及西方其他國家廣義超現實主義者作品的影響。

目前這種影響已日趨消逝……。"（《詩論選集，85 頁）這段
話包括三個論點：①我國詩人對法國超現實主義運動缺乏了解；
②但他們接觸過西方現代主義的作品，並且在"創作上"受到影
響；③影響會消逝。第一點是正確的。二、三兩點值得研究。假
如文學影響眞能成立，能現諸於作品（實證主義永遠無法證明這
點），那麼一個作家受到影響之後，影響變成他的一部分，怎麼
會消逝呢？也許我們應該區分影響、接受、乃至模仿，即洛夫指
的是執意的模仿，與後來無意再模仿。但既然模仿過了，模仿的
對象便不會消逝，即使詩人後來無意再模仿，但他再創作時，已
進入他體內的對象便會再出現。人是時間的存在，任何時刻的一
個姿勢，都會變成他知識範疇（horizon of understanding ）
的一部分，永遠不可能消失。

　　大部份詩人對法國超現實主義運動的語言危機與形上危機缺
乏了解，雖然這兩種危機在近代中國都發生過，五四是一大高潮，
1950 年的台灣是一小高潮。詩人要求從權威（包括傳統、父親、
上帝、天主教教皇等形象）以及傳達權威的、預設的語言中解放
出來，這種形而上的焦慮，在二十世紀初的法國與中國有極類似
的平行發展，其類似程度甚至還超過法國與英美的關係。這些問
題，詩人也許不了解，也許缺乏興趣，雖然他們的作品反而傳達
出這種灼見。我們討論這個類似現象恐怕很難涉及影響研究。

　　至於詩人與外國作家的接觸點（points de contact）問題，
上面的鳥瞰可以看出，它是難以捉摸的。即使能確定這些接觸，
那至多算是文學接受（reception ）的初步，至於如何接受，接
受如何轉化爲影響，能否轉化爲影響？仍然需要複雜的辯證。站

在創作自主的立場，每件作品都是自生的（ sui generis ），因此影響是不存在的，相信文學影響是錯誤的。

再回到超現實主義上來。如果超現實主義是在法國與台灣先後發生的歷史運動，而且前者確定傳入我國，那麼我們必須在相對的歷史格式裡看它們，並且確定他們的接觸方式，換句話說，應該作影響研究。但如上所示，影響研究的實證難以確定，而且影響無法在作品上發現，因此影響研究是沒有意義的。如果超現實主義是廣義的，是一種形而上的精神，那麼就更不需要作影響研究了。在這種情形之下，我們必須閱讀詩人的創作（個別及鄰近的），檢查他們語言的運用方式，如果我們發現相似之處，能構成 intertextualité 關係，也應避免 "影響" 這個字眼。由於本文是一個實證主義的仿作（ parody ），筆者有意避開作品研究，也不幸地埋沒了商禽等一流詩人。

張漢良

<中國現代詩的 " 超現實主義風潮 ">，
（台）《中外文學》10.1.(1981)，148-161。

乙　翻譯研究

翻譯在比較文學中的意義

　　影響研究中許多論題在比較文學範疇內具有很大的意義，而翻譯則是影響研究中最重要的課題。在翻譯過程中，譯者將原文的風格、語言改寫爲適於譯者自身時代語言、文學傳統的作品，在轉譯的同時，譯者會爲他自身的文學傳統引入新的文類、內容、風格與語法字彙。語法、成語、隱喻、明喻、風格等是無法直接由一種語言借入另一種語言的，必須要透過新的重整組合的翻譯過程，才能在新的文學傳統中適用、重生。不論有意的更動，或自然的改寫，翻譯在文學影響關係的開端與轉遞中都扮演着特殊的角色。

　　不論西方或東方、文學史上具有承先啓後意義的時代，往往與翻譯有密不可分的關係。在我國，佛經文學的翻譯對魏晉六朝志怪及唐代傳奇的影響固毋庸置疑，而不論就形式或內容而言，佛經文學的翻譯與我國小說、戲劇、平話、彈詞等的直接關係亦是肯定的；再如若沒有西方文學作品的翻譯，五四新文學運動不可能發生或至少不會那樣發展下來。若以個人而言，詩人余光中自己承認在翻譯狄瑾蓀作品時，其自身也以狄瑾蓀之歌謠體創作，而翻譯葉慈作品時，則其自身作品風格亦受影響。在西方，翻譯

的影響更深更大。 文藝復興可上溯希臘、 羅馬古典作品的翻譯，
西元 1611 年詹姆士一世鑒定本的聖經英譯（對後來英國散文影
響很大）， 伊利沙白女王時代是英國文學史上輝煌的紀元， 同時
也是英國文學翻譯最興盛， 最重要的時代。 龐德曾坦率的指出英
國文學史上若干名著， 如莎士比亞、密爾頓等的作品， 都是借助
外國的譯作。 龐德說：

> 英國文學自古英雄詩貝奧武夫以後便依賴翻譯繼續存活，
> 它取養於翻譯；每一次充實豐盛，每一次起伏變動都是受
> 了翻譯的刺激，文學史上每一個所謂的偉大時代，均為翻
> 譯的時代，這可上溯自喬叟，他是維吉爾、奧維德的釋譯
> 者，也是拉丁、法國、意大利諸文中古老故事的收聚者。

翻譯作品有時比原文更具直接而深入的影響，例如拜倫式的
文學作品傳統在俄國的影響與發展， 主要是因爲朱考夫斯基的拜
倫詩《漆倫堡之囚》譯本及柯茲洛夫的《愛碧達的新娘》譯本。

馮明惠

<翻譯與文學的關係及其在比較文學中的意義＞，
（台）《中外文學》6.12.(1978)，142-151。

翻譯與承受

在承受的傳遞活動中，翻譯是極爲重要的一環。到目前爲止，中文的翻譯研究，除了少數例子（譬如台灣大學黃宣範教授），泰半仍在羅列譯文錯誤實例的層次，尚待進一步的系統化和理論化（此地絕無意貶低擧證錯誤的做法，因這種工作除對實際翻譯極有裨益外，也可以與承受研究相結合。例如 Achim von Arnim 的一個中篇在法譯時有一段不但錯譯，且與原意南轅北轍。因爲這個舛誤，這位作家便被法國超現實主義者視爲前驅人物）。翻譯不但是詮釋行爲，也是譯者本人的承受過程。而由於語言習慣及模式的歧異，譯者筆下的最後成果是不能對等於其本人對原作的理解。日本佛學家中川元就曾企圖通過比較語言及語言哲學的方法，來說明語言對思想的束縛。中川元的實例是印度佛學之東傳西藏、中國和日本。中川元認爲，由於後三種語言的先天特色和獨特結構，佛家思想通過翻譯後，在理解上自然發生變化。根據他的看法，古代漢語的一個特色是傾向於具體性，抽象觀念時作具體表達。例如完美的觀念時常透過圓形來表達。在翻譯佛經時，梵文“完美”之義就以“圓滿”出現。圓形與完美的聯想因此是中國的而不是印度佛學的。此外，印度佛教裡的法輪是動態的，圓形本身則是靜態的。中川元一書英譯本共有十二章（原文達十八章）討論漢語對佛家思想的調整和另賦“新義”。儘管這書“毀譽參半”，但起碼展示了承受研究的新途徑。

鄭樹森

＜文學理論與比較文學＞，

（台）《中外文學》11.1.(1982)，112-136。

《西遊記》的翻譯

　　在亞洲方面，韓國、越南和日本都早已跟中國發生關係。周初曾封殷宗室箕子於朝鮮；秦始皇三十三年（西元前 214 年）曾在今越南河內置象郡；日本亦早在姬周之世，就已與中國有所接觸。儘管如此，中國純文學的傳入都是相當晚近的事。《西遊記》到底從何時開始在韓國流行？確切日期目前雖已無從查考，但西遊故事中“車遲國鬥法”的部分，已被收在李朝世宗在位期間印行的《朴通事諺解》（約在西元 1424 年）裡面。《西遊記》廣受韓國讀者歡迎，或許是在日軍侵韓（1592 年～1598 年）以後的事。 據筆者所知， 韓譯本《西遊記》約有十種， 似以金龍濟於 1953 年譯成的《西遊記》爲最早。其他像金東成《西遊記》（1960～1962）、李周洪《嚮破西遊記》（1966）等，雖都標榜百回全譯本，實則若非刪節原文，就是不譯詩詞。 至於越文本，現所知的有瑞定于 1961 年譯成的《西遊記》一種，全書分成八卷，除了附有插圖多幅外，還附有＜吳承恩的思想、生活及其《西遊記》的來源＞、 ＜《西遊記》的思想意義＞、＜《西遊記》的藝術成就＞、＜《西遊記》的評價與研究＞四篇文章。此越譯本亦多少有所刪減。

　　我國儒家文化在西元三世紀末葉應神天皇時代就已在東瀛產生了很大的冲激和影響，純文學也在第九世紀時正式傳入，但《西遊記》一書，却要遲至十八世紀初年始在日本出現。 嗣後，到江

戶時代寶曆八年（1758年）西田維則（筆名口木山人）等據
《西遊眞詮》本譯成《通俗西遊記》初編六卷（第1回—第26回）
以供庶民閱讀，這是《西遊記》日譯的開始。該譯本歷時74年，
到天保二年（1831），才譯完原書65回，分成五編31卷。西田
維則另於文化三年（1806）參與編譯的《繪本西遊記》，也歷時
三十二年，到天保八年（1837）才完成。由《通俗西遊記》初編問
世兩百多年間，譯本屢見，總數約達四十種左右，內中多有積數
十年之功始告完成者。其中，光是繪本，除了西田維則所編譯的
而外，還有小杉未醒（1901）等人的本子。節譯本較多，像
東快量《西遊記譯解》（1900）、武者小路実篤《佛陀與孫悟
空》（1920）、額母六幅《西遊記》（1939）、足立勇《西
遊記》（1948）、伊藤貴麿《西遊記物語》（1949）、弓館小
鰐《西遊記》（1949）、魚返善雄《西遊記》（1951）、西
川滿《西遊記——草龍の卷》、（1952）、入谷仙介《西遊記》
（1968）、和田武司與山谷弘之合譯《西遊記》（1977）等
都是。其他像安藤更生與小杉一雄合譯的本子（1949）雖號稱
全譯，實則僅譯完原書77回而已。

目前所見的日文全譯本只有三種。太田辰夫與鳥居久靖據
《西遊眞詮》本合譯而成的《西遊記》，首於1960年由東京平
凡社出版，列入《中國古典文學全集》內，後於1963年改訂發
行普及版。該譯本分上、下兩冊：上冊包括第1回～第49回，下
冊由第50回～100回。每冊開頭都有“主要人名表”，每回末尾多
有附注，書中的兩百幅插圖取自內閣文庫珍藏的李卓吾本。上冊
的末尾附有太田辰夫的“解說”，敍述《西遊記》的演化；比較

明代三本的異同;討論清代各種刊本、書中儒釋道三教的色彩、作者的思想以及該書的翻譯和影響等。太田辰夫又在下冊末尾附上"解說補訂"，鳥居久靖亦作一"跋"。君島久子據1957年人民文學出版社整理本譯成的《西遊記》，亦分上（1975）、下（1976）兩冊；譯本中附有注釋和"後記"，並有插圖畫家瀨川康男所繪的插圖。另外，當代名翻譯家小野忍正在迻譯的《西遊記》，將分十卷印行，每卷十回，前兩卷已於 1977 年和 1978 年先後由東京岩波書店出版，餘八卷則尚未見。

　　我國跟歐洲的地緣關係雖然較遠，但雙方的接觸早在紀元前五世紀左右就已因絲繪西輸而開始其端。儘管如此，雙方在文化關係的建立上，却不過是近兩、三百年間的事。十八世紀歐洲翻譯的多半是四書五經等代表儒家思想的典籍,純文學尚少人問津。而當時的翻譯工作十分粗陋,譯者對於中文沒有相當程度的了解,遂致錯誤和遺漏的譯作屢見;一般譯本的緒言,瞎說者居多。歐洲最早譯成的中國純文學作品載在法國人杜·哈爾德（Du Halde）於 1736 年出版的《中國詳誌》裏，但其中並無《西遊記》的譯文。

　　最早的《西遊記》片斷英譯文是吳德橋（S. I. Woodbridge）的《金角龍王；或唐皇遊地府》（1895），較諸日譯本《通俗西遊記》初編要晚一百多年；該譯文係據美國漢學家威廉斯（S. W. Williams）所編集的漢語讀本譯成,只包括《西遊記》第10回"老龍拙計犯天條"和第 11 回"遊地府太宗還魂"而已。類此片斷的英譯文還有翟理斯（H. A. Giles）《中國文學》（1900)中所收第 98 回；衛爾（J. Ware）以"中國仙境"（1905)為題所摘譯的前 7 回和第 9-14 回;吳納（E. T. C. Werner）《中國神話與傳說》

（1922）中所收的《西遊記》重要情節；高克毅《中國人的智慧與幽默》一書中由王際眞所譯的前 7 回；楊憲益和戴乃迭合譯的第 59 ～ 61 回(1961)和第 27 回（1966）；白之(Cyril Birch)《中國文學選集》中由他跟夏志淸合譯的第23回；以及潘正英《中國十大名著選譯》(1966)中所收的首回等等。

在英譯本方面， 最早的是李查（Timothy Richard ）據《西遊證道書》譯成的《天國之旅》，前 7 回爲全譯，其他諸回則爲選譯。 此外還有海斯(H.M.Hayes)所選譯的《西遊記》、亞瑟·威利節譯的《猴子》、陳智龍和陳智誠合譯的《猴魔》、瑟諾據捷克文選譯本轉譯的《猴王》以及詹諾依據電影脚本《大鬧天宮》所譯成的《大鬧天宮：猴王歷險記》等多種。 這些譯本當中，要以威利的最受歡迎、流通最廣，歐美各國百科全書中的《西遊記》條，咸以該譯本爲引述的依據。 只是威利的譯本雖然流暢曉達， 可惜僅譯出原書的第 1 ～ 15回、 第18～19回、第22回、第37～39回、 第44～49回以及第 98～100回，總共不過30回，而書中的詩詞則一概刪除。

到目前爲止， 英文全譯本只有余國藩據 1954 年作家出版社本所譯成的《西遊記》一部而已。 該譯本共分四册， 每册25回，已由芝加哥大學於 1977 年至 1982 年之間出齊；台灣版則由台北敦煌圖書公司印行。 余氏的譯文雖不無微瑕，但他不但譯出正文和詩詞，而且附有詳盡的注釋，大有助於讀者對該書的了解，而其譯文流暢生動，可讀性高，尤足稱道。 首册的緒論部分還討論了西遊故事的史實與演化、《西遊記》書中的詩詞、以及撰者、版本、譬喩等問題。余氏的《西遊記》堪稱爲當前該書的標準譯本。

　　歐陸諸國翻譯《西遊記》的風氣不如英、美那麼鼎盛，但亦多少有成。法國巴維（Theodore Pavie ）早在1857年就譯過第 9～10回，收在《故事與小說》內;德·莫朗（S. de Morant）《中國文學選》中收有第10～12回的譯文； 孫仲年編譯的《中國詩文選》裡摘譯了第 6回和第61回； 關益泰《中國小說概說》中有第 6回的摘譯。除了以上這些片斷譯文外，還有三種法譯本。一是德·莫朗選譯的《猴與豬：神魔歷險記》； 二是丹德克（G. Dentker ）據威利英譯本轉譯而成的《猴子取經記》;三是阿維諾（L. Avenoi）據上海文成書店石印本譯成的《西遊記》，全書兩卷；雖號稱爲百回全譯本，實則多採意譯。

　　在德譯本方面，衛禮賢（R. Wilhelm)《中國通俗小說》中所收的《江流和尙》、《心猿孫悟空》等，都是《西遊記》情節的綜合譯述。全譯本有畢爾的《西遊記》、博納（G. Boner)和尼爾斯(M. Nils)據威利英譯本轉譯而成的《猴子取經記》以及霍茲費爾德(S. Herzfeldt)的《西遊記》等數種。

　　在歐方面亦有幾部《西遊記》的譯本。俄譯本有巴拉迪斯(O. Palladius)的《西遊記》和羅加切夫（A. Porayeb)的《西遊記》等；波蘭文譯本有玆比利斯基(T. Zbikowski)的《猴子造反》等。另外，捷克和羅馬尼亞各有一種選譯本。

　　此外還應附帶一提的是外國文獻中關於玄奘其人其事的載述。《美國百科全書》中的記載過於簡略，《大英百科全書》則略詳。不過，這方面的譯者當以威利的《眞實的三藏及其他》一書較爲完整。威利有鑒於當時歐美對這位佛法大師的了解仍據朱利安在百年前所完成的法譯本而來，其間訛誤與缺陷頗多，故於節譯《西遊記》後數年，應一般讀者的要求，著手譯述史實上的三藏。該書總共分成五個部分。跟法師有關的部分居全書首位，又依法師一生的行誼分成求法期和講經期兩章，其譯文大抵係據《大唐大慈恩寺三藏法師傳》（以下簡稱《慈恩傳》）的次第。求法期的部分簡述法師求法的動機，潛離國境的經過以及西抵佛國的遭遇。譯經期則描述法師的返國、譯經以及跟皇室來往的種種。

威利的素材雖泰半依據《慈恩寺》而來，但亦間採其他的相關資料。比如，有關王玄策、呂才等人的事蹟取自《舊唐書》和《新唐書》；鳩摩羅什、窺基和那提三藏等高僧的行誼分別見諸慧皎《高僧傳》、道宣《續高僧傳》以及贊寧《宋高僧傳》。而有些敍述的文字則是以《大唐西域記》（以下簡稱《西域記》）為底本。鉢羅耶伽國都城天祠堂前有關食人鬼的異聞是個顯例；在恒河和牟那河合流處“日數百人自溺而死”的傳說亦同。由此可見威利取材的範圍相當廣濶，參考的資料相當豐富，而其態度則顯然也是嚴肅的。

或許是為了使一般讀者易於了解起見，威利經常在譯述時添上說明或論評的文字。他在首章加論三藏依勝軍所學的唯識抉擇論，又闢專節評因明、聲明和三藏的“三段論法”；在次章開頭處先行交待三藏赴印期間，唐帝國擴張版圖及中土佛道齟齬的梗概、描述譯經的過程等等。這些對讀者或多或少會有助益。但他以新教徒唸舊約來說明潛心大乘教義的三藏在屈支國期間亦讀小乘經典；又以萊理爵士以衣披地，讓伊莉莎白女士踏過水淖的美舉來比擬發生在那揭羅喝國的一樁軼事；“釋迦菩薩於第二僧祇遇

燃燈佛，敷鹿皮衣及布髮掩泥得受記處"；這些說明與比喻是否
得宜？都是有待商榷的。

　　威利的紋述雖有依據，却有不少不當加添、簡省或誤譯。我
們且舉幾個實例來看，就可明白。《慈恩傳》上說 ：長捷法師
"風神朗俊，體狀魁傑"，"亭亭獨秀，不雜埃塵"；威利的譯文
作：but also because of his personal beauty, which was
so striking that whenever he went out into the town
people stopped their carriages to look at him"。
《慈恩傳》上說：法師"承西路艱險，乃自試其心，乃以人間衆
苦種種調伏，堪任不退"威利的譯本是："He knew that under
these circumstances the journey would be a difficult one
and to make sure that he was capable of facing the ideals
that awaited him, he submitted himself to a series
of endurance tests, experimenting（we are told） with
every hardship known to man"。

　　《慈恩傳》上說：法師"……於是裝束，與少胡夜發，三更
許到河，遙見玉門關……乃斬木爲橋，布草填沙，驅馬而過。法
師既渡而喜，因解駕停憩"威利的譯文作：" Tripitaka and
Bandha, having ridden till darkness fell, spread their
saddle-cloths on the ground and went to sleep"。法師在
高昌國時，王堅留供養，《慈恩傳》上接着說："既被停留，違
阻先志，遂誓不食，以感其心。於是端坐，水漿不涉於口三日。
至第四日，王覺法師氣息漸惙，深生愧懼 "；威利的譯文作 ：
"Tripitaka hunger-struck for three days and this, on

top of his previous hardships，reduced him to such a
state of weakness that the king became alarmed"。類此
之列，多有所見，實爲威利譯本的一大缺憾。

尤有甚者，《慈恩傳》全書都八萬餘言，爲吾國傳敍文學的
經典之作，其布局宏偉，結構完密，對玄奘一生的行誼載述得旣
生動且詳盡。威利的譯本儘管流暢曉達，但全文未及《慈恩傳》
之半，則其究竟能呈現多少三藏的眞實面貌？着實可疑。威利對三
藏越過凌山的遭遇和在阿踰陀國殑伽河上實遇船賊的驚險經過，
譯述得一如《慈恩傳》上所載。但他對法師幼時聰慧穎悟、及長
見識卓絕等槪無着墨；對法師在私離國境之前的憂慮與危殆僅略
略提及；對法師取經返抵長安時的盛況亦只輕描淡寫；對法師死
後備極哀榮的情形更是隻字未提。《西域記》中載有一百三十八
國，法師經歷的亦有一百一十國之多；而威利的譯述則僅及高昌
等三十八國而已。法師在所歷諸國中雖非都有重要的活動，但這
其中實隱含旅程遙遠而艱苦，以示取經求法之難，其意義十分深
重，豈可輕言刪除？而威利雖亦敍及法師在印求法的經過，但對他
憑其學識與膽識論難辯給，隨機宣揚唐王盛德，彰顯國運的種種
表現，却未曾給予應有的譯述。威利亦知《慈恩傳》中的賀表、
謝表和奏表都有其歷史價值，却僅略譯"報智光書"、"報慧天
書"等寥寥數篇，大大減低了法師頻受皇室殊遇的份量，甚至還
懷疑其書奏有請人捉刀之嫌；在他的懷疑下，似乎連法師"啓謝
高昌王"，在于闐時"表陳還國"等文也非親筆所書。這未免低
估了法師的學識與能力。更糟的是，威利旣已節譯過《西遊記》，
當知《慈恩傳》中的許多載述，都極其重要才對，却任意加以

刪除。別說法師與高昌 "約爲兄弟" 以及西域天竺諸地的奇說異文皆無見於譯文，就連 "心經" 亦僅順便提到兩次而已。而實則 "心經" 在整個西遊故事的傳統中佔有相當重要的地位。威利遺漏了法師在渡過沙河時默念 "心經" 驅魔以及在蜀獲得該經的補述部分，將使西遊故事的傳統失去根源，亦將使研究《西遊記》的外國學者憑添憾事。

張靜二

<國外學者看《西遊記》>，

（台）《中外文學》14.5.(1985)，79-86。

六、平行研究

平行研究的基本涵義

平行研究是研究那些無直接關係，却在作品的內容或形式上，以及作家的創作方法上有可以互相比較的文學現象。平行研究的範圍幾乎並無限制。平行研究不僅在於尋找共同之點，也在於研究相異之處。

平行研究包括下列項目：

主題學：研究毫無直接關係的不同國家之間的作家就同一題材或主題進行創作的作品之間的關係。如雨果（V. Hugo）是法國積極浪漫主義最傑出的代表。《悲慘世界》是雨果的代表作，是法國文學中最著名的小說之一。在這本小說的序言裡，雨果曾提出當代社會的三個迫切問題──"貧窮使男子潦倒，飢餓使婦女墮落，黑暗使兒童羸弱"。這是該書的主題。小說名字的原意是"受苦的人們"。雨果寫道："據說，奴隸制從歐洲文明中消失了，這是錯誤的想法，它迄今還存在着，不過現在它的重荷落到了女人身上，它的名字便叫做賣淫"。托爾斯泰的名著《復活》的主人公瑪絲洛娃也是一個被壓迫的下層婦女。作者也和雨果一樣憤怒地寫道："這是十個婦女當中倒有九個將以痛苦的疾病、早衰、死亡作爲結局的生活"。這兩部作品的主題思想雖相近，但作者爲結局的生活"。這兩部作品的主題思想雖相近，但作者之間並無直接的接觸。

類型學：研究不同國家並無直接聯繫的同一類型的作家、作品、人物形象、故事情節等文學現象。如法國作家莫泊桑（Guy de Maupassant）和俄國作家契訶夫（Chekhov）都是同一類型的短篇小說家。他們作品中的某些人物形象、故事情節都有類似之處。可以在這兩位作家中找到不少共同點，但也可找到其不同之處。一位俄國作家葉爾巴捷甫斯基在他的回憶契訶夫的文章中寫道：“人們老是拿契訶夫和莫泊桑相比，我也記得那些總是在探討誰在模仿誰的所謂‘具有敏銳目光的人’？如何責難契訶夫模仿莫泊桑？從那時以來，已經過去很多時間了，莫泊桑仍然是莫泊桑，而契訶夫還是契訶夫。不用說，在他們身上是有共同之點的，這不僅在手法和風格上，而且在他們所選擇的題材上也是如此。但是俄國的契訶夫和法國的莫泊桑之間是有着本質區別的。”

　　超學科或跨學科研究是把兩國文學進行比較研究時與兩國的思想史、文化史、宗教等社會科學，以及哲學聯繫起來。超文學學科還可涉及人類學、語言學、民族學等。近年來，美國比較文學學者認爲：比較文學不僅是一門文學的學科，而且是一門文化的學科。既要從事文化的研究，就要與其他學科相結合。除了對文學風格、結構、文學分期、文學運動作交叉性的文化研究外，比較文學還包括以下課題，如：文學與其他藝術——繪畫、音樂、電影的關係研究（如表現手段的研究）；文學與社會學的關係研究（如社會與文化的探討）；文學與哲學的關係研究（如美學、現象學、存在主義）；文學與歷史的關係研究（如歷史主義、馬克思主義批評、法蘭克福學派）；文學與科學的關係研究（如意識歷史、文化變遷）；文學與語言的關係研究（如結構主義、符號學）。

盧惟庸

＜西方比較文學研究之現狀＞，

（北京）《國外社會科學》1(1982)，34-37。

法國人的新意向

　　誠然，法國學派對於比較美術那樣的論題甚感興趣，但還沒有把這種興趣注入比較文學的研究領域。1956 年 3 月，在波爾多召開的第一屆法國比較文學會議上，蒙廸亞諾認為，文學同其他各部門的關係研究應屬於一般文學範疇的一種文學研究新樣態。最近甚至在法國，事實上也開始了對文學同其他各部門關係的研究。如奧特科爾的《十七世紀至二十世紀的法國文學同繪畫》、吉夏爾的《瓦格納時代的法國音樂及文藝》等便是此例。

　　着手於對文學同其他各部門關係的研究雖然還是近來的事情，可是事實上，兩者間的交流及相互影響，無疑是並非始於今日。讓我們來看看十九世紀的法國吧。自 1815 年以來的這個世紀，法國在政治上進入了保守、反動的時代。這也反映在法國前期的浪漫主義文學和繪畫之中。接着，便迎來了浪漫主義全盛期，它致使那些不願屈辱於平庸惡俗舊習的青年們超脫時空。由此而產生的，是異國情調——對德國潮流的幻想、雨果的西班牙、塞繆的意大利、德拉克魯瓦的東方及 " 海潮的虐殺 " 等。以 1848 年（二月革命、《共產黨宣言》發表）為界，產生了實證主義哲學。同孔德與貝爾納相應而生的，是文學和藝術上的寫實主義（福樓拜、庫貝）。接着，在象徵主義、印象主義時代，貝格松、普魯斯特、德彪西、莫內之間確實存在着密切的影響關係。……列爾向造型美術學習、戈蒂埃向裝飾藝術學習、龔占爾和普魯斯特向美術上的象徵主義學習、科克托向美術上的立體主義學習。……
另外，也有作家因分析藝術作品（繪畫和音樂）而發現自我的。
如司湯達與意大利音樂、夏爾·波德萊爾同德拉克魯瓦、狄德羅
同格勒茲等等。

　　1968年，出版了波爾多大學熱納教授——這所大學當稱之
爲法國比較文學的聖地——著述的題爲《一般文學同比較文學
——兼論方向探索》一書。 書中寫道：

> 在法國大學裏 ， 不久前進行高等教育學制改革的結果 ，
> "一般文學史"這門全新的學科巳列爲大學課程。相對以
> 往在預備教育階段（文學系學生爲獲得學士學位，在學習
> 三門必修課之前必須接受一年時間的預備教育）開設的法
> 國文學課程而言，實施新學制以來改設爲講授一般文學史。
> 這就擴大了比較文學的敎學範圍（過去，比較文學巳列爲
> 攻讀"近代文學"學士學位者的必修課程，可是對其他學生
> 來說，只不過是門選修課）。不過，由於比較文學同一般文
> 學的關係甚密，因而不能在撇開比較文學的情況下來談論
> 一般文學。那麼，何謂一般文學呢？"一般文學要鏟平阻
> 隔各民族文學的壁壘，它是架設在一國文學同它國文學之
> 間的一座橋樑。但僅就如此，仍然還不是一般文學的全部
> 職能。所謂一般文學，還應是一座架設在特定含義上的文
> 學同各種藝術門類之間的橋樑 "。

　　由此看來，在現今法國大學敎育中的一般文學這一概念， 可
以說是業已講到的梵·第根所謂的總體文學同蒙妲亞諾所謂的一
般文學的融合體。

　　這樣便可知曉，這由來已久相互對立的法國學派和美國學派，今天已相互靠近並日趨統一了吧！需得着重指出的是，以注重於實際關係（影響關係）的客觀研究，指倡嚴謹的歷史的研究法見長的法國學派，同以並不忽視對比研究，採取結構主義、形式主義，稱之爲"new criticism"的反歷史的新批評研究法著稱的美國學派，目前正處於和平共處狀態，兩派甚至還相互通力合作。在美國有不少"法國學派"，在法國也有爲數甚多的"美國學派"。例如，法國的艾金伯勒是超美國學派。美國的威萊克和沃倫合著的《文學理論》一書，是對法國的比較文學方法，不，甚至是對一般文學史的宣戰，可是艾金伯勒却主張無限擴大比較文學的研究領域（擴大到歐洲以外的各國文學中去），並反對歷史的社會研究法而偏重於純文學研究，並且，在美的法國比較文學者安利·佩雷曾提出這兩種對抗學派間的相互指責應該停止。再者，法國的巴達伊昂教授在《比較文學評論》雜誌上載文指出："本文的作者或許被人看作是可憐的折衷主義者吧?可是我有一言相告，如果他聲稱對兩種意向抱有共感，可是兩者各自不了解對方的話，那麼此種意向便會自行衰竭吧? "自此之後，論爭幾乎平息，兩派正朝着互相協作的方向努力。

〔日〕**大冢幸男著　　陳秋峰　楊國華譯**

《比較文學原理》（西安：陝西人民出版社，
1985），53—61。

學派之爭與比較文學的飛躍

在分析這場爭論前，我們不妨先來簡略回顧一下這場爭論發生之前比較文學界的情況。

如前所述，在十九世紀後期到二十世紀初，國際上比較文學界曾有過幾種觀點、方法並存的時代。有的主張實際影響的研究，在研究方法上重考據，重實證。有的則篤信達爾文進化論，並把它用於文學研究，試圖爲每一種文體找到發生發展衰亡的進化過程。用庸俗進化論觀點去研究文學最後證明是行不通的，所以到本世紀初影響研究就成了比較文學研究的獨家商店。從發展的觀點看，庸俗進化論退出舞台不能說不是人類認識的一大進步。

此後，雖然大部分從事比較文學研究的人們都在埋頭故紙，但其中也還是有不少人對這種研究提出疑問，就是主張這種研究方法、觀點的理論家也不斷發現這種觀點的毛病，在實踐中作一些小修小補；例如法國的范·提根起初把比較文學局限在兩國文學之間的關係，後來覺得這樣規定明顯不合理，於是採取了較爲廣義的說法。到了五十年代，嘉萊和居亞又把比較文學的範圍擴大到對民族幻想和一個民族對其他民族的固定看法的研究。

可是這種小修小補並未解決根本問題。人們越來越清楚地看到了這種概念與方法的狹隘性。法國學者們本來有一整套龐大的計劃，可是後來故紙材料漸漸挖空，研究越做越牽強，自 1937 年之後就再也沒有什麼有份量的成果問世了。

　　五十年代對國際比較文學研究來說是發生轉機的年代，1954年成立了國際比較文學協會，這使國際學者有可能坐到一起來討論問題。 1955年在威尼斯開了第一屆代表大會。 但是由于大會的議題是《威尼斯與現代文學》，範圍很窄，與會者很少。 到了1958年（國際比較文學協會每三年舉行一次代表大會）第二屆大會時，會址選在美國北卡羅林納州的教堂山，起初安排的與會者層面很窄，但到開會時，決定擴大與會者範圍，這樣，許多按照傳統觀念不屬於比較文學範疇的學者也應邀到會，這本身已顯示了人們認識、觀念的較大變化。 就是在這次大會上，魏勒克作了＜比較文學的危機＞的報告，總結了過去比較文學研究的得失，把過去的舊觀念所暴露出來的問題歸納爲三點，說：“人爲地去劃分研究的課題和方法，機械地理解來源與影響，以文化民族主義爲出發點——不管這種民族主義氣度有多寬宏——這些在我看來似乎是比較文學長期處於危機之中的症狀。”所謂兩種“學派”之爭，就是從這裡開始的。

　　事實上，捲入爭論的所謂法國學派，却大多不是這一“學派”的代表人物。范·提根、寇提斯等人早已作古，就在第二次代表大會召開的那一年，第一屆代表大會上當選爲國際比較文學協會會長的嘉萊以及人們後來認爲是“法國學派”代表人物的巴爾當斯佩耶也相繼去世，“法國學派”的代表人物剩下已經不多。況且，接替巴爾當斯佩耶而爲“法國學派”大本營索爾蓬盟主的艾奇昂伯樂在觀點上很接近魏勒克等人，他的《比較不是理由：比較文學的危機》，不僅副標題明顯是援用魏勒克的文章標題，文中有些地方甚至走得比魏勒克、雷馬克還遠，說是大家都要去學中文、學孟加拉文、學阿拉伯文，最後連魏勒克和萊文都批評他要求太高，高到實際上無法辦到的地步。所有這些，似乎說明，以嘉萊等人為代表的一代已經過去，或者應該成為歷史了。

當然，傳統的勢力是不易一下子就退走的。長期以來人們大多已習慣於那樣認識比較文學，魏勒克一下子要將這種觀念來個連根拔，當然會令人懷疑其動機何在。所以有些人就以為他是存心要同法國人作對，有的則把這看作是"美國學派"在向"法國學派"挑戰，當然也不乏懷疑者，擔心他的批評方法會不會有什麼問題。對於人們的批評責難，魏勒克先後發表了幾篇文章加以澄清，並且一再聲明他不是什麼"美國學派"，人們把他看作"美國學派"的首領，乃是誤解。

爭論持續了十年左右。爭論不僅在國際比較文學代表大會上有，在其他場合也有，但是在這場爭論中，持舊觀點的人們顯然處於十分不利的地位，他們所能抓住的唯一的救命稻草似乎就是歷史主義，然而新的觀點並不排斥歷史，並不排斥確鑿的考證。而對於新觀點中的一些基本命題，他們卻提不出什麼反駁的東西。通過爭論，人們的認識逐漸趨於一致。所以到了 1968 年，即魏勒克發難十年以後，萊文能夠說："比較文學的危機遠不是沿着國界綫發生的法——美衝突，而是兩代人之間關於方法問題的爭論——唯其如此，它又是發展的表徵。十年的討論已使法國出現了種種改組的跡象……。"當時的改組到了七十年代進而逐漸變成幾乎一邊倒了，關於比較文學概念與方法論等問題在國際比較文學協會七、八十年代的五次大會上已不再有什麼討論。十七年代越來越迅速發展的讀者反映理論（或稱"接受美學"）也最終被用到了比較文學研究中來。 在1976年第八次大會上有四個學者提交了從接受美學角度研究比較文學的論文，其中約翰・波寧的＜近來關於接受和影響的一些理論及對於國際文學關係研究的意義＞一文着重討論了影響研究的問題。 1979年的第九次大會則專門用了四分之一的精力從五個方面討論了接受美學，這五個方面是：

　　1.接受美學理論及文學交往；

　　2.歷史的接受過程與社會的接受過程；

　　3.本文理論、實用理論及符號理論中有關接受的問題；

　　4.文學翻譯及接受的問題；

　　5.從民族文學和世界文學的觀點看接受的過程。

　　會上有關這方面的論文共有一百多篇。 這樣一來， 就從理論上最後攻破了舊觀念的堡壘。 根據接受美學理論，作者本意與讀者所得到的意義之間有着很大差距。 讀者（注意： 每個作家在讀別人作品時也是與任何讀者地位一樣的普通讀者）對一個作品的接受受着讀者自己的文化、 社會、 歷史等各種條件的制約， 在閱讀、 理解當中， 讀者已經對所閱讀的第一本文進行了闡釋，成了第二本文， 他接受的已經不是原來的東西了。 所以， 在閱讀、 接受的過程中， 所謂 "作者之用心未必然,而讀者之用心何必不然" 這種現象永遠會出現。 在這種情況下， 只去尋找 "影響" 的事實而不作進一步的追究怎麼行呢？

　　到後來， 雖還有個別人如居亞一類理論家仍然堅持着不願改口說自己錯了，但大多數人却早已倒向 "美國" 了。 就是居亞，雖然席上撐着， 但具體的東西却已偷樑換柱調了不少。 他的那本小册子1969年再版後隔了八年，到1977年才又再版，並作了大規模修改，取消了嘉來爲1951年版寫的序言，並把類型、題材等也都歸入了比較文學研究的範疇，他不得不承認"以歷史領先的方法已讓位給共存——往往不是和平共存，讓位給語言、社會、心理分析等等的比較"。不得不承認"從範圍的擴展、比較文學的本質方面來看，都已經不是1951年，甚至不是1969年這本書最近一次發行時的情況了"。他同時還承認許多法國人"美國化"了，這也證明"法國學派"已經失去了市場。

從歷史的角度考察了法美之爭，我們似乎可以得出這樣的結論：這場爭論是人們對比較文學認識的一次飛躍，是一種新舊交替的過程，是一次變革。由於"法國學派"的看法過於狹隘、保守，它最終退出舞台是必然的。今天如果不是爲了了解比較文學的歷史，我們大可不必去研究"法國學派"、"美國學派"的是非問題。不過，"法國學派"失去地盤這種教訓我們倒不妨引以爲鑒，提醒自己不要重蹈他們的覆轍。

張廷琛
〈他山之助——國際比較文學瑣論〉，
（北京）《文藝研究》2(1985)，104-113。

通　　感

　　中國詩文有一種描寫手法，古代批評家和修辭學家似乎都沒有拈出。

　　宋祁＜玉樓春＞詞有句名句：“紅杏枝頭春意鬧。”李漁《笠翁餘集》卷八《窺詞管見》第七則別抒己見，加以嘲笑：“此語殊難著解。爭鬥有聲之謂‘鬧’；桃李‘爭春’則有之，紅杏‘鬧春’，余實未之見也。‘鬧’字可用，則‘吵’字、‘鬥’字、‘打’字皆可用矣！”李漁同時人方中通《續陪》卷四＜與張維四＞那封信全是駁斥李漁的，雖然沒有提名道姓；有一節引了“紅杏‘鬧春’實未之見”等話，接着說：“試舉‘寺多紅葉燒人眼，地足青苔染馬蹄’之句，謂‘燒’字粗俗，紅葉非火，不能燒人，可也。然而句中有眼，非一‘燒’字，不能形容其紅之多，猶之非一‘鬧’字，不能形容其杏之紅耳。詩詞中有理外之理，豈同時文之理、講書之理乎？”也並未把那個“理”講出來。蘇軾少作＜夜行觀星＞有一句：“小星鬧若沸”，紀昀《評點蘇詩》卷二在句旁抹了一道墨槓子，加批：“似流星”；這表示他不懂蘇軾那句，以為它像司空圖《司空表聖文集》卷四《絕麟集述》：“亦猶小星將墜，則芒焰驟作，且有聲曳其後”。宋人詩文裡常把“鬧”字來形容無“聲”的景色，李、方、紀三人不免少見多怪。例如晏幾道＜臨江仙＞：“風吹梅蕊鬧，雨細杏花香”；毛滂＜浣溪紗＞：“水北烟寒雪似梅，水南梅鬧雪千堆”；黃庭堅＜次韻公秉、子由十六夜憶清虛＞：“車馳馬驟燈方鬧，地靜人閑月自妍”；又《 奉和王世弼寄上七兄先生 》：
“寒窗穿碧疏，潤礎鬧蒼蘚”；陳與義《簡齋詩集》卷二二＜舟
抵華容縣夜賦＞：“三更螢火鬧，萬里天河橫”；陸游《劍南詩
稿》卷七五＜開歲屢作雨不成，正月二十六日夜乃得雨，明日遊
家圃有賦＞：“百草吹香蝴蝶鬧 ，一溪漲綠鷺鷥閑 ”；范成大
《石湖詩集》卷二〇＜立秋後二日泛舟越來溪＞之一：“行入鬧
荷無水面，紅蓮沉醉白蓮酣”；馬子嚴＜阮郎歸＞：“翻騰妝束
鬧蘇堤，留春春怎知”（《全宋詞》2070頁 ）；趙孟堅《彝齋
文編》卷二＜康〔節之〕不領此〔墨梅〕詩，有許梅谷者，仍求
又賦長律＞：“鬧處相挨如有意，靜中肯立見無聊”；釋仲仁＜梅
譜·口訣＞：“鬧處莫鬧，閑處莫閑 ，老嫩依法 ，新舊分年”
（《佩文齋書畫譜》卷一四）。從這些例子來看，方中通說“鬧”
字“ 形容其杏之紅 ”，還不夠確切；應當說：“形容其花之盛
（繁）”。“鬧”字是把事物的無聲的姿態說成好像有聲音的波動，
彷彿在視覺裡獲得了聽覺的感受。馬子嚴那句詞可以和另一南宋
人也寫西湖春遊的一句詩來對比——陳造《江湖長翁文集》卷一
八＜都下春日＞：“付與笙歌三萬指，平分彩舫聒湖山。”“聒”
是說“ 笙歌 ”，指耳聞的嘈嘈切切、應接不暇的聲響；“鬧”
是說“妝束”， 指眼見的花花綠綠、應接不暇的景象。“聒”和
“鬧”這兩個同義字在馬詞和陳詩裡應用在截然不同的兩種感覺
上。這句裡的“鬧”就相當於“鬧妝”的“鬧”，也恰像西方語
言常把“大聲叫吵的”、“呼然作響的”（ loud，criard，chi-
assoso，knall ）等形容詞來稱太鮮明或強烈的顏色。用心理學
或語言學的術語來說，宋祁的詞句和蘇軾的詩句都是“ 通感 ”

（ synaesthesia ） 或 "感覺挪移" 的例子。

在日常經驗裡，視覺、聽覺、觸覺、嗅覺、味覺往往可以彼此打通或交通，眼、耳、舌、鼻、身各個官能的領域可以不分界限。顏色似乎會有溫度，聲音似乎會有形象，冷暖似乎會有重量，氣味似乎會有鋒芒，諸如此類在普通語言裡經常出現。譬如我們說 "光亮"，也說 "響亮"，把形容光輝的 "亮" 字轉移到聲響上去，彷彿就視覺和聽覺在這一點上無分彼此。又譬如 "熱鬧" 和 "冷靜" 那兩個成語也表示 "熱" 和 "鬧"、"冷" 和 "靜" 在感覺上有通同一氣之處，牢牢結合在一起；因此范成大《石湖詩集》卷二九＜親鄰招集，強往即歸＞可以來一個翻案："已覺笙歌無暖熱，仍憐風月太清寒。" 我們說紅顏色比較 "溫暖" 而綠色比較 "寒冷"——只要看 "暖紅"、"寒碧" 那兩個詩詞套語，也屬於這類。培根曾說，音樂的聲調搖曳（ the quavering upon a stop in music ） 和光芒在水面浮動（ the playing of light upon water ） 完全相同，" 那不僅是比喻（ simili- tudes），而是大自然在不同事物上所印下的相同的脚跡" （ the same footsteps of nature， treading or printing upon several subjects or matters）。那可以算是哲學家對通感的巧妙的描寫。

通感的各種現象裡，最早引起注意的也許是視覺和觸覺向聽覺裡的挪移。亞理士多德的心理學著作裡已說：聲音有 "尖銳" （sharp） 和 " 鈍重 " （heavy） 之分，那是比擬着觸覺而來（ used by analogy from the sense of touch ），因爲聽覺和觸覺有類似處。我們的《禮記・樂記》有一節極美妙的文章，把聽覺和視覺拍合。"故歌者，上如抗，下如隊，止如槁木，倨中矩，句中鈎，累累乎端如貫珠"；孔穎達《禮記正義》對這節文章的主旨作了扼要的解釋："聲音感動於人，令人心想其形狀如此。"《詩·關雎·序》："聲成文，謂之音"；孔穎達《毛詩正義》："使五聲爲曲，似五色成文。"《左傳》襄公二九年季札論樂："爲之歌《大雅》，曰：'曲而有直體'"；杜預《注》："論其聲。"這些都眞是"以耳爲目"了！比孔穎達講得更簡明、而且有《樂記》本文裡那種比喻的，是《全後漢文》卷一八馬融《長笛賦》："爾乃聽聲類形，狀似流水，又像飛鴻。"《文心雕龍·比興》歷擧"以聲比心"、"以響比辯"等等，還向《長笛賦》裡去找例證，却當而錯過了馬融自己說的"聽聲類形"。《樂記》裡一串體貼入微的"類形"，比起後世傳誦的白居易《琵琶行》那一節，要添一層曲折。"大弦嘈嘈如急雨，小弦切切如私語，嘈嘈切切錯雜彈，大珠小珠落玉盤；間關鶯語花底滑，幽咽泉流冰下難"；只是把各種事物發出的聲息——雨聲、私語聲、珠落玉盤聲、鳥聲、泉聲——來比方"嘈嘈"、"切切"的琵琶聲，並非說琵琶的小弦、大弦各種聲音"令人心想"這樣和那樣事物的"形狀"。換句話說，白居易只是從聽覺聯繫到聽覺，並非把聽覺溝通於視覺。《樂記》的"端如貫珠"是說歌聲彷彿具有珠子的"形狀"，又圓滿又光潤，構成了視覺兼觸覺裡的印象。近代西洋鋼琴教科書裡就常說"珠子般"（perlé）的音調，作家還創造了"珠子化"這樣一個新詞來形容嗓子（une voix quis'éperle）或者這樣形容鳥鳴："一群雲雀兒明快流利地咕咕呱呱，在天空裡撒開了一顆顆珠子"（le allodole sgranvano nel cielo le perle del loro limpido gorgh-eggio)。“大珠小珠落玉盤”是說珠玉相觸那種清而軟的聲音，不是說“明珠走盤”那種圓轉滑溜的“形狀”，因為緊接就說這些大大小小的聲音並非全像鶯語一般的“滑”順，也有像冰下泉流一般的艱“難”咽澀的。白居易另一首詩＜和令狐僕射小飲聽阮咸＞：“落盤珠歷歷”，韋應物＜五弦行＞：“古刀幽磬初相觸，千珠貫斷落寒玉”，同樣從聽覺聯繫到聽覺。元稹《元氏長慶集》卷二七＜善歌如貫珠賦＞就不同了：“美綿綿而不絕，狀累累以相成。……吟斷章而離離若間，引妙囀而一一皆圓。小大雖倫，離朱視之而不見；唱和相續，師乙美之而謂連。……仿佛成像，玲瓏構虛。……清而且圓，直而不散，方同累丸之重叠，豈比沉泉之撩亂。……似是而非，賦＜湛露＞則方驚綴冕；有聲無實，歌＜芳樹＞而空想垂珠。”這才是“心想形狀”的絕好申說。又如李頎＜聽董大彈胡笳＞：“空山百鳥散還合，萬里浮雲陰且晴”，或韓愈＜聽穎師彈琴＞：“浮雲柳絮無根蒂，天地闊遠隨飛揚……躋攀分寸不可上，失勢一落千丈強”，也是“心想形狀如此”。“聽聲類形”，“成像構虛”符合《樂記》的手法。“躋攀分寸不可上，失勢一落千丈強”，可以和“上如抗，下如墜”印證。

　好些描寫通感的詞句都直接採用了日常生活裡表達這種經驗的習慣語言。像賈島＜客思＞：“促織聲尖尖似針”或《牡丹亭·驚夢》：“嚦嚦鶯歌溜的圓”，把“尖”字和“圓”字形容聲音，就是根據日常語言。王維＜過青溪水作＞：“色靜深松裡”或劉長卿＜秋日登吳公台上寺遠眺＞：“寒磬滿空林”和杜牧

<阿房宮賦>："歌台暖響"，把聽覺上的"靜"字來描寫深淨的水色，溫度感覺上的"寒"、"暖"字來描寫清遠的磬聲和喧繁的樂聲，也和通常語言很接近，"暖響"不過是"熱鬧"的文言。詩人對事物往往突破了一般經驗的感受，有更深細的體會，因此也需要推敲出一些新奇的字法，像前面所舉宋祁、蘇軾的兩句。再補充一些例子。

陸機<擬西北有高樓>："佳人撫琴瑟，纖手清且閑；芬氣隨風結，哀響馥若蘭。"《全梁詩》卷七庚肩吾<八關齋夜賦四城門第一賦韻>："已同白駒去，復類紅花熱。"韋應物<遊開元精舍>："綠陰生畫靜，孤花表春餘。"孟郊<秋懷>之一二："商氣洗聲瘦，晚陰驅景勞。"李賀<蝴蝶飛>："楊花撲帳春雲熱，龜甲屏風醉眼纈"；<天上謠>："天河夜轉漂回星，銀浦流雲學水聲。"劉駕<秋夕>："促織燈下吟，燈光冷於水。"楊萬里《誠齋集》卷三<又和二絕句>："剪剪輕風未是輕，猶吹花片作紅聲"；卷一七<過單竹洋徑>："喬木與修竹，相招為茂林；無風生翠寒，未夕起素陰。"王灼<虞美人>："枝頭便覺層層好，信是花相惱，舴艋船一醉百分空，挤了如今醉倒鬧香中"（《全宋詞》1034頁，參看《全金詩》卷二七龐鑄<花下>："若為常作莊周夢，飛向幽芳鬧處栖"）。吳潛<滿江紅>："數本菊，香能勁；數朵桂，香尤勝"（《全宋詞》2726頁）。方岳<燭影搖紅·立春日束高內翰>："笑語誰家簾幕，鏤冰絲紅紛綠鬧"（《全宋詞》2848頁）。《永樂大典》卷三五七九"村"字引<馮大師集黃沙村>："殘照背人山影黑，乾風隨馬竹聲焦"；卷五三四五"潮"字引林東美<西湖亭>："避人幽

鳥聲如剪，隔岸奇花色欲燃」（參看庾信＜奉和趙王《隱士》＞：
「野鳥繁弦囀，山花焰火燃」；《全宋詞》240頁盧祖皋＜清平
樂＞：「柳邊深院，燕語明如剪」）。賈唯孝＜登螺峰四顧亭＞：
「雨過樹頭雲氣濕，風來花底鳥聲香」（《明詩紀事》戊簽卷二
二）；阮大鋮《詠懷堂詩集》卷三＜秋夕平等庵＞：「視聽一歸月，
幽喧莫辨心」（參看王貞儀《德風亭初集》卷三＜聽月亭記＞）；
《外集・辛巳詩》卷上＜張兆蘇移酌根遂宅＞之一：「香聲喧橘
柚，星氣滿蒿萊。」李世熊《寒支初集》卷一＜劍浦陸發次林守
一＞：「月涼夢破雞聲白，楓霽烟醒鳥話紅。」嚴遂成《海珊詩
鈔》卷五＜滿城道中＞：「風隨柳轉聲皆綠，麥受塵欺色易黃。」
黃景仁《兩當軒全集》卷一九＜醉花陰・夏夜＞：「隔竹擁珠簾，
幾個明星切切如私語。」黎簡《五百四峰草堂詩鈔》卷一八＜春
遊寄正夫＞：「鳥拋軟語丸丸落，雨翼新風汎汎涼。」

　　按邏輯思維，五官各有所司，不兼差也不越職。《公孫龍子・
堅白論》早說：「視不得其所堅，而得其所白者，無堅也。拊
不得其所白，而得其所堅者，無白也。……目不能堅，手不能
白」；就是說，觸覺和視覺是河水不犯井水的。陸機《演連珠》也
說：「臣聞目無嘗音之察，耳無照景之神」；然而上面引他自己
那幾句詩所寫的却明明是「鼻有嘗音之察，耳有嗅息之神」了！
聲音不但會有氣味——「哀響馥」、「鳥聲香」，而且會有顏色
——「紅聲」、「雞聲白」、「聲皆綠」。「香」不但能「聞」，
而且能「勁」。流雲「學聲」，綠陰「生靜」。花色和竹聲都可
以有溫度：「熱」、「欲燃」、「焦」。鳥語有時快如「剪」，
有時軟如「丸」；「鳥拋軟語丸丸落」和前引意大利作家說雲雀

的歌喉"撒開一顆顆珠子",簡直同聲相應。看月兼而"聽月",看星也覺"私語"。五官感覺眞算得有無互通,彼此相生了。只要把"鏤冰絲紅紛綠鬧"和"裁紅暈碧,巧助春情"(歐陽詹《歐陽先生文集》卷一<春盤賦>題下注韻脚)比較,或把"小星鬧若沸"、"明星切切如私語"和"星如撒沙出,爭頭事光大"(盧仝<月蝕詩>)比較,立刻看出雖然事物的景象是相近或相同的,而描寫的方法很有差別。一個只寫視覺範圍裡的固有印象,一個是寫視覺超越了本身的局限而領會到聽覺裡的印象。現代讀者可能把孟郊的"商氣洗聲瘦"當作"郊寒島瘦"特殊風格的一例,而古人一般都熟悉《六經》,就也許不覺得它多麼奇創。聲音有肥有瘦,是儒家音樂理論的慣語;《禮記·樂記》:"肉好順成和動之音作",鄭玄注:"'肉',肥也",又:"曲直繁瘠,廉肉節奏",孔穎達疏:"'瘠'謂省約,……'肉'謂肥滿"(《荀子·樂論篇》作"繁省")。這和《樂記》另一處:"廣則容奸,狹則思欲",鄭玄注:"'廣'謂聲緩,'狹'謂聲急",把時間上的遲速聽成空間上的大小,都是"聽聲類形"的古例。

　　通感在西洋詩文裡很早出現。奇怪的是,亞理士多德雖在《心靈論》裡提到通感,而在《修辭學》裡却隻字不談。古希臘詩人和戲劇家的作品裡的這類詞句不算少,例如荷馬那句使一切翻譯者搔首攔筆的詩:"像知了坐在森林中一棵樹上,傾瀉下百合花也似的聲音"(Like unto cicadas that in a forest sit upon a tree and pour forth their lily-like voice)。十六、十七世紀歐洲的"奇崛(Baroque)詩派"愛用感覺移借的手法;十九世紀前期浪漫主義詩人也經常運用,而十九世紀末葉象徵主義詩人大用特用，濫用亂用，幾乎使通感成爲象徵派詩歌在風格上的標誌（der Stilzug, den wir Synaesthese nennen, und der typisch ist für den Symbolismus ）。像約翰‧唐的詩：“ 一陣響亮的香味迎着你父親的鼻子叫喚 ”（A loud perfume …… cryed / even at thy father's nose），也和我們詩人的 “鬧香”、 “香聲喧”、 “幽芳鬧” 差不多；巴斯古立的名句： “碧空裡一簇星星嘖嘖喳喳像小鷄兒似的走動”（La Chioccetta per l'aia azzurra / va col suo pigoliò di stelle ），和 “小星鬧如沸” 固然相近，和 “幾個明星，切切如私語”，更切合了。

　　歐洲象徵詩派還向宗教裡的神秘主義去找這種手法的理論根據。十八世紀的神秘主義者聖‧馬丁（Saint-Martin）說自己 “聽見發聲的花朵，看見發光的音調”（I heard flowers that sounded and saw notes that shone ）。同樣，我們的道家和佛家追求神秘經驗，也要把各種感覺打成一片，混作一團。道家像《列子‧黃帝篇》： “眼如耳，耳如鼻，鼻如口，無不同也，心凝形釋”；又《仲尼篇》:“老聃之弟子有亢倉子者，得聃之道，能以耳視而目聽”,張湛注:“夫形質者,心智之室宇,耳目者，視聽之戶牖。神苟徹焉，則視聽不因戶牖,照察不閡墻壁耳。”釋書裡講這種經驗的更多,從文人中最流行的佛經和禪宗語錄各舉一例。《大佛頂首楞嚴經》卷四之五:“由是六根互相爲用。阿難，汝豈不知今此會中，阿那律陀無目而見，跋難陀龍無耳而聽，殑伽神女非鼻聞香，驕梵鉢提異舌知味,舜若多神無身覺觸”（參看《成唯識論》卷四： “如諸佛等， 於境自在， 諸根互用。 ”）；釋曉螢《羅湖野錄》卷一空室道人＜死心禪師贊＞：“耳中見色，眼裡聞聲。”
“觀世音菩薩”這個稱號，唐初釋玄奘早駁斥爲“訛誤”譯名
（《大唐西域記》卷三“石窣堵波西渡大河”條小注）；可是後
世沿用不改，和尙以及文人們還望文生義，借通惑的道理來解釋。
釋惠洪《石門文字禪》卷一八＜泗州院栴檀白衣觀音贊＞：“龍
本無耳聞以神，蛇亦無耳聞以眼，牛無耳故聞以鼻，蟈蟻無耳聞
以身，六根互用乃如此！”；尤侗《西堂外集•艮齋續說》卷一
〇：“予有贊云：‘音從聞入，而作觀觀；耳目互治，以度衆
難’；許善長《碧聲吟館談塵》卷二：“‘音’亦可‘觀’，方信
聰明無二用。”和尙做詩，當然愛來這一套；例如今釋澹歸《遍
行堂集》卷一三＜南韶雜詩＞之二三：“兩地發鼓鐘，子夜挾一
我；眼聲才欲合，耳色忽已破”；又如釋蒼雪《南來堂詩集》卷
四＜雜樹林百八首＞之五八：“月下聽寒鐘，鐘邊望明月，是月
和鐘聲？是鐘和月色？”明、清詩人也往往應用釋、道的理論，
作出“照察不罣墻壁”、“六根互相爲用”的詞句。張羽《靜居
集》卷一＜聽香享＞：“人皆待三嗅，餘獨愛以耳”；李慈銘
《白華繹跗閣詩》卷巳＜叔雲爲余畫湖南山桃花小景＞：“山氣
花香無着處，今朝來向畫中聽”；那就是“非鼻聞香”（參看郭
麟《靈芬館雜著》續編卷三＜聽香圖記＞）。鍾惺《隱秀軒詩》
黃集二＜夜＞：“戲拈生滅後，靜閱寂喧音”，那就是“音亦可
觀”；只因爲平仄關係，把”觀”字換成“閱”字罷了。

　　美國詩人龐德（Ezra Pound）看見日文（就是中文）“聞”
字從“耳”，就把“聞香”解釋爲“聽香”（listening to
incense），大加讚賞；近來一位學者駁斥了他的穿鑿附會，

指出"聞香"的"聞"字正是鼻子的嗅覺。中國的文字學家阮元
《揅經室一集》卷一《釋磬》早說過；"古人鼻之所得、耳之所
得，皆可藉聲聞以概之。"我們不能責望那位詩人懂得中國的"小
學"，但是他大可不必付出了誤解日文（也就是中文）的代價，
到東方語文裡來獵奇，因爲香氣和聲音的通感在歐洲文學裡自有
傳統。不過，他這個錯誤倒也不失爲所謂"一個好運氣的錯誤"
（a happy mistake），因爲"聽香"這個詞兒碰巧在中國文學
裡是有六百多年來歷的，雖然來頭不算很大。

錢鍾書

<通感>，
《比較文學論文集》（北京：北京大學出版社，
　　　1984），21-30。

敕勒歌與土耳其民歌

一　土耳其語民歌的形式

　　雖然追究敕勒歌原文是否爲土耳其語,可以說是無益的穿鑿,但我之所以有幾分固執的原因,是因爲這首歌的形式,即使在經過漢譯之後,仍然與土耳其民歌的形式極爲相似——這裡所說的土耳其民歌是指1073年Mahmūd ibn al-Husain al Kāšḡarī的《土耳其‧阿拉伯語辭典》所引用的民歌。此書(以下簡稱Diwān)收錄了不少土耳其民歌的片斷。我雖然完全不懂土耳其語和阿拉伯語,但讀Brockelmann所研究的原文和德語語譯,覺得非常有趣。

　　Brockelmann認爲,大多數的引用文,雖然是片斷的二行詩(Doppelverse),但將之拼集起來,仍然可以復原出幾首歌篇來。Brockelmann氏所提供的就是歌篇的輯本。片斷的各節末尾都有韻腳。以歌的內容和韻腳爲憑,可以知道某幾節可以成爲一個長篇的一部分。而且,從內容也可以知道它到底是輓歌、英雄敍事詩或戀愛詩,甚至是其他種類的詩歌。

　　就形式來說,每個片斷雖是二行詩,但實際上是四行詩(中國式的說法是四句),各行的音節大致相等,在行中一定的位置上有休止(Zäsur),行末則有韻腳。一般是第一、第二、第三行用相同的韻腳，只有第四行不同。因為有很多第四行的韻腳與其他片斷相同，於是藉此可以集成輯本。本書編於十一世紀，所引用的民歌恐怕還要更早於此時，因為看不見十世紀以後回教文明的影響。就形式、內容來看，都是尚未受到阿拉伯和波斯文學影響之前的土耳其游牧民族的作品。以上是 Brockelmann 氏說明的大要。……

二　敕勒歌與土耳其民歌的類似性

　　將第四節所述的土耳其民歌與第一節所述的敕勒之歌加以比較的話，可以看出其中明顯的類似性。現在，再把敕勒歌抄錄出來：

　　　　敕勒川，陰山下●
　　　　天似穹廬，籠蓋四野●
　　　　天蒼蒼○野茫茫○
　　　　風吹草低見牛羊○　　　　（●表仄韻　○表平韻）

　　這雖是漢譯，但各句的音節數是：三、三（韻）；四、四（韻）；三（韻）三（韻）；七（韻）。如果考慮押韻而將之歸納，則前半的四句可以組成六音節（三休三止）、八音節（四休四止）的二行；而後半三句則可以成為六（三韻三）、七的二行。漢譯雖作七句，但原文應該是與 Diwān 所引用的片斷一樣，都屬於是四行詩。漢譯儘量地選擇了與原歌音節相合的譯語。也就是說，我想譯文與原文是可以用同樣的旋律來唱的。在此，我們看到六世紀土耳其民歌的忠實翻譯──雖然我們不知其內容的翻

譯嚴密到什麼程度，但在韻律上却是相當忠實的。因為僅就音節
數來看，形式近於六、八、六、七的詩，實際上在 Diwān 所引
用的斷片中也可以看到。

〔日〕小川環樹著　　吳密察譯
<敕勒之歌──其原語與文學史的意義＞，
（台）《中外文學》11.10.(1983)，38-50。

"主題學" 是比較文學的一個範疇

　　"主題學" 爲比較文學的一個範疇，源自十九世紀德國學者
（如格林兄弟）對於民俗學的狂熱研究，因此一般人總認爲它是
德國人的禁臠。當初的民俗學研究側重在探索民間傳說和神仙故
事等的演變；目前則已大大跨越出此一範疇，不僅探討相同的神
話故事、民間傳說在不同時代不同作家的手裡的處理，而且也擴
大探討諸如友誼、時間、離別、自然、世外桃源和宿命觀念等與
神話沒有那麼密切相關的課題。不過不管怎麼說，主題學跟比較
文學結合還是晚近一、二十年的事。

　　"主題學"（thematics or thematology）這詞等於德文
的 Stoffkunde 和法文的 thématologie，至於在英文裡，到底
應用 thematics 還是 thematology？則還是見仁見智的問題。依
威斯坦舉證，"主題學" 此一術語是由勒文所創用，而且爲了支
持其說法，還引用勒文底下這句話作爲其書中第六章的注二:"假
使曾有那一個字創用了而又被推翻；則必屬此一惹人討厭的詞無
疑，至今一般字典還未開明得足以把它收入。" 勒文爲何會說它
是"惹人討厭的詞"呢？我想除了 thematics 容易跟形容詞 the-
matic 造成混淆外，就是在五六十年代，大多數學者還不能接受
"主題學" 成爲比較文學的一部門。博學如比較文學美國學派的
泰斗韋禮克在其第三版的《文學原理》，依舊認爲:

　　　追溯文學上（譬如蘇格蘭女皇瑪麗的悲劇）所有不同的版

本；這對探求政治情操的歷史，也許是一個很有趣味的問
題，而且當然偶爾會說明了鑑賞史的轉變，甚至悲劇觀念
的轉變。但是，這種探原本身並沒有真正的連貫性或辯證。
它並未提出單一的問題，當然也就未提出批判性的問題。
主題學研究是歷史中最不富有文學性者。

在歐洲大陸，貝登史伯哲（Baldensperger）和哈扎特都堅決反
對這一門研究，理由很簡單，這一類研究"會永遠不完整"，而
且未涉及文學的相互影響。法國派比較文學家的實證主義傾向是
可以理解的；但是英美學者之不能接受這一門學問也許是源於素
來的排斥歐洲事務心理，也許是真的排斥其不完整性。不管怎麼
說，至今為止，一直對這一門學問有所闡發的大都是法德人士。
蘇俄學者對理論的建樹也已逐漸翻譯成英文，逐漸形成一股影響
力。詳細探討各文學者的理論容後再說。

　　類似西方的主題學研究在國內的發展我認為至少已有將近六
十年的歷史，中間似乎有所中斷，因此使人誤以為我們沒有這一
類研究，那是令人感到非常啼笑皆非的事。當然，國內學者在二
十年代甚或更早以前所做的主題學研究，並未採用"主題學"這
麼一個名詞。這個名詞當然可以算是一個新詞，是最近三五年才
由馬幼垣、李達三和我等所啓用。如果要給它下個定義的話，那
麼我們可以這麼說：主題學研究是比較文學的一個部門，它集中
在對個別主題、母題，尤其是神話（廣義）人物主題做追溯探原
的工作，並對不同時代作家（包括無名氏作者）如何利用同一個
主題或母題來抒發積愫以及反映時代，做深入的探討。而且由於
最近現象學、詮釋學，記號學和讀者的反應批評等方法的蓬勃發

展，我們未嘗不可純就不同作者對同一主題的知覺來探討其差異，或純從讀者的反應來勘察同一主題的演變，由於主題學的理論和方法並未臻至極境，這些期望應是有可能實現的。

　　旣然已提到主題學在國內的發展，其來有自，我們還是先從引用鄭樵在《通志・樂略》上的一段話着手。鄭說：

　　　稗官之流，其理只在唇舌間，而其事亦有記載。虞舜之父、
　　　杞梁之妻，於經傳有言者不過數十言耳，彼則演成萬千言
　　　……顧彼亦豈欲為此誣罔之事乎？正為彼之意向如此，不
　　　說無以暢其胸中也。

這幾句話不僅道出民間傳說在庶民之間的驚人發展，而且直指這些有名佚名作家的“意向”，他們利用民間故事來“暢其胸中也”。因此，我們不只可從其對故事的處理來了解其心態，亦可經由這些不斷孳長的故事來管窺各時代的眞面貌。顧頡剛的＜孟姜女故事的轉變＞是第一篇重要的而且相當完整的民俗研究，其大文中就引了鄭樵這一段討論孟姜女故事的孳乳的話，顧氏的主題學研究是否曾受到西方民俗學研究的影響，目前我尙無資料來證實這一點。不過他初次的嘗試以及往後的研究都能把握住鄭樵這一段話的眞諦而避免了西方早期主題史（Stoffgeschichte）研究只考證故事的增衍而不及其他的缺失，這却是有目共睹的事。他在論證唐末貫休的《杞梁妻》是孟姜女故事的一大轉變時，即開始提到這詩是“唐代的時勢的反映”，然後於探索“杞梁築長城、孟仲姿哭長城”的複雜原因時，更肯定而具體地指出孟姜女哭倒萬里長城的故事與時代社會密切關聯：

　　　隋唐間開邊的武功極盛，長城是邊疆上的屏障，戍役思家，

閭人懷遠，長城便是悲哀所集的中心。杞梁妻是以哭夫崩城著名的，但哭崩杞城和莒城與當時民眾的情感不生什麼關係，在他們的情感裏非要求她哭崩長城不可。

我要特別強調的是，顧頡剛不僅能直指杞梁妻從無名氏過渡到孟姜女以至孟仲姿的演變過程，更重要的是，他能把作品與時代對看，甚至據以窺測有名無名詩人的用意，而避免了西方早期主題學只考證故事源流而不及其他的缺失。在他看來，杞梁妻哭倒萬里長城已 "是唐以後一致的傳說，這傳說的勢力已經超過了經典，所以對於經典的錯迕也顧不得了"。更有甚於此的是，她已成為無助婦女吐露胸中積愫、控訴社會的利器或象徵。

　　令人感到嘲諷的是，追隨顧氏之後的學者在做主題學論文時，要不就是未注意到他的貢獻，要不就是未擁有他見著知微的洞察力，只顧考證故事的增衍異同，而未及探尋其孳乳延展的根由，落入早期西方主題學研究的窠臼中。

　　柯斯提爾茲（J. B. Corstius）教授在提到主題學研究時，曾提醒比較文學的學者 "必須了解到，只要主題學研究能根據作品本身，增進我們對西方文學許許多多的特色的了解，則它就有價值"。勒文在＜主題學與文學批評＞一文裡也提到主題係因作者與時代不同而變異：

> 主題類似象徵，意義極為分歧：也就是說，它們可以在不同的情況賦予不同的意義。這使得對這些主題的探索成為思想史的研究（參考艾倫對諾亞或安德生對流浪的猶太人的研究）。我們在查究了某些時代（例如華格納在歌劇中再演出《尼白龍根之歌》的故事）、某些地點（例如威吉

爾把羅馬與特洛埃城牽連起來）、或某些作家———為什麼
聖女貞德的形象能感動像馬克吐溫、肖伯納和法朗士這樣
的懷疑論者而却無法獲得莎翁的同情心———為何選擇某些
主題後，我們的了解必能更豐富些？

柯斯提爾茲和勒文這種話當然不會從韋禮克口中說出來，但正是目
前做主題學研究所必須有的共識。這些話如果跟五十年前顧頡剛
的論點並擺對看，則更能顯示顧氏在主題學研究上的重要性。也
就是說，在柯、勒二氏說出同樣的話以前，我們的顧氏早已着了
先鞭，在身體力行，據作品以了解作者的意欲並用以印證時代，
使我們對孟姜女故事與唐代的時勢之間的關係有深一層的了解。

　　話雖這麼說，但是不可否認的，中國學者對主題學理論的探
討還是相當薄弱。不僅此也，連深入而徹底的主題學研究也還相
當有限。顧頡剛在《孟姜女故事研究集》第一册的序文中提到他
的研究和期望時說：

　　　　我的研究孟姜女故事，本出偶然，不是為了這些方面的材
　　　料特別多，容易研究出結果來……孟姜女在故事中還是次
　　　等的（我五六歲時已知有祝英台，但孟姜女到十餘歲方知
　　　道），費了年餘功夫已有這些材料，而且未發現的怕尚有
　　　十倍廿倍。像觀音、關帝、龍王、八仙、祝英台、諸葛亮
　　　等等大故事，若去收集起來，真不知有多少的新發現，即
　　　如尖酸刻薄的故事，自從《徐文長故事》一書出版以來，
　　　大家才想起，這類故事是各處都有而人名各不同的。所以
　　　浙江的徐文長，四川便是楊狀元，南陽便是龐振坤，蘇州
　　　便是諸福保，東莞便是古人中，海豐便是黃漢宗……。這類

故事如果都有人去專門研究，分工合作，就可畫出許多圖
表，勘定故事的流通區域，指出故事的演變法則，成就故
事的大系統。我的孟姜女研究既供給了別的故事研究者，以
形式和比較材料，而別的故事研究者也同樣地供給我，許
多不能單獨解決的問題都有解法之望，豈非大快！

顧頡剛在這一段文字中所提及的十來個民間傳說，在過去五六十
年來，搜集或研究得比較可觀而且深入的只有顧頡剛本人撰編的
《孟姜女故事研究集》三冊及王秋桂於 1977 年在劍橋大學完成
的博士論文《中國俗文學裡孟姜女故事的演變》、周青樺的《梁
祝故事研究》（婁子匡編民俗叢書第 154 號，台北， 1974）、
錢南揚的《祝英台故事集》（1930）、錢南揚及顧頡剛等發表
在《民俗周刊》（93 至 95 期合刊《祝英台故事專號》，1930）探
討祝英台故事的論著，其他學者的《呂洞賓故事》二集（1927）
和《徐文長故事》一至五集（1929）；另外，他所提到的觀音、
關帝、龍王和諸葛亮等，可說還沒有比較完整的研究。顧氏的期
望五十五年來大體上尚未能完全實現，寧不怪哉。

馬幼垣晚於顧氏五十年後發表的〈有關包公故事的比較研究〉
結尾一段這麼說：

近年比較文學興盛，大家開始在“主題研究”上下功夫。
在中國文學內，此種課題甚多，包公自然是其中顯著之例，
其他如孟姜女、王昭君、董永、八仙、目蓮、劉知遠、
楊家將、呼家將、狄青、岳飛、白蛇等，都是極繁縟的問
題，牽涉長時期的演化和好幾種不同的文體，而且往往還
需藉重西方學者對西方同類文學作品的研究，以資啓發參

　　證。由於此等問題的異常複雜，對研究者來説，挑釁性也
　　增加。

馬幼垣在此提及的一些主題學課題，孟姜女及八仙上都已有專書
研究，王昭君故事黃縈琇在 1933 年 5 月已發表了長篇研究《王
昭君故事的演變 》（見《 民俗周刊 》121 期），目蓮已有陳芳
英的《目蓮救母故事之演進及其有關文學之研究》，白蛇故事除
了許文宏於 1973 年發表在《淡江評論》上的英文論文外，潘江
東於 1979 年在文化大學完成的碩士論文《白蛇故事研究》據口
試委員之一的曾永義教授說，"資料大抵該備於此"，想必可信；
包公除了馬氏在做研究外還有海登在研治，董永和岳飛僅有相當
完善的資料彙編，至於劉知遠、楊家將、呼家將和狄青等，恐怕
還有待大家的努力。

　　顧頡剛的孟姜女故事確曾給別的民間故事研究提供了"形式
和比較材料"的方法，但主題學研究從三十年代中期到七十年代
中期似乎中斷了近四十年。自七十年代以來，尤其是最近三五年，
這方面的研究又顯得蓬勃起來。反觀西方主題學研究自十九世紀中
葉發軔以來，三十至五十年代似乎沉寂了一陣子，惟自六十年代以
來，由於理論的確立拓展，研究者也就越來越多。任何對主題學
稍微有所涉獵的人都知軔文、威斯坦、法艾特、杜魯松、弗朗諼
爾和湯瑪薛弗斯基等在理論上的建樹。至於專著，則里奧・威斯
坦對唐璜、鐵特揚對浮士德、杜魯松對普羅米修士、勒文對黃金
時代的神話的探究，都是有目共睹的貢獻。至於單篇論文，大家
只要翻一翻美國現代語文學會所編的《國際書目》中＜一般研究：
主題與類型＞部份詳細查閱一番，　就會發覺主題學研究自六十

年代中期以來，又趨於蓬勃。

在進入理論探討之前，我想在此得給主題學和一般主題研究作個區分和說明。主題學是比較文學中的一部門，而普通一般主題研究則是任何文學作品許多層面中一個層面的研究；主題學探索的是相同主題（包括套語、意象和母題等）在不同時代以及不同的作家手中的處理，據以了解時代的特徵和作家的"用意"，而一般的主題研究探討的是個別主題的呈現。最重要的是，主題學溯自十九世紀德國民俗學的開拓，而主題研究應可溯自柏拉圖的"文以載道"觀和儒家的詩教觀。假使我們接受湯姆森（Thompson）把民間故事分成類型和母題的做法以及他給構成母題所下的定義，則主題學應側重在母題的研究，而普遍主題研究要探索的是作家的理念或用意的表現。早期主題史研究側重在探索同一母題的演變，鮮少有挖發不同作者應用同一母題的意欲；現在主題學的發展（其實顧頡剛五十五年前早已做到），上面已提及，則有這種趨向。也就是說，批評家可經由剖析分解故事的途徑，進而來揣測作者的用意。如果我們就這個角度來看，則主題學研究顯然有借助於普遍主題研究的地方。

我寫這篇論文有一個用意即在向讀者指出，類似西方主題學研究這樣的概念，宋朝的鄭樵即約略擁有。但是前面也提到，中國學者對這門學問在理論上的探討是相當薄弱的，這卻也是不爭的事實。顧頡剛在其於1927年發表的《孟姜女故事研究》結論部分指出：

> 我們可知道一件故事雖是微小，但一樣地隨順了文化中心而遷流，承受了各時各地的時勢和風俗而改變，憑藉了民

衆的情感和想像而發展。我們又可以知道，它變成的各種
不同的面目，有的是單純地隨着説者的意念的，有的是隨
着説者的解釋的要求的。我們更就這件故事的意義上回看
過去，又可以明瞭它的各種背景和替它立出主張的各種社
會。

在這一段文字裡，民間故事衍變的關鍵與憑藉以及近年來西方主
題學理論所強調的研究價值所在全都觸及了。同時，研究者在考
究一個故事主題時，人物、事件和場面等他們都不至於忽略，詩詞
散文和小説等主題學必須跨越和掌握的不同文體他們全都碰到，
甚至貝登史伯哲批評主題學研究會 "無窮無盡" 顧頡剛也體驗過，
問題是我們非常缺乏更深一層的探討，而且中國文學批評裡沒有
"母題" 此一概念。此外。主題與人物、母題與主題、意象等的
關係，對這些非常重要的問題我們俱未做過深入的探索，而西方
却在反覆探討之中。

前面已提到曾永義想給民間故事研究提供一些理論基礎。他
曾在不同的場合提到故事的發展必經過 "基型"、 "發展" 和
"成熟" 這三個階段。在《從西施説到梁祝》一文裡，他對此三
階段的前二者有比較詳細的發揮。他説：

民間故事的 "基型"，可以説都非常的 "簡陋"，如果拿
來和成熟後的 "典型" 相比，那麼其間的差別，往往不止
十萬八千里，甚至於會使人覺得彼此之間似乎沒什麼關係。
可是如果再仔細考察，則 "基型" 之中，都含藏著易於聯
想的 "基因"，這種 "基因"，經由人們的 "觸發"，便會
孳乳，由是再 "緣飾"、再 "附會"，便會更滋長、更蔓

延。……有時新生的"緣飾"和"附會"照樣含有再"觸發"的"基因",如此再"緣飾"再"附會",便幾乎沒有完了的一天。所以民間故事的孳乳展延,有如一滴眼淚到後來滾成一個大雪球一樣,居然"驚天動地",有如星星之火逐漸燎遍草原一樣,畢竟"光耀寰宇"。

曾永義把所有民間故事的發展歸結出"基型"、"發展"和"成熟"三個階段,這是顧頡剛未曾做出的歸納,當然非常有創意。還有他上面這段從論故事發展經過"基型"和"發展"二階段的文字,當然要比上引顧氏的理論詳盡而充實多了。可是,假使讀者們眼光敏銳一些的話,必然會發覺他的概念多多少少已蘊藏在上引顧頡剛那段文字中,甚至於蘊藏在本文前引鄭樵的《通志·樂略》上的那段文字之中。不過不管怎麼說,曾氏能據前人之研究成果而加以發揮,在建立本國人的主題學理論上,實已跨出了第一步。

西方學者在做主題學研究時有比較堅實的基礎。自從芬蘭民俗學家阿勒恩(A. Aarne)在1910年給西方民間故事(開始時係建立在北歐的資料上)作了分類而建立了一個系統以後,西方大部分國家甚至日本的學者,都已給其本國的民俗傳說作了詳盡的分類甚或建立了系統,因此在資料的應用上當然比我們的方便太多了。更重要的是,湯姆森根據他修訂及迻譯阿勒恩《民間故事的類型》的經驗,再加上後來孜孜不息地搜集和研究,終於依據四萬個故事、神話、寓言、傳奇、民謠、笑話及其他類型的故事,在1932年至1936年推出了六大卷的《俗文學母題索引》,在書中根據英文字母(Ⅰ,Ｏ和Ｙ除外),把母題分成二十三類。

他們這兩位學者的影響雖然不是立即的，但是却是非常壯觀。 柏勒普採取科學的型構的研究方法 ， 把阿勒恩與湯姆森故事類型300 至 749 號中的神仙故事分解成歸納成三十一個功能（他的function 大略等於其他學者的母題或故事構成質素），於 1928年寫成結構主義的經典之作《民間故事的型構》，而李維史托斯則把這種方法擴展應用到神話結構的分析和詮釋上，成績斐然。

反觀我們的主題學研究，在資料收集方面，自從《徐文長故事》及顧頡剛的《吳歌集》出版，資料的收集顯然還做得不夠，至於像阿勒恩和湯姆森這樣的歸類， 望斷秋水至 1978 年總算有了丁乃通的《中國民間故事類型索引》。丁氏把中國民間故事(主要是童話,傳說和神話及其他類型一概不收，而傳說與神話的份量比童話還要多）根據阿、湯法分成八百四十三類；因為學者對於丁先生的分類容或有不盡同意之處，但這總是有了個起步。 至于理論層次的探索和建立，讀者從我這文章前面兩三段的論證以及後邊的討論，一定可以發覺我們還停留在相當一般性的討論階段。如何從這種一般性的探討提昇到精緻的理論的建立應是大家所關切的。

湯姆森在《民間故事》一書中，把所有的民間故事分成 "類型" 和 "母題" 二類：類型為一 "有獨立存在的傳承故事"， 這些故事有時雖或 "可與其他故事一起講述"；母題則為 "故事中最小的因素，此種因素在傳統中有延續下去的力量。" 在做了這種界定後，接着他把母題分為三種: (1)故事的主角，(2)為情節背景中的某些事項，(3)事件。 事件佔了母題的大部分，且能單獨存在。 一個類型可能只有一個母題，也可能有許多母題。 1953 年發表的一篇文章裡，他認爲：

> 這些母題就是原料，世界各處的故事卽據此而構成。因此，
> 把所有簡單與複雜的故事分析成構成母題，並據此做成一
> 個世界性的分類是可以辦到的。

湯姆森對母題的認定可能有人不盡然同意，因爲他的母題觀所包括的某些因素應攜充到主題的名目下，但却可作爲我們討論的起點。 第一，故事的主角在主題學研究裡可稱爲主題也可以稱爲母題，主要應以其在作品中的功能而定；跟故事主角密切相關的某些事件如追尋英雄入地獄、孟姜女哭倒萬里長城俱可稱爲主題的一部分。 第二，湯姆森的理論係建立在研究分析民間故事的基礎上。 當我們利用他的母題觀來解析抒情詩甚至敍事詩中的某些中心意象時，我們該怎樣修正其觀念才能配合我們的需要？ 這一點待我們討論意象與母題的關係時再討論。第三也是最重要的一點，他擬把所有民間故事分解成更基本的構成母題此一企圖， 確實給後來的結構主義者帶來莫大的啓發與鼓舞。 例如柏勒普和李維史托斯就是據此意圖而給神仙故事與神話作了更精確和更科學化的分析和抽離， 他們所提出來的理論對後來的結構主義者影響非常深遠。

假使我們不故步自封，願意把主題學的範圍從民間故事的研治擴展開來把抒情詩也包括在內的話，則意向和套語也應佔有一定的地位。 在詩中，意象和套語的應用都有積極的功能存在；它們常常還承擔起象徵的角色來。 這些意象和套語都是大大小小的母題，是組成一篇作品的重要因素。顯然地，湯姆森的母題觀並未考慮到母題所承擔的意義質素。 而我們知道，意象除了提供視

聽等效果外，最重要的是它們所潛臟包括的意義功能。

在研究抒情詩尤其中國的四言絕句時，意象與母題的關係必須廓清。也就是說，意象與母題是兩個意義涇渭分明的詞語，還是可以相互應用？大體上，學者和理論家都認為意象和母題是兩個層次不同的概念。提到意象，吾人立刻會想到龐德的定義"意象就是在一剎那間同時呈現一個知性和感性的複合體"；這複合體能使人在欣賞藝術品時獲得一種從時空的限制中掙開來的自在感、一種"突然成長的意識"。意向能在我們面對藝術品的剎那給我們的感覺是自足的，然後我們才會想到它們所可能給出的意義。意象除了視覺意象外，還有聽覺、觸覺和味覺等類。在抒情詩裡，一行詩通常具有一個意象，有時甚至具有兩三個不等。這麼一個意象有時可能是一象徵，例如布萊克的 ＜病玫瑰＞ 中的"玫瑰啊，你病了"的玫瑰，但這畢竟是少數（是所謂的"個人性象徵"）。一般的了解是，當一個意象不斷出現時，它才可能被賦予象徵的意義。倒是母題跟象徵的關係可能要更密切一些。根據我做中英抒情詩、自然詩的比較研究的一點心得，我認為好幾個意象可能構成某個母題，（譬如季節的母題、追尋的母題或及時行樂的母題）。我用"可能"這詞表示，有許多意象叢未必能形成母題，因為這已涉及"母題"這個詞的本義了。舉例來說，英文中古英文裡的著名傳奇《嘉溫爵士與綠騎士》的第二部分前兩節共有四十五行，描繪的大體上是季節的遞嬗，這就構成了反射人的生死再生的神話型態的季節母題，而當中的意象何止四十五個？四五年前我在寫博士論文時曾給中英古典詩人做過統計，十八世紀後英國詩人若寫一百首詩，只有 0.53 及 0.28 首涉及秋天和春天，而中國詩人則有 5.68 和 1.99 首涉及描寫秋和春；當時我認定一首四言絕句必須有兩行或兩行以上涉及秋或春，它們才算包容秋或春之母題，純粹的景物描寫未必就跟此二種母題有關。在中世紀拉丁文學裡曾發揮過特別的修辭功能的"套語"，不是爲了托出"幽美的情境"就是爲了表達特別的題旨，因此大都可算是母題。

前提母題與象徵的關係可能比與意象還要密切一些。容格在 1964 年曾指出，母題即" 單一的象徵 "，實際上即等於原型（他所謂的 "原始意象"）。母題即是單一的象徵。在美學的範疇裡，佛萊爾在其《批評解剖》裡認爲 "象徵" 作爲言辭構通的單元就是"原型"。他給母題下的定義是 "文學作品中作爲文辭單元的象徵"，而一首詩則是一 "母題交錯形成的結構"。母題這個詞的原義是 "感動以及促使人做某事"，但由於很早就變成音樂技巧的一部分，即爲托出主題而不斷應用的結構成因，其與 "象徵" 此一觀念搭上綫也並非毫無來由的。母題是重複出現的意象，而且除了表層意義外尚有弦外之音，這和象徵的形成和功用大體上都是一致的。

除了上提母題與意象、象徵的一些微妙的關係外，母題與主題的關係也得略爲釐清。主題學中的主題通常由個別的或特定的人物來代表，例如攸里息斯即爲追尋的具體化，耶穌或艾多尼斯爲生死再生此一原型的縮影等。母題我認爲是由兩個或兩個以上不斷出現的意象所構成，因爲往復出現，故常能當作象徵來看待。在敍述結構裡，華西洛夫斯基給母題下的定義是：任何敍述中最小的而且不可再分割的單元。他這種看法大體上是不錯的。一個母題（例如四行詩僅僅只寫春或秋）可以構成一個主題，但一個主題通常是由兩個或多個母題托出。主題和母題俱有涉及理念的地方，因此我認爲湯姆森在《民間故事》一書中給母題所下的定義未涉及概念是有所欠缺的，但因爲他的定義係歸納自民間故事和傳說，則其缺憾是可以理解的。在份量上，我同意威斯坦所說的"母題是較小的單元，而主題則是較大的"。此外，理論學家大都同意"母題與場面有關"，他們所指的場面也就是湯姆森所說的背景中的某些事項以及事件，而"主題則跟人物有關"。

　　我在這前面花了一些篇幅來討論母題與意象、象徵和主題的關係，一來這些術語在主題學研究裡非常重要，二來在討論過程中，其實我是不斷在給自己甚至中國的主題學比較研究尋找立足點。在提出我想給自然詩（至少秋天詩）所做的模子之前，我必須（其實是任何主題學研究者都必須）提到湯瑪薛弗斯基給母題重新下的定義，因爲他的定義與我對母題的了解有一些關係。湯瑪是一型構主義者，他跟後來的薛柯夫（Scheglov）、（Lévi-Strauss）朱可夫斯基或其他結構主義者如柏勒普（Propp）和李維史托斯都有相同的做法：就是把作品簡化成某些顯著的成因或基本質，這些基本質就像一個句子中的構成部分：主詞、動詞或受詞。他在《主題學》裡有一段話牽涉到母題的定義以及他的理論的基礎如下：

　　　　在把文學作品簡化成主題元素後，我們就獲得了不能再減
　　　　縮的部份，即主題素材中最小的質子："黃昏蒞臨"、"拉
　　　　斯若尼可夫殺死那老婦人"、"那英雄（或主角）死了"、
　　　　"信收到了"等等。作品再不能縮減的部分的主題就叫做

　　母題，每個句子實際上都有它的母題。

他這個定義確實有新鮮之處，但是一提到"每個句子都有它的母題"時，這跟普通文法書給句子下的定義就幾已等同了。不過不管怎麼說，他對母題的意義層面之強調却可以補充湯姆森的定義之不足。母題之應用對整首詩的結構（尤其是主題結構）是肌膚相關的，把母題（其實也即構成元素）分剖出來，然後再把它們的構成原則顯現出來，這種結構主義的分析法已切入了藝術創造活動的核心裡，其貢獻是不容置疑的。

　　在我於1979年7月完成的博士論文《中英古典詩歌裡的秋天：主題學研究》裡，我曾給在中英古典秋詩不斷出現的意象和母題如楓葉、白露和西風，蟋蟀、葡萄和罌粟花等製造了一個名詞叫做"套語詞彙"。它們除了是秋天詩萬無一失的"指標"之外，也同時是"主旨"的，因為它們能"直指詩之宏旨所在"。更重要的是，這些套語在不同的文學傳統裡早已糾結上繁富的聯想，在在能展顯不同民族不同的心智活動。詳言之，"白露"的"白"和"西風"的"西"在中國古典詩裡常常已不純是"一種顏色"和"一個方位"這麼單純的聯想；它們早已糾結上（而我們在應用時有時也"忘"了真有如斯的含義呢）一套極複雜而巧妙的陰陽五行思想。再舉"蟋蟀"一母題（意象或套語）以說明中英民族心智活動的不同。這是中英古典詞裡常常出現的一個意象。在中國古典詩裡，蟋蟀為秋季諸多層面（如季節的遞嬗、及時行樂、悲傷和警惕）甚或整個季節的縮影。但是在英國古典秋天詩中，這意象就未必蘊含了這麼豐富的心智活動在內。例如濟慈的＜秋頌＞中的蟋蟀是蟄伏在離笆間。當田野收割完畢後，它們伴着蚊蚋、羔羊、知更鳥和燕子齊聲唱出"秋天的音樂來"。它們的叫聲透露了滿足和收穫以外，頂多也只有淡淡的美麗的哀愁了。

在未詳細提出我想給研究中英秋天詩建立的模子以前，在此我必須提到兩位蘇俄文學理論家的做法，因爲我們的企圖有些雷同，在"朝向一個'主題——（表現技巧）——作品'的文學結構的模子的建立"中，薜柯夫和朱可夫斯基認爲文學作品的主題並非作品的"摘要"，而是"系統的抽象觀念，其價值在於這概念與作品間是否已建立充分令人信服的等同關係"；接着在另一個脈絡裡，他們又說："主題就是作品減去表現技巧。"所謂"表現技巧"就是"等同法則"，就是構成元素的組合方式。假使我們能把握住一位作家所採取的一些固定法則，則我們多少能更深入地進入到他的創作世界中。

薜柯夫和朱可夫斯基的做法與柏勒普的非常相像：柏氏在《民間故事的結構》中把三幾百個故事分解組合就像在處理一個故事一樣，而薜朱二氏要證實的是"在某種意義而言，一位作者在不同的作品中所表現的只是同一個東西"。既然許多民間故事或一個作家的不同作品展現的只是一個或三幾個主題的變異而已，因此他們認爲可經由作品結構的分解和重組而尋繹出它們的"轉化的法則"來，這種做法毋寧是文學研究之福，誰都無可厚非。

我認爲在中英古典秋天詩、中西處理及時行樂這個母題的詩中，經由結構的分析組合，然後給它們找出轉化的規律是相當可行的。中國秋天詩所要表達的主題無非是悲憤、感懷身世、時間的遞嬗、收穫和滿足，而如逢亂世則詩人的感憤感懷也愈深。而英國古典秋天詩所着重表達的主要是時間的壓迫感、季節所展示的生死再生的型態、收穫、滿足和憂傷。前面已提到，中英古典詩都有一些套語指標，怎麼樣應用這些指標來表現上提的這些主題是很巧妙的創作問題，結構主義者所特別關懷的是 "母題（指標）──主題" 以及 " 主題──作品 " 中間所追隨的等同法則（correspondence rules）。在表現豐收及滿足的主題時，中英詩人慣常使用的是瓜果葡萄稻谷等秋天收穫物的意象，如欲表現頹敗、哀傷等意旨時，他們就應用落日、落葉、秋蟬、蟋蟀和西風等令人聽望而心生悽惻的意象或母題。從這些意象或母題推展到把主題托出，其手續不外乎 contrast、intensification 或 combination 等。 所以我認為給中英秋天詩、中西及時行樂詩等尋出一個鑒賞或批評的模子來是可以做得到的。

陳鵬翔

＜主題學研究與中國文學＞，

《主題學研究論文集》（台北：東大圖書公司，

　　1983），1-29。

文學的原型

　　有些藝術在時間中移動，比如音樂；有些呈現於空間，好比繪畫。這兩者的組合原則都是重現，唯當其爲時間性者，即稱節奏；爲空間性者，則稱圖式。因此我們說有音樂的節奏和繪畫的圖式；但稍後爲了表示博學，我們就開始倒過來說，說有繪畫的韻律和音樂的模式。換句話說，一切藝術，皆可認爲具有時間性和空間性。一首曲子的樂譜，可以同時研究，一幅畫，可以看做錯綜複雜的眼之舞的軌迹。文學却似介乎音樂與繪畫之間：其文字一則形成節奏，近乎音樂旋律的聲音，一則形成幾近象形或圖案意象的模式。儘可能接近這些範疇的努力，即形成所謂實驗寫作的主體。我們或可稱文學節奏爲陳述或故事；模式——亦即同時對語辭結構的心領神會——則稱意會或意義。我們傾聽一個故事陳述，而當我們洞悉一個作家的通盤模式時，就可"見到"他的含義。

　　文學批評受制於表現謬誤的桎梏，其情形甚於繪畫。所以我們容易以爲陳述是故事外在"生命"連續的表現，而以爲意義是某些外在意念的反映。倘如恰確地做一個批評術語來說，作者的陳述爲綫的移動，他的意義則爲完成形式所竟的全功。同樣的，意象非僅爲外在物件之言語複製品，同時應被看作整個模式或韻律的局部語辭結構單位。甚至連作者刻意將一個文字以特殊字母形狀拼成，也形成他的意象的一部分，雖然它們只有在特殊情況下（諸如押頭韻），方始引起批評家的注意。如果借用音樂術語來說，則陳述和含義就成為意象的旋律與和諧的內涵。

節奏，則反覆動作，深植於自然循環，而自然界中，每一項為吾人認為與藝術品有所近似的事物，如花卉或鳥語，皆出自於有機體與其環境的節奏間之深切契合，尤其是太陽曆便是一個例證。在動物界，某些契合節奏的表達，如鳥類求偶之舞，幾乎可稱儀式。然而在人類生活中，儀典似乎屬於某種自發行為（因此而有其玄妙因素在內），藉以重獲與自然循環間失去的靈交。農人必於一年中特定時間收穫農作物，但因此舉並非自發，收穫本身即不盡為儀典。我們所謂儀典，乃是心中有意表達人與自然力量並合的心願，因而產生的收成歌、收割祭，與收穫時的種種民俗。因此我們可以從儀典中找到陳述的起源，而儀典則指依照時間而進行的一連串行為，其間隱藏着有意識的意念或含義：它能為旁觀者所發現，却大多不能使參與者看出來。儀典之所趣，乃是朝着純粹故事陳述而發展；果真能如此，則陳述當會自動又無意識的重複。我們也應當留意儀典往往有轉化為包容萬有的通常趨勢。所有自然界中的重要循環，如白畫、月之盈虧、四季與一年中的冬至、由生至死的生存危機，均有儀典相從，而大多數發展形成了的宗教均具備有一套明確而完整的儀典，暗示出——如果我們這麼說——人類生活中可能有意義的行動之全部範疇。

從另一方面說來，意象模式或意義的片斷，當初原為神諭式，源自接受神啓的那一刹那，稍縱即逝，和時間沒有直接的牽連，其重要性柯希瑞在《神話與語言》一書中已指出。在我們獲得這些格言、謎語、律誡和病原學式的民間故事形式以前，其中已經有了頗為可觀的敍述成分。它們本身也具有百科全書式包容萬有的趨向，信手拈來，未經證實的零星片斷，建立起一個有意義或教訓性的整體結構。就如純敍述之爲無意識的行動，純意義亦將成爲一種無法表達的意識情況，因爲表達首先必須要構成敍述。

神話給予儀典以原型意義，同時也給予神諭以原型陳述的最主要動力。因此神話應"即爲"原型，雖然爲了方便起見，談到敍述時稱之爲神話，而談到意義時稱爲原型。一天之中的日輪運轉，一年之中的四季輪轉，和人的生機循環，含有單一的意義模式；神話便假之而建立一個圍繞着某一形象的陳述；該形象一部分爲太陽，一部分乃是豐饒的生機，另一部分則爲神祇或人類的原型。這些神話對於文學批評的重要性，已經有容格和傅瑞哲揭示在先，可是目前所有論及此等神話的書籍，方法未必是有條有理的，所以我想應該將它的面面觀做成如下的表解：

①黎明，春與生之局面：關於英雄誕生，關於再生與復活，關於創造（因四面形成一循環），以及有關擊敗黑暗嚴冬與死亡之神話。附屬角色：父與母。傳奇與大多數狂放不羈的詩歌之原型。

②天頂，夏與婚姻或勝利之局面：關於膜拜，關於神聖姻緣，和關於升入天國之神話。附屬角色；伴侶和新娘。喜劇、田園詩與牧歌之原型。

③日落，秋與死之局面：關於衰落，關於垂死之神，關於壯烈之死與犧牲，以及關於英雄的遺世孤立之神話。附屬角色：背叛者與海妖。悲劇與輓歌之原型。

④黑暗，冬與毀滅之局面：關於此等惡勢力之得逞的神話，以及有關洪水和混沌復臨，關於英雄敗北之神明式微之神話。附

屬角色：食人巨妖與女巫。嘲諷文學之原型。（可以《愚人傳》
〔 The Dunciad 〕之爲結局例）。

我們留意觀察便可發覺：先知的神啓滙集而成爲關於許多各
有其名號所屬的神祇之衆多神話，致而地區性傳奇莫衷一是；可
見英雄之追尋也有助於神諭及散漫的言辭結構之融合同化。在大
多數已形成完整的宗教中，這種追尋就變爲發自儀典的同一主要
"追尋神話"，例如彌賽亞神話演變成爲猶太教神諭之敍述結構。
一方的洪汜或能無意中孳生一個民間故事，然而各種洪水故事的
比較，却能顯示出此類故事何以很快成了毀滅的神話之範例。最
後，儀典與神啓所以會包羅萬象，也可以從構成各種宗教的聖典
之神話體系中探出緣由。這些聖典因而成爲文學批評家首先應該
研讀的文獻，以便獲知其主題的完整觀點。了解它們的結構以後，
才能從原型降至文體，才知道戲劇如何出自神話儀典的一端，而
抒情詩如何出自神話裡神啓乍現或片斷的一端，至於史詩，則秉
承着包容萬象的中樞結構。

在文學批評尙未冒然擴張到這些領域之前，我們有必要說些
叮嚀與鼓勵的話。批評家的一部分職責，在指出所有文體如何出
自"追尋神話"，而此一演變乃是批評科學中頗合邏輯的一種；
追尋神話將會成爲未來可能問世的任何一本文學批評手册的第一
章；當然此一手册乃是指基於充分有組織的批評學識，可稱"序
論"或"綱要"，而且能名實相符者。唯有當我們意圖以編年記
的方式來解釋這些演變現象時，才發現我們逕自寫的只是神話一
般的準史前故事和理論。再則因爲心理學與人類學均爲較完備的
學科，處理這些題材的批評家，勢必有一段時期表現得無異是這

些學科的業餘愛好者而已。這兩方面的批評，與文學史及修辭學相形之下，大抵仍未開發，原因在於它們相關的學科進展稍遲。然而《金枝》和容格論 "欲力"（ libido ）象徵的書對文學批評所具有的吸引力，却不是出於業餘者的手筆，而是在於這些書籍基本上是文學批評的著作，並且是非常重要的。

　　無論如何，研討文學形式原則的批評家，興趣之所在不可能與心理學家對心靈狀況或人類學家對社會習俗的關係同日而論。例如說，對於故事的心理反應主要乃是被動的，對意旨則爲主動的。潘乃樂的《 文化的模式 》，既根據此事實而將墨守儀典之 "阿波羅式" 文化，和針對神啓而開放預言的心智的 "狄奧尼斯式" 文化加以區別。由於通俗文學能夠吸引未經訓練，心靈遲鈍的人，批評家往往留意到它如何強調故事的價值；至於轉爲成熟的嘗試，往往不顧詩人以及其環境之間的關連，而造成蘭波（Rimbaud）型的 "啓廸"、喬伊思（Joyce）的孤獨頓悟、與波特萊爾（Baudelaire ）視自然爲神諭之根源的觀念。還有當文學從開始幼稚演進到自覺意識時，如何顯示出詩人的注意力逐漸從陳述價值轉到意義價值 ；這種注意力之轉移 ，即爲席勒（Schiller）所稱天眞的詩與感傷的詩之區別。

　　批評與宗教的關係，當涉及同樣文獻時最爲複雜。在批評中，一如在歷史中，神總被認爲是人類的產品。對批評家而言，上帝——無論他是在 "失樂園" 或聖經裡發現祂——乃是人類故事裡的一個角色。批評家相信，所有的神啓，不能從神或魔能附體之謎來解釋，而必須將它當做一個和夢想有着緊密關連的心理現象。此說一旦建立，我們就必須聲明，在批評或藝術中，沒有

任何力量可以使批評家對夢或神祇探取正當的清醒態度。藝術所
牽涉到的，並非是真實的，而是可揣摩的；而儘管批評終將有某
種可測性的原則，若試圖發展任何真確性原則，實在是沒有正當
理由的。在我們說明下一點（最後一點）之前，應該對此一論點
有充分了解。

我們已經從陳述的一面，證明文學的主要神話乃是“追尋神
話”。如今倘使我們欲將此一主要神話看做有意義的模式，勢必
從神啟所從出的潛意識作用開始；換言之，即從夢開始。人類清
醒與夢寐的循環，與自然界中光明與黑暗的循環，密切呼應，而
一切想像力料是出自此一呼應之中。這種呼應，大抵是彼此對照
的；白晝時，人其實是處於黑暗勢力之下，是挫折與脆弱的被害
者；於自然現象的黑暗之中時，“欲力”或具侵略性的英雄自我
却清醒過來。因此藝術——柏拉圖稱做清醒心智的夢——最終目
的在於化解此一對照：太陽與英雄之揉合為一，實現內在欲念和
外在環境的融合世界。當然這也是儀典中調合人力及自然力之意
圖的目標。因此，藝術的社會功能似乎與具體化人生的活動目標
有着密切關係。所以從意義方面而言，藝術之主要神話，在於社
會努力之憧憬，在創造一個心滿意足的無邪世界、自由的人類社
會。一旦有此了解，批評在其他社會科學之間的完整地位，以及
在詮釋並整理藝術家的靈視時所扮演的角色，將較可理喻。由此
可見宗教對人類努力的終極目的之觀念，和其他觀念一樣，均與
批評有着切近關係。

在神話裡，神或英雄，與人類相似，却又更有威力駕馭自然，
他們的重要性在於他們能夠逐漸在冷漠的自然之外建立自己對於

一個萬能生活範疇的靈視。英雄經常膜拜的就是這個範疇。這一個膜拜的世界因而開始追尋的輪迴週期中掙脫——在此輪迴週期中，所有勝利者皆屬於暫時性。因此我們如果把追尋神話看做一項意象模式，就必須以其成就來看英雄的追尋。這就給予吾人一種意象原型的主要模式，也就是說，它給了我們一種無邪的靈視，認爲整個世界與人類是清晰可解的，與宗教中未墮落的世界或天國的靈視彼此輝映。我們或可稱之爲生命的喜劇觀，以別於悲劇，認爲追尋僅是注定的循環形式而已。

我們且以第二個表格來作爲本文之終結，藉以闡明喜劇與悲劇的主要模式。原型批評的一個主要原則是：一個意象的個別形式或普遍形式彼此相似，個中緣由當前對我們來說還太複雜，我們且依據“二十問”(Twenty Questions)的一般規劃準則進行；或者我們也可以依照“生之連鎖”(The Great Chain of Being)來說明：

①在喜劇中，“人類”世界是一個團體，或是一個代表讀者意願實現的英雄。這就是古代宴會、聖餐、秩序、友誼和愛情的意象原型。在悲劇中，人類世界是專制政體或無政府狀態，或是個人或被隔絕的人、背向着（不是正面向着）追隨者的領導人、欺凌弱小的傳奇中巨人、遭遺棄或背叛之英雄。婚姻或類似的喜事，屬於喜劇觀；娼妓、女巫與其他容格所謂“可怕的母親”之類，屬悲劇觀。一切神聖的、英雄的、天使的或其他超人的團體，均依照人類團體的模式建立。

②在喜劇觀中，“動物”世界是一個家畜團體，通常是一群山羊、一隻綿羊，或是較溫良的鳥類之一，往往是鴿子。田園意象的原型。在悲劇觀中，動物世界則視如肉食之鳥獸、狼、兀鷹、

蟒蛇、及龍之流。

③在喜劇中，"植物"世界乃是塵園、小樹林或公園，或一株生命樹、一朵玫瑰或荷花，是阿凱底亞（Arcadian）桃花源式的意象，如馬維爾的綠色世界或莎士比亞的森林喜劇。於悲劇觀中，森林却是凶險莫測的，如《孔繆》（Comus）中的或《地獄》（Inferno）卷首的森林，或為一荒郊曠野，或一棵死之樹。

④在喜劇觀中，"礦物"世界為一城市、建築物或廟宇，或一石塊，通常是發亮的寶石——事實上，整個喜劇系列，尤其是樹，可設想為光熠照人或熾熱灼人。幾何意象的原型："星光照耀的丹頂"（案：典出葉慈＜拜占庭＞一詩）屬此。悲劇觀之中，礦物世界則視為沙漠、岩石和廢墟，或為如十字形之不祥的幾何意象。

⑤在喜劇中，"未成形"世界是河流，傳統上乃經四等分，其"四行"說（Four Humors）對文藝復興時代正常軀體的意象影響甚大。悲劇觀中，此一世界則化為滄海，恰如毀滅的故事往往是洪水神話。滄海與野獸的意象結合，給予我們聖經中之大海獸與類似的海怪。

這一個說明表看來也許太簡單，可是讀者可發現有許多詩的意象和形式均與它相符。且隨意舉一著名的喜劇觀之例：葉慈（Keats）的＜拜占庭之航＞即有城市、樹木、鳥類、聖人，像幾何圖形的圓錐之迴旋和自輪迴世界的超脫。當然，任何象徵的解釋，唯取決於一般喜劇或悲劇的前後關連：以一個較中立之原型意象如島嶼——可為普羅士培洛（Prospero）之島，或為瑟西（Circe）之島——來說，尤為明顯。

當然，這些表解不僅是初步說明，並且過分簡化，正如我們對原型所採的歸納一途，也僅略具雛型。本文的重點不在兩項表解中任一步驟的局限，而是在此二項表解之途徑試探顯然必定有不謀而合之處。果眞如此，一個有系統而周全的批評的平面圖，也就奠定了。

Northrop Frye 著　　高錦雪譯

<文學的原型>，

（台）《中外文學》6.10.(1978)，50-63。

中西文學裏的火神原型研究

　　馬林諾斯基在研究突魯布里安島人的神話時，發現該島人對於神話有如下三種不同的看法："一是島上人士相信是眞實歷史的有關於過去的傳說；二是只是說來娛樂人而與事眞理無涉的民間故事或神仙故事；三是足以顯示該島人的信仰、道德與社會結構的宗教神話"。福格森根據馬林諾斯基的說法，認爲新古典時代的作家對神話時常採取第二種態度，因此讀者在讀他們的作品時能心安理得。但是，浪漫主義以及後期浪漫主義的作家却不以新古典主義對神話的態度爲滿足，而試圖在他們所引用的神話裡強加上某種哲思。對我而言，福格森這種分法是相當機械化的。如果說浪漫主義詩人雪萊已成功地運用普羅米修士的神話來闡發他的民主思想，則古典的哀斯格勒斯也成功地運用了同樣的神話來鼓吹巨人族的普羅米修士和宙斯的修好。根據這種推論，顯而易見地，無論是在古典時代或浪漫時代，文學家均普遍地運用神話來表現他們的思想。在這篇論文裡，我想對西方文學裡的普羅米修士和中國的類似神話做個比較研究。首先，我將提到《易經》裡的八卦之一的火和與火有關的三皇、祝融和回祿。接着，我將討論到天府火部裡的火正羅宣和其手下劉環以及另一位火神赤精子，這些俱是出現於明代陸西星所著的歷史小說《封神演義》裡的神祇。最後我將側重於探討哀里格勒斯的古典劇《普羅米修士被綁》，以見劇作家具體地表現了普羅米修士和宙斯言歸於好的宇宙觀，同時也將研討雪萊的浪漫主義詩劇《普羅米修士釋放了》，以見作者具體地表現了建基於博愛的民主思想。

中國神話裡有許多火神，惟無人代表和完成普羅米修士所代表和做過的所有事。所以，事對事和功能對功能的比較是不可能並且是不實際的。

《易經》中的離卦☲代表火。此卦的象辭曰："離，利貞，亨；畜牝牛，吉。"象曰："離，麗也。日月麗乎天，百谷草木麗乎土。""重明以麗乎正，乃化成天下。柔麗乎中正故亨，是以畜牝牛吉也。"

在希臘神話裡，火代表"靈感"、"生命力"、"溫暖"、"熱"和"光"。在上引之象辭裡，吾人發覺"麗"字（形容詞同時亦是名詞）不僅蘊含了"光"、"熱"、"溫暖"和"光明"（日月麗乎天）之意義外，而且也有"活力"（百谷草木麗乎土）的含義在內。離卦或除了"靈感"之意外，其含義幾與希臘神話中"火"之意義不謀而合。

在古代，中國習慣把五行跟四方和中間配合。東代表木，南代表火，西代表金，北代表水和中代表土。此種配合之理由，吾人尚不很清楚。以南配火，或因南方出了與火頗多牽連的神農氏。除了是農牧、醫藥和日神外，這個史前帝王也是火神祝融之先祖。跟我們的臆測正好相反的是，南方在屈原的《招魂》裡並不代表"陽光"、"光明"以及所有光明的事物。反之，它是一個神秘、野蠻和狐蛇出沒之地，是一任何文明人必須規避之地，長居必會招來生命之虞。……

在爲人民獲取火種這層而言，則三皇之一的燧人氏所完成的功迹，幾等於普羅米修士所完成者。傳說他是一極睿智的人，時常到處漫遊。一日，他抵達西方之極地逐明國，在那裡，人們終年不見日月。燧人氏疲憊不堪，走到了一棵巨木下，倒頭就睡。依常理看，逐明國既然終年罩在黑暗中，樹陰下自然應比他處更黑暗才對。但是，這純粹是臆測而已。事實上，林中充滿了閃爍的火光，像珍珠或鑽石發出的光芒，四處閃亮。逐明國的人民在光亮處工作、休息和吃睡。這可使這個傳說中的青年大爲驚訝。他便開始去探尋閃閃星光的來源，發現星光原來是由一些形狀像鶚的大鳥，用它們短而硬的嘴殼去啄那樹，就在一啄之間所爆出來的燦爛火光。突然間，靈機一動，他便想出了鑽木取火的方法，而這種取火方法，當然跟鶚鳥啄木所發出的是不太一樣的。他回到自己的國家以後，便開始教導人們起火煮食之方，使他們免去了因生吃獸肉而感染疾病。後來，他被選爲國王，並被尊爲“燧人”，也即“取火者”之意。

從以上的探討裡，吾人可以發覺，古代中國人的火種來自樹林裡，而不像古希臘人那樣，是一位全知的巨人普羅米修士那裡得來。比較而言，希臘人對火種之來源和使用的解釋是超越論和本體論式的，而中國人之解釋則是源自經驗而爲人文的。再者，中國人並不像古希臘人，認爲諸神統馭一切，鑽木取火的傳說就跟發明象形文字、織網捕魚和傳送農業知識一樣，肯定的完全是人類的智慧。

由於上面的探討，我們現在曉得普羅米修士的功能在中國分別是由三皇所代表；伏羲氏傳播知識，或甚至是取火者；神農氏灌輸給人民醫藥和農耕的知識；燧人氏是取火者。三皇由於對人民有莫大之貢獻，爲民所愛戴，故前二者被尊崇爲神，而燧人氏則被擁立爲王。雖然有些歷史學家以爲，這幾個超自然的人物實際上並不存在，但是大多數中國人就像突魯布里安島人一樣，把有關他們的傳說，認爲是“有關過去的眞實歷史”；若不是正史，至少也是野史。

《封神演義》裡總共有七個與火有關的角色，但其中只有三個顯著地表現出火神的特質。最常出現的是赤精子。他是一名道士，居住在太華山雲霄洞。我納先生說：“他是火之化身……他本身以及與其有關的事物，如皮膚、頭髮、鬍子、褲子和衣袖等，都是火的顏色，有時他出現時也戴頂藍帽子，眞像極了藍色的火舌。”他投效在軍師姜子牙帳下，時而雲遊四方，以尋求師友之助。在小說中，他很成功地完成了兩項任務。其一是出戰道士姚賓。在這次戰鬥裡，他險些喪生落魂陣中，後來他從老子處借來了太極圖，才破了落魂陣，殺了姚賓。其二是收伏他的徒弟紂王的二兒子殷洪，因爲殷洪下山後並未遵守原先的諾言，保周伐紂。開始幾個回合，他並未順利地收伏他，因爲此時他徒弟身上擁有當初下山時他所贈予的奇門異器，連他自己也敵不過。最後，他還是藉著太極圖的神妙，含淚把殷洪收在圖裡化爲灰燼。

赤精子爲姜子牙而戰的理由是爲尋求社會安寧與宇宙的正義。他在戰場斥責其徒的話尤能顯示此一動機。在第六十回，當赤精子聽到殷洪解釋他違背初衷，轉而去幫助父親乃人倫之常時，他笑罵道：“畜生！紂王逆倫滅紀，慘酷不道，殺害忠良，淫酗無忌，滅之絕商久矣；故生武周，繼天立極，天心效順，百姓來從你之助周，尚可延商家一脈，你若不聽吾言，這是大數已定，紂惡貫盈，而遺疾於子孫也。可速速下馬，懺悔往愆，吾當與你解釋此愆尤也。”簡言之，既然紂王逆天行事，殘酷不仁，故爲了維持社會與宇宙秩序於不墮，他是注定要敗亡的。事實上，赤精子在人間所言與天上的女媧的話遙相輝映。她命令三女妖下凡去擾亂商朝時，曾對她們說：“三妖聽吾密旨！成湯氣數黯然，當失天下；鳳鳴岐山，西周已生聖主。天意已定，氣數使然，你三妖可隱其妖形，託身宮院，惑亂君心；俟武王伐紂以助成功，不可殘害衆生。事成之後，使你等亦成正果。”從赤精子和女媧的話裡，我們現在知道作者所抱持的是什麼樣的態度了。這些跟火神有關的神話故事並不一定只是“說來娛樂人，而與事實眞理無涉”，而是深具意義。它們是作者用來襯托出其強調社會和宇宙秩序的工具。

若說姜子牙帳下的赤精子是股仁和的力量，那麼在紂王大兒子帳下的羅宣和劉環質是毀滅的力量。羅宣原是焰中仙，是火龍島上的道士。“戴魚尾冠，面如重棗，海下赤鬚紅髮，三目，穿大紅八卦服，騎赤烟駒。”總之，他任何一點都與火的顏色有關。

當他與子牙衆門人對陣，抵擋不住時，他“忙把三百六十骨節搖動，現出三領六臂，一手執照天印，一手執五龍輪，一手執萬鴉壺，一手執萬里起雲烟，雙手使飛烟劍。”雖然如此，對陣的第一回合，他就被打下赤烟駒，落荒而逃。就在那一個晚上，羅宣乘赤烟駒，祭起法寶，飛至空中，把萬里起雲烟射入西岐城中。爲了加強火力，他把萬鴉壺打開了，又用數條火龍，把五輪架在空中。刹那之間，千萬隻火鴉飛騰入城，畫閣雕樑，頓時傾

倒。就在這當兒，瑤池金母之女龍吉公主出現了。她用霧露乾坤
把整個城罩住，大火因而熄滅。接着羅宣的武器一件件失靈，他
只好溜下西岐山，不料途中却撞到托塔天王李靖。李靖祭起三十
三天黄金寶塔，金塔落將下來，正好打在羅宣的腦袋上。

　　劉環也是道士，居住在九島。他“黄臉虬鬚，身穿皇服”，
前來助其師兄羅宣一臂之力。當羅宣酣戰龍吉時，他仗劍直取龍
吉。龍吉公主一點不慌張，擎起二龍劍，隨將劉環斬殺於火內。

　　上面的探討使我們了解到，羅宣和劉環確是股毀滅力量。他
們替紂王的大兒子殷郊效力，想要摧毀敵將和西岐城。但是他們
終究徒勞無功，跟他們有牽連的故事，只是作者用來襯托出他維
護社會和宇宙秩序的工具。雖然如此，在這部小說的結尾，這兩
位超自然的道士，也跟其他陣亡的忠臣俠士，受到册封超升入天
國。在火部當中，羅宣被敕封爲火德星君正神，其所兼領的火部
五神，朱昭被册封爲尾火虎、高震爲室火豬、方貴爲嘴火猴、王
蛟爲翼火蛇、劉環爲接火天君。比較而言，羅宣和劉環只在叛逆
這層面是和普羅米修士相似。

　　在紀元前五世紀或更早的希臘，盜火者普羅米修士的傳說幾
乎是家喻戶曉。世界上第一位悲劇作家哀斯格勒斯以三部曲的形
式來處理這個叛逆的巨人抗拒暴君宙斯的故事，而使其永垂不朽。
三部曲中，《普羅米修士被綁》是碩果僅存的，而《普羅米修士
釋放了》和《取火者普羅米修士》則已佚失。諾伍德認爲，按照
事件發生的前後，應先是普羅米修士冒犯了宙斯，繼而他被處罰，
終於他們言歸於好，故這三個劇本的正常次序應該是《取火者》、
《普羅米修士被綁》和《普羅米修士釋放了》。這種推斷，比認

爲三部曲的次序應是《普羅米修士被綁》、《普羅米修士釋放了》
和《取火者》，更能跟哀斯格勒斯傾向於維護一個和諧的社會和
宗教秩序的藝術特質和精神配合。

《普羅米修士被綁》處理的是火神向暴虐的宙斯挑戰以及緊
跟而來加諸於他的懲罰。這個劇本的結構是有些像馬羅的《浮士
德博士》一樣，略於情節，幾無中環，描寫得最精彩的是主角強
烈情感的變化，以及主配角所流露出來的力量。巨人普羅米修士
始終不肯向宙斯妥協，以致被火與鍛鐵之神赫費斯特士用鎖鏈縛
在西錫亞的懸崖上。福格森先生認爲，只有浪漫派和後期浪漫派的
作家試圖把某種哲思強加在他們所引用的神話上，我則覺得，哀斯
格勒斯雖說是古典派作家，他仍利用火神的神話來表達他的社會和
宗教觀。就像大部分古希臘人一樣，他對於自己所處理的題材，
抱着一種相信的態度。據此，我們可以說，劇作家對火神神話的
態度是突魯布里安人對神話的第一種和第三種態度的綜合。

普羅米修士對人類的愛不只在一兩處顯示出來。他屬於巨人
族，同情宙斯的革命。宙斯由於他的幫助，一旦成功地推翻了他
父親克魯諾斯之後，爲了鞏固自己的王國，便決定毀滅人類並重
新創造人種。普羅米修士基於對人類的愛，乃起而反抗宙斯，使
人類免於浩劫。因此，他變成了萬神之神的仇敵。

與伏羲和燧人氏一樣，普羅米修士也是取火者，是人類之恩
人。但有一點不盡相同，伏羲與燧人氏只須到樹林裡取火，他則
到天庭盜取，並且在拯救了人類之後，隨即把火傳給他們。爲了
此一越軌行爲，他得忍受宙斯的折磨。在被釘在西錫亞的懸崖之
後，他曾在獨白中指陳這一切：

　　　　　　我被綁得緊緊的，我必須忍受。

　　　　　　我帶給人類禮品。

　　　　　　我尋找出火的秘密來源，

　　　　　　隨後我裝上一蘆葦管的

　　　　　　火給人類，這技藝之先師，

　　　　　　改變一切之根源。

　　　　　　這便是我必須擔當的罪愆，

　　　　　　在蒼穹下被釘在岩石上。

　　不論在東方或西方，人類懂得利用火通常被認爲是通往文明的第一步。普羅米修士冒着生命之危險，爲人類帶來如此珍貴的火種，而他只能以帶着嘲諷的口吻來說明他的動機是因爲“我太愛人類了。”因此，就他對人類的愛以及因此受到懲罰而論，他倒是像極了耶穌。

　　像神農與伏羲一樣，普羅米修士也是一位帶給人類知識的人。他爲先民帶來思考與記憶的能力；他教導他們使用數字，把字母拼成字的方法；他提供他們農業、醫藥、礦物以及其他方面的知識。簡言之，他教導他們各式各類的技術，以減輕他們的痛苦。

　　上面的探討使吾人理解到，哀斯格勒斯是個古典主義者；他根據原始的傳說以爲素材，把踰越者囚禁起來以獲取天庭的秩序。他與十九世紀浪漫派的雪萊不同。雪萊釋放了劇中的主角，他則非但囚禁了普羅米修士，甚至讓普羅米修士與宙斯和解，藉以換取某種社會與宇宙的和諧。在《普羅米修士被綁》一劇中，我們看到的是宙斯年輕的暴行，以及普羅米修士不屈不撓的抗拒和力量；然而這只不過是整個三部曲之部分描繪而已。雖然《普羅米

修士釋放了 》已遺失了，不過整個故事的輪廓我們大致還清楚。
在哀斯格勒斯現存的劇本裡，普羅米修士一再暗示，總有一天萬
神之神會需要他的幫忙的，而且一位 "英勇無比，以弓箭之術揚
名" 的人會來釋放他。在跟海上女神對話中，他甚至預言他可能
和宙斯妥協：

> 我曉得他很野蠻。
>
> 正義只站在他那一邊。
>
> 但是有朝一日他落魄了，
>
> 他會變得溫和的。
>
> 他會平緩他固執的脾氣，
>
> 跑來見我。
>
> 屆時我們之間就會有和平和互愛。

換言之，儘管哀斯格勒斯是一位古典主義者，他也難免採用了取
火者的傳說，來表達他對社會與宇宙的看法。實在說，他是把人
類的進化史跟自己的宗教觀混合起來。

十九世紀，歌德，拜倫和雪萊這三位浪漫派詩人全部都寫過
普羅米修士的傳說。像大部分自我中心的浪漫主義者一樣，歌德
和拜倫頌讚普羅米修士，並把他反抗命運的行為跟人類的認同。
比如說，在拜倫的《普羅米修士》中，我們讀到底下數行：

> 宙斯從你身上榨取的
>
> 只是刑拷你的折磨
>
> 反施於他的威脅；
>
> 你很準確地預測了他的命運，
>
> 但你却不願意告訴他們以緩和其憤怒；

> 在你靜默中就是他的懲罰，
>
> 而在他靈魂裏的只是空懺悔，
>
> 不祥之恐懼掩飾得很差，
>
> 他手裏的閃電顫抖著。

拜倫把普羅米修士這位巨人捧爲英雄，是因爲他不肯向敵人屈服，而宙斯則被貶爲罪人。此外，詩人把人跟自己悲慘的存在的掙扎，跟普羅米修士的掙扎認同了：

> 人就像你，生而卽半神聖，
>
> 是一條源頭純潔而被攪混了的溪流；
>
> 他能略約預測
>
> 自己充滿陰影的命運；
>
> 他的不幸和抗拒
>
> 以及悲苦的孤立的命運。

很明顯地，拜倫寫作本詩絕非爲了娛人娛己。相反地，他寫作這首詩是爲了使讀者昇華。"人類生而卽爲半神聖"，而他就像全知的巨人普羅米修士，能預知自己的命運而加以反抗，使萬神之神顯得更爲渺小。

雪萊的《普羅米修士釋放了》，在人物刻劃、主題和題材方面，無疑的是普羅米修士神話的擴展。從他對這個火神神話的處理，可以看出他個人反叛的性格與精神。雪萊跟哀斯格勒斯不同，後者爲了貫徹其宗教觀，最後不惜讓普羅米修士與宙斯修好，雪萊則在《普羅米修士釋放了》的序文說，他"反對讓這位英雄與人類的迫害者妥協這樣脆弱的結局"。和米爾頓那只爲本身的榮耀與利益而戰的撒旦比起來，雪萊認爲"普羅米修士似乎是道德與智性最完美的類型，他爲最純粹與最眞實的動機所驅使，去追求最高貴與最佳的目標。”誠然，雪萊的普羅米修士不僅熱愛人類，而且也寬有了自己的仇敵，這一點我們後面自然會發現。因此，從各個角度看來，他確是一位耶穌型的人物。

雪萊爲了表達他的博愛思想，不惜擴大甚至於扭曲了原始的火神神話。他的劇作共有四幕，跟哀斯格勒斯的一幕自是不同，因此，比較上要來得複雜。在劇中，主角在西錫亞已忍受了三千年的折磨，正等待釋放那一刻的到來，力量、暴力、海上女神以及艾歐已自劇中消逝，代之出現的却是另外大約十個新角色，諸如狄摩戈根、赫鳩力士、亞細亞、卡狄亞、艾奧妮和朱比特的幽靈等。過去批評爲了貶抑這個劇本，泰半視之爲托意文學。但是，既然連最熱衷於宣揚雪萊的詩名的雪萊夫人也僅能指出，普羅米修士代表人道、朱比特代表邪惡、赫鳩力士代表力量、亞細亞代表自然，而不以爲其夫君之意圖是寫托意文學；既然後世的批評家對劇中角色的寓意衆說紛紜，我們認爲比較恰當的看法是，把《普羅米修士釋放了》看作是一齣倡言博愛的抒情浪漫劇，而不僅是一篇托意文學而已。

我們說《普羅米修士釋放了》是浪漫的，其原意即在雪萊跟哀斯格勒斯相反，在解決取火者與迫害者之間的爭端，自有他的一套。假如普羅米修士代表人道，而朱比特代表邪惡，那麼要消除這種衝突的唯一途徑就是愛。戲開始時，普羅米修士還一再要求他的母親“大地”和卡狄亞、艾奧妮兩海神，爲他重述朱比特首次折磨他時，他對朱比特的詛咒，不過，“大地”和兩女神却不加以理睬。最後，朱比特的幽靈現身來複述此一詛咒，一聽之下，他反而拒絕再這樣詛咒人。經過三千年的苦刑，現在他已變得睿智多了，同時也"不再"怨恨了。他發覺自己仍然是不折不撓，然而他盼望"再沒有人受苦"。他變得非常人道，甚至合乎恕道，因爲他終於寬恕了迫害他的人。

從各方面看來，第一幕表現的是普羅米修士的心路歷程，通過此一過程，他逐漸了解到，解決人類的爭端與衝突的唯一方法，不應是恨或報復，而是愛。當默鳩里（即前面提到的赫美士）和復仇女神來威脅他，要他說出朱比特未來命運的秘密時，他毫不屈服，因爲他內心了然，暴力是無法永遠統治世界的。就像耶穌，他明白"痛苦"是他的"自然元素"，而"恨"則屬於朱比特——這裡由復仇女神來象徵。因此，在默鳩里和復仇女神離去之後，一群精靈隨即出現，預言愛勢將治癒人類的病痛。他們也預言，普羅米修士會爲世間帶來愛，以掃除邪惡與憂患的統治。精靈去後，普羅米修士即承認愛的力量，因爲他對妻子亞細亞的愛，曾支持他忍受痛苦而不投降。正如他在第一幕開始時所說的，他"不再"怨恨，他只希望"再沒有人受苦"，他實已茅塞頓開，因爲他終於明瞭，"除了愛之外，所有的希望都要落空的"。

我們的結論是，有關伏羲、神農、燧人氏、祝融、回祿、赤精子、羅宣和劉環這些中國火神的傳說，眞是千頭百緒。一般人都相信古代三皇的傳說是眞實的歷史，以顯示人類如何自原始的階段，進化到相當文明的階段，但是有關祝融、回祿和共他火神的傳說却大都是虛構的故事，純粹爲娛樂而傳送下來，絲毫沒有根據。從三皇的傳說到羅宣和劉環的故事，我們不難發現，火已經從仁慈的力量演變成破壞的力量。有關古代三皇、祝融和回祿的傳聞始終都保留了傳說的本色，從未改寫成任何的藝術形式；
但在西方，有關普羅米修士的故事，哀斯格勒斯、歌德、拜倫、
雪萊和穆地等皆曾以不同的藝術形式處理過，以表達他們對整個
宇宙的看法。中國的火神的故事比較富人性色彩，而普羅米修士
的神話則蘊含了比較多的宗教情操。倘若貫穿哀斯格勒斯的《普
羅米修士被綁》的質素是力量，統攝雪萊的《普羅米修士釋放了》
的是愛，那麼在中國火神的傳說裡，其中最明顯的成份却是仁
慈。

陳鵬翔

<中西文學中的火神研究>，
（台）《中外文學》5.2.(1976)，14-41。

唐代邊塞詩的原始類型

　　那些具有普遍共通性的象徵，在原始類型的文學批評方法中是非常重要的，菲力浦惠爾賴特曾說："（普遍性的象徵）表達了即使不是全部，也是大部分人類相同或相似的意念"。惠爾賴特繼續又評論說："一個顯而易見的事實即是：某些如天神、地祇、光、血、升、降、車軸及一些其他物體等的象徵意義，在不同的時空裡彼此完全沒有任何歷史影響與因果關係的文化中，再三的重複。"原始類型的普遍性及其表現方式，在亞伯拉罕的定義中被強調爲："如同在神話、夢境、甚至已經儀式化了的社會行爲方式中所包含的共同性一樣，文學批評中的原始類型是指任何文學作品中，那些可以視爲同一的敍事原則、特徵典型或隱喻意象。"可能具有原始類型意義的意象如水（相當形式如海、河）、太陽（相當的形式如火、親密的關係、天空）、沙漠、故園，當然是屬於詩歌中一種普遍共同的語言；不過，所謂的意象要實際發揮它在詩中"原始類型"的作用，是要決定於文學作品全部的上下文之間。透過將具體形象寓言化的注釋，可以使一首或一組詩中的原始類型意象，同化在更大的意義範疇中。以下面幾首唐代邊塞詩爲例，仔細的思索一下"故園"一詞在詩中的意象用法。《全唐詩》卷二〇一岑參＜行軍九日思長安故園＞詩：

　　　　强欲登高去，無人送酒來，

　　　　遙憐故園菊，應傍戰場開。

＜逢入京使＞詩：

> 故園東望路漫漫，雙袖龍鍾淚不乾，
>
> 馬上相逢無紙筆，憑君傳語報平安。

《全唐詩》卷七五張敬忠＜邊詞＞：

> 五原春色歸來遲，二月垂楊未掛絲。
>
> 即今河畔冰開日，正是長安花落時。

在上面三首詩例中，第一首詩裡的"故園"一詞是與"戰場"並列；第二首詩裡的"故園"是與作者憂鬱的心境及漫漫長路並列（注意"東望"這一表情的重要意義），在第三首詩中，"故園"一詞則是和枯柳、寒冰並列，而第三首詩裡，"故園"一詞的意象是以"春色"、"花落"的另一種形式來表示。此處姑不論這幾首詩的形式長短；一個具有象徵意味的特殊對照關係，建立在具有豐腴、肥美、春等含義的"故園"與"衰殘"兩個意象之間。相互對照的意象，形成了岑參那兩首詩結構中的前景，暗伏在這前景之後的，是由激情與諷諭這兩個傳統習慣所造成的神話類型起源的毀滅與再生兩種意象。例如，在第一首詩裡，故園是花葉繁茂的，但作者本身却置身戰場之中，這首詩第三行所用的重九、登高、飲酒這些文學典故，是根據陶淵明的詩而來。雖然作者是有心要享受那段眼前的時光，可是那種意念却很快的轉入憂戚沮喪之中，整首詩因此呈現出一種感情抑制而令人窒息的氣氛。第二首詩裡，將作者所處的實際情況，與遙遠的"故園"作一比照，而在最後，轉變為傷感的自我解嘲式的"報平安"。第三首詩的結構，比前兩首詩要複雜一些，整首詩的結構，利用兩個"春"之間微妙的交互作用，表現了作者間接的、與現實相反的期望。

在"五原"的春季，作者發覺是"春色舊來遲"以及"河畔冰開日"，而在另一方面，長安的春季來得是相當早的，那個時候，在長安應已是花落時節了；的確，這首詩中意象的交互作用，爲這首詩的旋律加入了一個非現實的音符。正如最後一句詩所顯示的，一個與作者意念中不符合的自然現象，和作者內心作期望的自然景觀並呈着；在這短短二十八個字的詩中，雖然"春"及類似於春的意象至少被提及四次，但對作者而言，那也只不過是作者心底一段遙遠的記憶罷了；作者並不直接去體驗現實中自然界週期性的轉換，透過他自身意象的延伸，他是置身在一個與他經驗中季節運行規律相牴觸的陰冷暗淡的世界中。這種對於春季循環感覺的期望，正是邊塞詩中邊塞經歷的暗喻，這種暗喻不僅反映了作者爲要保持盡忠職守的基本態度，而內心產生的情感衝突，同時也反映了作者對中原故園與蠻夷之邦這兩個截然不同的世界的反應。

當原始類型的探討成爲研究西洋文學尤其是基督教文學的主要方法時，它很明顯的也同時把持了其他文學的研究方向；雖然中國的文學批評主要強調的是敍述與評價，但在不同的層面上，原始類型的批評方法，可以有助於了解中國詩中各種結構完整的主題，如宮體詩、送別詩等。它可以就詩歌的內容，在批評之前便表現出詩歌不同的門類來，原始類型的批評方法，需要各方面的補充資料，在精讀文學作品之前，最必要的初步工作是研究對文學作品有特殊影響的文學作品。馬克肯爾在談神話對文學的重要性時認爲：

　　神話是吾人最深直覺生活之戲劇表象的根本，也是人類普

遍的感覺，能夠表現許多結構，各種特殊的見解及態度需
依賴它。

由這個關係去觀察，戍邊的職務不僅產生了心靈上的孤絕感，
也產生了有形可見的創傷：唐代戍邊之人不僅發覺他自己是被拋
棄於世界邊緣之上，同時也發覺他是被棄於現實與未知之間繁瑣
細微的薄弱意志之中。詩人必然選擇了微細的邊塞經歷，特別是
環境上、氣候上的特徵所引發的恐懼、驚惶、肉體上的痛苦等作
爲詩的內涵，是不用驚奇的。蠻夷的生活方式與他們所生存的異
地異物，在唐代戍邊之人心中引發了對遙遠的家、故鄉、文化永
恒的記憶。現實眼前的危機、遙遠戰場裡可以想見的死亡，恒常
是戍邊者心頭的負擔。戍邊者心中對死亡的疑懼，加上個人雄心
受到挫折的情緒，在最好的邊塞詩作品中反映出來，而這引起並
增加了文學批評的意趣，使得這以外的其他類型，幾乎僅僅是點
綴而已。盧綸的＜賀張僕射塞下曲＞是最好的例證，《全唐詩》
卷二七八：

> 鷲翎金僕姑，燕尾繡蝥弧，
> 獨立揚新令，千營共一呼。
> 林暗草驚風，將軍夜引弓，
> 平明尋白羽，沒入石稜中。
> 月黑夜風高，單于夜遁逃，
> 欲將輕騎逐，大雪滿弓刀。
> 野幕敞瓊筵，羌戎賀勞旋，
> 醉和金甲舞，雷鼓動山川。
> 調箭又呼鷹，俱聞出世能，

奔狐將進雉，掃盡古丘陵。

亭亭七葉貴，蕩蕩一隅清，

他日題麟閣，唯應獨不名。

這是一組具有相當魅力的宴會之詩，每一首詩都是經過推敲洗練的精美小品，將戍邊生涯中對現實期望的細節栩栩如生的描繪出來。不過，以盧綸這幾首詩與哀婉動人、嘲諷式的原始類型結構相比較，盧綸這些色彩繽紛的詩句，顯然就缺少了主題性的錯綜複雜及深度。在這種比較之下，要將主要與次要的詩歌傳統作一分別，就十分可能了。前者是使死亡與毀滅這兩個普遍性的象徵，透過秋冬兩季約定俗成的意義表達出來；同時在其中也可以發現到，如寒冷、酷熱這一類如生命敵對的氣溫意象，以及對無盡的時間空間的認知。由這一類意象去觀察人類的經歷，很恰當的總結在岑參＜日沒賀延磧作＞中。《全唐詩》卷二〇一：

沙上見日出，沙上見日沒，

悔向萬里來，功名是何物。

繆文杰著　　馮明惠譯

＜試用原始類型的文學批評方法論唐代邊塞詩＞，

（台）《中外文學》4.3.(1975)，124-147。

七、各文類的中外比較

甲　詩　歌

乙　小　說

丙　戲　劇

丁　散文、神話

甲　詩　歌

中西山水詩的美學含義

　　我們談山水詩，是指一個特別的文類的詩而言，這個名稱起源於中國，論者通常以《文心雕龍》中<明詩篇>的"莊老告退，而山水方滋"做爲討論的起點，而拈出謝靈運以還的由行旅到細描山水到感悟其中之天理的詩作爲山水詩的典型。此一探討的方向，單從中國山水詩來看，是直截了當的，沒有太大的疑難。但我們如果要把山水詩的問題擴大到西洋詩來討論，我們必須暫時撇開這一個受了特定時空限制的歷史上的了解，而先探討山水詩作爲一種文類的美學含義，進而比較中西詩裏山水的美感意識歷史上衍生的過程。

　　由美學上的考慮出發，我們將提出一些與單從歷史出發所提出的不同的問題來。但在進入那些美學問題之前，我們仍然必須先答覆下列的一個基礎的問題：我們如何去決定這一首是山水詩，那一首不是？一首詩中有許多山水的描寫就是山水詩嗎？顯然，詩中的山水（或山水自然景物的應用）和山水詩是有別的。在西方希臘羅馬時代的史詩及敍事詩裏，往往有大幅的山川的描寫，譬如羅馬帝國時期的 Tiberianus 的下列的這首詩我們應否指認爲山水詩呢？（我草譯如下）：

> 一條河流穿過田野，繞過騰空的山谷瀉下
>
> 在花樹參差點綴的發亮的石卵間微笑
>
> 深色的月桂在挑金孃的綠叢上拂動
>
> 依着微風的撫觸和細語輕輕的搖曳
>
> 下面是茸茸的綠草，披戴着一身花朵
>
> 閃爍的百合在地上的番紅花下泛紅
>
> 林中洋溢着紫羅蘭浮動的香氣
>
> 在春日這些獎賞中，在珠玉的花冠間
>
> 亮起衆香之后，最柔色的星
>
> 狄安妮的金焰，啊萬花無敵的玫瑰
>
> 凝露的樹木從欣欣的茵草中升起
>
> 遠近小川從山泉吟唱下
>
> 岩穴的內層結着蘚苔和藤綠
>
> 柔柔的水流帶晶光的點滴滑動
>
> 在陰影裏每一支鳥，悠揚動聽
>
> 高唱春之頌歌，低吟甜蜜的小調
>
> 碎嘴的河吟哦地和着欸欸的葉子
>
> 當輕快的西風把它們律動爲歌
>
> 給那穿行過香氣和歌聲的灌木的遊人
>
> 雀鳥、河流、颶風、林木、花影帶來了神蕩

　　詩中所呈露的景物盡是河川瀑布流泉園林惠風花鳥，從一個廣義的角度來說，我們似乎無法不稱之爲山水詩，但了解西方中世紀的修辭學的歷史的，便知道這是由當時的一種推理演繹的法

則轉用到描寫自然的一種修辭的練習，是根據修辭的法則（包括數字奇偶的規定）去組合自然山水，而非由感情溶入山水的和諧以後的意識出發。這種詩和我們所了解的山水詩有相當大的差距。同樣的，荷馬詩中的山水，詩經中的＜溱洧＞，楚辭中的草木，賦中的上林，都是用山水作爲其他題旨（如歷史事件，人類活動行爲）的背景；山水景物在這些詩中只居次要的位置，是一種襯托的作用。

我們要討論的山水詩，是當山水解脫其襯托的次要的作用而成爲主位的美感觀照的對象。在我們的探討中，我們要進一步的問，山水自然景物在詩人的筆下是否可以成爲自身具足的物象，作純然的傾出。

所謂美感意識的形成，顧名思義，當指中西歷代詩人對山水漸次轉變的態度及其取山水爲詩的素材時所面臨的表達上的抉擇問題，其間卽是歷史的也是美學的。詩人由現象界的認識與感受到尋求語言去跡近自然現象的律動的整個運思行爲（卽現象、經驗、表現這三重表裏不分，互爲因果的想像及創作過程），由於出發的基點的歧異，中西詩的傳統中產生了許多我們無法預料的微妙的演變。所謂出發基點的歧異，固然牽涉到中西兩個思維傳統的繁複的差別，在此，我不打算，也無法全面的處理。現在讓我們先作一次粗略的比較，拈出異點再作細論，禪宗裏有幾句話很可以作我們討論的起點：

> 老僧三十年前來參禪時，見山是山，見水是水，及至後來親見知識，有簡入處，見山不是山，見水不是水，而今得簡體歇處，依然見山只是山，見水只是水。

　　第一個"見山是山見水是水"是稚心、素心、凡心或未進入認識論的思維活動之前的無智的心去感應山水，稚心素心不涉語，故與自然萬物共存而不泄於詩，若泄於詩，如初民之詩，山水具體的呈現萬物之間，而未有厚此薄彼之分別，亦未將其拈出純然作爲主位的美感的觀照，雖然，初民之詩中，如印第安之愛斯基摩族，確曾有過對山水之美的全心的頌讚，但其未蔚爲一種風氣，作爲一種入神的專注的創作活動。究其原因，初民詩與生活未嘗分割爲二，詩是在人神交往的和諧中生活律動的一部分。第二個"見山不是山，見水不是水"便是人從無智的素心而進入認識論的思維活動去感應山水，這種心智活動是涉及語言的，而且是假以思索的，由山水的現出於心中而引發，外延到概念世界去尋求意義。最後的一個"見山只是山，見水只是水"，是在語言和心智活動之後，對山水自然自主的存在作無條件的認可，並同時摒除了語言及心智活動而歸回物象；摒除語言及心智活動理論上是不可能有詩的，是同樣的不涉語，故禪宗稱之爲無語界。但第三個感應的方式影響下的運思和表現及第二個感應方式影響下的運思和表現是有着很微妙的差別的。兹先以中國後期的山水詩人王維（第八世紀）的<鳥鳴澗>（我們隨後會回到形成期的中國山水詩）與英國浪漫時期詩人華兹華斯 (W. Wordsworth 1770 ～ 1850）的<汀潭寺>作一粗略的比較。王維的<鳥鳴澗>很短：

　　　　人閒桂花落，夜靜春山空，

　　　　月出驚山鳥，時鳴春澗中。

　　華氏的<汀潭寺>很長，共一百五十多行，現草譯頭二十二行：

　　　　五年已經過去；五個夏天

五個長的冬季！我再次聽到

這些流水，自山泉瀉下

帶着柔和的內陸的潺潺，我再次

看到這些高矗巍峨的懸岩

在荒野隱幽的景色中感印

更深的隱幽的思想，而把

風景接連天空的寂靜

終於今日我再能夠休息

在此黑梧桐下面，觀看

農舍的田地和果園的葉樹

在這個季節裏，未熟的果實

衣着一片的青綠，隱沒於

葉林矮樹間。我再次看到

這些樹籬，錯不成籬的，一線線

嬉戲的林子野放起來；這些牧場

一路綠到門前；圈圈縷烟

自樹木上靜靜的升起

若隱若現的不定，好比

浪遊的過客在無房舍的林中

或好比隱士的岩穴，在爐火旁邊

隱士一個人獨坐着。

隨後的一百二十多行是詩人從"這些美的形象"裏去追記自然山水如何給與他甜蜜的時刻、寧靜的心境？如何在景物中獲致崇高的感受？如何在智心與景物之間看到生命力的交往？而他如何依歸自然事物、觀照自然事物？而使得他"最純潔的思想得以下錠"：
自然山水是他整個心靈的"保姆、導師、家長"。

華氏在另一首長詩中曾經說過："可見的景象／會不知不覺
的進入他腦中／以其全然莊嚴的意象"（*The Prelude* V.）。
但真正做到這句話的體現的是王維而不是華茲華斯，華氏始終拘
泥於解說性、演義性的觀物思維方式中。全詩的三分之二，都在
外物"如何"感印智心或智心"如何"印證外物。又比如前面那
句話，亦是說明景物的發生，而非景物實實在在的不知不覺的進
入腦中。＜汀潭寺＞的頭 22 行，如果獨立存在的話，確有自然山
水不經解說的呈露，甚而至用了一種毫無條件的愛和信念，不假
思索的語態去肯定景物的存在：這些流水……這些懸岩……這些
樹籬；在其捕取景物之際，甚而至有近似王維的入神的狀態，亦
卽華氏所說的 wise passiveness，一種虛以待物的態度，但華
氏的詩始終未能實實在在的履行這句話的含義，始終無法體現華
氏論者 Geoffrey Hartman 在其 *The Unmediated Vision*—
書所說的"認識與感悟合一"的事實。其實，華氏在其他的詩如
The Excursion（行旅）及 *The Prelude*（序曲，長詩）之
中，一再懷疑自然山水本身的不能自足，而有待詩人的智心的活
動去調停及賦與意義，亦卽是他所說的："無法賦給（意義）的
智心／將無法感應外物。"所以他的詩經常作抽象概念的縷述，
設法將外物和內心世界用分析性的語言接連起來。反觀王維的
詩，景物自然發生與演出，作者不以主觀的情緒或知性的邏輯介入
去擾亂景物內在生命的生長與變化的姿態。這種觀物感應形態和
華氏的最大的分別是：王維的詩中，景物直現讀者目前，華氏的

詩中，景物的具體性逐漸因作者的介入的調停和辯解而喪失其直接性。

以上的粗略的比較只是為闡明一點：如果說，山水詩是起於對山水近乎宗教的熱愛和信念，這在華氏在王維都毫無疑問，但二者的運思與表現是如此的不同，其主因便是我們前面所提到的出發基點的問題：華氏是在感悟自然山水之時同時作了形而上的意義的追尋；王維是在感悟以後只作跡出自然山水的一種不加解說的肯定。前者近乎見山非全是山，見水非全是水，後者近乎見山只是山，見水只是水。

我們這個粗略的比較無意厚此薄彼，我們只想藉此執出同是自然景物作為主位美感觀照的山水詩或Landscape Poetry的二端，從而再進一步探討所謂山水的美感意識中觀物態度的衍生。在此，我們應該問：山水景物的物理存在本身，無需詩人注入情感和意義，便可以表達它們自己嗎？山水景物能否以其原始的本樣，不牽帶概念世界而直接的佔有我們？這不僅是研究山水詩最中心的課題，而且亦是近代現象哲學中的中心課題，這個課題的全面探討更可以使我們明白中國的宇宙觀如何可以幫助西方的現象哲學解決他們所面臨的許多困難，這一部分的討論我有另文處理，在此無法兼及。我們只欲就此問題的提出去尋求對觀物態度形成的跡線。對於上面的問題，如果答案是肯定的，持有這種態度的詩人必然設法使現象中的景物從其表面上似乎是零亂互不相關的存在中解放出來，使他們的原始的新鮮感和物性原原本本的呈現，讓它們"物各自然"的互相共存於萬象之中，詩人溶入物象，凝神的注視、認可、接受物象，並以物象的原樣現出；他用語言捕捉我們與景物間最無礙的接觸。顯然，這一個運思、表達的方式在中國後期的山水詩中是佔着極其核心的位置的，如王、孟、韋、柳，雖然我們並不能說全部的中國山水詩都做到這種純粹的境界，但我們從下面幾句膾炙人口的批評用語便可見其在中國思想與詩中的重要性，由莊子的"道無所不在"，經晉宋間的"山水是道"（孫綽），到宋朝的"目擊道存"（宋人襲用莊子而成的批評用語）、及至理學家邵雍由老子引發出來的"以物觀物"，無一不是中國傳統生活、思想、藝術風範的反映。

　　但對山水的這種美感意識，則在中國亦非一蹴而至的，其間歷史上、哲學上的衍生過程亦頗複雜。我們雖然從古籍中知道中國古人一向是敬仰熱愛山水之靈秀，比之為仁者智者，但山水在詩中由其襯托的地位騰升為主位的美感觀照的對象則猶待魏晉至宋間文化急劇的變化。簡略言之，這個時期我們目睹文士對漢儒僵死的名教的反抗（如竹林七賢的風流之風，見嵇康＜與山巨源書＞），道想思想的中興，佛教透過道家哲學的詮釋的盛行，加上那些追求與自然合一的隱逸及遊仙，以至宋時盛傳的佛影在山石上呈現的故事（以上各節請參看王瑤的三册《中古文學思想》、《中古文人生活》、《中古文學風貌》，湯用彤《漢魏兩晉南北朝佛教史》，另Richard Mather，*The Landscape Buddhism of the Fifth-Century Poet Hsieh Ling-yün*），以上幾方面的文化上的變化，都與山水意識的興起有密切的關係，這幾方面的探討已見前列各書及文，詳論者有英人 J. D. Frodsham 的 *The Murmuring Stream*（譯論謝靈運及追源山水詩的歷史背景），日人小尾郊一＜中國文學に現はた自然と自然觀＞，另

林庚、曹道衡、葉笑雪及林文月均曾作過這方面歷史因素的探討，
故在此不打算復述。

　　我所要提出的是在這幾方面的文化劇變之下最核心的原動力
——道家哲學的中興——在文學上所發揮的美學作用。在當時王
弼注的《老子》,郭象注的《南華眞經》,都是當時清談的中心題旨，
尤其是郭注的《莊子》影響最大，其觀點一直達於蘭亭詩人，達
於謝靈運，及與蘭亭詩人過從甚密的僧人支遁（《世說新語》所
描述的支遁簡直是一個純粹的道家主義者，支遁亦曾注老、莊，
且影響後來的佛義的詮釋頗大，此從略）。我認爲郭象注的《南
華眞經》不僅使莊子的現象哲理成爲中世紀思維的經緯，而且因
其通透的闡說而替創作者提供了新的視境。

葉維廉

〈中西山水美感意識的形成〉,

（台）《中外文學》3.7.(1974),18-32。

中西詩視境的差異

　　中國古典詩所呈現的特殊視境與美感經驗，葉〔維廉〕先生先後在許多篇文章中，從事各個角度、不同層次的申論。在＜視境與表現＞一文中，他進一步比較中西視境的差異。

　　根據不同的視境與表現形態，詩人可以分爲三類。第一類詩人置身現象之外，將現象分割爲許多單位，再用許多現成的（人爲的）秩序——如以因果律爲依據的時間觀念——加諸現象中的事物之上；這種詩人往往會引起用邏輯思維的工具、語言裏分析性的元素，設法澄清並建立事物間的關係，他的詩是分析性、演繹性的。第二類詩人設法將自己投身入事物之內，使事物轉化爲詩人的心情、意念或某種玄理的體現，但他的感悟仍然是知性的活動。第三類詩人在創作之前，已變爲事物本身，而由事物的本身出發觀察事物，卽邵雍所謂“以物觀物”。由於他不堅持人爲秩序高於自然現象本身的秩序，所以能任事物不沾知性的從自然現象裏純然傾出。他的詩是非分析性、非演繹性的。

　　一般說來，泰牛的西洋詩是介乎一、二類視境的產物；而中國詩大多介乎二、三類的觀悟的感悟形態，甚少演繹性的表現。最典型的例子便是王維，譬如＜鳥鳴澗＞：“人閒桂花落，夜靜春山空，月出驚山鳥，時鳴春澗中”。詩中的景物自然發生與演出，作者毫不介入，旣未用主觀情緒去渲染事物，亦無知性的邏輯去擾亂景物內在生命的生長與變化的姿態。在以物觀物的感情形態下，讀者與景物之間的距離被縮短了，因而得以參與美感經驗的直接的創造。這正是王維詩中所表現的純粹經驗。

葉先生在第一屆中西比較文學會議上宣讀的論文＜王維與純粹經驗美學＞繼續探討這個問題。作者首先拈出司空圖二十四品中的＂自然＂，作爲王維的注脚。接着再舉＜鳥鳴澗＞，說明王維非概念性的自然；並舉史蒂芬斯與史乃德的詩，顯示現代英美詩反分析的趨向。

傳統西洋詩受柏拉圖二元論——劃分世界爲本體界與現象界——的影響，詩人呈現的是隱喻表現的抽象（概念）世界。因此隱喻或象徵在英美詩扮演着相當重要的角色——雖然現代詩逐漸脫離這種傾向。而王維的詩（與多半中國詩）是事物具體的呈現，不依賴隱喻或象徵的作用。因爲純粹經驗是非知識之經驗，個體與宇宙合一，這種純粹所覺，不雜以名言分別的經驗正是莊子所謂的＂眞人＂的返璞歸眞經驗。因爲吾人眞正經驗之物是具體的，而名之所指是抽象的，只是經驗的一部分。

葉先生認爲王維的詩和莊子的重視純粹經驗有密切的關係。一方面兩者皆反名言，皆抽象的知性語言，以免歪曲現象的具體性；另一方面，由於反名言，他們皆主張事物的自然秩序，不需要人爲的認可與賦形，譬如時間範疇、因果關係等。如此詩人才能泯除自我，融入現象與自然相呼應。這種莊子所謂不＂藏舟於壑＂而＂藏天下於天下＂，超脫現象界一切人爲畛域觀念，齊物的整體經驗，卽純粹經驗。＜鹿柴＞、＜鳥鳴澗＞、＜辛夷塢＞等詩表現的，正是＂心齋＂、＂坐忘＂時絕對寂靜的經驗。

由於不受知性干擾，每件事物或每一瞬間都能充分具體顯現出來，像兒童眼中所見的那樣清新。此外，由於詩人已轉化爲現象本身，因此他得以同時把握到一片刻經驗的各面，正如中國山水畫所採的透視法，不是定向的、直線的，而是多向的、鳥瞰式的。王維的詩使我們能"提其神於太虛而俯之"，充分擴展心理的領域。

葉先生所提倡的純粹經驗美學，不僅肯定了王維的價值，使我們重新體認這位詩人；更重要的是，他清晰的揭示了，並肯定了從傳統宇宙觀出發的中國藝術（如詩、畫）的視境與精神。他對中國現代詩的檢討，正是以此爲價值判斷的依據之一。

這個問題分別見＜中國現代詩的語言問題＞和＜視境與表達＞二文，作者指示現代詩脫離傳統後所面臨的危機。要點大致有：白話文興起，西洋詩傳入後，詩人的思維和語言習慣如何改變（譬如分析性語言介入）；傳統視境如何逐漸喪失，純詩傳統本係中土固有，西洋純詩（如里爾克［R.M. Rilke］、史蒂芬斯等人作品）之如何不純，遠不如王維作品；當代英美詩人（如史乃德）如何嚮往中國詩的視境，因此現代詩人不可、不必捨本逐末，效顰西方不純之純詩云云。綜合這幾點，就最嚴格的意義而論，葉先生也是一位維護並發揚中國詩傳統的詩人兼學者。

不幸的是，葉先生的美學觀念頗受部分人士的誤解。"純粹經驗"四字一出，立即被視爲洪水猛獸，遭受非議；有視爲世紀末唯美主義餘孽者；有視爲西洋純詩剽竊者；有視爲超現實主義遺棄者。最普遍的誤解即望文生義，把返璞歸眞的"純粹經驗"照字面解釋爲唯感覺主義，乃至個人濫情主義。更遺憾的是有人倒果爲因，認爲"純粹經驗"之被部分詩人誤用，是葉先生之罪過。

隨手引幾句話：「『純粹經驗』已經爲超現實主義者注入一股有力興奮劑」。「在葉維廉的觀念裏，唯『純粹經驗』才是詩。這種狹窄的詩觀正是西化派作品流弊。」前一句話不知是作者臆測，或者實際觀察的結果？其實某些詩人接受純粹經驗是事實；却不盡然曾把純粹經驗與超現實主義扯上關係。這位批評家的句構顯示的語意是上半句話，但他的弦外之音却是後半句話。這顯然是邏輯栽贓手法。至於第二句話，更是絕對的栽贓，葉氏從未以爲唯純粹經驗才是詩，充其極他只告訴我們這種美學觀念的價值。至於說葉氏的詩觀是西化派作品流弊，則是「純粹」倒果爲因的錯誤「經驗」。這只證明作者未曾看過葉氏作品。卽使純粹經驗（因）爲人誤用產生一些流弊（果），卽使眞有末流詩人把「混沌狀態」認爲是「不受知性汚染」、「顚倒語言的特性」視爲「不用演繹邏輯」、「主題脫離現實」視爲「不受時空邏輯」，我們是否可以把這些果歸咎於因呢？我們是否可以把暴行（果）歸咎於人的存在（因）呢？這種童騃性的因果關係論者（如伏爾泰的Pangloss），早已成爲哲學史上的笑話。何況任何一種意識形態誤用之後都會產生流弊，這是無容置疑的事。

不容否認的，這二十多年來的中國現代詩壇，處在傳統與現代、本國與西方的力量衝擊之下，曾有不少的混亂局面。葉先生以比較文學學者的身分，努力引介西方學說（如艾略特），更積極發揚傳統詩的美學價值（如純粹經驗美學）；他同時以詩人身分不斷創作，嘗試各種形式。他的作爲，非但不如某君所云：「使現代詩的發展受到很大的限制，最大的致命傷便是限制創作只有一條路線」，反而刺激詩的創作，使之蔚然蓬勃。而傳統返璞歸眞的純粹經驗美學的提出，對盲目西化的詩人，更有如暮鼓晨鐘，振聾發瞶的作用。

葉維廉先生反分析性、演繹性、說理性，讓現象自然演出的詩觀，發展成他的小說理論。實際分析過幾位當代中國小說家的作品後，他在＜現象、經驗、表現＞一文中，繼續談到語言的本質、功用，和在藝術中應該扮演的角色。

語言的目的無非是傳達和表現，但傳達的方式和表現的方式不應止於解說。現象本身自成系統，自具律動。語言的功用，在藝術的範疇裏，應捕捉事物伸展的律動，不必一定硬加解說。因此，成功的小說最基本的條件，便是任事物、事件明澈的一面從現象中湧出，復射隱藏在後面的繁富性，作者不必加太多的不必要的說明，如此讀者不但可以身歷其境，還可以"參與"。

作者進一步提出小說表現上的幾個問題:一、剔除解說式的敍述文字;二、凝縮(包括捕捉最明澈的片面);三、要求讀者做個主動的參與者，而非被動的受教者。

要達到上面的要求，使表現接近經驗本身，使藝術進入自然，小說家必須衝破三種人爲的限制:一、語言的限制;二、感受性的限制;三、時間的限制。爲了破除第一種限制，作者不妨打破時間順序，使用"意象並發"，或者擇其最明澈、最具暗示性的意象，將之呈露。爲破除第二種限制，作者應儘量擺脫因果律的詮釋關係。至於破除第三種限制之法，便是"自其不變者而觀之"，不"藏舟於壑"，而"藏天下於天下"，使經驗與現象超越狹隘的時空，如＜王維＞文中所說的:"將讀者帶上天空使他能看到整個現象的本身，因而擴展開讀者心理的領域。"

　　在＜王維與純粹經驗美學＞文中，作者已指出現代英美詩人如史蒂芬斯、史乃德等人的中國詩境傾向。這個問題更深入的探討便是＜中國古典詩與英美現代詩──語言、美學的滙通＞一文。作者首先指出中西思潮隔絕的文化危機，接着提出一個發人深省的問題：在這兩種文化及美學的分歧和交滙中，我們應如何補充或修正苦苦追尋的文化認同？他探討的兩個命題是：就中國文言的特色及其固有的美學上表達的特長而論其對西方詩人所提供的可能性，另外又從西方文化模型美學理想的求變而逼使語言的革新論其對我們所提供的新的透視。作者在本文甲篇再度論及文言與以之爲媒介的古典詩的特色與優點，大部分觀念在＜龐德的《國泰集》＞與其他論文中已再三闡述，强調中國文言超脫文法，不受語法牽制，而能保有其暗示多元性，達到更完全的表達。

　　某些論者以爲文言並非缺乏類同西洋的語法，而係“電報式的用法──長話短說”，葉先生認爲這是錯誤的；蓋文言企圖表發“一種更細緻的暗示的美感經驗，是不容演繹、分析性的‘長說’和‘剖解’所破壞的”。

　　作者繼續以電影的表現手法與山水畫的透視觀點，重申前面所論的傳統詩特色，末了，他指出詩的表現形態、語言與宇宙觀的因果關係，作爲甲篇的結論：“中國詩人能使具體事象的活動存眞，能以‘不決定，不細分’保持物象之多面暗示及多元　關係，乃係依賴文言之超脫語法及詞性的自由，而此自由可以讓詩人加强物象的獨立性、視覺性及空間的玩味。而顯然，作爲詩的媒介之文言能如此，復是來自中國幾百年來所推崇的‘無我’所追求的‘溶入渾然不分的自然現象’之美感意識”。

相反的，西方人陷入柏拉圖與亞里斯多德的二元論宇宙觀與"普遍的邏輯結構"裏，無法達到以超脫語法爲先決條件的境界。如果西方人不努力去擴大其美感的領域，包含其他的觀物方式，他們也無法打破英文的語法。

但西方傳統的宇宙觀，在近一世紀來，逐漸獲得調整。所有的現代思想及藝術，都極力要推翻自柏拉圖以降的抽象思維系統，而回到具體的存在現象。詩歌自不例外。

現代詩的開擴者之一，休姆（T. E. Hulme）提出了對詩的語言革命性的看法，詩的語言應爲"視覺的具體的語言，……一種直覺的語言，把事物可觸可感的交給讀者。"他並提供了一個方法："譬如某詩人爲某些意象所打動，這些意象分行並置時，會暗示及喚起其感受之狀態……兩個視覺意象構成一個視覺的弦。它們結合而暗示一個嶄新面貌的意象。"

這正是中國詩特色的蒙太奇手法。類似的技巧龐德使用頗多，其疊位技巧便是根據這種疊象原理。其餘如語法切斷、空間切斷等技巧，前面已談過，不再重複。

要之，葉先生指出從龐德以降的一系列美國詩人，如何革新他們的語言，使詩的表現更趨近中國詩的境界。例如龐德與威廉斯的語法、空間切斷，克里爾的"氣的放射"，無不是要擴大詩中多元的空間觀念，把握瞬間經驗，以及模擬瞬間活動的生機。作者希望西方讀者能像上述詩人一樣"接受部分東方的美感領域及生活的風範"，中國讀者能體認自己文化的價值，這樣透過語言與詩學的滙通，才能達到眞正的文化交融。

葉先生最近的一篇比較文學論文 ， 是 1974 年末在中國比

較文學學會上發表的演講稿<中西山水美感意識的形成>，作者
自稱是未定稿，但我們仍然可以看出他美學體系的精到之處。

　　作者開宗明義地點出，中國傳統山水詩的定義有它特定的歷
史意義，無法擴大適用於西洋的山水詩。因此吾人必須跳出六朝
"莊老告退，而山水方滋"的特定時空格局，純粹以知識論的觀
點來探討此一文類的美學含義，進而比較中西詩裏山水美感意識
的衍生過程。

　　首先面臨的是文類區分或定義的問題：如何決定某首詩是否
山水詩？因爲詩中有山水不必然是山水詩，譬如羅馬時代與中古
時代的詩裏，往往有山水林泉的描寫，但那多半是修辭學的練習，
"是根據修辭的法則（包括數字奇偶的規定）去組合自然山水，
而非由感情融入山水的和諧以後的意識出發。"我們無法名之曰
山水詩。同樣的，任何以山水爲其他題旨的背景、襯托，或暗喻
的詩，都不能稱爲山水詩。因此，就較嚴格的意義而論，山水詩
中的山水必須"解脫其襯托的次要作用而成爲主位的美感觀照的
對象。"

　　這個定義又引發了一個表現上的問題：即詩人不同的思維方
式、經驗形態與語言習慣，會影響到山水是否能成爲"主位"，
作純然的演出。根據我們前面的了解，在葉先生分類的三種視境
的詩人當中，第一、二類分析性的詩人皆不足論；只有第三類無
我齊物，融入自然的詩人才能作到這點。以王維和華滋華綏爲例，
王維的<鳥鳴澗>景物自然發生與演出，作者在入神狀態下，以
虛以待物的態度所任自然生長與變化。而華滋華綏始終拘泥於解
說性、演繹性的觀物思維方式，不斷說明景物如何發生，如何感

應智心、智心又如何印證外物。他一再懷疑自然山水本身不能自足，而有待詩人的智心活動去調停，去賦予意義。在這種情形之下，自然景物的具體性被抽象化了，其直接性也被間接化了。兩人表現的不同，正是由於出發點的不同，葉教授說："華氏是在感悟自然山水之時同時作了形而上的意義的追尋，王維是在感悟以後作跡出自然山水的一種不加解說的肯定。前者近乎見山非全是山，見水非全是水，後者近乎見山只是山，見水只是水。"

王維的美感意識與觀物形態在中國後期山水詩中位居核心，王、孟、韋、柳無不皆然。但這種意識並非一蹴而幾的，有其歷史、哲學的衍生過程。葉教授認爲山水詩在魏晉之後突然蓬勃發達，則是由於三玄影響，尤其是郭象注的莊子。他說"郭象注的南華眞經不僅使莊子的現象哲理成爲中世紀思維的經緯，而且因其通透的闡說而替創作者提供了新的視境。"

郭注莊子的"物各自然"齊物順性思想直接啓發了初期的山水詩人，如王羲之＜蘭亭詩＞所謂"仰視碧天際，俯瞰淥水濱，寥闃無涯觀，寓目理自陳，大矣造化工，萬殊莫不均，群籟雖參差，適我無非新"。詩人眼中的自然，是可以直觀的，是完整的。復由於莊學的心齋、坐忘、喪我的返璞歸眞思想的影響，隨着歷史的發展，山水詩中的悟理情歎，乃至用喻成分便越來越少，到了王、孟等人，終於成就了一種極少知性侵擾的純粹的山水詩。

西方山水詩的情況則反是。華滋華綏說："無法賦予的智心將無法感應外物"。詩人把美感的主位放在自己的智心中，從智心的活動出發，而不從山水景物自足的存在出發，因此山水詩有大量的抽象概念的敍述。固然華氏的詩中也有詩人忘我的刹那，與自然產生超越存在的神秘和諧，但這種和諧並非外物原有，而係物我調停的結果。這是華氏（以及其他浪漫主義詩人）觀物感應形態的矛盾之處。他一方面覺得物象實實在在的存在於現象之中；另一方面却無法像中國山水詩人那樣任其"物各自然"的呈露。

葉教授認為這種矛盾的情緒有兩個哲學與歷史的原因。第一個原因便是傳統二元宇宙觀的影響，現象是現象，本體是本體，現象界可能由感覺體驗，本體界則非由理性認識不可。因此詩中在顯現詩人思維活動的探索痕迹與形而上的焦慮。第二個原因是受基督教自然觀的影響。十八世紀以前，變化多端，逸放不工整的山水是醜惡的、敵對的，它們破壞了代表造物者精神的對稱、均勻、整齊等美的觀念。十八世紀之後，郎介納斯（Longinus）的雄偉觀念開始流行，人們對崇美的山巒產生新的迷惑；再加上"中國化運動"(chinoiserie)的影響，人們開始注意庭園林泉之美，自然的概念開始改變了，詩人開始把形容上帝偉大的語句轉化到自然山水來。但由於詩人始終脫不開他對智心的依靠，以為它是從現象到本身的橋樑，必須透過它超越物象（譬如說外在的自然美），求得形而上的意義，詩人也就始終無法與"自然而然"的自然認同。

這問題一直困擾着西方詩人。即使希望成為"事物本身而非其意念"，希望"有多天的心／去觀霜雪和枝椏"的史蒂芬斯，仍然"還有那永不安寧的智心"，無法接納物之為物的自立完善性。但從龐德以降的這一系列詩人，推翻抽象的思維，革新了語言習慣，絡於替後來的詩人（如史乃德）開拓了視野，而使一些近乎中國意境的山水詩實現。

　　從葉先生的這些論文中；我們發現他似乎頗為肯定西洋詩如要擴大視境（或走出國境），必然會趨向中國古典詩的表現。徵諸半世紀來英美詩學與創作的發展，我們大致可以這麼預測——雖然這是後來文學史家的事。至於反映不同的心智狀態與美感經驗的中西各種詩形式，孰優孰劣更是仁者見仁，智者見智的問題，也許我們應該採取多方面的價值判斷標準。但至少作為一位比較文學學者，引介西方文學觀念，發揚傳統美學價值，擴大各種藝術的限制，使之溝通融合，甚至藉實際的翻譯工作，把中國詩介紹給西方（英譯《中國現代詩選》與《王維詩》先後在美國、日本出版）就這些工作而言，葉維廉先生對中西比較文學中的語言與美學的相互關係的研究是很有意義的一條途徑。

張漢良

〈語言與美學的滙通——簡介葉維廉比較文學的方法〉，（台）《中外文學》4.3.(1975)，182-206。

中西詩的情趣

詩的情趣隨時隨地而異，各民族各時代的詩都各有它的特色。拿它們來參觀互較是一種很有趣味的研究。我們姑且拿中國詩和西方詩來說，它們在情趣上就有許多有趣的相同點和相異點。西方詩和中國詩的情趣都集中於幾種普遍的題材，其中最重要者有㈠人倫，㈡自然，㈢宗教和哲學幾種。我們現在就依着這個層次來說。

㈠先說人倫。西方關於人倫的詩大半以戀愛爲中心。中國詩言愛情的雖然很多，但是沒有讓愛情把其他人倫抹煞。朋友的交情和君臣的恩誼在西方詩中不甚重要，而在中國詩中則幾與愛情佔同等位置。把屈原、杜甫、陸游諸人的忠君愛國愛民的情感拿去，他們詩的精華便已剝喪大半。從前注詩注詞的人往往在愛情詩上貼上忠君愛國的徽幟，例如毛萇注《詩經》把許多男女相悅的詩看成諷刺時事的。張惠言說溫飛卿的《菩薩蠻》十四章爲“感士不遇之作”。這種辦法固然有些牽強附會。近來人却又另走極端，把眞正忠君愛國的詩也貼上愛情的徽幟，例如《離騷》、《遠遊》一類的著作竟有人認爲愛情詩。我以爲這也未免失之牽強附會。看過西方詩的學者見到愛情在西方詩中那樣重要，以爲它在中國詩中也應該很重要。他們不知道中西社會情形和倫理思想本來不同。戀愛在從前的中國實在沒有現代中國人所想的那樣重要。中國敍人倫的詩，通盤計算，關於友朋交誼的比關於男女

戀愛的還要多，在許多詩人的集中，贈答酬唱的作品，往往佔其
大半。蘇李、建安七子、李杜、韓孟、蘇黃、納蘭成德與顧貞觀諸人
的交誼古今傳爲美談，在西方詩人中爲歌德和席勒、華滋華斯與柯
爾律治、濟慈和雪萊，魏爾蘭（P. Verlaine）與蘭波（Rimbaud）
諸人雖亦以交誼著，而他們的集中敍友朋樂趣的詩却極少。

　　戀愛在中國詩中不如在西方詩中重要，有幾層原因。第一，
西方社會表面上雖以國家爲基礎，骨子裏却側重個人主義。愛情
在個人生命中最關痛癢，所以儘量發展，以至掩蓋其他人與人的
關係。說盡一個詩人的戀愛史往往就已說盡他的生命史，在近代
尤其如此。中國社會表面上雖以家庭爲基礎，骨子裏却側重兼善
主義。文人往往費大半生的光陰於仕宦羈旅，＂老妻寄異縣＂是
常事。他們朝夕所接觸的不是婦女而是同僚與文字友。

　　第二，西方受中世紀騎士風的影響，女子地位較高，教育也
比較完善，在學問和情趣上往往可以與男子欣合，在中國得於友
朋的樂趣，在西方往往可以得之於婦人女子。中國受儒家思想的
影響，女子的地位較低。夫婦恩愛常起於倫理觀念，在實際上志
同道合的樂趣頗不易得。加以中國社會理想側重功名事業，＂隨
着四婆裙＂在儒家看是一件耻事。

　　第三，東西戀愛觀相差也甚遠，西方人重視戀愛，有＂戀愛
至上＂的口號。中國人重視婚姻而輕視戀愛，眞正的戀愛往往見
於＂桑間濮上＂。潦倒無聊悲觀厭世的人才肯公然寄情於聲色。
像隋煬帝、李後主幾位風流天子都爲世所詬病。我們可以說，西
方詩人要在戀愛中實現人生，中國詩人往往只求在戀愛中消遣人
生。中國詩人脚踏實地，愛情只是愛情，西方詩人比較能高瞻遠

矚，愛情之中都有幾分人生哲學和宗教情操。

　　這並非說中國詩人不能深於情。西方愛情詩大牛寫於婚媾之前，所以稱讚容貌訴申愛慕者最多；中國愛情詩大牛寫於婚媾之後，所以最佳者往往是惜別悼亡。西方愛情詩最長於“慕”。莎士比亞的十四行體詩，雪萊和勃朗寧諸人的短詩是”慕”的勝境。中國愛情詩最善於“怨”。＜卷耳＞、＜柏舟＞、＜迢迢牽牛星＞、曹丕的＜燕歌行＞、梁元帝的＜蕩婦＞、＜秋思賦＞以及李白的＜長相思＞、＜怨情＞、＜春思＞諸作是“怨”的勝境。總觀全體，我們可以說，西詩以直率勝，中詩以委婉勝；西詩以深刻勝，中詩以微妙；西詩以舖陳勝，中詩以簡儁勝。

　　㈡次說自然。在中國和在西方一樣，詩人對於自然的愛好都比較晚起。最初的詩都偏重人事，縱使偶爾涉及自然，也不過如最初的畫家用山水爲人物畫的背景，興趣中心却不在自然本身。《詩經》是最好的例子。“關關雎鳩，在河之洲”只是作“窈窕淑女，君子好逑”的陪襯；“蒹葭蒼蒼，白露爲霜”只是作“所謂伊人，在水一方”的陪襯。自然比較人事廣大，興趣由人事而移到自然本身，是詩境的一大解放，不特題材因之豐富，歌詠自然的詩因之產生，卽人事詩也因之得到較深廣的義蘊。所以自然情趣的興起是詩的發達史中一件大事。這件大事在中國起於晉、宋之交，約當公元五世紀左右；在西方則起於浪漫運動的初期，在公元十八世紀左右。所以中國自然詩的發生比西方的要早一千三百年光景。一般說詩的人頗鄙視六朝。我以爲這是一個最大的誤解。六朝是中國自然詩發軔的時期，也是中國詩脫離音樂而在文字本身求音樂的時期。從六朝起，中國詩才有音律的專門研究，才創新形式，才尋新情趣，才有較精妍的意象，才吸哲理來擴大詩的內容。就這幾層說，六朝可以說是中國詩的浪漫時期，它對於中國詩的重要亦正不讓於浪漫運動之於西方詩。

中國自然詩和西方自然詩相比，也像愛情詩一樣，一個以委婉、微妙、簡雋勝，一個以直率、深刻、舖陳勝。本來自然美有兩種，一種是剛性美，一種是柔性美。剛性美如高山、大海、狂風、暴雨、沉寂的夜和無垠的沙漠；柔性美如清風皓月、暗香、疏影、青螺似的山光和媚眼似的湖水。昔人詩有“駿馬秋風冀北，杏花春雨江南”兩句可以包括這兩種美的意境。藝術美也有剛柔的分別，姚鼐《復魯絜非書》已詳論過。詩如李杜，詞如蘇辛，是剛性美的代表，詩如王孟，詞如溫李，是柔性美的代表。中國詩自身已有剛柔的分別，但是如果拿它來比較西方詩，則又西詩偏於剛，而中詩偏於柔。西方詩人所愛好的自然是大海，是狂風暴雨，是峭崖荒谷，是日景；中國詩人所愛好的自然是明溪疏柳，是微風細雨，是湖光山色，是月景。這當然只就其大概說。西方未嘗沒有柔性美的詩，中國也未嘗沒有剛性美的詩，但西方詩的柔和中國詩的剛都不是它們的本色特長。

詩人對於自然的愛好可分三種。最粗淺的是“感官主義”，愛微風以其涼爽，愛花以其氣香色美，愛鳥聲泉水聲以其對於聽官愉快，愛青天碧水以其對於視官愉快。這是健全人所本有的傾向，幾乎詩人都不免帶有幾分“感官主義”。近代西方有一派詩人，叫做“頹廢派”的，專重這種感官主義，在詩中儘量舖陳聲色臭味。這種嗜好往往出於個人的怪癖，不能算詩的上乘。詩人對於自然愛好的第二種起於情趣的默契欣合。“相看兩不厭，惟有敬亭山”，“平疇交遠風，良苗亦懷新”，“萬物靜觀皆自得，四時佳興與人同”諸詩所表現的態度都屬於這一類。這是多數中國詩人對於自然的態度。第三種是泛神主義，把大自然全體看作神靈的表現，在其中看出不可思議的妙諦，覺到超於人而時時在支配人的力量，自然的崇拜於是成爲一種宗教，它含有極原始的迷信和極神秘的哲學，這是多數西方詩人對於自然的態度，中國詩人很少有達到這種境界的。陶潛和華茲華斯都是著名的自然詩人，他們的詩有許多地方相類似。我們拿他們兩人來比較，就可以見出中西詩人對於自然的態度大有分別。我們姑拿陶詩＜歸田園居＞爲例：

　　採菊東籬下，悠然見南山。山氣日夕佳，飛鳥相與還。

　　此中有真意，欲辯已忘言。

　　從此可知他對於自然，還是取“好讀書不求甚解”的態度。他不喜“久在樊籠裏”，喜“園林無俗情”，所以居在“方宅十餘畝，草屋八九間”的宇宙裏，也覺得“稱心而言，人亦易足。”他的胸襟這樣豁達閒適，所以在“緬然睇曾邱”之際常“欣然有會意”。但是他不“欲辯”，這就是他和華茲華斯及一般西方人的最大異點。華茲華斯也討厭“俗情”“愛丘山”，也能樂天知足，但是他是一個沉思者，是一個富於宗教情感者。他自述經驗說：“一朵極平凡的隨風蕩漾的花，對於我可以引起不能用淚表得出來的那麼深的思想”。他在＜聽灘寺＞詩裏又說他覺到有“一種精靈在驅遣一切深思者和一切思想對象，並且在一切事物中運旋”。這種徹悟和這種神秘主義和中國詩人與自然默契相安的態度顯然不同。中國詩人在自然中只能見到自然，西方詩人在自然中往往能見出一種神秘的巨大的力量。

㈢哲學和宗教。中國詩人何以在愛情中只能見到愛情，在自然中只能見到自然，而不能有深一層的徹悟呢？這就不能不歸咎於哲學思想的平易和宗教情操的淡薄了。詩雖不是討論哲學和宣傳宗教的工具，但是它的後面如果沒有哲學和宗教，就不易達到深廣的境界。詩好比一株花，哲學和宗教好比土壤，土壤不肥沃，根就不能深，葉就不能茂。西方詩比中國詩深廣，就因爲它有較深廣的哲學和宗教在培養它的根幹。沒有柏拉圖和斯賓諾莎就沒有歌德、華茲華斯和雪萊諸人所表現的理想主義和泛神主義；沒有宗教就沒有希臘的悲劇，但丁的《神曲》和彌爾頓的《失樂園》。中國詩在荒瘠的土壤中居然現出奇葩異彩，固然是一種可驚喜的成績，但是比較西方詩，終嫌美中有不足。我愛中國詩，我覺得在神韻微妙、格調高雅方面往往非西詩所能及，但是說到深廣偉大，我終無法爲它護短。

就民族性說，中國人頗類似古羅馬人，處處都脚踏實地走，偏重實際而不務玄想，所以就哲學說，倫理的信條最發達，而有系統的玄學則寂然無聞；就文學說，關於人事及社會問題的作品最發達，而憑虛結構的作品則寥若晨星。中國民族性是最“實用的”，最“人道的”。它的長處在此，它的短處也在此。它的長處在此，因爲以人爲本位說，人與人的關係最重要，中國儒家思想偏重人事，渙散的社會居然能享到二千餘年的穩定，未始不是它的功勞。它的短處也在此，因爲它過重人本主義和現世主義，不能向較高遠的地方發空想，所以不能向高遠處有所企求，社會既穩定之後，始則不能前進，繼則因其不能前進而失其固有的穩定。

　　我說中國哲學思想平易，也未嘗忘記老莊一派的哲學。但是老莊比較儒家固較玄邃，比較西方哲學家，仍是偏重人事。他們很少離開人事而窮究思想的本質和宇宙的來源。他們對於中國詩的影響雖很大，但是因爲兩層原因，這種影響不完全是可滿意的。第一，在哲學上有方法和系統的分析易傳授，而主觀的妙悟不易傳授。老莊哲學都全憑主觀的妙悟，未嘗如西方哲學家用明瞭有系統的分析爲淺人說法，所以他們的思想傳給後人的只是糟粕。老學流爲道家言，中國詩與其說是受老莊的影響，不如說是受道家的影響。第二，老莊哲學尙虛無而輕視努力，但是無論是詩或是哲學，如果沒有西方人所重視的"堅持的努力"都不能鞭辟入裏。老莊兩人自己所造雖深而承其敎者却有安於淺的傾向。

朱光潛

　　＜中西詩在情趣上的比較＞，

　　《中國比較文學》1(1984)，37-48、275。

中日的自然詩觀

　　中日因爲一衣帶水之隔，雖有大陸與海島的差別，文化交流很早，中國詩文學對日本有所影響。所以，對山川草木、鳥獸蟲魚、風花雪月等的感受，就有傳統性的共同點，大都從自然現象捕捉其中的美入詩作畫，這在許多詩畫作品上，都可以體會到。至於後來發展起來的日本庭園、花道等的審美觀和中國欣賞自然美的情況，也不能沒有關係。這些詩情畫意，崇尚自然，總與西歐那種整整齊齊的幾何線條的風格，顯然異趣。

　　從詩的自然觀說來，我們中日兩國以詩畫表現自然界事物，比西歐早了好多世紀。西歐可以說從中世紀統治着的神，到文藝復興後發展到寫人，十八世紀浪漫主義興起後，才發展到寫自然風景。盧梭倡議歸返自然論，起了先驅者的作用，文藝詩畫寫自然風景才興盛起來。歷史原因大概是這樣的吧。

　　西周以前的文化，反映在《詩經》的已經可觀。關於草木鳥獸的詞彙豐富，當時一般男女的自然（甚至天文）知識，也在詩歌中表現出來。孔子時代，就選編成書，教人不可不讀了。屈原帶着科學家的態度，對宇宙的起源、天地的形成、日月的明暗、雷電風雨的現象，尋根究底，要問個爲什麼？屈原描寫自然界的手法變化多，文采美。"論山水，則循聲而得貌；言節候，則披文而見時。"他不僅欣賞自然，而且利用它爲自己服務，他驅使着雷電風雨，駕馭着龍鳳，坐着花草裝飾的車子，上天下地，來去自由，形象富有動人的瑰麗的色彩。

　　魏晉陶淵明對門閥制度不滿，不願爲五斗米折腰，去官歸田，做個"潔己淸操之人"。他寫了許多樸眞自然的田園詩，又虛構了一個像桃花源的神仙世界。

　　晉末以後，文人與佛教徒交遊之風巳盛。深山古廟，成爲他們遊覽之地，因而雲容霞綺，樹影花光，給山水詩提供了原料。謝靈運、謝朓雖然是"身在江湖，心懷魏闕"，遊山玩水爲了養生行樂，情操遠不如陶淵明。但是他們所寫的山水詩是出色的，李白給以很高的評價。在"風月同天"之下，李白說過"淸風朗月不用一錢買"；杜甫也說過"淸風朗月無人管"。唐宋文學家寫了不少優美的詩文，李白有樸素的詩句"舉頭望明月，低頭思故鄉。"晁衡（700～770，原名阿部仲麿）在長安懷念故鄉，也吟過"仰首望長天，明月曾相識，來自春宵三笠山。"此情此景，也很相近。浪漫主義的李白，情思奔放，曾寫出"欲上靑天攬明月"，不料小林一茶（ 1763～1827 ）却想到小孩兒要玩玉盤似的，吟出這樣的俳句："小孩兒哭着嚷，要從天上拿下月亮。"風格不同，但後者也十足天眞，都帶浪漫氣氛的。

　　中日詩人都有把月輪比做團扇的詩，東漢班婕妤作的＜怨歌行＞中有"裁爲合歡扇，團團如明月。"日本俳諧創始人宗鑒（ 1465～1553 ）吟過"若在月輪插上柄，便是一把美團扇。"富於生活情趣。

　　《萬葉集》初期，有舒明天皇歌頌大和國的山水抒情詩；山部赤人（未詳）很早歌詠"玉扇倒懸大海東"的富士山，不少詩人寫了風景詩篇。《古今集》的詩作，還以春夏秋多景色爲主要題材，反映了扶桑島國的綺麗風光。陶淵明的＜四時＞詩：“春水滿四澤，夏雲多奇峰，秋月揚明輝，冬嶺秀孤松 ”，在日本古今詩歌界人士是熟悉的。

著名俳人松尾芭蕉（1644〜1694)與謝蕪村（1716 〜 1783 ）都熟悉中日古典文學，芭蕉喜讀李白杜甫的作品。蕪村很賞識蘇軾的前後赤壁賦，並對山高月小、水落石出的描寫，感到興趣。他們都有熱愛自然、描寫動植物的佳作。如所周知，芭蕉的名句：“古池塘，靑蛙跳入水聲響。”顯出他恬靜閑寂的情調。蕪村的名句：“一片荣花黃，東有新月，西有夕陽。”繪出境界遼濶、色彩濃郁的圖畫。

中國的詩，以自然某種現象起興，轉入人事感賦爲多，單純描寫自然現象的很少。正如月有陰晴圓缺，人有悲歡離合。人是社會的人，在世不稱意，便想逃往自然，於是在主客觀矛盾中產生了詩文。

唐代寫白雲變成隱居的“仙境”，陸暢有“山中白雲千萬重，却望人間不知處”詩句。孟浩然吟道：“北山白雲裏，隱者自怡悅”。佛教徒寒山說得更深，“ 誰能超世累，共坐白雲中 ”；“住兹丹桂下，且枕白雲眠”。寒山詩在現代中國不大爲人所知，也不見到他的詩集，但在日本却出版他的詩集，森鷗外（ 1862 〜 1922)寫他的傳記。禪宗的“翠竹總是法身，黃花無非般若”，寒山愛岩石浮雲，置身物外而入雲間了。日本西行上人（1118 〜 1190 ）更愛花月，可說到了“觀花變爲花”的境界，寫有膾炙人口的短歌：“願將一死在花間，時值春宵月正圓。”尋求“凡人淨土”的新詩人相馬御風（ 1883 〜 1950 ）要求詩作達到“主

體與客體融合境的自覺 ",也寫有和歌道:" 白雲行空靜舒徐,我
亦默隨白雲移。"

在現代新詩運動的初期,國木田獨步(1871 ～ 1908)追求
自由平等,但在現實社會中遇到矛盾和苦悶,把自由寄托在山林
了,就唱出這麼新體的詩句:

> 自由存在山林,
>
> 我唱這詩句而血液沸騰,
>
> 哦哦,自由存在山林,
>
> 我怎能捨掉這山林。

歌人、詩歌學者佐佐木信綱(1872 ～ 1963)曾吟短歌曰:
" 山林久凝眝,身疑亦一株。"那就不知不覺與山林同化了。這
樣說來,這不僅是文學上的藝術觀問題,而且是哲學上的自然觀
問題了。

對於動物的看法和感情,也可以尋出共同點。例如,對自己
不營巢,只會霸佔他鳥的巢的杜鵑,中國古詩,當做哀鳥,它的
啼聲會引人哀思。它在日本詩歌裏也是一樣的感受。杜鵑花也和
這鳥有關聯:" 淚血染成紅杜鵑 "," 一聲催得一枝開 "。杜
鵑,又名子規、不如歸、山時鳥。詩人正岡子規(1876～1902,
二十五歲時咯血,自名子規)辦雜誌也取名《杜鵑》。現代名詩
人石川啄木(1885 ～ 1912)也有咏杜鵑詩,以其泣血的聲音來
激勵自己。

對雁鳥也有同感,是引人旅思的情調,常有同情孤雁、病雁
的吟咏。芭蕉曾寫出這樣的俳句," 離群病雁,獨下旅途夜裏
寒。"鶯是報春鳥,我國的《詩經》就有寫它的詩篇。日本《萬

葉集》主要詩人大伴家持留下"斜陽泣黃鶯"的名歌。日本歌人、俳人吟咏鶯的非常之多。鶴在日本也是瑞鳥，鶴可以活到六十歲，說是"鶴壽千年"，和龜作爲長壽的象徵，甚至把它神話化，從民間故事產生名作《夕鶴》的歌劇。

在漢詩中，猿聲是悲切的，屈原有"猿啾啾兮又夜鳴"，杜甫有"聞猿實下三聲淚"。唐詩人寫猿的不少。芭蕉也有類似的俳句："聽到猿聲悲，秋風又傳棄兒啼，誰個最慘淒？"至於描寫猴子戲來比喻人事，都含有哀情中的幽默感。《萬葉集》裏面有巡遊藝人有歌詞爲鹿、爲蟹訴苦，唱出它們慘痛的命運，鹿被擒後，角飾玉笠，毫作御筆，肉供御膳等等；蟹被抓去腌做食品，還聽到人家稱讚自己的肥美可餐。這使我想到漢魏樂府一首詩，寫鳥生在秦家桂樹上，被秦家浪蕩子用彈弓打死，爲鳥哀嘆。又有一首＜枯魚過河泣＞，它是這麼四句："枯魚過河泣，何時悔復及！作書與魴鱮，相敎愼出入。"枯魚寫信，警告伙伴，勿再犯錯誤，富有別緻的想像力。李白也寫有同樣題目的詩篇，創意大致相同。

再舉小林一茶的兩首俳句看看吧：

　　瘦靑蛙，別輸掉，這裏有我一茶！

　　來同我一起玩喲，沒有爹娘的麻雀！

這些都用對話式，感情眞摯，神態活現，詩人與所寫的對象，站在同一立場，物我難分了。

因此，我就想中國有無這類寫小動物的詩篇？就想到唐駱賓王的詩＜蟬＞，宋姜夔的《齊天樂》詞＜蟋蟀＞，但感到前者以蟬來喻自己懷才不遇。後者沒寫蟋蟀本身，是由蟋蟀而引起自己的感懷。物我總有距離。又想到李長吉的咏馬，那些馬和詩人自己就靠得較攏，馬擬人，人擬馬，物我關係密切。中日詩人抒寫自己的感情和表現自然的手法，總是有很多相似的地方。

王國維在《人間詞話》說過：「詩人必有輕視外物之意，故能以奴僕命風月。又必有重視外物之意，故能與花鳥共憂樂。」屬於前者屈原之外少有，屬於後者，中日詩人例子比比皆是。

林　林

<中日的自然詩觀>，

《比較文學論文集》(北京：北京大學出版社，1984)，

77-82。

中國古典詩歌與意象派

　　意象派，是本世紀初由一些英美青年詩人組成的詩派，1910
～ 1920 年左右活動於倫敦。意象派歷史不長創作成果不大，却
造成巨大的影響，尤其在美國，這影響至今沒有消失。因此，意
象派被稱爲" 美國文學史上開拓出最大前景的文學運動 "，很多
文學史著作把它作爲英美現代詩歌的發軔。

　　意象主義，是這批青年詩人對後期浪漫主義（即所謂維多利
亞詩風）統治英美詩壇感到不滿，在多種國外影響之下開創出來
的新詩路。他們反對詩歌中含混的抒情、陳腐的說教、抽象的感
慨，强調詩人應當使用鮮明的意象—描寫感覺上具體的對象—來
表現詩意。

　　當然，詩歌一向都是使用意象的，但往往在一般具體描寫之
後就要引用抽象的、" 提高一層次 "的發揮。而意象派强調把詩
人的感觸和情緒全部隱藏到具體的意象背後。意象派把注意力集
中在事物引起的感覺上，而不去探求事物之間的本質聯繫，也不
去揭發這聯繫的社會意義。但是，在詩歌藝術技巧上，意象派作
了十分有意義的開拓工作。意象派所探索的，實際上是形象思維
在詩歌創作中的某些具體規律。因此，它是值得我們重視的一個
詩派。

　　東方詩歌（中國古典詩歌、日本古典詩歌）對意象派起了很
大影響。日本文學界對意象主義及其日本根源作了很多研究工作，

而對意象派所受的中國詩歌影響我們至今沒有加以研究。實際上，意象派受中國古典詩歌之惠遠比受之於日本詩者更爲重要。

　　開風氣之先的是意象派前期主將埃茲拉・龐德。1915年他的《漢詩譯卷》問世，這本僅有十五首李白和王維短詩譯文的小冊子，被認爲是龐德對英語詩歌“最持久的貢獻”，是“英語詩歌經典作品”。其中＜河商之妻＞（即李白＜長干行＞）、＜南方人在北國＞（即李白＜古風第八＞等篇章膾炙人口，經常作爲龐德本人的創作名篇而選入現代詩歌選本，美國現代文學史上也常要論及，從而使龐德從Ｔ・Ｓ・愛略特手中得到“爲當代發明了中國詩的人”的美名。一個國家的現代文學受一本翻譯如此大的影響，這在世界範圍內是很少見的事。

　　這本譯詩觸發起英美詩壇翻譯、學習中國古典詩歌歷久不衰的熱潮。意象派後期掛帥人物、美國女詩人愛米・洛威爾（Amy Lowell）邀人合譯了中國古典詩歌一百五十首，於1920年出版《松花箋》，愛米・洛威爾直到臨死還在計劃繼續譯中國詩。在龐德譯詩出版後的五年之內出現的中國古典詩歌英譯本，至少不下十種。文學史家驚嘆，這些年月，中國詩簡直“淹沒了英美詩壇”。

　　意象派詩人之所以迷戀於中國古典詩歌，並非純爲獵奇，或給自己的詩添些異國風味，他們覺得中國古典詩歌與意象派的主張頗爲吻合，可以引這個有幾千年歷史的文明來爲自己的主張作後盾。龐德說：“正是因爲有些中國詩人，滿足於把事物表現出來，而不加說教或評論，所以人們不辭繁難加以選譯。”所以意象派之與中國古典詩歌結合，是有一定姻緣的。“按中國風格寫詩，是被當時追求美國直覺所引導的自由詩運動命中注定要探索

的方向"。而著名漢詩翻譯家衛律在1918年出版的《中國詩110
首》甚至被文學史家認爲是"至今仍有生命力的唯一意象派詩
歌"。

意象派從中國古典詩歌學到的技巧可以歸結爲以下三點：

一　"全意象"

龐德對漢語文字學的無知引出非常有趣的結果。當時龐德對
漢字可以說目不識丁，他是根據一個研究日本文學的"專家"費
諾羅薩死後留下的對漢詩逐字注釋的筆記進行翻譯的。據費諾羅
薩的觀點，中國詩中的方塊字仍是象形字，每個字本身就是由意
象組成的，因此中國作家在紙上寫的是組合的圖畫。例如太陽在
萌發的樹木之下－春，太陽在糾結的樹枝後升起－東。這樣中國
詩就徹底地浸泡在意象裏，無處不意象了。於是龐德找到了掃蕩
浪漫主義詩歌抽象說理的有力武器，而爲意象主義最早的理論家
赫爾姆的想入非非的主張"每個詞應有意象粘在上面，而不是一
塊平平的籌碼"找到了有力根據。1920年龐德發表＜論中國　書
面文字＞一文，詳細闡明了他的看法，引起學界譁然。

二　"脫節"

1913年意象派詩人費林特在《詩歌》雜誌上發表文章，提
出著名的意象派三原則，要求"絕對不用無益於表現的詞"。這
條過分嚴酷的原則，意象派詩人自己也無法貫徹初衷，所以後來

再不見提起。但是漢語古典詩歌，由於其特別嚴謹的格律要求以及古漢語特殊的句法形態，往往略去了大部分聯結詞：繫詞以及各種句法標記，幾乎只剩下光裸裸的表現具體事物的詞。這樣，中國古典詩歌就取得了使用英語的意象派無法達到的意象密度。

這種情況，使意象派詩人十分興奮。但接着就出現了如何把中國詩的這種特殊品質引入到英語中來的問題。龐德這樣翻譯李白的詩＜古風第六＞中 "驚沙亂海日" 一句 "驚奇。沙漠的混亂。大海的太陽。" 開創了 "脫節" 翻譯法的先例。

對於這個問題，加利福尼亞大學中國文學與比較文學副教授，華裔學者葉維廉最近作了仔細的研究。他舉出杜審言的兩句詩為例：

> 雲霞出海曙，梅柳渡江春。

他覺得可以譯成：

> 雲和霧在黎明時走向大海。
>
> 梅和柳在春天越過了大江。

但不如譯成：

> 雲和霧
>
> 向大海；
>
> 黎明。
>
> 梅和柳
>
> 渡過江；
>
> 春

為什麼？因為 "缺失的環節一補足，詩就散文化了"。的確，翻譯時，加上原詩隱去的環節，就是解釋詞之間的關係。而解釋是

意象派詩人最深惡痛絕的事。赫爾姆說："解釋，拉丁文 expla-
ne，就是把事物攤成平面，"因此不足取。

三 "意象疊加"

然而，意象派師法中國古典詩歌還學到更多的法寶。

1911 年某一天，龐德在巴黎協和廣場走出地鐵，突然在人
群中看到人叢中一張張美麗的面容，他怦然有所動。想了一天，
晚上覺得靈感來了，但腦中出現的不是文詞，而是斑駁的色點形
象。他爲此寫了三十行詩，不能盡如人意，六個月後，改成十五行，
仍不能滿意，一年之後，他把〈地鐵站臺〉這首詩寫成目前的形
式，只有兩行：

> 人群中出現的這些臉龐；
>
> 潮濕黝黑樹枝上的花瓣。

這首極短的詩，是意象派最負盛名的詩作，"暗示了現代城
市生活那種易逝感，那種非人格化"。從詩的意象本身看不出這
種"暗示"，這些豐富的聯想大部分產生自這首詩奇特的形式。

有人認爲這首詩是學的日本俳句，這只是從表面上看問題，
實際上這種技巧是從中國詩學來的。早在得到費諾羅薩的筆記之
前，龐德就對中國詩如癡如醉，那時他從翟理斯的《中國文學史》
中直譯的詩歌譯文中找材料進行改譯。讓我們將他改譯的一首詩
逐字反譯成現代漢語：

> 絲綢的窸窣已不復聞，
>
> 塵土在宮院裏飄蕩。

> 聽不到脚步聲，而樹葉
>
> 捲成堆，靜止不動，
>
> 她，我心中的歡樂，長眠在下面；
>
> 一張潮濕的樹葉粘在門檻上。

　　這最後一句顯然是個隱喻，但採用了奇特的形式，它捨去了喻體與喻本之間任何繫詞，它以一個具體的意象比另一個具體的意象，但兩個意象之間相比的地方很微妙，需要讀者在想像中作一次跳躍。龐德稱她在中國詩裏發現的這種技巧爲"意象疊加"，＜地鐵站臺＞就是襲用這種技巧的，因此有的文學史家稱這首詩是應用中國技巧的代表作品。

　　龐德認爲這種疊加，才是"意象主義眞諦"—"意象表現瞬間之中產生的智力和情緒上的複合體"。作爲意象的定義，龐德的說法是錯誤的：意象不一定要有比喻關係，很多意象是直接描寫事物的所謂"描述性意象"，更不能說只有這種形式特別的隱喻才是眞正的意象。

　　但是，這種意象疊加手法，的確有奇妙的效果：它使一個很容易在我們眼前一滑而過的比喻，頓時變得十分醒目，迫使讀者在一個聯想的跳躍後深思其中隱含的意味。

　　意象派詩律之短小凝鍊也與東方詩歌有關。固然，意象派的原則—以情緒串接意象—使他們的詩能展開的長度和深度都很有限，難以對生活中的重大課題作深入探討，但就某些題材來說，抒情詩的短小又何嘗不是優點？＜地鐵站臺＞定稿那兩行不比初稿的三十行更令人激賞？

　　固然古希臘有二三行的短詩，但在羅馬人手裏短詩就成了寫

諷刺詩的專用形式。英國首先學拉丁詩的本・江生和海利克等人
更把短詩搞成俏皮的警句詩。浪漫主義詩人雨果等開始寫嚴肅題
材的短詩，但短詩之盛行，是在東方詩歌影響下形成的。十九世
紀法國人對俳句之醉心，有如文藝復興時代英國人對十四行詩的
熱狂。而俳句促進了法國現代詩歌走向凝鍊的趨勢。固然，很早
就有人提出所有眞正的詩必須的短詩，但那是針對密爾頓的《失
樂園》或華玆華斯的《序曲》那樣太冗長的詩而言的。大量抒情
詩短到只有二至五行，這是東方詩歌形式的影響所致。

　　意象派詩人向東方詩學習，首先從日本詩開始，這有歷史原
因。十九世紀上半期法國文藝界盛行中國熱，而下半期盛行日本
熱。意象派受到法國詩歌影響，首先搬過來的自然是日本熱。

　　但意象派主要迷戀於日本詩形式的精巧簡練，無韻的日本詩
又似乎可爲他們的自由主張張目，自從龐德倡學中國詩後，意象
派發現中國詩內容和技巧都更豐富，因此出現了一個矛盾的情況：
愛米・洛威爾把自己的一本詩集取名爲《飄浮世界的圖景》，名
字套自日本傳統版畫名稱 “浮世繪”，弗萊契的詩集乾脆名之爲
《日本版畫》，但評者認爲其中的詩 “與其說是像日本詩，不如
說像中國詩”。

　　意象派學日本詩是承法國餘風，而學中國詩基本上獨闢蹊徑，
他們在這裏得到更大的收穫。意象派是如此深地打上中國印記，
以致有的文學史乾脆名之以 “意象主義這個中國龍”，來與 “象
徵主義這條法國蛇” 並稱，作爲現代美國詩歌國外影響的兩個主
要來源。

　　說清這個問題，倒不是與日本人爭強賭勝，而是還歷史本來

面目。我們民族文化對世界的影響，這個榮譽，不便拱手讓人。

趙毅衡

＜意象派與中國古典詩歌＞，

（武漢）《外國文學研究》4(1979)，3-10。

西方詩對我國新詩的影響

這裏我僅就藝術形式而言，而且只講有迹可尋的西方詩對我國新詩的影響，不涉及以上各時期新詩作品的評價。

影響有好有壞。

從語言問題說，一方面從西方來的影響使我們用白話寫詩的語言多一些豐富性、伸縮性、精確性。西方句法有的倒和我國文言相合，試用到我們今天的白話裏，有的還能融合、站住了，有的始終行不通。引進外來語、外來句法，不一定要損害我國語言的純潔性，李金發應該說不是沒有詩才的，對於法國象徵派詩的特殊風味也不是全不能領略，只是對於本國語言幾乎沒有一點感覺力，對於白話如此，對於文言也如此，而對於法文連一些基本語法都不懂，偏要譯些法國象徵派詩，寫許多所謂法國式的象徵派詩，結果有過一個時期，國內讀者竟認為象徵派詩就是如此，法國象徵派詩就是如此。也有過一些人竟學寫這樣的糊塗體。（孫席珍插話：李金發我認識。要說引進象徵派，李金發是第一個，後來還有穆木天、馮乃超、戴望舒。李金發原來學美術，在德國學的，法文不大行。他是廣東人，是華僑，在南洋群島生活，中國話不大會說，不大會表達。文言書也讀了一點。雜七雜八，語言的純潔性就沒有了。二十年代我到北大讀書，他來找孫伏園，我也認得他。引進象徵派，他有功，敗壞語言，他是罪魁禍首。）幸而跟他學的時髦在我國早成陳迹，雖然外邊一些華人和洋人還很推崇他，那是因爲他們對中國語言太缺少感覺力（也沒有對過他譯詩的原文）。

再從形式問題說，有韻自由詩或可說我國古已有之，無韻自由詩大概完全是外來的，現在在我國也並不陌生了。這豐富了我國詩的表現方式，可說是好事。但這却提供了不加思索，鬆鬆垮垮，隨便寫"詩"的藉口，也值得警惕。格律詩在今日西方也還流行，連十四行體也未失去生命力。聞一多、陸志韋等根據現代漢語規律，也參考英美詩，試探了新詩格律，不管成敗如何，總是值得嘗試。朱湘評詩很有見地，自己寫詩，却很一般。特別在引進西方詩格律方面，他是寫"方塊詩"的代表（因爲不止他一個人，還有許多人，連徐志摩、聞一多寫的一部分詩也是"方塊詩"）。他熟諳英語，譯詩認眞，只是照他寫詩方式，把格律詩也都譯成了"方塊詩"。並不是所有寫成方塊的詩都是久爲人譏喻的"方塊詩"；有的新詩音律整齊，可以是方塊，也可以不是方塊；有的新詩寫成方塊貌似整齊而音律上實不整齊，那才是"方塊詩"。像朱湘等人寫"方塊詩"，就因爲接受西方詩律，而只記得中國傳統舊詩是以單字（卽單音節）爲每句（行）的長短衡量單位，而不想到我們說話也並不是分成一個單字（單音節）一個單字來說的，聞一多講"音尺"，孫大雨講"音組"，何其芳講"音頓"（連艾靑也講過"音節"─不是現代語言學代替舊名"音綴"的術語），作爲一行詩的長短衡量單位，實際上是一回事，只是實用中還有出入，而進一步還會有許多可講究的地方，這看來還是行得通，而這也是受之於西詩格律的啓發。至於押韻，我國舊詩詞以至今日眞正的民歌裏，換韻是常用的，也有交叉韻或抱韻，西方格律詩更常如此，只是更複雜一點。"五四"以來新詩恢復了一點這種押韻法，並參考西式，略加以複雜化，這不能說是受了外來的壞影響。過去只有大鼓詞之類嚴格規定一韻到底。現在報刊上常見的新詩，幾乎無例外的都是一韻到底，也不怕本身單調或不合詩情的變化，倒未免數典忘祖。

　　"五四"以來，我國新詩受西方詩的影響，主要是間接的，就是，通過翻譯。因為譯詩不理想，所以受到的影響,好壞參半，無論在語言上，在形式上。嚴格說，詩是不能翻譯的，因為比諸其他文學體裁，詩更是內容與形式，意義與聲音的有機統一體。現代德國詩人、戲劇家布萊希特甚至說過，詩的第一個特點就是不能翻譯。"五四"以來，我們用白話譯西方詩，除了把原來的內容、意義，大致傳達過來以外,極少能在中文裏保持原來面貌。不能讀西方詩原文的讀者就往往認為西方詩都是自由詩，或者大都是長短不齊，隨便押韻或一韻到底的半格律詩，或相反，也就是"方塊詩"，有些寫詩的也就依樣畫葫蘆，輾轉影響，流弊可知。我一直主張文學翻譯不但要忠於內容，而且要忠於形式，詩譯了要注明原詩是什麼形式（是自由詩，是格律詩，用什麼樣的格律），特別是在譯不出原詩形式的場合。這樣才有利於正確認識而借鑒外國詩，適當接受它們的影響，和繼承我國舊詩的好傳統和發揚我國民歌的好榜樣，結合在一起，來發展我們的新詩。

卞之琳

〈新詩與西方詩〉，

（滬）《詩探索》4(1981)，38-42。

中國的新詩

這次比較文學會議，主題是在探討西洋文學在中國新詩中所
產生的影響，主題範圍，皆有一定，對討論會而言，可避免冗雜，
達到精簡扼要的目的，以便與會者有固定的目標及充分的時間來
做較深入的切磋。茲將我所準備的討論大綱，簡述如下，以備讀
者參考。

一　形式與語言方面

(1)　分行詩：格律詩、自由詩。

中國古典詩，向來不分行。胡適等人在 1918 年所發表的新
詩，大部分是分行的，這是受西洋詩在外在形式上的影響；而其
基本的節奏，却仍與中國古典詩詞有密切的關係。

1921 年，郭沫若在日本，接收惠特曼自由詩的影響，繼承
胡適等人的分行手法，開始以一種半歐化半口語半白話的工具，
寫一種在節奏上起伏較大，速度較快的詩，流行一時，至今不衰。

1922 年，徐志摩留英回國，把英詩中分行、分節、押韻等
手法，移植入新詩之中，人稱為“格律詩”。其中以十四行詩，
最為工整；其他的則在行、節的數目上，以複沓為準則，自由變
化。“格律詩”的寫作，在 1948 年以後，便漸漸消失了。後來
大陸上流行的“民歌體”，基本上，是屬文言文系統的。在臺灣，

格律詩從 1976 年間，方才有人重新討論。到了 1978 年間，"現
代民歌"與"新詩"又有了合流的趨勢時，格律詩的創作，才又
慢慢的恢復了一些。

(2)　**分段詩：**

中國古典詩，並不分段。 1918 年新詩出現以後，便有"分
段詩"的產生，如沈尹默的＜三絃＞。此後，全了歐洲及俄國所
謂"散文詩"影響，中國新詩中，也出現了不少的分段詩。分段
的方法，當然是從西方散文中借用來的。中國古典散文，並不分
段。

當時許多詩人，對詩的本質，並不了解，離開了中國及西洋
的外在形式，所寫的作品，與散文十分接近，成就不大，亦不流
行。這種形式，一直到現在還有人在運用，時有佳作出現，並非
新詩的主流。但也有一些詩人把分段詩的手法滲入分行詩中，使
分行詩中，出現分散的形式。

(3)　**圖像詩：**

中國古典詩中有所謂的"神智體"或"迴文"、"寶塔"等
形式，用文字外形的變化，或文字排列的形狀，來配合意義的發
展。然而這種手法，多停留在遊戲的層次，並無嚴肅絕妙的作品
產生。

西方在十七世紀時，也有類似用文字排列形象來幫助內容的
手法。例如英國詩人George Herbert 便是。但他的作品不多，
影響不大。二十世紀時，美國詩人龐德，受了中國文字六書之中

的"象形"等手法之啟示，掀起"意象派運動"，此後，便有詩人，有意識的去排列拼音文字，使之成爲與詩的內容相羈的圖形，以便配合其意義及主題的發展。例如 E・E・Cummings 以及 W・Burford 等。

中國新詩人對圖像詩，並不熱衷，但圖像詩的風氣却不斷的直接從歐美、間接從日本，倒流了回來。曾留學日本的詹冰，便常寫圖像詩。其他的人，多半利用圖像詩的手法，使分行詩產生一些變化。尤其是在 1971 年左右，這種雜圖像詩、分行詩的手法十分流行。

(4) 外來語：

自從 1920 年教育部正式通知全國學校採用"新式標點符號"後，中國的白話文及口語，便開始明顯而不斷的產生各式各樣歐化情形。中國過去遇到外來語，多半用意譯及音譯來處理，例如許多佛門術語，久而久之，也變成了中國語言的一部分。

大部分的現代作家，都常用英語或印歐語系的語法來寫白話，久而久之，連日常口語，也都有一些歐化了。

新詩人除了音譯及意譯外來語外，還直接用外來語入詩。例如聞一多的＜秋色＞：

　　Notre Dame 底薔薇窗，

　　Fra Angelico 底天使畫。

王辛笛的詩名爲＜Farewell＞、王獨清的＜我從 Café 中出來……＞等。也有整句引用外文，或插入外文片語的。不懂外文的人，是一點也看不懂的。這種情形，一直到現在，還屢見不鮮。

紀弦還把法文動詞變化直接引用入詩。

新詩人在詩中呼喚人名時，亦常喜歡用英文字母為代號。例如王辛笛的＜HT，你喜歡家嗎 ＞等等。甚至連呼喚中國名字時，也用英語拼出。如田間的＜人民底舞＞中有句云“老Keu／指揮着／這一大群／……”當然，也有直接呼喚英文名字的，或英文名字的音譯。

二　內容精神方面

⑴ “浪漫主義”及其他：

中國新詩從 1918 年起至 1948 年止，大體上是籠罩在“浪漫主義”的範圍之內的。西方“浪漫主義”一詞，定義複雜，並不完全適用於中國，然中國新詩運動的倡導者，多熟讀英法德意的浪漫文學，對西方浪漫精神，多少有所吸收。到了中國，變成了下面各種不同的面貌。例如國家主義、理想主義、個人主義，對方言及民間歌謠的蒐集及模仿，對弱小民族文學的關心及介紹，，對傳統主流文化制度之攻擊……等等。他們反對禮教（有時也反對宗教），歌頌自由戀愛，愛出國旅遊冒險，寫有異國情調的詩章，傾吐內心的憂傷、熱情，常把血、淚等等，交織成一片，大量的在筆尖流露。

不過，在這“浪漫主義”的骨子裏，却是中國人的“實用心態”，那就是：感時憂國，復興中華。大家希望藉“浪漫主義”所產生的力量、精神與熱情，可以使中國改頭換面，成為富強的國家。

因此，當有些人看到＂浪漫主義＂無法立竿見影，立刻生效時，便都轉向至＂寫實主義＂或＂共產主義＂。他們把＂共產主義＂理想化、浪漫化了。爲達目的，不擇手段，於是從極端的＂個人主義＂，一下子轉入了極端的＂集體主義＂。

(2)　＂現代主義＂及其他：

＂現代主義＂根據西方學者的定義是指十九世紀末到二次大戰後，這一個階段的歐洲及美洲文學。大約說來其源頭有＂象徵主義＂、＂虛無主義＂、＂佛來則（Frazer）的神話理論＂、佛洛依德的心理學理論＂、＂馬克思的共產主義＂、＂尼釆的超人與無神論＂、＂超現實主義＂、＂意象主義＂……等等。其特色如下：㈠反傳統、反流行、反中產階級的價值體系，反僞善、反虛飾、反工業文明、反宗敎、反戰爭、反社會權威、反一切現成的制度及禮俗（其中有濃厚的反文化的傾向），反浪漫主義的濫感濫情（但骨子裏却無法完全擺脫浪漫主義的影響）。㈡主張感覺至上，提倡感覺的眞誠，力求感性及感覺的革命與更新，並以之爲根據，創造全新的形式，全新的風格，多方實驗各種技巧，務必求其新奇驚人，但其中心思想，往往以虛無主義爲歸依。㈢不斷的做自我膨脹，或自我解剖、自我傾吐，不斷的尋找新的角度、新的靈視；不斷的在創傷中得到安慰，在不安中尋得美感；不斷的創造出反英雄、反古典形式，甚至於反形式本身的前衛作品。㈣不斷的發掘問題、提出問題、而不解答問題，他們認爲問題本身就是答案。㈤在技巧上利用＂意識流＂、＂超現實手法＂、＂象徵手法＂、＂自動技巧＂……等等，利用反知性的手法來達到知性的效果，但對一般人所謂的理性，又徹底反對。

　　"現代主義"中的支流很多，特色紛雜，還有集體與個人，無產階級的藝術觀……等等，無法一一條述，而其中，因時間地點的不同而產生相互矛盾，互相衝突的因素亦不少。其中最大的矛盾是，一位現代主義文學作家在他成功的那一刻，也就是他死亡之時。現代主義的作品一旦爲其所反對的大衆接收擁抱，其原始的目的便完全消失了。因此，在理論上，眞正現代主義的作品，應該永遠掙扎在讀者與作者交界的邊緣地帶；而事實上，現代主義的作品，在二次世界大戰後，已變成了新的"古典"。因此，許多學者都認爲在1960年以後，所謂的現代主義，已經名存實亡了。

　　1925年，李金發出版詩集《微雨》，提倡象徵主義，中國新詩開始進入了"現代主義"的範圍。1932年，曹葆華發表＜現代詩歌之背景＞，施蟄存、戴杜衡發行《現代》月刊，使中國新詩正式進入了"現代主義"的預備階段。戴望舒、卞之琳、馮至、紀弦、穆旦、辛笛、陳敬容、鄭敏、袁可嘉……等詩人，都在朝"現代主義"中的某些領域邁進。

　　抗戰軍興，現代主義的手法技巧、浪漫主義的精神及中國傳統的詩法，有奇異的組合。現代主義中傾向無產階級的那一派，與由浪漫主義轉變成共產主義的那一派，結合在一起，在中共政治掛帥的文藝政策下，漸漸變質，在 1949 年後，便完全消滅了。

　　1953年，紀弦出版《現代詩》季刊，次年成立了"現代詩社"；更於1956年成立"現代派"，主張"揚棄並發揚包容了自波特萊爾以降一切新興詩派之精神與要素"，他所揚棄的是"共

產主義"及"無產階級藝術觀",所肯定的是"象徵主義"、
"主知主義"、"純粹詩運動"。現代派詩人力言反浪漫,但詩
中浪漫成分還是很大;他們努力主知,然詩中的知性並不多。許
多詩人走的路子,多在"象徵主義"與"超現實主義"之間,間
或受"意象派運動"及"圖像詩運動"的影響,作品大多爲抒情
詩。紀弦對"現代詩"的認識,大半從日本而來,他之所以提倡
"主知",亦與日本的"現代詩"所走的路向有關。

"創世紀"詩社約在 1958 年左右開拓,接受了"現代主義"
並開始摸索實踐。瘂弦在 1958 年發表的<給超現實主義者─紀
念與商禽在一起的日子>,及 1959 年發表的<從感覺出發>可
爲證明。 1959 年商禽發表 <長頸鹿>、<滅火機>,預示了
"創世紀"在"超現實主義"方面的探索。到了 1964 年,洛夫
譯<超現實主義之淵源>時,超現實主義已成了"創世紀"的旗
幟了。在五十年代與六十年代間,香港文壇的《文藝新潮》及《學
生周報》譯介了一點南美墨西哥等國的現代詩,是屬於拉丁美洲
式的現代文學,對創世紀的部分成員,亦產生了一點影響。

"藍星詩社"開始是受英美浪漫派及法國象徵派的影響,主
張穩重而保守。因此與紀弦的"現代派"格格不入,並爲"現代
主義"的問題大打筆仗。筆仗過後,"藍星"諸子雖不盡同意現
代主義的種種,但在詩風上,也漸漸現代化了。其中改變速度最
快也最成功的,首推余光中,次爲葉珊。余光中於1958年留美,
一年後回國,作品開始急速"現代化"。 1962 年,余氏"現代化"
的方向與洛夫的主張產生了歧見,引起一場戰爭。余氏發表<再
見,虛無>一文,開始回歸中國傳統。 1964 年,余氏再度出國,

看到現代主義在歐美已經走了下坡路，便開始認眞檢討中國新詩中的"現代主義"。

"笠"詩社的成員，通過日文及英文、德文、對歐美的現代主義中的各種流派，都有接觸，對後起的"卽物主義"亦很熱衷，然作品不多，手法保守，並沒有造成論戰，影響也相對的減低。1971年以後，現代主義的熱潮慢慢消退，大家紛紛回歸傳統，但現代主義中的某些技巧和手法，主題和精神仍然存在，其中一部分詩人，私淑三十年代某些作品（例如艾青、田間等浪漫與共產主義混合的詩篇），重新開始寫一些類似以無產階級藝術理論爲指導原則的新詩，引起了一陣風潮，然因藝術成分不夠，旋起旋滅，影響甚微。此外，俄國詩人例如馬雅可夫斯基、葉夫圖先柯，南美智利詩人聶魯達，對他們也有一點影響。

(3) **抽象名詞與抽象思考：**

中國傳統詩中很少把"美德"、"智慧"、"時間"、"命運"、"死亡"加以擬人化後，變成詩人描述或傾訴的對象。受了英詩的影響，新詩人開始寫"給命運"、"給死亡"、"給憂鬱"之類的作品。中國傳統詩人，喜歡用具體的事物來傳達抽象的意義或感情。西方詩人，則常常通過幾個抽象名詞，做抽象的思考，例如 Samuel Johnson 的 " Vanity of Human Wishes "：

> Let Observation with extensive view,
> Survey Mankind, from China to Peru;
> Remark each anxious Toil, each eager Strife,
> And watch the busy Scenes of crowded Life;

Then say how Hope and Fear, Desire and Hate,

Where wav'ring Man, betray'd by vent'rours Pride,

To tread the dreary Paths without a Guide.

中國新詩人，雖沒有通篇如此，但類似的句法則時常可見。

(4) **面具式的主述者：**

中國傳統詩人的第一人稱，大部分都是指自己。受了西方現代詩的影響，許多詩人開始" 有意識 "的帶上各種不同身分的面具，使新詩中的主述者，變化多端，敍述觀點也變化多端。以我自己爲例，我便受了龐德及艾略特等現代詩人的影響，擴大了我自己作品中主述者的視野。

上面所舉出來的是這份綱要中的主要部分，許多結論式的斷語，都需要在正式論文中補上證據，推論及參考資料。(3)、(4)兩則是屬於詩學本身的問題，其後還包括詩的" 音樂性 "（ 例如所謂" 內在節奏 "的問題 ）、" 比喻手法 "（ 例如" 玄學派 "比喻的問題 ）……等等 ，無法在此一一舉例 。 又文中所用的術語如" 新詩 "、" 白話詩 "，兩者意義相同。" 現代詩 "則是" 白話詩 "中的一種而已。

羅　青

＜西洋文學與中國詩＞，

（ 台 ）《 中外文學 》9.12.(1981)，82-90。

詩歌語言的複義

一 歧解的三種存在方式

詩的語言雖然歧解紛紜，但作者寫詩時只有一義入詩，讀者解詩時必須儘量追出這一義，這是中西傳統詩學的原則。歷史上多少注疏家窮畢生精力，就是在幫助讀者完成這個任務。但是，在某些情況下，這個任務根本無法完成。例如："烽火連三月"，是三月份還是三個月？"悲涼楚大夫"，是屈原還是宋玉？但這些歧解的共處是互相排斥的：X＝A，或B、或C……

某些學者指出，對歧解可取另一種態度。元稹悼亡妻詩："唯將終夜長開眼，報答平生未展眉"，自比不閉眼的鰥魚，也就是發誓終身不再娶。陳寅恪先生指出："有人解通宵不寐的痛苦煎熬，亦可說得通……讀者不妨兩存其說。"但允許後一解的存在是一種讓步：$X_1 = A$, $X_2 = B$, $X_3 = C$……歧解之間沒有關係，它們是陌路旅客共居一室。

歧解實際上還有第三種存在方式：它們同時有效，並且複合起來組成一個綜合的意義，$X = A + B + C$……。遇到這種情況，文學研究者非但不應當消除這些歧解，相反地，應當幫助讀者理解這些歧解的微妙的複合關係，因為它們組成了一個"家庭"。

我國古典詩論最早指出了文學語言中的這種現象。《文心雕龍・隱秀篇≫說："是以文之英蕤,有秀有隱……隱以複意爲工。"
這段話一般理解爲是在討論詩歌語言的"文外之重旨"。范文瀾
先生用陸機"文外曲致"注之,也是基於這種理解。但是,筆者
覺得<隱秀>現存的殘篇中,除了討論詩歌語言"意在言外"的
特徵,也就是激發聯想能力之外,也兼談一言多義的現象,證據
是這段文字中三次提到"譬爻象之變互體"。范文瀾引≪左傳≫
杜氏注:"言其取義無常",就是多義共存的意思。在唐以後的
詩話中,也不斷接觸到這個問題。李光地≪榕村語錄≫說:"句
法以兩解更入三昧"。王應奎≪柳南詩話≫認爲:"詩以並涵兩
意見爲妙"。清人浦起龍還發明了一個術語,他在評杜甫"將軍
別換馬,夜山擁雕戈"時指出:"結聯是勇敢,是急遽,兩墻頭
語,妙極。"但我們必須承認,我國古代文論在這個問題上都沒
有充分展開;而我國現當代文論,除了錢鍾書最近在≪管錐編≫
中幾處論及此問題外,其他人似乎很少注意過文學語言中的這個
重要現象。

　十九世紀以前的西方文論家對這個問題恐怕不如中國古人敏
感。黑格爾說:"在藝術的領域裡沒有什麼是幽暗的,一切都是清晰
透明的"。英國著名批評家哈茲列特則認爲:詩人的任務是"解
開自然界織在事物周圍的聯想之網"。這種傳統看法當然不是沒
有受到過文學實踐的挑戰,但只是到本世紀二三十年代英美新批
評派把現代語義學引入詩歌研究後,對這個問題的系統的科學的
闡明才有了可能。

二　《含混七型》

　　1930 年，英國劍橋大學一個剛取得數學學位又轉攻文學的21歲的大學生燕卜蓀（W. Empson），發表了一本在現代文學批評史上佔有極重要地位的著作：《含混七型》。此書以大量例證說明，複雜意義不但是詩歌語言的普遍現象，而且是詩歌的強有力的表現手段。他沿用了西方文論中一個貶義的舊名稱，叫它爲"含混"，並把它分成七型。這七型是：

　　一、說一物與另一物相似，但它們却有幾種不同的性質都相似；二、上下文引起數義並存，包括詞義本身的多義和語法結構不嚴密引起的多義；三、兩個意思在上下文中都說得通，存在於一個詞之中（即語義雙關）；四、一個陳述語的兩個或更多的意義互相不一致，但結合起來反映作者的一個思想綜合狀態；五、作者一邊寫一邊才發現他自己的眞意所在，所以一個詞在上文看是一個意義，在下文看又是一個意義；六、一個陳述語的字面意義矛盾，迫使讀者找出多種解釋，而這多種解釋又互相衝突；七、一個詞的兩種意義，一個含混語的兩種價值，正是上下文所規定的恰好相反的意義。

　　這七型中，對我們理解複義現象最重要的是第一型和最後一型。燕卜蓀說明第一型時首先分析莎士比亞《十四行詩集》第七十三首中的一句：

　　　　荒廢的唱詩壇，再不聞百鳥歌唱。

爲什麽百鳥歌唱的森林與敎堂唱詩壇相似？燕卜蓀認爲以下各點

都說得通：因為教堂和樹林中都有歌聲；因為唱詩班與鳴鳥都排成行列唱歌；因為唱詩壇也是木製的；因為唱詩壇被教堂的墻掩蔽着，像樹林一樣，而彩色玻璃的窗子又如花和葉；因為教堂已荒廢，光禿的灰墻就像冬天的樹林，甚至可漏進天光；因為唱詩班少年冷漠而又顧影自憐的美色與莎士比亞對《十四行詩集》受贈者的印象結合；因為其它各種現在已難以追認的社會和歷史原因。

燕卜蓀說：僅此一型就"差不多把文學上有價值的東西全包括在內"，足以說明"含混的機制存在於詩的根基之中。"

燕卜蓀用來說明第七型的例子中有濟慈的＜憂鬱頌＞：

　　當憂鬱猛然自天而落，

　　好像來自哭泣的雲影，

　　那雲滋潤了垂首的花朵，

　　用四月的尸衣把青山覆蓋。

四月的春山被裹在灰色的尸衣裡；使花兒復甦的甘霖却是雲的哭泣——這是希望還是悲哀？

燕卜蓀這本書的力量主要來自旁徵博引。他仔細解析了十九個詩人和作家的兩百多段包含着含混的作品，而且例證主要來自十七至十九世紀的詩人。這種選擇當然是有意為之的。人們總以為只有現代詩才充滿着故意製造的含混，沒想到燕卜蓀證明了那麼多古典名句中竟充滿含混。美國新批評家布拉克墨爾1931年讀到此書時十分激動，立即寫信給著名現代派詩人斯蒂文斯，說燕卜蓀所描述的正是斯蒂文斯多年來在創作中追求的東西。

在讀完這長達三百多頁的例證詳解之後，我們很難不同意燕卜蓀的結論：“這些含混大部分是美的。”

三　含混說之含混

　　燕卜蓀的《含混七型》這本書，給了現代文學理論界一個久久迴盪的震動。美國新批評派主將蘭色姆說：“沒有一個批評家讀了此書後還能依然故我。”於是許多批評家都來搜捕含混，從荷馬到法國象徵主義全被篦了一遍。當然，對此書的批評也並不比讚揚少。這些批評的出發點之分歧，反映了現代批評流派之紛紜複雜，我們不能在此細論。但《含混七型》這本書可商榷之處，的確是相當多的。

　　首先，燕卜蓀使用的“含混”這個術語本身就是含混的，這是文學理論（一種科學性文體）中所不應用的。這個術語之不確切，造成了大量誤解。美國批評家威爾賴特在五十年代初建議把此詞改成“多義性”；六十年代初美國女批評家諾瓦特尼使用了另一個稱呼“語外義”，這二者都難盡如人意。筆者冒昧地建議改用《文心雕龍》中的術語“複義”一詞，來稱呼詩歌語言的這種現象。

　　燕卜蓀的術語使用不當並非偶然，他對“含混”的解說本來就是游移的。他說：“含混指你的意思不肯定，有意指幾個意思，可能指這個或那個，或兩者都指。”但他又強調：“純粹的第三型（數義共存而不複合）沒有價值可言……雙關語的兩義無關聯就是無聊逗樂。”這說明他對複義之必須“亦此亦彼”而不能“或此或彼”缺乏鮮明的態度，對歧解必須複合的重要性未能給予充分重視。

這七型的分類也很勉強，例子可以相互套用。燕卜蓀說他是經過仔細研究，根據"邏輯與語法的出軌程度"來安排這七型，"使含混程度一層層提高"的。這麼說，邏輯或語法越是出軌就越含混？燕卜蓀顯然是無意中把複義的機制過份簡單化了。

那麼，究竟在什麼情況下複義的存在才是合理的呢？

就拿燕卜蓀認為最常見的第一型來說：如果我們說M像N，因為共同有S性質，那麼S的範圍就必須受上下文的限制，不僅要在全篇範圍內說得通，要在作品產生的具體社會環境和語言環境中通得過，而且它們合起來應當成為全篇作品的有機組成部分。如前例中燕卜蓀說唱詩壇與樹林都是木製的，這就如說"愛人像玫瑰"是因為她們都要喝水一樣沒有意義。當然，詩情完全可以違反常情。如"秋色老梧桐"，"日色冷青松"等句，說秋色使梧桐老，日色使青松冷，合於常情；說梧桐使秋色老，青松使日色冷，合於詩情。這兩句是複義的好例。相反的例子，杜甫＜醉時歌＞："清夜沉沉動春酌，燈前細雨檐花落"，注家對"檐花"有兩種解釋：檐邊之花；檐雨如花。《杜臆》作者明人王嗣奭，聲稱他在夜裡親眼看到"檐水落面燈光映之如銀花"。傅庚生先生說這樣來親身體驗詩的具體環境，態度很審慎，與前後寫喝酒的文字聯繫在一起更覺有理。這樣，"檐花"中的複義就不成立。

燕卜蓀的《含混七型》一書處處顯示出一個天賦甚厚的青年學者敏銳的洞察力，但此書只是開拓了一個戰場；對複義問題的大量研究工作是繼他之後的學者們做的。

四　複義的標準

新出版的錢鍾書先生的《管錐編》，在前四卷中多次論及複義問題。把這些論述歸攏起來，可以說是國內學者對此問題迄今最清晰的說明。

本書一開始就論述了中國古代哲學中 " 一名數義 " 的現象： " 賅衆理而約爲一字，並行或歧出者分訓得以同時合訓，使不倍者交協，相反者互成 "，錢先生指出，這種現象爲 " 詞章所優爲 "。然後，錢先生陸續舉了一些文學作品的例子。如說庾信＜咏鏡＞ " 月生無有桂 "，是 " 取明之相似，而亦可取圓之相似 "，也就是說在同一詩句中出現了 " 比喻多邊 " 現象。在注＜離騷＞ " 謇吾法夫前修兮，非世俗之所服 " 二句時，　錢先生指出注家王逸 " 不悟二意之須合 "。這些論述言簡意賅，比燕卜蓀清楚得多地指明了複義的機制。

根據中外學者的論述，我們可以把複義的定義歸納如下：文學作品中同一陳述語在它所處的具體環境允許下具有幾種意義，這些意義不是分立的歧解，而是能夠互相複合互相補充，組成一個意義複雜的整體，這種現象就稱爲文學語言之複義。顯然，科學性文體、實用性文體，應盡量避免複義。但在文學中，尤其是詩歌中，複義非但難以避免，而且是應當很好加以利用的表現手段。

當然，質量差的詩，尤其是現代詩中，充塞着所謂 " 無能含混 "（ inept ambiguity ），又稱 " 不誠實朦朧 "（ insincere obscurity）。《文心雕龍》早就指出這些東西是"晦塞爲深，雖奧非隱"。但是，這個問題很難鑒別。燕卜蓀說："我只揀我認爲好的詩舉例"。我們也只能依靠批評家作爲一個理想讀者的判斷力。

有人聲稱複義問題"一方面與具體語境有關，另一方面與整個語言結構有關，這問題要寫一本書、許多書，用一章篇幅不可能說得清楚"。此言信然！在這裡，筆者只是嘗試從造成複義的不同機制出發，進行一個粗略的分類。應當指出，在這幾類外，尚有其他複義類型，但因篇幅所限，只能從簡。

第一類：詞義性複義。在文中出現的幾個意義，基本上都是"詞典意義"（即最常用的詞義）。雙關語是這一類複義最常見的形式。《詩人玉屑》引《雪浪齋日記》："荊公詩："草深留翠碧，花遠沒黃鸝"，人只知"翠碧"、"黃鸝"爲精巧，不知是四色也。"正因爲是顏色，所以鳥能留於深草，沒於遠花，這裡顏色與鳥名組成很有意思的複義。當然，不一定只有雙關語才是詞義性複義。例如王灣的名句："海日生殘夜，江春入舊年。"從曆法上說，這是指立春落在歲末；但從詩意來說，也是北國人感嘆江南春早，年關未到而已覺春意。日人遍照金剛《文鏡秘府論》中的"十體"之六"映帶體"，實際上也是一種詞義性複義，其最著名的例子是文天祥的"惶恐灘頭說惶恐，零丁洋裡嘆零丁"。錢鍾書先生指出，歐美也有這種文學語言的"映帶"技巧。

詞義性複義實際上無法翻譯，但碰巧也能譯出。如艾略特的《荒原》中有這樣兩行：

　　她機械地用手理理頭髮，

　　在留聲機上放張唱片。

“機械地”原文是 automatic, 應解作“漫不經心地”。但此詞
暗指人亦似物（留聲機）一樣沒有意識。這樣的中英文巧合並不
常見。

　　第二類：語法性複義。馬拉美曾怨嘆法語不如英語的語法關
係鬆弛，法語詩常被束於單解之中，他要追求復義只能破壞句法。
破壞語法，這實際上成了現代派的技巧特徵之一。燕卜蓀頗爲英
語句法表現複義的能力而得意，但是漢語，尤其古漢語、句法束
縛之鬆弛超出英語不可以道里計。中國古典詩歌的語法複義或許
是全世界最豐富的。我們隨手拈幾個例子。晏幾道：“從別後，
憶相逢，幾回夢魂與君同”，“君”可以指男方（說話者），亦
可以指女方（模擬對方口氣），實際上是兩者兼指。溫庭筠：“籠
中嬌鳥暖猶睡，簾外落花閑不掃”，是天氣暖還是鳥覺得暖？是
花閑還是人閑？弄不清，這裏的語法複義組成一片慵懶氣氛。至
於杜甫名聯：“感時花濺淚，恨別鳥驚心”，這主語不明的語法
複義已經是衆所周知了。還有李白的“吳王宮裡醉西施”，也有
人解爲西施醉了，吳王更醉。

　　英國詩中的好例也很多。僅舉莎士比亞《十四行詩集》中的
一句：“殘枝對着寒風搖晃……”，被風搖晃，是殘枝朽敗；向
風搖晃，是殘枝的掙扎。這裡主動與被動的意味不明，造成了幾
乎概括全詩精神的深刻複義。

　　第三類：比喻性複義，這就是燕卜蓀所說的第一型。確如燕
卜蓀所說，其存在之廣泛遠遠超出我們的估計。在漢語古典詩歌
中的很多比喻，美就美在比喻點不明。“床前明月光，疑是地上

霜 ”，是月光顏色如霜，還是月色淒涼感如秋霜之寒意？有時甚至比喻點在字面上說明了，依然具有複義，如 “ 天街夜色涼如水 ”，“ 霜葉紅於二月花。 ”

一個由具體名詞變來的性質形容詞，往往是一個 “ 壓縮比喻 ”，這時也會出現複義。如 “ 清輝玉臂寒 ”，是膚色潔白，是豐腴滑潤，還是纖巧可愛？不清楚。

第四類：反說性複義。當複義是由完全相反的意義合成時，它們不是在衝突中互相抵消，而是產生一種高度緊張的複合，就像弓與弦之間的對抗，就像拱門石塊間的推擠。反說性複義是最複雜的，遠不止燕卜蓀的第七型所解釋的那幾種。燕卜蓀自己在《含混七型》一書的第一章所引陶潛＜時運＞中的兩句詩，就是另一種情況：“ 邁邁時運，穆穆良朝 ”。燕卜蓀說這兩句詩 “ 把兩套時間標準放在讀者頭腦中 ”，複義產生在上下文對同一事物完全相反的描繪上。其實，這種反說性複義，在錢鍾書先生的早年著作《談藝錄》中就曾引用王國維＜出門＞一詩加以說明，並以 “ 主觀時間 ” 理論解說之。在《管錐編》中，更以三十多個中外例子說明了這個問題。

反說性複義有許多亞型，限於篇幅無法細論，這裡只講一下中國詩論中似乎從未提及的一種 “ 克制陳述 ”（understatement）。例如莎士比亞《羅密歐與朱麗葉》一劇中茂丘西奧受了致命傷後說：“ 是的，它（傷口）沒有井深，沒有門寬，但這一點也能夠了。” 這裡的複義表現出人物臨死不改的歡樂天性。在 “ 溫柔敦厚，詩教也 ” 的古代中國，這種複義特別多。辛棄疾：“ 如今識得愁滋味，欲說還休，欲說還休，却道天涼好個秋 ”，把這種手法的目的和機制全點破了。這類複義的最佳一例是人盡皆知的王翰＜涼州詞＞中"醉臥沙場君莫笑，古來征戰幾人回"二句。施樸華《峴傭說詩》評曰："後兩句作悲傷語讀便淺，作諧謔語讀便妙"；也有人說它既非悲傷，亦非諧謔，而是悲壯。實際上這是一行典型的複義詩句，互相衝突的感情被兼容並蓄爲一個無法分割的整體，旣是悲傷，又是諧謔。

趙毅衡

＜說複義──中西詩學比較舉隅＞，
（北京）《學習與思考》2(1981)，68-72。

《羅摩耶那》在亞洲各地

本論文旨在研究亞洲各地歷史文化與印度教接觸，印度史詩《羅摩耶那》所扮演的角色。一邊分析，一邊並測定、評估印度教文化藉羅摩故事，擴及亞洲各地，其性質如何。

歷史家通常比較注意佛教從印度傳入亞洲各地的情形。印度教這方面由印度外移，傳入亞洲國家的現象，可也一樣的壯觀。《羅摩耶那》在這個過程裡扮演的角色最重要了。亞洲國家差不多個個都有羅摩故事，可見印度教與亞洲文化接觸之密切。大家對印度教文學──特別是《羅摩耶那》、《摩訶婆羅多》兩首史詩──不覺興趣盎然，百般的重視。兩首史詩也跟着佛教巴利文正典，受到大家接納、吸收。

西元開頭幾個世紀，《羅摩耶那》好像就從印度傳到了亞洲各地。傳移的路線有三條：北線走陸路，將故事由旁遮普、喀什米爾傳入中國、西藏、東突厥斯坦；南線走海路，自古甲拉特、印度南部傳到爪哇、蘇門答臘、馬來亞；東線則又走陸路，由孟加拉傳進緬甸、泰國、寮國。越南、柬埔寨的羅摩故事，有部分得自爪哇，部分經東線從印度傳來。

傳遞羅摩故事的，有印度教徒也有佛教徒。歷史家往往很容易把古印度的印度教徒與佛教徒，判分爲二，強調印、佛信仰，教義不同，殊不知古印度佛教其實也屬於印度教文化，源自印度教文化。佛教徒引用了相當多印度教神話、軼聞、傳說。有關佛陀前生的本生故事，其實泰半源自古印度教民間傳說。因此，羅摩故事佛教徒、印度教徒都非常喜歡。

當然，接納了羅摩故事的國家，其國民大都依自己的文化，將羅摩故事改編過了。改編起來，不但變了形，就是原出處也忘了。許多國家的羅摩故事，都配上當地的背景；重要的城鎮、地點、山川、湖泊，才用印度名字。角色、情節都化成了轉借國的角色、情節，原來哪個是哪個，也記不得了。

爪哇、馬來亞、越南、柬埔寨、寮國、泰國的情形都是如此。唯獨中國、西藏的羅摩故事，仍和印度相同。

Santosh N. Desai 著　　許章眞譯

<《羅摩耶那》——印度與亞洲各地的歷史接觸、文化傳遞工具>，

（台）《中外文學》10.8.(1982)，66-101。

乙　小　說

長篇小説比較研究的理論基礎

　　治中國小說的比較文學學者，習慣稱《金瓶梅》、《紅樓夢》等名著爲中國的 "長篇小說"（凡原文作 fiction 者譯文皆統稱小說，以別於此處之所謂長篇小說 novel，唯另加注釋者不在此例。——譯者注）。　正因西方對 "長篇小說" 之界定向來模糊不清——其包括之範圍極廣，舉凡菲爾丁、斯特恩、直到羅布格利葉之各類作品，皆可稱爲 "長篇長說"——以致一般學者爲方便起見，也一向將這西洋名詞沿用到十六至十九世紀間盛行於中國的一種長篇虛構的敍事文體上，而感到心安理得，毫不過份。

　　可是，我們把長篇小說文類的理論基礎作通盤整理之時，却遭到不少困難，甚至懷疑大家採用此一西洋術語來指稱中國小說，根本是很有問題的。我們再把西方批評界各種有關的理論文獻略翻一遍，即更容易產生一種印象，認爲就某些方面而言，此一文類確屬西方傳統獨特的產品——認爲文藝復興之後的西洋文學及一般美學的發展對它有相當的影響和限制，不過，事實却十分出人意表。我們發現，即使將西方特有的因素去除，大家究竟還能在中西小說傳統的某些重點上，看出兩者之間共通的地方，因而更有理由在中國文學裡繼續使用＂長篇小說＂這個術語。這些共通點，在晚近西方小說理論家的分析裡表現得分外清楚明白。他們設法抽掉文類中非必要因素，然後深入文類探索其精髓之所在，這樣做實際已展示出若干可予釋定此一文類的準則。這許多準則，毋須受到過分歪曲，即可放諸非西方的散文小說體而通用。下文我們擬先分析幾點有關西方近代長篇小說之中心理論，然後再進一步考慮這些西洋觀念是否適用於中國的長篇白話散文體小說，而最後則推論＂長篇小說＂此一西洋術語的確可在中國文學裡沿用下去。結語中，我們還稍微涉及長篇小說在文學史上＂必然＂產生的論說，以及作為一個橫貫東西的文類，它在文化層面上所展示的意義。

　　踏入正題之前，我們先重溫一下長篇小說在東西方文學史上各佔的地位。大概處理此一文類最簡便的方法，即純粹把它看作整個敍事藝術持續不斷的傳統中一個＂最新＂的階段——正如文類的英文名稱 novel（新穎）的原意所指。事實上，在其他的歐語國家裡，長篇小說幾乎都被稱作 roman——此稱原來起自盛行於中世紀及文藝復興時期的所謂 romance（中古傳奇）文體——這就愈加強調了長篇小說在整個敍事文體的發展過程中所據的承接歷史、維繫傳統的地位。持相同意見的西方批評家，常常更進一步把長篇小說的淵源往上追溯以迄史詩，務使史詩、中古傳奇及長篇小說這三個階段，可同歸於一大敍事傳統之中。如此，學者則可迴避文類之間因分界不清而產生的種種混淆，他們不必再費神去整理古典期之後出現的所謂＂擬史詩＂與中古傳奇之間的區別，更毋須爭論長篇小說於何時脫胎自中古傳奇等等問題。另

外一些理論家眼光放得更遠，他們斷定可在長篇小說文類之中，
看到史詩般的文化大集成，再一次的出現。他們認爲，經過歷史悠
長的風霜與動盪，這種古典文化的大集成已逐漸消散，它到了啓
蒙時期却再度應運而出，成爲反映新時代新思想的文學媒介。這
樣的論說，十八世紀的學者早已明白提出過，後來到了二十世紀
的論著之中又重新出現。此等學者旣堅持長篇小說之誕生與意義
皆根源於史詩，則自然依據彼等對史詩文學之體會，而以古典的
批評標準（基本上仍是亞里士多德式的標準)適諸新興的文體上，
着重作品的結構統一、時間安排及人物塑造等問題。

　　這種關乎長篇小說起源的理論，誠然對於我們了解整個西洋
文學史頗有幫助，但它完全不符合中國文學的情況。理由很簡單：
在早期的中國文學裏，根本沒有一種史詩型的敍事文體可與日後
所謂“長篇小說”的那種散文敍事體對峙。但話雖如此，比較文
學研究的大門依舊爲我們開放，因爲儘管中國的長篇小說無法跟
一種早期的史詩文體拉上關係，它畢竟仍是脫胎自本身固有的文
學傳統而成長的。

　　中國的情形和西方剛好相反。研究中國小說的學者，向來情
願以明清長篇著作之產生，歸諸各種古今俱備的通俗文體（特別
是戲劇和話本小說這兩類）身上。須知“小說”一詞在中國文學
裏實際是涵括了短篇和長篇兩種形式，（當然依舊包括原來的文
言體傳奇、筆記小說以及各種半虛半實的雜類)，因此長短兩種形
式可說早已被視爲根本相通的文類。除此之外，二者皆套用及仿
效說書人的修辭方法，而長篇小說常又稱作“章回小說”；凡此
等等，都可能支持這一種看法。

　　大家環顧中國的文學與思想遺產，即見歷史敍事的文體畢竟仍佔四庫傳統中最大的一庫。所以，爲了更加符合本文討論的主題，我們不如把重心放在探究中國長篇小說和歷史敍事傳統間的血統關係之上。不少研究中國小說的學者，却反而因爲重視長篇小說與通俗傳統之間固有的聯繫，以至忽略了歷史著作在長篇小說成長過程中所佔的關鍵地位。而實際上，無論是從作品所塑造的主要人物來說，或者就作品本身所採用的資料而言，明清小說大多可稱爲“歷史小說”──它並且不斷地從正史中吸收各種文學技巧，包括形式和結構上的手法（如列傳的形式、多重焦點敍述法、慣例的敍述典型及母題等等），以至於史家追求人事大觀之態度等。中國傳統的小說批評家中，最負盛名的如金聖嘆、毛宗崗等，皆曾認眞討論過歷史敍事體與小說敍事體之間的嫡系關係；而他們慣於用“稗史”一詞來指稱各種小說文類，也正是這個意思。此外，明清批評家所述有關結構上的分段，細節上之呼應等表現手法，實際也多取法於古文（尤其是八股文）的批評理論與實際訓練草議而成。此即長篇小說與中國古典文學傳統間之另一聯繫。

　　就文學史的觀點而言，我們固然不可將長篇小說看作一種“憑空而出”“無中生有”的新文體，而認爲它的目的即在反映現代文明發端期中一些前所未見的現實。相反，我們得正視中西長篇小說這兩種文類，與其個別文學的發展和文體的血統之間縱橫相交的關係。不過雖然如此，我們仍可看出長篇小說和以前的長篇敍事文體（西方的史詩和 romance 文學，中國的史書和民間故事）是有根本的差別。西方學者發現，要在純形式的基礎上分辨長篇小說和其他長篇敍事的文體，的確十分困難，他們於是退而求其次，依據內容上的特色以辨定長篇小說為一獨立的敍事文體。舉例來說，許多十八世紀的作家，包括小說家菲爾丁、李查遜及批評家克萊拉‧里夫等；都強調長篇小說是忠於"現實生活"的，因此它顯然與 romance 文學之引人奇想大相徑庭。此外晚近的批評家佛萊在提到中古傳奇文體中之所謂"內心熱情之靈光"時，則用人物塑造之因素作為辨別中古傳奇文體與長篇小說之主要基礎。

此一理論之最具說服力者，則立論時必先斷然以結構組織、人物塑造、內容之虛實等作為識別文類之基礎，然後設法從十七至十九世紀之間（即西方長篇小說的形成時期）的歐洲社會思想背景着手，闡明長篇小說的文類特性。例如盧卡契即曾設想長篇小說為一篇歌詠"末世為上帝所棄"的史詩；此處盧氏不但假定長篇小說和史詩為本質相通的文類，並且還暗中指出居於兩者間的一條意識形態的鴻溝，它把長篇小說和史詩中的昔往"英雄時代"隔分兩岸。誠然，中西長篇小說各有不同的思想背景；但有趣的是，我們在深入文類探究其背後之思想史時，却猛然發現兩個迥異的傳統竟有不少顯著的共通處。我們到此始能問心無愧地以西洋"長篇小說"這術語來指稱中國的作品，而毋須斤斤計較於結構、人物等其他方面的差異。

長篇小說誕生之背景，自有其超乎文學範疇以外的一面。諸如都市化、商業化、工業大革命、教育之普及、印刷術之面世等各種因素，在當時整個歐洲社會經濟的歷史背幕中縱橫交錯，互相影響互相推進着，最後結合起來，鞏固了近代西方世界的中產階級文化。一如伊恩‧瓦特在他那部《長篇小說之興起》裡所說，這種社會與文化上的歷史因素，正是導致歐洲長篇小說產生的原因。我們再回顧十六至十八世紀的中國社會背景，也同樣發現許多與瓦特所說相差無幾的因素；更有趣的是，一種新的散文敍事體竟也伴同此類因素而於中國誕生。當時，中國的社會與經濟因素，如急促的都市化，以洋銀爲基礎的新貨幣制度、拓展海運所帶來的貿易機會，以及印刷業的興旺等等，都確實與白話小說的世界息息相關。這種情況在江南以及東南沿岸的大城市一帶（即當日小說印行之總基地）尤其顯著。此類因素，既然不獨在歐洲的社會裡出現，並且在中國的社會裡亦曾出現，瓦特的假設也就顯得更富說服力了。瓦氏推論，長篇小說之形成不獨基於文學的內在因素，它同時是在各種超乎文學範疇以外的因素上紮根而起的。（要使此說顯得更加無懈可擊，我們只需回顧日本德川幕府時代 “假名草子” 等 “町民文學” 迅速興盛的情形，即知小說文類之消長，的確與都市文化之發達維繫着非常密切的關係。）

　　瓦特的研究固然有其價值，他所提出的論說——社會史與文學史之間繫有必定的關係——也應當可以成立。不過，問題是學者們（包括瓦特本人）仿佛都要從中而聯想出某種不正確的結論來。他們設法從社會經濟各方面的發展中，洞悉某種共存的因素，以解釋都市文化滲透民間的現象；可惜無論他們用什麼 “資本主義的萌芽 ”、 “ 中產階級的思想心態 ” 之類的講法，結果都一樣引起大家普遍的誤解，以爲長篇小說基本上是屬於 “通俗文化” 的。不少學者在研究西方敍事文體時即揭示出他們這種假想。（甚至奧巴哈也在所著《模擬：論西洋文學對現象之描繪》一書中，於認定所謂 “高低文格” 隸屬修辭作用之際，同時暗示文格高低

之分實在與社會的階級繫有關係。）回顧中國的情況，自從二十
世紀的文學革命家紛紛"重新發現"這個道理，斷定白話小說為
通俗傳統的產品之後，幾乎所有研習中國小說的學者都奉之為金
科玉律。由於白話小說的文體逐漸渲變成首要的敍述媒介，而小
說的內容又多圍繞着發迹商戶、綠林俠士、浪人賊盜等各類飽受
剝削的群眾而發展，加上小說家在下筆之際還套用了市井說書的
修辭技巧為標準的敍事模式，故此歷代的讀者自然容易得出結論，
認為小說的確是完全屬於"廣大群眾"的文學（至少是屬於新興
中產階級的文學），而不像古詩古文那樣為高高在上的文士階級
所壟斷。此外，傳統道統派對小說時加輕視，反而加強了本來的
論據，關於這點我們容後再談。

　　就中國的長篇小說而論，這樣的看法也是無可厚非的。明末
的白話小說所以能夠迅速發展，實有賴於坊間印刷術的普及和讀
者群眾的擴增；而另一方面，讀者之能夠有多餘的時間和充足的
資金來好好地欣賞文學，也實在與經濟貿易不斷的發展有關。事
雖如此，我們却仍須申明一點：我們不應以本文所討論的中國長
篇小說歸屬於某種非正統的變風文化；相反，我們該把它視為明
清文士界主流之下的一批極其重要的作品，這樣大家才能得到其
中最深切有力的詮釋。（此處我們的大前提是：任何文類的理論
工作都必須建基於該文類是優秀的作品以為研究的對象，因為只
有深具影響力的著作，才能代表一文類之基本概念和建立它本身
特有的規範典則。）

　　中西的小說都採用了一種比較自由的語文媒體。（在中國是
白話文，在歐洲即各國的語文；歐洲的中古傳奇文體最初是從法

國、西班牙、意大利、葡萄牙等多國的語言——即所謂羅曼斯語，孳乳而成；該文類之通稱 romance，似即因此而來。）但此事本身並不證明小說與社會階級之間必定存有任何特殊的關係。原因之一即在乎中國長篇小說實際採用的語文媒體，它有別於日常生活中的口語，却是小說家揉合傳統文言和市井俗話而成的一種新的文學媒體。我們因此不難理解為何許多一流的明清作家同時也是其他古典文體的作家；這跟西方的情形一樣，喬叟、薄伽丘、但丁、彌爾頓以及歐洲各個語文敍事體的其他先進作家，也都是拉丁文的名家。所以，如果小說裡仍保留着說書人的一批套語，那並不證明它的作者、讀者和書中的人物全是出身低微的俗人，因為它其實是小說家有意選擇的藝術手法，務使在處理那種題材時製造特殊的反語效果。整個問題與作者和讀者“群衆”之間的階級結合，鮮有關連。

　　中國傳統對白話“小說”時加輕視，仿佛定要使它歸為一種普遍通俗的文體。但此處我們需要強調，實際情況並不像二十世紀文學史家所說的嚴重；那種偏見，大概只是清代特有的現象，在十六、十七世紀的文壇上並不十分普遍。既然當日不少文壇的要角（他們可能是作家、出版家、批評家或讀者）都加入了白話文學的行列，我們不妨直接指出，此一新“文類”在他們心目中已成為整個載道文學傳統中不可缺少的成分。我們目睹序跋題署，筆記條目一類的文章將《三國演義》、《西遊記》等作品同其他的古典文學並排而列，對於此說即更能了解。有趣的是，大家一方面對新興的文體隨意批評譴責，一方面却又熱心積極地投入它的行列。這種雙重的態度，竟同樣道出歐洲文壇對長篇小說的興起所作的反應（法國的情形尤其顯著，當時長篇小說遭受的抨擊頗多，但身負大才的作家仍不斷湧現）。

我們要把中國長篇小說純粹看成一種＂通俗＂小說，所面臨的最大困難，不是起源的問題，而是思想內容上的問題：即如何透過人世間生活的描繪來推展作品內涵的意義。我們並不否認，中西長篇小說之崛起與兩個文化的擴散流播有關；擴散面越大，讀者群眾自然越多。可是細看之下，我們又發現其中重要的作品都涵有一種知人知事的深奧的哲理，顯示它與民間智慧有別，而實際與上層文士的藝術傳統更有淵源。此處再要重申：我們這裡所談的是長篇的＂大作＂──誠然，中西文學裡都出現過無數的長篇小說，但其中有不少的著作，都未必能培養出這種思想內涵方面的深度；此類作品，若非被視爲文類中比較次要的產品，則須根本被摒諸文類的範疇之外。

大家時常認定長篇小說始終要受到廣大讀者群眾的支配，此即該文類主要特性之一。無論中西的讀者，都對長篇小說抱有一種藝術的期望，認爲它對人類生活的經驗必可作＂寫實性＂的披露。此種藝術期望非常重要，許多學者甚至因而界定＂寫實主義＂爲長篇小說文類之首要特性。誠然，由描繪社會的風俗禮節及經濟現狀，到塑造人物的內心世界，我們可看出寫實主義各種不同的着眼點。不過一般讀者心目中所期望的長篇小說，却得在人類生存的某種層面上，以可信的客觀形式對日常生活作出比較忠實的反映。接納此種定義的批評家，在處理一些題材超越日常生活的作品時，若不予以歸劃到其他文類去（中古傳奇、寓言文學、志怪文體等等），則或容忍其非現實之敍事架構，而將着眼處置

於它所傳達的某種 " 眞實 " 的歷史和哲學性道理上。就中國傳統的實例而言，學者則嘗以深具歷史濶度如《三國演義》等作品作爲 romance 的例子，以《西遊記》一類作品歸於寓言的範疇之下，而把長篇小說這名稱留給《金瓶梅》、《紅樓夢》那種所謂 " 人情小說 " 。

　　然而， " 寫實主義 " 實在是個含義很雜的專用名詞，大家時常隨意用它來指稱許多不同的觀念。爲求探索其中不同層面的意義，我們在此先辨識 " 寫實主義 " 的兩大領域：一是作品所描繪的事物本身的性質，一是作者描繪事物時所用的手法。以表現繪畫來作比，我們對某一幅圖畫之有 " 寫實 " 的感覺，有時由於畫家選用了熟悉的題材；一籃靜物畫的水果、家居的一角、一幕著名的歷史事迹等；有時則在乎畫家選用了寫實的表現手法：運用顏色明暗法以突出輪廓、調度光影以烘托立體感、保持物體的姿態與比例 " 自然 " ，以及（此亦其中首要的手法）採用炫人眼目的透視畫法等。

　　在文學作品裡，白紙黑字取代了視覺映象，而如何把那種 " 現實感 " 表現出來，就成爲一個愈加複雜而微妙的問題了。先從描繪對象的性質來講，我們對某某小說產生 " 寫實 " 的印象，常常是因爲我們在作品中讀到許多"熟悉"的經驗──我們看到的、聽到的、嗅到的，全是大家在日常生活裡所能經驗到的，有時候，小說的佈景會移置於某些地理與歷史背景皆十分奇異的地方（例如在夏多勃里昂、麥爾維爾等小說家的作品裡即是）；有時候，作品所描寫的社會階層極高或極低，一般讀者都不太熟悉。但儘管如此，小說家仍可在一個相當陌生的環境之中，突出某些大家都熟悉的平凡的場面，加以具體細節的描寫，而使讀者依然對作品產生“現實感”。佛萊提到長篇小說屬於他所謂的“低模擬層次”文學時，似即抱着這種想法。所以他又說：“（小說裡的）英雄乃我輩之一份子。”單就此一準則來界定長篇小說誠然不足，但我們如果能夠依照這樣的說法來看中國長篇小說的發展，則又別有一番體會；因爲從《三國演義》、《水滸傳》、《金瓶梅》到《儒林外史》，我們正好看出中國長篇小說的巨著按照佛萊的“模擬層次”由高而低順序地排列出來。

就描繪事物的手法而言，小說家也運用了各種技巧來突出作品的現實感；例如留意事物的細節，控制故事發展的時間律度，維持前後一貫的視線（即所謂“敍事觀點”），以及加強事態動機與人物個性之說服力等等即是。當然，小說家絕對有權用寫實的方法來描繪虛構的故事，他便可以在處理現實的題材時，採用印象主義、超現實主義、或者近代其他美學運動所鼓吹的虛幻式表現手法。縱使反寫實主義的浪潮已成爲當代小說創作之主流，但它毋須改變我們對長篇小說的文類基本概念之理解。適得其反，反現實潮流本身即可證明寫實傳統的各種準則在長篇小說的黃金時期，確實佔有核心的地位。

無論把着眼點放在內容題材或者敍事手法上，我們都可以歸結一點作爲此文類之基本特性：長篇小說總是力求在一個假想的架構上，創造出與讀者之思想、歷史及個人經驗相符的完整的“世界”。這個小說世界，即使脫離了大家日常所熟悉的生活，却仍可透過紮實的邏輯結構（以別於純形式上的結構）。來加強自身的說服力，讓讀者縱使接觸到一些超乎常人經驗範疇以外的事物，也能體會出連串邏輯因果的關係來（許多卡夫卡的長篇小說以及一流的科學幻想小說皆屬此例）。

長篇小說雖然根基於現實，却往往要越進一個假想的＂非現實＂層次裡去，這可說是此一文類的第二個基本特性。小說家（至少其中最偉大者）在力求忠實地表現（或捏造）一個滿佈可信的細節，深具說服力的完整世界時，必然要面臨現實世界裡一些比較深入的、本質上的難題。小說家一開始去追求客觀現實的世界，則早晚要陷入自相矛盾的局面。他會發現，客觀事物之存在，實際已假定了有一雙外在格物的眼睛，因而已早就確定了一個主觀而相對的觀點。我們由此即可了解，爲何這許多長篇小說都先從現實的基層開始，進而轉入探索有關生命、潛意識等比較抽象的層次裡去。在西方，斯特恩早已開始以冷嘲熱諷的手法攻擊當日流行的陳俗思想，一直發展下來，意識之探索已經成爲本世紀長篇小說的中心主題。在中國，明清長篇小說所認眞要討論的，先是環繞歷史，超自然，以及個人力量之間各種錯綜複雜的關係，後來又轉移到夢境與現實間的分野、個人理想與集體意識之衝突等等問題上。

就主要人物之塑造而言，我們發現，在西方長篇小說的傳統裡，模棱性的英雄人物層出不窮。從朱利恩・索黑爾到摩西・何索，歐美小說的主人翁皆因某種瑕疵而不能成爲完美的英雄——有時由於個人社會地位的關係（身爲棄兒、罪犯、奸婦等），有時則因受到外在環境無情的壓迫所致。同樣，我們把中國長篇小說裡的主要人物——羅列出來，即見劉備、宋江、西門慶、賈寶玉、杜少卿等活像一榜文武不全的落魄英雄。再說，關羽、諸葛亮、武松的英雄事蹟雖然早已街知巷聞，但他們的藝術造型一旦到了小說家的筆下，即難免受到挫折——或因他們自身的缺點，或由他們無可奈何的情性使然（就此一觀點而言，《三國》《水滸》等皆可稱爲“長篇小說”）。

以上的推論，並非主張長篇小說的主人翁必是一些生不遇時的破壞份子，或者一如許多當代小說裡的主人翁那樣是一種“反英雄”。我們強調的是，他們幾無例外都可列入盧卡契所謂的“矛盾人物”之中。換句話說，他們已不獨是一群面對“問題”的人物——其實他們自可依賴本身的潛質來解決任何問題——因爲小說家的主要目的，是要透過此等矛盾人物之所見所聞、透過他們所處的環境，以對人生大體的意義發出疑問。在西方的傳統裡，小說家在探索人生之深意時，大多提出連串與事物的本體及認知有關的問題，諸如，對知識本身的困惑、自我疏離感、人際溝通之艱難等等問題，而此類疑難最常以“愛”的題目演現出來——從此“愛”即成爲整個西方傳統的核心主題。此種內容在中國的長篇裡則佔比較次要的地位。但歸根到底，類似的主題仍可見於君臣、將士、男女、以及朋友之間知人知己的重大題綱之下；此外，亦見於儒家傳統下的首要學問之一：文人修心修身之道。

如上所說，西方長篇小說大半環繞着個人追尋自我，力求一己之個性於外在環境中得到肯定等主題來發展。這種披露意識成長過程的主題，可說在所謂“啓蒙小說”裡表現得最爲突出，某些理論家即因而提出“啓蒙小說”爲長篇小說文類之典範模式。另外一些批評家則着重個人意識如何反映外在世界等問題，因此他們把 Picaresque 小說（浪子遊記）視爲長篇小說之先驅。就章回小說裡常見的段落結構而言，中國雖然也有不少類似西洋 Pi-caresque 小說的作品，惟其 表現方法畢竟與西方不同──它未能將整個境界的意識集中於一個遊蕩人物（即所謂 Picaro ） 身上。故此中西學者把 Picaresque 的概念套進中國的長篇小說裡，難免有所偏差。不過我們或者可以把一些才子佳人式的小說，視作 " 啓蒙小說 " 的雛型，這樣一直到經典之作《紅樓夢》面世，此一形式便已得出最燦爛光輝的成果。

　　從敍事的對象回到敍事的手法，我們又發現長篇小說在人物塑造上的一大特色：以反語修辭爲其慣用的、典型的敍事手法；此亦我們界定該文類的另一準則。換句話說，長篇小說家越來越意識到他筆下所有英雄人物的矛盾本質，而此種態度則難免要驅使他運用曲筆反語法來反映他一手所創的矛盾人事。辨識曲筆反語的敍事手法以爲中國長篇小說的文題特性，一則可使我們理解爲什麼中國的小說家總是要倒他自己 " 英雄 " 的台，並且還要不斷地挫折他們的銳志；二則又頗能將長篇小說跟通俗敍事的傳統分開；三則也較爲切合明末清初時期的思想狀況。雖然讀者通常把《三國演義》、《水滸傳》、《西遊記》、《金瓶梅》等作品，視爲積極模擬人生各種不同境界的小說，但筆者相信，大家如果對原著詳加分析，即可發現四大奇書的作者實際上對民間流傳的故事已經作過極富曲筆意味的修改。

　　此處我們得重新考慮小說家假冒街頭說書敍述套語，作用究竟何在？因爲儘管小說的作者讀者以及內涵深度皆顯示其文化之精神價值有異於市井的說書體，但此種套語畢竟仍是小說家所刻意保留應用的。歸根到底，文人小說家自覺地應用市井的術語，其效果即在使一種強烈的疏離意識介入作品之中，從而讓作者、敍事者可於意識的兩極之間（天理人情之兩極、傳統故事梗概與作者個人主觀意念之兩極）隨意調度他的筆力，終於讓作品帶給讀者更多層次的意義。當然，這套敍事法基本上與西方長篇小說理論家所謂"觀點"和"意識焦點"等手法有別，但它也同樣是依靠多重角度、不同視線所產生的錯覺來塑造它的文學境界。

在自傳式的長篇小說裡，無論作者是否隱藏他自傳的意圖，反語修辭法始終都佔有很重要的地位。西方的自傳形式，從盧梭、歌德而到二十世紀的第一人稱小說，一直不停地發展，終於在小說傳統中形成一大潮流。也可以說，小說家是把主要的模擬對象推移到他本人身上了，而這只不過說明了長篇小說文類發展所趨向的一個必然終點。有趣的是，我們再回顧中國的長篇時，竟也目睹清代的小說大量地轉向自傳式發展。

長篇小說以曲筆反語為修辭的利刃。不但是針對作品裡的人物而發，它的刃鋒有時更刺向作者本人。最後，小說家甚至要對自己以種種模擬手法所創出的整個小說境界，提出疑問。但矛盾是小說家越想在處理行文期間所遭遇的困難時，自由地施展他個人的意志，他就越得面對小說創作的基本條則：長篇小說的內容形式，總不能脫離現實主義的固有局限。正因如此，我們即可於中國長篇小說的發展史中，觀察到小說家漸趨自覺地把各種說書的手法沿用於作品之中。表面上，此等手法（如對句的回目、回末的總結與預告、"說書人"的插語等等）可讓讀者認清故事情節與人物之間的關係；但實際上，它却不外令讀者留意到作家本身的功用——留意到一個作家怎樣透過小說的架構而在人類經驗的無常變易中套上一副理路分明的骨架。

　　大家倘若按照此番論據作一俯覽，則見從中世紀穩定的世界觀以迄現代小說中那種荒唐無意義的價值觀，西洋長篇小說的發展，不但忠實地反映出幾個世紀以來西方文化傳統價值之動盪，並且顯出小說家漸能把握文體中內含的、關乎自我意識的問題了。我們強調長篇小說所處理的是有關人類意識的問題，當然並不等於說其他的文類就不能涉及意識。我們的意思是，就比例而言，長篇小說在這方面的表現是獨一無二的。長篇小說文類的重心不斷地內移（或者應該說，小說家窺探自我意識之視野不斷地擴展，以至把其他的世事都擯之於外），最後得出一個結果來：即個體對自我本質之疑惑，轉而與整個文化和世界觀基層之崩潰，合爲一事。

　　我們翻閱十七到二十世紀的歐洲小說史，就很容易看出這方面的小說理論和當時一般的思想哲學運動之間存有密切的因果關係。著名的例子，有洛克經驗主義和斯特恩的關係，柏格森和普魯斯特的關係等，至於康德以下的現象學派對二十世紀小說傑作之重大影響，更是不容置疑的事實（正如我們要把文藝復興時期的中古傳奇文體，放諸當時各門各派的新柏拉圖思想中，才能看出其中最深切的意義）。此外，我們一般稱爲 “浪漫主義” 的大型文藝運動，也恰巧與長篇小說從發芽到成熟的階段，並起並落。這種吻合對我們了解長篇小說的特性，有莫大的啓發。尤其重要的是，我們從而察覺到小說家如何將作品的重心集結於個人的內在主體上，希望藉此重建那支離破碎的傳統世界觀。

　　文藝復興以後的整個西洋思想史，包括經驗主義、現象主義及佛洛依德主義等等。對中國的長篇小說皆無直接的聯繫。但如上所說，在人物的本質上，在處理人物的方法上，中西小說仍有幾分相似的地方。我們承認中西文化對英雄的基本觀念並不相同。中國小說多講知識學養，少述體力功績；偏重可進可退的靈活，輕視精神意志之堅定；常注意群體英雄之共相，而少集中於黑格爾所謂的"舉世關重的人物"身上。但事實縱然如此，中國小說的英雄即使還是中國傳統特有的產品，曹雪芹筆下的賈寶玉固然是脫胎於傳統的一個英雄典型，我們却仍可將他跟歌德筆下的維特、以及普魯斯特筆下的馬賽相提並論，而發現他們之間依然有不少相同的地方。

此處我們要進一步提出中西小說同樣是在思想界醞釀着重大變遷時誕生的，然後我們討論中西傳統的共同基礎才更有意義。誠然，任何學者要想着意在文學作品與哲學思潮之間找出周密的線索，都很容易陷身於歪曲的論調。不過我們可以概括地說，在明清小說裡，英雄追求實現個人抱負的傾向，實在不能不和王陽明以降之心學思想有關——舉例說，狂禪丹術之類的旁門外道、百門百家學說之齊放，以及威廉・狄百瑞教授所概稱的"個人主義"等等，皆不免對小說家產生影響。正如西方的情形一樣，中國的長篇小說在處理主要人物時採用了反語筆法，基本上也是因爲他們對作家所創的"世界"的本質有所疑惑。所以小說家雖然在創作過程中施展了敍事懸疑、結構組織、切實模擬等純藝術手法，他們最後仍得把小說的重心歸結到文化整體的重點問題上來。一些偉大的小說家的最終目的，也不外乎想藉他們的作品認眞地探究整個文化底層的種種矛盾衝突的關係——個人應該將自身寄

托於社會秩序的大體之中，還是退而求足於自我意志之追尋？高
臥於渺小自足的內在世界，還是進以探索人世間超乎一己之大義？
我們該如何在宇宙表層的混沌，在歷史時間不斷的變易之中，洞
悉一點有秩序有意義的道理來？

　　中西傳統裡的偉大長篇，實在也提出過不少含義極深的問題，
但可惜的是，解決的方法竟像是永遠不能到手的。這根本是長篇
小說文類的一個本質上的矛盾。也就是說，任何足以成為最終的
解決方法，皆因自身受到反語筆鋒的重新評價而顯露出它的弱點。
因此，作品裡常見的一些看似深具啓發性的文字，即使表面上對
主題思想已作出最明白的表態（通常是透過釋道式言談而披露出
來的），但它充其量只帶給讀者一種勉強的收煞；現實的世界滿
佈疑惑，而小說即拴於現實的模擬世界，故此文類的本質根本不
容有一種最終解決問題的可能存在。這一點在明清的小說裡必須
特別強調，因為不少讀者只看到此類文字的表面意義，他們除非
將其中的啓示視為作者個人的意思，即根本否定它的價值，而連
帶把任何嚴肅的思想層面的意義也一筆抹殺。

　　由於長篇小說本質上殆不受任何既定的形式所限，因此無論
在中國在西方，它都能發展自如，常常演變成極具規模的作品。
而小說家仿佛就要以大量模繪精密的細節來替代那些基本上較難
把握的思想和知識上的集成。此種力求廣得的趨勢，在中國的長
篇裡尤其顯著，因為中國除了編年本末體的史籍以外，並不曾有
過任何長篇持續的敍事文體。中西傳統對各種結構的概念儘管不
同，但長篇小說家在努力將大堆的材料作系統的組織時，却都找
出相似的處理方法來。舉例來說，他們都常以幾代的人物為基礎，

來建立循環式的小說結構；極力把各種縱橫交錯的母題組成一個協調的整體；務求平均地發展小說中敍事與非敍事的成分等等。

　　長篇小說由於篇幅龐大和形式自由的關係，還附帶產生另一種現象：有不少批評與注釋的文字，早在中西長篇小說發展之初期已經出現。明清的小說在印刷成書時，往往附有眉批、行間批以及回首回末的總評一類的文字。由此可見，此類作品本來就希望讀者能用批評的眼光來閱讀。批語之中最淺近的幾乎只是對某段文章的內容風格作漫無旨標的評價而已；不過一些上好的評語，則嘗以各種闡釋寓意的讀法，來對小說的意義作比較全面的探討。而最著名的小說批評家如張竹坡、金聖嘆、毛宗崗等，更在他們的論著中巧妙地應用了不少詩詞古文和繪畫方面的理論語彙。大家倘若能夠朝此方向再作深入的研究，大可爲中國的長篇小說造出一套比較完整的理論出來。

　　我們強調長篇小說的創作藝術與批評理論之間維繫着緊密的關係，有兩個原因。首先，我們意圖再次推論，明清時期最好的小說是由一群學養豐富的文人所構想所創作而成的。此外，這現象也道出了中西長篇小說的發展過程中，知識份子意識形態的一大特徵：我們發現，長篇小說在中國和西方的發展期間，多少與他們傳統中的一個“批評的時代”互相吻合。在那所謂“批評的時代”裡，藝術界和學術界的許多思想家，爲使舊傳統能在新的社會經濟基礎上立足，使舊的價值觀更能符合思想知識之新標準，都一一開始對他們固有的文化發出疑問，加以評論，並作重新的估價。在十七至十九世紀，也即歐美長篇小說的形成時期，大家只要稍微提到約翰生博士、希勒格爾兄弟、或者史達爾夫人的名字，即見此一闊大的批評網與新興的散文小說體之間的密切聯繫。中國長篇小說的形成期還要推前一個世紀（大約從 1550 年到 1750 年），當時領導文壇的如李贄、袁宏道、沈德符等人，對這種新興的文體都有很大的興趣。長篇小說的主要成就，在於它能以批評的態度來重建一個新的世界觀。倘若這種說法正確無誤的話，則長篇小說之發展必可一般地反映當時思想界的批評精神，並可進一步幫助我們辨識小說文類本身和其他散體文類的區別。

　　上文我們提過，儘管中西的長篇小說在結構組織、人物塑造以及文學發展史上都有顯著的差別，我們仍有充分的理由可將它們劃歸於同一文類之下。在作出總結以前，讓我們再重溫其中主要的論點。第一，西方學者所提出的，長篇小說的起源與現代以前的整個社會經濟環境之間的直接聯繫，頗能道出中國長篇散文小說之產生背景。其次，中西長篇小說皆立根於寫實主義的表現基礎上；但由於寫實主義本身的局限，小說創作的重心就漸漸地集結到一些關乎人物性格與生活經驗的難題上。小說家要極力對付關乎現實本質的種種疑難，因此反語法成為他們主要的敘事修辭模式，而曲筆的對象則終歸結合到兩個傳統中意識形態的主要基層上。此外，我們還提到，無論在中國、在歐洲，長篇小說的文類都與當時涉獵甚廣的批評精神相吻合，因而說明為何在最優秀的小說作品中表現出來的模擬世界，本質上都是深具批判性的的。

　　最後，我們要從長篇小說文類的基本特性，從兩個傳統在這方面的一些顯著的共通點出發，來試談一兩點結論。長篇小說在中西文化少有交通的情況之下，從兩個不同的傳統中崛起，這實在容易使我們妄下判斷，認定散文體的寫實小說即為人類文化發展過程中必然成分之一，以為不管歷史條件如何不同，它都可以於任何文化傳統中出現。持此一論說的學者，與研究史詩的學者犯了同一錯誤，以為既然不同的文化可產生同一文類，則該文類必為文學創作過程中之必然現象。

我們既知長篇小說在西方成長的社會經濟背景與在中國時的情況有不少共通之處，即不妨更進一步推究其中文學因素與非文學因素間的因果關係。論及個中之原因，某些理論家認為長篇小說的形式正適合反映現實社會積極發展和快速進步的一面(例如，盧卡契即曾說道："長篇小說不若史詩般擁有一顆天眞燦漫的童心，它乃一門雄渾老成的藝術")。有些批評家則以為不然，他們設法論證長篇小說乃與社會制度及傳統價值觀之崩潰有關。其實這兩種說法仍有共同之處，因為大家都同意長篇小說文類，在某種意義上來說，乃基於現代文化愈趨複雜之傾向而滋生的。也可以說，它反映出人類文化的發展到了某個階段時所背負的歷史和文化的重擔。無論如何，就思想發展史而言，長篇小說可說是顯出了現代社會急切追求一個文化綜合體的傾向，急切需要大家對歷史文化作全面的檢討和重新的評價，使其更能切新時代的新需要。

最終一個可能性，即將責任推卸到歐西文化的身上。我們可以辯稱，中國文化本即根基於萬物一體的世界觀、根基於中國的文人長久以來主張人性善惡難定的態度。因此，一個適合長篇小說發展的思想環境，至少在宋代新儒家體系成立以後，已醞釀成熟。再回顧西方的發展，那種奠基於批評現實反映時局的小說文

類，一直要到十六、七世紀思想界發生基層變化之後，才有條件
形成雛體。當然，我們此番推論是否合用、是否有意義？仍待大
家研究討論。但有一點已是十分清楚的：要找出長篇小說的基本
文類特性與形成的因素，我們最好從該文化的思想史着手研究，
這樣，才能得到最結實的成果。

浦安廸

<中西長篇小說文類之重探>，

《中西比較文學論集》（台北：時報文化出版事業有
　　限公司，1980 ），二版，179-193。

中西小説發展過程中的一些歧異現象

這個題目很大，我只能就個人所知所感發表己見。而且僅僅是以中國傳統小説爲主體、西方小説爲客體來從事比較。部分配合侯健先生的講辭內容。

一、新古典主義與浪漫主義：侯先生説西方現代小説有一轉變，即是由新古典主義轉化爲浪漫主義，舉≪愛瑪≫與≪咆哮山莊≫二書爲例。由這一觀點來看中國的章回小説，我們可以説：中國重要的傳統小説中，合乎新古典主義條件的很少；換言之，中國的傳統小説（尤其是長篇小説），大致都是廣義的浪漫主義的作品。小説中的主要人物多半不能遵循社會的一般道德標準，而是情感的，有所超越的，往往也是悲劇的。我説“往往”，當然是意謂着若干例處。林語堂先生曾説：“西方的浪漫人物表示一種強烈衝動的情感，中國的浪漫人物則表示一種甜蜜幽靜的狀態。”（≪清算月亮≫）這話若就小説中的人物來印證，我們至少可以修正爲：“中國的浪漫人物則多半表現一種甜蜜（恬淡）幽靜的狀態。”最典型的代表作是≪儒林外史≫。我們不能説它是一部新古典主義的作品，因爲書中的主要人物都是與世俗的習氣或言行格格不相入的，雖然像虞育德、莊尙志等也是部分社會人士敬仰的對象，但他們既不急於功名，又執守聖賢之道，也正是爲許多人所竊笑的，甚至被視作“腐儒”。至於杜少卿夫婦、馬純上等，更不用説了。但≪儒林外史≫却並不是一部悲劇。

《紅樓夢》就兼具"甜蜜幽靜狀態"和"強烈衝動情感"了。勉強說，《三國演義》是局部帶有新古典傾向（如關羽一角）的作品，但整個的看來，仍不免是浪漫的，悲劇的。明清的一些短篇小說，倒是比較近似新古典主義的作品。

二、中國傳統文學史中，嚴肅的小說和通俗的小說很難作一清二楚的界分：這一點又跟西方的發展不同。我想至少有兩個原因：一是在五四以前，中國素無職業作家。李漁也許是唯一例外。因為"為稻粱謀"的問題根本跟寫作扯不上什麼關係。說得遠一點，創作詩文還可以問鼎於科舉場，間接的為未來的生活開闢一條大路；但小說却從來不是科舉考試的題材。勉強說，話本小說是為了說話人謀生而寫的；但寫定、流傳下來的章回小說，仍是經過非職業性的文人學者潤色，甚至改寫的（如兪樾之改寫平話家石玉崑的《三俠五義》為《七俠五義》）。因此從文學史的立場看，這二者的分野是頗不鮮明的。另一個原因正是因為由話本小說（大致可謂之集體創作）到個人創作的小說(如《紅樓夢》、《儒林外史》等），這當中關係相當密切，很難分出一條界線來。譬如你不能說施耐庵等的《水滸傳》是通俗小說，陳忱的《水滸後傳》才是嚴肅小說；甚至《七俠五義》也有它嚴肅的一面。當然，現代中國的小說，是嚴肅的還是通俗的就較易分辨了。

三、中國傳統小說中少見自白或懺悔錄這一型：西方的"羅曼史"譯作中文"傳奇"，實在是既傳神又恰切，因為唐人傳奇與"羅曼史"的性質與題材都有類似之處，也許唐人傳奇的幅度更寬泛些而已，諷刺小說如《儒林外史》、《二十年目睹之怪現狀》、《官場現形記》（後二者近人把它們歸入"譴責小說"

類，這是細分，就廣義的說法，當然仍屬於諷刺類）乃至《鏡花緣》等，也爲數不寡。但自白和懺悔錄比較少見。《紅樓夢》是曹雪芹的自白和懺悔錄嗎？似乎頗有商酌的餘地。《花月痕》算一部，《野叟曝言》也許可以算半部。除此以外，似難找到更好的實例。

四、中國傳統小說中缺少以少數人物爲主體的作品：中國傳統社會雖然也重視人的價值，但往往是肯定人在家族中、社會中乃至全人類中的價值，而不是西方式的個人主義。中國雖然也有一些偏向個人情懷的作家，但大半是詩人；因此中國小說中儘管有《紅樓夢》、《水滸傳》等着重人物的作品，却缺少以一二特殊人物爲題材的小說。《儒林外史》雖被認爲結構鬆懈，甚至被視作若干短篇的撮合，反而是例外之一。如果抉取跟杜少卿直接有關的情節改編爲一部《杜少卿》的中篇或長篇，就有點像西方的《湯姆瓊斯》或《羅亭》之類的人物小說了。因爲他有完整的人生觀及一個自足的生活世界。《野叟曝言》也可作如是觀（雖然文白是一個有缺憾、甚至變態的人物）。不過比起西方小說史上的成例之多來，眞是望塵莫及。就毛姆所選出的所謂世界十大小說來看，便有《高老頭》、《包華利夫人》、《湯姆瓊斯》、《大衞高普菲爾德》、《卡拉馬佐夫兄弟》等五部是以一至三人爲書名的，此外像《紅與黑》、《傲慢與偏見》其實也以刻劃一二主角爲核心。中國的《老殘遊記》表面是以一個人名爲書名的一部分，其實老殘在書中的個性甚爲稀薄，更談不上什麼性格的發展，他只是書中所寫自然景物及社會（含政治）事件的一個媒介而已，有時甚至連觸媒的作用都極不顯著；再說得嚴重些，老殘在書中時或只是一個道具。他的地位當然是不足與《威克斐牧師傳》中的牧師相提並論的。

五、中國傳統小說中少有玄學式的結構：中國哲學的發展過程中，所謂玄學家頗多，莊子、僧肇，以及若干理學家都是。但中國小說却寫實意味特重。即偶有寓言或象徵式的作品，却很少玄學式的內容，《老殘遊記》第10、第11兩回記中東造山中夜遇黃龍子和嶼姑等的一大節，可說是唯一的例外。《野叟曝言》裡的片段還不能算夠格。西方則以勞倫斯為最佳代表，如《聖馬》中對於男女關係及人世其他現象的許多玄思誕想，便是空前驚人或惑人的；勞氏其他作品中亦或多或少有之。此外，杜思妥也夫斯基的《卡拉馬佐夫兄弟》中有不少由基督教義引申而出的玄思。康拉德也有一些玄奧之想，如《黑暗之心》等。這種現象唯一的解釋是：話本之作原宜於雅俗共賞，而章回小說始終沒有完全脫離這一發展路向，所以避忌玄思，而略偏質實或寫眞。

六、中國小說中欠缺悲壯雄放的偉大作品，這也跟中國的民族性和文化形態有關。靜定的、優柔的、從容的、農業社會的生活方式與意識，不容易向另一極端發展。所謂“天人合一”、或人與自然的契合，實爲中國文化的重心，或不斷追求的最高境界。因此陽剛悲壯之作，在詩中便少於所謂溫柔敦厚的作品，在小說中更是如此。《水滸傳》可算例外，《水滸後傳》一半一半。至於《紅樓夢》、儘管王靜安先生在他的《紅樓夢評論》一書中譽爲“壯美”之巨著，就一般人閱讀時的感受而言，仍不易將它遽列入悲壯雄渾的行列。不像西方，雨果、杜斯妥也夫斯基、巴爾扎克，乃至美國的麥克維爾、傑克倫敦、福克納、海明威等，都是豪邁雄放，或沉鬱厚重的。當然，偶爾穿插豪情之寫照，在中國小說裡倒並不算少見。

七、中國小說中欠缺所謂 " 砂漏（ hourglass ）式 " 的小說：英國現代小說家福斯特在他的《小說面面觀》一書中，有一章題作型式，列舉 " 長鏈式 " 及 " 砂漏式 " 兩類。前者即一般循序發展，因果井然的作品；後者則指小說中的人物地位由始至終恰呈倒置狀態者。他所舉出的一部代表作是亨利・詹姆士的《奉使記》，該書中的男主角史垂則奉其好友寡婦鈕森姆夫人之請，由美國赴巴黎去勸說鈕氏之子查德威倦遊知返；因爲查德威本應在美發展乃爻遺下的事業，却在巴黎迷戀了一位女性。史垂則本來在道義上和在利害關係上（可望婚娶鈕森姆夫人），都是只許成功，不許失敗的；不料一到巴黎，却發現那位美國闊少已變成一位如此溫柔、文雅、從容的青年，幾乎經歷了一番脫胎換骨工夫似的。進而發現這原因來自那女人——維安妮夫人（美美），她是他一生中所見女性中最有風韻和敎養的女人之一。於是他突然轉變了，不但不實踐他原有的使命，反而警告查德威：不得隨意委棄維安妮夫人而他去。倒是查德威自己，反而有些動搖。這就等於是砂漏中原來在左上側的砂流到右下側，右上側的則流注到左下側了。這樣的個例至少在中國傳統的長篇小說中是不容易找到的；中短篇小說裡也許有，但我直到目前還沒有找到。可能的搜索方向是馮夢龍編著的《三言》，凌濛初編著的《二拍》，以及蒲松齡的《聊齋誌異》，紀昀的《閱微草堂筆記》等。不過，可以肯定的是：即使偶有一二例，也只是九牛之一毛。照理說：中國社會上相當流行 " 天道好還 "、因果報應等觀念，這類小說並不是沒有大事發展的可能性。目前我只勉強想到一個例子：《醒世姻緣傳》，乃是後生報前生、虐待者變成被虐待者的布局，但是因為22、23回便已作轉世的安排（共100回），且非情節發展的自然結果；不像《奉使記》那樣具有均衡完整的典型性，嚴格說來，它還是算不上。

　　八、中國傳統小說中欠缺全面表現人類意識或關心人類命運的作品：中國自有其人道傳統，還可以說是儒家思想和大衆佛教信仰的合流。但是這種傳統竟然極少投影於中國的小說中，不能不說是一大憾事，也是一大怪事。大同理想既早已肇始於先秦時代（禮運大同篇），宋明的理學家及士子們又多事發揮：如張載所揭櫫的"民吾同胞，民我與也。"（西銘）范仲淹所自陳的"先天下之憂而憂"，陸、王所主倡的"宇宙內事是己份內事"，而明、清兩代的小說家中，儘管多的是知識份子和有心人，居然在這方面沒有一些夠份量的表現，實在令人百思不得其解。簡單明瞭的說：這兩代的小說家中，難道沒有一個具有杜甫的心靈和胸襟的人物？還是雖有而深藏不露？福克納的諾貝爾文學獎演說辭中，最鮮明的一句話便是："我關心人類的命運。"這也正是許多大家的心聲。狄更斯、雨果、托爾斯泰、杜思妥也夫斯基、羅曼羅蘭，甚至更近的威爾士、奧威爾、赫胥黎、卡繆、安波特、馬拉穆等等，都可劃入此一行列。中國呢？只有一個創造中國式烏托邦的陳忱，他的《水滸後傳》勉強可以說是關心整個社會命運的作品，但在這方面的表現實在還不夠；《老殘遊記》卷首有危船一夢的象徵，如果好好發展下去，大有可為，可惜龍頭蛇尾，甚至轉爲小品文式的敷陳。這項大缺憾也許可以導致中國傳統小說發展不夠均衡、正當的結論。好在五四以後的小說家，已漸能注意這一方面的題材抉擇和深摯表現，由《駱駝祥子》到張愛玲的《秧歌》，都可說是悲天憫人之作。按：《紅樓夢》雖被王靜安譽爲“哲學的，宇宙的”，且爲中國文學中唯一能以“自律的”立場表現“解脫”人生之作，但在一般讀者的心目中，它幾乎很難跟“人類命運”問題連爲一脈；即使細讀力索，也只能在近接尾時及結尾本身窺見或感受作者的別具用心。所以嚴格的說不能算是一個合格的例子。《紅樓夢》的人物刻劃自可說勝於《戰爭與和平》，但就它和人類命運的直接關係，或就它在這方面所能給予讀者的共鳴感來論，當然是瞠乎托翁的代表作之後的。

　　最後我必須聲明：以中國小說的發展而論，由接近成熟時期算起，不過是三四百年的歷史，而且作者及作品都有限，和源遠流長、大家輩出的西方小說作比，本來是不盡公平的。如果以詩比詩，諸多“缺乏”的也許反過來是西方而不是中國了。

張　健

<中西小說發展過程中的一些歧異現象>，（台）《中外文學》3.2.(1974)，15-20。

中西小説中的人物與事件

　　人物與事件不但都是小説不可少的因素，而且密切依存。人物必然通過事件發展行動，而事件與行動的主體也必然是人物（即便是物，也是擬人的），但兩者在中西小説中重心的不同，却是一個重要現象。

　　在小説發展過程中，早期小説動作性强，故事性强，以情節爲主。吸引讀者的是動人曲折的故事。人物只是構成情節不可少的主體而已。當然，不論歐洲或中國小説史上，都有早期的大師給我們提供了光輝的形象。十六世紀塞萬提斯筆下的吉訶德先生，人物具有高度完整深刻的性格。作家如此和諧地統一了吉訶德的正直、無私、眞誠的品德與他的愚蠢，近乎瘋狂的固執，形成了一個崇高而又淒慘，可敬而又可笑的形象。唐代元稹≪鶯鶯傳≫中的鶯鶯，也是傳奇小説中不可多得的。她外表溫婉嫻雅，內心却勇敢熱烈；絕藝驚人，却又深藏不露；情意深摯，却又勇於決絕。她的性格是立體的，完整的。不過，這現象却只是綿延的丘陵間偶然拔出的高峰，不是當時一般水平。

　　小説反映現實的任務愈明確，人物形象的作用也愈大。大師們也開拓了不少藝術境界，積累了不少技法經驗，根據自己的文學傳統，形成了種種風格。歐洲小説與中國古典小説就有不同的處理人物與事件的方法。

　　中國古典小説動作性强，體現在短篇小説中是情節曲折，在長篇中就成為事件紛繁。小說主要通過典型而新奇的情節與錯綜複雜的事件來反映現實、吸引讀者。中國早期的小說研究者曼殊已經指出："泰西之小說，書中之人物常少，中國之小說，書中之人物常多；泰西之小說，所敍者為一二人之歷史；中國之小說，所敍者多為一社會之歷史。"這觀察是不錯的。但他這裡所說應是歐洲十九世紀的小說，若是早期的小說，也是人物眾多，以描寫廣泛的社會現象為主的。如《吉爾·勃拉斯》、《小癩子》之類。

中國小說表現人物的藝術手段是行動重於內心。小說以寫動作為主，以動作表現人物，所謂多寫人物"怎麼樣"，較少分析人物"為什麼"。這也與中國社會哲學思想分不開。在封建社會中，個人的意義在於他所處的特定的封建倫常所指定的地位。他或是個父親，或是個兒子，或是個官吏，或是個處士，這都是封建社會秩序中的固定地位。個人的心理，意願與情操往往被納入一定的框套，如父親應慈、兒子應孝、官吏宜忠、處士宜雅，不易形成特異的內心世界。為此作者不大用心去探索或表現個人的內心，因為合乎規範的思想方法都是可以通過行動來理解的，讀者似乎也不要求作者詳述人物的內心活動。人物的心理、感情、思想各方面常被簡略帶過。如話本小說總用"心中想道"、"心中悲苦"、"十分怨恨"這樣簡單的說明來交代人物激烈的或綿長的情緒。即使是很複雜有變化的感情，也只是十分簡略的交代。如《喬太守亂點鴛鴦譜》中寫"劉媽媽又憐又惱，倒沒了主意"，這一句裡包含了多麼複雜矛盾的感情以及它面對現實的態度！作者的體會是深刻細緻的，但他的表達竟如此簡單直捷。再如《李汧公窮途遇俠客≫中寫" 起初還在欲爲未爲之間，到此刻便肯死心塌地做這件事了 "。這又是一段心理過程，是吸引與排斥之間的鬬爭。這裡或許是在一次思想變化中形成的，或許也有幾次反覆，作者也都不再提了。武松打虎這段虎虎有生氣的文章，驚人之處本來是帶醉的武松在意外（ 也可以說是在預料中的 ）遇到猛虎襲擊時的震動，但作者只用了 "啊呀一聲,酒都化作冷汗出了"一句，而全力以寫的，是武松打虎的全部行動過程。可以說，中國小說寫人物心理，只把人物心理狀態中最有動作性的寫出來，目的在於推動下面的動作或心理。

　　這種不從人物內心着墨，僅從動作來寫，刻畫人物，形成中國古典小說最擅長的白描手法。有些國外論者認爲這是一種比較原始的表達方法，不能啓發讀者的想像。事實上，這種含蓄的現實主義手法是有很高的藝術性的。≪儒林外史≫中寫匡超人、牛浦郎等人，作者從不揭示人物內心，而在人物的行動中充分展示了他們的內心與性格特徵。匡超人先前的勤勞友孝，後來的卑鄙勢利，這樣大的性格轉變，作者沒有一筆涉及內心，而使讀者感到如此自然而統一。即如那個很次要的人物——嚴監生的妾趙氏寫得也十分出色。這是個一心想爭取扶正的家庭婦女。她當時侍奉嫡室，尊重舅爺，力圖表現自己的眞誠賢良。一旦升爲正室後對前妻那一句微言中傷，及後來的力圖掩飾，就充分暴露了她對前妻的滿腔惡意與全部行動的蓄謀。趙氏用心之深，使人驚嘆！而作者用筆之細，更令人心折。這種表現手法，不但沒有限制讀者的想像，相反更引起思考。最傑出的例子莫若≪紅樓夢≫中的薛寶釵。這是個城府極深的人，她的行爲究竟是誠是詐，作者從

未置一辭，而後世論者爲之興訟不已。這個人物在作品中正如在
生活中一樣，作者讓讀者自己去認識、去觀察了解。正如福克納
所說："我們在日常生活中，能互相了解嗎?"讀者理解薛寶釵，
不像是理解作品中的人物，而正如理解生活中的人，而這種人，
在生活中也是莫測高深的。讀者對她，必須細緻觀察，深刻體會，
認眞分析。作者把讀者的思考引入一個更新的境界，這正是把人
物放在行動中來表現的最高成就。可以說，在歐洲小說中，這是
鮮見的。

　　是的，這種手法不爲歐洲小說家所重視。歐洲小說的研究者
都認爲小說之水平愈高，則寫內心愈多，寫事件愈少。他們以挖
掘內心的深度來衡量小說的水平。歐洲小說的發展也可以說是不
斷探索人物內心的歷程。

　　歐洲小說家以爲小說是資本主義社會史詩，正因爲它是最善
於描寫人的個性的文學形式。赫士列特談到個性在小說中的發展
時這樣說："在專制的國家裡，人類天性還沒有重要到需要人去
研究和描寫的程度。""但是在現在談到的我們的這個歷史時期，
已經有了對人身與財產的保障和言論的自由，這就使每個人感到
他本身有某種重要性，而他也就成爲鄰人們某種好奇的對象。"
這正是資產階級的自我感覺，而且認爲這就具備了發展個性與研
究個性的基礎。自此，資產階級個性就成爲歐洲小說的中心。威
爾斯很明確的說："小說是研究個性之事業。"個性的複雜化，
各種個性對外界的反映，個性各別的內心世界……等等，使得作
者覺得僅僅從外形動作去窺探心靈是難以完成的，他們總希望直
接剖析與挖掘，喜歡從內心去探討個性。

　　狄福描寫了一個沒有社交生活、失去了與一般人的聯繫、沒有社會行動的魯濱遜，然而他充滿了思索與遐想。作者除了直接表達他的內心活動之外是別無他法的。他為後代作家們提供了一個很出色的範例：怎樣寫人物的心理來滿足讀者對人物性格的要求。理查遜善於寫感情，他所寫的感情被稱為是放在放大鏡下來觀察的。他的人物太露思考的痕迹，但他們的性格都能為讀者接受。他的成就使讀者們可以耐心地沿着感情與心理的長河行進而不再要求兩岸再有什麼吸引人的景色，雨果的強烈的憤慨、哥德的狂熱的自白、夏多勃里昂的畸人的心靈，這些浪漫主義作家更需要用充滿主觀情緒色彩的描繪來表達他們的思想。十九世紀，奠定現實主義創作方法基礎後，人物描寫更有進展。寫人，寫人及所在環境，是現實主義小說的重要題材。他們不但寫人物個性，而且展示人物的氣質、才能、心智、感情各方面的複雜混合及其發展的過程，並企圖展示人物個性所以形成的社會與生活。這樣，他們確不是依靠衆多人物的行動和事件來表現社會的歷史，而是通過一個人的歷史就展示了社會。正如普希金的《歐根·奧涅金》這樣一首寫人心靈的敍事詩會被稱為是俄羅斯的百科全書一樣。

　　與小說哲學意味加深的同時，探索人物內心更是塑造人物形象的一個重要手段。特別是俄羅斯小說家，在黑格爾哲學的影響下，專事挖掘人性，探討人民無盡期的痛苦的心靈，小說進入一個新的心靈探索的時期。魯迅曾這樣論述過陀斯妥耶夫斯基："他把小說中的男男女女，放在萬難忍受的境遇裡，來試煉它們，不但剝去了表面的潔白，拷問出藏在底下的罪惡，而且還要拷問出那藏在罪惡之下的真正的潔白來"。陀斯妥耶夫斯基分析心理之鞭辟入裏之處，魯迅是最有理解的。

二十世紀以來，弗洛伊德的心理分析法以壓倒一切之勢成爲文學中塑造人物形象的理論基礎。本來描寫人物內心是表現人物個性的手段，這時却以內心描寫爲目的，也就是說，作家不再重視性格，而是注意內心，進一步更注意去反映下意識，或非理性思維。這就是意識流的表現手法。他們不再像傳統現實主義作家們那樣通過人物在客觀環境中的具體表現，人物對客觀現實世界的具體認識、感受，以及決定於人物性格的思想來表現人物內心，而是着重在寫獨立於客觀存在之外的主觀精神狀態。就是柏格森說的，“把靈魂提高起來，超脫於生活的上面。”寫人物，不再寫性格及形成性格的時代社會，正如福克斯說：“現在的小說寫到各種事物，却獨獨不寫人的性格。”這是資本主義社會思想混亂、情緒煩亂的反映，在唯心哲學高潮中形成作家這種創作思想。

在歐洲傳統小說中，在寫內心方面，有許多創作方法上的經驗。像理查生的書信體，歌德的日記體，都是直抒胸臆最方便的手法。柯林斯的《月亮寶石》則用幾個觀察點展開幾個第一人稱的敍述，不費力地展示各種人物的內心。其實這本書還是本以爲行動見長的偵探小說。客觀地寫人物的大師如福樓拜，他十分認眞地去體驗人物的內心而且準確地表達出來。他甚至幾次說“包法利夫人就是我”。托爾斯泰則如此完美地表現了那難以捕捉的霎那間的感情而且寫出了它們迅速變化着的過程。《安娜·卡列尼娜》中寫安娜看見情人墜馬那一段，眞是令人嘆爲觀止的篇章。愛倫坡與哈代十分善於用氣氛去襯托人物的內心。菲爾丁則以含蓄冷雋的語氣反諷，揭出人物的內心。這些手法迥然不同於中國古典小說的手法，但同樣具有巨大的藝術力量。

應錦襄

<中國古典小說與歐洲傳說小說創作法之異同>，
《中西比較美學文學論文集》（成都：四川文藝出版
社，1985），250-277。

中西小說的結構佈局

結構佈局應該說是小說中技巧性最強的一方面，它不但與小說溯源有關，而它的形式特徵更受到民族審美觀念、哲學思想的制約。

中國小說結構的明顯特徵是首尾完整。不管長篇短篇，都要從頭交代。一個人物，往往從籍貫，出身、年齡、品貌說起，有時甚至還要先述父母出身，再及本人。結尾則不但情節結束，還要說明主人公的結局，乃至幾代兒孫的結局。這種寫法在唐人傳奇小說中就形成了。例如《李娃傳》，開始是：

> "天寶中，有常州刺史滎陽公者，略其名氏不書，時望甚崇，家徒甚殷。知命之年，有一子，始弱冠矣"。

這個"子"，才是小說主人公。結尾則寫主人公：

> "累遷清顯之任，十年間至數郡，娃封汧國夫人，有四子，皆為大官。其卑者猶為太原尹。弟兄婚姻皆甲門，內外隆盛，莫之與京。"

這都是與小說情節完全無關的兒孫事業了。後來平話沿襲這套寫法。如《徐老僕義憤成家》一篇，主人公是老僕阿寄，可是小說開頭却這樣寫：

> "原來就在本朝嘉靖爺年間，浙江嚴州府淳安縣，離城數里，有個鄉村，名曰錦沙村。村上有一姓徐的莊家，恰是兄弟三人。大的名徐言，次的名徐召，各生一子；第三的名徐哲，渾家顏氏，却生到三男二女。"

這樣一個詳細的族譜所介紹的都不是小說中的主要人物，只是人物所在的主人家庭而已，再接下去才是主要人物介紹。

　　"又有一個老僕，名叫阿寄，年已五十多歲，夫妻兩口，也生下一個兒子，還只有十來歲。那阿寄就在本村生長，當先因父母喪了，又無力殯殮，故此賣身為徐家。"

主人公不是從他小說中的地位，而是從他所出身的家庭地位，是作為徐家家庭的附屬來介紹的。最不落俗套的《紅樓夢》，正文從賈雨村開始，但說到榮國府中的賈寶玉時，也必先有個冷子興，把榮寧二府歷史全面介紹一番，才說出賈寶玉其人。結尾處也必要交代寶玉的故事雖已結束，但"子孫後輩，蘭桂齊芳"，也要談到後輩而後已。

　　這樣一種詳盡交代首尾的情節佈局，是與中國小說溯源自史傳敍事文有關。史傳是信史，不但詳盡敍述一個人的一生業績，還要歷敍與其人有關的材料以為旁證參考。試看韓愈《毛穎傳》，一篇假擬的傳記，十分巧妙詼諧地以假混真，捏造了一枝筆的祖先閥閱，而且有根有據。可見史傳形式的決定性影響。歐洲小說寫一時一段，中國小說即使寫人生中一個片斷也必須交代他的一生。這正是史傳格局。

　　中國小說另一特點是不論事件如何錯綜複雜，在小說中總要體現得脈絡分明，層序井然，分別指出幾條線索，幾層波瀾，遇到小說的關鍵地方，經常提醒讀者，轉折十分顯明。這則是口頭文學傳統。聽者不如讀者那樣可以反覆閱讀；或停下來溫習查對以前內容，弄清搞亂了的情節。他必須牢牢記住以前的事，才能明白後來的發展。說話人常常要用明顯的提醒告訴聽衆情節的脈

絡，幫助他們不要混淆。他說："花開兩朵，各表一枝，按下此
事不說，且說……"這就說明他展開另一條線索了。"此是後話
不提，如今且說……"這是交代時序層次。還有說話人所給予聽
者的懸念，往往不僅是引起讀者的好奇，而是對小說中轉折性事
件有力的提示，如《盧太學詩酒傲公侯》中：

> "不想因這幾句錯話得罪了知縣，後來把潑天大家私，弄
> 得罄淨，險些兒連性命都送了。"

或如《十五貫戲言成巧禍》中：

> "若得說話的同年生，並肩長，攔腰抱住，把臂拖回，也
> 不見得受這般災晦。恰叫官人死得不如：'五代史李存孝，
> 漢書中彭越'。"

　　這種提示，可以看出作用並不全在懸念，因爲它已預指了結
局，更大作用是交代過脈，分清層次。由於每一層次都交代過脈，
矛盾就不會形成錯綜複雜。全書矛盾，必須分別交代，使之弄清
一個再來一個，所謂波瀾叠起。作者佈局的職能不是使簡單的情
節變成曲折迷離，相反，是使錯綜複雜的情節通過結構變得清楚
明白。也就是將複雜錯綜的現實生活的線索理清，將曲折理通。
如《一文錢小隙成奇禍》，寫了十幾條人命的謀殺案，線索交錯
糾葛，又各有頭緒。但作者絕不從驚心動魄的現場寫起，再追踪
線索，根據外表現象隱藏眞情，使之撲朔難辨，以吸引讀者想像
猜疑。那是歐洲小說所喜歡的佈局。恰恰相反，他從事情發生的
原委講起，每個人爲什麼被殺，如何死去，各個矛盾逐一展開，
各個線索自有起結，十分清楚，絕不使讀者有所混淆。這種與口
頭文學有關的方法，一直爲各類小說採用。

中國小說的特點之三：長篇小說結構正如中國圖畫之長卷，中國建築之園林一樣 。全局之中 ， 又有獨立完整的藝術價值。《水滸傳》中武松十回，宋江十回本身都是完整的故事。《紅樓夢》中除"紅樓二尤"外，"齡官畫薔"，"小紅贈帕"也都是可以獨立的，而它們又如此緊密的結合在全部情節內容中，絕不像《死魂靈》中的《戈貝金大尉的故事》那樣變成非情節因素。美國有論者認為《儒林外史》絕非沒有統一的組織，而是由三個有機單元結合起來的，小說前後可分三部分：第一部分諷嘲醉心功名卑鄙勢利的知識份子；第二部分則寫作者所嘉許的一些知識份子，與前面相映襯；第三部分寫理想境界的破滅。這部書看來是無數穿插典型的故事組成，實質上是有統一結構的。它統一於作家"看待生活和世界的方法"，這應該說是很有體會的見解。

還可以提到的是中國小說在結構上體現了完整、對稱、勻衡的美感，力求間架勻稱，照應映襯。

總的說來，中國小說結構有一個完整的形式，可以說它佈局的目的，絕不是為了加強情節的吸引力，或是使情節更出人意外的表現主題。而只是使情節更明確地展現出來。結構所起作用似乎僅是介紹那精彩的，引人入勝的內容。或者說，在中國小說中，一個缺乏深邃含義與豐富情節的內容是不能指望依靠結構來彌補缺陷，取悅讀者的。這誠如晚清研究小說的俠人所說："大抵中國小說，不徒以局勢疑陣見長，其深味在事之始末，人之風采，文筆之生動也。"

歐洲小說非常重視結構，它們正是通過結構布局，使許多因襲的情節，由於千變萬化的結構形式，形成千姿百態。像《帕米拉≫與≪簡愛≫，不但僅僅由於時代色彩與人物的精神世界不同，就是那迥異的結構也會使讀者迷失它們之間的血緣關係。可見，結構的技巧是歐洲小說家十分重視的，他們十分用心考慮這方面問題。巴爾扎克在≪幻滅≫中假借大尼埃的口談到結構處理："或者從側面對付你的題材，或者從結尾入手，每個場面要有變化，避免千篇一律。"

在歐洲傳統小說中，結構主要作用之一，是突出情節的吸引力。≪湯姆·瓊斯≫曾被柯立律芝認爲是文學中三大最完美的結構之一。亞瑟·默非這樣分析它的優點："在它解決矛盾的方法中，它給予了如此精妙的懸念形勢，如此優美的驚詫的轉變，如此意外的事件，如此出奇的發現。有時是明顯的困境，而且預示了災難，可是結尾恰促進了團圓。"它的特點正是製造曲折與波瀾，複雜與錯綜。

與中國小說相反，歐洲小說不按時間發展次序組織情節。按亞里斯多德的說法，一切的情節分開始、中間、結局三部分。但漢彌爾登却指出，在歐洲小說中，完全顛倒了這次序。被稱爲中間的，可能只有一頁，可能處於小說結尾處；小說的結束部分，却正是事件的起因；而小說的開端，或正是直接或間接的原因的後果。小說完全按照自己的需要，把顛倒次序的事件重新組織成爲有機的整體，目的在於突出最主要、最吸引人的部分。

長篇小說的開端常常是作者們煞費苦心的經營。≪傲慢與偏見≫的開端是卓具聲譽的。它以一場生動活潑的對話開始，在十來句對白中揭出讀者關心的問題：一個可以選作結婚對象的青年男子出現在一個有五個待嫁女兒的母親面前，一下子推出了籠罩全書的綜結。《呼嘯山莊》一開始寫了一個陰森、恐怖的荒原田莊和它的孤僻、冷酷、陰鬱的主人。它們凝蓄着的神秘和怪異吸引着人們的注意，而主要故事已發生在二十年前了。結構使這個悲劇一開始就扣人心弦。

短篇小說由於篇幅限制，更需要這樣去組織它，突出情節中最主要部分。有時候從最緊張部分開始，如史蒂文生《瑪特羅伊老爺的門》；有的從情節的結局開始，像陀斯妥耶夫斯基的《溫淑的心》；有的更從事過境遷寫起，像高斯華綏的《蘋果樹》。

結構不但使情節具有吸引力，同樣要使主題具有吸引力。主題的出現要出人意表。因此歐洲小說不像中國小說那樣明顯地表達它的主題，而是利用結構把主題埋藏起來。

小說往往有幾條矛盾線索，這幾條線索結合在一起，才能全面揭示主題。作者通過結構，使某些線索浮在上面，某些線索隱在後面。讀者不注意隱藏的那條，就不可能掌握主題的全部內涵。作者為使小說顯得含蓄，不是使矛盾線索明顯，而是埋藏起來，使讀者逐一發現，深入理解矛盾實質，明確主題所在。最能說明問題的是莫泊桑的《項鏈》。瑪蒂爾德失去了一只借來的項鏈，為了賠償它，她耗盡了精力與青春。這一情節已足夠說明物質對人心靈的壓制，人如何為了如此不足道的物件作出重大犧牲，這在揭露資本主義社會已具有相當深度。作者在結尾處突然揭出這只為豪富之家所有的價值千金的項鏈竟然是件贋品。這是小說另一條矛盾線索，它的展現大大增加了小說的悲劇性，使瑪蒂爾德為之毀滅的青春更加失去犧牲的價值——犧牲落入了最大的空虛。小說不僅是對不幸者表示同情，更對籠罩着資本主義社會的一切虛榮假冒作了有力的撻伐與諷刺，主題在這條線索上更上一層樓。

可以這樣說，中國古典小說結構使小說的形式達到完整、勻稱，以期明確，飽滿地表達主題。歐洲小說的結構是突出情節的吸引力，滿足讀者的好奇心，並吸引讀者對主題的思考與想像。

應錦襄

<中國古典小說與歐洲傳說小說創作法之異同＞，
《中西比較美學文學論文集》（成都：四川文藝出版
　　社，1985），250-277。

中西古典小説異同

中西古典小説各自有着不同的社會歷史土壤，不同的發展軌迹，因而形成了十分不同的美學風貌。儘管他們在一些本質特徵和基本規律上表現出許多共同點，例如，能細緻、多方面地刻劃性格；具有相對完整的或較爲複雜的敍事情節；能具體地、多方面地展現人物活動的典型環境，從而表現錯綜複雜的社會關係，展現廣闊的社會生活畫面。但就中性格如何烘托，情節如何流動，環境如何舖展？却顯示出迥異的傳統。

中國古代文化是詩的王國，中國古代美學理論以詩學居富，中國古代士宦以詩才爲雅，中國古代藝術長河中，以詩入文、入畫、入戲、入園的現象比比皆是，而歐洲古典文化，却是哲學和宗教的世界。

本文試從詩美及理性主義，主情和尚理兩種傾向上對中國古典小説和西歐小説進行比較，分析它們各自的表現、成因及演進過程。

中國古典小説在篇章結構上有着西歐小説所沒有的特殊形態，最直觀外在的就是我們常見的大量的詩、詞、歌、賦、銘、聯、誄等韵文的穿插，以＂有詩贊曰＂、＂有詞嘆曰＂、＂有歌咏曰＂、＂偈云＂、＂口占一絕＂、＂高吟一聯＂、＂俗諺口碑云＂等領起，或抒情，或評議，或描寫，或開啓，或承轉，或收結，小説家往往在描繪美物、美景、美人處，或在揭示前因，預見後果，引發契機，總攬全篇處馳騁詩才，使話本、章回都不同程度顯現出駢散結合的特色，連小說的章節回目，許多都採用詩詞對句形式，這在歐洲古典小說中是最沒有的。

本來，小說追求的是典型，詩歌追求的是意境。中國古典小說善於把意境的創造和典型環境的描寫交融起來，使小說的環境描寫不限於像西方小說那樣只揭示人物生活的時代本質或故事的具體時空，而且還能做到寄意於景，寓情於景，景物或場面描寫飽和著詩情畫意。寫風則情附於風，感鬢則風及於鬢。《聊齋誌異》中的絲風滴雨，蟲聲樹影；《西遊記》中的山水洞天，仙園林野；《紅樓夢》中的樓亭館軒，院閣庵榭，其中有不少附於詩或暗通於詩。

《三國演義》中"三顧茅廬"一回，臥龍岡自然風景寫得極清幽、高潔，"猿鶴相親，松篁交翠"。我國歷代松竹題咏頗多，都作為賢人名士高風亮節的物化肯定形式，這是作家對諸葛亮人品的讚美詩。日本神戶大學藝術教授岩山三郎認為西方人重外美，中國人重內品，西方人愛玫瑰，是因其形色之美；中國人喜蘭竹，並不是它們有炫艷的外表，是因為它們有"品"，是某種內在人格、精神的象徵。這是很有見地的。

在中國古典小說中，不僅環境描寫，而且故事情節、人物性格也處處飽和著詩意。我們探討一些優秀小說的藝術特徵時，常常感到除了有脫脫跳跳的形象之外，還存在一種難以捕捉的意境，只可以感受，却難於用理念性的語言完全表述出來。

姚燮＜談《紅樓夢》綱領＞曾特意舉出一大串"園中韻事""以備畫本"，韵者，詩也。"韵事"即事事飽和詩意，帶情韵而行。單就寶玉見齡官畫薔一事（第三十回）就注入寶玉多少情趣和作家深沉的慨嘆，好就好在不易概括出它有多少實在的思想意義，只覺此情盡在不言中，讀來如詩般擺脫時空限制的空靈。牡丹國色天香，嬌艷綺麗，象徵榮華富貴，曹雪芹以牡丹喻寶釵，寫出她熱衷於仕途經濟，“任是無情也動人”的性格特徵，取意於唐羅隱咏牡丹句。第五十八回，寫寶玉病後去看黛玉，從沁芳橋上過，發現杏之幽情，抒世事之感慨，暗含蘇軾“花褪殘紅青杏小”句和杜牧“綠葉成陰子滿枝”句。第廿五回，寶玉被海棠所遮，看不眞切小紅，脂批“隔花人遠天涯近”，同一回，黛玉因寶玉燙了臉而愁悶，倚門出神，脂批“閑倚綉房吹柳絮”。脂批爲什麼會用詩句來評點人物和情節呢？就是他以特獨的審美眼光，感受到了人物形象和故事情節中滲透了詩意，非用詩不足以道出個中三昧。十九回脂批有對寶玉性格“其囫圇不解之中實可解，可解之中又說不出理路”之評。“不關理路”是中國古典美學對詩歌美感特徵的傳統說法。“不關理路”並非不可理解，而是可以感受體會到却難於用理性概念說清人物全部的性格內涵，不管用什麼結論去概括都是不足的，最能說清一切的就是形象本身，是詩般的“無理而妙”，可意會而不可言傳。

　　人事描寫的詩化，《聊齋誌異》也很出色。白秋練以玉爲骨，以詩爲魂，以詩定情，以詩占卜，對詩的追求與對愛情的追求融爲一體，所以篇末跛道人給白秋練的斷語是“此物殊風雅”。“風雅”者，詩也。《黃英》篇讀來確是“事淡如水，人淡如菊”。故事以菊花爲題，已頗爲風雅。最有味的一筆是以陶潛“採菊東籬下，悠然見南山”爲典反其意而用之，寫黃英以陶公後裔自居，特意要爲祖上清貧翻案，將雅潔之所"東籬"視爲市井，寫賣菊致富的俗事。古代雖無"萬元戶"之稱，但以雅事俗，情趣盎然，如詩般耐品。

在西方古典小說那裡，社會性的思想感情不僅不迴避那種理性的直說，甚至不惜中斷故事情節的自然流動，插入作家或角色對社會現實關係的理解，及對人生哲理、道德倫理、宗教教義的認識，甚至還有各種科學知識的說明介紹，人文主義時期拉伯雷的《巨人傳》、塞萬提斯的《唐·吉訶德》還在故事中提出新的教育方案，談論文治武功、貴賤等級、社會的教育、文藝等各種問題。啓蒙主義時期以哲理小說爲主流，理性主義的傾向就更鮮明了。在西歐"十九世紀是小說的世紀"（左拉）。批判現實主義小說就其主流來說，起點是法國，終點是俄國。法國的現實主義小說從早期就受孔德的實證哲學和當時自然科學影響，綱領明確，自覺程度高，把文學藝術納入科學的思想並非一兩個作家，而是相當普遍，要使文學"具有科學眞理的精確"，這是左拉極力提倡的。福樓拜所提的"取消私人性格主義"（這裡私人性格主義指個人感情傾向）都是尚理而不主情，他們反對感情干預形象卻放肆地讓理性干預形象。

巴爾扎克的小說，以"對社會現實關係的深刻理解"（恩格斯）而著稱於世，他的名作《人間喜劇》最初定名爲《社會研究》，像個解剖社會的科學論文題目，後來受但丁《神曲》的啓示，才改名爲《人間喜劇》。這一小段插曲表明，他並不打算在小說中作"純文學"的追求，不過是想當巴黎上流社會的"書記官"，他自云："作者需要做的事情主要是用分析求得綜合，刻

畫和搜集我們生活的各種成分，提出一個時代的主要人物以繪寫
出這個時代的廣闊面貌 ”。這就說明，在巴爾扎克的創作構思過
程中，理性思維作了積極參與，並表現爲小說的某種美學風貌，
在那裡，作者或直抒胸臆，或借角色對話，大段發表哲理議論。
被馬克思稱爲 “ 小小傑作 ” 的 ≪ 玄妙的傑作 ≫ 通篇是辯證法。
≪幻滅≫的結尾伏冷脫與呂西安的對話中，有近十頁的歷史學道
德學議論。在≪高老頭≫中，伏冷脫有一次對拉斯蒂涅分析社會
的議論長達十多頁。甚至在景物描寫中，法國的小說家也那麼善
於傳授科學，表達哲理的。巴爾扎克短篇小說中法國小城的風俗
萊茵河的夜景，就包含了大量的哲理警句。梅里美小說那帶有浪
漫色彩的異國情調的描寫中，常把考古學作爲他風俗描寫的一部
分。俄國作家托爾斯泰、謝德林、果戈理的作品都有大篇議論，
尤其是謝德林，常常忍無可忍地跳出形象解剖社會。契柯夫很冷
靜，極少出面議論，但也在形象中包含了深刻的哲理。

中國古典小說中也不乏評述議論文字，也有善惡因果的道德
評價，或表現世事興亡盛衰的感慨，或道出人生榮辱毀譽的達觀，
但遠沒有如西歐傳統小說那樣成爲作家的自覺追求；二則即或有
也極簡約，而且盡可能通過形象的比興用詞詩韻語和盤托出，極
力迴避理性的枯燥。

當然，爲了避免龐大的宏觀分析造成的粗疏，還必須把認識
深入到特殊的交叉現象中去，如：中國古典小說有沒有產生過理
性主義傾向？西歐古典小說中，有沒有過對詩美的自覺追求？

中國文學史上，曾經有過一段少爲人注意到的宋詩與宋傳奇
同步衰落的現象，思索一下中國古典小說發展軌迹中的這段波瀾，

是很有啓發性的。魯迅曾將宋傳奇與唐傳奇作過比較，指出：
"唐人小說少教訓，而宋則極多教訓。"原因是"宋時理學極盛
一時，因之也把小說多理學化了，以爲小說非含有教訓便不足
道"。這說明，在中國古典小說的歷史進程中，也曾有過理性主
義階段，宋代儒佛道三教合一，程朱理學盛行，造成宋代文人短
篇小說中議論說教極多。但可悲的還不在此，而在於這種"教訓"
又"不敢及近"（以上見《魯迅全集》第九卷第319頁）。自大
唐之後，中國再也沒有過文化開明的盛世，宋之後文網日見森嚴，
文人創作諱忌甚多，脫離社會現實，不像歐洲優秀的古典小說那
樣，那些理性議論膽敢肆無忌憚地從最尖銳的社會問題切入，富
於機鋒、智慧幽默，引起讀者的快感，雖然由於世界觀的局限而
難免片面或因過於冗長而損害了情節的流貫，但仍能得到這種快
感的充分補償。托翁的《戰爭與和平》甚至有長達幾個章節，足
以構成史學或哲學論文的純理性思辯，而後世蘇俄學者對此備加
讚譽。中國宋代"以理學入小說"同"以理學入詩"一樣遭到批
評家苛議，導致宋傳奇迅速衰落而爲話本所取代。宋詩衰落不得
不向詞發展，而宋傳奇衰落則向話本求出路。這一歷史曲折向我
們提供了兩點啓示：第一，在中國的民族審美傳統中，對於理性
過分干預形象，一向有種很強的逆反心理。第二，由於科學哲學
的落後，統治階級文網的森嚴，儒家正統觀點對作家的束縛，中
國古典小說是缺乏思辯鋒芒的，這就是爲什麼西歐古典小說的理
性主義可以成爲一種審美趣味，而中國古典小說（詩歌亦然）的
理性主義卻無法得到批評家首肯和成爲作家普遍自覺的追求的原
因。

在西歐國家中，英國的詩歌傳統最爲豐厚，這不能不使它的整個文學包括小說、戲劇、散文小品都折射着詩美的光彩。莎劇的詩意美早已是衆所周知的了，人文主義時期著名的小說家錫特尼創作的英國文學史上的第一篇田園傳奇≪阿卡狄亞≫就是採用駢散結合的形式。在故事敍述中穿插大量抒情詩（≪英國文學史綱≫，阿克尼斯著，戴餾齡等譯，1980年人民文學出版社，第82頁），可見駢散結合的小說，並非中國獨有。英國中世紀的騎士詩，人文主義時期的愛情詩，古典主義時期的宗教詩，深刻地影響了全盛於十八世紀的英國小說，使它在西歐小說理性主義的冷色基調中，顯得更具熱烈的抒情美。有趣的是當時官方正統的文學批評家認爲只有用詩體寫的作品才算眞正的藝術，卑視小說散文（同上第176頁）。這與中國古代文壇視詩歌爲正宗，視小說爲百家之末的情況何其相似！但即使這樣，英國小說仍不是詩情主義而是理性主義。在英國批評界看來，“文藝復興時期現實主義的特色是高度詩意”而“十八世紀的現實主義是完全沒有詩意”（同上第176頁）。十八世紀早期與中期的小說家從人的知能分爲理性與感情這一理論出發，相信理性的絕對力量，熱衷於在小說主題中提出宗教、道德、文明、等級等對於解決社會矛盾具有基本意義的問題（同上第174頁、第238頁）。只是在十八世紀末，由於感傷主義者的提倡，批判了第一、二階段的唯理主義，才恢復了英國文學抒情美的傳統，形成“先浪漫主義”思潮。通過上述的比較分析可見，在西歐，小說發展詩美最有基礎的英國，在整個歐洲宗教理性、科學實證、哲學思辯組成的汪洋大海中，無法保持“孤島”的地位，而實際上理性主義仍佔上風。歐洲傳統的文藝理論認為小說是文學的理性形式而詩歌是文學的情感形式， 把小說與詩的界線分得那麼清楚是有歷史依據的。

總的來說，西歐古典小說的理性主義除了表現為明顯的、外在的、大篇幅的議論說理的穿插外，內在的則表現為小說主題普遍提供對社會、人生、道德、宗教哲理的認識，具有較強的思辯色彩，情節結構具有較明顯的實證邏輯，人物性格描寫具有較強的分析性綜合性。對西歐古典小說的鑒賞具有不同於中國古典小說的心理特點，前者更覺思想深刻，而後者更覺情性怡悅。

朱光潛先生認為 “ 西方詩比中國詩深廣，是因為有哲學和宗教在培養它的根幹 ”，“ 我愛中國詩，我覺得在神韻微妙、格調高雅方面往往非西詩所能及， 但說到深廣偉大 ， 我終無法為它護短 ”，“ 中國詩達到幽美境界而沒有達到偉大境界正在於此 ”（《詩論》第 82 頁）。西歐古典小說認識價值高於審美價值，而中國古典小說審美價值富於認識價值。

是詩美還是理性主義，是主情還是尚理，都各有時代的和歷史的原因。在中國古典美學中，詩論 “ 品味 ” 說極盛；而在西方， “ 理性 ” 却從未降低過自己的崇高地位。

中世紀古羅馬普羅提諾認為：“ 任何事物，當它具有理性和理念，並為其完全支配時，才可能是美的。” 古典主義文論家布瓦洛要求作家 “ 永遠只憑理性獲得價值和光芒，因此，是否具有理性高度是文藝創作要達到完美境界的出發點 ”。此說被法王路易十四捧為法典，統治歐洲多年。康德則認為崇高美 “ 只涉及理性觀念 ”。黑格爾說得更明確：“ 美是理念的感性顯現 ”。直到十九世紀末俄國革命民主主義批評家別林斯基還強調文藝是"永恒理念",作爲認識社會人生,表達作家的理性認識的工具。理性的追求當然也影響西歐古典詩歌,但小說這種體裁比詩歌表達理念更便捷,自然直接受益於這種理性主義的美學主張,而成爲"說明生活"、"對生活下判斷"的"人生教科書"(車爾尼雪夫斯基)。

在中國古典美學中,詩學的地位最高,以致詩學自各種範疇脫穎而出進而泛論小說、戲劇、音樂、書畫、園林等。中國古典小說理論未能像詩論那樣有個完整龐大的體系(這跟小說沒有地位有很大關係),常常藉重於詩歌品味說作爲小說批評的武器,就是着重領會那種含然渾然,只可意會不可言傳,情到而理不到,意到而筆不到,感覺到而不易用語言符號概括出來的那種美感力量,不像西方小說理論那樣重理性分析而不是重情感活動。如葉畫評《水滸傳》,談到小說形式美時,認爲小說人物形象"光景在前""不知有所謂語言文字也",是借劉熙載《藝概》評杜詩"但見性情氣骨","不見語言文字"語。金聖嘆評水滸第四回、第二十七回文字的音韵美和抒情美"猶如大珠小珠落玉盤"。毛宗崗論"三顧茅廬"諸葛亮出場云:"善寫妙人者不於有處寫,正於無處寫",是詩論"隱秀"說的延伸。張竹坡則認爲《金瓶梅》之前的小說戲劇皆爲充滿了詩意美的"花嬌月媚文字",以及前文所列舉脂批,都表明在文學批評中把小說當如詩觀,這在美學理想上促進了小說的詩化。當然,美學觀對創作的影響在具體作家、具體作品中的體現是極爲複雜多樣的,絕不是一一對應那麼簡單,上文只是從總的傾向上看。

其次，不同的社會文化土壤造成作家不同的素質。西歐由於哲學、科學的發達，許多著名小說家又都受過比較良好的貴族教育，因而他們同時又是思想家。在中國古代文壇中，却找不到那個小說家同時又是思想家的，只是到現代才出現偉大的思想家魯迅（當代小說家王蒙說的“中國作家非學者化”其實是一種歷史現象）。但中國古代小說家都具有較好的詩詞修養，這就使他們在體驗和反映現實生活時帶着豐富的詩感和濃厚的詩意。我國古典小說繁榮的第一個黃金時代是唐傳奇，唐文人進科場之前，先向名人顯貴進呈文章，首次呈詩賦，二次有的人便呈小說；前者稱行卷，後者稱溫卷，以見出自己的詩才與史才（那時小說與史傳分得不那麼嚴格），這種寫小說的人須兼具詩才然之後見其雅而不俗的風氣就一直繼承下去。

在西歐，狄德羅、伏爾泰、赫爾岑、盧梭、車爾尼雪夫斯基既是著名小說家又是偉大的哲學家。屠格涅夫是彼得堡大學哲學碩士。巴爾扎克雖然“沒有文憑”，但為了寫《人間喜劇》也用了十年時間攻讀哲學、神學、經濟學、自然科學，所以丹納乾脆稱巴爾扎克為“科學家”、“哲學家”。其餘如拉伯雷、薄伽丘、斯湯達、威爾斯、大仲馬、法郎士、岡察洛夫、陀斯妥耶夫斯基、羅曼·羅蘭等均受過大學或專科教育，或由於謀生需要和介入社會活動，也自學過哲學、法學和其他科學。深厚的哲學和自然科學修養，使他們的藝術思維中更多包含理智的成分，具有較嚴密的邏輯系統，對社會人生有深刻的理解和剖析。

第三，小說在文壇中地位不一樣。在西方，小說很受重視，常常成為沙龍中貴族知識份子表現學識的形象載體，或議論抨擊社會的武器。中國古代文壇視小說爲" 末流 "(《漢書·藝文志》),除唐代開明些外,這種思想頑固地統治了很久。加以宋之後,科舉日趨沒落,盛產小說的清代更是科場黑暗,許多才士屢試不第,於是淪落瓦子書肆與民間藝人結合從事小說創作。如果說他們的詩才,不能在科場仕林中馳騁,却或可藉話本章回得到宣泄。小說之沒有地位,反而使它與統治階級的文壇正宗保持着相當的距離,在一定程度上避開理學的鉗制,緊緊貼着平民百姓的審美趣味發展。藝術消費從來是規範藝術生產的,小說創作與說話藝術的緊密結合,使它向市井聽衆提供的,不是艱深的理性思考,只宜是怡情悅性的品嘗。試想說書藝人聲情並茂,加上詩詞歌賦的穿插,更可以說演參錯,講唱相雜,吸引聽衆,增加收入。

　還有一個容易爲人們忽略的問題,就是譯介過程中民族語言固有詩美的喪失,這幾乎是所有翻譯家竭盡全力也無法避免的一條不幸的規律。任何一個民族的語言中,通過其音韵及修辭的獨特性,積澱着某種不同於他民族語言的隱蔽的詩質,經過語言符號轉換,它喪失了,或者變形了,這也是造成我們無法鑒賞到歐洲小說的詩意美的一個因素。

陸 環

<詩美和理性主義——中西古典小說異同管見>,
(廣州)《廣東教育學院學報》1(1986),1-10。

西方現代派對中國小説的影響

中國當代小説在發展。隨著現代化建設的進展，隨着人們知識層次和鑒賞水平的提高，隨着幾代人經歷了對社會的重新認識之後，評書或話本式的寫實小説已經遠遠無法滿足許多讀者的審美需要。在平實如話的小説不斷地遭到社會的否定之後，留給小説家的，便是對如何開拓小説的藝術空間的嚴重思考。痛苦的思考，漫長的探索，他們開始把眼光轉向世界。爲什麽西方現代派文學能把現代社會表現得入木三分？爲什麽它們能留給人們無窮無盡的回味和反思？這個衝擊力是巨大的，不管他們願不願意，不管他們自不自覺，小説家的心被震撼了，於是，一批使人振聾發瞶的中短篇小説出現了：王蒙的《布禮》、《春之聲》、《海之夢》、《雜色》，宗璞的《我是誰》、《蝸居》、《泥沼中的頭顱》，諶容的《人到中年》，莫言的《球狀閃電》，劉索拉的《你別無選擇》、《藍天綠海》，高行健的《有隻鴿子叫紅唇兒》，孔捷生的《大林莽》等等。可以想見，在一些已習慣於傳統的按部就班的審美趣味的讀者中，反響是激烈的，然而，一俟風平浪止，積澱下來的，便是一片驚喜和肯定。

一　形象化的抽象，使小説通向哲學

兩個老流浪漢的沒有指望的、毫無意義的苦苦等待（貝各特

《等待哥多》）；一個銀行職員的莫名其妙的，糊里糊塗的被逮捕以至被處死（卡夫卡《審判》）；待在一間屋子裡的兩個刺客無窮無盡的極度的恐慌和緊張的威脅感（品特《升降機》）；滿台的椅子，擠得兩位老人無立足之地不得不從窗口跳入海中（尤奈斯庫《椅子》）；一條看不見、摸不着，但又無處不在的“軍規”使飛行員求生的苦苦掙扎總是陷入絕望（海勒《第二十二條軍規》）。災難隨時莫名其妙地降臨，威脅始終擺脫不了，等待沒有意義，掙扎毫無用處，世界是荒誕的，人的命運是尷尬的，這種形而上的痛苦，便是西方現代派作家對當代西方社會現狀的形象化的抽象。

　　儘管哲學觀點不同，儘管內容題材不一，但是西方現代派文學中的哲學化傾向仍然影響了中國當代小說家的創作。在劉索拉的《你別無選擇》中，生活以瘋狂的節奏旋轉着，作曲系的學生幾乎都緊張得“神經混亂”，森森所追求的“媽的力度”是“一大群不協和和弦發出巨大的音響和強烈的不規律節奏”，震得“所有的人都要精神分裂”；孟野的“作品裡充滿了瘋狂的想法，一種永遠渴望超越自身的永不滿足的追求”，“音程的不協和狀態連本系的同學都難以接受”；董客在關於創作方式問題的討論會上的發言是“……你永遠也要追求並弄清你並且永遠弄不清與追不到的還要追求與弄清……”；小個子出國“去找找看”之前不停地擦洗東西“把手指都泡白了，像幹了好多家務的主婦一樣粗糙”而仍然不停地擦洗着以致於使這種舉動“有種神聖的所在”；考試緊張得使大家絕望地“希望考試索性快點來臨，哪怕在一天裡全考完，全不及格也行”；作曲比賽攪得所有的人都

"坐立不安"，甚至"忘記了吃飯"；一切描寫全被強調到了
"形而上"的地步。這種形象化的抽象，就是一代人別無選擇的
選擇。在生活面前，人人都得作出選擇，選擇雖然是不以人們的
主觀意志爲轉移的，然而每個人都必須爲這選擇作出回答：不是
創造，就是沉淪！於是便有了一代人的渴望，一代人的焦慮，一
代人的徬徨、奮鬪和追求。這就是劉索拉對生活、對一代人的命
運作出的哲學思考。 這種思考形象化爲文學，便有了小個子的
"去找找看"，森森的"找找自己民族的靈魂"，孟野的"像一
個魔鬼一樣老是和大地糾纏不清"，董客的"我們在追求各種形
式的至善至美"、"個人特點一錢不值"，李鳴的"寧可睡在被
窩裡看小說，也不願到琴房去聽滿樓道的轟鳴"，石白的"創新
不過是西方玩兒剩下的東西"，"不如去背巴哈"，便有了一代
人在民族現代化、民主化過程中騷動不安，甚至讓人痛苦不堪、
不得安寧的心靈史。儘管劉索拉的別無選擇的選擇同薩特的絕對
自由的自由選擇的哲學觀點有着天壤之別，然而兩人那種形象化
的抽象和哲學化的藝術表現却有着異曲同工之妙，同樣能使同時
代人讀了之後能超越作品本身而得到思想上的昇華，進入哲學的
境界，得到人生奧妙的啓迪。這種感受，這種超越，可以說是其
他藝術表現所不可企及的。

二 象徵，使小說給人以詩的啓示

大林莽是什麼？那麼陰森、那麼奇幻、那麼恐怖，又那麼神
秘，爲什麼任憑五個知青如何苦苦掙扎、前進、後撤、合作、分

開，都無法擺脫死亡的陰影，都免不了葬身林腹的命運？（孔捷生《大林莽》）

那神秘的歌聲是什麼？撲朔迷離，難以捕捉，在夜間突然出現，却又在光明中消聲匿迹；時而蒼涼悲憤，“像狂暴的呼喊，如突起的黑色旋風，聳入雲天的塵格”；時而委婉深情，在“新鮮的、石破天驚的歌聲中又廻響着深沉、親切、故舊情深的調子？”（王蒙《歌神》）

那無所不在、又無法把握的功能圈又是什麼？T—S—D又是什麼？爲什麼它“足以使全體同學恐懼”？爲什麼它值得小個子天天去擦它？爲什麼“世界上最最偉大的作品就離不開這個功能圈”？（劉索拉《你別無選擇》）

還有那公牛（殘雪《公牛》）、那風箏（王蒙《風箏飄帶》）、那蝴蝶（王蒙《蝴蝶》）、那蠻子（劉索拉《藍天綠海》）、那泥沼和頭顱（宗璞《泥沼中的頭顱》）都是什麼呢？

毫無疑問，這些作品都受到了西方現代派文學中的象徵主義影響。在以上生靈或事物身上，作者已經賦予了他們特殊的深廣的涵義，即象徵的含義。

現在我們可以來看看，孔捷生的“大林莽”、王蒙的“歌聲”，還有劉索拉的“功能圈”等到底是什麼？

大林莽是現實的，那五個知青的經歷，他們各自的思考、探索和感悟，無不打上現實活生生的烙印。大林莽又是超現實的，它雄奇壯偉，使人心馳神往；它又陰險恐怖，使人毛骨悚然。它是什麼？

作者說：“它是個大寓言。”（孔捷生《在大林莽深處》）

又說："不難理解，當人類的智慧被急功近利乃至妄想狂叫踐踏時，無論是自然界還是人本身，都將淪落到前途茫茫的窘境。"（孔捷生《林莽與人》）

明白了，為什麼大林莽像個陷阱、為什麼五個想征服它的知青走了進去就再也走不出來，作者正是想把現實描繪成一個寓言，通過它告訴人們一個普遍性的哲理：人不是大自然的奴隸，但也絕不是大自然的主宰，人只有懂得自然的規律，順應自然的規律，才能夠改造並讓自然服務於人；任何人想要超越自然規律去主宰自然，最終必然遭到大自然的懲罰。

在這裡，大林莽已是一個象徵，一個"客觀對應物"。孔捷生正是通過這個象徵，把自己的"思想知覺化"，把自己對生活的思考訴諸形象，給讀者提供了比作品本身多得多的涵義。

而王蒙，也正是通過"歌神"的歌聲這一象徵，揭示了藝術的神秘的永恒的不朽的力量，無論何種沉重的災難都摧毀不了。

劉索拉則運用"功能圈"傳達一種生命力的象徵。生命力無所不在，它潛伏在每個人的軀體中，然而只有真正發揮出生命力的威力，才能創造出真正的作品。因此劉索拉說："我只是為了讓人們知道真正的作曲是怎麼回事，它是一種艱苦而高尚的創作。"（劉索拉《"創作讀"——關於這篇小說》）

象徵是多義的。王蒙說："象徵是說生活本身往往提供出大有深意的形象，這種深意却是相當含蓄而且因人而有不同解釋的，具有某種多義性。"（王蒙《關於"春之聲"的通信》）上述作品通過象徵所提供給讀者的含義是遠遠不止上文所分析的那些。但是這已經足以說明，西方現代派文學的象徵主義給予中國當代作家的影響是很大的，儘管兩者之間有着種種差別，例如強調純我與忠於現實、頹廢與明朗、側重表現個人內心隱秘與主張揭示生活普遍哲理等等，然而不管他們承認不承認，這種影響事實上使中國當代小說超越了對現實生活的客觀描繪而給人以更加深邃的啓示。

三　漫畫化，增強了小說的概括力

漫畫化，是西方現代派文學最常用的藝術表現手法。

首先是誇張。寫人物誇張到了動畫化、木偶化，而且有意讓他們或瘋瘋癲癲，或想入非非，或糊里糊塗，或疑心重重，通過他們漫畫化的形象和錯亂型的意識，像哈哈鏡一樣反射出世界的混亂和人類的瘋狂。如美國＂黑色幽默派＂作家馮尼格在小說《第五號屠場》中讓他的主人公畢利站在另一個星球上觀察世界，用他的瘋瘋癲癲的語言和一些荒唐滑稽的場景揶揄人間。寫場景則極度渲染，使氣氛緊張、恐佈到極點，如美國表現主義作家奧尼爾在《瓊斯皇帝》一劇中，爲了渲染主人公身陷絕境的恐懼感，從頭至尾戰鼓咚咚，舞台上的森林背景急遽地收縮逼近，再加上追擊者人影憧憧，無名怪物亂舞，把主人公臨死前那種絕望緊張和瘋狂混亂的心理表現得淋漓盡致。

變形，也是他們常用的漫畫手法。寫人或寫成蟲（卡夫卡《變形記》）；或寫成獸（奧尼爾《毛猿》、尤奈斯庫《犀牛》），或寫成物（尤奈斯庫《椅子》）、或寫成鬼怪幽靈（斯特林堡《鬼魂奏鳴曲》、薩特《禁閉》）。寫物則稀奇古怪、違反常態，如卡夫卡的《審判》中，梯道曲裡拐彎，像迷宮之道；《城堡》中的城堡搖搖欲墜，仿佛沒有根基；貝各特的《等待哥多》中的禿樹僅僅時隔一天，便長出了幾片葉子；尤奈斯庫的《禿頭歌女》中的鐘亂敲亂鳴，一會兒敲二十九下，一會兒又敲一下。馬利涅蒂的短劇《他們來了》中的座椅仿佛"具有了生命，它們自個兒移動，走出門去。"寫抽象的東西則將其具象化，使人目及可見，如奧尼爾的《瓊斯皇帝》把主人公的無名恐懼寫成一群黑色的不斷蠕動着的大怪物；尤奈斯庫的《阿美戴或怎樣擺脫它》把環境對人的壓迫感寫成一具屍體，十五年來以"幾何級數"不斷膨脹，後竟衝破房門，佔據了整個舞台；海勒的《第二十二條軍規》則把蠻不講理的強權、永遠掙不脫的專橫殘暴勢力寫成一條所謂的軍隊規則。

　　同樣的，這種漫畫化的處理也影響了中國當代一些作家的藝術表現。在王蒙的《布禮》中，共產黨員鍾亦成在被折磨得奄奄一息中突然看見自己蒼白的影子向他走來；在他的《雜色》中，居然讓馬說話，讓風說話，讓天上飛的鷹說話，讓流水說話；在諶容的《人到中年》中，病中的陸文婷突然發現自己變成了一條小魚，在水中快活地游來游去；在宋璞的《我是誰》中，"我"受盡迫害和凌辱，懷疑自己是否真變成了"大毒蟲"或"蛇神"；在劉索拉的《你別無選擇》中，生活是一片狂熱的轟鳴，考試和比賽都被誇張到了令人絕望的地步，幾乎所有的人物都是瘋瘋癲癲的，人物都有一個被誇張了的特徵，而根本無所謂什麼"性格的立體感"，甚至那僅有的三個女生，連名字也沒有，只有三個外號："猫"、"懵懂"、和"時間"，就像卡夫卡作品中

"K"、"老零"一樣。這難道還不是變形？不是誇張？不是漫畫化的處理？

　　中國當代小說中這種漫畫化手法同樣是由其內容所決定的。《布禮》和《我是誰》表現的是十年浩劫那一個動亂的荒誕的年代，人的存在價值被摧毀了，人失去了自己的位置，對自我產生了懷疑，於是或者人格發生了分裂，鍾亦成受到了自己影子的誘惑，並且努力與之鬥爭；或者人變形成蟲或獸，"我"找不到自己的歸宿。《人到中年》中的變形是由於重病使陸文婷意識產生了混亂，表現了她希望從沉重的負荷中得到解脫的心情。《你別無選擇》中的變形和誇張則是為了渲染那快節奏的時代氣氛，引出一代人躁動不安的心靈史。

　　當然也無庸忌言，當代小說創作中也存在某些盲目模仿、"食洋不化"、把作品弄得艱澀難懂的弊病。這僅是支流。沒有理由，也沒有必要因此而大驚小怪，甚至否定西方現代派文學對我國當代小說創作的有益影響。

戴冠青

　　<從凝重、平實到空靈深遠──試論西方現代派文學
　　　對中國當代小說發展的影響>，

　　（福建）《泉州師專學報》(哲社版)1(1986)，21-28。

意識流在中國影響探源

本文所要研討的問題是，意識流這種文學現象是何時傳入我國的；它在歷史上的影響如何；爲什麼會有這種程度不同的影響；根源是什麼？

在第一次世界大戰前夕，三個不同地域的作家互不相識，互無聯繫，却幾乎同時創作着一種與傳統文學迥然不同的作品。1923 年，法國作家布魯斯特（ Marcel Proust ）發表了小說《追憶流水年華》一二卷；1924 年，愛爾蘭作家喬伊斯（ James Joyce ），發表了小說《一個青年藝術家的肖像》，繼而寫了這個作品的續篇，現代世界文學劃時代的作品——《尤利西斯》；1925 年英格蘭作家理查德遜（Dorothy Miller Richardson）發表了小說《巡禮從書》。這些作品以嶄新的創作方法給予本世紀文學以極大的影響，這就是所謂的“意識流”小說。在本世紀初葉，運用“意識流”方法進行創作的作家還不多，然而，二次世界大戰以後，却已成了司空見慣的事實。目前，我國也有一些中、青年作家，全部或部分地運用“意識流”的創作方法。

應該這樣說，在中國現代文壇上對“意識流”的介紹和傳播還是比較早的。就我們今天能夠翻閱到的資料看，這些介紹文章中既有訪問記，又有作家作品的專論，有對這些用意識流方法進行創作的作家的綜合述評，還有意識流作家本人的理論文章。這些文章中，涉及到的內容也相當廣泛，涉及到心理學、社會學和文學領域，而且兼顧了戲劇、小說等體裁的特點。

　　我們所看到的最早的一篇題目是＜沃尼爾＞，它是張嘉鑄寫的一篇作家專訪，發表在上海發行的《新月》月刊1卷11號上，時間是1929年。尤金・奧尼爾（1888～1953）是美國偉大的戲劇家，1936年獲得諾貝爾文學獎。　他的一部傑作《榆樹下的慾望》是用弗洛伊德主義的觀點寫人的性慾和佔有慾造成的悲劇。奧尼爾曾於1929年來中國訪問。　而這篇作家專訪是我們所見到的最早的一篇介紹運用“意識流”方法進行創作的作家。《新月》月刊在發表這篇訪問記之前，加了一段編者按，編者按開頭寫道：沃尼爾（Eugene O'Neill）是美國現代最偉大的戲劇家……。作家專訪是這樣寫的：沃尼爾的身體是細長而且柔軟，他的態度，好像總是有點畏羞的樣子；除非在表現他有興味的意思的時候，他說得非常高興，否則簡直不開口。他的緘默，就是他的辯才。在靜止休憩的時候，他的面貌像刀鑿一般的峻峭，但絕不是酷冷的鋒銳，可是他的笑，也能表示無限的喜悅。接着這篇專訪介紹了奧尼爾的生平。文章寫道：右琴沃尼爾，生於1888年10月16日，在紐約的百老滙路、近四十三街，就是現在的卡笛格克旅舍。他的父親，詹姆士沃尼爾是美國一個極有才氣的演劇家，他的母親，伊拉昆蘭是一個很沉靜的女子。他母親的天性在右琴沃尼爾的性格裡，可以看出不少。……

　　關於介紹尤金・奧尼爾的文章及其對他的戲劇的評價，還有多篇。比如，南京發行的《文藝月刊》1937年10卷4、5期合刊上發表的S. K. Wintler作，由王恩曾翻譯的長篇評論文章＜奧尼爾的劇作技巧＞，以及上海發行的《文學》月刊1937

年八卷二號上俞念遠的文章＜奧尼爾的生涯及其作品＞：和桂林發行的《文學譯報》月刊 1942 年 1 卷 2 期上發表的由（法）J‧J 蒲里伏作，陳占元翻譯的＜友琴‧奧尼爾傳＞，近二十餘篇。

　　對於意識流代表作家喬伊斯的介紹，較早些的專門文章是周立波以立波的筆名在上海《申報‧自由談》1935 年 5 月 6 日版上發表的一篇文章，題目是＜詹姆斯喬易斯＞，文章的開頭寫道：詹姆斯‧喬易斯（ James　Joyce ）是愛爾蘭都柏林小市民生活的描寫者。他的代表作《尤利西斯》（ Ulysses ）的出現，是現代文學史上的一個奇異的現象，它確定了喬易斯在文學中的最高的地位。喬易斯的模仿者遍了全世界，對於喬易斯的注釋和崇拜緊張了市民文學的整個神經，而喬易斯式（ Joycean ） 這個名詞成了最流行文學的用語。文中分析了喬易斯成功的原因時說，最重要的就是在這個時期，他深入了西歐文化的大流中，感受了世界市民的最典型最中心的藝術家的影響，一方面受了亨利‧詹姆斯（ Henry James ） 和馬色爾‧普洛斯托（Marcel Proust）的極端的心理主義熏陶，另方面受了特別表現在巴黎繪畫中的構造派立體派的感染，這都是構成他後來的特別風格的最重要的因素。

　　《現代》雜誌 1934 年出版的第 5 卷第 5 期發表了英國Hugh Walpole 著，由趙家璧翻譯的長篇文章＜近代英國小說之趨勢＞。這篇文章評價了以喬易斯爲代表的英國小說家怎樣開創了英國小說界的新紀元。文章說：十年以前，寫一篇關於英國小說的文章，比較上是一件很簡單的事……那個時候，喬也斯（James Joyce）那部偉大的作品優立雪斯（ Ulysses ），還沒有得到讀者的讚賞呢，……現在── 1933 年這許多名字怎樣了呢 ？哈代、康雪特……喬也斯現在所寫的那一種文學，即使對於一部分崇拜他的人，也有些不大懂得的。……我告訴他四個名字：喬也斯、羅侖斯、伏爾夫和赫胥黎（ Aldous Huxley ），這些人是在近十年來，對於英國小說發生重大影響的。……有一件事情至少是決定了的，那就是任憑平凡人和平凡的批評家如何的宣言，如何的抗議，如何的要求回到維多利亞的繁盛而豐富的時代去，英國小說絕不會像喬也斯、羅侖斯和伏爾夫以前的相同的了，特別是喬也斯和羅侖斯所帶來的對於性的解放和率直的那一點上。當然在性以外，人生上還有別的東西，而近代的心理學和近代生活也確實的把許多過去的沉默和禁例跟想法時代弄得同樣的可笑。維多利亞的小說假想結婚是他最善良的人物的最可笑的歸宿，現在我們在生活上和小說裡，便已經全部的改變了。

　　重慶發行的《中原》月刊 1944 年 1 卷 3 期發表了雷蒙·莫蒂美作，由馮亦代翻譯的＜伍爾芙記＞，伍爾芙是英國著名的以意識流表現方法進行創作的小說作家，她的代表作是《飛蛾之死》。＜伍爾芙記＞是對意識流作家的一篇專論。文章中是這樣評價伍爾芙的創作的。文中說：但是伍爾芙小說的缺點，並不是因為它們是非現實的，它們的成功在於也許比任何小說更為接近表現我們日常生活的經驗。

　　尤其值得一提的是重慶出版的《中原》月刊 1944 年 1 卷 2 期上（英）伍爾芙作，由馮亦代翻譯的論文＜論現代英國小說──"材料主義"的傾向及其前途＞。這是一篇較全面地論述意識流小說創作原則與風格情況的重要文章。文章前面加了一段評者注。

評者注：伍爾芙女士爲當代英國著名作家，霍迦斯書店的女店東。
……伍爾芙女士自己寫了許多小說，如≪波浪≫、≪達洛威夫人≫、
≪向燈塔≫和≪奧蘭陀≫等。這些小說的特徵，除了她秀麗的文
筆之外，便是徹底的心理描寫。文中作者介紹了意識流小說家對
於現實人類生活的認識及評價，文章中說：仔細看來，生命似乎
與"像這樣的"相距甚遠，考查一下平常的日子裡的平常頭腦。
這頭腦接受了無數印象——瑣碎的、旖旎的、空幻的，或是爲鋼
針尖端所刻劃着的。它們從各處集來，無數原子的不斷顯現，而
當它們落下來，把它們形成了星期一或星期二的生命，它們的音
調與舊的有殊別；重要的瞬間不在此，却在彼；因此，一位作家
是自由人而非奴隸，如果他能照他選擇的寫來，而不寫他應該寫
的，如果他能把他工作基於一己感覺而不基於社會習俗，那生將
無情節、無喜劇、無悲劇、無戀愛與興趣，甚至任何習有的小說
牧場，也許不會有一顆紐扣是像龐德街裁縫店所縫樣子的。生命
不是一串配置妥善的東燈，生命是光耀奪目的暈輪，是從意識的
開始與終結都包圍着我們的一個半透明的封袋，這是不是小說家
的工作來把這不同的、未知的、無拘束的精神傳達出來，不論它
所顯示如何的迷亂或錯綜，總以和其他外在的東西越少混合越好
呢？我們不只是企求勇敢和誠摯；我們是在建議小說的正常內容
是較習慣使我們相信的略有不同的東西。

　　除此之外，還有一些重要文章，譬如上海發行的≪西洋文學≫
月刊 1941 年第 7 期上發表的 Edmund Wilson 作，由張芝聯翻譯
的＜喬易士論＞；上海發行的≪文潮≫月刊 1948 年 5 卷 6 期上
陳堯光的文章＜伍爾芙夫人＞等。另外，≪現代≫雜誌 1934 年

5 卷 6 號上發表了凌吉昌的文章＜福爾克納———一個新作風的嘗試者＞，這是一篇專門介紹美國意識流代表作家福克納的專記性文章，這也是很有份量的一篇文章。

在介紹意識流情況的過程中，應該注意到郭沫若主編的≪中原≫是有很大貢獻的，它的翻譯介紹文章內容完整，質量也高，數量也大，除了介紹意識流本身的情況外，它還介紹了與意識流有緊密聯繫的文化現象，比如，≪中原≫1944 年 1 卷 4 期上發表了丁瓚的譯文＜弗洛伊德對於西方思想與文化的影響＞介紹評價了弗洛伊德的學說。

1935 年創刊的施哲存主編的 ≪現代≫ 雜誌也做了許多有益的工作，它既發表過有關意識流的理論文章，又發表了數量可觀的意識流小說創作，而使用意識流方法進行創作的作家，成為一個形式上獨立的流派。而這方面文章的主要翻譯家趙家璧、馮亦代的工作是積極的，富有成效的。

魯迅曾把批判地繼承文化遺產和學習外國進步文學，通俗地比作“拿來”，並稱作“拿來主義”。就這個意義來說，≪狂人日記≫為我們作出了很好的榜樣，可以說是“拿來主義”的光輝篇章。魯迅在回憶他怎樣做起小說來的時候說：“大約所信仰的全在先前看過的百來篇外國作品和一點醫學上的知識”。那麼，這“一點醫學上的知識”是什麼？是精神病學，應該說，在當時，精神病學的最高成就是屬於奧地利精神病學家、心理學家弗洛伊德。魯迅是學醫的出身，不會不知道。弗洛伊德從對精神病患者長期臨床診斷中，積累了大量豐富的經驗，從而創造性地提出了自己的新理論———精神分析學，這一理論從狹窄的精神病學科上

升爲普遍的心理學原理,進而他提出了人們的意識由三部分組成:
無意識、潛意識和意識。當我們運用意識流理論去衡量《狂人日
記》的時候就會發現,《狂人日記》是一篇運用意識流方法進行
創作的小說。小說的主人公是一個被稱作犯有迫害狂精神病的狂
人,以狂人的意識爲銀幕,小說中寫了狂人的無意識,潛意識和意
識,這裡既有不清醒狀態,又有半清醒狀態,又有完全清醒的狀
態。從那些出色的心理分析和描寫中,顯現出了魯迅的蓋世無雙
的才華。同時小說中多次出現時空顛倒,把過去、現在和未來相
互滲透,運用了"心理時間"。這雖然是一個短篇小說,却提出
了中華民族四千年文明史的基本看法,可謂內含博大精深。有人
會提出疑問說,是否寫心理描寫的小說都屬於意識流呢?這是古
亦有之的事情。我認爲不能這樣認識,心理描寫只有進入弗洛伊
德和詹姆士階段,才能稱之爲意識流。而以前只能稱作現實主義
的心理描寫。應該看到,魯迅《狂人日記》這篇小說的題材用意
識流的方法進行創作,是再恰當不過了。意識流的方法在《狂人
日記》中得到了充分地發揮,它大大豐富了《狂人日記》這篇小
說的內容。

　　魯迅在《故事新篇》序言裡談到創作於 1922 年的《不周
山》是"取了弗羅特說,來解釋創造——人和文學——的緣起"。
1972 年 11 月魯迅在給江紹原的兩封信中 , 力讚法朗士的小說
《泰綺思》"實是一部好書,倘譯成中文,當有讀者,且不至於
白讀也",因爲它寫出了人"內心的苦痛有歷史氣"。在 1935
年 4 月寫的<"京派"和"海派">裡,他又指出"《泰綺思》
的構想,很多是應用弗洛伊德的精神學說的",並說"文豪,究

竟是有眞實本領的，法朗士作過一本《泰綺思》，……其中就透露着這樣的消息＂。很明顯，《泰綺思》是由於眞實地寫出了人的潛意識心理和二重人格，才得到魯迅不斷的首肯、褒揚的；魯迅對弗洛伊德的潛意識理論及在此基礎上提出的人格體系，是肯定的，誠服的。由此可見，在《狂人日記》中，魯迅運用意識流方法絕不是一個孤立的現象。

郭沫若是一位自覺運用意識流方法進行創作嘗試的作家。郭沫若在＜批評與夢＞一文中曾說：＂我那篇《殘春》的着力點並不是注意在事實的進行，我是注意在心理的描寫。我描寫的心理是潛在意識的一種流動。——這是我的那篇小說的奢望。若拿描寫事物的尺度去測量它，那的確是全無高潮的。若是對於精神分析學或夢的心理稍有研究的人看來，它必定可以看出一種作意，可以說出另一番意見。＂《殘春》這篇小說寫於 1922 年 4 月，小說是以第一人稱＂我＂起筆的，敍述的是這樣一個故事：在異國的某一天，我的朋友白羊君忽然來找我，說是賀君患了精神病，約我一同前往探視，於是我辭別了妻兒，與白羊君一齊直赴醫院，在醫院我和白羊君遇到了 S 姑娘，詢問了病情。之後，我便沉沉入睡了，進入了夢境。夢中 S 姑娘和我一起在郊外散步，途中，S 姑娘得知我是學醫的，就要求我爲她診治肺病，正在這情誼綿綿之際，白羊君匆匆跑來，向我叫道：＂——不好了！不好了！愛牟！愛牟！你還在這兒逗留！你的夫人把你兩個孩子殺了！＂我聽得魂不附體一溜烟便跑回我博多灣上的住家，我看到了驚人的慘相，妻子又把手中血淋淋的刀向我投來。這時，我驚醒了。這場惡夢之後，我急匆匆地告別了白羊君和 S 姑娘回家。在郭沫

若的筆下，寫出了夢中的潛意識的活動，它正是一種意識流。而
另一篇《喀爾美夢姑娘》的寫法與《殘春》相似。它更深入地運
用了弗洛伊德的二重人格的思想。寫 " 我 " 愛着喀爾美夢姑娘，
却與自己的妻子瑞華生活在一起 ， 這種寫內心的矛盾和痛苦。
《葉羅提之墓》寫主人公葉羅提與他的堂嫂戀愛的故事。這篇小
說更多地運用了弗洛伊德性心理學的觀點，主人公七歲就有了愛
情的萌芽，而又逐發展下去，將這種傳統倫理道德所不能容忍的
事情，寫得眞摯、可信。

　　著名文藝理論家成仿吾在評價郁達夫小說《沉淪 》時說：
" 郁達夫的《沉淪》是新文學運動以來的第一部小說集。它不僅
在出世的年月上是第一，他那種驚人的取材與大膽的描寫，就是
一年後的今天，也還不能不說是第一 "。郁達夫的《沉淪》寫於
1921 年 5 月。小說是以第三人稱 " 他 " 展開的 ， 他是一個身在
異國的留學生，時時感到孤獨、苦悶、更難以忍受的是，由於國
家的衰敗，他受到了種種歧視，產生了無窮的壓力，正是由於這
種環境，他產生了性變態心理，他渴望愛情和追求情慾的滿足而
不可得，使他時時處於煎熬難忍之中，於是在小說中出現了大量
的潛意識的描寫，比如他偷看女人洗澡的一刹那的心理描寫。通
篇小說中，弗洛伊德的性心理學理論的影響是無疑的，而更重要
的是，小說中的主人公 " 他 "，在性慾的支配下；既有卑下、慾
望、病態的一面，又有高尙、良心、清醒的一面，他對自己犯罪
心理時時地遏制，它們是自治性的融合，比如，小說中結尾處，
他投海自殺時斷斷續續地說：" 祖國呀祖國！我的死是你害我的！
你快富強起來，強起來罷！你還有許多兒女在那裡受苦呢！ " 最

後迸發出主人公的愛國熱情，但這裡又有弱者的悲鳴。這種具有自洽性的融合的性格的主人公，恰恰是意識流小說創作中人物形象的主要特點。所以，人們評價的＂大膽的描寫＂，就是意識流的描寫，就是性慾支配下潛意識的描寫。它寫出了主人公的兩重人格的矛盾鬥爭──本能人格與傳統道德觀念訓教成的人格的鬥爭。

通過普查我們看到 ， 運用意識流進行創作，在我國現代文壇上 ， 出現了兩個高峰期。嚴家炎的看法認爲＂意識流小說在中國文學界引起某種反響，那又要到二十年代後半期和三十年代前半期──我們可以從馮文炳（廢名）和稱時英寫人的小說中先後看到一點端倪＂。我認爲，在新文學開創初期，它已經出現了。第一個高峰期，在新文學開創時期，它成爲現代文壇開山祖師們手中的工具。魯迅出色地運用它， 寫出了不朽的名篇 ≪ 狂人日記≫，郭沫若寫出的≪殘春≫以及郁達夫的≪沉淪≫等篇皆是。那麼，這個高峰期是如何形成的呢？是當時中西文化兩大潮流相撞擊，以及合流的結果，意識流是隨着現代西方文化進入這個文明古國的脚步，而做爲隨從跟進的。當時的所謂＂新學＂、＂科學＂與＂民主＂兩大旗幟下，現代西方文化其中包括哲學、經濟學、社會學和文學思想大量湧入中國，這當中既有精華，又有糟粕，可謂兼容並蓄，意識流雖然在當時世界上還剛剛萌芽，能用它來進行創作的人爲數還很少，但是，它却步入了中國的土地。中西兩大文化潮流撞擊的結果，產生了新文化運動，在這一運動中，意識流首先爲中國現代文壇上的巨人魯迅和郭沫若所運用，創作出不朽的名篇佳作，起到了進步的作用。當時，還有一些作家也

開始用意識流進行創作，如作家廢名就是其中的一位。新文學運
動的開創期，意識流的影響是顯著的。但它們分屬浪漫主義與現
實主義的一部分。

　　第二個高峯期，是在三十年代初期。這一時期的特點是，意
識流已經不再從屬於現實主義和浪漫主義傳統的母體之中，而是
有了自己獨立存在的意義。只是在中國，它不叫意識流，而是叫
"新感覺派"。這個名字來源於日本。那麼，三十年代爲什麼會
出現第二個高峯期呢？三十年代初期，日本帝國主義已開始入侵
中國，民族矛盾上升爲主要矛盾，階級矛盾有所緩和，這樣在中
國南方的上海一帶，便暫時又出現了偏安一個歌舞昇平的局面，
有一些人開始探索文藝內部自身的規律，因此，出現了一批用意
識流方法進行創作的作家，比如有代表性的劉吶歐、施蟄存和穆
時英。他們的作品所描寫的對象是都市生活，這與當時西方意識
流創作的作家創作題材就十分相似。

　　把握意識流傳播和影響的脈絡，進而分析其原因，總結歷史
經驗，對於我們今天的文壇是大有益處的。應該說明的是，本篇
論文不是對中國現代文壇上意識流作品的評價，而只是介紹和論
述了意識流這一創作方法在中國現代文壇上的傳播和影響，因此
本文中所涉及的作品並未進行評價。

史健生

〈意識流在中國現代文壇上的傳播和影響〉，
（武漢）《外國文學研究》4(1987)，86-95。

文學是中介的媒介

　　最廣義的中介介乎主體與客體之間。本來我是我，物是物，物我之間無任何牽連，可是人意動之後，外面的物體，一變而爲物象，進入我意識之中。換句話說，一般的認知行爲都可以稱之爲中介 ❶。

　　當然，認知的先決條件是外界有物可認，而此物有其整體性，內在不相互矛盾。在這種情形之下，客體往往把現成的整體意義加諸主體，主體被動接受，中介的成份也相形減低。相反的，如果外界混亂不堪，矛盾叢生，主體面臨混沌一片，也不免用心機設計一連串折衷中介的方法。李維史陀（ Lévi-Strauss ）即曾舉例，說明原始人面臨生死矛盾，無法解決矛盾，因此自圓其說，認爲死後另有輪廻，故死後有生，而生之過程也無非以死爲終點，因此生即是死的開始。

　　上述的中介大抵由外而內，解釋人如何在錯綜複雜的世界中，自立一規矩清晰的次序，並求安身立命於其中。另一種中介活動方向與此恰恰相反，大抵由內而外。我們都知道佛洛伊德（Freud）的心理分析理論，他認爲我們內心潛意識深處就如一鍋翻滾的液體，完全談不上條理或結構。這種潛意識當然不能讓它宣之於口，社會文化往往應用各種力量來加以控制，務求它昇華提升之後方可見諸於世，文學即是一種昇華的過程，這種昇華也可以稱之爲中介。

　　不管是由外而內，還是由內而外，人與外在現實的關係都不是直接的（immediate），而是間接的（mediate），需透過中介（mediation）的媒介與過程，這點我們必須首先明白。上面談到文學是中介的媒介，底下我們要繼續討論文學的中介角色。

我們常聽人說詩詞之中自有境界，這種境界既非實存於外在世界的實體，也非純屬心中的意念。這種境界往往介乎主體與客體之間，自成一體，獨立，不受制於外界或內心。我們又常聽人主張要就詩論詩，基本的本體論即基於此一形式主義觀點。換句話說，文學作品固然介乎主客二體之間，但文學作品卻也自成一體。中介於此已由手段、媒介一變而爲目的、本義。當然，我們此地所謂的目的與本義並不表示中介自成一體之後即與主體或客體脫離關係。事實上透過中介，主體與客體都有了改變，我們閱讀文學作品之後，由於參與作者的創作過程，因此產生一種自由解放的感受，有別於日常刻板，機械式的生活。至於客體的變化，最好的例證當推烏托邦文學，我們可以批評烏托邦文學逃避現實，描寫不外子虛烏有之事物，可是從另外一個觀點看，烏托邦文學給予讀者一項寄託，使他們超越目前生活的困境。透過文學我們可以明瞭目前生活的困境，進而改善生活，這是中介影響客觀現實的一大功用。

中介最主要的功用固然在於它折衝主體與客體的關係。可是到底如何折衝呢？從認識論的觀點看，我們中國人相信虛實相成始有眞。《道德經》十一章對有、無作了一個相當精闢的比喻：

三十輻共一轂。當其無，有車之用。

埏埴以爲器。當其無，有器之用。

鑿戶牖以爲室。當其無，有室之用。

故有之以為利。無之以為用。

有、無、虛、實的關係顯而易見。它們兩者之間必須互補互襯始成其為眞。《道德經》四十二章又說：

道生一；一生二；二生三；三生萬物。

萬物負陰而抱陽，冲氣以為和。

也就是說萬物孕合陰陽，同時也是陰陽調和的產品。陰陽兩者的關係無疑是一種辯證關係，二者靈活運用，衍生宇宙之衆相，而衆相又蘊合陰陽，這兩個過程循環不已，生生不息。本體論與天地起源論無形之中也合為一體了。莊子《齊物論》也說：

是無彼也，彼亦是也；彼亦一是非，此亦一是非。果且有彼是乎哉？果且無彼是乎哉？彼是莫得其偶，謂之道樞。

樞始得其環中，以應無窮。是亦一無窮，非亦一無窮，故曰：莫若以明。

此地明對隱而言，明即是“十日並出”之明。明也可以說是全面觀點；彼此、生死、是非都相互依附，相互轉化。而既然對立的關係是依附、轉化的對立，這種對立也是動態的，可加以“兩忘”，而達致萬物一齊的渾然境。關於虛實有無在藝術的具體表現方式，因牽涉太廣，當另文討論，此地不贅。

就中介而言，西方寫實小說介乎個人與社會的關係。小說興起於十八、九世紀，與個人主義的成長有密切的關係，而小說所描寫的，泰半也與個人和社會的衝突有關。早期小說談人性世態，描寫市井人物與風俗民性之間的衝突；晚期小說談自我放逐，描寫人物不堪社會壓力，憤世嫉俗，因而自絕於世。從另一個角度來看，小說也可以說是社會與個人之間問題結晶的產品，也就

是說小說是社會文化與個人辯證關係的成果。西方歷史小說起源
於十九世紀，描寫的也正是十九世紀個人的本質。換句話說，
歷史小說側重人物與問題的具體時代性，把歷史意識具體而微移
植進小說的範疇。在移植的過程中，由於過去與現在兩者之間時
間的差距，過去事物的瞭解可就無法“單刀直入”，掌握事物也
無法是直接、親身的體驗。也因此歷史小說所牽涉的中介，遠比
一般人情小說要複雜得多了。

西方寫實小說與中產階級的興起、個人意識的覺醒有關，西
方歷史小說與法國大革命、國家興亡，匹夫有責的客觀歷史情勢
相為因果。就文學傳統言，西方小說乃是史詩、傳奇之後的新表
現式。換句話說，小說乃是時代的產品。中國的第一部章回小說，
有獨無偶是一部歷史小說，也是歷史時代的產品。這話怎麼說呢？

要追溯中國章回小說的起源，我們應該着眼於宋朝哲學、歷
史與文學各方面的發展。我們都知宋朝的理學強調在“人倫日常”
中體現“至理”，透過日常生活的觀察與實踐，而達至最高的生
活境界。換句話說，理學充分肯定人的價值，而透過“即物窮
理”的考察，個人對外界的瞭解重要性也大大提高了。這點與西
方小說追求個人對事物的審察，頗有異曲同工之妙。就史學而論，
我們都知道通鑑體與本事體，可以說替小說的結構提供了嶄新的
可行性，不僅小說篇幅得以大大擴充，而小說的結構也可因此循
時間先後因果的關聯而發展、擴充。就語文而論，唐宋的古文
運動，大大解放了語言，使作者更能得心應手描寫週遭的事物，
而不再拘泥於駢文呆板的表現形式（這個時代產生大量的傳記文
學，與語言的改革有相當密切的關係）。就小說本身而言，從

先秦的"叢殘小語"、"街談巷語"，魏晉南北朝的志人、志怪、唐宋之傳奇，而宋之說話，可以說小說的各種條件已大致具備，只等羅貫中出現把三國的故事，根據《三國志》與《全相平話三國志》加以編纂、舖陳，並賦予章回的形式。

　　旣然有了產生小說的條件，而小說也就跟著問世，於是應運而生的是小說的讀法。我們上面說過虛實相輔的認識論。這種觀點自古已有，老莊哲學中有，孔孟的著中也有。孟子的心形諸於外便成仁義禮智，而與天命相互契合。這種契合到了宋朝理學家可以說更加落實，具體。可是這種互補的觀念又如何才能運用到小說的詮釋上呢？而從作者的觀點來看，小說又如何揉合虛實呢？這都是我們必須要具體考慮的問題。我們底下就討論歷史小說揉合虛實的實際情況。此地我們就以三國爲例。

　　所謂實的三國唯有當時的人才有認識，可是嚴格說就是當代人對三國的認識也是片面的；一來他們有時空的限制，不可能對三國全盤的情況瞭若指掌，二來他們的地位往往決定他們所見所聞的事物，並影響他們對事物的解釋。所以嚴格說來，三國即使眞有其事，可是要掌握三國可以說是幾無可能。當代人物旣然都不可能掌握三國史❷，那後人更不用說了。陳壽生於三國末期長期居住在蜀，大大限制了他所知的事物。我們都知道，他撰魏志與吳志，根據的是二手資料，只有蜀志才算是他親身的體驗，這且不說。由於他任職於晉，因此下筆之際，不能對晉之前的魏有任何不敬之嫌。可是另一方面他對蜀又有相當好感，稱劉備爲先主，所以唯一的折衷辦法是不用本紀，而志分三國，以示公允。

　　陳壽的《三國志》虛實多少難下定論，更不用說他與羅貫中

立場的出入。陳壽之後裴松之度集各種資料，用來彌補陳氏之不
足。而另一方面民間文學有關三國的材料，如雨後春筍，相繼問
世，可以說是百家爭鳴。民間文學所表現的三國，性質與陳壽的
三國可以說大不相同。所以文末羅貫中所繼承的三國是個衆說紛
紜的三國，也是個相互矛盾的三國。羅氏必須作一番的取捨、剪
裁才能把他心目中的三國，用藝術的手法來再現。換句話說，過
去並非順理成章，俯拾皆是，過去必須經過一看中介才能加以掌
握。過去需要一番轉折才能在後人的世界裏（羅貫中的世界與我
們的世界）產生意義。從詮釋學的觀點說，過去的水平線與現在
的水平線必須加以融合，而後才能產生意義。除了上述古今需要
中介之外，雅俗也要加以中介，否則後人面對往昔的資料，也往
往會覺得支離破碎，無所適從。……

　　陳壽的《三國志》整體結構嚴格就不算嚴謹 。 《 平話三國
志》和敍述結構卻可以說是密不通風。一般而論，歷史的演變化
往往出人意表，而事件的發展也往往不盡符合敍述條理，變例甚
至多於常規。可是，民俗傳統中的《平話三國志》把歷史錯綜複
雜，或應運而發，難能逆料的過去大大簡化，用因果報應的程式
來解釋三國的分合大勢。我們都曉得報的觀念深植民心，而報的
前因與後果往往只能證諸於漫長的時間，今日的因往往無法證諸
於明日的果。不過《平話三國志》的一因一果相距長達三四百年
之久，不能不算是民間信仰的極致 ❸。作者告訴我們當初高祖得
衆功臣之助，終於創了大漢江山，可是即位之後，不念舊誼，反
而謀害功臣，因此幾百年之後這些舊臣的寃魂在陰間告了高祖一
狀。所謂寃有頭，債有主，漢朝王下於是判定由韓信、彭越、英

布三人瓜分：" 交韓信分中原爲曹操；交彭越爲蜀川劉備；交英布分江東長沙吳王爲孫權；交漢高祖生許昌爲獻帝；呂后爲伏皇后 "。這一來人物的發展幾成定局，轉圜餘地不多，而天下大勢也只能循定軌而行，因爲" 曹操佔得天時，囚其獻帝，殺伏皇后報讎，江東孫權佔得地利，十山九水，蜀川劉備佔得人和 "。

　　除了上述因果報應，跡近迷信的痕跡之外，≪平話三國志≫另一個特色是側重義氣，講究推心置腹的友情。漢初高祖謀害功臣，漢末" 景帝十七代賢孫，中山靖王劉勝之後"(劉備）相反卻得人和，得關羽、張飛之勇與諸葛亮之智。劉備與關張三人之間桃園結義在陳壽的≪三國志≫裏並無記載，≪關張馬黃趙傳≫只說關張爲先主" 禦侮 "，而" 先主與二人寢則同牀，恩若兄弟"。至於，他們誓言同年同月同日死，不但史書未有記載，而依時間先後，劉備的死實遲於關張四年 。 俗史顯然準確性低於正史，但俗史的改寫無疑有感於正史（戲稱" 相斫書 "）中君王將相之猜忌殺戮而發。具體而言，高祖之殺害功臣經改寫之後，一變而爲先主與關張桃園三結義，一反一正，一實一虛，充分反映各種文類相互補襯的關係❹。

　　Hayden White 在 Metahistory 一書中套用 Northrop Frye 的理論將歷史材料的撰寫方式分類區分。他主張每部歷史都有它的深層結構，與語言結構有相當多類似之處，並決定了史家使用什麼典範來解釋歷史。這種先入爲主的深層模式，在每個作品之中產生了所謂預佈的作用（ prefiguration ），決定史籍的發展格局。此地我們姑且不論此一分類適不適合中國歷史，但就≪三國志 ≫ 與 ≪ 平話三國志 ≫ 比較而言 ， 前者無疑比後者預佈得少。預佈太少則敍述性較低。敍述性一低，讀者很可能難以從中推演出過去事物之中的將來性（讀者逆過過去的將來性來瞭解過去、現在與將來）。相反的，如果預佈性高，敍述性強，也往往將歷史運作的神秘性剝奪殆盡，而歷史中原有天命不可知的神秘面紗也不復存在。預佈太高太低都妨礙讀者全盤投入歷史的機會，主體與客體也難以產生一種辯證的動態關係。詮釋學所說的詮釋圈（ hermeneutical circle ）也無法運轉舒暢。

　　《三國志演義》無疑介乎《三國志》與《平話三國志》之間，截長補短，把先存的兩個版本用虛實互補的手法加以揉和。就以整體故事結構而論，羅貫中的《三國志通俗演義》基本上根據平話本的敍述輪廓，因此字裏行間往往透露出一種"天命不可違"的訊息。也正因如此毛氏父子編纂《三國志演義》之際，爲了因應這種大勢，在第一回開宗明義揭出"天下大勢分久必合，合久必分"這麼一個預佈局面。此外，雖然《三國志演義》刪除了《平話三國志》首卷中有關因果報應，輪廻投胎的迷信架構，可是我們只要細加考察即可發現，小說中的三國情勢與漢初的局面，不無若干雷同之處。就以劉備而言，他與漢高祖有許多類似之處，出身地區相近，二人即位之前也都敦厚愛民。……

　　羅貫中的小說顯然是作者對歷史的三國所作的解釋。他透過敍述的文體，網羅史識、文才業之百科全書式的資料，而整理出他一己的世界。這個世界存在於過去，可是對他所身處的世界也不無關聯，不無意義。我們甚至可以說他明言三國，實指元末。羅著甚至主張羅氏抗元，因此將竊據中原的元人與曹魏相提並論，而他與張士誠的關係，更促使他把道統寄托在抗魏的蜀漢劉備身上（劉備聯吳抗魏乃《三國志演義》之一大主題）。就當時的政治軍事局面而言，元末農民起義，往往以趙宋爲名；也就是說，託有宋在江南之道統以對抗由北方入侵的元人（農民同時也針對當時 " 貧極江南，富稱塞北 " ，貧富不均的現象起而對抗北方的統治層）❺。羅貫中圖王的抱負不果，於是將心力付諸 " 傳神稗史 " 上面。他寫《宋太祖龍虎風雲會》顯然有所寄託❻。此外，《三國志演義》循的是朱熹《通鑑綱目》的體系，而朱著尊劉抑曹的精神在羅著中也表露無遺，正顯示了羅氏藉古寫今的作法。也就是說羅氏透過對過去的解釋，而對現在、將來重作評估。

　　既然是解釋過去，重估現在、將來，史實的準確與否並不是最重要的課題。同理，故事的發展必須要實有所托，如果一味講輪廻報應，甚至情節發展大量依據神奇力量（平話中的孔明撒豆成兵，與法師毫無差異），同樣也喪失了身體力行，參與復興大業的人爲因素。也就是上述兩個原因，《 三國志演義 》介中於《三國志》與《平話三國志》之間，並且酌情虛者實之，實者虛之。

　　從上述這種觀點，章學誠的看法無疑是不正確的。他在《丙辰札記》中說羅著七實三虛，又說這種作法要不得。章氏主張小說要不就全實，如《列國志》等，要不就全虛，如《西遊記》，但不可錯雜虛實，淆人視聽 。 豈不知歷史必加中介整理，使成整體，然後後人才能參與其中，並體會其中的旨意。在中介整理過程當中，古今應加揉合，而虛實也要求其互補。

　　胡適說《三國志演義》是五百多年演義家纍積下來的集體作品。 不過 ， 我們也可以說《三國志演義》是中國文人透過一種虛實互補的中介觀，而對過去歷史所作的詮釋與瞭解。比較《三國志演義》或《全相平話三國志》更能對漢末風起雲湧的時代，提供一個更全面、更週詳的詮釋與瞭解。

附　　註

❶　關於中介的定義請參考 Raymond Williams, *Keywords, A Vocabulary of Culture and Society* (New York: Oxford University Press, 1976), p. 171.

❷　從學理說，當代人掌握的三國其實也談不上是史，因為當代人對當代事物，缺乏一種事過境遷的全盤體會。關於這種歷史意識，請參閱 Arthur C. Danto, *Narration and Knowledge* (New York: Columbia University Press, 1985), esp. Chapter XV, "Narration and Knowledge."

❸　這種因果報應，甚至輪廻的觀念在中國小說中可以說比比皆是，《水滸傳》的天罡地煞下凡為梁山好漢即為一例。這種情形在西方寫實小說中並不常見。

❹　馮夢龍的《古今小說》中有個故事叫《鬧陰司司馬貌斷獄》更進一步也把三兄弟的前世帶回漢初。末了《新刻三國因》（一九八八）把牽涉進陰司官司的人數甚至擴充到五十來人，把重要人物泰半網羅。見丘振聲，《三國演義縱橫談》（南寧：漓江出版社，一九八三），三六至三八頁。

❺　羅貫中把張士誠視為"眞主"，但張士誠嚴格說背叛了農民起義的理想，這種矛盾在《三國志演義》裏如何處理倒是一個值得探討的問題。關於南北貧富不均與張士誠的評價，請參閱丁國危，《元末社會諸矛盾的分析》及王崇武，《論元末農民起義的發展蛻變及其在歷史上所起的進步作用》，均收於南京大學歷史系之史研究室編：《元史論集》（北京：人民出版社，一九八四），五八三至六〇〇頁及六一六至六

三九頁。

❻　這個雜劇描寫宋太祖雪夜訪丞相趙普，商討治國大計，稱趙普爲兄，
其妻爲嫂，他平常禮賢下士，與≪三國志演義≫中的劉備有很多類似
的地方，也因此成爲羅貫中期望中興的寄託，詳見≪三國演義研究集≫
（四川：四川省社會科學院出版社，一九八三），序，三頁。

周英雄

　　＜樞始得其環中：從中介看歷史小說＞，
　　（台）≪中外文學≫ 15.7.(1986)，4-25。

丙　戲　劇

東西方戲劇特徵之比較

　　美國著名的古代社會研究者摩爾根曾經指出："人類的經驗差不多都是採取類似的路徑而進行的"。在文學藝術領域裡，一些比較原始的文藝形態在世界上幾個早期文明的發祥地也表現出大體相類的發展線索，從舞蹈、歌謠、繪畫、雕刻到神話、民間故事都是如此。

　　戲劇從它一產生就是一門綜合藝術，是一種比較複雜、比較後起的文藝形態，古代人類對戲劇的實踐也有許多共通之處。當時，東方和西方的文化還不可能產生任何交流，但是兩方面都不約而同地創造出了這麼一種文藝形式，它們遙隔千里而極其相似，但却又與近在咫尺的其他文藝有着明顯差別。世界上第一個自成系統的研究了戲劇基本特徵的，是古希臘的哲學家亞里斯多德。

　　（一）亞里斯多德對戲劇理論最重要的貢獻，是確定戲劇在人類生活中的邏輯地位；而當他從大範疇的區別逐漸劃分到小範疇的區別，以戲劇為中心層層縮小"包圍圈"的時候，實際上也正是在條理清晰地闡述着戲劇特徵。

　　亞里斯多德的第一層劃分是，人世間在辦着三件大事：認識、實踐、創造，藝術屬於創造性科學。但這裡藝術的概念很大，包括許多要人手創造的工作如技藝在內；於是他又進入第二層劃分，認爲詩歌、戲劇、音樂這些狹義範疇的藝術與其他技藝的區別在於是否進行"摹仿"，其特徵在於寧可追求"合情合理的不可能"也不要"不合情理的可能"，要"說謊說得圓"。那麼，這狹義的藝術裡邊，戲劇與詩歌、音樂、圖畫等等又有什麼區別呢？他於是進入第三層劃分，認爲根據摹仿的不同媒介、對象和方式可以顯現這個區別，其中兼用其他藝術的各種摹仿媒介，以行動中的人爲摹仿對象，以動作爲摹仿方式的，就是戲劇。

亞里斯多德對戲劇特徵的上述意見未必完滿，但是，他通過事物間的相互比較，通過概念的層層劃分和逐一限定來顯現事物特徵的方式，至今看來還是科學的。

（二）在確定戲劇位置的基礎上，亞里斯多德進而制定了歷史上第一個比較完整的戲劇定義（見《詩學》第六章），分析了戲劇的六個組成部分。戲劇定義，從某種意義上說，是戲劇基本特徵的壓縮表現形式。亞里斯多德的定義，除了一些表示悲劇內容上的特殊性詞句外，肯定了反映和表現行動爲戲劇的重要特徵（"行動的摹仿"）；表明有其他藝術成分輔佐的語言藝術是戲劇的重要表現手段（"媒介是語言，具有各種悅耳之音"）；強調了戲劇的基本藝術方式是演員富有動作性的表演（"藉人物的動作來表達，而不是採用敍述法"）。這些特徵至今看來仍具有最基本的價值。亞里斯多德對戲劇的內部成分劃分爲這樣六項：佈局、性格、思想、文詞、歌曲、造型。這種劃分有一個明顯的弊病，就是把"佈局"（在亞里斯多德那裡是與"動作"、"事件" action 相通的）、"性格"、"思想" 這三個相互交叉重

疊的概念處理成了並列關係，與他自己講過的"動作需有動作的
人物，人物必然具有性格和思想兩方面"是不甚統一的。但是，
後世非議這種劃分和排列的，主要在於他把"佈局"置之"性格"
之上。應該說這種非議有不公平之處。誠然，這對於受過文藝復
興之後大量優秀文藝作品陶冶的人們來說，對於在文藝創作和鑒
賞實踐中逐步接受過約翰・高爾斯華綏所謂"性格就是結構"，
馬・高爾基所謂"情節是各種不同性格、典型成長和構成的歷史"
等著名論斷的人們來說，確實有點難於理解；但是，亞里斯多德
是在總結和研究古希臘的悲劇，面對古希臘的悲劇來說，題材的
局限性相當大，基本上是借用荷馬史詩中的神話和英雄傳說中的
現成故事來進行創作的（除現存埃斯庫羅斯悲劇≪波斯人≫等個
別例子外）。就戲劇人物來說，也就逃不掉範圍不大、家喻戶曉
的幾個傳說人物。大概也是"名人難寫"的緣故吧，對他們的性
格刻劃往往比較粗略。與精於佈局的埃斯庫羅斯和索福克勒斯相
比，歐里庇得斯倒比較注重寫人，但亞里斯多德又恰恰對他不欣
賞，或者說某種程度的不理解。這也就只能得出布局第一、性格
第二的結論了。更加無可非議的是，亞里斯多德慣於從戲劇的特
徵上來研究戲劇問題。既然希臘悲劇的人物大多來自史詩，那麼
人物、性格自然不能成為戲劇足以區別於史詩的特徵而列之首位
了，相反，布局（動作）倒確實能把戲劇與史詩區別開來，更能
與當時以薩福和品達為代表的抒情詩區別開來。總之，從區別中
找特徵，把最能體現特徵的因素置於首位，這就是亞里斯多德那
樣排列的理由。

　　（三）亞里斯多德把戲劇特徵的研究提到了戲劇美學的高度，

一再強調戲劇的有機整體性。其具體要求在藝術形式上主要是完整、單一、適度這三項。

對於亞里斯多德所謂"有頭、有身、有尾"的"完整"概念，蘇聯戲劇理論家霍洛道夫在五十年代出版的《戲劇結構》一書中曾作了尖銳的批評，認為任何完整的藝術品無論"頭"前還是"尾"後都仍然會有其他事物，因此沒有絕對概念的"頭"和"尾"，一部作品，就是一個承前啓後的"身"。顯然，霍洛道夫是在以事物發展無限連續性的法則，取消相對的階段性和獨立性。一切事物都有時間和空間的限定，就一個特定劇本的內在結構而論，"頭"、"尾"就是它的起點和終點，處於結構之外的"其他事物"與進入藝術結構之內的內容性質完全不同，不應硬扯在一起來拆散戲劇本身的自足結構，否定亞里斯多德的完整論。

完整和單一不可分割。亞里斯多德要求把戲劇作品中紛繁曲折的佈局和情節錘鍊成"一個完整的行動"，也就是不把一個戲劇作品看成為一堆藝術因素的湊合，而是看成為有血有肉的單個生命體。在這裡，完整和單一已合而為一。美國現代戲劇理論家約·霍·勞遜認為亞里斯多德把整個一齣戲當作"一個行動"，"便向有機的戲劇理論跨進了第一步"。這個評價相當有見地。

單一是為了保證完整而對表現對象的一種量的控制，但這還不夠，亞里斯多德對已經單一化了的"行動"進一步作了"度"的控制：一定的長度、廣度，歸根結底就是適度。他比喻說，太大的活東西（一千里長）、或太小的活東西（非觀察所及）都不會美，對戲劇來說，長度應該以既能容納劇情的轉折，又要易於記憶爲限。於是，任何一齣史詩都可分拆爲好幾齣悲劇的題材。戲劇的這種特殊性，在他看來，與其說是一種局限，毋寧說是一種種特長。他認爲這種能在短時間內達到目的的藝術，比那種被時間冲淡了的藝術更能引起我們的快感。但是，亞里斯多德根據戲劇的特殊性提出的這些度量要求，旣不抬到至高無上的地步也不刻板僵硬，更不把它們目爲戲劇的基本特徵。在這裡，這位傑出的古代思想家顯示了他後世不少繼承者們望塵莫及的理論活力。

賀拉斯認爲觀衆是戲劇藝術的出發點和歸宿。在他著名的著作《詩藝》中，凡是一涉及戲劇藝術問題，總是伴隨着這一類詞句："如果你希望你的戲受歡迎"，"如果你希望觀衆一直坐到終場"，"請你傾聽一下""觀衆的要求是什麼"；或者是，什麼東西"不如呈現在觀衆眼前"，什麼東西"不必呈現在觀衆眼前"，怎麼樣"更能使觀衆喜愛，更能使他們流連忘返"……，總之，"觀衆"一詞幾乎貫串他有關戲劇的全部論述。因此，在賀拉斯看來，觀衆的審美要求也就是戲劇本身的藝術要求。在這方面，他特別強調兩點，一是爲了使觀衆喜愛，一齣戲在語言上應該"有許多生動的段落，人物刻劃又非常精確"。所謂"精確"，他是指"注意不同年齡的習性，給不同性格和年齡以恰如其分的修飾，二是爲了對觀衆產生更大的感染力，他出色地論述了戲劇表演的直觀性和行動性的因果關係，認爲在舞台上以敍述與行動相比，"通過聽覺來打動人的心靈比較緩慢，不如呈現在觀衆的眼前，比較可靠，讓觀衆自己親眼看看"。這是一般原則，與之相反相成的是，如果某一情節不宜作直觀的展現（如過分的殘酷），就要借助於敍述，免使觀衆產生厭惡。

　　文藝復興時期在復興亞里斯多德和賀拉斯的經典戲劇理論的基礎上，有人以這些理論遺產爲標誌，引伸歸納出一套戲劇規範要求人們遵循，有人則反對用凝固的規範來束縛創作，這種對壘和爭執，就推動了戲劇理論的發展。

　　比較大膽地強調要把戲劇特徵的研究向前推進的，在當時歐洲具有更大影響的是西班牙的劇作家維迦。據說此人寫過一千多齣戲，他總是十分自信地闡述創作體會，不拘泥於成規舊說，有一般生氣勃勃的新鮮氣息。他主張迎合觀衆，爲此寧願不遵循藝術訓令，寧願衝破亞里斯多德和賀拉斯的規範，他用俏皮的口氣說：

> 不必理會亞里斯多德的主張，把事情限於一天之內，因爲我們如果把悲劇的語言摻和在格卑調下的喜劇裏，我們早已冒犯了他老人家。

　　他反對爲了追求戲劇的集中而對劇情時間作死板限制，更反對卡斯特爾維特洛曾經要求過的用差不多的演出時間來表演劇情時間的那種自然主義的"眞實性"，他論述了劇場對時間掌握具有靈活性的特點（如兩幕之間可隔幾年），又考慮了西班牙觀衆的心理，認定可以在較短的演出時間裡表現較長的劇情時間。《堂·吉訶德》的作者塞萬提斯曾指責維迦"有時要去迎合演員們的意見"，可能有一點，但應該說維迦的戲劇主張在當時是基本正確的。

　　東方的戲劇之花，是早萌發於印度。儘管印度戲劇史上有許多重要年代至今還無法確定，但根據現有史料判別，印度戲劇至少在公元前後已經進入了成熟階段。繁榮的戲劇活動必然導致戲劇理論的研究，《舞論》就是總結古代戲劇經驗的一部輝煌巨著。
此書相傳爲婆羅多牟尼所作，大約成之於公元前後。題名《舞論》
中之“舞”，在梵文中爲“戲劇”的詞源，亦可指戲劇表演，因
此實際意思是《戲劇論》，共計三十七章，論述之專門，加之篇
幅之浩大，簡直是古代世界戲劇理論史上的奇蹟。

　　《舞論》相當全面地論及了戲劇特徵的幾個重要方面：

　　　　我所創造的這戲劇就是模仿（第一章第117節）

　　　　這種有樂有苦的人間的本性，有了形體等表演，就稱爲戲
　　　　劇。（第一章第119節）

　　　　戲劇將編排吠陀經典和歷史傳說的故事，在世間產生娛樂
　　　　。（第一章第120節）

　　短短的幾句話，把模仿、表演、編排故事這幾個極爲重要的
戲劇特徵明晰地指了出來。更難能可貴的是，《舞論》沒有讓其
他非要素的項目與這些要素混雜起來讓我們去扒剔，而這種混雜
在古代即使是極嚴謹的著作中也常常很難避免。

　　在東方，繼印度婆羅多牟尼的《舞論》之後，第二本系統、
全面地研究戲劇的基本特徵的重要著作，是日本世阿彌寫於1400
年的《風姿花傳》，又名《花傳書》。

　　世阿彌本人是在日本戲劇史上起到過劃時代作用的重要戲劇
家，是另一位聲名卓著的戲劇家觀阿彌的兒子。他們父子倆可以
稱之爲日本最古老的劇種“能”（即“能樂”）的辛勤開拓者。
在他們之前，日本還沒有定型的戲劇，只有各種雜藝和伎樂；而
在他們身後，日本已經擁有了不少相當成熟的“能樂”劇目。世
阿彌從幼年就開始舞台生活，及至四十歲寫《風姿花傳》時，已

經早是一個諳熟舞台三昧的劇壇老將了。正是這種在戲劇實踐中泡大的生活經歷，使他對戲劇的特徵有一種特殊深刻的認識。

世阿彌的戲劇特徵論，也是表演中心論。他說：" 能否使一個曲目取得成功，要看演者的用心如何 "。正因爲如此，他對表演的論述很多，最重要的一點是演員如何演得維妙維肖；他反對纖毫畢肖的外形摹寫，認爲如果一味追求逼眞，毫不控制地再現 " 衰傷過度而發狂 " 之類，只會引起觀衆的厭惡而不是同情，因此表演的極致當在 " 似與不似之間 "。

在李漁之前，明代有兩位戲劇家的論述已比較深入地觸及到了戲劇基本特徵的問題，那就是湯顯祖和沈璟。前者強調劇作的文詞內容和意趣，後者強調音律。湯顯祖曾對一些強調音律的人改動他的劇本十分光火，就是爲了保全 " 意趣 "，一二字都不能增添，如音律不協，" 不妨拗折天下人嗓子 "：沈璟則相反，堅持認爲 " 名爲樂府，須教合律依腔。寧使時人不鑒賞，無使人撓喉捩嗓，" " 寧協律不工，讀之不成句，而謳之始協 "。

一個說寧肯唱詞不成句，也要合乎格律，一個說爲了表達意思寧肯不合格律，如若這樣會拗折天下人的嗓子也在所不惜！顯然都是極而言之。首先，沈璟 " 合律依腔 " 的主張，不能斷然斥之爲 " 形式主義 " 而全盤否定。曲詞的格律，是演唱的一種規律，沈璟嚴格地從實際演唱來考慮劇作者應該遵循的規範，表明他是一個注重實際演出這一戲劇特徵的戲劇家。

很巧，湯顯祖和沈璟，正和我們前面論述過的卡斯特爾維特洛、維迦同時代，在那裡，將延續數百年的 " 三一律 " 之爭已經發端。與曲律相仿佛，" 三一律 " 雖然也有積極作用，但並非戲劇基本特徵，把它當作不可逾越半步的戒律，"斤斤力持，不少假借"，其片面性正與沈璟同。歷史幽默地把東西兩方的戲劇家們同時推到性質差不多的議題之下，似乎是顯示了人類在探索戲劇基本特徵過程中必然要經歷的彎路和波折。

比湯顯祖、沈璟晚一代的清代戲劇家李漁，是中國古代最集中、最系統地研究了戲劇基本特徵的理論家。

李漁是繼亞里斯多德之後，世界古代史上第二個詳盡地論述戲劇與其他文學樣式的區別的人。特徵從區別中顯現，因此，當他把這種區別滲透到每一具體論題時，這些論題也就都比較充分地體現了戲劇的基本特徵。

首先，十分引人注目的是，他和亞里斯多德不謀而合，把結構（佈局）放在戲劇諸成分的第一位。"填詞首重音律，而予獨先結構者"，真是好個"獨先"。湯顯祖也不同意"首重音律"，但他所重的"意趣"還不能體現戲劇的特點，而只具有內容和形式關係上的一般性涵義。李漁所重的結構，則像亞里斯多德一樣是考慮到戲劇特殊性的必然產物。他認識到，戲劇結構比諸詩、詞等類，明顯地具有完整性："詩餘（按：即詞）最短，每篇不過數十字，……曲文最長，每析必須數曲，每部必須數十折，非八斗長才，不能始終如一"；不僅是長，而且在結構過程中要顧及的問題，也遠比其他文學樣式複雜。

余秋雨

<古代東西方對戲劇特徵的研究>，
《戲劇研究》4(1980)，32-36。

舞臺劇、案頭劇及戲劇的繁榮

　　從前我曾講過：“西洋戲劇與中國的話劇有密切關係。”主要的是指近代歐美劇作家，自易卜生、契可夫、蕭伯納，以至歐尼兒等，對於三十年代中國話劇的長成，有相當影響，現在，我要從另一個角度，鳥瞰中國古典戲劇與西洋古典戲劇的異同，作概括式的歷史性比較，並進而討論中西戲劇家，如何不謀而合地在各個不同的時代，遙遠的地域，各自創造出他們輝煌的歷史。首要聲明的，爲行文方便起見，此處所謂西洋古典戲劇，其範圍限於古希臘的悲劇與喜劇，雖然在引證時，也曾提到十六、七、八世紀的英、法、德的古典劇。同樣的，我們以繁榮的元雜劇爲中國古典戲劇的代表，研究的對象並不涉及明清的傳奇。

　　我們可以依照一般西方的說法，爲戲劇下一個定義；它是“動作”或“扮演”，見大英百科全書 drama 條；這與《辭海》的“戲劇”項下所謂：“指舞台上用動作表演故事，引起觀衆同情之藝術”，大致相似。同時，戲劇也是各種藝人密切合作的產物；作者、演員、歌隊、樂人，這四者不可缺一，缺少了就不能成戲。其中，劇作者可能也是演員。早在公元前六世紀至五世紀，第一個偉大的希臘悲劇作者埃斯庫羅斯，就曾自導、自演他自作的劇本，並設計舞台與演員服飾。第二位悲劇詩人索福克勒斯，雖然嗓子不大洪亮，却也曾成功地參加過兩次戲劇的演出。二千年後，英國的莎士比亞、法國的莫里哀同是劇作家演員。在中國，當北曲興盛於元代大都時，劇作者也包括一些教坊伶人，如趙明鏡（趙敬夫）、張酷貧（張國賓），以及與馬致遠、李時中合作《黃粱夢》的花李郎（金代最有名藝人劉要和的女婿）與紅字李二。至於最傑出的元劇作者關漢卿，更是"驅梨園領袖，總編修師首，捻雜劇班頭"，一個十足"當行"的戲劇藝人。他"挾長技自見，至躬踐排場，面傅粉墨，以爲我家生活，偶倡優而不辭者。"

在希臘古劇內，歌隊 chorus 爲一重要部分。希臘戲劇源於酒神 Dionysus 的讚頌，由歌隊唱出酒神生平的故事。歌隊也用在慶祝大會時——當雅典戰勝了波斯的侵略軍隊，十六歲的索福克勒斯就曾光着身子，抱着弦琴，領導歌隊唱奏凱旋之歌。最後一位古希臘的悲劇詩人歐里庇得斯，也曾在早年參加敬神的歌舞隊，作火炬遊行。事實上，在最古的時候，希臘悲劇的演出，只靠歌隊與一個演員的對白。還是後來經過埃斯庫羅斯（增加第二個演員）與索福克勒斯（又添上一個演員）的改進，始有三個演員，使劇本的演出能有多方面的進展。歌隊爲希臘戲劇的核心，歌隊長也參加演劇的活動，這種特殊情形，在其他國家古典劇內（除非是故意模仿希臘古劇）沒有，在中國元代，雜劇的歌曲部分，都由主角（正末，正旦）一人歌唱。明代傳奇內有數人合唱歌曲的例子，但並無歌隊。另一方面，中國戲劇的演出，雖無歌隊，却有樂隊，配合主角的歌唱而奏音樂。其所用樂器，在一幅元代寺殿的壁畫上，可以看出有管笛、節板與大鼓其他樂器，尚有琵琶等，可以看出弦索諸宮調的影響。

在古代，中外都如此，劇本是爲在戲院或廣場上扮演而寫的，因此有劇本而沒有聽衆，是不可想像的事情。希臘的三大悲劇詩人（以及喜劇作家阿里斯托芬），都是爲戲劇節目而撰寫劇本，以娛樂廣大群衆；而且他們也都參加戲劇比賽，因得獎而成名。埃斯庫羅斯在公元前 484 年首次獲得勝利，但在公元前 468 年却被年輕的索福克勒斯打敗了；三十年後，又變成歐里庇得斯的戲劇世界。這些專爲聽衆而寫作的劇本，亦是後來莎士比亞與莫里哀馳名劇壇的原因。在十六、七世紀的英國，印刷術也漸發達，但莎士比亞的將近四十部劇本，都先在倫敦演出，直至他死後由友人編印問世，以供閱讀。此後情形亦類似，延至十九世紀初葉，始有作者（詩人）撰寫專爲讀者欣賞的詩劇。譬如，埃斯庫羅斯在公元前 465 年左右演出《普羅米修斯》亦稱《被束縛的普羅米修斯》；而十九世紀初葉英國浪漫詩人雪萊爲此劇所作的翻案劇本《被釋放的普羅米修斯》，都是一部專供案頭欣賞，不預備上演的詩劇。

這種戲劇發展的過程，可與中國戲劇相比。我們對於元雜劇的上演情況，如對於古希臘悲劇一般，所知有限，但可以相信大部分現存元劇，都是當時的舞壇劇，並非案頭劇。在最早的元刊雜劇三十種內（在不同時期刊出，版本互異，並非一個出版家所印行），其中七個劇本後有“散場”二字；另一個劇本後作“出場”。從這一點看來，這些都是在劇場上演的劇本，既有演員的“散場”或“出場”，以前就應有“開場”或“登場”。根據考證，“散場”二字，可能就是“打敗”，即藝人在演畢劇本，當聽衆逐漸離去劇場時，尚有一段餘文，或歌舞、或致詞念誦。不論“散場”或“出場”如何解釋，同樣表示這些劇本當時曾在劇壇上搬演，後來始由書商把劇中膾炙人口的曲詞抄印成書，以供關心劇情（關目）愛好歌曲的讀者欣賞。這就是所謂《新刊關目閨怨佳人拜月亭》、《新刊關目詐妮子調風月》等關漢卿或其他元劇作家的元刊劇本。這並不是說劇作家撰劇時僅有表達關目的歌曲，而無賓白，或這些劇本並不在戲院演出，而只是書商在刊印時把對話刪掉了，因爲讀者可能早已在戲院內看過這些劇本的演出，他要仔細欣賞的是有詩意的、音調鏗鏘的曲辭。

在抗戰時間，發現明代趙琦美所藏《孤本元明雜劇》百餘種。其中有曾爲內府應用的元明雜劇抄本，凡十五種，都附有劇中主角或其他演員在登場時所穿戴的衣冠服飾、物件等名目，叫做"穿關"。據說這些都是演員所"穿"戴或應用的物件，與表演劇中的"關"目有關係，因此得名，根據這十五本戲劇內所列舉的"穿關，共有男演員(脚色)用的冠類四十六種、衣類四十七種、帶類六種、巾類六種、鬚髮類十一種；女演員（脚色）用的衣類七種、頭飾八種；另雜件如皂旗、刀劍、弓箭、柱杖、裙扇等三十四種。雖然抄本的時代不詳，但可以看出這些元末明初的雜劇，在明代內府上演，非但有曲辭及說白，而且關於演員所用的"穿關"，也曾詳盡的羅列出來。結論是："其中'穿關'縱不全是元人設計的，（但）與元代劇場所用的應該相去不遠。"

在這方面，中國戲劇的發展，可與西洋戲劇同樣的發展情形相互對比。元代以後，明、清劇作家就不一定爲戲院與伶人編撰劇本，戲劇漸由舞台劇變爲案頭劇，或書參劇，造成劇作者與詩人同時共榮的趨勢，如清初的李漁（笠翁）與吳偉業却是一位詩人，他所撰的傳奇、雜劇，雖富有才情與詞采，却只是文學讀物，

不能在劇台上搬演，以號召聽衆。同時，清代最佳勝的兩部劇本，
要推文情並茂而演出成功的《桃花扇》與《長生殿》。降至太平
天國以後，專供讀者案頭欣賞而失去戲劇功用的崑曲，遂爲京戲
（皮黃劇）所取代，因此只有馳名的伶人，而無特出的劇作家與
劇本。我們可以總括的說：一旦戲劇離開了舞台，脫離了聽衆，
"縱然文辭雅麗，聲調鏗鏘，也只好稱作案頭之曲，於其（在劇
台上演）撰作的目的，並未全都達到。"

　　從上面所論述的，我們可以看到，中西古典戲劇同是一種多
方面的、有綜合性的舞台藝術，包括文辭（賓白）、詩歌、音樂、
與動作（舞台、姿態）。現在，我們更進一步討論一古典戲劇的
時代背景；二它的類別與內容；三寫劇的技藝。

　　古希臘劇盛行於雅典的黃金時代，亦即伯里克理斯統治時期，
當時以雅典爲盟主的希臘人，打敗了聲勢浩大的波斯侵略軍隊，
民情激昂興奮，因而產生燦爛的爲大衆演出的戲劇文學。其中埃
斯庫羅斯就曾有一部敍述當時波斯戰爭的劇本（《波斯人》，公
元前 472 年演出，得頭獎），這種國家至上的思想——雅典的劇
作家都是愛國者——也反映在其他戲劇家的作品內，雖然歐里庇得
斯已逐漸看到這光榮後面的陰影。就在這個時代，爆發了雅典與
斯巴達的內戰，並且牽入了希臘其他城市，這就是延續有28年的
派洛帕尼與半島戰爭。最後，雅典失敗投降，而輝煌的希臘文化，
包括在雅典盛行的古典戲劇，經過戰禍人災，亦隨之下降而消歇。
另外一個例子，也可證明文學與國運相互盛衰的關係，英國戲劇
最興盛的伊利莎白朝是英人戰敗了威脅英倫三島的龐大的西班牙
阿馬達艦隊後，激起澎湃的愛國熱情，並得到和平與繁榮的時期，

因此鼓動着以莎士比亞爲首的許多英國戲劇家，在劇院內創造出劃時代的作品。

在中國方面，有關元雜劇的興起，我們要從兩個不同的角度來觀看。元代是異族治華夏的時期，華人處於二、三等人民的地位；一些舊日的士大夫與文人，懷才不遇，抑鬱不得志，他們在傳統文化的發揚上不能與漢唐作家相比。但從另一種超種族觀念的看法，元代實是中國武功最強盛、版圖最遼闊、與外界接觸最頻繁的時期。從窩闊台（元太宗）滅金至忽必烈（元世祖）統一中國的四十餘年中，北方的一般老百姓過着相當平安的生活。元帝國中心大都建築，復帶給都市民衆一種驕傲的感覺。蓬勃的氣象，導致元代最特出的文學──元雜劇──的創新。此後，奇渥溫（元成宗）朝的"秀華夷，乾元象，昇平樂章"的元貞與"斗米三錢"的大德期間，更是元雜劇鼎盛的時代，因此"一時人物出元貞，擊壤謳歌賀太平，傳奇樂府時新令"。這種"錦社稷，承平世"的情形，延至至大（武宗）、皇慶、延祐（仁宗）、治至（英宗），有十五年之久而不衰，遂造成"養人才，編傳奇（即雜劇），一時氣候雲集"的元劇盛況。當時元代承平的統治，可比諸古希臘的伯里克理斯時代，與英國的伊利莎白朝，產生了比西方更多的一百多位"昇平樂章歌汝曹"的戲劇家，與七百餘部存目的雜劇。

柳無忌

<中國古典戲劇的比較觀>，

（台）《幼獅文藝》324(1980)，1-18。

中西戲劇的發源及其比較

一　希臘戲劇與中國戲劇之發端皆與宗敎有關

　　亞里斯多德詩學中謂："悲劇源於酒神頌之作者，而喜劇則源於陽物歌。"布瑞凱特謂："有幾世紀之久，希臘戲劇只在祭祀戴歐尼色斯的節慶中演出，傳說中他是宙斯與少女西密麗之子；被殺後首遭肢解，繼而復活，成爲酒與豐腴之神，以他爲中心的神話多半涉及生命的循環，像新生、茁長、衰壞、死亡與再生；或者涉及季節的更替，如春去夏來、秋盡冬至，祭祀他是爲了確保春天的復甦。尊崇他還表示着對人類基本熱情的認知，因爲作爲酒與豐腴之神，他代表着世上許多非理念的力量。"希臘戲劇中不論是頌神或生殖崇拜都是宗敎情操的，都是對於神秘的天道，生死榮枯的驚訝與讚嘆。事實上，中國戲劇之演出和宗敎亦有其深遠的關係。姑不論王國維上古巫祝娛神之說，即今日民間歌仔戲之演出，亦多在廟宇近處搭台，甚至如屏東火車站前之廟宇慈誠宮翻修後仍保持其面街的二樓部分爲舞台者亦頗多見，並每每注明爲酬神演出（如"慶祝天上聖母誕辰"等橫額），還有至今尚存的六百餘年前戲劇演出資料"大行散樂忠都秀在此作場，泰定元年四月日"，亦係在山西霍泉明應王廟中求得，此外紅樓夢中賈家五月一日於淸虛觀打醮，亦請戲班演戲，並爲表明是酬神，故有 " 神前拈戲 " 以決定劇目之舉。中西戲劇同樣發源於宗教祭典，然而宗教在中國及希臘人心目中的份量不盡相同，關於此點，姚一葦先生於其《元雜劇中之悲劇觀初探》論析甚詳，然其不乏可以相通之基本觀念，如一般譯作宇宙正義之 Cosmic Justice, 其實亦即中國戲劇中所強調之天道；一般譯作宇宙秩序之 Cosmic Order 其實亦即中國戲劇之 " 天理 "，中國人的 " 天 " 觀念，即 " 宗教 " 觀念──只是其中比較少些具體的 " 位格 " 成分而已。

二　希臘戲劇與中國戲劇皆為詩劇

雖然西方劇場在易卜生之後探取了散文劇的形式，而追溯其源，無論是希臘的戲劇或莎士比亞的戲劇，都是沿用詩體。但戲劇由於要顧慮演出，故勢必與一般詩體有別，亞氏詩學中曾強調悲劇之詩與敍事詩之詩不同處，蓋一在篇幅，二在韻律。中國元雜劇或明傳奇的基本構成單位亦係詩（小令），但小令比之一般絕句、律詩，是一種寬鬆而自由的詩體。其中 " 襯字 " 的伸縮，調解了固定句長的限制，" 平仄通押 " 的韻脚，並取消入聲編入其他的韻部，而且去除了一東二冬等詩韻的分別而混合為極寬大的韻部。一般作詩所根據的詩韻集成有一百零二部，而度曲的標準《中原音韻》却只有十九部，凡此種種，皆出現前所未有的自由，大抵言之，戲劇以詩體表現比較有其美感距離，用以敍述 " 非生活 " 的題材亦較能盡意，但礙於戲劇所必然涉及的種種困難，戲劇所用的詩體宜乎比一般詩體寬鬆。但中外皆採取較自由的詩體也是其自然趨勢。

三　希臘戲劇與中國戲劇皆保留大量音樂成分

　　大體言之，兩者都是以 " 歌 " 與 "白" 的交叉而完成劇情的，希臘戲劇謂之合唱與插話的混合，元曲則謂之 " 曲白相生 "。也許由於音樂較之文學更接近原始的藝術，所以在希臘和中國的戲劇濫觴期，音樂（包括簡單的舞蹈）都佔據着喧賓奪主的地位，希臘流傳下來最早的埃斯庫洛斯的戲劇《求援者》只有兩個演員（而這兩個還是他大膽地將原來的一人增加一倍的結果），却竟有五十人的合唱隊，而且該劇全長 一千五百一十八行， 演員對白却只有五十九行。以後埃斯庫洛斯晚期曾削合唱隊為十二人。希臘第二大悲劇家索福克勒斯的合唱隊是十五人，並增加了第三個演員，而希臘演員部分却始終不曾超過三人，唱詞的篇幅亦在遞減，但却一直維持四分之一左右。中國戲劇亦不脫原始歌舞的模式，中國戲劇中元雜劇、明傳奇、乃至今日之平劇，其間的轉移其實無非是音樂的轉移。如果把元雜劇的曲、白字數作一番比較，並且將曲、白演出所需的時間估計一下，則簡直不成比例。元刊雜劇三十種，其中甚至頗多有曲無白者，臧晉叔乃懷疑 " 其賓白，則演劇伶人自為之"。王國維力反其說，但至少我們可以想見 " 白 " 在當時戲劇中的地位是不高的，尤其元雜劇的主角，一人唱四折，絕少有道 " 白 " 的機會， " 白 " ——亦即戲劇性較高的一部分，多交由不重要的配角去說。

四　希臘戲劇與中國戲劇皆包含敍事詩成分

亞里斯多德曾明言："關於詩，即僅以敍述、或韻文爲媒介物之模擬，而不供表演者，有數點與悲劇相同，當可確信。"他又認爲兩者基本上是一致的："敍事詩的故事的結構必須和戲劇一樣，它們必須建立在一個單一的動作上，它必須有其自身之完整，有開始、中間和結束，恰如一個生物的有機的統一體。足以產生其自身所獨有之快感。"他又說："敍事詩所有的部分均已包含於悲劇中，而悲劇所有的部分則並非敍事詩中全可找到。"所以"能判別悲劇優劣者亦能判別敍事詩之優劣"。事實上希臘戲劇和中國戲劇所以包括敍事詩成分不外以下兩種原因：第一，因爲基本而言，這兩種戲劇都是詩劇類型。第二，因爲兩者皆有強烈的音樂成分。中國戲劇經常採用的是敍述的方式，（有時演員幾乎成爲說書人）而非動作的方式，就諸宮調的表演而論，（事實上，自文學發展史看，我們必須同意"諸宮調"是與元雜劇血緣最接近的，宋金時期的諸宮調現存者有董解元的絃索西廂）其曲、白相生的敍述，可視爲敍事詩。如果諸宮調可視爲敍事詩，元雜劇與敍事詩之間的關係亦十分親密，有時這種敍述方式已經到了不合理的程度，但中國編劇與觀衆却因約定俗成的概念仍樂於採用。例如漢宮秋中毛延壽自道："大塊黃金任意摑，血海王條全不怕，生前只要有錢財，死後那管人唾罵。"當時毛氏甫上場，尚未有任何行爲足以刻劃其罪惡，却採用最簡捷的方式由演員道出其本身的善惡曲直，甚至不考慮到惡者是否可能如此客觀地剖析批評自己的罪行。這種表達方式在莎劇中亦每每採用，在《波里克利斯》一劇中，莎氏亦以高渥爲劇情說明人。他在劇情展開前以及全劇結束時皆出面作口頭敍述，此外其他重要情節時高渥皆出現，甚至在第三幕、第四幕時，有一節啞劇以配合高渥的敍述——莎氏竟不願將啞劇直接用於扮演，却棧棧不忘情於"報幕人"的間接口述，事實上，莎氏這種安排用於一出幽古的，邈遠的發生在古希臘一帶的故事，使用這個類似合唱隊的敍述，其效果極爲良好。

　　由於故事詩的方式足以冲淡直接動作所引起的強烈情緒，所以希臘戲劇與中國戲劇每以極其慘烈的劇情呈現觀衆之前而不至於殘酷。如希臘戲劇中雖多有死亡，但"希臘人很虔誠，他們覺得演劇娛神，如果有在台上殺人的情節，恐怕仁慈的神看了會發怒，所以習慣上凡遇有凶殺的情節都用一使者報告。""爲表明劇情，常從裡面推出裝在車輪上的活動木台，台上畫有光明劇情的人物像，可能是一具屍體，旁邊站着身持血淋淋武器的凶手，用直接方法在舞台上表演暴行，這是違反希臘戲劇傳統的"。中國戲劇中如平劇九更天開頭米進圖夜夢不祥，謂："……昨晚居住店房，三更時分，偶得一夢，夢見兄長到來，七孔流血，口內言道與我報仇……"亦採口述而不直接扮演，又如竇娥寃中的竇娥，漢宮秋中的王昭君，雖死在舞台上，但因中國戲一向使用象徵式的表演方法，所以不致讓觀衆有身歷其境的、如見其人的幻覺，反而有保持距離的離異效果，這種方法在德國作家布萊希特的敍事詩劇場中被強調使用，布萊希特甚至在《高加索灰欄記》中有說書人的出現，故事乃得在一充分的理性距離外展開。艾略特

在其《大教堂內之謀殺》也顯示出二十世紀前衞派的劇作家對於
這一古老敍述方式的棧戀；他在戲劇開頭結尾，以及緊要處都安
排了由肯特培里地方的婦女所組成的合唱隊，她們的唱詞交待了
也和緩了一部血腥而激切的劇情。西洋文學批評史提到亞里斯多
德時亦強調：“他顯然同意柏拉圖的指責，舞台上不可學獸叫，
也不可製電聲的音樂效果。所以，亞里斯多德是有史以來第二位
批評家，反對舞台被鬧劇、歌劇式游藝的特別效果所盤據——
“克托的長假髮”與“花花朵朵的長袍”，“平克”生吞活鷄等，
這也是從古到今批評家不斷抨擊的對象。”希臘戲劇和中國戲劇
當然不屬於有意而為的像德人布萊希特的“敍述詩劇場”，但却
自然地包括了敍事詩的成分和特色。喜用平述的和象徵的表演方
式。

五 扮演細節上類同之處

　　甲、男女角色的代演：希臘演員全係男性，角色中逢有女性
演員則由男扮女裝，而合唱隊員不在此限，“如果主角是女性，
合唱隊常是由女人組成，但亦有例外……”中國戲劇中亦有此情
形，婦女為優，禮記已有記載：“今夫新樂，進俯退俯……及優
侏優雜子女……”胡應麟亦謂：“至元人曲調大興……而教坊名
妓亦多習之，情歌妙歌，悉隸其中。”元雜劇時代之女子不單扮
演女角，亦扮男角，如當時名角珠簾綉，“駕頭，花旦，軟不
泥。”此外男扮女者亦多見，即如踏搖娘即“以丈夫著婦人衣為
之”，而自輟耕祿“歌兒天生秀全家一人未損”。及藍采和雜劇

及青樓集資料觀之，當時頗多家庭劇團。王國維先生以爲"宋元以後，男可裝旦，女可爲末，自不容有合演之事"。其實女之扮女或女之扮男應視爲在一小型劇團中應變之方法。尤其家庭劇團中男女之比例未必盡符劇情之要求，必要時以異性扮演，則可順利演出，且元雜劇以一人唱四折爲工，則家庭劇團中倘只有一人擅唱者，則此人勢必時而飾男角，時而飾女角了。有一齣不能十分確定年代的悲劇≪觀音菩薩魚籃記≫（世界書局楊家駱先生主編之金元雜劇因而將之編入"外編"，因不能確定爲元代抑明代作品），其楔子部分注"冲末扮釋迦佛領阿難迦葉上"，"正旦扮觀音菩薩上"，此類注明本不足爲奇，如≪竇娥寃≫的楔子部分亦有"冲末扮竇天章引正旦扮端雲上"，冲末和正旦可視爲角色的類型，不必認爲是兩件角色的差異。但≪魚籃記≫特殊之處在於該劇在楔子部分中觀音菩薩是以男身出現，自道"貧僧……"，但在第一折至第三折中却以"漁婦"女身出現，第四折又恢復爲"觀音"男身，可見男女身分的代換是極簡便之事。清朝劇人李笠翁亦有其"良家子弟"的家庭劇團，此類小型劇團，生活起居與共，≪宦門子弟錯立身≫一劇中有"路歧歧路兩悠悠，不到天涯未休"句，又≪風月紫雲庭≫劇亦有"這條衢州撞府的紅塵路"句，是故當日浪迹江湖之餘，當無其不可同台演戲之絕對理由，焦循曾引袁中郎語，紋述一女優，謂："聞娥謂弟子曰：'予初入排場時，村叟有聚觀者，余面若塗血，心若槃石，口嘘嘘不能終折。已遊三街六衙，與諸少年狎，視村叟之觀者蔑如也。又過達人貴宦之家，分杯連席，謔浪終日，歸而見市井少年，猶如隸也。已而入京師，隸籍樂部，出入掖廷，聲遍長安，王侯公子，爭爲挾箏負琴，視達官貴人猶家鷟庭鳥也。今余又出京十年餘，高賢大士，游公狷賈，閱歷旣多，處萬人場，有若幽室，籠指撚撥，隨手應歌盤旋，不拘本腔，人無不擊節者，何則？不見己焉耳，不見人焉耶。'"。吉川幸次郎的元雜劇研究謂：＂雜劇是男女合演的戲劇，一般女伶同時也是伎女，因而更增加這種現象的可能性＂。且視今日平劇有以女子扮小生，以男子扮＂老旦＂而仍同台演戲者，只以嗓音別角色，完全無視於其爲男爲女。

以下僅將希臘與中國演員性別列表如下：

希臘戲劇有以Ａ、男子扮男子、Ｂ男子扮女子、Ｃ女子扮女子（限合唱隊）之情形，並且男女可以同台演戲。

中國戲劇有以Ａ男子扮男子、Ｂ男子扮女子、Ｃ女子扮女子、Ｄ女子扮男子之情形，並且男女可以同台演戲。

兩相比較中國兩性演員的代換更方便，女性演員扮演的角色更重要，不但可以擔任重要演員，並且可以反串末角。其原因在於當時倡優不分，（太和正音譜甚至將旦角解釋爲狙，狙者，雌猱，性好淫，故取以言妓）不受禮教限制。

兩者在扮演上能有如此相似的方法以供調度，或者可見原始戲劇有其本然的不謀而合的表演方式。

乙、面具、高靴、頭飾與中國戲劇中的＂穿關＂及化妝：希臘演員由於人數少，面具便成爲必需，而且希臘與中國古典戲劇人物造型多係類型的，類型人物甚至只需要類型的名字，類型的面目，論者謂＂多採用有象徵意圖的人物名稱或類型名稱＂。楊宗珍教授在中國戲曲史略亦謂：＂我們戲曲的傳統精神，喜歡朝類型方面發展，無論角色的安排，衣着的規定，莫不希望在演員一出場時，即讓觀衆能一目了然其身分與性格，臉譜的目的，也不外乎這一點。"事實上不但希臘中國的古典戲劇如此，羅馬的戲劇亦然，The Theatre 一書中謂："由於大部分羅馬喜劇的人物都是'類型人物'，服裝也就趨於規格化。我們可以例證，某些顏色是與某些專職相關的，譬如黃色與妓女，紅色與奴隸等等，甚至連假髮也沿用了這樣傳統的色彩概念，所有的人物一概戴面具，這就使得一人飾多角更爲方便，而且使雙生子之類的角色在選角時減少困難。"或謂："希臘新喜劇應用傳統的服裝和面具，因此可使一個演員飾數角，可節省演出開支，也可助使觀辨認演員所演人物，如一眼即可看出一個年輕人，他是一個本國青年，或是一個放蕩的四海爲家者。或是一個女角，可看出她是個無情的妓女，抑是一個貞潔的淑女。"

總之，道具和臉譜簡化角色類型，確定角色身分，也擴充演員扮演各種角色之可能性。

此外，由於希臘劇場甚大，演員必須"在他們的衣服裡面填塞東西使軀體擴大，頭戴高冠，脚登厚底鞋，以增加其高度"。元雜劇內部分劇本附有"穿關"細目者，亦頗能說明此類誇張的衣物穿戴。但不知爲何元雜劇"穿關"中男角每每不及言鞋，女角則一定述及布襪與鞋之部分，如狀元堂陳母教子，寇來公"兔兒角幞頭，補子圓領帶，蒼白髯"。正旦馮氏則"塌頭手帕、眉額、襖兒、裙兒、布襪、鞋柱杖"。而同樂院燕青博魚中的燕青雖有鞋襪的記載"萬字巾，皂補納，錦襖，項帕，如意裙，直纏，褡膊，腿絣護膝，布襪，八答鞋，三髭髯"同戲中其他男子如宋江、吳學究、傻儌、燕大等皆略去鞋襪，而女角搽旦則記錄鞋襪標注甚明。及揚州畫舫錄則記服裝道具極詳盡。靴箱中有男、女、僧人等鞋。平劇中向例亦著靴子，王元富於國劇藝術中曾說明靴子"青面粉底，高統，即演員所穿的高底靴子"。今日平劇劇場中靴子可普遍將演員身高增長三寸以上，至於頭飾，前已述及，不過一般"萬字巾"或"兔兒角幞頭"所增長度有限，武生必須用盔，如"破苻堅蔣神靈應"，其中蔣神便用"風翅盔"，慕容垂用"皮盔"，則又可增加高度六寸以上。至於"胖襖"，元劇目穿關未及見，但今日平劇多用之，想係當日省略未記，由於古典戲劇一般多喜用英雄式人物，故力求其體格之魁梧，日本歌舞伎中之男子亦取闊眉寬胸。總之古典的中、希戲劇中在扮演上有其十分近似之處。

六　希臘戲劇與中國戲劇的組織結構相似

希臘戲劇分爲以下幾個大段落：

1.序詞（亦有省略者），2.登場歌（合唱隊進場所唱），3.插話（與合唱隊作四次或五次），4.退場詞，或由使者報告結束，或由神自天降而終。

中國元雜劇在結構上亦分爲下面幾個段落：1.楔子（此楔子可略去，亦可放在其他各折之間，亦可一戲中出現兩次），2.定場詩（可包括在第一折中），3.第一折，4.第二折，5.第三折，6.第四折（包括尾聲或煞尾，收尾，亦有不標明尾聲者，如《竇娥冤》、《牆頭馬上》標尾聲，《關張雙赴西蜀夢》標煞尾，《救風塵》標收尾，《梧桐雨》用"黃鐘煞"，如《斐度還帶》則以雁兒落帶過得勝令結束，不標尾聲。另有下場吟詩者，墙頭馬上有四句，王侯宴八句，狀元堂陳母教子十四句，燕青博魚八句，皆可有無）。

兩相比較，兩者開頭都是可用亦可不用的序詞，其後上下場亦每用詩引上或引下，而其過程中希臘戲劇用四或五次的插話與合唱的交叉，（此即後世西洋戲劇五幕劇之濫觴）。而元雜劇所用的四折的結構亦非常接近，然而希臘戲劇採集中敍述方式，劇情時間僅一天，故節奏緊逼，中國戲劇爲延展型的敍述方式，劇情動輒十數年，乃至數十年，故悠然蒼涼。

元雜劇如果四折不盡意，偶然亦有續爲多本者(如《西廂記》本），然仍守每本四折之定則，與希臘之三部曲即合三劇以述一事之始末者，如《阿格曼農》、《祭奠者》、《復仇神》,亦十分類似。

七　其他類同之處

1.如神仙上場方式。希臘舞台有簡單之降神機，The Theatre 一書謂"另一個希臘戲劇常有的效果便是神靈出現"。" 這些人物可以從天而降，降到舞蹈場的平面，或者他們可以從舞蹈場升起，升到景物的平頂。要達到這種效果，就要用一種起重式的機關 "。而齊如山先生在述及平劇中神仙角色上場時如此解釋："戲中神仙出場，大多數是先上桌子或椅子，是表示由雲端高處下來的意思。若人數少則可登於椅上，如人數太多則無許多椅子，便於上場門外斜放一桌，使演員出場先上桌子，一亮相再下來，後一人跟着又上，依次完畢，方將桌子撤去。"

2.劇情多半用舊題材改編。此點脈絡分明，以後再詳細討論。

3.演出探象徵方式。由於舞台條件的限制，採取象徵方式的
演出乃成爲必然的。

當然，除非像日本文化和中國文化之間的關係使得新井白石
在俳優考，獲生徂徠在南留別志裏承認日本"能"劇曾受元雜劇
影響外，要想尋出類似中國和印度，或中國和希臘的承襲關係，
就難以那樣武斷了，波耳底的支那事物謂："中國劇的理想完全
是希拉（臘）的，其面具、歌曲、音樂、科白、出頭、動作都是
希拉（臘）的……中國劇的思想是外國的，只有情節和語言是中
國的而已。"則未免言之過早。

我們只能很客觀地將兩處戲劇的類同現象擒列出來，以俟他
日更可信的考古資料作進一步的解釋——但至少，這些爲數不少
的類同現象如果不能證明兩者間"學而似之"的承襲關係，至少
可以證明兩者間"生而似之"的原始戲劇本質上的類同。

張曉風

<中西戲劇的發源及其比較>，

（台）《幼獅月刊》 44.1.(1976)，51-62。

東西悲劇文類比較

　　自柏拉圖、亞里士多德以迄新古典主義的文學批評，一般批評家均嚴格將悲劇作爲一種個別文類來處理，故一直以來均以文類的方法將體裁和內容相近的作品，歸爲一類。這種將某一文類作品稱爲悲劇或其他名稱的趨向，自 1766 年李盛（ Lessing ）在其書 Laöcoon 提出純媒介的觀念，　尤爲一般批評家所遵守。十九世紀浪漫主義思潮抬頭，一般將文類分類之理論以及將悲劇看成一個別獨立的文類之看法，均受到前所未有之質疑。原因有兩點：（ 1 ）浪漫主義批評家認爲每一作品均有特殊性和獨創性，基本上與文類觀念的歸納概括性質，有所抵觸。（ 2 ）各種文類的分野隨時日漸趨繁雜，本身涇渭亦漸混淆。這種趨勢與文類之代表性和概括性的本質，亦有所抵觸。如此之故，克羅齊乃對文類之分類方法，產生懷疑。他曾強調：“藝術即是直覺，直覺是個別性的，而個別性是不可以重複的。”

　　到目前來說，討論有關悲劇文類的書籍已非常多，相信會不斷增加。但是這等論著的數目，却與我們對悲劇一詞的瞭解成反比例，有些論著界說過繁，而以詞害意。悲劇一詞所產生問題的原因，可歸咎於三方面：（ 1 ）悲劇一詞多義性，這乃是歷來所添加的。（ 2 ）悲劇一詞曾應用於不同種類的劇本，以致標準混淆。（ 3 ）悲劇一詞的形式和結構的含義和哲理的含義，強調不同，由於討論該詞的重點可以由前者到後者，因而產生了“悲劇

意識 ", "悲劇視域 ", 或 "悲劇觀 " 等哲理性的名詞，結果出現了第一方面的問題，批評家亞瑟盧夫財在浪漫主義一詞，亦曾說明這種多義性的困難。故悲劇作爲一指示觀念或詞，亦與 "浪漫主義 " 一詞般非常容易流於複義。第二方面的問題癥結乃是如何決定 "同類 "的標準。舉例來說，各種希臘悲劇是否完全 "同類 "？程度又如何？是否均適合亞里士多德在詩學中的定義？伊利莎白時代的悲劇與希臘悲劇在性質和功用上有多少相類的地方？伊利莎白時代的悲劇本身的共通性有多少？現代悲劇與前述兩種悲劇是否有共同點？現代悲劇本身是否有共通和一般性的地方？事實上，這些不同種類和時代的悲劇很難會有完全共通或相類的地方。既然如此，是否可以將悲劇一詞的定義範圍縮小。不如按照它們特別的時空，分別爲希臘悲劇、伊利莎白悲劇和現代悲劇，彼此無需互相牽連。如此一來,事實證明悲劇文類的定義，乃是按經濟學之 "報酬遞減法則 "進行。

上面所述之三方面困難，均是互有關聯的。悲劇一詞雖含義複雜，並未能解釋各類不同之悲劇作品以及悲劇形式之演變。悲劇一詞的討論重心由形式和結構發展爲哲理旨意的轉變，引發該詞的泛義危機，包括範圍太廣，幾乎把所有文學作品均可包括，此外，更使悲劇這種文類觀念擴張至與悲劇文類或戲劇表現無關的普遍經驗上。例如， 有些批評家可恣意稱貝克特之《等待果陀》、史托伯之《羅與基之死》以及品特之《啞侍從》爲悲劇，而罔顧這些作品悲喜參半之特色，以致悲劇一詞的應用，更爲泛濫。 對於上述之文類不純作品 ，可能需要採用一新的名稱去形容，而這一新的稱謂可能有別於單一文類的悲劇或喜劇名稱。這種文類不純的例子，始於莎士比亞的"問題劇"，其中之悲喜混雜性質，非只用單一文類標準可以界說。故悲劇定義的重點轉移，可招致其觀念範圍過寬，以致汽車失事乃悲劇，總統遇殺亦是悲劇，究竟這種不斷擴寬的詞義要到那一地步才中止？隨着這種悲劇詞義的領域擴展，我們對悲劇的文類含義亦會更混淆。

所以，闡釋悲劇觀念，並不限於界說何者爲悲劇，何者爲非悲劇，更要去研究文類觀念的應用。悲劇雖然是一抽象名詞，基本上是一分類指示，指示出一種藝術形式。所以這兩種觀念應該相提並論，以收互相昭彰之功。

文類觀念在西方文類批評史的產生是基於道德原因，首先由柏拉圖介紹。他將物與人的再創造分成兩種模式。一種是模仿，另外一種是形容。而這種創作模式又將詩歌分成三類：戲劇詩，這類詩可直接模仿人的動作。敍事詩，這類詩可以形容人的動作。對白和敍事混合體。亞里士多德亦在詩學中繼承這種分類說法，將文學體裁分爲悲劇、喜劇、和史詩等。詩學之重要建樹乃是表現出亞氏非常自覺和從美感經驗去闡述悲劇觀念和文類觀念。直至今日，亞氏這種方法論仍深具影響力。亞氏在詩學曾說："悲劇文類逐漸發展，每一特色的出現，更臻完美，多次演變後，到達其自然成熟階段，演變便停止。"另外，他又說："悲劇必須具有六種因素，此六種因素均與其成爲一獨特文類有關。這六種因素是：結構、人物、文字語言表達、思想、修辭潤飾，和詩歌。"

Clayton Koelb 在他的文章指出，亞氏這兩個定義不只是兩個不同的悲劇定義而已，而且是兩個不同的文類觀念。第一個定義表示出悲劇文類乃如一體系可以隨時間演化。第二個定義則

專指悲劇的要素，涉及的是構成悲劇的常因，並不涉及界說各種
不同的悲劇，而是界說悲劇的一般性。他又指出，一般人對悲劇
定義混淆，乃基於前述兩種不同的定義之混淆。第一個定義乃屬
於一外在的步驟去討論悲劇，而第二個定義乃是從悲劇內部去界
說。"作品由外在因素去界說，不能與由內部因素去界說的作
品，混為一談"。這兩種定義均對研究悲劇各種問題有幫助，他
不主張兩者同時應用。第一個定義應能解釋何以有各種不同時代
的作品均可以稱為悲劇的原因，第二個定義可在一合理的規範內
形容出悲劇的主要成分。以上均涉及悲劇作為一種文類所能產生
的問題。以下試闡析文類一詞的各種意義。

　　文類是什麼東西？文類觀念如何形成？歸納形式得來，正如
亞氏對悲劇的第一種詮釋？或是演繹形式而來，正如亞氏的第二
個詮釋？可能兩種形式均需要。這些是文類研究的基本性問題。
或者首先應問究竟有多少種情形之下，文類可以發揮其功能？最
明顯的答案是：文類可以作為一方便的工具，將文學發展史上各
種作品加以分類和組合。這種純分類式的功能，曾受克羅齊所非
議，以其是非美感經驗的。除了這種圖書館式的分類功能外，文
類觀念尚有其他更重要的功能。未進一步闡明這些功能前，引申
幾個著名學者對文類觀念的看法。

　　哈佛大學的雷文教授在他的文章＜有關習尚的幾點意見＞作
如下的說法：

　　　　有關形式的名詞，在模棱的情況下，與其內容有關聯，故
　　　"文類"開始時指示一種文學或藝術形式，或是文體風格
　　　，結果轉而形容一內容比形式更重要的作品。每一文類形

成，均靠已安排好的現成符號，或是一爲大衆所有的文字。
文字表達的作品是如此，三面空間的藝術形式亦是如此。
這兩類作品的媒介更爲具體，故表達更有選擇性⋯⋯。

　　另一哈佛大學教授歸岸在他的文章＜文類的應用＞作如下的
一種解釋：

　　文類是促成一種文學形式形成的過程。文類觀念具瞻前顧
　　後的功用。從顧後來說，它是針對已存在的作品，從瞻前
　　來說，它指示出一學徒所遵從的方向，涉及將來的作家和
　　得風氣之先的批評家。文類是一種形容指示，往往宣佈一
　　種信念。從前瞻來看，一種文類觀念的形成，不只刺激一
　　種新的作品和作者，更可引起批評家追尋這種新作品的全
　　體形式⋯⋯從後顧來看，文類描述某一數目的同類作品，
　　前瞻來說，它的更重要功能是促成（稍微借用前面的語
　　句）一種動態的內容和形式的配合⋯⋯只有文類才是結構
　　的模式，它促進文學作品的實際構成。

結構主義學者考勒對文類的看法，從結構主義出發：

　　文類並不只指文類的特殊種類而言，而是指一系列的期待，
　　能令一個文字的句子在文學創作的秩序內，成爲不同種類
　　的符號⋯⋯文類可以說是指文字的習尚功能，與作爲引導
　　讀者與作品的模範和期待之環境，有特殊的關係。將某一
　　作品看成悲劇，亦即賦予該作品一架構，使之產生秩序和
　　深度。事實上，文類的闡述應該是嘗試對以下各項之定義：
　　閱寫過程裡已具功能的各種組別，各種能令讀者“歸化”
　　作品的期待，使作品與環境發生關係⋯⋯以及在不同時期

讓作家可以運用的語言功能……

以上所引的三種對文類觀念的看法，在方法上和重點上均有不同，但都具有一共通的特色，一種對傳統習尚的關注。

從這三種說法，可見文類功能的一斑。雷文教授和歸岸教授的說法，是一種描述性的文類用法，考勒教授的說法，是一種契約式的文類用法，將讀者、觀衆、作者，以及作品本身聯繫起來。歸岸教授提到結構模式和作者創作過程及批評家對作品的整體意義追求等的關係，亦具有上述之“契約式”意味。

上述三位學者對文類及其功能之精闢見解，足以抵消克羅齊對文類之非議。故此，我們可無憂慮去把悲劇看成一文類，尤其是從文類的描述性和契約性功能而言。悲劇文類具上述兩種功能，但本身多義性困難，並未解決。但至少減低前述之“外在因素解釋”和“內在因素解釋”之矛盾，以這兩種定義共同闡釋悲劇一詞的整體含義。事實上，悲劇發展的“變異”一定受到某種程度的“連貫性”所抵償的。亞氏在詩學提出這兩個定義，證明他早已看出這個可能性。綜合上述兩種文類功能，可知悲劇文類並非只將相類的作品歸類而已，更能將悲劇作品的流變描述出來，進而可歸納各種因素，組成悲劇的本體，把作品對作者、讀者、觀衆和批評家的整體關係，清楚說明。

悲劇文類可否移植或輸出到外國的文類土壤，不受時空、地域及語言的限制？答案要視乎何種文化土壤。西方各國的文學傳統，都是可以的，歷史上已證明這種可能。雖然移植後的悲劇作品，相互間的形式、結構和主旨均有差異。但其延生之關係，仍有迹可尋。現代悲劇仍可見伊利莎白時代悲劇的影子，而伊利莎白時代悲劇亦可見希臘悲劇的遺風。悲劇文類在西方希臘羅馬文化爲根源的各種文學傳統內的遷徙，有顚沛流離的一面，亦有連貫性的一面。但這並不是暗示，可以將希臘悲劇連根拔起，完整無缺的移植到伊利莎白的土壤中。但這兩時期的悲劇作品的連貫性，可以證明悲劇文類移植的可能說法。法國派比較文學家艾添安伯可能言過其實。他曾說：“將一種根深蒂固和歷史地域背景特殊的文類移植，是不可能的事。”華畲斯教授說：“歸納式的文類，只對源於相同之作品有價值，不可引用到此類別之外。”由此而推，歸納式的悲劇文類的價值和功用，不能超越出西方文學傳統以外，甚至演繹性的悲劇文類，倚靠先驗之推諸四海皆準的共通因素，移植到一個無論在哲學、文化或本體論均與希臘羅馬文化模式完全不同的文學傳統的說法，亦有行不通之處。所謂“共通性”，亦可以有“具體或特殊的共通性”，而非只局限於西方文明之“共通性”。因此之故，若只說：“假如中國人沒有悲劇意識，他們不可能欣賞西方的悲劇，而事實上他們能欣賞。我認爲悲劇精神是四海共通的事物”，這種說法未免太籠統。若只空談“四海共通準則”，而不涉及實際個別情形，似乎終不免流於形式化和表面化。若只顧提到中國戲劇的“悲劇視域”，而不與西方悲劇的同名稱加以分別，問題便來了。亦即造成該名詞的含義之泛濫，則這一詞彙的清澈性便會混淆。

　　戲劇批評家穆勒認爲“中國人不可能產生悲劇”。另一批評家汝拿則認爲：“悲劇本質一直是關乎對各種可能發生的道德問題的態度⋯⋯最終涉及宗教和哲學上之基本問題。”雷夫爾則說：“悲劇面對宗教上主要問題”，是“與宗教有極深淵源”。穆勒又認為："中國人對始終的問題不重視，對死之憧憬，非常泰然。"穆勒這一看法亦是從宗教方面出發，雖未能充分解釋中國文學何以缺少悲劇的原因，但言下之意並沒有表示這種缺乏是一種非常可惜的損失。史泰那亦曾論及悲劇之共通性："悲劇作為戲劇形式來看，不是放諸四海而皆準的。東方藝術亦有暴力事件、痛苦和自然及人為災難。日本戲劇充滿暴力和儀式化的死亡。但表達痛苦和個人主義的悲劇，明顯屬於西方傳統所有，這種觀念和所暗示的人生觀，是受希臘影響。至其衰落的那一刻，悲劇文學各種形式是希臘化的。"

　　穆勒和史泰那的說法雖不全面，却誤中副車，指出一正確的現象。穆勒對中國人對悲劇及生死看法非常籠統，但他指出中國戲劇裡沒有西方式的悲劇。史泰那道出西方悲劇之希臘色彩，間接暗示以不同標準對東西方的"悲劇"下定義。

　　王國維把元劇≪竇娥冤≫和≪趙氏孤兒≫當作中國的偉大悲劇，人物和意志表現足以媲美西方偉大悲劇。此說一出，學者和戲劇批評家紛紛效尤，套用悲劇一詞，詮釋中國戲曲。有部分認為中國戲曲有悲劇存在，另外一些人則持相反意見，並為中國戲曲無西方之悲劇而惋惜。雙方均各主其說，忽略了該名詞之外來性和固有之西方參考架構，而只求一時詮釋上之方便。

　　爭論中國戲劇有沒有悲劇的問題，涉及到中西比較文學的方法和研究目的。詮釋或評介中國戲劇是否一定要應用這個名詞？是否要將中國戲劇無悲劇看成一種文化營養不良？一般討論這個問題的正反文章，均有一共同點：對於文章的討論方法，多受西方對悲劇的看法所左右，已有先入為主的思維偏見。例如，錢鍾書先生於 1939 年寫的＜舊中國戲曲中之悲劇＞， 登於《天下月刊》。 這篇文章與王國維受叔本華哲學影響的主張唱反調， 他說：“悲劇乃最高的戲劇藝術，而吾國傳統戲劇家在這方面，表現最弱。” 錢先生評論中國戲劇，經常使用西方對悲劇的字眼，例如“higher plane of experience”、“tragic flaw”、“assertion of will”、“reconciliation”等。 因此評介標準，難免先入爲主，囿於西方的看法。而一些持相反見解的劇評家同樣犯了此一毛病，仍是以西方悲劇術語，以證明中國戲劇有悲劇存在，引用如“evil”、“seriousness”、“responsibility of the hero”等。

中國“悲劇”若能爲一文類看待，應要有一套適合其本身文化、美感經驗和哲學思維背景的標準。而不應光依靠借用各種含有特殊西方文類意義的標準或術語。因爲，這樣會招致觀念和詞意上之含糊，而不能將研究中國式悲劇作爲一文類的界限，劃得清澈。

因此，我們對下列的主張，有值得保留之地方：“雖然傳統中國戲劇分類並無悲劇一詞，而適合西方悲劇標準的中國古典戲曲亦很少，因而說中國戲劇史上，並未有悲劇，仍然是相當武斷的。” 無人會反對這聲明的上半部意思，但下半部的含義，確令人覺得矛盾。問題出自“悲劇”一字眼上。假若這裡所說的“悲劇”，乃指西方戲劇理論標準下的悲劇，中國傳統戲劇並未有此意，這句話便等於多餘，但假若是指一與西方戲劇理論內的悲劇不同的一特殊悲劇意識，則有賴從詞意和觀念層次，加以界說，以資說明它有異於西方之悲劇意識。胡耀恒教授在他的文章說：

"中國愛情悲劇往往重視離愁苦別，≪梧桐雨≫、≪漢宮秋≫、
≪孔雀東南飛≫和≪梁山伯與祝英台≫可見一斑。"假若這些是
中國式的愛情"悲劇"，則"悲劇"定義應從其本身獨有之形式
和內容去界說和分類。這樣會比借用西方悲劇模式去闡述"悲劇
成分"，更有價值，更客觀而具體，更無需將此類作品硬與西方
悲劇作品當成有關連文類看待。不需要將≪漢宮秋≫和≪長生殿≫
與莎士比亞的≪安東尼與基娥柏查≫或德萊頓之≪為愛犧牲≫比
較，而發現前兩劇缺少一種"超越個人同情之更高層次經驗"。
此外，亦無需將中國戲劇內之善有善報，惡有惡報看成反悲劇，
因其與西方悲劇原則之賞罰曖昧相違："西方悲劇不一定符合一
般正義或理性要求，命運是盲目的，人與之接觸可招損。"這種
觀念與中國固有之美感經驗和哲學精神背道而馳，與中國觀眾之
社會理想和習慣期待，亦大相徑庭。故若要說中國戲劇的思想價
值是反悲劇，首先要考慮這些固有的觀念和價值。而不應只憑西
方的悲劇模式下定論。

　　胡耀恒和白之兩位認為≪琵琶記≫乃悲劇。胡教授說："以
亞里士多德的戲劇理論來看，≪琵琶記≫可說是一完整的悲劇。"
白之則認為：≪琵琶記≫可加入關漢卿≪竇娥冤≫，≪紅樓夢≫
等之作品行列，這些作品之衝突和解決過程，可稱得上悲劇。兩
文的分析均有見地，但方法論則有商榷之處。前者套用亞里士多
德之悲劇定義，後者的模式來自 Robert Bectold Heilman 悲
劇與鬧劇之對分。兩者均無有考慮中國戲曲背後之特殊因素：社
會意識、個人期望、道德架構、哲學思維、美感經驗各方面。

　　傳統中國戲劇評家和作者無用到悲劇這一名詞作為文類之分

類。傳統元劇分成十二大類，這見於 1398 年朱權之《太和正音譜》，據近人羅錦堂教授《現存元人雜劇本考》分成八類，分類標準多依據故事內容或人物類型，涉及歷史及社會道德、倫常孝道等問題。分類的方法主要是一種圖書館式的分類，未嘗用到近乎 "悲劇的"、"喜劇的" 或 "悲喜的" 類分。它們故事題材均有介乎這三方面，總括來說，應用西方文類名詞去分類中國戲劇，可以收他山之石的功用，但非要用這些文類模式不可，則似乎有點太專橫。

應用西方文類形式替代中國 "悲劇" 下定義，而假使令西方文類 "悲劇" 一詞的含義擴闊，以致能兼容非西方之 "悲劇" 含義。如此一來，沒有必要非難借用西方文類形式作為批評中國戲劇的方法。但亦不應該以它為界說中國有否悲劇的唯一標準。鑒於中國文學的文類形式與西方的文類形式並未曾發生實際的互相影響關係，而且中國式的 "悲劇" 在時空與西方悲劇毫無關連，兩者應該分開討論，看作為兩種不同之文類，從觀念和詞義兩方面分開討論其優劣。而中國式的悲劇，一定要在這兩方面與西方有別。

然則，怎樣才能為中國式悲劇找出一適當文類名稱？這一步驟並非三言兩語可以說明。要找出一個中國式的悲劇觀念是可以行得通的。但如何去着手，則頗費周章。下面幾點可以作為參考範圍：（1）從中國的哲學和宗教根源找出一對悲劇觀念的心態，（2）從中國文學作品求證這種悲劇心態的表達程度，（3）從中國戲劇中求證這種心態的表現程度，找出一種合理的代表模式。這三種步驟是一種將具體事物組合，以期產生一種文類觀念之方法。然後再按此觀念之特徵，再賦予此文類一更具體貼切的名稱。

陸潤棠

＜悲劇文類分法與中國古典戲劇＞，

（台）《中外文學》11.7.(1982)，30-43。

元雜劇與西方戲劇

　　在古希臘三位悲劇詩人中，埃斯庫羅斯寫作七十部劇本，現存七部；索福克勒斯產量最豐富，但在他的一百三十部劇作中，亦僅存七部；最後的歐羅庇得斯，比較幸運，在他的八十一部劇本中，尚存十八種之多。這不足爲奇，那三位悲劇詩人的時代，離今日已有二千四百年左右，能有三十餘種劇本傳世，已爲難能，不可多得。但是英國的伊莉莎白朝，已屆十六世紀，而所存劇本，卻沒有中國元雜劇多，其中以莎士比亞所撰最夥，存者有三十餘種。他的勁敵班・江生，亦有二、三十種劇本傳世；次之，以合寫劇本聞名的鮑芒與佛萊琦，他們二人合作，或與別的戲劇家合作的，可能亦有數十種。其他有少數劇本傳世的作家，尚有二、三十人，可謂盛極一時。可是，一般說來，伊莉莎白朝的英國戲劇，在質量與流傳方面，比起三百年前元貞、天德朝的元代雜劇，尚不免遜色。據各種元、明、清記載，元戲作家（包括元末明初）有姓名可查的，幾將一百人，他們所選雜劇存目者，亦有五百五十餘種，如包括元、明之間無名氏的作品，共存目七百三十餘種。其中元劇作家現存劇本，約一百五十種，加上元、明間無名氏作品，實在 二百種以上。此中大部分爲明刊本，但有三十種在元代刊出，比莎士比亞劇本的印行年代，早三百年左右。

　　在戲劇的種類方面，元雜劇亦特別出色。希臘古劇，僅有悲、喜二種，而悲劇的故事，大部分根據古代神話及傳統。在英國，以莎士比亞為例，有悲劇、喜劇、歷史劇三種。歷史劇亦作編年史劇，係以英國歷代王朝的史實作為劇材而編撰；莎士所撰的劇本，包括七個國王的歷史，共有十部之多，那是空前而絕後的。此外，尚有鮑芒與佛萊琦創作的悲喜劇 tragicomedy ，其故事始自劇中主人遭遇悲哀危急的情節，發展至圓滿的皆大歡喜的結局；另有班江生擅長寫作的所謂癖性喜劇（ comedy of humor ），後來受到法國莫里哀古典喜劇的影響，演變為盛行於十七、十八世紀英國的"世態喜劇"(comedy of manners)以及為娛樂王家與貴族的宮廷 "假面劇"（ mask ）。以寫實方法描繪市民生活的喜劇與悲劇，延至十八世紀，在英國的劇院內始漸抬頭，但並無傑出的劇本，一直等到德國劇作家雷辛出現，在這方面較為成功，那已是十八世紀的後半期了。

在劇本的種類方面，元雜劇特別豐富，其內容包羅萬象。如以之分門別類，有兩種現成的可能辦法：㈠傳統的分類，雜劇有十二種：1.神仙道化，2.隱居樂道（林泉丘壑）， 3.披袍秉笏（君臣雜劇），4.忠臣烈士，5.孝義廉節，6.叱奸罵讒，7.逐臣孤子，8.鈒刀趕棒（脫膊雜劇），9.風花雪月，10.悲歡離合，11.烟花粉黛（花旦雜劇），12.神頭鬼面（神佛雜劇）。這是明初朱權（寧獻王）《太和正音譜》（ 1398 年）的分類。近代的分類：1.歷史劇，2.社會劇（朋友、公案、綠林等），3.家庭劇，4.戀愛劇，5.風情劇，6.仕隱劇（發迹變態、遷謫放逐、隱居樂道），7.道釋劇（道教、釋教），8.神怪劇。以上共八類雜劇，這是近人羅錦堂依照朱權的雜劇十二種而改分的，較適於近代觀點。二者大同小異，如為比較，歷史劇相當於"披袍秉笏"、"忠臣烈士"、"叱奸罵讒"、"逐子孤臣"；此種劇本甚多，爲元雜劇最重要的一類 。家庭劇可能包括上述諸種的一部分， 主要的則爲"悲歡離合"；戀愛劇與風情劇分別指"風花雪月"與"烟花粉黛"，它與家庭劇同爲元劇最特出的作品。社會劇近於"孝義廉節"，但在它的細目中，亦包括"鈸刀趕棒"一類的綠林劇本，與可能列入"悲歡離合"中的一些公案劇。仕隱劇同於"隱居樂道"，在西方戲劇中似無此種作品 。 最後 ，道釋劇及神怪劇爲"神仙道化"與"神頭鬼面"的別名，在西方亦甚少此類劇本。總之，不論那樣分類方法，都可看出元雜劇種類繁多，內容廣博，包括整個國家、社會、家庭、個人的故事 還有歷史與神仙故事，比較起來，古希臘的三位悲劇詩人、英國的莎士比亞、法國的莫里哀、德國的雷辛以及與他們同時代的其他劇作家，都不能像元雜劇家那樣的能表演出當時社會上各階層的各種狀況，與一般士人的心情。

元劇最特出的，是以平民生活故事爲題材的作品，其中主角都是一些小官吏、知識份子、商賈以及市井上的男女細民。現存二百部左右的元明（明初）雜劇（包括無名氏的劇本）內，歷史劇（三十五本）雖佔有一個重要位置，但是大部分以平民爲中心的社會劇（二十四本）、家庭劇（二十七本）比之更多；此外戀愛劇（二十本）與風情劇（八本），亦多以市民階級爲男女主角所扮演的故事。如以元人百種所收的劇本計算，據我的分析，至少有"四十二本屬於社會及家庭劇，而這些劇本，均富有都市民衆的意趣，俚俗的口語，和中下資產階層的心理與道德觀念。"

柳無忌

＜中國古典戲劇的比較觀＞，

（台）《幼獅文藝》324（1980）1-18。

喜劇觀念的比較

從西洋喜劇觀念和我國傳統的喜劇觀念的對比中，我們可以獲得這樣幾點認識：

第一，喜劇是一個總的概念，在這一類型的戲劇中，因民族習慣的不同，作家語言風格的不同，形成了豐富多彩的表現方式和不同的喜劇形式。諷刺喜劇，僅僅是喜劇中的一個最有戰鬥力的品種，不應以諷刺喜劇的結構規律與表現方法代表一切喜劇。從風格來分，喜劇主要是諷刺喜劇、抒情喜劇、幽默喜劇和悲喜劇四大類型。但是若從地域和時間來看，實際上就還要多。即以諷刺喜劇和滑稽喜劇而論，就存在許多劇種，如：擬劇、笑劇、愚人劇、即興喜劇、奧托喜劇、感傷喜劇、風俗喜劇、政治喜劇、滑稽喜劇等等，我們不能認爲這些喜劇因來自民間就不高尚，更不能因此而把它們排除於喜劇之外。事實上，許多優秀喜劇都正是從這些"母體"中產生的。

不同風格的喜劇有不同的表現方法與局限，不能厚此薄彼，例如不能用話劇中的諷刺劇、幽默劇或抒情劇而否定鄙視其他喜劇品種如地方戲曲喜劇與滑稽喜劇。更不應該用西洋式諷刺話劇的規律來代替我國戲曲喜劇的規律。

第二，我國的喜劇觀念與西洋的喜劇觀念有所不同，發展我國喜劇只能建立在我國藝術傳統的基礎上。維加曾這樣說過："我曾發現在西班牙寫喜劇，並不是按照世界上最初發明喜劇的人所相信的作法，而是按照許多蠻漢所用的方法，因爲這些人就靠粗糙得到了群衆的擁護。""我有時是按照幾乎沒有人理解的藝術來寫劇本的，這是事實。………我只按照那些切望受到群衆讚揚的劇作者所發明的藝術來寫作；因爲，既然群衆付了錢來看喜劇，向他們說傻話以滿足他們的愛好，是合適的。"莫里哀和哥爾多尼也都有過類似的看法。莫里哀藉道琅特的嘴曾經表白過："如果照法則寫出來的戲，人不喜歡，而人喜歡的戲不是照法則寫出來的，結論必然就是：法則本身很有問題。"維加的成就是從本民族人民的喜愛和要求出發獲得的，莫里哀的傑作，並不是按古典主義法則套出來的。從這裏可以得到啓示：藝術應當符合人民群衆的需要。從我國老百姓的喜聞樂見出發，我深信會出好作品的。

這裏特別值得提一下的是吸收來自民間喜劇形式的問題。我國任何一個大劇種，不論是雜劇、傳奇、崑曲、京劇，都是先出自民間。戲劇史表明，民間藝術形式和生動活潑的內容才是戲劇發展的推動力。而一個劇種的沒落，究其根源也莫不和走向宮廷、脫離人民、脫離生活、貴族化有關。中國如此，外國也如此。莎士比亞、莫里哀、維加、哥爾多尼的巨大成就，不是本國民間藝術培育的結果。因此，發展我國喜劇的關鍵應當是善於從中國的藝術傳統中，從中國老百姓喜愛的粗糙的形式中去找養料，而不是不加分析地套用西洋的喜劇觀念。

第三，喜劇題材是廣泛的，凡是適宜發展喜劇情節，作者有興趣，認爲可以寫成喜劇的材料，均可以作爲喜劇題材。藝術實踐告訴我們，並不是喜劇只能描寫"壞人"、"有缺點的人"、

“卑賤的人”、“平民”、“野人”、“惡習”、“罪惡”，它同樣可以用來歌頌好人、普通勞動者、美好的生活，以及一切可以讚美的高尚品德；喜劇既可以採用和悲劇、正劇相結合的材料，又可以探取同一切民間藝術形式相結合的材料，更可以開拓新的表現領域。總之，只要中國老百姓喜聞樂見，便可不拘一格，不必受某些人爲規定的所謂“法則”的限制。

于成鯤

<中西戲劇觀念比較>，
《晉陽學刊》6(1983)，6-13。

中西戲劇傳統之交融

　　自本世紀中葉以來，學者對於中西戲劇比較方面的工作，日益重視。這個領域內的重要論著，有的注重劃分時代的研究，如劉若愚所作伊莉莎白時代戲劇與元劇的比較；有的討論個別劇本的演變，如柳無忌之探索《趙氏孤兒》一劇在歐洲的蛻化；有的專談某一作家所受的影響，如劉紹銘之追溯曹禺作品中的西方血緣，如柏格潘之分析布萊希特劇作中的中國因子。本人之所不同於上述諸作者，在它的不限於某一時代、某一特殊戲劇形式、某一劇作，或某一戲劇家，而是對於中西戲劇傳統交流的鳥瞰，放觀雙方在悠長的接觸中，彼此吸收、交換，互益互長的過程，希望藉此補充中西比較戲劇研究上的一部分背景資料。

　　好幾百年以來，中國與西方的戲劇發展一直是背道而馳的。西方的戲劇，大略說來，從文藝復興到十九世紀末，範疇變得越來越窄，越來越朝寫實的對話戲劇發展。同時，歌劇、芭蕾劇、啞劇等都演出了獨立的形式，而不被認為是"戲"劇的正統了。相反的，在中國，傳統的戲劇形式自宋元以來，歷經明清，一直保存着它的特色，以歌舞、象徵、風格化的演出藝術為主，而對舞台設計、布景、道具、燈光、音樂，以及寫實的演技，毫不重視。到了二十世紀，情形大變，在西方與中國的劇壇上，各自產生了一種反叛的力量，而這兩種戲劇各自作了一百八十度的大轉彎，而開始朝與從前相反的方向邁進。這樣，中國與西方戲劇的

交會就不可避免了。果然，在掙扎着逃出寫實劇的束縛的當兒，
西方的戲劇藝術家嘗試把原來他們的傳統戲劇的種種成分，重新
綜合起來，成爲一種“整體劇場”。而他們就在這個時候發現了
中國的古典戲劇———一種歌唱、扮演、體能技術融合而成的形式
———竟然如此切近他們的理想，而中國傳統戲劇歷經千秋而不衰
的歷史，也給了他們極大的鼓舞。另一方面，中國人也在這個時
候覺得那呆板嚴格的成規老套未免乏味，因此特別對西方那種感
情澎湃、故事新奇的寫實派產生了愛慕之心。

　　在兩種不同文化交會之時，在那激流冲蕩之下，常會產生曲
折旋迴，難以捉摸的有趣現象。人們對異國的嚮往又常使他們輕視
自己的傳統。因而，在曹禺研習易卜生與契可夫的當兒，在《雷雨》
之類的匠工劇轟動全中國話劇劇壇的時候，　歐美戲劇的前鋒份子
却傾倒於梅蘭芳所表演的中國舊戲藝術。當布萊希特激讚鼓吹中
國舊戲中的“隔離感”之時，中國的話劇演員正在苦練史坦尼斯
拉夫斯基的“內在寫實”。再者，“史詩劇場”故意丟棄了西方
善於激動觀衆感情的寫實劇，借用了中國舊劇演技的“冷漠”，
爲的是要刺激觀衆的大腦活動，引起他們對現實的客觀評價，進
一步去探取革命的行動。在中國這個過程恰恰相反，自五四及文
學革命以來，中國新戲劇的發展一直趨於把風格化的傳統形式弄
得活潑起來，逼眞起來，好去激起觀衆的熱情，鼓動他們去改革
社會。兩者手段相反，而目的則一致。我們不免好奇；在這個目
的達到之後，這兩種戲劇是不是會長久保持它們相近的特性，甚
至於演化得更加接近呢？還是它們又會分道揚鑣，重新各自去走
它們那螺旋形的發展路綫呢？

　　無論如何，在這兩種傳統的交換之中，中國與西方的戲劇自
然而然的融合了，而這兩種不同文化的人民，也漸漸由於這種藝
術的交流而增加了彼此的了解與認同。今天，同一個象徵式的動
作，可能在中國與紐約同樣贏得觀衆會心的微笑；在中國與拜樂
特所上演的 “歌劇”，也不再是完全不可溝通的、另一個世界的
怪物，而是可以爲異邦人所欣賞的藝術了。

　　加塞納在二十年以前曾指出，以演戲爲寫實與演戲爲演戲這
兩種對立的派別，其實在戲劇中是無法單獨存在的。因之，“我
們戲劇的將來大部分要看我們是否能夠把今天這兩種共立並存而
又雜亂無序的態度融合爲一種活潑的、牢固的友誼”。由這數十
年中西戲劇的發展看來，世界戲劇的前途似乎是無限光明的。

于　漖

　　<淺談中西戲劇之交融>，
　《中西比較文學論集》（台北：時報文化出版事業有
　　　限公司，1980），二版，257-285。

西方現代派戲劇對我國的影響

　　所謂現代派戲劇，大體是指十九世紀末期以來發生和流行於歐美各國的象徵主義、印象主義、未來主義、表現主義、結構主義、立體主義、存在主義、超現實主義以及荒誕派戲劇等流派。這些現代派戲劇的潮流和流派像走馬燈一樣，迭次湧現出來，喧囂一時，令人眼花撩亂。現代派戲劇在我國傳播的情形，是否可作這樣的估計：開啓於也鼎盛於"五四"時期，三十年代延續下來但不像前一時期那樣熱鬧。隨着全民族抗日戰爭的爆發，對現代派戲劇的介紹就頗難尋其踪影了。

　　如魯迅所說，"五四"時期是一個"收納新潮，脫離陳套"的時代，各種文藝思潮、流派都輸入進來。鄭伯奇曾說，十年之內，"西歐兩世紀所經過了的文學上的種種動向，都在中國很匆促地而又很雜亂地出現過來。"西方現代派戲劇的潮流和流派正是伴隨着這樣的洶湧大浪湧進中國的。那時戲劇改良的倡導者們，對於我國傳統戲曲有一種極端的態度，認爲它"是和現代生活根本矛盾的"，而編制新劇又不能立即奏效，於是便倡導翻譯介紹外國戲劇，或藉外國戲劇的材料加以改編。這樣，便有了《新青年》的"易卜生專號"，《新潮》、《晨報》等也都大力譯介外國劇本。據我們不完全的統計：從1919年1924年全國二十八種報刊共發表了翻譯劇本八十一部，涉及到四十六位外國劇作家，如莎士比亞、易卜生、蕭伯納、泰戈爾、蘇德曼、王爾德、高爾斯華綏、斯特林堡、梅特林克、契訶夫、安特萊夫等。另據阿英《中國新文學大系資料集》提供的統計：“五四”時期如商務印書館、中華書局、泰東書局等出版的外國戲劇集共七十六種，計有多幕劇和獨幕劇一百一十五部。其中現代派劇目佔了相當的比重。可以說，當時西方已經出現的現代派戲劇的流派都引進來了：

(1)象徵派：梅特林克，翻譯過來的劇作有《白黎愛和梅立桑》、《修女培亞德黎士》、《青鳥》、《丁泰琪之死》、《室內》等。安特萊夫，劇作有《人的一生》、《安那斯瑪》、《黑面假人》、《比利時的悲哀》、《狗的跳舞》等。霍普特曼，劇作有《火焰》、《織工》、《獺皮》、《異端》等。

(2)未來派：漢生克洛佛，劇作有《人類》。地桑，劇作有《換個丈夫吧》。麥尼來梯，劇作有《月色》。靠那丁拉和靠拉，劇作有《朝秦暮楚》。康記羅，劇作有《只有一條狗》等。

(3)表現派：斯特林堡，劇作有《母親的愛》、《熱心的婦人》、《幽蘭公主》、《債主》、《鬼魂奏鳴曲》等。

(4)唯美派：王爾德，劇作有《扇誤》、《意中人》、《弗羅連斯》、《薩洛姆》、《莎樂美》、《忠實的朋友》、《同名異娶》等。

(5)新浪漫派：夏芝，劇作有《沙漏》等。格萊葛瑞夫人，劇作有《明月當空》、《市虎》、《旅行人》、《烏雅》、《獄門》、《海青赫佛》等。約翰沁孤，劇作有《悲哀之戴黛兒》、《西域的健兒》、《補鍋匠的婚禮》、《聖泉》、《騎馬下海的人》、《谷中暗影》等。

以上所列作家、作品是不完全的，其中有的作家作品也並非嚴格意義上的現代派。但是這些劇作家或是爲現代派所尊崇的先驅，或同現代派戲劇的思想和藝術比較接近。"五四"時期往往就是從這些劇作家及其作品來理解現代派戲劇潮流和流派的。

如比令人暈眩地介紹外國戲劇潮流和流派，看來貌似雜亂無章，但仔細分析起來，也並不單是追逐新奇，其主流是服膺於思想革命和文學革命的要求、服膺於早期話劇建設的需要的。即以胡適編輯《新青年》的"易卜生專號"來說，把易卜生的《娜拉》、《國民之敵》、《小愛友夫》等發表出來固然重要，但其譯介易卜生的目的，從他那篇＜易卜生主義＞說得尤爲明確。他的着眼點，還在於提倡易卜生那種敢於揭露"世間的眞實情狀"，反社會專制的"自由獨立的精神"和"發展個人的個性"的思想。對現代派戲劇的某些流派和作家的介紹也是這樣。如安特萊夫，在那時也是很受歡迎的作家，介紹他的象徵主義的戲劇，是因爲這些劇本是"講人生問題的，是討論什麼東西可以引人生到光明而不失望。"茅盾對安特萊夫的劇作《人之一生》和《安那斯瑪》作了評介。郭沫若之所以把新浪漫派劇作家的約翰沁孤的劇作翻譯過來，出版了《約翰沁孤戲曲集》，是因爲這位愛爾蘭作家寫的多是下層的流浪者和乞丐，並投以深切同情，表現出一種"愛的力量"，並以爲那虛僞利己的社會"是值得改適的"。茅盾更認爲愛爾蘭作家如夏芝"是提倡愛爾蘭民族精神最力的人，他是愛爾蘭文學獨立的先鋒"，格萊葛瑞夫人的劇作"處處表現民族精神"。正是"基於民族解放主義"，他翻譯這些新浪漫派的劇作。譯介霍普特曼的劇作，也在於他的劇作寫了"勞動者與資本家的衝突，對資本主義倍加痛擊"，所以，霍普特曼的《織工》

翻譯過來後影響很大,同時,把他的象徵主義劇作《獺皮》、《沉鐘》也一併引進來了。

根據以上粗略的介紹,可以說"五四"時期是西方現代派戲劇在我國傳播最盛的時代。 一方面表現出勇於收納新潮的精神,一方面却又不能對現代派戲劇的思想和藝術作出科學的分析和鑒別。 但不可否認,這些介紹爲現代話劇發展提供了可資借鑒的材料。 由於現代派戲劇是同其他外國戲劇潮流和流派一併介紹進來的,它使人們得以從比較中去識別、去挑選、去吸取有利於我國話劇發展的東西。 視野的擴展和見識的廣濶較之封閉保守、孤陋寡聞是更利於發展我國話劇創作的。

伴隨着現代文學的深入發展,到了三十年代,對現代派戲劇的譯介雖仍在進行,却不像"五四"時期那麼集中了。 當時,比較突出的是對表現派劇作家奧尼爾的介紹,如他的劇作《天邊外》、《毛猿》、《瓊斯皇》、《安娜·克里斯萊》 等陸續翻譯出來。 隨着抗日戰爭爆發,現代派戲劇更少譯介了。 第二次世界大戰前後興起的存在主義、荒誕派戲劇等,在我國劇壇上也少爲人所知, 自然也就談不到有什麼影響。

現代派戲劇(這裡主要是指已經傳入我國的象徵派、唯美派、未來派和表現派戲劇)對我國話劇創作的影響是一個不可抹煞的客觀存在, 但這些影響又是錯綜複雜的。 其中有的現代派戲劇流派, 對我國現代話劇流派和某些劇作家的藝術風格形成上曾經起過一定的作用,但也只限於某個特定階段和某些作品,更多的情況是某些劇作烙印着這些影響的痕迹。 還沒有看到一個話劇流派和劇作家是由於現代派戲劇的影響而以現代派的面目出現的。 當

然，這些影響既有思想的也有藝術方面的，既有成功的也有失敗
的，既有經過咀嚼融化而吸收的，也有模仿照搬的。總的來說，
現代派戲劇的影響是有限的，其趨勢是逐漸減弱的。特別是同現
代詩歌、小說比較起來，話劇所受現代主義的影響就更顯得少
些。

　　"五四"時期話劇創作處於開創期，其主要特點是，許多劇
作家於多方攝取外國戲劇的經驗之中，進行探索和試驗。對外國
戲劇潮流和流派表現出像海綿那樣的強大吸收力。如以郭沫若、
田漢等為代表的浪漫派話劇創作就表現出這樣一個特點。在形成
他們的浪漫主義的劇作作風上，可以看到現代派戲劇的某些影響。
郭沫若的歷史劇《卓文君》、《王昭君》和《聶嫈》等；即含有
易卜生的個性解放的精神。他不但把卓文君寫成一個娜拉式的人
物，而且還準備把蔡文姬寫成一個"古代的娜拉"。同時，也可
看到王爾德《莎樂美》對他的影響。在《王昭君》中，他竟讓漢
元帝抱着毛廷壽的頭顱親吻，就像莎樂美去親吻先知約翰的頭顱
一樣。在他的歷史劇中既有着"把個人作為時代精神的單純號筒
的席勒主義"；也有着對約翰沁孤劇作中"那種翡翠的有深度的
澄明"藝術境界的追求。如《聶嫈》中的盲叟，就有着《谷中暗
影》中浮浪者形象的影子。他說：像盲叟"那種心理之得以具象
化，却是受了愛爾蘭作家約翰沁孤的影響。"郭沫若對德國的表
現派也曾"寄以無窮的希望"。他說，他寫詩劇《棠棣之花》、
《孤竹君之二子》就受到德國表現派戲劇的影響，"特別是表現
派的那種支離破碎的表現，在我支離破碎的頭腦裡，的確得到了
它的最適宜的培養基。妥勒爾的《轉變》、凱惹爾的《加勒市民》

是我最欣賞的作品。那一派人有些崇拜歌德的，特別是把歌德的
'由內而外'……的一句話作爲了標語。"郭沫若以其易於躁動
的感情個性和浪漫主義特有的審美特質去多方攝取和試驗，但他
的早期史劇這些影響未能融化，不免留下明顯的模仿痕迹。不容
否認，現代派戲劇對郭沫若早期史劇的浪漫主義作風形成上是起
了助力的。田漢也是這樣，在他的早期話劇的浪漫派色彩中，可
以辨認出多種外國戲劇影響的因素。他說：在"五四"時期，"我
一面熱中過十九世紀俄國進步的啓蒙思想，像赫爾岑的思想等，
一面却又迷戀過脫離現實的唯美主義。"他崇拜過惠特曼、歌德
和海涅，他也醉心於象徵派的梅特林克、波多萊爾和頹廢派的魏
爾侖。他對新浪漫主義倍加讚揚，曾說："所謂新浪漫主義便是
要從眼睛看得見的物的世界，去看破眼睛看不到的靈的世界，由
感覺所能接觸的世界，去探知超感覺的世界的一種努力。"他
曾說他的《瑰玖璘與薔薇》便是一部新浪漫主義的戲曲。因此，
他的早期劇作如《生之意志》、《古潭的聲音》、《顫慄》中，
着意描寫靈與肉的衝突，特別要揭示那種"看不到的靈的世界"，
而多少流露出神秘主義的傾向和頹廢感傷的情調。

在話劇的發展史上，存在着一個在外國戲劇的強大影響下，
鑒別、吸取、融化，使話劇民族化的歷史過程。曹禺的戲劇創作
在借鑒現代派戲劇上提供了豐富的經驗和教訓。曹禺作爲三十年
代湧現出來的傑出劇作家，以其卓越的現實主義和勇於探索勇於
創新而著稱。他的《雷雨》、《日出》、《原野》等劇作，都透露出
敢於並善於借鑒外國戲劇的特點。特別是在借鑒象徵派和表現派
戲劇上，在當時說來也是極少保守而罕見的。從他取得成功的經

驗來看，首先，他不是孤立的師承一家，而是在廣泛借鑒中博採衆長，把現代派戲劇作爲其中之一而加以"揉搓塑抹"，融化爲自己的東西。曹禺對外國戲劇有廣泛而深入的鑽研，從希臘悲劇開始，到莎士比亞、莫里哀到近代的易卜生、契訶夫等，對於表現主義的奧尼爾的劇作，他也認眞研究過。在他的劇作中分明有着奧尼爾的影響。如《雷雨》中的周冲那種耽於幻想而頗有幾分"詩人的氣質"的特點，頗像《天邊外》中的弟弟羅伯特。而《日出》中的陳白露、翠喜等那種遭受蹂躪的痛苦心理也多少有些《安娜·克里斯蒂》中安娜的影子。《原野》顯然受到《瓊斯皇》的影響。而《北京人》同奧尼爾的《毛猿》也是多少有些聯繫的。但是正如曹禺所說，他"追憶不出哪一點是在故意模擬誰""想不出執筆的時候我是追念着哪些作品"。

　　就易卜生來說，他的劇作同斯特林堡、梅特林克等現代派作家的劇作幾乎同時傳入中國。但唯有易卜生對我國話劇創作產生了強大而持續的影響，那麼多外國戲劇的潮流和流派，也只有易卜生爲代表的現實主義及其戲劇藝術技巧給我國劇作帶來一種推動的助力。從胡適的《終身大事》開始，諸如歐陽予倩的《潑婦》、陳大悲的《幽蘭女士》，蒲伯英的《道義之交》，石評梅、白薇的某些劇作，無不浸透着易卜生戲劇的影響。即使郭沫若、田漢等人的浪漫派的劇作也都有易卜生戲劇的影響。直到三十年代曹禺的《雷雨》、《日出》等，更顯示着易卜生戲劇對我國話劇現實主義傳統的形成和發展起了十分重要的作用。曹禺就說，外國戲劇對他創作影響最多的頭一個就是易卜生。衆所周知，易卜生寫過現實主義劇作，也寫過象徵主義作品，但對我國劇作家影

響最多的是他的《娜拉》、《國民公敵》、《社會柱石》等現實
主義作品，而他的象徵主義作品却影響不大。

西方現代派戲劇潮流、流派是相當複雜的。它的產生、形成
和發展有其深刻的社會根源和思想根源。就其社會根源來看，它
產生於資產階級沒落期，而在壟斷資本主義時代得以流行。現代
派劇作家，有一些是極其憎恨資本主義秩序的。但他們又害怕人
民大眾，看不清資本主義社會的社會危機的根源，看不到瀧脫危
機的前景。從思想根源來說，現代派戲劇深受各種非理性哲學、
社會思潮的影響。叔本華的唯意志論、尼采的超人哲學、弗洛依
德的精神分析學等，浸透在現代派戲劇之中。現代派戲劇家無不
陷入深刻的精神危機和極度苦悶之中。連宋春舫介紹德國表現派
戲劇時都說：“表現派之缺點，在無邏輯之思想，劇中情節與世
間事實不相符合，劇中人物如凱石（按即凱撒）所描寫，舉止狂
暴，僅持情感，似無理論之能力者，自吾人視之，非瘋人院中人
物即孩提耳。”顯然，這都是劇作家精神危機的表現。我國一些
劇作家當找不到出路而苦悶時，也往往接受了現代派這些思想影
響。如曹禺的《原野》，其濃厚的神秘色彩並非只是藝術上的原
因，當他在向《瓊斯皇》借鑒其表現主義的技巧，把人物的潛在
情緒戲劇化時，同時也對奧尼爾那種看不清前途的迷惘、慌亂、
紛亂的心理引起共鳴。《趙閻王》借鑒《瓊斯皇》也是缺乎鑑別力
的。作家對趙閻王的命運缺乏科學的認識，自己也看不清社會發
展前景。他只好讓趙閻王也像瓊斯皇那樣在林中打圈子。儘管現
代派戲劇情況複雜，但必須而且應當加以研究。歷史經驗證明，
必須要有一個正確的世界觀文藝觀來導引，對其創新的藝術技巧

也應有鑑別地加以攝取和融化。如余上沅的《塑像》是受了象徵派戲劇影響的，企圖通過內在的隱喻象徵來闡明某種哲理。但由於余上沅的藝術觀點是錯誤的，結果就失敗了。茅盾就指出：《塑像》中"素華就是'藝術'的象徵，而素華的經歷就是作者對於'誰要藝術？'，'藝術是什麼？'這兩個問題的答案。"他的答案是，大眾是不要藝術的，要藝術的是歐樂平那樣的世家地主。藝術是什麼？它就"在你的靈感中"。作家世界觀的錯誤，借鑑象徵派藝術也就只能導致失敗。現代派戲劇總是以革新姿態出現的，的確有些藝術技巧值得借鑑，但倘使看不到他們的技巧革新是依附於其思想的工具，那麼，當缺乏鑑別力時，就難免把其技巧連同其思想一併加以攝取。這些，也是中國話劇史上借鑑現代派戲劇的教訓。

田本相

<試論西方現代派戲劇對中國現代話劇發展之影響>，
《戲劇藝術》1(1982)，15-18。

詩歌、小説和戲劇

　　任一稍具長度之文學作品所包含之成分必不能全限於詩、小説或戲劇之中單獨一種。然吾人往往據常識而認三者爲獨立之實體。筆者初淺之理解乃是：中國文學之抒情觀念乃是以言詩人之"志"爲基本設想；亦即詩人應以特定之人爲對象，就實際發生之事而作不得已於言之表達。西洋古代以格律爲抒情文學之特色；此看法在多數文化中皆不難成立，與中國文學之觀念亦無軒輊。至現代西洋文學提出以抒情詩爲自發之旨，方與中國詩有所指之"志"有重大歧異。當代西方又有文學體裁之間，甚至文學與一般文學之間根本不應有畛域之分一説。筆者不能贊同此説，理由見下文，但區分不易卻是事實。

　　戲劇作品根據演員扮演特定角色之一點與詩和小説區分，界限最爲明顯（然詩與小説又可包含"戲劇成分"，又説明此一區分仍未解決所有問題）。筆者以爲詩之特質在其深厚，小説之特質在其綿延。詩之諸種深厚具備激動感情之要素，而涵括德性與詭逆(Irony)之兩端。至常見之叙事綿延則爲前後情節之串連，亦即時、空、人物等關係層序漸近，因果分明之自然轉化，而以時序和人物個性之刻劃與發展以及空間對時間和人物所保持之相關意義爲重心。文學傳統相異，其重心所在亦各各相異。詩與歌之關連特別密切，此在未受工業化影響之舊型社會，尤其此等社會之早期最爲顯著。表現詩人在西方成爲一中心觀念年代甚晚，獨創性成爲價值判斷之準則爲表現觀之自然發展。日本文學自始即強調詩人和鑒賞者兩面；"心"和"言葉"（詞）因之成爲主要着想。中國文學強調"志"和"情"又似稍有不同。抒情、叙事、表演等總合性觀念往往成爲複雜而不易處理，理由正在此類用字輕重的小差異。換言之，比較之問題實在於可否由一理論間架出發，以抒情（詩）、叙事（小說）、表演（戲劇）之區分爲基礎而確認一貫通多種文學之根本問題。吾人可使用種種手段陳述此根本問題之種種可能形式。下文所提出僅代表可能手段之一，其主要設想在建立抒情、叙事、表演區分之爲切當。筆者的基本看法爲：若無此三觀念之分則無法了解各種批評體系之建立；此點筆者有另文詳述。附頭兩項主張：其一、若無一以文學爲獨立實體之認識，則無文學體系可言；其二，若無對文學的特殊理解相伴出現，亦無文學體系可言。

就早期人類社會或現今尚存之原始社會而言，宗教、經濟、政治、文學等活動雖始終存在，但其存在本不具相互區分之形式；此爲人類學家公認之事實。此一形式之文學可謂具文學之原始觀念或總型觀念而不成立爲文學之定型觀念，其思考方式亦有異於吾人之習慣。文學觀念定型化之種種明確迹象中最先出現者應爲對一重要作品附加其作者之名以表示一社會之接受該作品爲一獨立個體。希臘市民節慶之尊崇悲劇作品，各文化貴族或皇家之支持詩集編纂，皆其著例。

筆者主張批評體系之成立以卓越批評家與一已建立優勢地位之文類（即詩、小說、戲劇三者之一）遇時而會爲必要條件。換言之，文學可以無批評觀念之解釋而仍然自存。以希臘文學爲例，荷馬與赫秀得之詩作在寫作當時並無理論之存在以爲之解釋，然就作品而論，兩人所作與吾人觀念並無不合。西方具完整體系的文學思想始於柏拉圖所作《依昂語錄》、《裴卓斯語錄》和《理想圖》。然柏氏以詩人、雄辯家、哲學家爲相互敵對以致各不相容，而僅哲學家之智爲唯一眞理。眞正以文學爲主體之觀念至亞里斯羅德的《詩論》方才出現。吾人皆知亞氏之成其精思之論乃至以戲劇爲基礎而界定文學之本質。《詩論》對叙事文學偶有論述但並無充分之意見，對抒情文學則更少涉及。後來西方以文學爲巧意模擬的解釋即是以亞氏與戲劇一文類之遇合爲其肇端。

　　一完整文學理論之最低要件似應包含一文學本質之解釋而以下列諸觀念爲其基點：存有界、作者、作品（作者之造作）、文辭（即集字成句之作品實體）、讀者、文章（讀者之鑑識）。一更充分之理論尚應涵括語言思想以及文學的社會條件如表演者、抄寫者、印刷者以及社會保障作家生活和作品流通之方式等。柏拉圖對本體和現象提出一表意學說，然對語言似並無一精密之解釋可與其哲學意見相當。至於以讀者和動情現象爲文學之特徵，在柏氏和亞氏兩家皆未提出。此階段動情現象和讀者鑑識不可能爲文學特具之性質，理由正在哲學和辯術兩者亦皆具備此等性質（《裴卓斯語錄》是一佳例）。就此點論之，西方文學思想之完成實有待於郝拉斯之作。郝氏特重語言文字之運用，更據本身寫作頌歌、諷世詩、書信詩之修養而提出西方對閱讀過程和讀者感應現象之完整解釋。郝氏之後千餘年的西方文學思想歷經無數變革和論爭，然其普遍之觀念則始終以模擬爲文學之手段，以導性娛情爲文學之目標。

至中、韓、日三國，其作家典型成立之過程與西方可謂極不相同。漢字之 " 文 " 的意義範圍甚廣，除抒情詩體外可及於若干史學著作。但若論 " 文 " 最純粹之形式仍然非抒情詩莫屬，因此此處不擬詳述以史爲文所牽連的各種問題。略言之，中日兩文學傳統的體系乃由批評與抒情詩體遇合而起。其例證在中國有 " 詩序 " 以詩爲中心所提出解釋文學本質的明確意見。此序所據之《詩經》稱 " 經 " 而不稱 " 集 "，對後世當然影響極大。

筆者對日本文學的例證較有把握。日本在史前時代即有抒情詩體出現，此點當無疑問。八世紀的名作《萬葉集》收詩四千五百餘首，其分類體例兼採和漢，爲湊和各種形式而成，此前另有漢詩集爲百濟移民初傳入漢詩時期日人的習作。至於完整的文學理論，在首部敕撰和歌集《古今集》編纂之前，並不存在。紀貫之爲《古今集》所撰之序文便代表日本批評體系的首度實現。前述 " 心 "、" 言葉 " 等爲紀貫之所提之重要觀念。如此以抒情體爲中心而界定一表現論（文字辭句等）和一動情論（心），意義至爲重大。詩人或受自然界事物之啓發，或因愛情、行旅、死亡等人事而有所體驗，情有所動而發爲創作；由此情動而作之文字表現進而爲讀者（或爲作者贈詩之對象，或爲千百年後之人）所鑒識，可更動其情而成爲另一詩作之因。紀貫之的另一意見爲日人獨特思考方式之表現：情人、武士、鬼魂皆可爲詩歌動情之對象，即鳥獸亦可受感動而發爲歌聲。

以中日兩文學體系相互比較，其差異之點自不在少數。舉例言之，日本文學之動情觀念較中國文學深刻，中國文學之表現觀念較日本文學顯明，而中國導情於正之主張則爲日本評家所不言。

此外叙事體小說之出現在日本遠較中國爲早，而史傳體獨立於詩之外自成立一地位，在中國又較日本爲重要。此等差異雖皆事實，然若以中日（亦可包括韓）之文學傳統爲一體與西方相較，則東亞諸鄰國之觀念又相互近似而共與西方成對比。東方文學以表現動情爲中心，西方文學以模擬動情爲中心，其間差異不可謂小，模擬觀念之本身即不易以東亞語文爲陳述。由此大關節而下，東西之差異更及於各局部觀念。東方文學重視“法”、“浸習”、“體式”等觀念。西方文學則以表現論爲主要次流。此表現論於文學史上之地位曾經多次起伏，而以浪漫主義爲其頂點。西方文學之表現觀重獨創，追求意之新。東方文學之表現觀則重前人之已表，規避創新，以古人成就爲作品之準的。

此等差異所形成之基本樣式正可爲本文主張之證：文類區分之偏致（如東方之抒情詩體、西方之戲劇）決定一文學之界說。就筆者所知，以戲劇爲文學觀念之基本設想爲西方獨有之發展；非西方文學幾乎全以抒情詩爲依據而成立文學觀念。進一步言之，若以上事實可以成立，則吾人可更提出一問題：一文學體系若係由叙事體架構而成，此一體系將成爲何種樣態？對此問題之解決，日本文學於成立抒情體爲理論準則之後百年間即出現一叙事體之經典名作，形成一罕見之例。此經典作自然即是紫式部的《源氏物語》。依作者日記所載，此作曾爲宮廷宣講之用。吾人可追究當時聽衆之反應。一條天皇曾於聆宣之後以《源式物語》與史學名作《日本記》相比擬，對吾人當不無啓發。

紫式部和一條天皇似皆確認叙事體散文與抒情體同具動情與表現之性質，但叙事體同時又表現歷史之眞（後來中國小說亦以此歷史之眞爲普遍原則）。其次，佛教亦可能爲日本極早成立小說之主要因素。東亞大乘佛教以"空"爲主要觀念，似與小說之精神相違，但諸如《法華經》等佛典並不避譬喩故事而大量使用；此外佛教之時間觀念對各佛教文化影響極深，亦不可忽視。此時間觀念在中國之特殊意義可能不在其以無數"劫"相乘而來之遼濶設想而在其時型論與中國循環論所成之對比（就日本而言，此時型論與凝聚、提昇時間斷點之美學相揉而不分）。以上諸點雖皆不出假想而可能有過言之處。然中日兩傳統小說之初起槪表現濃厚的佛教色彩，則爲不疑之事實。

　　精通各文化而對其種種實例作出正確判斷，此誠然不爲易事，但批評家各依所能，或取詩體，或取叙事，而各展開其批評體系，相互形成重大之差別，似爲不必疑之事實。其次，以叙事抒情爲相容或相斥，其所造就之結果自然因之而亦異。由此等文學史之事實作比較推論，可以說明詩、小說、戲劇三者之各自成之爲實體而非僅由理論之主張強加區分。

Earl Miner 著　廖朝陽譯

<比較文論：比較文學理論與方法課題舉例>，
（台）《中外文學》12.9.(1984)，78-95。

丁　散文、神話

西方散文和新散文

　　新散文，就是和西方接觸後的散文，第一特點是寫作和想像的範圍擴大了。單看梁實秋先生的《雅舍小品》裡面就有許多題目是古文大家從來不寫的。＜孩子＞、＜女人＞、＜男人＞；……再談內容，再不是板起臉來講仁義道德，而是和讀者促膝閑談，寓教訓於趣話，教人讀來非常舒服。他引西方作家的詩文故事，也引中國的村言俚語，又是古文裡沒有的。

　　英美一律，散文裡有輕鬆筆墨，專以諧趣見稱；諧趣竟算是散文的一大優點。作者有時根本在胡說，但彎理也講得似有是處。這又是中國正宗散文裡稀罕的現象。約翰生博士的文章不如阿狄遜，就不如在沒有阿狄遜輕鬆。不過英文裡的輕鬆並不容易，比板起臉，打起古文腔調來講大道理還難得多。這完全是智慧豐富，人情透徹，學問淵博，經驗充盈，文筆美妙結晶，可遇而不可求的，缺乏這些條件而只在鼻子上塗粉，扮鬼臉，並沒有真諧趣。近代中國散文家有這方面的長處的很不少。

　　人類學術進步，西方尤其走在前面。新散文裡涉及的新學術，不知有多少門類。心理學、醫學、哲學、政治、歷史、地理、考古、航海、太空……樣樣可以供給資料。八大家今日如果復活，不特發見"都下引車賣漿之徒所操之語"可以寫成文章，而且還要碰到許多不可解的詞語，如"存在主義"、"情結"、"動量"、"窒息恐怖"、"觸媒"等等，幾乎疑心自己不認識中文。新散文家最需要新知識。因爲這是重要的原料。

中國人愛引經據典、孔子就常引用詩書二經，以後的人更引用孔孟諸子的話。等到讀了西書，又讀了好引古人詩文的西方早期的散文，自然而然也會引用西人的著述。這件事有兩個看法，好的方面，介紹西方的言論觀感，總不無新鮮的地方，使不讀西文書刊的人也可以嘗鼎一臠。壞的方面，自己的文章內容貧乏，只能捧出西人來炫耀。引文的好壞不能一概而論，有人引得恰恰需要，畫龍點睛，有人硬引，叫讀者厭惡。新散文裏出現引文之多也是特點之一，不過現在漸漸不作興了。

中國人從前用文言寫詩文，和英國人用拉丁文（甚至希臘文）寫詩文情形一樣。蔡元培提倡白話文學，也提到"我們中國文言文同拉丁文一樣，所以我們不能不改用白話"。這是中國文學史上一大轉折點，和西方接觸是促成這一點的重要推動力之一。因爲西方（不僅僅是英國）過去本國語都像見不得人的鄉下親友，後來採用本國語文，也創作了偉大的文學，如莎士比亞、培根、但丁、蒙田、馬丁路德（他譯成的德文聖經成了德國散文的模範）等人的著譯。這些人的成就鼓動了中國的新文人去提倡文學革命。在歐洲、拉丁文本來是必修的，現在已放鬆了。邱吉爾的拉丁文不很好，也能寫很有力的散文（算不得第一流）。但中國文學革命以後，却發生了一個問題；胡適之、周樹人他們都是讀了許多綫裝書的人，他們是有中文底子的。後來的文學家不讀綫裝書的人多起來，而且越來越多，結果是中文底子越來越淺了。 另一方面，劣譯充斥，雖然是用漢字印出來的，却不是漢文。 一般人誤會了，以爲這就是白話文、白話文學，有意無意效尤起來。我在《翻譯研究》裡有長文提到，這裡不想多說。 我們今天如果不用防範敵國間諜的警戒心寫作，很難不犯英文化的毛病。 英文化並不是絕對要不得，而是大多數地方用不着，累贅，所以很可能破壞中文的純淨。 散文不純淨，等於白蘭地酒裡攙了洗脚水。文言體裁雖然可以不採取，有很多詞語還是不能不用。 歐洲人撇開拉丁文，許多字還是拉丁語系的。 我不懂寫白話文爲什麼不可以看綫裝書？

　　一般中國人只能在選本上讀若干篇英美散文，文學思潮如何一層一節表達出來、文章怎樣寫才有風格，不是這樣讀法所能夠領會的。 另一方面，散文的中譯少得可憐，不懂英文的人簡直讀不到第一流英美散文的譯文，英文散文有些很不容易讀，因此也難以翻譯。 培根的散文已有了中譯，好像沒有受到廣泛的注意。蘭姆的《伊里亞隨筆》和《伊里亞隨筆末輯》到現在還沒有譯本。此外名家的作品恐怕一篇也沒有譯出。 話說回來，像《伊里亞隨筆》那樣的散文雖然不能和莎士比亞的難譯相比，可能不是一位譯者花一兩年工夫就可以完成的。 即使譯十年八年也不會嫌太多吧。 有些語文上的妙處，和詩一樣，可能一翻就不見了。 不如譯者要花多少精神慢慢尋找，才能遇到適合的字句來傳神。 事實上每一位名家的集子都要專家翻譯，而且要花他半生精力。 中國從抗戰到現在，很多要緊的工作，如編一部完備的百科全書，都沒有做，翻譯各國的散文應該是其中之一。

　　英美散文似乎不像中文散文那樣傷感。歸有光的文章裡就有
"大號"的字眼。朱自清在〈背影〉裡也一再寫他流淚，可能都
是真情，中文裡無所謂，但用英文散文的標準來看，正犯了傷感
的毛病。這或者是中西民族性不同的關係。譬如中國人居喪，可
以大哭（《禮記》對哭的禮節規定很嚴，值得一看），而英美則
不可，最多默然流淚，趕緊揩掉。我覺得寫散文腕下有些節制是
好的。

　　英美散文着重經濟，廢話幾乎沒有。中國近代的散文似乎囉
唆一點，一旦拿來譯成英文，首先發現的就是這個毛病。有位朋
友說過，只有好文章才經得起翻譯。試拿四書來譯，就覺得裡面
的話很緊湊。

　　拿十九世紀的英國散文和八大家的古文比較，我覺得蘭姆、
亥斯立他們的文章更酣暢。莊子倒有這個長處。像蘇東坡的〈喜
雨亭記〉，譯成英文簡直不像一篇散文。亥斯立的〈談旅行〉真
是千山萬壑，彷彿荆關的大幅中堂。而他的長並不是像裹脚布那
樣，却是上下四旁想得周到，真有那麼多材料。我們近代有幾位
散文大家，文章美妙，內容也實在，只是東西不多，就像尺頁一
幅，容不下密林巨澗。

　　我們的傳記文學似乎差些。不但沒有鮑司戚爾《約翰生傳》
那樣的奇書，就是像司屈齊的《維多利亞女皇傳》也拿不出來。
英美的名傳記家最了不起的地方是不提自己，貶褒的態度比較客
觀，資料充足，用功極勤。我們可以跟他們學的地方多得很。

　　在英美做個散文家不容易，他要有獨創力才能見重於人。近
幾十年來散文雖然沒有許多人寫，但少數還寫散文的，如英國的

赫胥黎（《天演論》作者的孫子）、美國的門肯無不跳出前人的窠
臼，另開蹊徑，成一家之言。譬如人生無常，世事瞬息萬變，這
這種話古人已經說爛，再不能當作題目，大寫特寫了。其次，許
多英美散文家都是某些方面有特殊成就的人。許多是學者，不用
說培根、愛默生是哲學家，就是東印度公司的小職員蘭姆，學問
那樣淵博。他對聖經、古典神話、文章學、中古地理、伊利莎白
時代的戲劇、英王查理一世二世時代的詩歌、一般的傳記文學、
小說巨著、版本學，無不極有研究。我們沒有西方文學的底子，
不能讀蘭姆。他和愛默生又都是詩人，雖然不能和畢生致力於詩
的人相比，但絕不是二三流，許多散文家是自然史家、歷史家、
教育家、政治家，甚至是銀行家——拔吉除做《經濟學人》的主
編外，還寫文藝批評的文章，散文家不一定是學問家，反之學問
好的人不一定文章寫得好；但學問總得要有一點的。中國的散文
家在學問一方面並無遜色。諸子以下到民國的大家，讀書萬卷的
大有人在，但也有"空頭"。

　　中國沒有培根，有沒有蘭姆？這樣的話我們不該問。培根、
蘭姆的學問我們那裡能有？他們的處境我們怎麼會遇到？中國的
田園詩人不是英國的田園詩人。即使有人存心學培根，他也學不
像，反過來，培根要學韓愈也學不像；我們不讀中國書則已，讀了
中國書就成了中國人，文章也許不及培根精警，蘭姆深婉，但也
有這兩人所寫不出的東西。熟讀培根、蘭姆，當然可以學他們一
些想法，和表達思想的方法，但表現出來的情理感受，不用說中國
文，即使是英國散文，如果讀的家數多了，也無法不在各家的作
品裡得到靈感。別人的作品好像佐料和原料，煮出菜來自然不是

單純的一種味道。以《中國伊利亞》出名的梁遇春受十九世紀英
國散文影響可以從他的作品看出。但他是中國的蘭姆嗎？自從文
學革命以來，有沒有中國的蘭姆不要緊，要緊的是我們有了新散
文。這是文壇上的大事，也是好事。

思　果

　　＜中英美散文比較＞，

　　《看花集》（台北：大地，1976），153-174。

神話英雄的原始性格

　　神話本來是人類解釋自然現象或企圖與自然的韻律相配合相融洽的故事，因之主要是先民的東西。十九世紀末年英國的傅理瑟等人，指出這種初民的信仰，具有相當的普遍性和共同性。傅氏的《金枝》便是以金樹枝的故事，說明王位、魔法等在中東、南歐和北非神話裡的表現。二十年前甘貝爾所寫的《英雄的千面》更指出，不僅我們所謂西洋或歐美，其文化共源於中東、南歐和北非，故而所謂英雄或故事中的主角的特徵，有基本的相似之點，即在文化背景完全不同的中國、其英雄的原始性格，也少差異。總之，根據這些書，我們知道不論其地域膚色或人種，人類對於若干人生與自然的現象，例如宇宙的來源或人生的旅程，有相當一致的看法。所以可以說符合魏勒克所說 "人類是一體的"。卡爾榮更進一步指出，所謂下意識，亦即個人的過去的留存，其中或其下便是人類的 "集體下意識"，或全人類的 "封存的記憶"，包括人類在還未成人類以前的記憶。這種下意識的種族記憶，使得若干 "原始意象"，對人類具有經常而強烈的吸引力。這些意象，是我們祖先的經驗的累積，而呈現在神話、宗教、夢、幻想與文學之中。它們就是 "原始類型"。這一了解就使神話或原始類型於普遍性以外，進一步獲得了永遠性，把它引用到文學上的第一部重要著作，是鮑德琴的《詩裡的原始類型》，但真正利用原始類型，使它能夠有系統地解說及範疇一切文學，包括書寫和口語文學的，並且使文學與人生直接相關，加以評估的，是傅瑞也的《批評的剖析》。

對傅瑞也而言，神話是一切文學作品的鑄範典模，是一切偉大作品裡經常複現的基本故事，而這裡一再呈現的意象，就是原始類型。原始類型因之是神話的表達，神話是原始類型所含的意義。神話應用或呈現在文學作品裡面又最常見的，是開天闢地、樂園的喪失、洪水、四秋與晝夜的交替、"聖天子"與代罪的羔羊、神胄的英雄、原始論（例如《西洋記》裡講的為什麼我們說牛鼻子老道）、和讖緯預言之學（推背圖、燒餅歌之屬），但最具中心性的神話，則是追求，包括全羊毛、聖杯或唐僧取經；而因為晝夜與寤寐的對比，正面人物的英雄常與白晝象徵的太陽結合。這類神話所代表的，雖然因種族的集體記憶而留在我們的下意識中，究屬先民對自然與人事的了解，在我們看來，不免原始幼稚，所以難以給予理性的接受。但正因為它們存在於我們的下意識裡，經常尋求表現，作家便必須變更它們，使它們能夠更合道理，包括倫理上的、理智上的和常理上的道理。這一過程，就是"置換"。舉例來說，在希臘神話裡，科羅納推翻了其父天神攸倫納，自為天神，而且娶了母親麗亞，這個神話隱含了春來冬往的意味，亦即代表春的科羅納取代了代表冬的攸倫納，而與大地之母結合，由而使萬物孳生。這個神話轉到希臘悲劇裡，成為伊第帕無意中弒父烝母的故事。由神轉到人，由有意的亂倫成為無意的亂倫。再轉一步到了莎士比亞的哈姆雷特，就變成了克勞第烏斯弒兄亂嫂，哈姆雷特為父復仇的故事了。"置換"永遠與時代有關，因此中國傳統小說都設神鬼，很少例外。我們現在不肯接受因果報應說，只因為我們多受了點教育。它迄今仍是十分深入民間心理的。

　　根據英雄或主角的特質，傅端也把文學作品分為神話、傳奇、高模仿、低模仿和諷刺五種，其主角分別是“聖天子”，在本質上超越凡人與其環境；英雄，在程度上超越凡人與其環境；主角、在程度上超越凡人，却受制於環境；主角，與我們一樣為環境所制；丑角，在道德等方面遜於身為讀者的我們。把這五種形式歸納起來，專就它們在小說或以非韻文為主的小說而言，又可分為傳奇、寫實小說、懺悔錄與諷刺四種，而第四種往往是百科全書式或剖析式，內容包羅萬象，可以把各種材料都容納進去。在文學的實際表現上，這四種小說類型，不一定要單獨出現，而常是互為組合涵容的。這一點當然也與“置換”有關。

　　甘貝爾雖然已指出了中國神話裡的英雄與西洋的類似（我們至少可以想到后稷之母履大人之迹、劉邦之母與龍交、或玄奘與岳飛之同為“江流兒”），歐美治文學批評的學者，自然還是以近東的神話為主。其中把英雄在“原始類型”中的特質與行事，列為一表，而又為我手邊所有的，是魏惺闐在《痛苦與勝利》一書裡討論莎翁悲劇的一篇。魏氏說：“分析了現尚存在的季節禮儀，尤其是新年的禮儀，和中東古代的登基、加冠和個人性禮儀，我們可以復建代表基本禮儀形式的模型，而包括這些因素：一、“聖天子”的不可少性；二、神與敵手的鬥爭；三、神的受難；四、神的死亡；五、神的復活；六、創世神話的象徵性重視；七、聖婚禮；八、凱旋式遊行賽會；九、命運的決定。

　　這些基本因素所意味的生、死與復活，和前面述及的神話

“原始類型”，正是《西洋記》所表現的。它所以顯得蕪雜，顯得不易被人接受，正因爲他要創造，或更正確地說它要復現一套完整的神話，囊括各種因素。《西洋記》暗合這些原始類型，縱在顯然不同的地方，其實仍是相同的，因爲其中有因“置換”的需要而來的變動。

侯　健

<三寶太監西洋記通俗演義──一個方法的實驗>，（台）《中外文學》2.1.(1973)，15-18。

中西神話觀念的形成

撇開上述實際資料，我們再看各個民族的早期歷史，也可確定每一個民族都具有內蘊的神話感，這一"神話感"是人類為了應付生存基本需求——衣、食、住、行、安全各種要求——所臆造出來的答案。這是人類思想發展程序中必經的一個階段。原始神話是在這種情況下產生的。開天闢地的神話影射人類的起始，雷公電神的故事含喻自然現象的奧秘。神話的"雙重性"即在此；一方面它造成自然現象的神秘感，另一方面它表示出人類試圖打破這種自然現象神秘感的努力。前者造成心理上的不安和恐懼，後者則促成各種自然現象的理性化。從這兩點來看，神話和巫術、宗教、以至哲學都有密切的關係。希臘人往往把神話當作人們試圖對理性或哲學真理和傳統宗教信仰之間的困惑關係所作的解答。像詭辯派的信徒就把傳統神話或神話故事當作寓言來看，認為這些傳說、故事所影射的是"自然或道德真理"。以此為喻，中國神話中的盤古氏開天闢地記載、女媧補天、愚公移山故事、《列子》中的終北國、華胥氏之國、列姑射山的神話、夸父與日逐走等等，皆可作如是解。從這些片斷神話故事中，我們可以看到不同地區的人對自然現象的臆測式的解釋，在這些解釋裡又隱藏了多少的"哲學答案"，只不過我們通常不太注意去研討罷了。

當然也有人把神話當作"宗教真理"來看。珏連大帝、哲學家沙勒希斯以及詩人米爾頓都把神話當作"神的真理"，是神向

"聰明人"的特別"顯示"。中國人對卦卜陰陽之學的研究，則是介乎"哲理"和"宗教"之間。漢代流行"陰陽五行"說；無論在宗教、政治或學術上，都依賴此說來解答問題。漢前齊人鄒衍創"五德終始說"，認爲帝王之立，是得到五行中的一德，上天"顯示其符應"，爲王者就坐定了他的"龍位"。到王者的德衰敗時，就有五行中的另一德起而代之。以此推論，他認爲黃帝的土德是由夏禹的木德取代，禹的木德又由商湯的金德取代，湯的金德則又由周文王的火德取代。這種朝代興衰說多少帶有宗教啓示性的神秘色彩，也是文化思想的一種表達。

　　神話資料進一步的演化，導致文學的產生。中西文學似乎都具有這一性質。一般說來，神話和文學之構連可分兩種：一是宗教性的（指已發展的宗教而言），一是非宗教性的。原始神話文學（如中國和希臘神話中開天闢地和人類起源故事）大都屬於非宗教神話；它雖含有道德隱喻，但却並不一定以之爲最終目標；它的內容是反映性或代表性多過意圖性。它雖像宗教神話文學一般求對某些"匪解問題"作一答案，但它的解釋可以合理，也可以不合理；它是想像力的產品。宗教神話文學却將重點放在"宗教理性"基礎上，因此它的目的是"宗教的道德化"，它的性質也是"宗教似的道德化"。這可能是中國神話文學和西方神話文學最大的不同處；前者多屬非宗教性，後者二者皆有之。

　　容格論"原型觀念"時，將"原始民族傳說、神話和童話列爲兩種不同的"原型表達"，但却認爲二者都經過"意識"作用的修改。前者可能和傳統觀念的連繫較爲密切，是可被納入到某些"意識形式"中去；後者則還要加上心理因素的作用。可是這

裡有一點是值得我們注意的：原始民族對神話的觀念是建在一個
"投射"基礎上；神話的內容是圍繞着自然現象——諸如日、月、
星辰的升降興衰，或大地生物隨季節變換而生長死亡——及與之
有關觀念的發展構成。這是"原始神話"，內容以宇宙創造、人
類始原為主。由於"原始人"無法對顯著的客觀世界作客觀的說
明，因此他對一切自然現象的解釋都較主觀，這些解釋又都被用
來滿足他心理的需要。所以神話和一個民族的集體心理意識形態
的發展也有密切的關係；無論是宗教神話或非宗教神話，其心理
因素的成分總是很顯著的。事實上神話的演進，宗教的發展是和
文化的成長分不開的。有人可能對此說懷疑，一來因為到目前為
止尚未有人對中國神話作長期及有關系統的研究，二來因為中國
宗教神話多為哲學喻例，其研究者只限於一些對佛學有研究有修
養的人。在人數方面是少之又少。反看西方，除了十八世紀的理
性主義哲人如伏爾泰之流外，一般學者都是接受神話的。前面已
約略談過，希臘人將神話當作：㈠顯示自然眞理和道德眞理的寓
言；㈡神的微妙眞理；㈢純為虛構的故事，一方面求隱蔽自然和
歷史事蹟，另一方面求維護及加強祭師及統治者的權力。中古時
代的新柏拉圖學派、士多亞學派及伊必鳩里學派都認為神話不是
單憑"表面字義"所能透解的。他們認為，保守的說法是將神話
當作含有宗教及哲學性的"永保眞理"來看，激進的觀念則又將它
看作混淆眞理及愚弄民眾的玄虛構想。到十五、十六、十七世紀時，
由於文藝復興運動的影響，人們又對神話產生興趣，特別是那些
崇奉基督教的人文主義者，他們利用古希臘羅馬的神話來解釋宗
教"眞理"，並把這些神話"歸化"到基督教文學中去。因此神

話一方面成爲宗教或道德寓言，另一方面又變爲純詩意或藝術性的表達，顯示出人們內蓄的豐富情感和渴望。十八世紀的理性主義者雖求以神話的不可信來摧毀"信仰宗教"，代立以"理性宗教"，但他們還不是"反宗教"。所以還有維柯將神話和歷史綜合討論，承認神話的"種族價值"，認爲神話包含有人類思想和社會機構循環演變的歷史記載。十八世紀末期到十九世紀初期的浪漫主義運動把詩與神話再結合（是爲學），並以之爲人類文化的主流。到近代則凱西勒企圖構成一套"神話哲學"，並把它當作"文化哲學"整體中的一部分。

　　傅萊在論到神話和文學的關係時，把神話的結構和定義溝通討論，並把它和文學的類型相連。依他的說法，則儀式化的神話和初期戲劇有密切的關係（這點凡是讀過希臘古典戲劇和中古英國戲劇的人都會同意）；啓顯性的神話則和抒意詩有親密的關連（如《舊約》的詩篇、米爾頓的《聖誕頌》等作品是）；概括性的神話則可和史詩相連議論（這只要看史詩中所涉及到的神話成分即知）。如此以批評的觀念而論，神話和文學和其他學科一樣都是人類文化整體的一部分。若要武斷把它否定，則會使我們的文化失色不少。

袁鶴翔

<中西神話觀念的形成>，
（台）《中外文學》5.8.(1977)，6-19。

東西方神話美之比較

　　神話，包括傳說，是人類童年時代的文學。無論在東方，還是在西方，任何神話都是古代人的本質力量的打開的書本，是幻想中的“自然界的人化”和“人的對象化”，是那個時代的魂靈的有意味的錄相。它具有童稚的眞實，顯示出永久的魅力。世界上各個古老的民族都曾產生過一些神話和傳說。具體在中國和在希臘，由於主體人和客體自然界的不同，兩個民族有不同的心理結構，按照不同的美的規律進行幻想，生產神話，因而形成了神話美的變異和差別。

一　時代的魂靈

　　一切人類歷史都有相同的特色。歷史形態的類同，導致文學現象的相似。中國和希臘，雖然各處一隅，相隔遙遠，但兩個民族的神話却反映出人類社會同一時代的魂靈，其精神是相通的。

　　那是一個什麼時代？是人類社會的史前時代，是由原始社會向奴隸社會過渡的時代。在那個時代裏，無論中國還是希臘，人類爲了滿足自己的需要，爲了維持和延續自己的生命，必須了解和認識自然界，必須同自然界進行鬥爭。但是，由於當時生產力的低下，自然界之於人類，還是一種完全異己的、有無限威力和不可制服力量的對立物，人們實際上還不能認識、更不能戰勝環繞著他們、仇視著他們的自然界。因此,那時人類對自然界的認識和征服是經驗的,而不是技術的;是幻想的,而不是科學的;是神話的,而不是現實的。正如馬克思所說:"任何神話都是用想像和借助想像以征服自然力,支配自然力,把自然力加以形象化","是已經通過人民的幻想用一種不自覺的藝術方式加工過的自然和社會形式本身"。實際上,中國和希臘,都在幻想中、在神話中經歷了自己的史前時期,而神話又真實地表現了那個時代。兩個民族的開闢神話和自然神話就是例證。

中國和希臘,都有關於開天闢地、創造人類的神話,俗謂開闢神話。希臘神話說:最初,宇宙天地不分,陸地、水和空氣混合在一起。渾沌之神與夜之女神同為世界主宰。後來其子黑暗之神,逐父娶母,代為主宰。兩神產一極大鷄子,生愛神,創造了地。愛神以箭射入地心,生草木鳥獸。天和地被創造了。人類是怎樣產生的呢?原來神界發生內訌,主神宙斯把巨人族——提坦族征服後,將其後裔普羅米修斯放逐到大地上。他知道天神的種子隱藏在泥土裏,就用泥土和水,按照世界支配者神祇的形象捏塑,創造了最初的人類。中國神話說:古代世界唯象無形,窈窈冥冥,天地渾沌如鷄子,盤古從中長出來。正是這個盤古,每天長一丈,隨之天也日增一丈、地也日增一丈。天地還有相連的地方,他就左手用鑿開,右手用斧劈,終於使天地分開了。還是這個盤古,"垂死化身":氣化為風雲,聲化為雷霆,左眼化為太陽,右眼化為月亮,四肢五體化為四極五岳,血液化為江河,筋脈化為地理,肌肉化為田土,髮髭化為星辰,皮毛化為草木,齒骨化為金石,精髓化為珠玉,汗流化為雨澤……。人類是怎樣創

造的呢？是女媧搏黃土作人，或引繩於泥中，舉以爲人，創造了
最初的人類。以上就是希臘和中國兩個民族開闢神話的大概。將
兩個神話稍加比較，可以發現它們有驚人的相似之處：第一，古
代人對自然界和人類本身的歷史，懷有強烈的求知慾望，標誌著
人的意識的發展。但是，由於不能產生科學的認識，所以關於這
方面的意識具有濃厚的神秘色彩，表現出茫然的恐怖與崇敬心理，
有所謂"渾沌"、"黑暗"、"唯象無形"、"窈窈冥冥"等的
敍述和描寫；第二，意識一旦產生，人作爲有意識的生命活動的
類的本質就被人自己發現，從而產生人對自己本質力量的確認和
信心，表現爲一種優越感和自豪感。在開闢神話中，人被描寫爲
神親自創造的有魂靈的生物，就是對這種優越感和自豪感的神話
化的抒發；第三，當然，古代人是將自然界與社會、一般生物與
人聯繫起來，作爲一個統一體加以認識的，經常互相解釋。卽將
人的靈性賦予自然物、用人的社會關係去描寫神的譜系、解釋自
然物之間的關係，又將自然界的規律和現象用於對社會和人本身
的認識。前者如黑暗之神逐父娶母、陰陽二神混生、經天營地等；
後者如愛神和盤古皆從一大鷄子中長出、人類皆由泥土捏成等。
應當說，在中國和希臘神話中，前一種情況更普遍、更突出，我
們從自然神話中可以具體認識這一點。

　　中國和希臘神話中，都有許多關於解釋自然現象的故事，俗
稱自然神話。比如，在中國的自然神話中，關於地形地勢的形成，
有這樣的傳說：古有共工氏，和顓頊爭帝位，失敗而怒，以頭觸
不周山，使天柱折斷，地維裂缺，結果天傾西北，故日、月、星
辰都移向西北；地不滿東南，所以河水東流……。關於氣候的形

成，則傳說在黃帝與蚩尤的戰爭中，黃帝女兒旱魃助殺蚩尤，不能再回到天上，被棄於赤水以北，並時時四處奔走，所以北方乾旱。而黃帝臣畜水應龍殺了蚩尤，又殺夸父，也不得回天，跑到南方居住，所以那裏多雨。關於普遍炎熱和乾旱的發生，有十日並出之說，羿射九日才得以解除。關於一些自然物的特徵也有解釋。如鹽池水赤，是蚩尤之血；斑竹有痕，是舜帝二妃之泪等等。在希臘的自然神話中，發生洪水災害，被寫成是宙斯要懲處人類，是神暴怒的結果；歐羅巴大陸的由來，是宙斯與人女私通的結果；炎熱、乾旱的產生，是由於太陽神阿波羅與人女克呂墨涅所生之子法厄同，爲了證明自己是太陽神的兒子，駕太陽車離開正常軌道所致，災害的消除是阿波羅褪去頭上的神光，陷於憂愁；關於季節的變化，則是由於冥王搶走了播種女神的女兒爲后，女神執意要索回女兒，宙斯判其半年伴冥王、半年陪女神的結果；關於自然物的特徵亦有解釋，如露水見太陽而消失，是因爲阿波羅追求達夫妮。向日葵之所以永遠向太陽，是因爲阿波羅愛上波斯王女之後，他以前的愛人雖妒恨不已，但依然深深地愛着阿波羅，從早到晚地凝望着太陽神，以至身體化成了向日葵等等。顯然，中國和希臘神話中的自然界，是人格化了的自然界，是被賦予了社會形式的自然界。換言之，古代人的自然觀點，是飽和着他們的社會觀點的，在自然形式裏積澱了社會的價值和內容，在感性自然中積澱了人的理性性質。

　　馬克思曾經深刻指出：“實際創作一個對象世界，改造無機的自然界，這是人作爲有意識的類的存在物的自我確證。”他進一步指出：與動物不同，“人則懂得按照任何物種的尺度來進行生產，並且隨時隨地都能用內在固有的尺度來衡量對象；所以，人也按照美的規律來塑造物體。"可以說，神話也是人作為有意識的類的存在物的自我確證，是人按照內在固有的尺度衡量對象世界、實際創造對象世界、改造自然界、按照美的規律塑造物體的最初的完滿成果。神話已經展示了美的本質，中國和希臘的開闢神話和自然神話表明，從自然界、特別是從人本身取得靈感，營構出充滿人生樂趣的、強有力的、全面發展和自我完整的古典理想的形象，使自然美與社會美結合、現實美與藝術美統一，這正是東、西方兩個民族共同的美的規律，他們就是按照這個規律生產神話的。同時，神話雖然用想像征服自然，但是，它又只對人談論原始人自己，談論原始人的情感、思想、信仰和希望，談論原始人的生活和他們所助以形成的社會——歷史世界，反映人的提高和歷史變遷這方面的奇跡。馬克思說："在社會主義的人看來，全部所謂世界史不外是人通過人的勞動的誕生，是自然界對人說來的生成。"神話所講的就是在史前時代這方面的人話、眞話。這就是中國和希臘的神話美的共同的時代魂靈。

二 民族的腔調

神話美有時代性，又有民族性。這就是說，每個民族都是用自己的腔調，參加世界文學的大合唱的。中國和希臘，都有自己的民族腔調，這在前面列舉的開闢神話和自然神話中可以看出來：希臘的開闢神話有更濃厚的神秘色彩，恐怖、樸野。中國的開闢神話則表現為更為明朗的勞動情調，溫柔、壯麗；希臘的自然神話想像是放縱的，寓之以人生樂趣，是從社會生活中的人的肉體、慾望、愛憎、妒忌等心理出發去想像，並藉這樣的想像解釋自然。中國的自然神話的想像是嚴肅的，寓之以義，是從社會生活中人的義、志、情出發去想像，並藉這樣的想像解釋自然。這種成鮮明對照的不同的民族腔調，在中國和希臘神話的傳說故事中，反映最為強烈。

　　東、西方神話中都有許多神的故事和英雄傳說。一般說來，中國神話中的神和英雄，都是愛人類的，都是為人類作出貢獻的。盤古、女媧已如上述。再如伏羲（即太昊）"為百王先"，曾初造工業，畫卦結繩，以理海內，並造琴瑟，製樂曲，為人類文明昭示了燭爛曙光；炎帝神農以赭鞭鞭百草，盡知其平、毒、寒、溫等特性，臭味所主，以播百穀，又嘗百草的滋味，標誌着人類由漁獵到農耕的變化；黃帝生神，也生民，造文，也造器，古代文化至此似已完備；蚩尤是冶煉業和種種兵器的發明者；后稷能相地之宜，宜種穀者就稼穡，百姓都照他的法子辦，天下得其利；盤瓠是殺敵護國、智勇雙全的英雄；舜乃長於狩獵、能制服大象而利於民的領袖；羿能憐恤百姓，為民除害，上射九日而下殺猰貐，斬斷長蛇於洞庭，擒殺封豨於桑林；鯀、禹父子相繼治水……。而希臘神話中的神和英雄，往往是戲謔人類、捉弄人類、追求個人物質、肉體和精神的享受。當普羅米修斯代表人類要求減輕他們對神的負擔時，宙斯就拒絕給人類以火。而當普羅米修斯將火偷往人間之後，宙斯不但懲罰普羅米修斯本人，而且懲罰整個人類：先是通過潘多拉的禮品匣子把一切災害降臨人間，却關閉了希望，然後還發動俄林波斯山的神祇除滅全部人類種族，只

留下皮拉和丟卡利翁重造人類。宙斯常對神、半神和凡人的女兒
濫施愛情，不擇手段，也不顧對方的痛苦。伊俄和歐羅巴便是例
證。男神如此，女神也如此。號稱處女神的月亮和狩獵女神阿耳
忒彌斯有多少戀愛故事啊！像一串串珍珠美麗而動人。誠然，在
希臘英雄故事中，也有一些清除怪物、驅趕強盜的滅妖除害的情
節，如阿耳戈英雄的故事、珀羅普斯的故事、赫剌克勒斯的故事、
七雄攻忒拜的故事、特洛亞的故事等等。但是，行動的動機一般
不是爲了人類的公益，而是滿足個人的私慾；或爲了取得王位繼
承權、或爲了愛情、或只是爲了復仇、或爲了應驗命運的安排經
歷人間的苦難而最後擺脫人間……總之，爲此而進行“光榮的冒
險”。冒險可以得到光榮，得到權利，得到愛情，乃至得到永生。
冒險可以顯示一個男子的美貌、膂力、智慧和本領，是人皆嚮往
的。用珀羅普斯的話說：“總有一天我要死的，那麼爲什麼要愁
苦地坐著，等待默默無聞的暮年來到而不參加光榮的冒險呢？”
如果說，中國神話中的神和英雄是利他的，在希臘神話中的神和
英雄則是利己的。難怪馬克思雖然稱讚普羅米修斯是“哲學歷書
上最高尚的聖者和殉道者”，而又堅定地認爲，“希臘人中，自
始至終在男子當中流行著極端的自私自利”，“淫蕩——文明繁
昌時期在希臘和羅馬城市是如此駭人聽聞……它是從野蠻期流傳
下來的社會惡習”。以上兩個民族關於神的故事和英雄傳說清楚
地表明：中國神話歌頌勞動，讚美意志，表現強烈的正義力量和
英勇的獻身精神，將人神化，具有理性、嚴肅、溫柔敦厚的恬靜
美；而希臘神話則歌頌冒險，讚美肉體，表現濃厚的人生歡娛和
粗獷的聲色之樂，將神人化，具有個性、激情、驚心動魄的緊張

美。這是東、西方神話美的變異和差別。應當指出的是，中國和希臘神話中的不同的民族腔調，表現了古代兩個民族的不同的審美標準。就是說，他們是按照不同的美的規律來塑造物體、生產神話的。這對兩個民族的美學傳統的形成和發展影響深遠。

　　中國文學是以古典的和諧美作爲美的理想的。早在春秋時代，晏子就提出了"相成""相濟"之說，強調一個"和"字。而《國語·周語下》所記伶州鳩的言論，則更明確了"和從平"的思想，認爲和平之聲，"以和神人，神是以寧，民是以聽"。《尙書》中更有"八音克諧，無相雜倫，神人以和"之論。但是，和諧美，雖爲內容與形式的統一，却強調內容，強調精神。所以《左傳》中有"文物昭德"、"樂以安德"、"九功之德皆可歌"等諸說。《國語·楚語》中所記伍舉言，明確提出："夫美也者，上下、內外、小大、遠近皆無害焉，故曰美。"這簡直爲美下了定義。"無害"當然是從內容上講的，是從內在精神上講的。正因爲偏重內容的和諧美、內在精神的和諧美，所以我國美學歷來講言志、抒情，強調美與善結合。

　　前面說過，中國古代神話具有一種對現實生活的積極進取的精神。那些獻身人類的神和英雄，因其正義力量而不死，或死而不朽，乃至化身，以繼續完成其宏心壯志所爲之事業。如，盤古垂死化身，女媧功成身退；鯀違帝命，盜息壤以治水，帝令祝融殺之於羽郊，死三歲不腐，剖之以吳刀，化爲黃龍，又腹中生禹，禹繼鯀志，歷盡艱辛，終於完成了治水大業；帝女沒於水，化精衞鳥銜木石以塡滄海；夸父逐日，化鄧林以蔭後人等等。特別值得注意的是，中國神話中的神，不似希臘神話中那般有權威。我們說過，中國神話中的神一般是愛人類的，並受人類尊敬。但神若無道，一般神、乃至人亦可反抗之。即使反抗失敗，人民也予以歌頌和讚美，人鬼可成神祇。如共工與顓頊戰，不勝而怒，乃頭觸不周山，打亂了舊秩序，顯然是一個勝利的英雄；蚩尤與黃帝戰，雖失敗被殺，其血染鹽池而水赤，其械擲宋山而化楓木之林，其體葬冀州，骨如鋼鐵，齒長二寸，堅不可碎。而助殺蚩尤的帝女魃則不得回天，被置赤水，為民人追逐，東逃西亡；刑天與帝爭神，帝斷其首，乃以乳為目，以臍為口，操干戚以舞……凡此種種，難道不就是對現實生活積極進取的人生觀的先河、懷疑論或無神論的啟蒙嗎？總之，先秦理性精神、楚漢浪漫主義、儒家的實踐理性、道家的自然追求，統統是中國神話的積極揚棄，並由此產生了儒道互補、尚質崇事、文質彬彬、踵事增華的言志、抒情、美善結合的文學傳統和美學體系。這是中華民族對人類美學理論寶庫的突出貢獻。

誠然，古希臘人亦講究和諧美，如赫拉克利特曾提出“最美的和諧”的見解。德謨克利特甚至寫了《節奏與和諧》的專著。但是，這個和諧美，與中國的和諧美不同，它是偏重於形式的和諧。“黃金分割”也罷，圓球形之美也罷，無一不是尋求形式的和諧。在古希臘人看來，如赫拉克利特指出的，“自然也追求對立的東西，並從它們、而不是從相同的東西造成一致”。因此，要實現藝術美，必須模仿自然。模仿之說一出，便成為西方古典文學美的一個基本思想、一個普遍議題。柏拉圖說過：“模仿是一種創造——創造形象而不是創造實物”。“從荷馬起，一切詩人都只是摹仿者”。歐洲第一個以獨立體系闡明美學概念的人亞里士多德的文學美的基本出發點依然是摹仿，他說："史詩和悲劇、喜劇和酒神頌以及大部分雙管簫樂和竪琴樂——這一切實際上是摹仿"。爲了摹仿，爲了求得形式的和諧，希臘文學理論和美學思想中，強調寫實、肖物，追求眞美統一。赫拉克利特主張"繪畫混合白色和黑色、黃色和紅色的顏料，描繪出酷似原物的形象"。蘇格拉底之所以稱道克勒同的雕刻品"各種形象都很美"，就因爲作品"逼眞"。亞里士多德講得更清楚、更直接："維妙維肖的圖像看上去確能引起我們的快感"。這裡，快感就是美感，維妙維肖就是寫實、肖物，就是眞，眞就是美。應當指出，希臘這個文學傳統和美學體系，是直接由希臘神話中總結出來的。如果說，中國神話中的神雖然愛人類，具有精神美，但在外貌上並不美，多爲人首蛇身或鳥身，或動物首人身，有的完全是動物形象。而在希臘神話裏，神或英雄則突出地表現爲外貌美，這就開了追求形式美的先河。關於眞實即美的思想，也是從希臘神話中發展來的。柏拉圖不是說"詩人只是模仿"是"從荷馬起"嗎？亞里士多德不是也說史詩"實際上是模仿"嗎？在這個問題上說得更明確的，我們還要提到三個人。克塞諾芬尼指出："凡人們幻想着神是誕生出來的，穿着衣服，並且有着與他們同樣的聲音和形貌"。這就是說，關於神的幻想是人們存在自己意識中的反映，肯定神話美與眞的關係。當然，這並不是排除神話中的幻想和虛構。但是，幻想與虛構必須以眞實爲基礎。普魯塔克曾說："詩的基本是模擬。它在故事和人物的底子上加上文飾和色彩；可是必定要和眞實相像，因爲模擬要看似眞實才有迷惑力"。斯特拉博則具體分析了荷馬如何處理眞實與想像的關係。他說：

"荷馬旣然把他的神話放在敎育的領域裏，他對眞實常是很注意
的……他讚許的是眞實……荷馬也時常把神話（這裏指想像——
筆者按）加在眞的事情上，使他的文章又有味道，又有了妝點……
比如他取材於特洛亞戰爭那個歷史事實，而用神話來妝點。他對
於俄底修斯的遊歷也用同樣手法。如果毫無眞實的基礎，憑空捏
造個虛假的神奇故事，那不是荷馬的作法"。荷馬的作法，就是
希臘的方式，就是西方文學傳統和美學體系的淵源。這是希臘神
話對人類美學理論寶庫的貢獻。

　　總之，美是有民族性的，這就是民族腔調。民族腔調，旣包
括主題思想的傳統，又包括審美情趣的體系。當然，一般地說，
還應包括藝術形式的選擇。普遍認爲，中國神話是片斷、零星的
散文形式，而希臘神話則是有宏文巨製大容量涵蓋的史詩形式，
這我們是同意的。因爲它符合事實。但是，我們也注意到，困難
不在於具體描述東、西神話在內在精神和存在形態方面的區別，
困難在於給予科學的解釋。

三　兩本心理學

　　東、西方神話，不但在內容上有別，而且在形態上也相異。
形態上的差異，影響着中國和希臘文學和美學的理論形態的區別：
中國方面具有直觀性、經驗性的特徵，而希臘方面則表現爲分析
性、系統性的色彩。

　　那麼，東、西方神話美爲什麼在內容上、形態上有上述重大
差異，表現爲不同的民族性呢？比較文學可以作爲一種認識歷史

的工具。只有用歷史唯物主義的觀點去比較，才能得出科學的結論。馬克思說：" 相同的經濟基礎——按主要條件來說相同——可以由於無數不同的經驗的事實、自然條件、種族關係，各種從外部發生作用的歷史影響等等，而在現象上顯示出無窮無盡的變異和程度差別，這些變異和程度差別只有通過對這些經驗所提供的事實進行分析才可以理解。"這是我們進行文學比較的一把鑰匙。

　　中國神話的民族特色是怎樣形成的？前面說過，古代人的前提是自然界的活動，而我們民族的發祥地是黃河流域。這樣的自然環境和地理條件，加速了我們民族由遊獵到漁耕、再到定居農耕的發展過程（ 當然 ， 定居農耕，並不是就消失了林、牧、漁業)。這就是爲什麼中國神話中與農業有關的自然神話較爲豐富的原因。不但如此，中國開闢神話、神和英雄的故事與傳說，一般也多與農業有關：或與農業災害如洪水、乾旱、蟲災等作鬥爭；或發明創造、傳授推廣農業生產工具與技術等，這更是希臘神話所不能比及的。在原始生產力的情況下，要戰勝自然災害，從事農業勞動，保證滿足集體生存需要的收穫，當然要付出艱苦的勞動和巨大的犧牲。勞動的" 英雄 "和犧牲的" 烈士 "，人們不但崇敬之、懷念之，而且寄予最美好的祝願。這就形成了歌頌勞動、讚美意志、表現強烈的正義力量和英勇的獻身精神，將人神化，具有理性、嚴肅、溫柔敦厚的恬靜美的中國神話的主體面貌。同時，過早的定居農耕生活，是一種原始的" 小國寡民 "的自然經濟，一個個分散的氏族部落，猶如一處處" 世外桃園 "，雖"鷄犬之聲相聞"，却近乎" 老死不相往來"。這種自然經濟，

當然是經不住天災人禍的大風大浪的，任何生產力（包括先進的
技術工具）都可能隨時被破壞、被消滅，於是一切又重新開始。
這一特徵反映在神話上，就是中國神話的不斷消亡，又不斷產生。
魯迅先生在《中國小說史略》和《中國小說的歷史的變遷》中都
談到我國神話“日出而不已”、“日出不窮”，並以此說明中國神
話存在形態上片斷、零星、無有長篇的特徵。茅盾同志在《神
話研究》中說：“自武王以至平王東遷，中國北方人過的是‘散
文’的生活，不是‘史詩’的生活。”以此說明中國神話的存在形
態特徵的由來是非常正確的。實際上，不是東遷之後，而定居農
耕生活就是散文生活，而不是史詩生活。相比之下，古代希臘人，
則過着史詩般的生活。馬克思在《摩爾根＜古代社會＞一書摘
要》、恩格斯在《家庭、私有制和國家的起源》中，都對產生神
話和史詩的希臘社會作了精闢論述，成為我們認識希臘神話所含
精神和存在形態的寶貴依據。這是大家很熟悉的，無庸引述。饒
有興味的是，雨果作為積極浪漫主義文學的旗手，對希臘神話和
史詩有如下卓越論述：希臘作為游牧民族，最初過着“田園的游
牧生活”，有利於“孤獨的幽思和奔放的夢想”，人們的思想如
同他們的生活，“像天空的雲彩，隨着風向而變幻、而飄蕩”。
發展到後來，首領的“牧杖”變成了“權杖”，各族彼此衝突，
互相侵犯；由此便產生民族遷徙，產生流浪。詩反映這些巨大的
事件；它由抒情過渡到敍事，它歌唱這些世紀、人民和國家。它
成為史詩性的，它產生了荷馬。（詳見《＜克倫威爾＞序》）正是這
些不同於中國的經驗的事實，決定了希臘神話所含精神是歌頌
冒險，讚美肉體，表現濃厚的人生歡娛和粗獷的聲色之樂，將神

人化，具有個性、激情、驚心動魄的緊張美，存在形態具有完整、系統、以宏文巨製而涵蓋之的特徵。

東、西方神話美，雖然都是在自然形式裏積澱了社會的價值和內容，在感性自然中積澱了人的理性性質，但又是建立在不同的經驗的事實的基礎上的不同的歷史積澱的產物，是打開了的同一時代魂靈的東、西不同民族的兩本心理學。

趙雙之　張學海

<東西方神話美之比較>，

《比較文學論文選》（天津：南開大學出版社，1984），

　　55-64。

著者索引

一、中文姓名著者

二　劃

丁和，＜耗散結構論對文學研究的啓迪＞，（上海）《社會科學》
12（1986），32-35。

三　劃

大冢幸男著，陳秋峰、楊國華譯，《比較文學原理》（西安：陝
西人民出版社，1985），53-61。

小川環樹著，吳密察譯，＜敕勒之歌――其原語與文學史的意
義＞，（臺）《中外文學》11. 10.（1983），38-50。

于成鯤，＜中西戲劇觀念比較＞，《晉陽學刊》6（1983），6-
13。

于漪，＜淺談中西戲劇之交融＞，《中西比較文學論集》（臺北：
時報文化出版事業有限公司，1980），二版，257-285。

四　劃

卞之琳，＜新詩與西方詩＞，（滬）《詩探索》4（1981），
38-42。

方重，＜十八世紀的英國文學與中國＞，（滬）《中國比較文學》
　　1（1984），51-64。

王元化，＜劉勰的譬喻說與歌德的意蘊說＞，《中西美學文學論
　　文集》（成都：四川文藝出版社，1985），59-85。

王建元，＜雄偉乎？崇高乎？雄渾乎？＞，《文學史學哲學》(臺
　　北：時報文化出版事業有限公司，1982），167-200。

五　劃

古添洪，＜翁方綱肌理說與蘭森字質結構說之比較＞，（臺）《中
　　外文學》5.2.（1976），42-60。

古添洪，＜直覺與表現的比較研究＞，《比較文學·現代詩》(臺
　　北：國家出版社，1976），29-74。

古添洪，＜比較文學·現代詩＞，(臺)《中外文學》5.5.（1976），
　　156-159。

古添洪，＜中西比較文學：範疇、方法、精神的初探＞，（臺）
　　《中外文學》7.11.（1979），74-94。

史健生，＜意識流在中國現代文壇上的傳播和影響＞，（武漢）
　　《外國文學研究》4（1987），86-95。

田本相，＜試論西方現代派戲劇對中國現代話劇發展之影響＞，
　　《戲劇藝術》1（1982），15-18。

亦武，＜劉勰的神思說和黑格爾的想像論比較研究＞，（重慶）
　　《美學文摘》2（1983），138-147。

伊夫·謝弗萊爾著，金絲燕摘譯，＜比較文學的批評是否可能＞，
　　（北京）《文藝研究》4（1986），132-135。

朱光潛，＜中西詩在情趣上的比較＞，《中國比較文學》1（1984），
　　37-48 、275 。

七 劃

余秋雨，＜古代東西方對戲劇特徵的研究＞，《戲劇研究》4
　　（1980），32-36 。

成中英，＜西洋哲學的發展——兼談其影響下的文學＞，（臺）
　　《中外文學》9.4.（1980），4-15 。

李達三著，周樹華、張宏庸譯，＜比較的思維習慣＞，（臺）《中
　　外文學》1.1.（1972），86-103 。

李達三著，許文宏、馮明惠譯，＜東西比較文學史的檢討＞，
　　（臺）《中外文學》4.4.（1975），163-172 。

李達三著，周樹華、張宏庸譯，＜比較文學的基本觀念＞，（臺）
　　《中外文學》5.2.（1976），62-79 。

李達三著，徐言之譯，＜中國研究與比較方法＞，（臺）《中外
　　文學》5.11.（1977），140-168 。

李達三著，張錦譯，＜中英比較文學的研究——詩歌的比較＞，
　　《比較文學研究與資料》1（1983），22-55 。

李達三著，譚景輝、張隆溪譯，＜比較文學中國學派＞，《比較
　　文學研究之新方向》（臺北：聯經，1982），265-308 。

狄其聰，＜比較文學特性初探＞，《文史哲》2（1985），57-
　　58 。

八 劃

周永明，＜論當代西方文學批評的整合傾向＞，（北京）《文藝研究》6（1986），114-122。

周英雄，＜比較文學的現狀與未來＞，（臺）《幼獅月刊》48.6.（1978），29-30。

周英雄，＜樞始得其環中：從中介看歷史小說＞，（臺）《中外文學》15.7.（1986），4-25。

林子貞，＜透過中西詩章去看音樂＞，（香港）《詩風》50期，28-34。

林林，＜中日的自然詩觀＞，《比較文學論文集》（北京：北京大學出版社，1984），77-82。

九　劃

侯健，＜三寶太監西洋記通俗演義──一個方法的實驗＞，（臺）《中外文學》2.1.（1973），15-18。

侯健，＜文學研究與思想史＞，（臺）《中外文學》2.8.（1974），4-8。

侯健，＜中西載道言志觀的比較＞，《文學評論》（臺北：書評書目出版社，1975），第二集，305-330。

姚一葦，＜《文學理論與比較文學》序＞，鄭樹森，《文學理論與比較文學》（臺北：時報文化出版事業有限公司，1982），3-9。

思果，＜中英美散文比較＞，《看花集》（臺北：大地，1976），153-174。

柳無忌，＜中國古典戲劇的比較觀＞，（臺）《幼獅文藝》324

（1980），1-18。

柳無忌，《西洋文學的研究》（臺北：洪範，1978），9-21。

十　劃

浦安廸，＜中西長篇小說文類之重探＞，《中西比較文學論集》
　　（臺北：時報文化出版事業有限公司，1980），二版，179-
　　193。

孫景堯，＜對比較文學始於十九世紀的質疑＞，《外國文學研究》
　　4（1982），85-88。

袁可嘉，＜加強對中國現代文學思潮流派問題的研究＞，（北京）
　　《國外文學動態》4（1983），8-9。

袁鶴翔，＜中西神話觀念的形成＞，（臺）《中外文學》5.8.
　　（1977），6-19。

袁鶴翔著，董翔曉譯，＜比較東西方文學的可能性之探索＞，（上
　　海）《外國語》3（1982），55-60。

袁鶴翔，＜從國家文學到世界文學＞，（臺）《中外文學》11.
　　2.（1983），4-22。

袁鶴翔，＜中西比較文學定義的探討＞，（臺）《中外文學》4.
　　3.（1975），24-51。

十一劃

張月超，＜中西文論方面的幾個問題的初步比較研究＞，《比較
　　文學論文集》（天津：南開大學出版社，1984），11-24。

張廷琛，＜他山之助——國際比較文學瑣論＞，（北京）《文藝

研究》2（1985），104-113。

張健，＜中西小說發展過程中的一些歧異現象＞，（臺）《中外文學》3.2.（1974），15-20。

張漢良，＜語言與美學的滙通——簡介葉維廉比較文學的方法》，（臺）《中外文學》4.3.（1975），182-206。

張漢良，＜比較文學研究的方向與範疇＞，（臺）《中外文學》6.10、1978），94-112。

張漢良，＜比較文學影響研究＞，（臺）《中外文學》7.1.（1978），204-262。

張漢良，＜中國現代詩的"超現實主義風潮"＞，（臺）《中外文學》10.1.（1981），148-161。

張漢良發言，＜"比較文學中國化"座談會記錄＞，（臺）《文訊》17（1985），72-74。

張靜二，＜文學與宗教＞，（臺）《中外文學》15.6.（1986），4-8。

張靜二，＜試論文學與其他藝術的關係＞，（臺）《中外文學》16.12.（1988），87-105。

張靜二，＜國外學者看《西遊記》＞，（臺）《中外文學》14.5.（1985），79-86。

張黎，＜文學的"接受研究"和"影響研究"——關於"接受美學"的筆記之二＞，（滬）《文藝理論研究》2（1987），31-38。

張曉風，＜中西戲劇的發源及其比較＞，（臺）《幼獅月刊》44.1.（1976），51-62。

曹順慶，＜滋味說與美感論——《中西文論比較研究札記》＞，
（滬）《文藝理論研究》1（1987），66-75。

野上豐一郎著，劉介民譯，＜比較文學論要＞，《比較文學譯文
選》（長沙：湖南人民出版社，1984），88-94。

陳挺，＜比較文學的形成＞，《比較文學簡編》（上海：華東師
大，1986），30-32。

陳雄儀，＜《虛幻的真實——現代運動走向》講評＞，（臺）《中
外文學》14.1.（1985），150-163。

陳鵬翔，＜中西文學中的火神研究＞，（臺）《中外文學》5.2.
（1976），14-41。

陳鵬翔，＜主題學研究與中國文學＞，《主題學研究論文集》（臺
北：東大圖書公司，1983），1-29。

陸文虎，＜論《管錐編》的比較藝術＞，《＜管錐編＞研究論文
集》（福州：福建人民出版社，1984），290-294。

陸潤棠，＜悲劇文類分法與中國古典戲劇＞，（臺）《中外文學》
11.7.（.1982），30-43。

陸環，＜詩美和理性主義——中西古典小說異同管見＞，（廣州）
《廣東教育學院學報》1（1986），1-10。

十二劃

單德興，＜論影響研究的一些作法和困難＞，（臺）《中外文學》
11.4.（1982），78-103。

彭立勛，＜劉勰情志說和黑格爾情致說漫議＞，《中西美學文學
論文集》（成都：四川文藝出版社，1985），77-85。

馮明惠，＜翻譯與文學的關係及其在比較文學中的意義＞，（臺）
　　《中外文學》6.12.（1978），142-151。

葉維廉，＜中西山水美感意識的形成＞，（臺）《中外文學》3.
　　7.（1974），18-32。

十四劃

趙毅衡，＜說複義——中西詩學比較舉隅＞，（北京）《學習與
　　思考》2（1981），68-72。

趙毅衡，＜是該設立比較文學學科的時候了＞，《中國比較文學
　　年鑒》（北京：北京大學出版社，1987），54-61。

趙毅衡，＜意象派與中國古典詩歌＞，（武漢）《外國文學研究》
　　4（1979），3-10。

趙雙之、張學海，＜東西方神話美之比較＞，《比較文學論文選》
　　（天津：南開大學出版社，1984），53-64。

聞一多，＜文學的歷史運動＞，《聞一多全集》（上海：上海古
　　籍出版社，1956），第一卷，201-206。

遠浩一，＜比較文學的兩大支柱＞，（北京）《中國社會科學》
　　4（1985），189-207。

十五劃

樂黛雲，＜漫談比較文學與中國現代文學研究＞，（北京）《大
　　學生叢刊》2（1981），38-40。

劉介民，＜比較文學的性質與範疇＞，《社會科學輯刊》3（1987），
　　104-109。

十六劃

十七劃

應錦襄，＜中國古典小說與歐洲傳說小說創作法之異同＞，《中
　　西比較美學文學論文集》（成都：四川文藝出版社，1985），
　　250-277。

繆文杰著，馮明惠譯，＜試用原始類型的文學批評方法論唐代邊
　　塞詩＞，（臺）《中外文學》4.3.（1975），124-147。

十八劃

戴冠青，＜從凝重、平實到空靈深遠——試論西方現代派文學對
　　中國當代小說發展的影響＞，（福建）《泉州師專學報》（哲
　　社版）1（1986），21-28。

十九劃

羅青，＜各取所需論影響＞，（臺）《中外文學》8.7.(1979)，
　　48-69。

羅青，＜西洋文學與中國詩＞，（臺）《中外文學》9.12(1981)，
　　82-90。

廿　劃

蘇其康，＜中西比較文學上的幾點芻議＞，（臺）《中外文學》
　　6.5.（1977），90-103。

蘇其康，＜比較文學與文學批評＞，（臺）《中外文學》15.7.
　　（1986），44-58。

蘇其康發言，＜"比較文學中國化"座談會記錄＞，（臺）《文
　　訊》17（1985），63-64。

蘇其康，＜中西比較文學的內省＞，（臺）《中外文學》14.1.
（ 1985 ），4-27。

廿三劃

欒貽信、賈炳棣，＜古典主義藝術和浪漫主義現實主義藝術典型
比較＞，《齊魯學刊》3（ 1984 ），94-99。

二、外文姓名著者

Desai, Santosh N. 著，許章眞譯，＜《羅摩耶那》——印度與
亞洲各地的歷史接觸、文化傳遞工具＞，（臺）《中外文學》
10.8.（ 1982 ），66-101。

Edel, Leon 著，王潤華譯，＜現代文學與心理分析＞，《比較
文學論集》（臺北：成文， 1979 ），111-135。

Frye, Northrop 著，高錦雪譯，＜文學的原型＞，（臺）《中
外文學》6.10.（ 1978 ），50-63。

Miner, Earl 著，廖朝陽譯，＜比較文論：比較文學理論與方法
課題舉例＞，（臺）《中外文學》12.9.（ 1984 ），78-
95。

Remak, Henry H. 著，王潤華譯，＜比較文學的定義及其功
能＞，《比較文學理論集》（臺北：成文，1979 ），14-
18。

Weisstein, Ulrich 著，孫麗譯，＜影響與模仿＞，（遼寧）《比
較文學研究與資料》2（ 1985 ），36-41。

外國人名索引

　　由於本書蒐集資料範圍較廣，故文章格式、外國人名譯法不統一在所難免。本書編者在編索引時儘量收錄各種不同譯法，以中外對照形式列出；同時亦編外中對照索引，方便讀者查閱。部份文章若不備外國人名原文者，編者已於索引內盡力提供；未能查獲者，尚祈讀者見諒。至於文中所提外國人名而缺中文譯名者，只收入外中對照索引，中外對照索引則不收。又因篇幅問題，中、日人名均不收入索引。

一、筆劃排列

二　劃

三　劃

四　劃

九　劃

哈代	Hardy, Thomas	316,696
哈侖	Hallam, Henry	103
哈格斯壯	Hagstrong, Jean H.	348,354
哈切特	Hatchett, William	100,129,214
哈特曼	Hartman, Geoffrey	84,85,86
哈茲列特	Hazlitt, William	619
哈莫	Ammer, Klaus Klammer	439
契可夫	Chekov, Anton P.	724,762
契訶夫	Chekov, Anton P.	140,128,494,678,765, 770
姚斯	Jauss, Hans Robert	376
威吉爾	Virgil	521
威萊克	Wellek, René	498
威立克	Wellek, René	42,43,198,353,422
威利，亞瑟	Waley, Arthur	485-490
威斯坦	Weisstein, Ulrich	518,524,532
威斯坦因	Weisstein, Ulrich	61,64
威廉特（鄭樹森）	Tay, William	74
威廉斯	Williams, S.W.	484,580
威廉斯	Williams, Tennessee	470,580
威爾士	Wells, Herbert G.	658
威爾斯	Wells, Herbert G.	683
威爾賴特	Wheelwright, Philip	622
恩格斯	Engels, Friedrich	805
拜侖	Byron, George Gordon	348
拜倫	Byron, George Gordon	40,141,153,284,437, 440,479,553,554, 557
施勒格爾	Schlegel, A.W.	444

十　劃

十一劃

十二劃

十三劃

十四劃

十五劃

十七劃

二、字母排列

B

C

F

G

Kant, Emmanuel	康德	267,282,285,286,323,
		324,646,681
Keats, John	濟慈	153,262,345,348,533,
		586,621
Khayyam, Omar	凱揚，奧瑪	341
Kierkegaard, Soren Aabye	祈克果	324,325
Knight, G. Wilson	奈特	256
Koch, Max	克赫	458
Konrad, N.I.	康拉德	656
Korolenko, V.G.	柯羅連科	128
Kozlov, I.I.	柯玆洛夫	479
Kumar	庫瑪	394

L

Lamazzo, Giovanni Paolo	羅瑪卓	349
Lamb, Charles	蘭姆	781-784
Lanson, Gustave	蘭森	443
Lautréamont	雷德蒙	17
	羅特阿孟	473
Lawrence, D.H.	勞倫斯	388,656
	羅侖斯	696
Lawson, John Howard	勞遜，約·霍	718
Lemaître, Jules	勒麥特爾，菇勒	56
	萊曼特，朱爾斯	445
Lenin, Vladimir I.U.	列寧	381
Lermontov, Mikhail	萊蒙托夫，米克海爾	437
Lessing, Gotthold E.	雷辛	345,347,755
	萊辛	231,424
	李盛	742
Levi-Strauss, Claude	列維，斯特勞斯	397

Nerval, Gerard de	居拉德	17
Nietzsche, Friedrich Wilhelm	尼采	191,223,224,324,613, 771
Nils, Maria	尼爾斯	486
Noah	諾亞	521
Norwood, Gilbert	諾伍德	550
Novalis	諾瓦里斯	444
Nusset, Alfred de	繆塞	40

O

O'Neill, Eugene	沃尼爾	694
	奧尼爾	140,690,691,767,770, 771
	歐尼兒	724
	歐尼爾	316,318
Odysseus	奧德修斯	11
Oedipus	伊弟帕	786
	伊底帕斯	48
Opitz, Martin	歐皮洗	424
Orwell, George	奧威爾	658
Ossian	歐希安	421
Ovid	奧維德	479

P

Palladius, O.	巴拉迪斯	486
Paris, Gaston	巴利,加斯東	6
Pascal, Blaise	巴斯克爾	133
	巴斯喀	465
Pascoli, Giovanni	巴斯古立	307,512
Pattison, B.	貝蒂森	354
Pavie, Theodore	巴維	486

Rojas, Fernando de	羅傑斯	445
Rolland, Romain	羅蘭，羅曼	658,683
Ronsard, Pierre de	隆薩	424
	龍沙	45,46
Rousseau, Andrew M.	魯索	154
	盧梭	45,90,355
Rousseau, Jean-Jacques	盧梭	40,442,683
Rousseau, André-M	盧梭，安德烈·朱歇	90
Ruskin, John	羅斯金	262

S

Saint-Beuve, C.-A.	聖伯甫	44
Saintbury, G.	森玆拜里	328
Saint-Martin	聖，馬丁	512
Sallustius	沙勒希斯	789
Saltikov-Sedren, Mihail	謝德林	678
Samalin	薩馬林	53
Sand, George	桑德，喬治	56-57
	桑，喬治	445
Santayana, George	桑塔耶那	286
	桑塔雅納	378
Sappho	薩福	717
Sartre, Jean-Paul	沙特	325,400
	薩特	690
Saussure, Ferdinand de	索奧樞	163
	索緒爾	274,397
	德索許爾	44
Scheglov	薛柯夫	532,534
Schiller, Johann	席勒	540,586
Schlegel, A.W.	史雷格爾	103
	希勒格爾	649

國立中央圖書館出版品預行編目資料

中外比較文學研究 / 李達三，劉介民主編 -- 初版
-- 臺北市：臺灣學生，民79
22,825 面；21 公分 -- （中國文學研究叢刊；28 ）
ISBN 957-15-0136-0（一套：精裝）
ISBN 957-15-0137-9（一套：平裝）

1.文學 - 歷史與批評
819   79000175

中外比較文學研究 第一冊(全二冊)

主編者：李　達　三　、劉　介　民
出版者：臺　灣　學　生　書　局
本書局登
記證字號：行政院新聞局局版臺業字第一一〇〇號
發行人：丁　　　　文　　　　治
發行所：臺　灣　學　生　書　局
　　　　臺北市和平東路一段一九八號
　　　　郵政劃撥帳號〇〇〇二四六六～八號
　　　　電　話：3 6 3 4 1 5 6
　　　　FAX:(02)3636334
印刷所：淵　明　印　刷　廠
　　　　地　址：永和市成功路一段43巷五號
　　　　電　話：9 2 8 7 1 4 5
香港總經銷：藝　文　圖　書　公　司
　　　　地址：九龍偉業街99號連順大廈五字
　　　　樓及七字樓　電話：7959595

定價　精裝新台幣七三〇元
　　　平裝新台幣六三〇元

中華民國七十九年九月初版

ISBN 957-15-0136-0（一套：精裝）
ISBN 957-15-0137-9（一套：平裝）

中國文學研究叢刊

① 詩經比較研究與欣賞　　裴普賢　著
② 中國古典文學論叢　　　薛順雄　著
③ 詩經名著評介　　　　　趙制陽　著
④ 詩經評釋　　　　　　　朱守亮　著
⑤ 中國文學論著譯叢　　　王秋桂　著
⑥ 宋南渡詞人　　　　　　黃文吉　著
⑦ 范成大研究　　　　　　張劍霞　著
⑧ 文學批評論集　　　　　張　健　著
⑨ 詞曲選注　　　　　　　王熙元等編著
⑩ 敦煌兒童文學　　　　　雷僑雲　著
⑪ 清代詩學初探　　　　　吳宏一　著
⑫ 陶謝詩之比較　　　　　沈振奇　著
⑬ 文氣論研究　　　　　　朱榮智　著
⑭ 詩史‧本色與妙悟　　　龔鵬程　著
⑮ 明代傳奇之劇場及其藝術　王安祈　著
⑯ 漢魏六朝賦家論略　　　何沛雄　著
⑰ 古典文學散論　　　　　王熙元　著
⑱ 晚清古典戲劇的歷史意義　陳　芳　著
⑲ 趙甌北研究　　　　　　王建生　著
⑳ 中國兒童文學研究　　　雷僑雲　著
㉑ 中國文學的本源　　　　王更生　著
㉒ 中國文學的世界　　　　前野直彬　著
　　　　　　　　　　　　龔霓馨　　譯
㉓ 唐末五代散文研究　　　呂武志　著
㉔ 元白新樂府研究　　　　廖美雲　著
㉕ 五四文學與文化變遷　　中國古典文學研究會編著
㉖ 南宋詩人論　　　　　　胡　明　著
㉗ 唐詩的傳承——明代復古詩論研究　陳國球　著
㉘ 中外比較文學研究　第一冊　李達三　劉介民　主編